mtb

Umwelthinweis:
Dieses Buch wurde auf chlor- und säurefreiem Papier gedruckt.

Erben der Sehnsucht

MIRA® TASCHENBUCH
Band 20048
1. Auflage: April 2014

MIRA® TASCHENBÜCHER
erscheinen in der Harlequin Enterprises GmbH,
Valentinskamp 24, 20354 Hamburg
Geschäftsführer: Thomas Beckmann

Titel der nordamerikanischen Originalausgaben:

Against The Rules

erschienen bei: Silhouette Books, Toronto

All The Right Reasons

erschienen bei: Silhouette Books, Toronto

The Sicilian's Bride

erschienen bei: Mills & Boon, London

Driving Him Wild

erschienen bei: Mills & Boon, London

Published by arrangement with
HARLEQUIN ENTERPRISES II B.V./S.àr.l.

Konzeption/Reihengestaltung: fredebold&partner GmbH, Köln
Umschlaggestaltung: pecher und soiron, Köln
Redaktion: Maya Gause
Titelabbildung: Harlequin Enterprises S.A., Schweiz
Satz: GGP Media GmbH, Pößneck
Druck und Bindearbeiten: CPI – Ebner & Spiegel, Ulm
Printed in Germany
Dieses Buch wurde auf FSC®-zertifiziertem Papier gedruckt.
ISBN 978-3-95649-008-8

www.mira-taschenbuch.de

Linda Howard

Gegen alle Regeln

Roman

Aus dem Amerikanischen von
Helga Meckes

mtb

1. KAPITEL

Erschöpft stellte Claudia ihre Reisetasche ab und blickte sich in der großen Halle des Flughafens von Houston nach einem bekannten Gesicht um. Überall wimmelte es von Menschen, die das lange Wochenende ausgenutzt hatten. Als Claudia aus dem schlimmsten Gedränge geflüchtet war, runzelte sie die Stirn. Warum holte niemand sie ab? Ihre Maschine war doch pünktlich gelandet. Seit fast drei Jahren war dies ihr erster Besuch zu Hause. Da hätte Monica doch …

„Claudia."

Ihre Überlegungen wurden unterbrochen, als sie die tiefe Stimme hörte und die Hände eines Mannes spürte, der sie an seinen athletischen Körper zog. Claudia sah einen Augenblick in ein Gesicht mit dunklen Augen, die von langen schwarzen Wimpern gerahmt wurden. Dann kam der Mann ihr noch näher und küsste sie auf ihren vor Überraschung geöffneten Mund.

Der Kuss dauerte zwei, drei Sekunden, ehe sie sich wieder so weit von ihrer Verblüffung erholt hatte, dass sie sich zu wehren begann. Sofort gab der Mann sie frei und trat zurück.

„Was fällt dir ein!", fuhr sie ihn an und merkte, wie sie unter den belustigten Blicken der Vorübergehenden errötete.

Roland Jackson schob seinen schwarzen Cowboyhut zurück und betrachtete sie schmunzelnd. „Ich dachte, das würde dir gefallen", gab er gedehnt zurück und nahm ihr die Reisetasche ab. „Ist das alles, was du an Gepäck dabeihast?"

„Nein", antwortete sie spitz.

„Hätte mich auch gewundert", brummte er und bahnte sich einen Weg zur Gepäckausgabe.

Claudia folgte ihm wütend. Sie war jetzt fünfundzwanzig und keine naive Siebzehnjährige mehr. Von Roland Jackson würde sie sich nicht mehr beeindrucken lassen. Schließlich war er nur ihr Angestellter. Er war nichts als der Aufseher ihrer Ranch und nicht der allmächtige Teufelskerl, den sie in ihrer Jungmädchenfantasie in ihm gesehen hatte. Vielleicht ließen Monica und Ricky sich weiterhin von ihm blenden, aber Monica war nun nicht mehr ihr Vormund und konnte ihr nichts mehr vorschreiben. Sie fragte sich, ob Monica Roland absichtlich geschickt hatte, weil sie genau wusste, dass sie ihn nicht ausstehen konnte.

Gegen ihren Willen beobachtete Claudia Rolands athletische Gestalt, während er den Koffer mit ihrem Anhänger vom Fließband hob. Sie kämpfte gegen die Gedanken an, die sie auch jetzt wieder erfüllten. Ich hasse ihn, dachte sie, aber dennoch glitt ihr Blick über seine langen, kraftvollen Beine, die sie nur zu gut in Erinnerung hatte.

Roland kam mit ihrem Koffer zurück und deutete mit dem Kopf darauf. „Nur ein Gepäckstück? Du scheinst nicht die Absicht zu haben, lange zu bleiben, oder?“

„Nein“, antwortete Claudia mit betont unbeteiligter Stimme. Seit jenem Sommer, als sie siebzehn war, waren ihre Besuche auf der Ranch immer sehr kurz ausgefallen.

„Es wird langsam Zeit, dass du für immer zurückkommst“, bemerkte Roland.

„Dafür sehe ich keinen Grund.“

In Rolands dunklen Augen blitzte es auf, aber er erwiderte nichts. Er drehte sich um und begann, sich einen Weg durch das Menschengewühl zu bahnen. Claudia folgte ihm stumm. Manchmal schien es, als würden sie einander nie verstehen. Doch dann gab es auch wieder Augenblicke, in denen Worte überflüssig waren. Sie wusste nicht recht, woran sie bei ihm war, aber sie kannte seinen Stolz, seine Zähigkeit, sein nur mühsam beherrschtes Temperament. Von Anfang an hatte sie gespürt, dass Roland Jackson ihr gefährlich werden konnte. Ihre Jugend war von ihm geprägt worden.

Rasch verließ Roland das Flughafengebäude und steuerte auf den Bereich zu, wo die Privatmaschinen standen. Claudia hatte Mühe, mit ihm Schritt zu halten. Da sie nicht wie ein Hund hinter ihm hertrotten wollte, folgte sie ihm gemächlich und achtete nur darauf, ihn nicht aus den Augen zu verlieren.

Schließlich blieb Roland neben einer blauweißen zweimotorigen Cessna stehen. Er öffnete die Ladeluke und verstaute Claudias Gepäck. Dann blickte er sich ungeduldig nach ihr um.

„Beeil dich ein bisschen!“, rief er ihr zu. Als er sah, dass sie sich Zeit ließ.

Claudia tat so, als hätte sie ihn nicht gehört. Er stemmte die Hände in die Hüften und wartete gereizt, bis sie herankam. Als sie vor ihm stand, öffnete er wortlos die Tür und hob sie ohne viel Federlesens in die Maschine. Ohne zu zögern, rückte Claudia auf den Copilotensitz und sah zu, wie Roland sich auf seinen Sitz schwang und die Tür hinter sich zuzog. Er nahm seinen Hut ab, warf ihn hinter sich und fuhr sich mit den Fingern durchs Haar. Dann griff er nach dem Kopfhörer. Immer noch sagte Claudia nichts, aber sie musste unwillkürlich daran denken, wie sich dieses dichte dunkle Haar unter ihren Fingern angefühlt hatte.

In diesem Moment wandte sich Roland ihr zu und fing ihren Blick auf. Sie wich ihm nicht aus, weil sie wusste, dass ihr ausdrucksloses Gesicht nicht verriet, was in ihr vorging.

„Gefalle ich dir?“, spottete er und ließ den Kopfhörer von seinen Fingern baumeln.

„Warum hat Monica dich geschickt?“, fragte Claudia, ohne auf seine Frage einzugehen.

„Monica hat mich nicht geschickt. Hast du vergessen, dass ich die Ranch leite, und nicht Monica?“

Sein Blick ließ sie nicht einen Augenblick los. Er schien nur darauf zu warten, dass sie auffuhr und ihn zurechtwies, dass die Ranch ihr gehöre und nicht ihm.

Aber Claudia hatte inzwischen gelernt, sich zu beherrschen und ihre Gedanken für sich zu behalten. Ohne eine Miene zu verziehen, antwortete sie: „Sicher, wie könnte ich das vergessen? Aber ich dachte, du hast zu viel um die Ohren, um deine Zeit damit zu verschwenden, mich abzuholen.“

„Ich wollte mit dir sprechen, ehe wir zur Ranch kommen. Da erschien mir dies als die beste Gelegenheit dazu.“

„Dann rede.“

„Lass uns erst starten.“

In einer kleinen Maschine zu fliegen war für Claudia nichts Neues. Sie war daran gewöhnt, weil ein Rancher ohne ein Privatflugzeug wegen der riesigen Entfernungen nicht auskam. Mit gemischten Gefühlen lehnte sie sich zurück, um ihre von dem langen Flug verkrampften Muskeln zu lockern. Um sie herum starteten und landeten große Maschinen, aber Roland ließ sich nicht aus der Ruhe bringen.

Er sprach mit den Leuten in dem Kontrollturm und steuerte die Cessna auf eine freie Piste.

Wenige Minuten später befanden sie sich in der Luft und flogen Richtung Westen. Südlich von ihnen flimmerte Houston in der Frühlingshitze. Die Landschaft unter ihnen war mit jungem Gras überzogen, und Claudia nahm den Anblick wehmütig in sich auf.

Immer wenn sie zu Besuch nach Hause kam, fiel ihr hinterher der Abschied schwer. Sie liebte dieses Land, ihre Ranch, aber sie hatte sich die Jahre in der selbst gewählten Verbannung bewusst auferlegt.

„Du wolltest mit mir reden“, wandte sich Claudia an Roland, um ihre Erinnerungen zu verdrängen.

„Ich möchte, dass du von jetzt ab ganz zu Hause bleibst“, sagte er.

Claudia war, als hätte sie einen Schlag in die Magengrube erhalten. Für immer bleiben? Gerade Roland musste doch wissen, dass ihr das unmöglich war!

Rasch warf sie ihm einen Seitenblick zu und stellte fest, dass er starr geradeaus sah.

Einen Augenblick betrachtete sie sein markantes Profil, dann blickte sie schnell wieder weg.

„Hast du nichts dazu zu sagen?“, fragte Roland.

„Das ist unmöglich.“

„So? Willst du denn nicht einmal wissen, warum du bleiben sollst?“

„Die Antwort würde mir vermutlich nicht gefallen.“

„Nein.“ Er zuckte mit den Schultern. „Aber du kommst nicht darum herum.“

„Dann heraus mit der Sprache.“

„Ricky ist wieder da. Sie trinkt viel und kennt keine Hemmungen. In letzter Zeit hat sie sich so skandalös benommen, dass die Leute sich die Mäuler zerreißen.“

„Sie ist eine erwachsene Frau. Ich kann ihr keine Vorschriften machen“, erwiderte Claudia kühl, obwohl sie empört war, dass Ricky den Namen Donahue in den Schmutz zog.

„Ich denke schon. Von Monica dürfen wir nichts erwarten, sie besitzt sowieso keine mütterlichen Gefühle. Auf der anderen Seite ist die Ranch seit deinem letzten Geburtstag in deine Hände übergegangen, Claudia. Damit ist Ricky von dir abhängig.“

Roland blickte sie durchdringend an.

„Ich weiß, dass du sie nicht magst, aber schließlich ist sie doch deine Stiefschwester und sie hat inzwischen den Namen Donahue wieder angenommen.“

„Was?“ Claudia war fassungslos. „Nach zwei Scheidungen? Wozu denn das?“ Roland hatte recht. Sie mochte Ricky nicht und hatte sie nie gemocht. Ihre zwei Jahre ältere Stiefschwester war unberechenbar.

Claudias Stimme nahm einen spöttischen Ton an.

„Warum nimmst du dir Ricky nicht vor? Du hast mir doch gesagt, du leitest die Ranch.“

„Das tue ich auch“, gab Roland zurück. „Aber sie gehört mir nicht. Die Ranch ist dein Heim, Claudia. Es wird Zeit, dass du diese Tatsache akzeptierst.“

„Du brauchst mir keine Vorhaltungen zu machen, Roland. Mein Zuhause ist jetzt Chicago.“

„Dein Mann ist tot“, unterbrach er sie kalt. „In dieser Stadt hält dich nichts mehr, und das weißt du auch. Was wartet dort schon auf dich außer einer leeren Wohnung und einer langweiligen Arbeit?“

„Meine Arbeit gefällt mir. Außerdem brauche ich nicht zu arbeiten.“

„Doch, das musst du. Weil du verrückt werden würdest, wenn du untätig in einer leeren Wohnung herumsitzen müsstest. Das bisschen Geld, das dein Mann dir hinterlassen hat, dürfte in vier, fünf Jahren aufgebraucht sein. Und ich werde nicht zulassen, dass du die Ranch bluten lässt, um dein Apartment bezahlen zu können.“

„Es ist schließlich meine Ranch“, entgegnete sie scharf.

„Sie gehörte auch deinem Vater. Er hat alles in sie hineingesteckt. Schon seinetwegen werde ich nicht zulassen, dass du sie wegwirfst.“

Widerstrebend hob Claudia das Kinn, um sich nicht anmerken zu lassen, dass der Hieb saß. Roland warf ihr einen kurzen Seitenblick zu und fuhr fort:

„Ricky benimmt sich täglich schlimmer. Ich werde nicht mit ihr fertig, ohne meine Arbeit zu vernachlässigen. Ich brauche Hilfe, Claudia, und dafür bist du genau die richtige Person.“

„Ich kann nicht bleiben“, antwortete sie, und zum ersten Mal klang ihre Stimme etwas unsicher. Sie mochte Ricky nicht, aber ihre Abneigung ging nicht so weit, dass sie hasste. Ricky war ein Problem, doch früher, als sie jünger waren, hatten sie zusammen lustige Zeiten erlebt. Außerdem führte Ricky jetzt wieder den Namen Donahue, den sie nach der Heirat von Claudias Vater mit Monica angenommen hatte, obwohl er sie niemals offiziell adoptiert hatte.

„Ich werde versuchen, noch etwas Urlaub zu nehmen“, hörte Claudia sich sagen. Rasch setzte sie hinzu: „Aber nicht für lange. Ich bin jetzt an das Leben in der Stadt und die Annehmlichkeiten gewöhnt, die es auf einer Ranch nicht gibt.“ Das stimmte nur halb.

Ihr gefiel das abwechslungsreiche Leben in Chicago, aber sie würde all das gern aufgeben, wenn sie sicher sein konnte, auf der Ranch friedlich leben zu können.

„Du hast die Ranch immer geliebt“, gab Roland zu bedenken.

„Früher schon.“

Als er nicht antwortete, lehnte sich Claudia zurück und schloss die Augen. Zumindest zu Rolands Flugkünsten hatte sie absolutes Vertrauen.

Selbst mit geschlossenen Augen war sich Claudia Rolands Nähe deutlich bewusst. Fast konnte sie die Wärme seines Körpers spüren. Der Duft seines Rasierwassers streifte ihre Nase, und sie hörte sein gleichmäßiges Atmen. Wenn er sich bewegte, fühlte sie ein leichtes Prickeln. Werde ich jenen Tag denn nie vergessen, dachte sie verzweifelt. Würde er ihr ganzes Leben überschatten? Selbst in ihrer Ehe war das Erlebte so stark gegenwärtig, dass sie ihren eigenen Mann belog.

Die Erinnerungen brachen hervor. Plötzlich stand alles, was sie mit Roland Jackson erlebt hatte, wieder ganz klar vor ihr. Sie hatte ihn von klein auf an gekannt. Sein Vater war ein benachbarter Rancher mit einer kleinen, aber ertragreichen Farm gewesen, und Roland hatte seinem Vater geholfen, seit er im Sattel sitzen konnte. Da er elf Jahre älter war, war er Claudia damals nicht wie ein Junge, sondern wie ein erwachsener Mann vorgekommen.

Schon als Kind hatte sie erfahren, dass über Roland Jackson getuschelt wurde. Er war als „der wilde Jackson-Junge“ bekannt, und die älteren Mädchen kicherten hinter vorgehaltener Hand, wenn sie über ihn sprachen. Für Claudia war er jedoch nur ein netter Nachbarssohn gewesen, und sie hatte ihn gern gehabt. Zwar hatte er sie meist nicht weiter beachtet, aber wenn er mit ihr sprach, war er freundlich und half ihr, ihre Schüchternheit zu überwinden. Roland konnte wunderbar mit Tieren umgehen, hatte eine besondere Hand für Pferde und Hunde.

Kurz nach Claudias achtem Geburtstag starb ihre Mutter, und die Welt veränderte sich für sie.

Sie war jetzt still und gehemmt. Im selben Jahr wurde Roland zum Militär eingezogen. Als er drei Jahre später heimkehrte, war zu Hause vieles anders geworden.

Ward Donahue hatte wieder geheiratet, eine schöne dunkelhaarige Frau aus New Orleans. Claudia spürte von Anfang an Monicas Ablehnung. Aus Liebe zu ihrem Vater hatte sie jedoch versucht, mit Monica auszukommen. Die beiden Frauen gingen sehr vorsichtig miteinander um. Nicht, dass Monica die typische böse Stiefmutter gewesen wäre, sie war einfach nur keine mütterliche Person, nicht einmal wenn es um Ricky, ihre eigene Tochter, ging. Monica liebte Geselligkeit und Tanz. Anfangs schien sie das harte Leben auf der Ranch nicht ertragen zu können. Da sie ihren Mann liebte, gab sie sich jedoch alle Mühe, sich anzupassen. Das einzige, das Claudia nie bezweifelte, war die Liebe ihrer Stiefmutter zu ihrem Vater. Aus diesem Grunde gab es zwischen ihr und Monica auch eine Art unausgesprochenen Waffenstillstand.

Auch in Rolands Leben hatte es einen entscheidenden Einbruch gegeben. Nach seiner Rückkehr war er völlig verändert. Zwar hatte er den Vietnamkrieg überlebt, aber manchmal hatte es den Anschein, als sei nur sein Körper zurückgekehrt. Er schien kein Lachen mehr zu kennen, nachdenklich beobachtete er seine Umwelt. Sein Körper war mit Narben von Verletzungen bedeckt, die geheilt waren. Aber die Wunden, die seine Seele erlitten hatte, hatten ihn für immer gezeichnet. Nie redete er darüber, er sprach überhaupt nur selten. Die meiste Zeit blieb er für sich und betrachtete die anderen mit harten, ausdruckslosen Augen. So wurde er bald zum Außenseiter der Gesellschaft.

Er trank viel, saß allein da und kippte mit starrer Miene Alkohol in sich hinein. Natürlich wurde er dadurch für die Frauen nur noch interessanter. Der Hauch von Gefahr, der ihn umgab, machte ihn für einige unwiderstehlich. Sie wünschten sich, die Ausersehene zu sein, die ihn trösten, ihn heilen und von seinen Alpträumen erlösen könnte.

Im Laufe der Zeit wurde Roland in zahllose Skandale verwickelt. Schließlich warf ihn sein Vater hinaus. Danach wollte ihn niemand einstellen. Die Rancher und Kaufleute hielten zusammen und taten alles, um ihn aus der Gegend zu vertreiben. Irgendwie gelang es ihm jedoch immer wieder, Geld für Whisky aufzutreiben. Manchmal war er tagelang verschwunden, sodass die Leute überlegten, ob er vielleicht fortgegangen oder gestorben sei. Doch stets tauchte er wieder auf, jedes Mal ein wenig dünner und hagerer.

So war es fast unvermeidlich, dass die Feindseligkeit gegen ihn eines Tages in Gewalt ausarten musste. Er hatte zu viele Frauengeschichten gehabt und zu viele Männer beleidigt. Ward Donahue fand ihn eines Tages vor dem Ort in einem Graben. Er war von ein paar Männern zusammengeschlagen worden und so abgemagert, dass seine Knochen weiß durch die Haut schimmerten.

Obwohl er nicht aufstehen konnte, glommen seine dunklen Augen trotzig auf, als er seinen Retter erblickte.

Ohne ein Wort hob Ward den jungen Mann wie ein Kind auf die Arme und bettete ihn auf seinen Transporter. Er brachte ihn auf seine Farm und pflegte ihn. Eine Woche später quälte Roland sich mühsam auf ein Pferd und ritt mit Ward über das Ranchgelände. Er kontrollierte die Koppeln, reparierte schadhafte Zäune und trieb verirrte Tiere zusammen. In den ersten Tagen verursachte ihm das so starke Schmerzen, dass ihm ständig der Schweiß ausbrach. Dennoch machte er verbissen weiter.

Er hörte auf zu trinken und begann, wieder normal zu essen. Langsam wurde er kräftiger und nahm an Gewicht zu. Über das, was geschehen war, sprach er nie. Die anderen Rancharbeiter ließen ihn in Ruhe und beschränkten die Kontakte mit ihm auf das Notwendigste. Roland blieb auch jetzt wortkarg.

Er arbeitete, aß und schlief und führte alles, was Ward Donahue ihm auftrug, zäh und entschlossen aus.

Dass die beiden Männer bald ein Herz und eine Seele waren, war nicht zu übersehen. Niemand war daher überrascht, als Roland Aufseher wurde, nachdem der Mann, der den Posten bis dahin innegehabt hatte, nach Oklahoma gezogen war. Ward lobte Rolands Gespür für die Pferde und das Vieh und vertraute ihm. Da die übrigen Arbeiter auf der Ranch sich mittlerweile an ihn gewöhnt hatten, ging der Übergang friedlich vor sich.

Kurz darauf starb Ward nach einem Herzinfarkt. Claudia und Ricky waren zu diesem Zeitpunkt in der Schule. Sehr genau konnte Claudia sich daran erinnern, wie Roland sie aus dem Klassenraum geholt hatte. Er hatte ihr von dem Tod ihres Vaters erzählt und sie tröstend in den Armen gewiegt, als sie in Tränen ausbrach. Bis dahin hatte sie immer ein wenig Angst vor ihm gehabt, doch jetzt klammerte sie sich an ihn und suchte Trost in seiner Stärke. Ihr Vater hatte ihm vertraut, warum sollte sie es nicht auch tun?

Da Claudia sich ihm geöffnet hatte, fühlte sie sich daher doppelt verraten, als Roland sich aufzuführen begann, als gehöre ihm die Ranch. Doch den Platz ihres Vaters konnte niemand einnehmen. Wie konnte Roland so etwas auch nur wagen? Von da ab nahm Roland seine Mahlzeiten immer häufiger im Ranchhaus ein. Schließlich wechselte er ganz hinüber und bezog das Gästezimmer, von dem aus er einen Blick auf die Ställe und die Quartiere der Arbeiter hatte.

Was Claudia besonders in Wut brachte, war, dass Monica keinen Versuch machte, sich gegen Roland durchzusetzen, sondern ihn einfach gewähren ließ. Da sie eine Frau war, die sich automatisch dem jeweils Stärksten beugte, war sie Roland nicht gewachsen. Rückblickend erkannte Claudia, dass Monica hilflos war, wenn es um Ranchangelegenheiten ging. Aber da sie für sich und Ricky kein anderes Zuhause hatte, ließ sie alles einfach laufen.

Claudia stemmte sich mit aller Macht dagegen, dass Roland die Ranch so einfach in Besitz nahm. Schließlich hatte ihr Vater ihn buchstäblich aus der Gosse aufgelesen. Und zum Dank spielte Roland sich jetzt als Herr auf.

Die Ranch gehörte ihr, Claudia! Monica war lediglich ihr gesetzlich bestellter Vormund. Doch Claudia hatte so gut wie nichts zu sagen. Die Männer wandten sich ausnahmslos an Roland, obwohl Claudia alles Mögliche versuchte, um sich Geltung zu verschaffen. Der Schock über den Tod ihres Vaters hatte ihr die Scheu genommen, und sie kämpfte mit allen Mitteln um ihre Ranch. Bei jeder Gelegenheit versuchte sie, sich Roland zu widersetzen. In dieser Lebensphase war Ricky ihre willige Komplizin gewesen. Ricky war stets bereit, gegen die Regeln zu verstoßen. Doch was immer Claudia auch anstellte, sie hatte stets den Eindruck, dass Roland sie überhaupt nicht ernst nahm.

Als er beschloss, auch in die Pferdezucht einzusteigen, stellte Monica ihm trotz Claudias lautstarker Proteste das dafür erforderliche Kapital aus dem Fonds zur Verfügung, der eigentlich für das Studium der Mädchen vorgesehen war. Roland bekam stets seinen Willen. Er hatte alles fest in der Hand, jedenfalls fürs Erste. Claudia lag nachts wach und malte sich genüsslich den Tag aus, an dem sie mündig werden würde. Im Geiste legte sie sich bereits die Worte zurecht, mit denen sie Roland Jackson feuern würde.

Roland dehnte seine Einflussnahme auch auf ihr persönliches Leben aus. Als sie fünfzehn war, hatte sie mit einem achtzehnjährigen Jungen eine Verabredung zum Tanzen. Roland erfuhr davon, rief den jungen Mann an und teilte ihm einfach mit, dass Claudia noch zu jung für Verabredungen sei.

Claudia bekam einen Wutanfall, als sie davon hörte, und schlug Roland mit aller Kraft mitten ins Gesicht.

Er sagte kein Wort. Zornig packte er sie und schleppte sie nach oben. Claudia zappelte und schlug verzweifelt um sich, aber es nützte ihr nichts. Roland wurde spielend mit ihr fertig, weil sie gegen seine Kraft nichts ausrichten konnte. In ihrem Zimmer legte er sie übers Knie und gab ihr eine Tracht Prügel.

Mit fünfzehn fühlte Claudia sich bereits als junge Frau, und die Demütigung, die sie bei dieser Züchtigung empfand, war schlimmer als die Schmerzen auf ihrem Gesäß. Hasserfüllt starrte sie Roland danach an.

„Du möchtest wie eine Frau behandelt werden“, sagte Roland mit ruhiger Stimme. „Aber da du dich wie ein Kind benimmst, kannst du keine andere Behandlung erwarten. Fordere mich also nicht heraus, solange du noch nicht alt genug bist, um bestimmte Dinge selbst zu entscheiden."

Claudia wirbelte herum und stürmte die Treppe zu Monica hinunter. Mit tränennassem Gesicht forderte sie, Roland auf der Stelle zu entlassen.

Monica lachte nur.

„Sei nicht kindisch, Claudia", erklärte sie scharf. „Wir brauchen Roland, ich brauche ihn."

Hinter sich hörte Claudia Roland leise lachen. Er strich ihr immer wieder beruhigend über das zerwühlte kastanienbraune Haar.

„Nur keine Aufregung, kleine Wildkatze. So leicht wirst du mich nicht los."

Empört hatte Claudia sich abgewandt, aber Roland sollte recht behalten. Sie hatte ihn nicht loswerden können.

Jetzt, zehn Jahre später, leitete er die Ranch immer noch. Sie war es gewesen, die gegangen war. Fluchtartig hatte sie ihr Zuhause verlassen, um nicht ebenso willfährig zu werden, wie die Pferde, die er so spielend zähmte.

„Schläfst du?" Rolands Stimme riss sie in die Gegenwart zurück Claudia öffnete die Augen. „Nein."

„Dann sprich mit mir", forderte er. „Erzähl mir von deinem Mann."

Verwundert sah Claudia ihn an. „Du bist ihm doch mehrmals begegnet. Was willst du denn über David wissen?"

„Eine Menge", erwiderte er leichthin. „Zum Beispiel, ob er gefragt hat, ob du vor der Ehe schon mit anderen Männern geschlafen hast."

Claudia biss sich auf die Lippe. Was konnte sie schon antworten? Dass ihn das nichts anginge? Roland würde ihr nur entgegenhalten, dass ihn das mehr beträfe als jeden anderen, weil er schließlich der erste Mann in ihrem Leben gewesen war.

Widerwillig drehte sie den Kopf zu ihm hin, und in ihren Augen lag ein verletzter Ausdruck. „Er hat nie danach gefragt", sagte sie leise.

Rolands Profil hob sich klar gegen das Blau des Himmels ab, bei seinem Anblick zog sich etwas in ihr zusammen. Sie dachte an jenen Sommertag, an dem er sich über sie gebeugt hatte und seine Gestalt von der Sonne golden gerahmt worden war. Sie verkrampfte sich unwillkürlich und wandte sich ab, damit er den Schmerz in ihren Augen nicht sah.

„Ich hätte dich danach gefragt", murmelte er mit rauer Stimme.

„David war ein Gentleman."

„Womit du sagen willst, dass ich das nicht bin?"

„Du kennst die Antwort genauso gut wie ich. Nein, du bist kein Gentleman. Du bist weder sanft noch feinfühlig."

„Ich war es damals, als wir zusammen waren." Sein Blick glitt langsam über die Rundungen ihrer Brüste und Hüften zu ihren Schenkeln. Wieder gaben ihre Empfindungen ihr das Gefühl, dass ihr dieser Mann niemals gleichgültig sein würde.

„Ich möchte nicht darüber reden!" Sobald die Worte heraus waren, bereute Claudia sie bereits wieder.

Der gequälte Ton, in dem sie sie vorgebracht hatte, musste Roland verraten haben, dass sie den so lange zurückliegenden Zwischenfall immer noch nicht überwunden hatte.

„Du kannst nicht ewig fortlaufen, Claudia. Du bist jetzt kein Kind mehr, sondern eine Frau."

Als ob sie das nicht wüsste! Er hatte sie zur Frau gemacht, als sie siebzehn war. Seitdem hatte die Erinnerung an ihn sie verfolgt und gequält. Roland hatte unsichtbar sogar zwischen ihr und ihrem Mann gestanden und David die Liebe vorenthalten, die er verdient gehabt hätte. Aber Claudia wäre lieber gestorben, als David auch nur ahnen zu lassen, dass sie bei ihm nicht das empfand, was sie einmal kennengelernt hatte. Und natürlich konnte sie Roland nicht sagen, wie tief sie das berührt hatte, was für ihn zweifellos nur eine zufällige körperliche Vereinigung gewesen war.

„Ich bin nicht fortgerannt", widersprach sie. „Ich bin aufs College gegangen. Das ist etwas anderes."

„Und du bist so selten wie möglich heimgekommen", erklärte er sarkastisch. „Hast du etwa geglaubt, ich würde dich jedes Mal überfallen, wenn ich dich sehe? Ich wusste genau, dass du damals noch zu jung warst. Eigentlich habe ich es ja nicht gewollt und hatte mir vorgenommen, es nie wieder dazu kommen zu lassen. Jedenfalls nicht, bis du älter und aufgeklärter warst."

„Ich wusste, was Sex ist!", gab sie abwehrend zurück, weil Roland nicht merken durfte, dass sie auf diese Erfahrung in keiner Weise vorbereitet gewesen war.

Doch er kannte sie besser, als ihr lieb war. „Du wusstest, was es war, aber nicht, wie es sein würde." Da sie auf seine harten Worte nur schwieg, fuhr er nach einer Weile fort: „Du warst noch nicht so weit, nicht wahr?"

Claudia wünschte, sie hätte so getan, als schliefe sie. Denn Roland war wie ein Vollblutpferd. Wenn er einmal ein Ziel vor Augen hatte, konnte ihn nichts mehr aufhalten. „Nein“, gab sie unwillig zu. „Schon gar nicht mit dir.“

Grimmig verzog Roland das Gesicht. „Und dabei habe ich mich bei dir besonders zurückgehalten. Du hättest den Kopf verloren, wenn ich mich so hätte gehen lassen, wie ich es gern getan hätte.“

Claudia zuckte innerlich zusammen. Um ihn zu verletzen, wie er ihr wehgetan hatte, stieß sie hervor: „Ich wollte es nicht. Ich wollte nicht, dass …

„Du wolltest es“, unterbrach er sie grob. „Du hast dich temperamentvoll gewehrt, weil es dir Spaß machte, gegen mich anzukämpfen, aber du hast mich begehrt! Schließlich hast du keinen Versuch gemacht, fortzurennen. Du hast mich gereizt und versucht, mir auf jede nur erdenkliche Art wehzutun, aber irgendwann ist aus diesem Kampf dann Verlangen geworden, und du hast dich geradezu an mich geklammert.“

Daran wollte Claudia nicht erinnert werden. „Ich möchte nicht darüber sprechen!“

Plötzlich gewann Rolands ungestümes Temperament die Oberhand. „Das ist dein Problem!“, stieß er gepresst hervor. Er schaltete die automatische Steuerung ein und griff nach Claudia.

Vergebens bemühte sie sich, ihn fortzustoßen. Roland wehrte ihre Hände mühelos ab. Er packte sie an den Oberarmen und zog sie an sich. Seine Lippen waren heiß und fordernd wie damals und schmeckten nur zu vertraut. Claudia ballte die Hände und trommelte gegen seine Schultern, aber trotz ihres Widerstandes musste sie feststellen, dass sich nichts geändert hatte. Ihr Herz schien schneller zu schlagen, ihr Atem ging nur noch stoßweise, und sie zitterte am ganzen Körper. Sie begehrte ihn, und wie sie ihn begehrte! Alles in ihr drängte ihm entgegen, obwohl sie wusste, dass es nicht sein durfte.

Langsam begann Roland mit der Zunge ihren Mund zu erkunden. Wie von selbst hörte sie auf, mit den Händen zu trommeln, und tastete nach seinen harten Schultermuskeln. Claudia begann alles um sich herum zu vergessen.

Der Geschmack seines Mundes, sein Geruch, das Gefühl seiner rauen Wange an ihrer Haut machten jenen heißen Sommertag wieder lebendig, als sie nackt aufeinander lagen.

Rolands Zorn war verflogen, und in seinen Augen stand bloßes Verlangen. Er flüsterte: „Hast du je vergessen können, wie es war?“

Erneut wollte Claudia ihn an ihre Lippen ziehen, und sie glitt mit den Fingern durch sein dichtes dunkles Haar. „Roland“, flüsterte sie erwartungsvoll.

Er zog den Kopf jedoch wieder zurück. „Hast du es vergessen?“, drängte er.

Jetzt war ihr alles gleich. Roland wusste sowieso, wie es um sie stand. Eine Berührung, und sie würde dahinschmelzen. „Nein, ich habe es nicht vergessen“, antwortete sie leise.

Wieder bedeckte er ihre Lippen mit Küssen, und sie genoss die Süße seiner Zärtlichkeit. Sie merkte, wie Roland ihre Brust ertastete und suchend zu ihrer Taille weiter glitt. Die dünne Seide ihres ärmellosen Sommerkleides bot seiner Berührung keinen Widerstand. Mit den Fingern hielt er an ihrem Knie an, um dann in langsam kreisenden Bewegungen an ihrem Schenkel aufwärts zu wandern. Er schob ihren Rock hoch, sodass ihre langen Beine entblößt wurden.

Doch plötzlich hielt er inne und nahm die Hand fort. „Hier ist nicht der richtige Ort, um uns zu lieben“, flüsterte er heiser. „Aber ich kann warten, bis wir zu Hause sind.“

Verträumt blickte Claudia ihn nun an, und er küsste sie erneut. Dann schob er sie auf ihren Sitz zurück. Immer noch schwer atmend, überprüfte er den Kurs der Maschine. Mit einer energischen Handbewegung strich er sich das Haar aus der Stirn und wandte sich ihr wieder zu. „Jetzt wissen wir, woran wir sind“, erklärte er befriedigt.

Claudia beugte sich vor und blickte auf das vorüberziehende Ranchland unter ihr. Närrin, schalt sie sich. *Wie konntest du nur so dumm sein!* Jetzt wusste Roland genau, welche Waffe er gegen sie besaß. Und er würde nicht zögern, sie einzusetzen. Er brauchte nur seinen sinnlichen Körper einzusetzen, um eine Frau zu beherrschen.

Aber ich werde nicht eine von seinen Frauen sein, schwor Claudia sich. Roland Jackson kannte keine Moralbegriffe, keine Hemmungen. Nach allem, was ihr Vater für ihn getan hatte, hatte er nach dessen Tod die Herrschaft über die Ranch an sich gerissen. Aber das genügte ihm noch nicht. Er wollte die Ranch und obendrein Wards Tochter. In diesem Moment beschloss Claudia, nach Chicago zurückzukehren, sobald ihr Urlaub zu Ende war. Rickys Probleme gingen sie schließlich nichts an. Wenn Roland die jetzige Situation nicht gefiel, konnte er sich woanders nach Arbeit umsehen …

Wenig später kreisten sie über dem ausgedehnten zweigeschossigen Fachwerkhaus, um ihre Ankunft anzuzeigen. Roland riss die Cessna scharf nach links, um den schmalen Landestreifen anzufliegen. Claudia war überrascht, wie schnell sie die Ranch erreicht hatten. Ein Blick auf die Uhr sagte ihr jedoch, dass sie länger unterwegs gewesen waren, als sie geglaubt hatte. In Rolands Gegenwart schien sie Zeit und Raum zu vergessen.

Ein verstaubter roter Transporter kam ihnen über das Feld entgegengeholpert. Roland setzte zu einer flachen Landung an. Sie berührten den Boden so sanft, dass die Maschine kaum erschüttert wurde. Claudia blickte auf Rolands kraftvolle braun gebrannte Hände, die den Steuerknüppel eines Flugzeuges ebenso geschickt zu meistern wussten wie ein ungebärdiges Pferd oder eine launische Frau. Rasch wandte sie sich wieder ab.

2. KAPITEL

Langsam stieg Claudia die drei Stufen der Veranda hinauf, die um das ganze Haus herumführte. Sie war nicht überrascht, dass Monica ihr nicht zur Begrüßung entgegenkam. Auch Ricky erschien nicht, aber mit ihr hatte sie sowieso nicht gerechnet. Monica hatte sonst wenigstens nach außen hin den Schein zu wahren versucht. Als David noch lebte und dabei gewesen war, hatte sie immer eine große Willkommensschau abgezogen.

Claudia öffnete die Gittertür und betrat die kühle Diele. Roland folgte ihr mit dem Gepäck. „Wo ist Monica?", erkundigte sie sich.

„Woher soll ich das wissen?", brummte er bereits halb auf der Treppe. Gereizt folgte Claudia ihm zu dem Zimmer, das früher ihr gehört hatte. Roland öffnete die Tür, um ihr Gepäck abzustellen.

„Was willst du damit sagen?", erkundigte sie sich verwirrt.

Er zuckte mit den Schultern. „Monica schwirrt in letzter Zeit immer irgendwo in der Weltgeschichte herum. Auf der Ranch hat es ihr sowieso nie richtig gefallen. Jetzt sucht sie sich ihre Zerstreuungen anderswo."

Claudia ließ ihn noch nicht gehen. „Wohin willst du?", fragte sie.

Mit gespielter Geduld drehte er sich zu ihr um. „Arbeiten. Oder hast du an etwas anderes gedacht?" Er blickte vielsagend auf ihr Schlafzimmer, aber Claudia überging die Anspielung.

„Ich finde, wir sollten nachsehen, wo Monica ist."

„Spätestens vor Einbrechen der Nacht wird sie zurück sein. Der Kombi ist nicht da, und sie fährt nicht gern in der Dunkelheit. Sie müsste also bald kommen, es sei denn, sie hat einen Unfall."

„Deine Sorge um sie ist rührend!", spottete Claudia.

„Warum sollte ich mich um sie sorgen? Ich bin Rancher, kein Anstands-Wauwau."

„Ich darf dich berichtigen. Du bist nur der Aufseher der Ranch."

Einen Augenblick blitzte es in Rolands Augen zornig auf. Dann erlosch der Funke. „Du hast recht. Und als Aufseher wartet eine Menge Arbeit auf mich. Willst du also hierbleiben und schmollen, oder gehst du dich umziehen und kommst mit? Seit du das letzte Mal hier warst, hat sich einiges verändert. Ich dachte, das würde Sie interessieren, Chefin!" Das letzte Wort hatte er bewusst betont, um sie herauszufordern.

Einen Moment kämpfte Claudia mit sich, ob sie sein Angebot kühl ablehnen sollte. Doch ihre Neugier und ihre Liebe zu der Ranch gewannen die Oberhand. Sie wollte das Land und die altvertrauten Dinge aus ihrer Jugendzeit wiedersehen. „Ich gehe mich umziehen“, antwortete sie ruhig.

„Ich warte in den Ställen auf dich.“ Roland musterte sie von Kopf bis Fuß. „Es sei denn, du hättest mich beim Umziehen gern dabei.“

Claudias scharfes „Nein!“ kam wie aus der Pistole geschossen, aber Roland schien auch nichts anderes erwartet zu haben. Er zuckte mit den Schultern und verschwand nach unten.

Claudia ging in ihr Zimmer zurück und zog sich aus. Sie verzichtete auf das Auspacken, da sie genug Jeans und Hemden auf der Ranch gelassen hatte. In Chicago trug sie modische Kleider, während sie zu Hause nur in abgewetzten Jeans herumgelaufen war. Als sie in ihre alten Stiefel schlüpfte und den ausgebleichten Sonnenhut aufsetzte, hatte sie plötzlich das Gefühl, wieder die Claudia von früher zu sein. Beschwingt eilte sie die Treppe hinunter und lief in die Küche, in der Lorna Ingram, die Köchin, hantierte. Doch da Lorna in Roland den eigentlichen Herrn der Ranch sah, fiel die Begrüßung etwas förmlich aus.

Roland wartete bereits mit seinem großen Braunen auf Claudia. Zusätzlich hielt er die Zügel eines langbeinigen grauen Wallachs, den Claudia noch nicht gesehen hatte. Da sie mit Pferden aufgewachsen war, hatte sie keinerlei Angst vor ihnen. Sie tätschelte dem Tier liebevoll den Kopf und sprach ruhig auf es ein. „Hallo, mein Lieber, dich kenne ich ja noch gar nicht. Wie lange bist du denn schon hier?“

„Zwei Jahre“, antwortete Roland und warf ihr die Zügel zu. „Er ist ein gutes Pferd und sehr sanftmütig. Nicht wie Redman hier“, setzte er hinzu, als der Braune ihn ungestüm anstupste. Roland schwang sich in den Sattel, ohne Claudia seine Hilfe anzubieten. Aber die brauchte sie auch gar nicht. Auf einem Pferd war sie alles andere als hilflos. Rasch bestieg sie den Wallach und ritt hinter Roland her, der nicht auf sie gewartet hatte.

Sie ließen die Ställe hinter sich, und Claudia blickte erstaunt auf die sauberen Koppeln und Schuppen, die bei ihrem letzten Besuch noch nicht da gewesen waren. Ein paar Stuten grasten friedlich, ohne auf sie zu achten, und langbeinige Fohlen sprangen verspielt über das zarte Frühlingsgras. Roland deutete mit der Hand auf ein Gebäude. „Das ist der neue Fohlenstall. Möchtest du ihn dir ansehen?“

Claudia nickte, und sie lenkten die Pferde auf den Bau zu. „Im Augenblick ist nur eine Stute trächtig“, erklärte Roland. „In den letzten

Wochen ist es hier ziemlich hektisch zugegangen, aber zurzeit haben wir eine Verschnaufpause."

Die Boxen in dem Fohlenstall waren luftig und geräumig und peinlich sauber. Wie Roland angegeben hatte, gab es dort im Moment nur einen Bewohner. In der Mitte einer großen Box stand eine Stute, die so müde aussah, dass Claudia Mitleid mit ihr hatte. Als Roland die Hand ausstreckte und mit der Zunge schnalzte, kam die Stute schwerfällig auf ihn zu und legte den Kopf auf die Einfriedung, um gestreichelt zu werden. Er tat es und sprach beruhigend auf sie ein.

„Wir gehören jetzt zu den besten Pferdezüchtem des Staates", erklärte Roland sachlich. „Aus allen Staaten kommen Käufer zu uns, sogar aus Hawaii."

Als sie weiterritten, sprach Roland nur wenig. Er überließ es Claudia, selbst festzustellen, was sich verändert hatte. Sie war ebenfalls schweigsam, aber sie musste sich eingestehen, dass die Ranch bestens in Schuss war. Zäune und Koppeln befanden sich in ausgezeichnetem Zustand, die Tiere waren gesund und machten einen lebhaften Eindruck. Die Gebäude waren sauber und frisch gestrichen. Auch die Quartiere der Arbeiter waren ausgebaut und modernisiert worden.

Zu ihrer Überraschung bemerkte sie in einiger Entfernung hinter dem Ranchhaus ein paar Hütten. Sie deutete darauf. „Sind das Wohnhäuser?", wollte sie wissen.

Roland bejahte alles.

„Einige Arbeiter sind verheiratet. Ich musste etwas unternehmen, um auch nachts ein paar gute Männer greifbar zu haben." Er warf ihr einen fragenden Blick zu, aber Claudia gefiel die Lösung mit den Häusern. Doch selbst, wenn sie damit nicht einverstanden gewesen wäre, hätte sie nichts gesagt, weil sie keinen Streit anfangen wollte.

„Möchtest du hinausreiten und dir das Vieh ansehen?", fragte Roland. Ohne Claudias Antwort abzuwarten, ritt er voran, sodass ihr nichts anderes übrig blieb, als ihm zu folgen. Bald holte sie ihn ein, und sie ritten Seite an Seite zu den westlichen Weiden, wo die Hereford-Rinder grasten. Claudia war sicher, dass sie am Abend einen ziemlichen Muskelkater haben würde, weil sie das Reiten nicht mehr gewöhnt war.

Die Herde war erstaunlich klein. Als sie Roland darauf ansprach, erklärte er: „Es werden keine Rinder mehr für den Verkauf gezüchtet, der Bestand ist hauptsächlich für den Eigenbedarf. Wir sind jetzt eine Pferderanch."

Einen Augenblick starrte Claudia ihn verständnislos an. Dann rief sie empört: „Was soll das heißen? Dies ist eine Rinderfarm! Wer hat dir die Erlaubnis gegeben, die Rinder zu verkaufen?"

„Dafür brauchte ich keine Erlaubnis", gab er scharf zurück. „Mit den Rindern haben wir mit Verlust gearbeitet. Da habe ich den Betrieb umgestellt. Wenn du hier gewesen wärst, hätte ich die Sache mit dir besprochen. Aber du hast es ja nicht für notwendig gehalten, herzukommen."

„Das ist nicht wahr!", schrie Claudia. „Du weißt genau, warum ich nicht öfter gekommen bin! Du weißt, dass es wegen …" Sie brach ab, weil sie ihm ihre Schwäche nicht eingestehen wollte.

Nachdem Roland vergeblich abgewartet hatte, dass sie weitersprach, trieb er sein Pferd wieder an. Die Sonne stand schon tief am Himmel, aber sie ritten weiter, ohne zu sprechen. Was gab es zwischen ihnen auch zu sagen?

Claudia war in Gedanken versunken und achtete nicht auf ihre Umgebung, bis Roland sein Pferd auf der Anhöhe eines Hügels zügelte. Sie hatten plötzlich den Fluss und die Wiese mit der schützenden Baumgruppe vor sich, unter der sie sich an jenem heißen Julitag geliebt hatten.

Obwohl Claudia spürte, dass Roland sie durchdringend ansah, konnte sie nicht verhindern, dass ihr das Blut in die Wangen schoss.

Roland wusste sofort, was in ihr vorging. Er nahm den Hut ab und fuhr sich mit den Fingern durch das Haar.

„Was machst du für ein Gesicht? Ich werde dich nicht überfallen, meine Liebe. Wir werden die Pferde ans Wasser führen, damit sie trinken können, weiter nichts. Also komm."

Claudia riss sich zusammen und folgte ihm mit ausdruckslosem Gesicht zum Fluss hinunter.

Hier war es gewesen, wo Roland sie nackt schwimmend angetroffen und ihr barsch befohlen hatte, sofort aus dem Wasser zu kommen. Wütend über seine herrische Art war sie aus dem Fluss gestürmt, ohne zu bedenken, was für Folgen es haben konnte, sich mit einem Mann nackt auf eine Auseinandersetzung einzulassen. Was passiert war, war eigentlich eher meine Schuld als die seine, musste sie sich jetzt rückblickend eingestehen. Er hatte versucht, sie zu beruhigen und abzuwehren, aber ihr unbekleideter Körper war eine zu große Versuchung gewesen. Als er sie heftig auf den Mund küsste, um sie am Schreien zu hindern, waren Claudias Wut und Empörung plötzlich in Verlangen umgeschlagen. Sie wusste selbst nicht, was mit ihr geschehen war oder was sie in ihm auslöste. Jedenfalls hatte er jede Beherrschung verloren, und es gab für sie beide kein Zurück mehr.

Als Roland vom Pferd stieg, tat Claudia es ihm nach. Er bemerkte ihren steifen Schritt und meinte: „Du bekommst einen Muskelkater, wenn du nichts dagegen tust. Ich werde dir die Beine massieren, wenn wir nach Hause kommen."

Claudia verkrampfte sich bei der Vorstellung, dass er sie massierte, und lehnte das Angebot schroff ab. „Danke, aber das kann ich auch allein!"

Gleichgültig zuckte Roland mit den Schultern. „Es sind deine Schmerzen." Es gefiel Claudia nicht, wie er ihre Abfuhr so glatt hinnahm. Leicht verärgert folgte sie ihm, als er sein Pferd bestieg und den Rückweg antrat. Bereits jetzt begann sie bei jeder Bewegung ihre Beine zu spüren. Nur ihr Stolz hielt sie davon ab, ihn zu bitten, das Tempo zu verlangsamen. Sie war erleichtert, als sie endlich bei den Ställen ankamen.

Roland schwang sich aus dem Sattel und war an ihrer Seite, ehe sie den Fuß aus dem Steigbügel genommen hatte. Wortlos umfasste er ihre Taille und hob sie vorsichtig vom Pferd. Er musste also genau wissen, wie schlecht es ihr ging. Sie murmelte ein Danke und löste sich rasch von ihm.

„Geh ins Haus und sag Lorna, sie soll das Essen in einer halben Stunde auftragen", befahl er. „Und beeil dich, sonst bleibt dir nicht genug Zeit, um vor dem Essen den Pferdegeruch loszuwerden."

Bei dem Gedanken an eine erfrischende Dusche fühlte Claudia sich sofort besser. Erst als sie das Haus betrat, empfand sie Zorn darüber, dass Roland bestimmte, wann gegessen wurde. Sie überlegte kurz, doch dann sagte sie sich, dass er es schließlich war, der die Arbeitseinteilung vornahm. Seufzend ging sie in die Küche und richtete Lorna seine Anweisung aus. Weder von Monica noch von Ricky war etwas zu sehen. Also eilte Claudia nach oben und duschte rasch. Obwohl die Mahlzeiten auf der Ranch zwanglos verliefen, tauschte sie die Jeans gegen ein ärmelloses Baumwollkleid und legte ein leichtes Make-up auf. Warum sie sich mit ihrem Aussehen so viel Mühe gab, wollte sie sich selbst nicht eingestehen. Als sie sich das Haar in weichem Schwung über die Schultern bürstete, klopfte es an die Tür. Ihre Stiefschwester trat ein.

Claudias erster Gedanke war, dass Rickys letzte Ehe sie ziemlich mitgenommen haben musste. Obwohl Rickys Haar wie stets wunderbar glänzte und ihre Figur schlank und rank war, wirkte sie verkrampft und unzufrieden. Ricky war eine jüngere Ausgabe von Monica, eine schöne, exotisch wirkende Frau, mit einem vollen Mund, schräg gestellten haselnussbraunen Augen und einem goldenen Hautton. Doch ihre harten Züge widersprachen diesem Bild der Schönheit.

„Willkommen daheim", gurrte Ricky. Sie hob die Hand, in der sie ein halb gefülltes Glas mit einer bernsteinfarbenen Flüssigkeit hielt. „Entschuldige, dass ich dich nicht begrüßt habe, ich hatte vergessen, dass heute der große Tag ist. Aber sicher hat Roland sich bestens um dich gekümmert." Sie trank einen großen Schluck aus ihrem Glas und lächelte boshaft. „Roland kümmert sich immer gut um seine Frauen, nicht wahr? Um alle."

Unbehaglich fragte sich Claudia, ob Ricky irgendwie herausbekommen hatte, was an jenem Tag am Fluss geschehen war. Doch das war schwer zu sagen. Ricky sprach gern in diesem herausfordernden Ton, wahrscheinlich, weil sie unsicher und mit ihrem Leben unzufrieden war. Deshalb überging Claudia die Bemerkung und begrüßte ihre Stiefschwester, als sei alles normal.

„Es ist schön, nach so langer Zeit wieder einmal zu Hause zu sein. Hier hat sich vieles verändert. Fast hätte ich die Ranch nicht mehr wiedererkannt."

„Ja, sicher", meinte Ricky hämisch. „Roland ist ja auch der Boss, wusstest du das nicht? Alles hier tanzt nach seiner Pfeife. Alle springen, wenn er nur mit dem Finger schnippt. Inzwischen ist er kein Ausgestoßener mehr, Schwesterherz. Er ist ein angesehenes Mitglied unserer kleinen Gemeinde geworden und leitet die Ranch mit eiserner Faust. Oder fast." Sie zwinkerte Claudia vielsagend zu. „Mich hat er noch nicht unter der Knute. Ich weiß, was er vorhat."

Claudia wollte Ricky darauf nicht antworten, denn wenn sie angetrunken war, war eine vernünftige Unterhaltung mit ihr sowieso unmöglich.

Daher hakte Claudia ihre Stiefschwester unter und führte sie sanft auf die Treppe zu. „Lorna dürfte das Essen inzwischen fertig haben. Ich bin schon fast am Verhungern."

In diesem Augenblick kam Roland ihnen entgegen. Er presste die Lippen ärgerlich zusammen, als er das Glas in Rickys Hand sah. Ohne ein Wort nahm er es ihr ab.

Einen Augenblick sah Ricky ihn erstaunt an. Dann hatte sie sich wieder gefangen und fuhr mit der Fingerspitze aufreizend langsam über die Knöpfe seines Hemdes.

„Der große Meister“, erklärte sie mit honigsüßer Stimme. „Kein Wunder, dass du dir die Frauen aussuchen kannst. Ich habe Claudia gerade von dir erzählt, von deinen Frauen.“ Mit einem verschlagenen Gesichtsausdruck lächelte sie ihn an und ging befriedigt nach unten.

Roland rief ihr etwas Unverständliches hinterher, während Claudia verwirrt dastand und überlegte, worauf Ricky hinauswollte und warum Roland so wütend darüber war. Kurz entschlossen sprach sie ihn direkt darauf an: „Was hat sie damit gemeint?“

Er antwortete nicht sofort, sondern roch misstrauisch an dem Inhalt des Glases. Dann trank er den Inhalt in einem einzigen Zug aus. Entsetzt verzog er das Gesicht. Erstickt brachte er hervor: „Wie konnte ich dieses Zeug nur trinken?“

Mühsam musste Claudia das Lachen unterdrücken. Seit dem Tag, an dem ihr Vater Roland nach Hause geschafft hatte, hatte dieser keinen Tropfen Alkohol mehr angerührt. Seine überraschende Reaktion machte ihn irgendwie menschlicher und enthüllte eine Seite an ihm, die sie noch nicht kannte. Er fing ihren Blick auf und nahm ihr Gesicht in beide Hände. „Machst du dich über mich lustig?“, wollte er wissen. „Das kann gefährlich werden.“

Aus Erfahrung wusste Claudia, wie gefährlich Roland sein konnte, aber in diesem Augenblick fühlte sie sich stark. Unbeirrt hielt sie seinem Blick stand. „Ich habe keine Angst vor dir, großer Boss“, erklärte sie herausfordernd, um dann rasch hinzuzusetzen: „Sag mir, was Ricky gemeint hat.“

„Ach, lass doch, Ricky“, brummte er und küsste sie auf den Mund. Claudia war überrascht, wie sanft sein Kuss war. Sie entspannte sich und öffnete die Lippen unter dem zarten Druck seiner Zunge. Leise stöhnte Roland auf und schloss die Arme um sie. Seine Hand glitt zu ihrer Hüfte, und er presste Claudia an sich.

Ein Gefühl der Schwäche erfasste sie, Halt suchend griff sie nach seinen Armen. Sie war sich seiner männlichen Ausstrahlung voll bewusst, und sie drängte sich ihm entgegen. So etwas hatte sie noch bei keinem anderen Mann erlebt. Was sie in Rolands Armen empfand, war einmalig. Gegen ihn hatte David keine Chance gehabt.

Der Gedanke an David riss sie aus dem Sinnenwirbel, der sie mitzureißen drohte. Schwer atmend befreite sie sich aus Rolands Umarmung, aber sie schaffte es nicht, ihn ganz von sich zu schieben. Matt lehnte sie sich an ihn und legte den Kopf an seine Schulter.

„Das ist gut“, murmelte er heiser und liebkoste ihr Ohrläppchen. „Jetzt bist du kein Kind mehr, Claudia.“

Was meint er damit, fragte sie sich beunruhigt. Dass er es nicht mehr für nötig hielt, sich von ihr fernzuhalten? Wollte er sie damit warnen, dass er nicht mehr versuchen würde, ihre Beziehung neutral zu halten? Aber seit jenem Tag am Fluss hatte sie das ohnehin nicht mehr sein können.

Es gelang Claudia jetzt, sich von ihm zu befreien. Stolz hob sie den Kopf. „Nein, Roland, ich bin kein Kind mehr. Ich habe gelernt, mich unerwünschten Annäherungen zu widersetzen.“

„Dann muss meine erwünscht sein, denn du hast dich mir wohl kaum widersetzt“, neckte er und schob Claudia sanft auf die Treppe zu.

Sie war froh, dass sie sich halbwegs wieder gefangen hatte, denn plötzlich erschien Monica am Fuße der Treppe.

„Claudia, Roland, wo bleibt ihr denn?“

Das war typisch für Monica. Keine Begrüßung, obwohl sie ihre Stieftochter seit fast drei Jahren nicht mehr gesehen hatte. Claudia nahm ihr das nicht weiter übel. Wenigstens spielte Monica ihr jetzt nichts mehr vor. Als Claudia nach unten ging, hörte sie, wie Roland ihr folgte.

Bei Tisch ging es ungezwungen zu. Nach einem langen heißen Tag auf der Ranch wollte man einfach nur etwas in den Magen bekommen. Claudias Entscheidung, ein Kleid zu tragen, war zwar ungewöhnlich, aber ihr fiel auf, dass auch Ricky sich umgezogen hatte. Ihr weißes Kleid hätte ebenso gut auf eine Party gepasst. Da Ricky an diesem Abend keine Verabredung zu haben schien, musste sie sich für Roland in Schale geworfen haben.

Claudias Blick wanderte zu Roland, der den Platz ihres Vaters eingenommen hatte. Erst jetzt bemerkte sie, dass er dunkle Hosen und ein frisches weißes Hemd trug, dessen aufgerollte Ärmel seine braun gebrannten Arme freigaben. Verstohlen betrachtete sie sein kühnes Profil, sein dichtes dunkelbraunes Haar, die geschwungenen Brauen und seine gerade Nase. Seine Lippen waren sinnlich und fein geschnitten, aber Claudia wusste, dass er auch hart und unerbittlich sein konnte. Das Hemd spannte sich über seinen breiten Schultern und war am Hals geöffnet, sodass der Ansatz seines gelockten Brustflaums sichtbar war. Claudia erinnerte sich genau, wie sich die Härchen unter ihren Fingern angefühlt hatten.

Überrascht bemerkte Claudia das belustigte Glitzern in Rolands Augen und fühlte, dass ihre Musterung ihm nicht entgangen war. Verlegen spielte sie mit ihrer Gabel und wagte nicht, Monica oder Ricky anzusehen, weil sie befürchtete, sie hätten sie auch beobachtet.

„Wie war der Flug?", erkundigte sich Monica beiläufig.

Claudia griff das Thema dankbar auf. „Anstrengend, aber wenigstens pünktlich. Ich habe dich noch gar nicht gefragt, ob du lange auf mich gewartet hast", wandte sie sich an Roland.

Er zuckte mit den Schultern und wollte etwas sagen, aber Ricky kam ihm spöttisch lachend zuvor. „Er ist schon gestern Nachmittag abgefahren und hat die Nacht in Houston verbracht, um sicherzugehen, dass er dich nicht verpasst. Für die kleine Königin der Ranch ist ihm keine Mühe zu groß, nicht wahr, Roland?"

Seine Miene blieb unbewegt, nur um seine Lippen spielte ein kühles Lächeln. „Ja, du hast recht, Ricky. Ich bin hier, um ihr jeden Wunsch zu erfüllen."

Gereizt mischte sich Monica ein. „Können wir denn nie bei Tisch sitzen, ohne dass ihr beide euch in Sticheleien ergeht? Führ dich endlich wie eine Siebenundzwanzigjährige auf, Ricky, und nicht wie ein kleines Kind!"

Der Ermahnung folgte ein kurzes Schweigen. Monica brach es mit der harmlos gemeinten Feststellung, die Claudia wie ein Hammerschlag traf: „Roland sagt, du bleibst jetzt ganz hier, Claudia."

Claudia warf Roland einen wütenden Blick zu, dem er gleichmütig standhielt. Die Antwort, die ihr auf den Lippen lag, erstarb, weil Ricky ihre Gabel fallen ließ. Alle wandten sich ihr zu. „Du Schuft!", stieß sie außer sich hervor und blitzte Roland hasserfüllt an. „Solange Mutter das Sagen über die Ranch hatte, hast du ihr geschmeichelt und sie beschwatzt, das zu tun, was du wolltest. Aber jetzt, wo Claudia fünfundzwanzig ist und die Ranch in ihre Hände übergegangen ist, lässt du Mutter wie eine heiße Kartoffel fallen! Du hast sie nur benutzt! Du hast weder sie noch mich gewollt."

Mit ausdrucksloser Miene saß Roland zurückgelehnt da und sagte kein Wort. Er hörte nur zu und wartete wie ein Tiger, der zum Sprung ansetzt. Ricky musste die Gefahr auch gespürt haben, denn sie hielt mitten im Satz inne.

Streng blickte Monica ihre Tochter an und sagte vorwurfsvoll: „Du weißt ja nicht, was du sagst! Bei deinen verkorksten Beziehungen kannst du es dir nicht leisten, andere zu kritisieren."

Erregt wandte sich Ricky ihrer Mutter zu. „Du nimmst ihn also auch noch in Schutz?", schrie sie außer sich. „Merkst du denn nicht, was er vorhat? Er hätte dich schon vor Jahren heiraten können, aber er hat dich hingehalten und gewartet, bis Claudia mündig wurde! Er wusste natürlich, dass sie eines Tages die Ranch übernehmen würde! Du etwa nicht?"

Das war für Claudia zu viel. Sie zitterte vor Empörung und hatte Mühe, an sich zu halten.

Roland dagegen blieb ganz ruhig. Er schob seinen Teller von sich und stand auf. Mit eisiger Stimme sagte er: „Die Möglichkeit einer Heirat zwischen mir und Monica hat niemals zur Diskussion gestanden." Damit verließ er den Raum, ehe eine der drei Frauen etwas sagen konnte.

Fragend blickte Claudia Monica an. Ihre Stiefmutter war bleich geworden. „Gratuliere, Ricky!", stieß Monica hervor. „Du hast es wieder einmal geschafft, den Hausfrieden zu stören."

In Claudia stieg Ärger auf. „Was sollte das Ganze?", erkundigte sie sich scharf.

Darauf stützte Ricky die Ellenbogen auf den Tisch und faltete mit einer eleganten Bewegung die Hände unter ihrem Kinn. Doch wie Monica war auch sie blass geworden. „So beschränkt kannst du doch kaum sein!", spottete sie und spitzte befriedigt die rot geschminkten Lippen. „Du wirst wohl nicht behaupten wollen, du hättest nicht gewusst, dass Roland Mutter die ganzen Jahre über benutzt hat. Aber in letzter Zeit ist ihm aufgegangen, dass du mündig und obendrein auch noch Witwe bist. Wenn du dich also von ihm einwickeln lässt, hat er die Ranch endlich ganz. Jetzt nützt Mutter ihm nichts mehr, da sie ja die Schnüre zum Geldsäckel nicht mehr in der Hand hat. Also lässt er sie fallen und wendet sich der interessanteren Partie zu."

Claudia warf ihr einen verächtlichen Blick zu. „Du hast eine schmutzige Fantasie!"

„Und du bist eine Närrin!"

„Ich wäre eine, wenn ich dich ernst nähme", gab Claudia zurück. „Was hast du überhaupt gegen Roland? Möglicherweise hast du einen Hass auf alle Männer entwickelt."

„So ist's recht!", schrie Ricky schrill. „Jetzt schieb mir die Schuld in die Schuhe, weil ich geschieden bin!"

Ratlos saß Claudia da. Sie kannte Ricky gut genug, um zu wissen, dass sie jetzt die Mitleidstour anschlug. Außerdem neigte Ricky dazu, sich nicht immer an die Wahrheit zu halten. Aus irgendeinem Grund versuchte Ricky, Roland in einem möglichst schlechten Licht erscheinen zu lassen. Aber warum? Roland hatte schon genug auf dem Kerbholz, da brauchte sie ihn nicht noch fälschlich zu beschuldigen.

Die Leute aus der Umgebung hatten nicht vergessen, wie er sich nach seiner Rückkehr aus Vietnam aufgeführt hatte. Und soweit Claudia wusste, hatte er sich nie mit seinem Vater ausgesöhnt. Mr Jackson war vor ein paar Jahren gestorben, aber Roland hatte ihr gegenüber nichts davon erwähnt. Also hatte der Zwist zwischen Vater und Sohn offenbar bis zu Mr Jacksons Tod bestanden.

Um Ricky ein wenig zu beruhigen, sagte Claudia betont sachlich: „Roland hat mich tatsächlich gebeten, zu bleiben. Schließlich bin ich hier zu Hause, vergiss das nicht. Seit David tot ist, hält mich in Chicago nichts mehr." Damit stand sie auf und verließ ruhig den Raum.

Jetzt endlich wollte Claudia in ihr Zimmer hinaufgehen, denn sie war von der Reise und dem langen Ritt müde. Ihre überanstrengten Muskeln schmerzten bei jeder Bewegung. Sie hatte den Fuß bereits auf die erste Treppenstufe gesetzt, beschloss dann jedoch, erst zu Roland zu gehen. Sie hatte das Bedürfnis, ihn zu sehen. Das war zwar seltsam, da sie ihm jahrelang bewusst aus dem Weg gegangen war, aber sie wollte über ihre Gefühle im Augenblick lieber nicht nachdenken.

Claudia verließ das Haus und ging zum Fohlenstall. Dort würde sie Roland bestimmt finden.

Die vertrauten Gerüche nach Heu, Pferden und Leder wehten ihr entgegen, als sie den Stall betrat und über den dunklen Gang auf die erleuchtete Box der trächtigen Stute zuging, vor der zwei Männer standen. Roland drehte sich um, als sie in den Lichtkreis trat. „Das ist Floyd Stoddard, Claudia, unser Fohlenmann, Floyd, das ist Claudia Ashe."

Floyd war ein untersetzter, kräftig gebauter Mann mit einem wettergegerbten Gesicht und spärlichem braunen Haar. Er nickte Claudia zu und begrüßte sie mit einer hohen Stimme, die in krassem Gegensatz zu seiner Erscheinung stand.

Claudia ergriff seine ausgestreckte Hand, aber ehe sie etwas sagen konnte, erklärte Roland zu Floyd gewandt: „Geben Sie mir sofort

Bescheid, wenn es Probleme gibt.“ Dann nahm er Claudias Arm und zog sie aus dem Lichtkegel fort. Sie konnte im Dunkeln noch nie gut sehen und stolperte unsicher dahin.

Leise lachend zog Roland sie an sich. „Immer noch halb nachtblind, nicht wahr? Keine Angst, ich lasse dich nicht gegen irgendetwas laufen. Halt dich nur an mir fest.“

Sie brauchte sich nicht festzuhalten. Roland hatte sie gut im Griff. Um etwas zu sagen, fragte sie: „Wird die Stute bald fohlen?“

„Vermutlich noch heute Nacht, wenn alles ruhig ist. Stuten sind meist scheu. Sie warten, bis sie glauben, allein zu sein. Floyd wird also ganz still sein müssen, damit sie ihn nicht hört.“ Belustigt fuhr er fort: „Sie sind eigensinnig wie alle weiblichen Wesen.“

Da Claudia wusste, dass er sie aufziehen wollte, lächelte sie nur. In gelöster Stimmung verließen sie den Stall und gingen auf das Haus zu. Im Schein des Mondes konnte Claudia jetzt wieder gut sehen, aber Rolands Arm lag immer noch um ihre Taille, und sie schob ihn nicht fort.

Ein paar Schritte wanderten sie stumm dahin, dann fragte Roland: „Ist dein Muskelkater sehr schlimm?“

„Ziemlich. Hast du eine Salbe dafür?“

„Ich bringe dir eine Tube in dein Zimmer“, versprach er. „Wie lange hast du es noch mit Monica und Ricky ausgehalten?“

„Nicht mehr lange“, gestand sie. „Ich habe auch nicht zu Ende gegessen.“

Wieder schwiegen sie. Als sie vor der Haustür angekommen waren, verstärkte sich Rolands Griff um ihre Taille. „Claudia?“

Sie blieb stehen und blickte ihn an. Sein Gesicht wurde von seinem Hut überschattet, aber sie spürte, dass er sie eindringlich ansah. „Monica ist nicht meine Geliebte“, sagte er leise. „Sie ist es nie gewesen, obwohl es an Gelegenheiten nicht gemangelt hat. Dein Vater war mir ein zu guter Freund, als dass ich mit seiner Witwe hätte ins Bett gehen können.“

Das gilt aber wohl nicht für Wards Tochter, dachte Claudia. Seine unverblümte Erklärung machte sie für einen Augenblick sprachlos. Sie versuchte, in seinem Gesicht zu lesen, und flüsterte schließlich: „Warum sagst du mir das?“

„Weil du gedacht hast, ich hätte etwas mit ihr.“

Claudia wusste nicht, was sie sagen sollte. Rickys Anspielungen hatten jedenfalls in diese Richtung gezielt. Unsicher sagte sie: „Alles deutete darauf hin. Ricky ist dessen offenbar sicher. Du brauchst bei Monica ja nur einen Wunsch zu äußern, und schon bekamst du das Geld, das du wolltest."

„Das einzige Geld, das ich je von ihr bekommen habe, war für die Ranch!", fuhr Roland auf. „Ward hat mir vertraut und mir mit der Ranch freie Hand gelassen. Sein Tod hat daran nichts geändert!"

„Das weiß ich. Du hast hart für ihn gearbeitet. Mehr als jeder andere es für seine eigene Ranch getan hätte." Unwillkürlich legte Claudia ihm die Hand auf die Brust und spürte die Wärme seiner Haut unter dem Hemd. „Ich war wütend auf dich, Roland, das muss ich zugeben. Als Vater starb, sah es so aus, als wolltest du seinen Besitz an dich reißen. Du hast die Ranch übernommen, bist in sein Haus eingezogen und hast unser aller Leben in die Hand genommen. War es da so abwegig anzunehmen, dass du auch vor seiner Frau nicht haltgemacht hast?" Warum hatte sie das nur gesagt?

Sie glaubte es ja selbst nicht. Aber merkwürdigerweise drängte es sie danach, ihm wehzutun.

Rolands Gesicht schien wie erstarrt zu sein. Zwischen zusammengebissenen Zähnen stieß er hervor: „Dafür würde ich dich am liebsten übers Knie legen!"

„Wie du bereits mehrfach erwähntest, bin ich jetzt erwachsen. Deshalb würde ich es dir nicht raten. Du kannst mich nicht mehr wie ein Kind behandeln", erwiderte sie scharf und musste an den Zwischenfall vor vielen Jahren denken.

„Ich soll dich also als Frau behandeln?"

„Nein. Ich will, dass du in mir das siehst, was ich bin, deine Arbeitgeberin!"

„Das bist du schon seit Jahren", gab er zu bedenken. „Aber das hat mich nicht davon abgehalten, dich zu versohlen. Und es hat mich auch nicht daran gehindert, dich zu lieben."

Claudia erkannte, dass es sinnlos war, sich mit Roland auf Wortgefechte einzulassen. Sie wandte sich ab und wollte ins Haus gehen. Kaum hatte sie jedoch die ersten Schritte getan, als Roland ihren Arm ergriff und sie zum Stehenbleiben zwang. „Willst du immer davonrennen, wenn ich von intimen Dingen spreche?"

Unter seiner Berührung erzitterte Claudia und versuchte, gegen ihre verwirrenden Gefühle anzukämpfen.

„Damals am Fluss bist du nicht davongelaufen", erinnerte er sie brutal. „Du warst dazu bereit, und es hat dir gefallen, obwohl es für dich das erste Mal war. Du bist wie eine junge Stute, die noch nicht zugeritten ist."

„Ich will nicht mit einer Stute verglichen werden!", rief Claudia empört.

„Aber du hast mich immer an eine erinnert, an ein langbeiniges Füllen mit großen dunklen Augen, das noch Angst hat. Und ich glaube nicht, dass du dich sehr geändert hast. Du hast immer noch Angst. Ich habe rotbraune Pferde schon immer gemocht", fuhr er mit samtener Stimme fort. „Und ich habe mir stets eine rothaarige Frau gewünscht."

Claudia war so wütend, dass sie einen Augenblick nichts sagen konnte. Als sie wieder sprechen konnte, klang ihre Stimme heiser vor Erregung.

„Nun, mit mir kannst du nicht rechnen! Ich schlage daher vor, du suchst dir eine rotbraune Stute. Die passt besser zu dir!"

Schallendes Gelächter von Roland war die Antwort. Als Claudia die Hand hob, um ihn zu schlagen, packte er sie am Handgelenk und hielt sie fest. Sie wollte sich befreien, aber er zog sie so nah an sich, dass ihre Körper sich berührten. Er beugte sich über sie, sodass sein warmer Atem ihren Mund streifte, und flüsterte: „Du bist genau die Richtige für mich. Du bist meine temperamentvolle Rothaarige. Und ich habe lange genug auf dich gewartet."

„Nein … ", setzte sie an, aber er erstickte ihren Protest mit seinen Lippen. Claudia wehrte sich nicht mehr gegen seinen Kuss. Seit dem Morgen, als er sie auf dem Flughafen geküsst hatte, schien sie nichts anderes mehr getan zu haben, als sich von ihm küssen zu lassen. Wann immer er wollte. Deutlich wurde ihr bewusst, dass Roland sie umwarb, und sie fragte sich, was er im Schilde führte.

Ihre Passivität irritierte ihn. Er zog sie fester an sich und küsste sie immer fordernder, bis sie erstickt aufstöhnte. Sofort lockerte sich sein Griff, und er hob den Kopf. „Ich habe mich vergessen", murmelte er. „Gehen wir lieber hinein und kümmern uns um deinen Muskelkater."

Claudia wollte ihm erklären, dass sie das gut selbst tun könne, doch dann hielt sie sich zurück, um die gefährliche Situation nicht noch unnötig zu verlängern. Widerspruchslos ließ sie zu, dass Roland den Arm um ihre Taille legte und sie ins Haus führte. Sie war erleichtert, dass weder von Ricky noch von Monica etwas zu sehen war.

Zu Claudias Überraschung verließ Roland sie vor ihrer Tür und ging zu seinem eigenen Zimmer. Rasch trat sie ein und schloss die Tür hinter sich. Sie sehnte sich nach einem heißen Bad, um ihre schmerzenden Muskeln zu entspannen. Aber das einzige Bad mit Badewanne befand sich etwas weiter den Gang hinunter zwischen Rolands und Monicas Zimmer, und sie wollte keinem von beiden begegnen. Mit einem bedauernden Seufzer begann sie, ihr Kleid aufzuknöpfen. Sie hatte das Oberteil gerade geöffnet, als es an ihrer Tür klopfte und Roland eintrat. Verwirrt fuhr sie herum.

„Entschuldige", brummte Roland. „Hier ist die Salbe." Sie griff nach der Tube und bemerkte, dass sein Blick auf dem aufgeknöpften Ausschnitt ihres Kleides ruhte. Ein kribbelndes Gefühl überlief sie. Als sie empört Luft holte, hob er den Kopf und sah ihr ins Gesicht. Seine Augen waren dunkel und seine Kinnmuskeln gespannt. Einen Augenblick lang glaubte sie, er würde sie an sich reißen. Doch mit einem Ausdruck des Bedauerns drückte er ihr nur die Tube in die Hand.

„Ich kann warten", sagte er und ging so unerwartet, wie er gekommen war.

Claudias Beine fühlten sich plötzlich ganz weich an. Sie ging zum Bett und ließ sich auf die helle Decke sinken. Das war knapp gewesen!

Nachdem sie die schmerzenden Partien sorgfältig mit der Salbe eingerieben hatte, zog sie ihr Nachthemd an und kroch mit steifen Bewegungen unter die Bettdecke. Trotz ihrer Müdigkeit konnte sie nicht einschlafen. Die Ereignisse des Tages zogen noch einmal an ihr vorüber.

Alle ihre Gedanken kreisten um Roland. Er hatte ihr gezeigt, wie sehr er sie begehrte, als er sie küsste. Aber Roland war ein komplizierter Mann. Bei ihm ging es wohl um mehr als nur körperliches Verlangen. Er war wie ein Eisberg, von dem nur die Spitze sichtbar war. Hatte Ricky vielleicht recht? Wollte er sich die Ranch aneignen, indem er ihre Besitzerin heiratete?

Claudia rief sich zur Ordnung. Heiraten! Wie kam sie darauf, dass Roland an eine Ehe dachte? Er konnte sie doch leicht auf andere Weise lenken. Die Erkenntnis war beschämend. Aber vielleicht war ihm daran gelegen, auch der offizielle Besitzer der Ranch zu werden. Schließlich war Roland ein Mann mit einer dunklen Vergangenheit. Deshalb konnte die Ranch für ihn doppelt wichtig sein. Für ihn bedeutete sie finanzielle und gesellschaftliche Absicherung.

Wie immer dem auch sein mochte, Claudia nahm sich vor, sich auf keinen Fall mit ihm einzulassen und sich vor ihm in Acht zu nehmen.

3. KAPITEL

Am nächsten Morgen hatte Claudia vorgehabt, zeitig aufzustehen, aber dabei blieb es auch. Sie wachte erst nach zehn auf und gähnte verschlafen. Als sie sich recken wollte, kamen ihr die verkrampften Beine schmerzlich in Erinnerung.

Vorsichtig kletterte sie aus dem Bett. Da Roland inzwischen sicher längst aus dem Haus war, konnte sie ungestört ein heißes Bad nehmen. Entschlossen nahm sie ihre Sachen auf und ging über den Korridor zum Badezimmer.

Eine Stunde später fühlte sie sich sehr viel besser, obwohl ihre Glieder immer noch ein wenig steif waren. Das lange Schlafen hatte sie erfrischt. Ihre Augen blitzten unternehmungslustig, und ihre Wangen hatten einen rosigen Schimmer. Sie hatte ihr Haar mit Kämmchen zurückgesteckt und sah dadurch fast wieder wie ein Teenager aus.

Leichtfüßig begab sie sich hinunter in die Küche.

Lorna stand am Herd und drehte sich bei ihrem Eintreten um. Sie lächelte ihr freundlich zu.

„Gut geschlafen?"

„Wunderbar." Claudia seufzte. „Ich bin seit Jahren nicht mehr so spät aufgestanden."

„Roland sagte, Sie seien erschöpft", erklärte Lorna. „Und abgenommen haben Sie auch seit Ihrem letzten Besuch. Möchten Sie Ihr Frühstück jetzt haben?"

„Es ist ja fast schon Zeit fürs Mittagessen", überlegte Claudia. „Da warte ich wohl lieber bis dahin. Wo sind denn die anderen?"

„Monica schläft noch. Ricky ist heute mit den Männern fortgefahren."

Fragend hob Claudia die Brauen, aber Lorna zuckte nur mit den Schultern. Sie war eine kräftig gebaute Frau um die fünfzig, aber ihr braunes Haar zeigte noch keine Silberfäden. Ihre ausgeglichenen Gesichtszüge verrieten, dass sie mit ihrem Leben zufrieden war.

Nachdenklich meinte sie: „Ricky macht im Augenblick eine schwierige Zeit durch."

„Inwiefern?" Claudia musste ihr recht geben. Ricky wirkte jetzt noch nervöser und reizbarer als früher und schien selbst nicht zu wissen, was sie wollte.

Wieder zuckte Lorna mit den Schultern. „Wahrscheinlich ist sie eines Tages aufgewacht und hat festgestellt, dass sie nichts aus ihrem

Leben gemacht hat. Da hat sie so eine Art Torschlusspanik bekommen. Was hat sie denn bisher erreicht? Sie hat keinen Mann, keine Kinder, nichts, das wichtig ist und ihr gehört. Das Einzige, was sie für sich verbuchen kann, ist ihre Schönheit. Aber die hat ihr den Mann, den sie haben wollte, auch nicht gebracht."

„Sie hat doch zweimal geheiratet", gab Claudia zu bedenken.

„Aber nicht Roland."

Schockiert saß Claudia da und versuchte, Lornas Gedankengang zu folgen. Roland und Ricky? Ricky hatte Roland gegenüber ständig hin- und hergeschwankt zwischen Aufsässigkeit und sklavischer Ergebenheit. Roland auf der anderen Seite hatte sie stets mit gelassener Nachsicht behandelt. War das der Grund für Rickys plötzliche Feindseligkeit? Wollte sie deshalb nicht, dass ihre Stiefschwester blieb? Wieder hatte Claudia das unbehagliche Gefühl, dass Ricky irgendwoher wusste, dass Roland mit ihr geschlafen hatte, als sie siebzehn war. Aber wie sollte sie dahintergekommen sein?

Das Ganze war absurd. Ricky konnte unmöglich in Roland verliebt sein. Claudia hatte am eigenen Leib erfahren, wie es war, wenn man liebte. Bei Ricky war von solchen Anzeichen nichts zu merken. Sie verhielt sich Roland gegenüber nach wie vor mit einer Mischung aus Angst und Ablehnung, die fast an Hass grenzte. Auch das verstand Claudia. Aus den gleichen Beweggründen war sie selbst jahrelang fortgeblieben.

Sie verspürte plötzlich das Bedürfnis, allein zu sein. „Ist Wallaces Laden immer noch sonntags geöffnet?"

Lorna nickte. „Wollen Sie in den Ort fahren?"

„Wenn niemand sonst den Wagen braucht, ja."

„Soweit ich weiß, nicht. Und selbst, wenn es so wäre, gibt es andere Transportmittel", entschied Lorna. „Würde es Ihnen etwas ausmachen, mir ein paar Sachen mitzubringen?"

„Natürlich nicht", antwortete Claudia. „Aber schreiben Sie mir lieber alles auf. Ich vergesse sonst immer das eine oder andere, wenn ich keine Liste habe. Und meist ist das dann gerade das Wichtigste."

Lorna schmunzelte und holte einen Notizblock aus einer Schublade. Sie riss das oberste Blatt ab und reichte es Claudia. „Schon geschehen. Mir geht es nämlich genauso. Da notiere ich mir immer gleich das, was mir einfällt. Ich hole Ihnen Geld aus Rolands Schreibtisch."

„Das ist nicht nötig. Ich habe genug dabei." Claudia überflog die Einkaufsliste. Es handelte sich in der Hauptsache um Erste-Hilfe-Sachen wie Alkohol und Verbandszeug. Nichts ging übermäßig ins

Geld. Außerdem war sie ja eigentlich für die Dinge verantwortlich, die für die Ranch gekauft wurden.

„Gut. Aber bewahren Sie die den Kassenbon auf. Wegen der Steuer."
Claudia nickte. „Wissen Sie, wo die Schlüssel für den Kombi sind?"

„Normalerweise stecken sie im Zündschloss. Es sei denn, Roland hat sie heute Morgen abgezogen, um Ricky daran zu hindern, einfach zu verschwinden, wie sie es häufiger tut. In diesem Fall trägt er die Schlüssel bei sich. Aber da Ricky mit den Männern fortgefahren ist, hatte er eigentlich keinen Grund, die Schlüssel an sich zu nehmen."

Unangenehm berührt presste Claudia die Lippen zusammen und ging nach oben, um ihre Handtasche zu holen. Stand es so schlimm um Ricky, dass man die Wagenschlüssel vor ihr verstecken musste? Was war, wenn jemand anders den Wagen brauchte? Aber Lorna und Monica würden vermutlich vorher Bescheid sagen, wenn sie wegfahren wollten. Und bei einem Unfall war Roland ja rasch aufzufinden. Das Flugzeug war dann sowieso schneller als ein Wagen.

Claudia hatte Glück. Die Schlüssel steckten im Zündschloss. Erleichtert öffnete sie die Wagentür und setzte sich hinter das Steuer. Sie freute sich auf die kleine Ausfahrt.

Der Kombi war ein altes Modell und sah etwas mitgenommen aus, aber der Motor sprang sofort an. Wie alles auf der Ranch wurde der Wagen gepflegt und regelmäßig gewartet. Auch hier zeigte sich Rolands Tatkraft und Umsicht. Bisher hatte Claudia nichts finden können, das zu beanstanden gewesen wäre.

Stolz auf ihren Besitz erfüllte sie, als sie über die staubige Zufahrtsstraße zur Autobahn fuhr. Obwohl die Ranch nicht übermäßig groß oder wohlhabend war, hatte sie sich gut entwickelt. Mit der Pferdezucht hatte Roland ihr eine neue Ausrichtung gegeben. Zwar war es auf dem Anwesen vorher sehr viel ruhiger zugegangen, aber jetzt war es gepflegter und mit neuem Leben erfüllt.

Der Ort war klein, aber Claudia wusste, dass sie dort alles finden würde, was sie brauchte. Alles war ihr von Kindheit an vertraut. Im Laufe ihrer Abwesenheit hatte sich kaum etwas verändert. San Antonio war die nächste größere Stadt. Zwar war sie fast hundertzwanzig Kilometer entfernt, aber für texanische Maßstäbe war das ein Katzensprung. Das anspruchslose Leben in Uvalde County machte seinen Bewohnern nichts weiter aus.

Der letzte Skandal, der hier vorgekommen war, war wohl der, an dem Roland beteiligt gewesen war. Claudia parkte den Wagen am

Rinnstein zwischen verstaubten Lieferwagen und anderen Fahrzeugen. Aus dem Gebäude drang ein Schlager aus einer Musikbox. Sie musste lächeln, als sie an frühere Zeiten zurückdachte. Wie viele Sonntagnachmittage hatte sie hier als junges Mädchen verbracht?

Der Apothekenbereich befand sich im hinteren Teil des Geschäfts. Vom an der Theke und in den Nischen an der gegenüberliegenden Wand konnte man Platz nehmen und Hamburger essen. Auf der übrigen Fläche waren ein paar Tische verteilt. Die Hocker und Nischen waren besetzt, während die Tische größtenteils frei blieben und nur im Notfall belegt wurden. Claudia warf einen Blick in die Runde und musste feststellen, dass die meisten Kunden hier Teenager waren, wie früher auch. Doch auch ein paar Erwachsene waren anwesend, vermutlich, um die stürmischen Geister unter Kontrolle zu halten.

Als Erstes ging Claudia zur Apothekenabteilung und begann, die Sachen auf Lornas Liste zusammenzutragen, weil sie ihren Auftrag erledigen wollte. Danach würde sie sich mit einem großen Milch-Shake belohnen. Der Stapel auf ihren Armen wurde immer größer und war kaum noch zu tragen. Claudia schaute sich nach einem Einkaufskorb um. Dabei fing sie den Blick einer jungen Frau in ihrem Alter auf, die sie neugierig musterte.

„Claudia? Claudia Donahue?“, fragte die Frau vorsichtig.

Sobald sie ihre Stimme hörte, wusste Claudia, wen sie vor sich hatte. „Wanda Grifford!“

„Jetzt heiße ich Wanda Wallace. Ich habe Rick Wallace geheiratet.“

Claudia erinnerte sich an ihn. Er war der Sohn des Geschäftsinhabers und etwa ein Jahr älter als sie und Wanda. „Und ich heiße jetzt Claudia Ashe.“

„Ja, das weiß ich. Ich habe gehört, dass dein Mann gestorben ist. Mein Beileid, Claudia.“

Rasch antwortete Claudia etwas Passendes und war froh, dass Wanda ihr ein Päckchen abnahm. Sofort wechselte sie das Thema, weil sie immer noch nicht mit Abstand über Davids Tod sprechen konnte. „Habt ihr Kinder?“

„Zwei. Und das genügt auch. Zwei Jungen, beides ziemliche Racker.“ Wanda zwinkerte ihr zu. „Rick hat mich gefragt, ob ich es das nächste Mal mit einem Mädchen versuchen will. Da habe ich ihm gesagt, es gäbe kein nächstes Mal. Gar nicht auszudenken, wenn das auch wieder ein Junge wäre!“ Doch trotz ihrer Worte strahlte Wanda.

In diesem Augenblick beneidete Claudia sie. Sie und David hatten davon gesprochen, Kinder zu haben. Doch dann hatten sie entschieden, dass sie erst einmal ein paar Jahre das Alleinsein genießen und damit noch etwas warten wollten.

Als sie schließlich erfahren hatten, dass David unheilbar krank war, hatte Claudia sich nicht ein Kind aufbürden wollen, das sie allein aufziehen musste. Dabei wäre ein Baby Claudia niemals eine Last geworden. Doch sie war der Auffassung gewesen, dass die Entscheidung zum Kind eine Sache ist, die Mann und Frau gemeinsam treffen mussten. Daher hatte sie David nicht weiter bedrängt. Er hatte bereits genug Probleme, nachdem er wusste, dass er nicht mehr lange zu leben hatte.

Wanda führte Claudia zu einem nahe stehenden Tisch und legte alles darauf ab. „Setz dich. Ich lade dich zu einer Willkommens-Cola ein. Roland hat uns gesagt, dass du diesmal für immer zurückgekommen bist."

Claudia ließ sich langsam auf einen freien Stuhl sinken. „Wann hat er das gesagt?", erkundigte sie sich gepresst.

„Vor zwei Wochen." Wanda ging zur Theke und füllte zwei Gläser mit Eis und Cola aus dem Automaten.

Also hatte Roland schon vor zwei Wochen verbreitet, dass sie jetzt wieder zurück nach Hause kam. Das musste gewesen sein, als sie Monica anrief, um ihren Besuch für das lange Wochenende anzukündigen. So war das also!

Roland hatte einfach entschieden, dass sie diesmal blieb und das vor den anderen als Tatsache hingestellt. Da stand ihm eine Überraschung bevor, wenn sie morgen zurückflog.

„So, das war's!" Wanda stellte das beschlagene Glas vor sie hin.

Um das prickelnde Getränk zu kosten, beugte sich Claudia vor. „Roland hat sich in den letzten Jahren sehr verändert", erklärte sie, weil sie hören wollte, was andere von ihm hielten. Vielleicht war er gar nicht so außergewöhnlich. Möglicherweise hatte sie ihn aus ihrer Sicht nur falsch eingestuft.

„In gewissen Dingen schon, in anderen wieder nicht", antwortete Wanda. „Er ist beherrschter geworden und hat sein wildes Leben aufgegeben, aber trotzdem ist er immer noch unberechenbar. Auf jeden Fall stehen die meisten hier jetzt anders zu ihm. Roland versteht etwas vom Ranchbetrieb und ist ein fairer Boss. Wusstest du, dass er Vorsitzender unseres Viehzüchterverbandes ist?"

Claudia zeigte nicht, wie überrascht sie über diese Mitteilung war. In einigen Teilen des Westens war der Viehzüchterverband so etwas wie der Kern der gesellschaftlichen Elite. In anderen Gegenden wie hier war er ein Zusammenschluss von Ranchern mit mittleren Betrieben, die einander gegenseitig zu helfen versuchten. Dennoch wunderte es sie, dass Roland zum Vorsitzenden gewählt worden war, denn er besaß ja nicht einmal eine Ranch. Auf jeden Fall zeigte das, dass er sich offenbar vom Skandalbruder zu einem geachteten Bürger gewandelt hatte.

Angeregt unterhielt sich Claudia noch eine gute Stunde mit Wanda. Ihr fiel auf, dass ihre Schulfreundin Ricky nie erwähnte. Sie musste sich den Ortsbewohnern also ganz entfremdet haben. Wenn Wanda mit ihr Kontakt gehabt hätte, hätte sie sich zweifellos nach Ricky erkundigt.

Schließlich warf Claudia einen Blick auf die Uhr und begann, ihre Einkäufe vom Tisch aufzusammeln. Wanda half ihr dabei und begleitete sie zur Kasse, wo ihr Schwiegervater sie bediente.

„Samstagabends ist hier nach wie vor Tanz“, erinnerte Wanda sie lächelnd. „Warum kommst du beim nächsten Mal nicht auch? Roland begleitet dich sicher, wenn du nicht allein herfahren willst. Aber es gibt hier auch genug Männer, die sich freuen würden, wenn du allein kämst, vor allem ohne Roland.“

Claudia lachte. Sie dachte an die samstäglichen Tanzabende, die hier fest zum Gemeindeleben gehörten. Die meisten Ehen in der Umgebung und einige Schwangerschaften waren aus solchen Tanzveranstaltungen hervorgegangen. „Danke, dass du mich daran erinnert hast. Ich werde mir die Sache überlegen, obwohl ich nicht glaube, dass Roland von der vorgeschlagenen Rolle als Begleiter begeistert sein wird.“

„Versuch’s jedenfalls“, riet Wanda verschmitzt.

„Lieber nicht“, murmelte Claudia vor sich hin, als sie die kühlen Räume verließ und in die sengende Texassonne hinaustrat. Sie hatte nicht die Absicht, zum nächsten Tanz zu gehen. In weniger als vierundzwanzig Stunden würde sie in der Maschine nach Chicago sitzen. Und am kommenden Samstag würde sie in ihrem Apartment sein, wo sie vor der Versuchung Roland Jackson sicher war.

Nachdem Claudia den Wagen aufgeschlossen und ihre Einkäufe auf dem Beifahrersitz verstaut hatte, ließ sie die Tür einen Augenblick offen stehen, damit sich das Wageninnere etwas abkühlte, ehe sie einstieg.

„Claudia! Du bist es also wirklich! Ich habe gehört, du wolltest zurückkommen!“

Neugierig drehte sie sich um und lächelte, als ein großer schlaksiger Mann mit weißem Haar und sonnengebräunter Haut über den Gehsteig auf sie zugeeilt kam. „Mr Vemon! Wie schön, Sie wiederzusehen!“

Paul Vemon blieb vor ihr stehen und zog sie in die Arme. Er war der beste Freund ihres Vaters gewesen, und Claudia hatte diese Tradition mit Pauls Sohn Kyle fortgesetzt. Zu Pauls Enttäuschung war aus der Freundschaft zwischen den beiden jungen Leuten jedoch nie Liebe geworden, was seine Zuneigung zu Claudia jedoch nicht abschwächte. Claudia erwiderte diese Gefühle und hing an dem alten Mann fast noch mehr als an seinem Sohn.

Als Paul sie freigegeben hatte, winkte er einen anderen Mann heran, den sie nicht kannte. Der Fremde zog höflich seinen Hut und nickte ihr zu. Er war etwas anders als die Einheimischen gekleidet. Seine Jeans waren zu neu, und sein Hut hatte eine ungewöhnliche Form.

Die nächsten Worte von Paul Vernon klärten sie auf. „Claudia, das ist Ira Morris. Er ist hier in der Gegend, um sich nach Zuchtrindern und Pferden umzusehen. Er besitzt eine Ranch in Kansas. Ira, das ist Claudia Donahue. Entschuldigung, aber ich habe deinen Ehenamen vergessen. Claudia ist von der Bar-D-Ranch."

„Bar D?", fragte der Mann. „Ist das nicht Roland Jacksons Ranch?"

„Ja. Du wirst ihn noch zu sehen bekommen, wenn du auf der Suche nach guten Pferden bist. Er hat die beste Reitpferdefarm in Texas."

Mr Morris wurde unruhig. Er konnte seine Ungeduld nur schwer verbergen, als Paul Vernon ins Plaudern kam. Claudia war ebenfalls daran gelegen, das Gespräch zu beenden. Sie kochte vor Wut und musste all ihre Beherrschung aufwenden, um sich vor Paul davon nichts anmerken zu lassen.

Endlich verabschiedete er sich und bat sie, ihn bald zu besuchen. Sie versprach es und stieg rasch in den Wagen, ehe er auf ein neues Thema übergehen konnte.

Claudia ließ den Motor an und legte den Gang etwas zu heftig ein. Seit Jahren war sie nicht mehr so außer sich gewesen. Das letzte Mal damals am Fluss, aber diesmal würde es anders gehen. Sie war kein naives junges Mädchen mehr, das keine Ahnung hatte, wie es einen Mann behandeln oder sich ihm gegenüber verhalten sollte. Sie war jetzt eine Frau und fühlte sich Roland gewachsen.

Roland Jacksons Ranch! Dachten die Leute wirklich, Bar D gehörte ihm? Vielleicht glaubte Roland das inzwischen selbst auch! Vielleicht hielt er sich für so unentbehrlich und meinte, die Farm so fest in der Hand zu haben, dass niemand sie ihm mehr streitig machen konnte. Wenn das der Fall war, sollte Roland Jackson bald merken, dass sie eine Donahue und er auf der Ranch nur geduldet war!

Als Claudia auf der Ranch ankam, war ihr Zorn etwas abgeflaut, aber das änderte nichts an ihrer Absicht, sich Roland vorzuknöpfen.

Doch zuerst brachte sie Lorna ihre Einkäufe, weil sie wusste, dass die Köchin sie vom Küchenfenster aus kommen gesehen haben musste. Sie sollte recht behalten, denn als sie die Küchentür öffnete, stand Lorna an der Spüle und schälte Kartoffeln. Dabei blickte sie aus dem Fenster, um nichts von dem zu verpassen, was auf dem Hof vor sich ging. Claudia stellte ihre Einkaufstüte auf den Tisch und sagte: „Hier sind die Sachen. Wissen Sie, wo Roland ist?"

„Er war beim Mittagessen da", antwortete Lorna ruhig. „Aber im Augenblick könnte er überall sein. In den Ställen müsste man Ihnen sagen können, wo er zu finden ist."

„Danke", erwiderte Claudia und begab sich entschlossenen Schrittes zu den Ställen.

Die kühle Atmosphäre war angenehm nach der Sonnenglut. Der vertraute Geruch von Pferden und Futtermitteln hüllte sie ein. Claudia blinzelte und versuchte, ihre Augen an das gedämpfte Licht zu gewöhnen. Ein paar Boxen weiter konnte sie zwei Gestalten ausmachen. Gleich darauf erkannte sie Roland, der andere Mann war ihr fremd.

Ehe sie etwas sagen konnte, deutete Roland auf sie. „Hier kommt die Chefin", sagte er.

Davon war Claudia so überrascht, dass sie wortlos zuließ, dass er die Hand um ihre Taille legte und sie an sich zog. „Claudia, das ist Lewis Stovall, unser Aufseher. Ich glaube nicht, dass du hier warst, seit wir ihn eingestellt haben. Lewis, das ist Claudia Donahue."

Lewis Stovall nickte nur und tippte sich an die Hutkrempe. Doch sein Schweigen bedeutete keineswegs, dass er schüchtern war. Seine Gesichtszüge waren hart und wachsam wie die von Roland. Er kniff die Augen zusammen und wartete.

Claudia war unbehaglich zumute. Genau wie Roland war dieser Stovall undurchsichtig und schien vom Leben gezeichnet zu sein. Ein neuer Gedanke kam ihr. Wenn er der Aufseher war, was war dann Roland? Der Herr der Ranch?

Weil Claudia nicht in Stimmung für höfliche Konversation war, erwiderte sie die Begrüßung nur mit einem kurzen Nicken. Aber das genügte bereits. Lewis hatte seine Aufmerksamkeit schon wieder Roland zugewandt und hörte seinen Anweisungen andächtig zu.

Roland sprach knapp und präzise, wie er es mit allen tat. Außer bei mir, wurde Claudia plötzlich bewusst. Zwar war Roland nie besonders redselig, aber ihr widmete er sich länger.

Seit dem Tode ihres Vaters war das so gewesen. Anfangs schien er Mühe gehabt zu haben, aus sich herauszugehen, doch dann war es ihm in seiner lockeren Art gelungen, sie in ihrem Schmerz zu trösten.

Lewis nickte Claudia bei der Verabschiedung zu und ging. Roland zog sie mit sich zum Stallausgang, ohne die Hand von ihrer Taille zu nehmen. „Ich war zum Mittagessen im Haus, um dich für den Rest des Tages zu entführen, aber du warst schon fort. Wo bist du gewesen?"

Es war typisch für Roland, dass er Lorna nicht danach gefragt hatte. „Ich bin in den Ort zu Wallaces Laden gefahren", antwortete sie mechanisch. Der warme Druck seiner Hand hatte sie fast vergessen lassen, warum sie so wütend gewesen war. Sie holte tief Luft und entzog sich ihm. „Sagtest du, Lewis sei der Aufseher?"

„Ja, das sagte ich." Roland schob seinen Hut etwas zurück und blickte ihr tief in die Augen. Claudia spürte, dass er gespannt auf ihre Reaktion wartete.

Mit honigsüßer Stimme erklärte sie: „Nun, wenn Lewis der Aufseher ist, brauche ich dich ja nicht mehr. Dann hast du deinen eigenen Job vergeben."

Er packte sie am Arm und zog sie an sich. Grimmig schloss er die Lippen und schüttelte Claudia leicht. „Ich brauchte Hilfe, und Lewis ist ein guter Mann. Wenn dir diese Dinge so wichtig sind, solltest du besser hierbleiben und dich etwas nützlich machen. Auch Ward hatte einen Aufseher zur Seite, und damals hatten wir noch keine Pferde. Also lass die Sticheleien lieber. Ich bin um zwei Uhr morgens aufgestanden, weil die Stute gefohlt hat. Deshalb bin ich im Augenblick nicht in Stimmung für deine Launen. Hast du verstanden?"

„Also gut, du brauchtest Hilfe", lenkte Claudia ein, weil seine Begründung ihr einleuchtete. Doch das hatte eigentlich nichts mit dem zu tun, was sie im Ort gehört hatte. „So weit gebe ich dir recht. Aber kannst du mir erklären, warum die Bar D Roland Jacksons Ranch genannt wird?"

Bei den letzten Worten hatte sie unwillkürlich die Stimme gehoben, und ihre Wangen waren vor Empörung gerötet.

Rolands Kinnmuskeln spannten sich. „Vielleicht, weil du dich nicht genug darum gekümmert und es nicht für notwendig gehalten hast, zurückzukommen. Da haben die Leute wohl vergessen, dass sie den Donahues gehört", gab er scharf zurück. „Ich habe nicht vergessen, wem die Ranch gehört, aber manchmal habe ich den Eindruck, dass ich der Einzige bin, der so denkt. Ich weiß, dass das Anwesen dir gehört, Chefin. Ist es das, was du von mir hören wolltest? Aber ich habe genug Arbeit zu erledigen, also lass mich in Ruh!"

„Ich halte dich nicht zurück."

Einen Fluch auf den Lippen, ging Roland wütend davon.

Mit geballten Fäusten blieb Claudia zurück. Sie kämpfte gegen den Wunsch an, Roland nachzulaufen und sich auf ihn zu stürzen, wie sie es schon einmal getan hatte. Schließlich stürmte sie ins Haus und war gerade auf dem Weg in ihr Zimmer, als Ricky ihr über den Weg lief.

„Warum hast du mir nicht gesagt, dass du in den Ort fährst?", wollte ihre Stiefschwester beleidigt wissen.

„Weil du nicht da warst und sowieso nie gern zu Wallace gegangen bist", gab Claudia trocken zurück. Sie sah Ricky genauer an und bemerkte, dass diese sich nur mühsam beherrschte und ihre Hände zitterten. Unwillkürlich fragte sie: „Warum machst du dich selbst kaputt?"

Einen Augenblick sah es so aus, als wollte Ricky aufbegehren. Doch dann ließ sie die Arme hängen und zuckte niedergeschlagen mit den Schultern. „Was weißt du schon von mir? Du warst ja immer der Liebling der Familie. Diejenige, die dazugehört. Und ich? Ich war unerwünscht. Ich konnte mich eine Donahue nennen, aber ich bin nie wirklich eine gewesen. Du weißt doch, wer die Ranch geerbt hat, oder? Und was habe ich bekommen? Nichts!"

Rickys unlogische Argumentation verschlug Claudia die Sprache. Offenbar zählte es für sie nicht, dass Ward Donahue nicht ihr, sondern Claudias Vater war. Kopfschüttelnd versuchte sie es erneut. „Ich habe dir bestimmt nicht das Gefühl gegeben, hier nicht erwünscht zu sein, denn ich war ja gar nicht anwesend."

„Du brauchtest gar nicht da zu sein!", stieß Ricky hasserfüllt hervor. „Dir gehört ja die Ranch. Damit hast du Roland in der Hand! Kein Wunder, dass er da umgeschwenkt ist!"

Alles lief auf Roland hinaus. Er war hier der Mann, um den sich alles drehte. Gegen ihren Willen entfuhr es Claudia: „Du scheinst an Wahnvorstellungen zu leiden! Er hat mir gesagt, dass er nie etwas mit Monica gehabt hat."

„Ach, wirklich?" Rickys braune Augen schimmerten feucht. Sie wandte sich ab, ehe Claudia erkennen konnte, ob sie den Tränen nah war. „Bist du wirklich so naiv, ihm zu glauben? Hast du noch nicht gemerkt, dass er nichts anderes will als die Ranch? Wie oft habe ich gebetet, sie würde abbrennen!“ Ricky stürzte an Claudia vorbei die Treppe hinunter, und Claudia blieb peinlich berührt zurück.

Es wäre dumm von mir, Ricky ernst zu nehmen, sagte sich Claudia. Schließlich lag es auf der Hand, dass Ricky seelisch gestört war. Auf der anderen Seite erinnerte Claudia sich noch genau, wie Roland die Anweisungen ihres Vaters befolgt hatte, als er damals auf die Ranch kam. Trotz seiner Schwäche und seiner Schmerzen hatte er wie ein Tier gearbeitet, um sich dankbar zu zeigen. Auch er war damals innerlich aus dem Gleichgewicht gewesen. Da war es durchaus möglich, dass die Ranch für ihn eine übersteigerte Bedeutung angenommen und er sich in den Gedanken, sie zu besitzen, verbissen hatte.

Claudia schüttelte den Kopf. Jetzt versuchte sie auch noch, den Psychiater zu spielen. Dabei hatte sie genug eigene Probleme. Roland brauchte jetzt wirklich keine Hilfe mehr. Er wusste genau, was er wollte. Rickys Unterstellungen waren einfach lächerlich.

Den ganzen Nachmittag grübelte Claudia über das nach, was sie Roland gesagt hatte. Widerstrebend kam sie zu dem Schluss, dass sie sich bei ihm entschuldigen musste. Niemand konnte ihm Mangel an Arbeitseinsatz vorwerfen. Er stellte die Ranch stets allem voran. Ihr Wutausbruch war im Grunde genommen nichts weiter als kleinliche Eifersucht gewesen. Sie hatte ihm wehtun wollen, weil er die Ranch ebenso liebte wie sie. Sie hatte sich dumm benommen und schämte sich jetzt.

Als Roland vor dem Abendessen ins Haus kam und sich die Hände waschen gehen wollte, zog sich Claudias Herz bei seinem Anblick schmerzlich zusammen. Er sah müde aus, und seine verstaubte, verschwitzte Kleidung bewies, dass er alles andere als arbeitsscheu war. Sie blieb vor ihm stehen, als er nach oben gehen wollte, und legte ihm die Hand auf den verschmutzten Ärmel.

„Verzeih, dass ich mich heute Nachmittag so benommen habe, Roland“, erklärte sie ohne Umschweife und blickte ihm fest in die Augen. „Das war nicht richtig von mir, und ich möchte mich bei dir entschuldigen. Ohne dich wäre die Ranch niemals das geworden, was sie heute ist. Und ich glaube, ich bin ein bisschen eifersüchtig.“

Roland sah sie mit ausdrucksloser Miene an. Langsam nahm er seinen Hut ab und wischte sich mit dem Ärmel über das verschwitzte Gesicht, sodass ein Schmutzstreifen zurückblieb. „Immerhin bist du nicht ganz blind", sagte er mit harter Stimme und entzog sich ihrer Berührung. Mit geschmeidigen Schritten nahm er zwei Stufen auf einmal, als kenne er keine Müdigkeit.

Claudia seufzte. Sie wusste nicht recht, wie sie sich verhalten sollte. Eines war ihr jetzt jedoch klar. Solange Roland immer noch verärgert war, würde keine Entschuldigung ihn versöhnen.

Das Abendessen verlief schweigsam. Monica sprach wenig, Ricky schmollte, und Roland war sowieso immer recht wortkarg. Doch wenigstens tat er Lornas Essen alle Ehre an und aß mit gutem Appetit. Sobald er jedoch damit fertig war, entschuldigte er sich und verschwand im Arbeitszimmer.

Ricky blickte auf und zuckte mit den Schultern. „So verlaufen bei uns nun einmal die Abende", meinte sie zu Claudia gewandt. „Aufregend, nicht wahr? Du bist an das abwechslungsreiche Leben in der Stadt gewöhnt. Hier wirst du auf die Dauer verrückt werden."

„Mir war ein ruhiges Leben schon immer lieber", antwortete Claudia, ohne von ihrem Pfirsichkuchen aufzusehen. „David und ich waren keine Stadtmenschen."

Es blieb uns nicht viel Zeit für einander, überlegte sie traurig. Jetzt war sie froh, dass sie die kostbare Zeit nicht mit hektischer Geselligkeit vergeudet hatten.

Es war noch früh am Abend, aber sie war müde. Lorna kam herein und räumte das Geschirr ab und stellte es in die Spülmaschine. Monica ging nach oben in ihr Zimmer, um allein fernzusehen.

Ricky saß noch ein Weilchen unschlüssig herum, dann verschwand auch sie in ihr Zimmer.

Claudia blieb allein zurück und beschloss, sich ebenfalls zurückzuziehen. Sie öffnete die Tür zum Arbeitszimmer, um Roland Gute Nacht zu sagen. Die Worte, die ihr auf der Zunge lagen, blieben ungesagt. Er lag in seinem Sessel ausgestreckt, hatte die Stiefel auf den Schreibtisch gelegt und schlief. Die Papiere, die auf der Arbeitsplatte verstreut waren, ließen darauf schließen, dass er vorgehabt hatte, noch zu arbeiten, dabei jedoch vom Schlaf übermannt worden war. Sein Anblick berührte Claudia schmerzhaft. Sie wollte die Tür wieder schließen, als Roland die Augen aufschlug und sie entdeckte. „Claudia", murmelte er schläfrig, „komm zu mir."

Wie unter einem Zwang trat Claudia näher. Roland nahm die Füße vom Schreibtisch und stand auf. Er ergriff Claudias Handgelenk und zog sie zu sich heran. Ehe sie wusste, wie ihr geschah, bedeckte er mit seinem Mund ihre Lippen. Sie verspürte ein Gefühl der Erregung. Wie von selbst öffnete sie ihre Lippen und erwiderte den Kuss.

„Lass uns ins Bett gehen", flüsterte er ihr ins Ohr.

Einen Augenblick lang ließ Claudia sich willig an seine Brust sinken. Doch dann meldete sich ihre Vernunft. Sie öffnete die Augen und schob Roland energisch von sich.

„Kommt nicht infrage. Ich habe nicht die Absicht."

„Ich habe schon viel zu lange gewartet", unterbrach Roland sie und suchte ihre Lippen erneut.

„Dein Pech, mein Lieber. Du wirst noch sehr viel länger warten müssen."

Er lachte leise und presste sie so fest an sich, dass sie spüren konnte, wie sehr er sie begehrte. „Das ist mein Mädchen! Kämpft bis zum bitteren Ende. Geh zu Bett, Claudia. Ich habe noch eine Menge Arbeit zu erledigen, ehe ich schlafen gehen kann."

Über Rolands schnelles Nachgeben wunderte sich Claudia. Verunsichert ließ sie sich von ihm aus dem Arbeitszimmer schieben. Was war nur mit Roland los? überlegte sie. Er war doch sonst ein Mann, der sich nie etwas versagte, außer wenn es um die Ranch ging. Ja, natürlich, das war es! Er hatte noch zu arbeiten. Da musste alles andere warten. Nun, ihr konnte das nur recht sein!

Gemächlich ging Claudia in die Küche, um Lorna Gute Nacht zu sagen. Sie erwischte die Köchin gerade noch, ehe sie sich in ihre Zweizimmerwohnung auf der Rückseite des Hauses zurückzog. Roland hatte diesen Trakt extra für sie umbauen lassen, als er sie einstellte.

Als Claudia wenig später über die Treppe nach oben ging, spürte sie deutlich die Müdigkeit in ihren Beinen.

Sie nahm ein Bad, um ihre verkrampften Muskeln zu lockern, verzichtete aus Trägheit jedoch diesmal auf die Salbe.

Wieder in ihrem Zimmer angelangt, schob sie die Vorhänge zurück, um den Mondschein hereinzulassen. Sie warf ihren Morgenmantel über die Lehne eines Schaukelstuhls und setzte sich im Nachthemd ein Weilchen still ans Fenster. Dann schaltete sie das Licht aus und kroch zufrieden ins Bett.

Es war schön, wieder zu Hause zu sein. Nirgendwo sonst fühlte sie sich so ausgeglichen und friedvoll.

Doch obwohl sie innerlich gelöst war, konnte sie nicht einschlafen. Rastlos wälzte sie sich im Bett herum, und wieder wanderten ihre Gedanken zu Roland. Er hatte also lange genug gewartet! Was bildete der Mann sich eigentlich ein? Dass sie gehorsam zu Bett ging und dort auf ihn wartete?

Hatte er das etwa gemeint? Claudia riss erschrocken die Augen auf. Aber nein, das sicher nicht. Schon gar nicht, wo Monica und Ricky ihre Zimmer auf demselben Korridor hatten. Nein, er hatte sicherlich nur gewollt, dass sie schon schlafen ging, weil er noch zu arbeiten hatte, nichts weiter. Es sei denn, er hatte die Absicht, danach zu ihr zu kommen.

Aber das würde er nicht wagen, versuchte sie sich einzureden. Er wusste genau, dass sie da nicht mitspielen und Krach schlagen würde. Sie schloss erneut die Augen und schob den beunruhigenden Gedanken beiseite, dass Roland alles riskieren würde, wenn er sich etwas in den Kopf gesetzt hatte.

Claudia war eingedämmert. Plötzlich wurde sie wach und spürte, dass sie nicht mehr allein war. Rasch drehte sie den Kopf zur Seite und sah einen Mann neben ihrem Bett stehen. Sie hielt unwillkürlich den Atem an, und ihr Herz begann so wild zu schlagen, dass es in ihren Ohren hämmerte.

Vergeblich suchte sie nach Worten, als sie sah, wie er sein Hemd abstreifte und es zur Seite warf. Das silbrige Mondlicht fiel auf seinen muskulösen Oberkörper, aber sein Gesicht blieb im Dunkeln. Dennoch war Claudia klar, wen sie vor sich hatte. Sie wusste nur zu gut, wie er aussah, wie er roch und wie seine Haut sich anfühlte. Bilder von jenem heißen Sommertag und seinem Körper, der sich über sie schob, stiegen vor ihr auf. Sie empfand eine seltsame Mischung aus Furcht und Erwartung. Roland hatte es also doch gewagt!

„Was tust du hier?“, brachte sie endlich erstickt hervor, als sie sah, dass er sich auch seiner Stiefel und Socken entledigte und sich an seinem Gürtel zu schaffen machte.

„Ich ziehe mich aus“, gab er zurück, als sei dies die selbstverständlichste Sache der Welt. „Ich schlafe heute Nacht hier.“

Das hatte sie nicht gemeint. Er musste den Verstand verloren haben! Claudia war sprachlos. Aus einem ihr selbst nicht erklärlichen Grund fühlte sie sich außerstande, ihn aus dem Zimmer zu weisen. Als sie schwieg, meinte er aufgeräumt: „Oder besser gesagt, ich bleibe heute bei dir. Ich bezweifle nämlich, dass wir viel Schlaf bekommen werden.“

Claudia wollte protestieren, aber sie brachte keinen Ton hervor. Sie wusste nicht, was sie tun sollte, ihr wurde heiß, und ihr Herz schlug immer schneller. Wie in Trance setzte sie sich auf, ohne den Blick von Rolands Körper nehmen zu können. Sie hörte, wie er den Reißverschluss seiner Hose öffnete und seine Jeans abstreifte. Sein athletischer Körper war kraftvoll, und seine Männlichkeit wie eine Bedrohung – oder ein Versprechen?

Alles in Claudia schien zu brennen. Sie streckte die Hand nach ihm aus, fing sich jedoch und wehrte ihn ab: „Komm mir ja nicht zu nahe, sonst schreie ich!“ Doch selbst für ihre Ohren klang das ganz und gar nicht überzeugend. Wie sehr sie nach ihm verlangte! Sie war jetzt eine Frau und fürchtete sich nicht mehr vor seiner Sinnlichkeit. Vielmehr wollte sie sich an ihm schmiegen und sich an seiner Glut wärmen.

Es war zu fühlen, dass Roland wusste, was in ihr vorging. Er setzte sich zu ihr auf das Bett, legte ihr die Hand auf die Wange. Selbst in dem Halbdunkel konnte Claudia spüren, wie sein Blick über ihren Körper wanderte. „Wirklich, Claudia? Würdest du wirklich schreien?“, flüsterte er.

Ihr Mund war so trocken, dass sie nicht sprechen konnte. Sie schluckte und brachte schließlich ein schwaches „Nein“ heraus.

Roland holte tief Luft, und sie fühlte, dass die Hand an ihrer Wange zitterte. „Claudia, wenn du jemals einen Mann wegen seiner Gedanken ohrfeigen wolltest, jetzt ist der Augenblick dafür gekommen“, stieß er rau hervor.

Das Beben in seiner Stimme sagte ihr, wie stark ihn ihre Nähe und das Intime der Situation berührten. Das gab ihr etwas mehr Sicherheit und den Mut, ihre Hand auf seine nackte Brust zu legen. Sie ertastete die Locken seines dunklen Flaums und spürte seine Brustspitzen unter ihren Fingern.

Als er leise aufstöhnte, beugte sich Claudia näher zu ihm, um seinen Duft einzuatmen. „Wirst du alles tun, an was du denkst?“, fragte sie mit unsicherer Stimme.

Auch Roland rückte näher. Er legte den Mund an ihren Hals, wo eine Ader stark pochte. „Das könnte ich gar nicht“, murmelte er. „Ich würde es nicht durchhalten, wenn ich versuchen würde, meine wilden Fantasien auszuleben.“

Claudia zitterte vor Verlangen. Erwartungsvoll legte sie Roland die Arme um die Schulter und drängte sich an ihn. Sie wusste selbst nicht, was mit ihr geschah, aber sie konnte nichts dagegen tun.

Ihr war klar, dass sie im Begriff war, einen großen Fehler zu machen, doch sie musste das, was sie empfand, auskosten, gleichgültig, was sie später dafür würde zahlen müssen. Verklärt ließ sie zu, dass Roland sie auf das Bett zurückdrückte und sie in die Arme nahm. Sein nackter Körper wirkte durch den dünnen Stoff ihres Nachthemdes erregend. Als sie einladend den Kopf zurücklegte, hörte sie ihn leise auflachen, dann gab er ihr, was sie wollte. Er berührte zuerst zart ihre Lippen, um dann mit der Zunge ihren Mund zu erkunden.

Zuerst genoss Claudia die Glut seiner Küsse, doch bald waren Küsse nicht mehr genug. Sie wand sich rastlos in seinen Armen und wollte mehr. Auch diesmal wusste Roland, was in ihr vorging. Er spürte genau, wann sie zum Letzten bereit war. Als seine Hand zum Verschluss ihres Nachthemdes glitt und die Knöpfe geschickt zu öffnen begann, konnte sie vor Erregung kaum noch atmen. Drängend bog sie ihm ihre Brüste entgegen und sehnte sich nach seiner Berührung. Er befriedigte ihr Verlangen, indem er ihren Busen mit den Händen umschloss.

Zärtlich ihren Namen flüsternd, streifte Roland ihr das Nachthemd von den Schultern, sodass ihre nackten Brüste im Mondlicht schimmerten. Mit den Lippen wanderte er von ihrem Mund zu ihrer Brust. Aufreizend langsam begann er, mit der Zunge ihre Brustspitze zu liebkosen. Claudia stieß einen erstickten Schrei aus. Sie klammerte sich an ihn und bäumte sich ihm ungeduldig entgegen.

Roland schob den Saum ihres Nachthemdes ganz langsam hoch. Claudia wehrte sich nicht. Alles in ihr fieberte ihm entgegen. Sie hob die Hüfte an, um ihm zu helfen. Er schob den Stoff bis zu ihrer Taille hoch, doch weiter kam er nicht. Aufstöhnend legte er sich über sie und drückte ihre Knie auseinander. Claudia wartete schwer atmend, dass er sie nahm.

„Sieh mich an“, rief Roland mit heiserer Stimme.

Sie gehorchte und stellte sich seinem Blick. Das Begehren in seinen Augen löste die letzte Spannung in ihr. Er drang in sie ein und schob die Hände unter sie, um sie seinen Stößen entgegenzuheben. Ihr ganzer Körper erzitterte, und sie stieß einen lustvollen Schrei aus. Dies war außergewöhnlicher als alles, was sie je erlebt hatte. Als Claudia die Augen schloss, schüttelte Roland sie und stieß zwischen zusammengebissenen Zähnen hervor: „Sieh mich an!“

Willenlos tat sie es. Ihr Körper gehörte jetzt ganz ihm. Nichts hatte sie auf dieses erregende Spiel vorbereitet, sie fühlte, wie sie jede Kontrolle verlor und sich einfach von dem beglückenden Verlangen forttreiben ließ.

Als sie schließlich matt in sich zusammensank, drückte Roland sie an sich und legte sie sanft auf das Kissen zurück. „Du bist gierig", murmelte er zärtlich. „Ich weiß, was du empfindest. Es ist so lange her, und auch ich kann mich nicht mehr zurückhalten."

Immer noch überwältigt von der Stärke seiner Leidenschaft klammerte sie sich an ihn, als er sich erneut in ihr bewegte. Nichts zählte in diesem Augenblick als die Kraft seines fordernden Körpers. Eng umschlungen blieben sie vereint, bis auch Roland heiser aufschrie und die höchste Befriedigung erreichte.

Erst eine ganze Weile später stützte Roland sich auf die Ellenbogen und blickte auf Claudia hinab. Er bedeckte ihren Mund und die Augen mit sanften Küssen, bis sie die Lider hob und ihn ansah. „Das war erst der Anfang", stieß er triumphierend hervor.

Er bewies es, indem er sie erneut liebte, diesmal geduldig und mit einer Zärtlichkeit, die noch atemberaubender war als seine ungezügelte Wollust. Claudia konnte ihm nicht widerstehen und wollte es auch gar nicht. Sie hatte endlich die Erfüllung gefunden, nach der sie sich so lange gesehnt hatte. Morgen würde sie diese Nacht bereuen, doch im Augenblick galt nur die Verzückung, die sie in seinen Armen erfuhr.

4. KAPITEL

Als der Sinnenrausch abgeklungen war, verließ Roland Claudia nicht, sondern hielt sie stumm umfangen und bedeckte ihr Gesicht immer wieder mit zarten Küssen. Als er nach einer Weile den Arm hob, um die Nachttischlampe einzuschalten, blinzelte sie verwirrt. Langsam begann die Vernunft zurückzukehren. Ein Gedanke schoss Claudia durch den Kopf. Was zwischen ihnen gewesen war, machte ihre Situation nur noch komplizierter, so viel war ihr jetzt schon klar.

Roland hob ihr Kinn und zwang sie, ihn anzuschauen. „Nun?", wollte er wissen.

Claudia schluckte und versuchte, etwas Ordnung in das Chaos ihrer Gefühle zu bringen.

Sie verstand nicht, was er von ihr wollte. Aus Selbstschutz brachte sie endlich hervor: „War das ein Versuch, deinen Posten als Aufseher der Ranch zu sichern?"

Roland sah sie durchdringend an. Er antwortete nicht, sondern suchte erneut ihren Mund. Wieder spürte Claudia ihren Körper sich erhitzen, und sie konnte nicht anders, als seinen Kuss zu erwidern.

Endlich hörte er auf, sie zu küssen, und antwortete: „Das, was zwischen uns war, hat mit der Ranch nichts zu tun", murmelte er mit rauer Stimme. „Das betrifft nur uns beide. Alles andere ist dagegen unwichtig. Claudia, als du David Ashe geheiratet hast, war ich so außer mir, dass ich ihn am liebsten umgebracht hätte. Aber ich wusste, dass zwischen uns noch längst nicht alles vorbei war. Da habe ich dich ziehen lassen und gewartet. Und endlich bist du nach Hause gekommen. Jetzt gebe ich dich nicht mehr frei. Diesmal rennst du mir nicht noch einmal mit einem anderen Mann fort."

Sein zorniger Ausbruch ernüchterte Claudia. „So, wie du es hinstellst, sollte man meinen, zwischen uns sei mehr gewesen als nur ein Ausrutscher. Dabei waren wir nur ein dummer, heißblütiger Teenager und ein Mann, der sich nicht beherrschen konnte. Das war alles!"

„Und jetzt?", spottete Roland.

„Was für eine Entschuldigung findest du für das, was eben war?"

„Brauche ich dafür eine Entschuldigung?"

„Vielleicht. Und sei es nur vor dir selbst. Vielleicht willst du dir immer noch nicht eingestehen, dass wir ein Paar sind, ob dir das gefällt oder nicht. Glaubst du, dass sich daran etwas ändert, wenn du den Kopf in den Sand steckst?"

Hilflos schüttelte Claudia den Kopf. Roland verlangte mehr von ihr, als sie geben konnte. Sie konnte ihm nicht sagen, dass sie ihn liebte. Sie wagte ja nicht einmal sich selbst einzugestehen, wie stark sie sich körperlich zu ihm hingezogen fühlte.

Sich auf mehr festzulegen, würde einer Unterwerfung gleichkommen. Und die ganze Situation war zu kompliziert und unsicher, als dass sie das riskieren konnte.

Er betrachtete sie und lächelte siegessicher. „Warten wir ab, ob du am Morgen auch noch so denkst", meinte er gedehnt und begann, sie erneut zu liebkosen.

Als Stunden später die graue Morgendämmerung heraufzog und ein leichter Regen rhythmisch gegen die Scheiben pochte, erwachte Claudia in Rolands Armen. Er hatte den Kopf gehoben und lauschte auf den Regen. Seufzend ließ er sich wieder auf das Kissen zurücksinken.

„Es ist Morgen", murmelte er und schob sich über sie. Claudia fühlte, dass sein Verlangen nach ihr bereits wieder erwacht war. Er schob das Knie zwischen ihre Beine, um in sie eindringen zu können.

Unwillkürlich hielt sie den Atem an. „Schon wieder?", flüsterte sie in sein Ohr.

Sie hatten in der Nacht nur sehr wenig geschlafen, und ihr Körper schmerzte von seinen leidenschaftlichen Umarmungen, obwohl er sich bemüht hatte, zärtlich zu ihr zu sein.

Zu ihrem Erstaunen fühlte sich Claudia ausgeglichener und frischer, als sie erwartet hatte.

Während der langen Nachtstunden hatte sie jedes Gefühl für Raum und Zeit verloren. Roland und sie waren eins gewesen, hatten sich wie eine Einheit bewegt, sich erkundet und liebkost. Sie hatten miteinander gespielt, bis sie seinen Körper wie den ihren kannte. Verunsichert sog sie die Luft ein, als er sie erneut nahm.

„Ja, schon wieder", flüsterte er.

Danach fiel Claudia in einen tiefen Schlaf. So merkte sie nicht, wie Roland das Bett verließ. Behutsam deckte er sie wieder zu und strich ihr das Haar aus dem Gesicht. Claudia rührte sich nicht. Rasch streifte er sich seine Jeans über und sammelte die übrigen Sachen ein. Geräuschlos begab er sich in sein eigenes Zimmer, um zu duschen und sich für die Arbeit fertig zu machen.

Claudia schlief weiter, und obwohl Lorna sich nach ein paar Stunden zu fragen begann, wo sie blieb, weckte sie Claudia nicht. Gegen Mittag kam Monica nach unten und verschwand ohne ein Wort nach draußen. Sie nahm den Kombi und fuhr davon.

Ricky langweilte sich eine Weile. Ihre Miene hellte sich erst auf, als einer der Arbeiter den Transporter bestieg. Sofort eilte sie über den regennassen Hof und stieg zu ihm in die Fahrerkabine. Ihr war es egal, wohin die Fahrt ging, wenn sie nur fortkam.

Der Regen hielt an. Zwar war er willkommen, aber er erschwerte die Arbeit. Roland kam erst spät zum Mittagessen. Er sah abgespannt und müde aus.

Lorna bemerkte sein zufriedenes Lächeln, als sie beiläufig erwähnte, dass Claudia immer noch schlief. Sie verstand sofort.

Roland blickte zur Treppe und schien mit sich zu kämpfen. Doch dann widerstand er der Versuchung und aß sein Mittagsmahl, ehe er wieder an die Arbeit zurückkehrte.

Claudia schlummerte tief und traumlos und erwachte erst am Nachmittag. Ausgeruht und erfrischt reckte sie sich träge und merkte, dass ihr Körper schmerzte. Verträumt sann sie eine Weile vor sich hin und musste daran denken, wie Roland sie während der Nacht auf den Bauch gedreht und sich rittlings auf sie gesetzt hatte. Dabei hatte er ihre Schenkel und die Hüften kräftig massiert und ihr zugeflüstert, dass es besser gewesen wäre, sie hätte ihn das gleich tun lassen.

Andere Erinnerungen strömten zurück. Sie lächelte verschmitzt, als ihr bewusst wurde, dass sie immer noch nackt war. Ihre Haut, ihr ganzer Körper kamen ihr jetzt viel empfindsamer vor. Vorsichtig setzte sie sich auf. Ihr Lächeln verschwand, als sie einen Blick auf den Wecker erhaschte. Halb drei! Ihre Maschine nach Chicago ging um drei!

Hastig kletterte Claudia aus dem Bett, ohne auf ihre schmerzenden Muskeln zu achten. Ihre Füße verfingen sich in dem Nachthemd, das Roland irgendwann während der Nacht fortgeschleudert hatte. Sie stieß es ungeduldig fort und warf sich ihren Morgenmantel über. Eilig verließ sie ihr Zimmer und rannte über die Treppe nach unten. Sie stürmte so unerwartet in die Küche, dass Lorna den Löffel aus der Hand fallen ließ.

„Wo ist Roland, Lorna?“, wollte sie wissen.

Lorna holte tief Luft und fischte den Löffel aus der Teigschüssel. „Keine Ahnung. Er könnte überall sein.“

„Aber mein Flug geht in einer halben Stunde!“

„Den schaffen Sie sowieso nicht mehr", antwortete die Köchin trocken. „Am besten, Sie rufen die Fluggesellschaft an und erkundigen sich, ob es heute noch einen späteren Flug gibt."

Das klang vernünftig. Claudia fiel auch nichts Besseres ein. Sie seufzte und entspannte sich etwas. „Warum habe ich nicht gleich daran gedacht?", meinte sie mehr zu sich selbst. Entschlossen ging sie ins Arbeitszimmer, um Lornas Rat in die Tat umzusetzen.

Das Arbeitszimmer war früher das Reich ihres Vaters gewesen. Doch inzwischen hatte Roland sich dort einquartiert und dem Raum seine eigene Prägung gegeben. Die Papiere auf dem Schreibtisch zeigten seine Handschrift, und die Briefe waren an ihn adressiert.

Claudia nahm in seinem Ledersessel Platz und hatte das beunruhigende Gefühl, auf Rolands Schoß zu sitzen. Sie schob die Gedanken an ihn fort und griff nach dem Telefonhörer.

Es war genau, wie sie erwartet hatte. Der spätere Flug an diesem Tag war ausgebucht. Doch in der Nachtmaschine waren noch Plätze frei. Da ihr keine andere Wahl blieb, buchte sie den Flug und machte sich mit dem Gedanken vertraut, eine anstrengende Nacht zu verbringen.

Aber geschlafen hatte sie ja zum Glück mehr als genug. Ihr fiel der Grund ihres späten Erwachens wieder ein, und sie kniff unwillkürlich die Lippen zusammen.

Alle Schuld konnte sie Roland nun wirklich nicht geben, musste sie sich eingestehen. Wenn sie nicht so stark auf ihn reagiert hätte, wäre es vielleicht nicht zum Letzten gekommen. Sie war keine Frau, die für schnelle Abenteuer war.

Das war auch der Grund, warum sie vor Jahren so kopflos gewesen war, als Roland sie zum ersten Mal geliebt hatte, warum sie ihm so lange aus dem Weg gegangen war.

Das Leben als Davids Frau, die Liebe zu ihm, ihre Anwesenheit bei seinem Tod hatten sie reif gemacht und ihr innere Stärke verliehen. Sie hatte sich Roland jetzt gewachsen gefühlt und war sicher gewesen, ihn von sich fernhalten zu können. Doch die letzte Nacht hatte ihr bewiesen, dass sie nicht von ihm loskam. Wenn sie blieb, würden sie im Bett landen, wann immer er danach verlangte. Sie hatte also keine Wahl, wenn sie sich ihre Selbstachtung erhalten wollte, musste sie fort von Roland Jackson. Sie musste wieder nach Chicago zurück, auch wenn sie schon halb versprochen hatte, diesmal zu bleiben.

Claudias Magen begann zu knurren, aber sie kümmerte sich nicht darum. Plötzlich hatte sie es eilig, von der Ranch wegzukommen.

Rasch ging sie wieder nach oben, legte Make-up auf und steckte ihr rotbraunes Haar mit Kämmchen zurück. Sie zog eine dunkelblaue Leinenhose und eine weiße Baumwollbluse an und schlüpfte in bequeme Schuhe. Mit wenigen gezielten Griffen hatte sie ihren Koffer und ihre Reisetasche gepackt. Dann trug sie ihr Gepäck nach unten und ging in die Küche.

„Ich habe noch einen Platz in der Nachtmaschine bekommen", erklärte sie Lorna. „Jetzt gehe ich Roland suchen, um ihn zu bitten, mich nach Houston zu fliegen."

„Wenn Sie ihn nicht finden können, fliegt Lewis sie vielleicht hin", meinte Lorna gelassen. „Er hat auch einen Pilotenschein."

Eine bessere Nachricht konnte sich Claudia nicht wünschen. Sie ging in den Geräteraum neben der Küche und suchte sich einen Regenmantel heraus, der ihr einigermaßen passte. Dann stülpte sie sich die Kapuze über den Kopf und verließ das Haus. Es regnete nicht mehr so stark, aber der Boden war matschig und voller Pfützen. Vorsichtig bahnte sie sich einen Weg zu den Ställen.

Der Arbeiter, den sie dort antraf, hatte nichts Gutes zu melden. Auf der westlichen Weide war eine Rinderherde ausgebrochen, und Roland und Lewis Stovall waren hingeritten, um beim Einfangen des Viehs und dem Reparieren des Zauns zu helfen. Das wird sicher eine ganze Weile in Anspruch nehmen, schoss es Claudia durch den Kopf.

Sie seufzte ungeduldig, weil sie es nicht erwarten konnte, von der Ranch fortzukommen. Vor allem wollte sie vermeiden, Roland noch einmal über den Weg zu laufen. Er würde sicher versuchen, sie zurückzuhalten, und sie war nicht sicher, ob sie standhaft bleiben würde, wenn sie ihm gegenüberstand.

Außerdem bestand die Möglichkeit, dass er sich einfach weigern würde, sie nach Houston zu bringen. Lewis Stovall hätte ihr da eher geholfen, solange Roland es ihm nicht ausdrücklich verbot. Doch jetzt hatte ihr die Viehherde einen Strich durch die Rechnung gemacht.

Der Gedanke an eine lange Autofahrt gefiel Claudia ganz und gar nicht, aber ihr blieb jetzt wohl nichts anderes übrig. Mit energischer Stimme wandte sie sich wieder an den Arbeiter.

„Ich muss nach Houston", erklärte sie. „Können Sie mich hinfahren?"

Der Mann blickte sie überrascht an und schob nachdenklich den Hut zurück. „Gern", antwortete er schließlich. „Aber im Augenblick geht das nicht. Mrs Donahue hat den Kombi genommen, und Roland hat die Schlüssel für den Transporter bei sich. Er lässt sie normalerweise nicht im Zündschloss stecken."

An den dunkelblauen Transporter hatte Claudia gar nicht gedacht. Ihr sank das Herz, als sie hörte, dass Monica den Kombi genommen hatte. „Und was ist mit dem anderen Lastwagen?", wollte sie wissen. Er war schon alt und alles andere als komfortabel, aber zur Not würde sie auch mit diesem Vehikel vorliebnehmen.

Der Arbeiter schüttelte den Kopf. „Roland hat Foster damit in den Ort geschickt, um zusätzliches Material für den Zaun zu holen. Wir müssen warten, bis er zurückkommt und das Zeug abgeladen hat."

Enttäuscht ließ Claudia die Schultern hängen und überließ den Mann wieder seiner Arbeit. Mutlos und schleppenden Schrittes ging sie zum Haupthaus zurück. Wenn Monica zurückkam, würde es mit Sicherheit zu spät sein. Das Gleiche galt für den Transporter. Und nicht nur das, inzwischen würde auch Roland auftauchen.

Claudias Annahme sollte sich als richtig erweisen. Ein paar Stunden später, als es bereits dunkel wurde, kam Roland durch die Hintertür herein. Sie saß mit Lorna am Küchentisch, weil sie nicht allein sein wollte. Stumm sah sie zu, wie Roland seinen Regenmantel auszog, ihn aufhängte und sich das Wasser vom Hut strich. Mit müden Bewegungen zog er seine schlammverkrusteten Stiefel aus.

Schmerzhaft kam Claudia zu Bewusstsein, dass er es sich nicht hatte leisten können, auszuschlafen. In den letzten beiden Nächten hatte er nur wenig Schlaf bekommen, und die Folgen waren ihm anzumerken.

„In einer halben Stunde bin ich so weit", sagte er zu Lorna und ging auf Strümpfen an ihr vorbei.

Er warf Claudia einen prüfenden Blick zu. „Komm mit", forderte er sie auf.

Wortlos folgte Claudia ihm. Als sie in der Diele an ihrem Gepäck vorbeikamen, hob Roland es beiläufig auf und nahm es mit nach oben.

Hinter ihm sagte Claudia leise: „Du verschwendest nur deine Zeit. Die Sachen gehen wieder nach unten."

Roland antwortete nicht, sondern öffnete die Tür zu ihrem Zimmer, um das Gepäck hineinzustellen. Dann packte er Claudia am Handgelenk und zog sie mit sich weiter zu seinem Reich. Obwohl er müde war, war er viel zu stark für sie. Sie verzichtete daher auf den Versuch, sich zu befreien. Er stieß seine Zimmertür auf und schob sie in den dunklen Raum. Ohne das Licht einzuschalten, schloss er die Tür hinter sich und griff nach ihr. Ehe Claudia etwas sagen könnte, hatte er sie an sich gezogen und küsste sie verlangend.

Unwillkürlich schlang sie die Arme um seine Taille und erwiderte seinen Kuss, obwohl sie wusste, dass sie nicht bleiben durfte. Mit all ihren Sinnen war sie von Roland gefangen, und sie spürte nur noch seinen Mund, seinen harten Körper.

Plötzlich löste er sich von ihr und schaltete das Licht ein.

„Ich fliege dich nicht nach Houston“, erklärte er grimmig.

„Natürlich nicht. Dazu bist du zu erschöpft“, antwortete sie gefasst „Aber Lewis wird das tun.“

„Nein, das wird er nicht! Keiner von unseren Leuten wird dich nach Houston bringen, wenn ihm seine Arbeit lieb ist“, gab er scharf zurück. „Das habe ich allen klargemacht. Claudia, du hast mir doch am ersten Tag gesagt, dass du diesmal hierbleibst!“

Roland begann, sein Hemd aufzuknöpfen und streifte es von den Schultern.

Nervös setzte sich Claudia auf das Bett und spielte mit den Händen. Sie rang eine Weile mit sich. Endlich sagte sie: „Ich habe nur ‚vielleicht‘ gesagt. Außerdem kannst du dir die Mühe sparen, mich oder die Arbeiter unter Druck zu setzen, denn ich kann auch morgen noch fahren. Möglicherweise sogar noch heute Nacht.“

Roland nickte. „Vielleicht, wenn Monica heute zurückkommt. Aber sie hat Angst, im Dunkeln zu fahren, und da sie bis jetzt noch nicht hier ist, wird sie kaum vor morgen zurück sein. Dann musst du zusehen, dass du dir den Kombi schnappst, ehe ich ihn fahruntauglich mache.“

Jetzt verlor Claudia die Beherrschung. Sie sprang auf und fuhr Roland zornig an: „Du kannst mich hier nicht wie eine Gefangene halten!“

„Das will ich auch gar nicht!“, erwiderte er hart. „Aber ich habe dir bereits gesagt, dass ich dich kein zweites Mal fortlasse, und damit ist es mir ernst! Hat die letzte Nacht dir denn gar nichts gezeigt, Claudia?“

„Sie hat mir offenbart, dass es schon eine Weile her ist, seit du mit einer Frau geschlafen hast!“

„Du machst dir doch nur etwas vor!“

Darauf wusste Claudia nichts zu sagen. Sie schwieg und musste sich unbehaglich eingestehen, dass Roland fast jede Frau haben konnte, wenn er wollte. Der Gedanke behagte ihr gar nicht. Als er wortlos seinen Gürtel löste und seine Jeans und die Socken abstreifte, als wäre er allein im Zimmer, wurde sie verlegen.

Aber waren Sie miteinander nicht so vertraut, wie ein Mann und eine Frau es nur sein konnten? Verstohlen betrachtete Claudia Rolands sehnigen Körper. Rasch wandte sie sich ab, ehe er in ihren Augen lesen konnte.

Er nahm seine Sachen auf und drückte sie ihr in den Arm. Sie nahm sie mechanisch entgegen.

Nach ein paar Augenblicken brummte er:

„Gib uns eine Chance, Claudia. Bleib. Ruf morgen deinen Chef an und sag ihm, dass du kündigst."

„Das kann ich nicht", entgegnete sie leise.

Jetzt brach es erneut aus Roland hervor. „Und warum nicht? Was hält dich davon ab?"

„Du."

Er schloss die Augen und unterdrückte mühsam ein Fluchen. Claudia hätte fast gelächelt. Wie hatte Wanda ihn beschrieben? Er ist beherrschter geworden, aber trotzdem ist er immer noch unberechenbar? Das war eine glatte Untertreibung. Roland war ein Vulkan, der jeden Moment ausbrechen konnte.

Er öffnete die Augen wieder und blickte sie wütend an. „Ricky hat dich bearbeitet, und du glaubst ihr!"

„Nein!", schrie Claudia. Jetzt war auch sie am Rande ihrer Beherrschung angelangt. Roland verstand ja nicht, worum es ging. Und sie konnte ihm unmöglich sagen, dass sie vor allem nach der letzten Nacht Angst vor ihm und sich selbst hatte. Er würde sie nur verletzen, wenn sie sich ihm ganz öffnete.

Roland konnte sie zerstören, weil er mehr Macht über sie besaß als je ein Mensch zuvor.

„Was ist es dann?", schrie er. „Sag es mir! Sag mir, was ich tun soll, damit du hierbleibst! Du überlässt doch alles mir. Also sag mir, was du willst!"

Aufmerksam betrachtete Claudia Roland. Er stand aufgebracht und splitternackt vor ihr und war so überaus männlich, dass sie die Kleider auf ihrem Arm am liebsten fallen gelassen und sich in seine Arme gestürzt hätte. Wie gern wäre sie geblieben! Hier war ihr Zuhause, hier wollte sie sein!

Dennoch würde sie mit Roland nicht fertigwerden, es sei denn, er kam ihr auf halbem Weg entgegen.

Eine Idee begann Form anzunehmen, und es sprudelte ohne weiteres Nachdenken aus ihr heraus: „Ich möchte, dass wir nicht mehr miteinander schlafen."

Roland blickte so entsetzt, als hätte sie vorgeschlagen, er solle zu atmen aufhören.

Dann fuhr er sie bitterböse an: „Glaubst du wirklich, dass das möglich wäre?“

„Es muss möglich sein. Jedenfalls bis ich weiß, ob ...“

„Ob was?“, drängte er.

„Ob ich für immer bleiben kann“, schloss Claudia mit fester Stimme. Wenn Roland versprach, sich zu beherrschen, würde ihr diese Entscheidung leichterfallen.

„Ich suche kein Verhältnis. Ich bin keine Frau für vergnügliche Stunden und werde es nie sein.“

„Wir können aber nicht einfach nur Freunde sein!“, erwiderte er heftig. „Ich begehre dich und bin kein Mönch. Es war schon schlimm genug, als du verheiratet warst, aber jetzt ist das ganz unmöglich! Wann wirst du einsehen, wie wir zueinander stehen?“

Claudia überging die Frage und war entschlossen, sich durchzusetzen. Sie spürte, dass er aus dem Gleichgewicht geworfen war, und musste die Gelegenheit nutzen. „Ich erwarte von dir ja auch keinen Enthaltsamkeitsschwur“, erklärte sie energisch. „Du solltest mich nur in Ruhe lassen, bis ich meine Entscheidung getroffen habe.“ Sofort durchzuckte sie der Gedanke, dass Roland dann sicher zu einer anderen Frau ging. Was würde sie in dem Fall tun?

Seine Kinnmuskeln spannten sich. „Und wenn du dich zum Bleiben entschließt, Claudia?“

Sie riss die Augen auf, weil ihr erst jetzt klar wurde, was das bedeuten würde. Wenn sie blieb, würde sie Roland Jacksons Geliebte sein. Bis in alle Ewigkeit würde sie ihn mit ihrer Wartefrist schließlich nicht hinhalten können. Früher oder später würde er eine Antwort von ihr verlangen. Was sie als Verzögerungstaktik beabsichtigt hatte, würde ihr zur Falle werden. Sie konnte bleiben oder gehen, aber wenn sie blieb, würde sie ihm gehören.

Schmerzlich zog sich Claudias Herz zusammen, als sie Roland in seiner unwiderstehlichen Männlichkeit vor sich stehen sah. Konnte sie ihn wirklich verlassen?

Sie hob stolz das Kinn und antwortete gefasst: „Wenn ich bleibe, nehme ich deine Bedingungen an.“

Er entspannte sich nicht.

„Ich möchte, dass du morgen in Chicago anrufst und deine Stellung kündigst.“

„Aber wenn ich mich zum Gehen entscheide.“

„Du brauchst keine Arbeit. Du kannst gut von dem Einkommen leben, das die Ranch abwirft.“

„Ich will kein Geld von der Ranch abziehen.“

„Claudia, für deinen Lebensunterhalt reicht es allemal! Aber lassen wir das jetzt. Gibst du deine Arbeit auf, oder nicht?“

„Sei doch vernünftig!“, versuchte sie einzulenken, doch vergeblich. Mit einer ungestümen Handbewegung schnitt ihr Roland einfach das Wort ab.

„Du gibst die Stellung auf!“, befahl er und betonte jedes Wort. „Nur unter dieser Bedingung mache ich mit. Wenn du bleibst, lasse ich dich in Ruhe. Wir müssen beide etwas zurückstecken.“

Claudia sah, wie es in ihm arbeitete. Sie erkannte, dass er die Beherrschung verlieren würde, wenn sie Nein sagte. Roland hatte ihr einen Kompromiss vorgeschlagen, aber weiter würde er nicht nachgeben. Entweder sie verzichtete auf ihre Stellung, oder er würde sie mit allen Mitteln auf der Ranch zurückhalten. Sie gab nach, um sich in anderen Bereichen zu behaupten.

„Also gut. Ich kündige.“ Claudia fühlte sich in diesem Augenblick so verloren, als hätte sie das letzte Band mit Chicago und ihrem Leben mit David durchtrennt. Als hätte sie die Erinnerung an ihn hinter sich zurückgelassen.

Roland seufzte und fuhr sich mit den Fingern durch das Haar. „Lorna wartet mit dem Essen“, brummte er und nahm ihr seine Kleidung aus der Hand. „Ich dusche schnell und komme dann gleich hinunter.“

Er öffnete die Tür, um ins Bad zu gehen, aber Claudia stürzte zu ihm und drückte sie hastig wieder zu.

Er blickte sie überrascht an.

„Du bist nackt!“, zischte sie.

Roland lächelte müde. „Ich weiß. Normalerweise dusche ich so.“

„Aber jemand könnte dich sehen?“

„Hör mal, Liebling, Monica ist nicht da, Lorna ist unten, und Ricky ist noch in den Ställen. Du bist die Einzige, die mich so sieht, und vor dir habe ich nichts zu verbergen, oder?“ Er lächelte belustigt und öffnete die Tür wieder. Mit geschmeidigen Bewegungen ging er den Korridor entlang. Claudia folgte ihm kopfschüttelnd, aber sie sagte nichts mehr.

Nach dem Abendessen ging Roland gleich zu Bett. Claudia blieb mit Ricky allein, die eine alles andere als erfreuliche Gesellschafterin war. Erst schaltete sie den Femseher ein und wechselte ständig von einem Programm zum anderen. Dann drehte sie das Gerät ganz ab und setzte sich auf die Couch.

Währenddessen bemühte sich Claudia, ihren angefangenen Artikel weiterzulesen. Sie fiel aus allen Wolken, als Ricky sie unvermutet fragte: „Willst du ihn nicht zu Bett bringen?"

Claudia spürte, wie ihr das Blut in die Wangen schoss, und blickte rasch fort. „Wen?", brachte sie mit unsicherer Stimme heraus.

Ricky schmunzelte und streckte ihre Beine geziert von sich. „Wen?", wiederholte sie honigsüß. „So naiv kannst du doch gar nicht sein! Oder glaubst du, ich wüsste nicht, wo er die letzte Nacht verbracht hat? Aber eines muss man Roland lassen. Wenn er sich etwas in den Kopf gesetzt hat, gibt er nicht auf. Er will die Ranch und benutzt dich, um sie zu bekommen. Ist er denn so toll im Bett, dass du blind bist und das nicht durchschaust?"

„Ich sehe eine Menge, meine liebe Ricky, so auch, dass du eifersüchtig bist", gab Claudia scharf zurück. Sie war wütend und hatte nicht die Absicht abzustreiten, dass Roland bei ihr geschlafen hatte, falls Ricky sie dazu herausfordern wollte.

Ein schallendes Lachen von Ricky war die Antwort. „So ist's recht! Schweb ruhig weiter auf deinen rosaroten Wolken! Seit du mit siebzehn auf den Geschmack gekommen bist, was Sex ist, hast du sowieso nicht mehr klar denken können! Oder glaubst du, ich wüsste davon nichts? Ich kam gerade vorbeigeritten, als ich sah, wie er dir half, dich wieder anzuziehen. Damals hast du den Kopf verloren und bist geflüchtet. Aber nun bist du alt genug und hast keine Angst mehr. Jetzt willst du das wieder kosten, was dir damals geschmeckt hat. Claudia, Roland hat einen Ruf als Frauenheld! Macht es dir gar nichts aus, nur eine auf einer langen Liste zu sein?"

Claudia wurde immer ärgerlicher. „Ich weiß nicht, ob du ihn hasst oder nur eifersüchtig bist, weil er dir keine Aufmerksamkeit schenkt."

Zu ihrer Überraschung wurde Ricky puterrot. Diesmal war sie es, die sich abwandte.

Erst nach einer Weile antwortete Ricky mit belegter Stimme: „Du glaubst mir offenbar nicht. Nun, mir soll das egal sein. Lass ihn dich benutzen, wie er Mutter die ganzen Jahre über gebraucht hat. Aber vergiss nicht, nichts und niemand ist ihm so wichtig wie die Ranch.

Um sie zu behalten, würde er alles tun. Frag ihn doch!", rief sie herausfordernd. „Sieh zu, ob du ihn zum Reden bringen kannst. Frag ihn, was er in Vietnam erlebt hat, und warum er sich so verbissen an die Ranch hängt. Frag ihn nach seinen Alpträumen, weshalb er manche Nächte schlaflos im Haus herumwandert."

Claudia war sprachlos. Sie hätte nicht gedacht, dass Roland immer noch von seinen Kriegserinnerungen verfolgt wurde.

Ricky lachte schadenfroh. Sie schien jetzt wieder Oberwasser gewonnen zu haben. „Du kennst ihn überhaupt nicht! Jahrelang bist du fort gewesen und hast keine Ahnung, was hier inzwischen vor sich gegangen ist! Aber von mir aus, mach dich zur Närrin! Mir soll's gleichgültig sein!" Damit stand sie auf und verließ den Raum.

Deutlich hörte Claudia, wie Ricky die Treppe hinauflief, und blieb verstört zurück. Einiges von dem, was Ricky gesagt hatte, war ihr auch schon durch den Kopf gegangen. Jetzt fragte sie sich erneut, was in Roland vor sich gehen mochte. Wollte er sie um ihrer selbst willen oder wegen der Ranch? Und selbst wenn sie ihn direkt darauf ansprach, würde er ihr wohl kaum eine offene Antwort geben. So musste sie sich notgedrungen auf ihr Gefühl verlassen.

Aber wenigstens hatte sie Zeit gewonnen, Zeit, in der sie den Gefahren von Rolands Werben nicht ausgesetzt war. Jetzt musste sie nur aufpassen, dass sie sich von Ricky nicht zu etwas Unüberlegtem treiben ließ.

Noch vor Morgengrauen erwachte Claudia und konnte nicht mehr einschlafen. Bald schimmerten die ersten Sonnenstrahlen durch die Wolkenfetzen, die noch vom Vortag den Himmel bedeckten.

Im Haus erklangen vertraute Geräusche. Lorna bereitete das Frühstück vor, und bald hörte sie auch die Schritte von Roland, der an ihrer Tür vorbei nach unten ging. Sofort begann Claudias Herz schneller zu schlagen.

Entschlossen schob sie die Bettdecke beiseite und streifte Jeans und ein helles Strickhemd über. Dann rannte sie barfuß die Treppe hinunter.

Aus einem ihr selbst nicht erklärlichen Bedürfnis heraus wollte sie Roland unbedingt noch sehen, ehe er das Haus verließ, und sei es nur, um sich zu überzeugen, dass er nicht mehr so erschöpft wie am Tage zuvor war.

Sie fand ihn mit einem dampfenden Kaffeebecher in der Hand am Küchentisch vor. Als sie eintrat, blickten er und Lorna überrascht auf.

„Ich dachte, du würdest zeitig frühstücken", erklärte Claudia leichthin und legte für sich ein zusätzliches Gedeck auf.

Lorna hatte sich schnell wieder von ihrer Verwunderung erholt und besann sich ihrer Pflichten als Köchin. „Eier oder Waffeln?", erkundigte sie sich ruhig.

„Rührei, bitte", antwortete Claudia und überprüfte die großen selbst gebackenen Brötchen im Ofen. Sie waren knusprig goldbraun, und Claudia nahm sie heraus. Mit geübten Griffen legte sie sie in einen mit einer Serviette ausgelegten Bastkorb und stellte den duftenden Berg vor Roland hin.

Während sich Lorna um die Eier kümmerte, trug Claudia die Platte mit Frühstücksspeck und Würstchen auf und nahm neben Roland Platz. Da Lorna ihnen den Rücken zukehrte, gab sie ihm einen raschen Kuss unter das Ohrläppchen. Sie wusste selbst nicht, warum sie das getan hatte, aber die Wirkung war erstaunlich. Roland erzitterte heftig, dass Claudia ein Schmunzeln nicht unterdrücken konnte. Also war er an dieser Stelle besonders kitzlig! Das machte ihn irgendwie menschlicher und liebenswerter.

Roland warf Claudia einen Blick zu, der Bände sprach, aber sie lächelte nur.

Lorna stellte die Teller mit dem Rührei vor ihr hin und nahm den Platz auf der gegenüberliegenden Seite des Tisches ein. Während der nächsten Minuten wurde kaum gesprochen, und sie widmeten sich dem Essen.

Schließlich erkundigte sich Lorna bei Roland nach dem Stand der geplanten Versteigerung. Obwohl Roland wie stets nur in knappen Worten antwortete, erfuhr Claudia immerhin, dass er in drei Wochen eine Pferdeauktion abhalten wollte. Dabei musste es sich um eine größere Sache handeln, denn er hatte sich in den letzten Jahren einen ausgezeichneten Ruf als Pferdezüchter erworben.

Jetzt rechnete er mit mehr Interessenten, als er ursprünglich erwartet hatte. Lorna strahlte vor Stolz, und auch Roland schien mit sich zufrieden zu sein, obwohl er das nicht zeigte.

„Kann ich dabei irgendwie helfen, Roland?", fragte Claudia. „Ich meine, Pferde striegeln oder Ställe ausmisten oder so etwas?"

„Hast du schon in Chicago angerufen?", wollte er wissen.

„Nein. Fernverbindungen gibt es erst ab neun." Claudia lächelte ihn zuckersüß an. Sie genoss es, endlich einmal die Oberhand zu haben.

Lorna blickte verständnislos von einem zum anderen. Claudia klärte sie auf. „Ich gebe meinen Job auf und bleibe hier, jedenfalls fürs Erste.

Eine endgültige Entscheidung habe ich noch nicht getroffen." Letzteres war für Roland bestimmt, falls er glaubte, den Kampf bereits gewonnen zu haben.

„Fein, Sie endlich wieder ganz zu Hause zu haben!", freute sich die Köchin.

Erst nach dem Frühstück fiel Claudia ein, dass Roland auf ihr Angebot zu helfen überhaupt nicht eingegangen war.

Sie folgte ihm nach draußen. Er blieb ruckartig stehen, sodass sie um ein Haar mit ihm zusammengestoßen wäre. „Was willst du?", fragte er schroff und stemmte die Hände in die Hüften.

„Kann ich dir bei der Versteigerung irgendwie helfen?", wiederholte sie geduldig.

Einen Augenblick sah es so aus, als wolle er sie anfahren. Doch dann nahm er sich zusammen und lächelte. „Ja, das kannst du. Nach dem Anruf kannst du mit dem Transporter in den Ort fahren und das bestellte Futter abholen. Außerdem brauchen wir noch mehr Material für den durchbrochenen Zaun. Foster hat gestern nicht genug mitgebracht." Er erklärte ihr, wie viel er noch brauchte, und holte die Wagenschlüssel aus seiner Tasche.

Als Claudia den Bund entgegennahm, hob er ihr Kinn, sodass sie gezwungen war, ihn anzusehen. „Ich erwarte, dich hier vorzufinden, wenn ich zurückkomme", sagte er warnend.

Es ärgerte Claudia, dass er ihr nicht traute. „Natürlich werde ich hier sein", erwiderte sie scharf. „Ich bin keine Lügnerin."

Roland nickte und gab ihr Kinn frei. Ohne ein weiteres Wort ging er davon.

Claudia sah seiner hochgewachsenen Gestalt noch einen Augenblick nach, ehe sie ins Haus zurückkehrte. Irgendwie war sie enttäuscht, weil sie erwartet hatte, er würde sie küssen. Aber offenbar war Roland entschlossen, sich genau an ihre Abmachung zu halten.

Pünktlich um neun setzte Claudia sich vor das Telefon. Sie nagte unschlüssig an ihrer Unterlippe, weil ihr die Schwere des Schrittes bewusst war, den sie tun wollte. In gewisser Weise stellte Roland sie vor die Wahl zwischen sich und David. Aber das war unfair, weil David tot war. Und er war ein ganz besonderer Mann gewesen. Claudia würde ihn niemals vergessen können.

Aber David lebte nicht mehr, während Roland sehr lebendig war. Er forderte von ihr, die Wohnung, die sie mit ihrem Mann geteilt hatte, und alles andere aufzugeben. Wenn sie dazu nicht bereit war, war es besser, sie ging noch heute, ehe Roland zurückkam.

Doch das brachte sie nicht über sich. Schon gar nicht, nachdem sie die Nacht in seinen Armen verbracht hatte. Sie musste sich ihrer Gefühle ganz sicher sein, sonst würde sie ihre Entscheidung später bitter bereuen. Rasch nahm sie den Hörer auf und wählte.

Zehn Minuten später war Claudia ihre Stelle los. Jetzt, wo sie es hinter sich gebracht hatte, erfasste sie fast so etwas wie Panik. Nicht des Geldes wegen, in dieser Hinsicht brauchte sie sich keine Sorgen zu machen. Während sie mit ihrem Chef gesprochen hatte, war ihr der Gedanke gekommen, dass nur eine Frau, die liebt, zu solchen Opfern bereit ist.

Aber sie wollte Roland Jackson nicht lieben. Sie wollte sich nicht preisgeben, ehe sie nicht wusste, dass sie ihm vertrauen konnte. Trotz Rickys Anspielungen glaubte sie nicht, dass er ein Verhältnis mit Monica gehabt hatte. Nichts an dem Verhalten der beiden deutete darauf hin, dass mehr zwischen ihnen gewesen war als ein kameradschaftliches Zusammenleben. Ricky schien es zu genießen, Unfrieden zu säen. Mehr steckte wohl kaum hinter ihren Sticheleien.

Nein, wessen Claudia sich nicht sicher war, war Rolands wirklicher Grund, sich um sie zu bemühen. Nur zu gern hätte sie geglaubt, dass er sie um ihrer selbst willen umwarb. Doch da blieb die Tatsache, dass die Ranch ihm alles bedeutete. Er hatte sie übernommen, sie nach seinen Vorstellungen umgestaltet, und sie bezweifelte nicht, dass er mit allen Mitteln kämpfen würde, um die Ranch zu behalten.

Er leitete die Ranch, aber sie gehörte ihr. Da musste er darauf gefasst sein, dass sie eines Tages beschloss, sie zu verkaufen. Damit wäre seine Herrschaft beendet. Zwar hatte er abgestritten, sich die Ranch aneignen zu wollen, aber die Zweifel blieben.

Wenn er sich so für sie interessierte, warum hatte er dann nach Davids Tod nicht versucht, mit ihr Kontakt aufzunehmen? Erst als sie auf Besuch kam und ihr Interesse an der Ranch bekundete, hatte er plötzlich begonnen, sich ihr zu nähern. Wie wäre es weitergegangen, wenn sie nicht zu Besuch gekommen wäre?

Während Claudia mit dem Transporter in den Ort fuhr, kreisten ihre Gedanken immer wieder um diesen Punkt.

Ihre Entscheidung hing davon ab, ob sie Roland vertraute. Wenn er sie als Frau begehrte, ohne dabei etwas anderes im Sinn zu haben, würde sie bei ihm bleiben.

Auf der anderen Seite wollte sie verhindern, dass er sie durch seine Nähe beeinflusste. Roland war ein ungemein männlicher, dominierender Mann. Sinnlichkeit gehörte zweifellos zu den Waffen, die er gegen sie einsetzen konnte. Er vermochte sie ja schon durch eine bloße Berührung aus dem Gleichgewicht zu bringen.

Claudia wurde bewusst, dass sie ihre Entscheidung nur treffen konnte, wenn sie bei Roland blieb und auf diese Weise so viel wie möglich über ihn in Erfahrung brachte.

5. KAPITEL

Im Ort war Franklin der einzige Futtermittellieferant. Claudia war deshalb sicher, an der richtigen Stelle zu sein. Ohne lange zu überlegen, steuerte sie den Wagen auf die Laderampe hinauf. Früher war sie mit der Tochter des Besitzers, Alva Franklin, zur Schule gegangen.

Schmunzelnd dachte sie an den Tag, an dem Alva ihre ältere Schwester Regina in eine Pfütze geschubst hatte. Alva war früher ein kleiner Teufel gewesen.

Claudia lächelte immer noch belustigt, als sie das muffige Gebäude über die Hintertreppe betrat. Der Mann, der ihr entgegenkam, um sie zu bedienen, war ihr fremd.

Aber schließlich war es inzwischen acht Jahre her, seit sie auf der Ranch gelebt hatte, und er gehörte offenbar zu den später Zugezogenen.

Der Mann blickte sie zweifelnd an, als sie ihre Wünsche äußerte. „Die Bestellung für Bar D?“, fragte er verwundert. „Ich glaube nicht, dass ich Sie kenne, Ma’am. Wie sagten Sie doch, war Ihr Name?“

Nur mühsam konnte Claudia das Lachen unterdrücken. „Mein Name ist Claudia Donahue, ich meine, Ashe“, setzte sie dann hinzu. Mit leisem Schuldbewusstsein merkte sie, dass sie ihren Ehenamen fast vergessen hatte. Es war, als gehörte David inzwischen der Vergangenheit an, ja, als hätte es ihn nie gegeben.

Ein Gefühl von Scham erfüllte Claudia. Sie hatte nicht einmal widersprochen, als Roland sie Lewis Stovall mit ihrem Mädchennamen vorgestellt hatte. Unter dem Einfluss ihres Ranchverwalters war sie wieder Claudia Donahue geworden. Damit muss jetzt Schluss sein, nahm sie sich energisch vor.

Sie gab noch ein paar Erklärungen ab, doch der Mann stand immer noch zögernd da.

„Mir gehört Bar D.“

„Aber Mr Jackson …“, setzte der Mann an.

„Ist mein Ranchaufseher“, beendete Claudia seinen Satz. „Es ist verständlich, dass ich Ihnen unbekannt bin, und ich freue mich auch, dass Sie so vorsichtig sind, aber Mr Franklin kennt mich. Fragen Sie ihn und lassen Sie sich bitte von ihm bestätigen, wer ich bin.“

Der Mann machte sich tatsächlich auf die Suche nach dem Geschäftsinhaber. Claudia wartete geduldig. Sein Misstrauen störte sie nicht. Wenn jeder einfach Futter aufladen und die Rechnung für eine x-beliebige Ranch abzeichnen könnte, würde bald alles durcheinander gehen.

Es dauerte ein paar Minuten, ehe der Verkäufer mit Ormund Franklin zurückkam. Mr Franklin musterte sie durch eine Brille. Sein Blick blieb auf ihrem Haar hängen. „Hallo, Claudia", sagte er dann. „Ich habe gehört, dass du wieder im Lande bist." Er nickte dem Angestellten zu. „Kümmern Sie sich um das Futter, Todd."

„Es ist schön, Sie wiederzusehen, Mr Franklin", erwiderte Claudia herzlich. „Ich bin am Samstag gekommen. Eigentlich hatte ich hier nur Urlaub machen wollen, aber jetzt sieht es so aus, als würde ich länger bleiben."

Mr Franklin strahlte so, dass Claudia sich fragte, warum ihn diese Mitteilung so begeisterte. „Nun, das sind ja wirklich gute Neuigkeiten", nickte er. „Es freut mich zu hören, dass du die Ranch jetzt übernimmst. Diesen Roland Jackson habe ich noch nie leiden können. Du hast ihm gekündigt, nicht wahr? Wunderbar! Er ist ein Störenfried und passt nicht hierher. Ich habe schon immer gedacht, dass dein Vater einen großen Fehler gemacht hat, als er ihn damals aufgenommen hat. Er war schon ein wilder Bursche, ehe er nach Vietnam ging, aber danach war er einfach unerträglich."

Verdutzt blickte Claudia Mr Franklin an. Er hatte so viele falsche Annahmen von sich gegeben, dass sie nicht wusste, welche sie zuerst entkräften sollte. Warum war er nur so gegen Roland?

Auf einmal fiel es ihr wie Schuppen von den Augen. Sie sah Regina Franklins hübsches, aufreizendes Gesicht vor sich und dachte daran, dass das Mädchen in dem Ruf gestanden hatte, Männern nachzulaufen, mit denen man sich besser nicht einließ. Einer von diesen Männern war Roland Jackson gewesen. Und als Frauenheld hatte er natürlich genommen, was sich ihm bot.

Claudia versuchte einzulenken. Obwohl Mr Franklins Tochter Roland herausgefordert hatte, sagte sie taktvoll: „Ich könnte die Ranch gar nicht allein leiten, Mr Franklin. Roland hat eine Menge aus ihr gemacht Sie ist heute größer und einträglicher als zu Dads Zeiten. Ich habe keinen Grund, ihn zu entlassen."

„Keinen Grund?", wiederholte er ungläubig und zog die Brauen zusammen. „Seine Moralvorstellungen sind für viele hier mehr als ein Grund, ihn loszuwerden. Es gibt noch eine Menge von uns, die nicht vergessen haben, wie er sich aufgeführt hat, als er aus Vietnam zurückkam. Und in deinem eigenen Haus musst du doppelt auf der Hut sein, sonst wird deine Stiefschwester…"

„Mr Franklin, ich verstehe, warum Sie Roland unter den gegebenen Umständen nicht mögen", unterbrach Claudia ihn ärgerlich. Sie hatte nicht die Absicht, sich diese absurden Unterstellungen weiter anzuhören, sondern ging direkt zum Gegenangriff über. „Aber Roland und Ihre Tochter waren damals beide noch sehr jung und ungestüm. Außerdem ist das doch schon lange her. Für diesen Skandal war Roland wirklich nicht verantwortlich."

Das Gesicht von Mr Franklin wurde puterrot vor Zorn. Zwischen zusammengebissenen Zähnen stieß er hervor: „Nicht verantwortlich? Wie kannst du so etwas behaupten? Er hat sich meiner Tochter aufgedrängt und sich dann geweigert, für sie einzustehen. Danach konnte sie sich im Ort nicht mehr zeigen. Sie musste fortgehen, und er läuft hier weiter herum, als sei nichts geschehen!"

Claudia zögerte. Sie fragte sich, ob Mr Franklin Roland die Schuld in die Schuhe schob, weil er sich nicht eingestehen wollte, dass es seine eigene Härte gewesen war, die seine Tochter vertrieben hatte. Sie wollte ihm nicht wehtun, aber eines konnte sie nicht einfach hinnehmen.

Mit kühler Stimme sagte sie: „Roland Jackson hat sich noch nie einer Frau aufgedrängt. Das brauchte er nämlich gar nicht. Ich war damals noch sehr jung, aber ich erinnere mich genau, wie die Mädchen ihm nachliefen. Nach seiner Entlassung aus der Armee wurde das sogar noch schlimmer. Sie können denken, was Sie wollen, doch ich rate Ihnen, Dinge nicht auszusprechen, die Ihnen eine Verleumdungsklage an den Hals bringen könnten!" Ihr Wortwechsel war so laut geworden, dass alle in dem Laden aufmerksam geworden waren. Das hielt Mr Franklin nicht davon ab, empört zu schreien: „Wenn Sie so denken, Miss Donahue, schlage ich vor, Sie kaufen sich Ihr Futter woanders! Ihr Vater hätte so etwas niemals gesagt!"

„Mein Name ist Ashe. Und ich weiß, dass mein Vater stolz auf mich wäre! Er hat an Roland geglaubt wie kein anderer. Und das war gut so, denn ohne Roland Jackson wäre es mit der Ranch schon vor Jahren bergab gegangen!"

Claudia kochte vor Wut. Sie stürmte über die Treppe zu Todd hinaus, der mit der Futteraufstellung auf ihre Unterschrift wartete. Hastig kritzelte sie ihren Namen darauf und setzte sich hinter das Steuer des Transporters. Sie gab so heftig Gas, dass der Wagen bockend von der Laderampe schoss.

Zitternd vor Empörung fuhr Claudia nur einen Block weiter. Dort brachte sie den Wagen am Straßenrand zum Stehen, um sich etwas zu beruhigen. Das Material für den Zaun, ging es ihr durch den Kopf. Das durfte sie auf keinen Fall vergessen!

Sie holte ein paar Mal tief Luft. Ihr Herz schlug schnell, und sie schwitzte am ganzen Körper. Ihr war, als hätte sie an einem Ringkampf teilgenommen. Im Rückspiegel erhaschte sie einen Blick auf ihr Haar und unterdrückte ein Kichern. Hatte die Haarfarbe eines Menschen wirklich etwas mit seinem Temperament zu tun?

Jetzt bedauerte sie die Szene mit Franklin bereits wieder. Sie wäre auch ohne Zeugen schon schlimm genug gewesen, aber da so viele Leute dabei gewesen waren, würde die Sache bald im Ort herum sein. Trotzdem konnte sie nicht zulassen, dass jemand Roland so in den Schmutz zog!

Es scheint mich wirklich erwischt zu haben, dachte sie selbstkritisch. Roland brauchte ebenso wenig Schutz wie ein Panther. Aber sie hatte sich zu seiner Verteidigung aufgeschwungen, als sei er ein hilfloses Kätzchen. Das zeigte, wie sehr sie ihm schon verfallen war.

Nach ein paar Minuten machte Claudia kehrt und fuhr wieder in den Ort zurück. In dem Geschäft, in dem sie den Zaundraht kaufen wollte, gab es zum Glück keine Schwierigkeiten. Die Angestellten kannten sie von klein auf. Und Roland hatte inzwischen angerufen und eine zusätzliche Menge bestellt.

Als alles aufgeladen war, lag der Transporter gefährlich tief. Wegen ihrer schweren Fracht fuhr Claudia besonders langsam zur Ranch zurück.

Es war ein wunderschöner Tag. Nach dem Regen vom Vortage war alles saftig und grün. Claudia nahm sich Zeit und versuchte, wieder ganz ruhig zu werden, ehe sie zur Ranch zurückkam. Es gelang ihr nicht ganz.

Roland wartete im Hof, als Claudia vorfuhr. Offenbar hatte er ihr doch nicht ganz getraut und war nicht sicher gewesen, ob sie zurückkommen würde. Sie dachte an den Kampf, den sie seinetwegen ausgefochten hatte, und ärgerte sich. Zornig stieg sie aus und schlug die Wagentür krachend hinter sich zu. „Ich habe dir doch gesagt, dass ich wiederkomme!“, erklärte sie wütend.

Er kam zu ihr heran und zog sie mit sich zum Haus. „Ich brauchte diese Vorräte dringend“, stieß er leise hervor. „Deswegen warte ich hier. Und jetzt nimm dich zusammen, sonst lege ich dich vor versammelter Mannschaft übers Knie.“

Claudia war genau in der richtigen Stimmung für eine Auseinandersetzung. „Wann immer du Lust hast, großer Boss!“, zischte sie herausfordernd. „Nach dem, was ich heute Morgen erlebt habe, könnte ich dich dreimal aufs Kreuz legen!“

Rasch schob Roland sie die Stufen hinauf, dabei stolperte sie und wäre gestürzt, wenn er sie nicht aufgefangen hätte.

„Du kugelst mir ja den Arm aus!“, schrie sie auf.

Beinahe hätte Roland geflucht, aber er öffnete nur die Küchentür. Als er Claudia einfach hineinschob, blickte Lorna verwundert von ihrem Stammplatz am Fenster auf. Ihre Augen funkelten amüsiert, dann machte sie sich wieder an die Zubereitung des Auflaufs, den Roland so gern aß. Roh stupste er Claudia auf einen Küchenstuhl, aber sie sprang mit geballten Fäusten sofort wieder auf.

Er drückte sie auf den Stuhl zurück. „Was ist bloß in dich gefahren?“, brummte er ärgerlich.

Roland würde von der Sache sowieso erfahren, sagte sich Claudia. Also konnte sie es ihm auch gleich selbst sagen. „Ich habe Streit mit Mr Franklin bekommen! Von jetzt ab werden wir unsere Futtermittel woanders kaufen müssen.“

Darauf ließ er die Hand sinken und blickte sie verständnislos an. „Soll das heißen, dass ich all die Jahre über mit Ormond Franklin ausgekommen bin, und du hast einen Auftritt und machst alles kaputt?“

Erregt presste Claudia die Lippen zusammen. Dennoch verzichtete sie darauf, ihm die Einzelheiten des Wortwechsels zu berichten. „Wir werden unser Futter eben von jetzt ab in Wisdom kaufen“, entschied sie, weil das der nächste Ort war.

„Das ist dreißig Kilometer weiter. Hin und zurück macht das sechzig Kilometer mehr. Wie konntest du nur, Claudia!“

„Dann fahren wir eben die zusätzlichen sechzig Kilometer!“, erklärte sie scharf. „Darf ich dich daran erinnern, dass das hier immer noch meine Ranch ist, Roland Jackson! Nach dem, was Mr Franklin gesagt hat, würde ich von ihm auch dann nichts mehr kaufen, wenn das nächste Futtergeschäft hundertfünfzig Kilometer entfernt wäre! Habe ich mich klar genug ausgedrückt?“

Zornig sah Roland auf. Er wollte sie packen, hielt dann jedoch gerade noch rechtzeitig inne. Mit einem Ruck machte er auf dem Absatz kehrt und marschierte aus dem Haus.

Claudia stand von ihrem Stuhl auf und trat ans Fenster. Sie sah zu, wie Roland den Transporter bestieg und dann in Richtung auf die Weide losfuhr, deren Zaun repariert werden musste.

Laut sagte sie: „Der Boden ist nach dem gestrigen Regen nass. Hoffentlich bleibt Roland nicht im Matsch stecken."

„Und wenn schon, er hat genug Leute, die ihn wieder herausholen", antwortete Lorna. Sie lachte leise. „Sie wissen genau, wie Sie ihn hochbringen können, nicht wahr? In den letzten Tagen ist er öfter aus der Haut gefahren als in all den Jahren, die ich ihn kenne."

„Man muss ihm von Zeit zu Zeit die Stirn bieten", erklärte Claudia. „Seit ich ein Kind war, hat er über mich einfach bestimmt. Damit ist jetzt Schluss!"

„Es wird ihm schwerfallen, anderen ein Mitspracherecht bei der Ranch einzuräumen", warnte Lorna. „Er hat die ganze Bürde so lange allein getragen, dass es ihm gegen den Strich geht, die Verantwortung mit jemandem zu teilen."

„Dann wird er es eben lernen müssen", erwiderte Claudia trotzig. Ihr Blick folgte dem Transporter, bis er außer Sichtweite war.

„Wissen Sie, an was Sie beide mich erinnern?", fragte Lorna amüsiert.

„Das ist mir egal!"

„Es dürfte Sie kaum überraschen. Sie erinnern mich an eine Katze und er mich an den Kater, der Sie umkreist. Er weiß, dass er sich auf einen ewigen Kampf einlässt, wenn er bekommt, was er will."

Jetzt musste Claudia doch lachen. „Das Bild ist gar nicht so schlecht!"

Zu Claudias Enttäuschung kam Roland zum Mittagessen nicht heim. Lorna erzählte ihr, dass er für sich und seine Männer einen Korb mit belegten Brötchen und Kaffee auf die Weide hatte schicken lassen. Da Ricky auch bei ihnen war, aß Claudia allein mit Monica, die inzwischen zurückgekehrt war.

Die beiden Frauen sprachen wenig miteinander, weil sie keine gemeinsamen Interessen hatten.

Monica hing ihren eigenen Gedanken nach und fragte nicht einmal, wo Ricky war. Aber vielleicht wusste sie das bereits.

Nach dem Essen lehnte sich Monica zurück und zündete sich eine Zigarette an. Das war ein sicheres Zeichen, dass sie nervös war, weil sie sonst nur selten rauchte.

Als Claudia sie prüfend anblickte, erklärte Monica unumwunden: „Ich habe die Absicht, von hier fortzugehen."

Im ersten Augenblick war Claudia überrascht. Doch bei näherer Überlegung fragte sie sich, warum Monica das nicht schon längst getan hatte. Das Leben auf der Ranch hatte ihr noch nie zugesagt. „Warum ausgerechnet jetzt?", erkundigte sie sich. „Und wohin willst du gehen?"

Monica zuckte mit den Schultern. „Das weiß ich noch nicht genau. Es ist mir aber gleichgültig, solange es eine Stadt ist und ich nie mehr Pferde und Kühe riechen muss. Ich habe niemals ein Geheimnis daraus gemacht, dass es mir auf der Ranch nicht gefällt. Und was den Zeitpunkt betrifft, warum sollte ich die Gelegenheit nicht beim Schopf packen? Du bist jetzt wieder da. Und es ist schließlich deine Ranch, nicht meine. Nach Wards Tod bin ich geblieben, weil du noch minderjährig warst. Aber das ist jetzt nicht mehr der Fall. Ich habe mich einfach treiben lassen und bin des Lebens hier müde."

„Weiß Ricky das schon?"

Vielsagend schaute Monica sie an. „Wir sind keine siamesischen Zwillinge. Ricky ist eine erwachsene Frau. Sie kann tun und lassen, was sie will."

Claudia antwortete nicht sofort. Endlich murmelte sie: „Ich habe mich noch nicht endgültig zum Bleiben entschieden."

„Das ändert nichts daran", gab Monica kühl zurück. „Für die Ranch bist du jetzt verantwortlich, nicht mehr ich. Du kannst tun und lassen, was du willst, und ich auch. Lass uns nicht so tun, als hätten wir einander besonders nah gestanden. Das Einzige, was uns gemeinsam war, war dein Vater, und er ist seit zwölf Jahren tot. Da wird es Zeit, dass ich meine eigenen Wege gehe."

Eigentlich hätte Monica schon gehen können, als Roland die Ranch übernommen hatte, überlegte Claudia. Und auch wenn sie selbst nicht blieb, würde auf der Ranch alles seinen gewohnten Gang weitergehen. Wenn Monica fortging, würde das auf ihre eigene Situation überhaupt keinen Einfluss haben. Dennoch musste sie sich entscheiden, ob sie bleiben wollte oder nicht. Ihr kam der Gedanke, die Ranch zu verkaufen, doch dann schob sie ihn rasch wieder beiseite. Dies war ihr Zuhause, und sie wollte es behalten. Auch wenn sie hier nicht lebte, konnte sie ihr Erbe nicht einfach veräußern.

„Du sollst wissen, dass du hier gern so lange wohnen bleiben kannst, wie du möchtest", sagte sie zu Monica.

„Danke, aber es wird Zeit, dass ich wieder unter Menschen komme und aus den Jahren, die mir noch bleiben, etwas mache. Ich habe Ward lange genug betrauert", erwiderte Monica in einem merkwürdigen Ton und blickte auf ihre Hände. „Hier fühlte ich mich ihm am nächsten. Deshalb bin ich geblieben, ohne einen wirklichen Grund dazu zu haben. Das Leben hier liegt mir nicht, das wissen wir beide. Zwar habe ich mich noch nicht ernsthaft nach einer Wohnung umgesehen, und ich weiß noch nicht einmal, in welche Stadt ich ziehen werde, aber innerhalb der nächsten Monate wird sich alles finden."

Zögernd erbot sich Claudia: „Ich habe mein Apartment in Chicago noch. Die Miete ist bis Ende nächsten Jahres bezahlt. Wenn ich hier bleibe, steht die Wohnung frei. Du könntest also gern dort wohnen, wenn Chicago dir gefällt."

Ein schwaches Lächeln zeigte sich in Monicas Gesicht. „Ich habe eigentlich eher an New Orleans gedacht, aber Chicago … Ich werde mir die Sache durch den Kopf gehen lassen."

„Es hat keine Eile damit", versicherte Claudia.

Monica schien froh zu sein, sich ausgesprochen zu haben. Ihr Bedürfnis nach einem Gespräch war damit offenbar erschöpft. Sie drückte ihre halb gerauchte Zigarette aus und entschuldigte sich. Nachdenklich blieb Claudia zurück.

Den Nachmittag verbrachte Claudia damit, im Erdgeschoss aufzuräumen. Zwischendurch ging sie immer wieder ans Fenster, um zu sehen, ob Roland nicht endlich zurückkam.

Erst gegen Abend hörte sie den Transporter in den Hof einfahren. Sofort rannte sie ans Fenster und sah, wie er vor dem Vorratsschuppen hielt. Bei Rolands Anblick schlug ihr Herz rascher. Sie zwang sich, ein paarmal tief durchzuatmen, ehe sie zu ihm ging.

Der Streit vom Vormittag war vergessen. Sie wusste nur, dass Roland stundenlang fort gewesen war, dass sie sich nach ihm gesehnt hatte und es nicht erwarten konnte, ihn wiederzusehen.

Sie war noch außer Hörweite, als sie plötzlich stehen blieb. Erstarrt beobachtete sie die beiden Gestalten, die den Rest des Zaundrahts abluden. Ricky half Roland, und obwohl Claudia nicht hören konnte, was sie sprachen, sah sie Rickys Gesicht. Sie strahlte und blickte mit leuchtenden Augen zu ihm auf.

Plötzlich ließ Ricky den Werkzeugkarton fallen, den sie in der Hand hielt, und schlang die Arme um Rolands Taille. Sie stellte sich auf die Zehenspitzen und küsste ihn.

Als Roland sie sanft von sich schob, lachte Ricky übermütig, und sie machten sich gemeinsam wieder an die Arbeit.

Claudia wandte sich ab. Sie schlug einen Bogen um die zwei, damit sie sie nicht sehen konnten. Dabei entdeckte sie etwas seitlich von sich eine andere Gestalt.

Lewis Stovall lehnte am Hofzaun und sah zu, wie Ricky und Roland den Transporter entluden. Seine Züge waren seltsam gespannt, aber Claudia war zu erregt, um sich darüber im Augenblick Gedanken zu machen.

Verstört kehrte sie ins Haus zurück. Sie war so durcheinander, dass sie in ihr Zimmer ging und sich auf das Bett sinken ließ.

Ricky hatte Roland umarmt. Sie hatte ihn sogar geküsst! Er hatte ihre Umarmung zwar nicht erwidert, aber ihr wurde unwohl bei dem Gedanken, wie Rickys schlanke Arme sich um seine Taille gelegt hatten.

Lorna hatte gesagt, Ricky sei nicht in Roland verliebt, doch das hatte Claudia ihr sowieso nicht geglaubt. Aber wenn es trotzdem stimmte.

Kein Wunder, dass Ricky so verbittert war und Claudia wehzutun versuchte, auch wenn sie Roland dabei als Waffe benutzen musste! Ob Roland je mit ihr geschlafen hatte? War Mr Franklins Anschuldigung vielleicht gar nicht so abwegig?

Nein, es konnte einfach nicht wahr sein! Sie konnte und wollte es nicht glauben! Die bloße Vorstellung war entsetzlich! Claudia stöhnte auf und schlug ihre kalten Hände vor das Gesicht. Ricky hatte kein Recht auf ihn!

Claudia erkannte, dass sie eifersüchtig war, und versuchte, sich zur Ordnung zu rufen. Hatte sie selbst Roland nicht erlaubt, zu anderen Frauen zu gehen? Er war kein Mönch, das hatte sie von vornherein gewusst. Er war ein gesunder, kraftvoller Mann. Aber so hatte sie das doch nicht gemeint! Der bloße Gedanke, dass eine andere Frau unter seinen Händen dahinschmolz, verursachte ihr Seelenschmerzen.

Vielleicht ist die Sache aber auch ganz harmlos, versuchte sie sich einzureden. Schließlich hatte es sich nur um eine kurze Umarmung und einen Kuss gehandelt, den Roland noch nicht einmal erwidert hatte. Da hatte sie eigentlich keinen Grund, eifersüchtig zu sein.

Dennoch brauchte Claudia über eine Stunde, ehe sie sich wieder so weit unter Kontrolle hatte, dass sie nach unten gehen konnte.

Während des Abendessens saß sie mit ausdrucksloser Miene da und vermied es, Roland und Ricky anzusehen. In ihr brodelte es, und sie hatte Angst, die Beherrschung zu verlieren, wenn die beiden auch nur einen einzigen verdächtigen Blick wechselten.

Lustlos stocherte sie auf ihrem Teller herum und teilte ihr Steak in vier gleiche Stücke. Ohne zu merken, was sie tat, schnitt sie sich von jedem nacheinander einen Bissen ab. Der Tag war eine einzige Katastrophe gewesen. Erst war sie so dumm gewesen, sich von Roland dazu überreden zu lassen, ihre Arbeit zu kündigen. Damit hatte sie einen weiteren Teil ihrer Unabhängigkeit aufgegeben und sich nur noch mehr unter Rolands Einfluss gebracht. Dann der Streit mit Mr Franklin, die Auseinandersetzung mit Roland, der Schock, mit ansehen zu müssen, wie Ricky ihn küsste.

All das war zu viel für sie. In diesem Augenblick wünschte Claudia fast, Roland würde eine herausfordernde Bemerkung machen, damit sie ihn anschreien konnte.

Aber das Essen verlief ruhig. Roland entschuldigte sich bald und zog sich ins Arbeitszimmer zurück. Claudia beschloss, ins Bett zu gehen. Was konnte sie sonst tun?

Eine Weile warf sie sich ruhelos auf ihrem Kissen herum, dann versuchte sie zu lesen. Endlich wurde sie schläfrig und schaltete das Licht aus. Kaum hatte sie die Augen geschlossen, als sie ein schwaches Geräusch vor ihrer Tür hörte. Sie fuhr auf, und ihr Herz begann schneller zu schlagen.

Hatte Roland vor, ihre Abmachung zu brechen und trotzdem zu ihr zu kommen? Doch es war niemand da, und zu ihrem Entsetzen krampfte sich ihr Herz vor Enttäuschung zusammen.

Sollte er sie schon so weit gebracht haben? War sie ihm nach einer Liebesnacht bereits so verfallen, dass sie nach ihm verlangte wie nach einer Droge?

Roland durfte auf keinen Fall merken, wie hilflos sie ihm ausgeliefert war, sonst würde er sie sich endgültig unterwerfen.

Wenn David doch noch lebte! Er war für Claudia wie ein schützender Hafen gewesen, ein starker, stiller Mann, der sie geliebt und sie sie selbst hatte sein lassen. Nie hatte er mehr von ihr verlangt, als sie zu geben bereit war.

Bei Roland war das anders. Er wollte sie beherrschen, und das

Schlimmste daran war, dass sie ihm gehören wollte. Wenn sie seiner nur sicher sein könnte!

Dann würde sie sich in seiner Liebe geborgen fühlen. Aber durfte sie sich ihm ganz anvertrauen? Er würde alles nehmen, was sie hatte, ohne sich ihr selbst zu öffnen.

Sie könnte es nicht ertragen, sich tagtäglich Gedanken um Roland und sein Wesen machen zu müssen. Er war eine zu vielschichtige Persönlichkeit, ein Rätsel, das sie niemals entschlüsseln würde.

Warum hatte sie sich nur zum Bleiben bereit erklärt? Auf die Dauer würde sie hier verrückt werden.

Der Gedanke an Chicago war ein Lichtschimmer für Claudia. Sie konnte sich immer noch dorthin flüchten. Schließlich musste sie ihre Wohnung auflösen und ihre Sachen holen. Bis jetzt hatte sie sich mit dem wenigen beholfen, das sie mitgebracht hatte. Und das war eigentlich nur für ein Wochenende gewesen. Sie hatte also durchaus einen triftigen Grund, nach Chicago zu fliegen. Und wenn sie erst einmal dort und Rolands Zugriff entflohen war, würde sie nicht mehr zurückkehren. Es gab sicher noch andere Stellen für sie, und sie würde sich sofort nach einer neuen Beschäftigung umsehen.

Mit diesen Überlegungen schlummerte Claudia ein. Sie musste tief geschlafen haben, denn sie erwachte am Morgen, als ihre Tür geöffnet wurde.

Eine harte Hand versetzte ihr einen leichten Klaps auf den Po, und sie setzte sich ruckartig auf. Verschlafen strich sie sich das Haar aus dem Gesicht und blickte den hochgewachsenen Mann neben ihrem Bett unwirsch an.

„Was willst du denn hier?“, erkundigte sie sich spitz.

„Dich wecken“, antwortete Roland kurz. „Steh auf. Du kommst heute mit mir.“

„Ach, wirklich? Wann wurde das denn beschlossen?“

„Gestern beim Abendessen, als du vor dich hin geschmollt hast.“

„Das habe ich nicht.“

„Nein? Ich habe dich seit Jahren in allen Stimmungen erlebt und kenne die Anzeichen. Also heraus aus dem Bett mit dir und zieh dich an! Ich werde dich so auf Trab halten, dass dir keine Zeit zum Schmollen bleibt.“

Claudia wollte sich Roland widersetzen, aber da sie sich in einer etwas unglücklichen Lage befand, gab sie vorsichtshalber nach. „Okay. Geh hinaus, damit ich mich anziehen kann.“

„Warum soll ich den Raum verlassen? Ich habe dich doch schon nackt gesehen."

„Heute noch nicht!", erwiderte Claudia heftig. „Also hinaus!"

Roland beugte sich über sie und nahm ihr die Decke weg. Er packte sie am Handgelenk und zog sie einfach aus dem Bett. Wie ein ungezogenes Kind stellte er sie vor sich hin und streifte ihr ohne viel Federlesens das Nachthemd über den Kopf. Mit einer achtlosen Bewegung warf er es zur Seite. Sein Blick wanderte so langsam über ihren Körper, dass ihm keine Einzelheit entging.

„Jetzt ja", erklärte er und suchte in der Kommodenschublade nach Claudias Unterwäsche. Er warf ihr ein Höschen und einen dazu passenden Büstenhalter zu und ging zum Schrank. Ohne lange zu überlegen, zog er ein Hemd und verwaschene Jeans hervor.

Nachdem er ihr alles in die Hand gedrückt hatte, bestimmte er: „Zieh dich an, sonst gibt es wieder einen Ringkampf. Das wäre mir gar nicht so unlieb. Ich erinnere mich noch gut, was passiert ist, als du das letzte Mal versucht hast, dich auf einen Streit einzulassen."

Claudias Wangen brannten. Sie drehte Roland wütend den Rücken zu und schlüpfte eiligst in ihre Unterwäsche. Was immer sie auch tat, er trug stets den Sieg davon. Indem sie sich anzog, tat sie brav, was er wollte. Wenn sie sich nicht anzog, würden sie im Handumdrehen im Bett liegen.

Die Erkenntnis, dass sie nicht die Kraft aufbringen würde, Roland zu widerstehen, ließ einen bitteren Geschmack in ihrem Mund zurück. Wenn zwischen ihnen nichts geschah, war das einzig und allein seiner Willensstärke zuzuschreiben. Und davon besaß er mehr als genug. Seit Jahren hatte er alle auf der Ranch beherrscht.

Als Claudia in die Ärmel des Hemdes fahren wollte, ergriff er sie bei den Schultern und drehte sie sanft zu sich um. Sie sah ihn an und blickte in seine steinerne Miene.

Roland schob ihre Hände fort und knöpfte ihr das Hemd selbst zu. Dabei verharrte sein Blick länger als notwendig auf ihren Brüsten.

Claudia holte tief Luft und versuchte, gegen das Verlangen anzukämpfen, das sie bei der Berührung durchströmte.

„Würde ich unsere Abmachung brechen, wenn ich dich küsse?", murmelte er heiser.

Erst jetzt wurde Claudia bewusst, dass er unter den Bedingungen, die sie ihm auferlegt hatte, litt. Dabei war Roland ein Mann, der es gewohnt war, eine Frau zu bekommen, wenn er eine brauchte. Die Enthaltsamkeit machte ihm offenbar schwer zu schaffen.

Die Erkenntnis, dass sie ihn in Gewissensnöte brachte, entlockte ihr ein Lächeln. Herausfordernd sah sie ihm in die Augen. „Wirklich nur ein einziger Kuss?“

Einen Augenblick sah Roland so aus, als wolle er explodieren. Seine Miene war so grimmig, dass Claudia unwillkürlich einen Schritt zurückwich. Wenn er es wagen sollte, sich ihr zu nähern, würde sie schreien.

Doch er schien sich bereits wieder in der Gewalt zu haben und entspannte sich. „Ich werde dich wieder besitzen“, versprach er drohend. „Und wenn es so weit ist, werde ich dir das heimzahlen. Mach dich also auf alles gefasst.“

„Tatsächlich?“, spottete Claudia.

„Komisch, ich hätte dir nicht zugetraut, eine Frau grob zu behandeln.“

Über seine Lippen flog ein Lächeln. „Dass ich grob mit dir umgehen werde, habe ich nicht gesagt, Liebling. Ich habe lediglich vor, eine Menge Gelüste zu stillen.“

Roland versuchte, sie durch Worte und Erinnerungen zu verführen. Beklommen dachte Claudia an die Nacht, die sie zusammen verbracht hatten.

Sie schluckte und bot ihm ihre Lippen. Jetzt hätte er sie küssen können, so oft er wollte. Doch er tat ihr nicht den Gefallen, sondern wandte sich rasch ab.

„Zieh dich an, Claudia. Und zwar schnell. Ich warte unten.“

Regungslos blieb Claudia stehen und starrte auf die Tür, die Roland hinter sich offen gelassen hatte. Sie sehnte sich nach ihm und hätte alles darum gegeben, wenn er zurückgekommen wäre. Doch dann riss sie sich aus ihrer Betäubung und schlüpfte in Jeans und Stiefel. Ihre Hände zitterten, und sie wusste nicht, ob sie erleichtert oder enttäuscht sein sollte. Es passte eigentlich nicht zu Roland, sich ein Abenteuer zu versagen. Er musste doch gemerkt haben, dass sie kurz davor gewesen war, sich ihm hinzugeben.

Dennoch hatte er die Situation nicht ausgenutzt. Weil sie ihm gedroht hatte zu gehen? War ihm so viel daran gelegen, dass sie blieb?

Rasch putzte sich Claudia die Zähne und bürstete sich das Haar. Dann stürzte sie nach unten in die Küche, weil sie plötzlich befürchtete, Roland könnte nicht auf sie gewartet haben.

Er saß lässig am Tisch und hatte einen Kaffeebecher vor sich. Bei ihrem Erscheinen flackerte es in seinen Augen kurz auf, dann wurden sie wieder unergründlich.

Claudias Herz zog sich schmerzlich zusammen, als sie Ricky neben ihm sah. Sie murmelte ein „Guten Morgen“ und griff nach dem Kaffeebecher, den Lorna vor sie hinstellte.

Ricky blickte sie nachdenklich an. „Wieso bist du schon so zeitig wach?“, wollte sie wissen.

„Ich habe sie geweckt“, antwortete Roland. „Sie kommt heute mit mir mit.“

Aufmüpfig verzog Ricky das Gesicht. „Aber ich wollte doch wieder mit dir gehen!“

„Du kannst gehen, wohin du willst“, erwiderte Roland, ohne von seinem Kaffeebecher aufzublicken. „Claudia begleitet mich heute.“

Verwundert sah Claudia ihn an. Merkwürdig, dass er Ricky jetzt einfach abblitzen ließ, wo sie doch am Tage zuvor beim Entladen des Transporters ein Herz und eine Seele gewesen waren. Sie wandte sich ihrer Stiefschwester zu und bemerkte, dass deren Unterlippe zitterte.

Zu Claudias Erleichterung stellte Lorna gefüllte Teller vor sie hin, sodass alle mit dem Essen beschäftigt waren. Roland aß mit gutem Appetit, während Claudia und Ricky nur in ihrem Rührei herumstocherten.

Schließlich blickte Roland auf und runzelte die Stirn, als er Claudias vollen Teller bemerkte. „Gestern Abend hast du auch nichts gegessen“, erinnerte er sie. „Du leerst den Teller, und wenn ich dich füttern muss.“

Claudia verspürte das Bedürfnis, ihm die Eier ins Gesicht zu schleudern, doch sie widerstand der Versuchung. Hastig aß sie ihr Frühstück, trank ihren Kaffee aus und stand auf.

Sie knuffte Roland in die Seite und erklärte herausfordernd: „Beeil dich ein bisschen! Du brauchst ziemlich lange!“

Hinter sich hörte sie Lorna leise kichern. Roland stand auf und zog Claudia mit sich davon. An der Haustür blieb er stehen, um seinen wettergebeulten schwarzen Hut aufzusetzen. Dann griff er nach einem zweiten und drückte ihn Claudia auf den Kopf.

Entrüstet protestierte sie: „Der gehört mir nicht!“

„Dein Pech“, brummte Roland und zog sie über den Hof auf die Ställe zu.

Es gelang Claudia nicht, sich aus seinem eisernen Griff zu befreien. Widerstrebend stolperte sie hinter ihm her. Ihr fiel ein, dass dies nicht das erste Mal war, dass er sie über den Hof zerrte, und sie fragte sich, was die Arbeiter davon halten mochten. Die Vorstellung, dass sie schadenfroh grinsten, verlieh ihr die Kraft, sich mit einem heftigen Ruck zu befreien.

„Hör endlich auf, mich wie einen Hund an der Leine hinter dir herzuschleppen!", rief sie aufgebracht.

„Eine Leine würde dir im Augenblick guttun", gab Roland mit samtener Stimme zurück. „Kleine rothaarige Wildkatze! Du hast mir verboten, dich anzurühren, aber du tust alles, um mich herauszufordern. Ich hätte nicht gedacht, dass du eine Frau bist, die die Männer absichtlich reizt, aber offenbar hast du dich in der Zwischenzeit geändert."

„Ich versuche nicht, dich zu reizen!" Claudia blickte ihn provozierend an.

„Heißt das, dass du es ernst meinst, wenn du mich praktisch dazu einlädst, dich zu nehmen?"

„Ich lade dich nicht dazu ein!", widersprach sie scharf. „Denk nur daran, wie du dich heute Morgen aufgeführt hast, und gestern ebenso! Und dann erwartest du, dass ich mich auch noch freue! Ich bin wütend auf dich, außer mir, empört! Hast du mich verstanden?"

Erstaunt blickte sie Roland an. „Was habe ich denn nun schon wieder verbrochen?"

Aus dem Augenwinkel konnte Claudia Lewis Stovall an der Stalltür sehen. Er stand lässig zurückgelehnt da und schmunzelte, weil ihn die Szene offenbar amüsierte.

Sie riss sich zusammen und überging einfach Rolands Frage. „Es wird Zeit, dass wir fortkommen", erklärte sie und lief um ihn herum auf den Stall zu.

Nur die Gegenwart der anderen hielt Roland davon ab, die Beherrschung zu verlieren, dessen war Claudia sicher. Sie entschied sich für den grauen Wallach, den sie am ersten Tag geritten hatte, und sattelte ihn selbst.

Roland bestieg seinen Braunen und galoppierte davon. Claudia folgte ihm und blickte nachdenklich auf seine breiten Schultern. Sie wusste, dass er auf das Thema von vorhin erneut zu sprechen kommen würde.

Aber sie war gewappnet und würde Roland auch einiges zu sagen haben!

6. KAPITEL

Roland wartete, bis sie außer Hörweite der anderen waren. Dann lenkte er sein Pferd neben Claudias Wallach und forderte mit bedrohlichem Unterton: „Du bist mir eine Erklärung schuldig."

Sie blickte ihn kampflustig an. „Das Gleiche gilt für dich!", gab sie zurück. „Warum hast du Ricky zum Beispiel gestern umarmt und geküsst und sie heute Morgen wie den letzten Dreck behandelt? Hast du diese Schau meinetwegen abgezogen?"

Amüsiert sah Roland auf. „Du bist eifersüchtig", stellte er befriedigt fest.

„Nein, das bin ich nicht! Warum sollte ich eifersüchtig sein?", rief Claudia empört. „Von mir aus kannst du mit allen Frauen von Texas etwas haben! Mich lässt das kalt! Ich will nur wissen, warum du gestern so nett zu ihr warst und sie heute wie einen streunenden Hund behandelst. Im Ort munkelt man, du hättest ein Verhältnis mit Ricky."

Kaum waren die Worte heraus, als Claudia sie auch schon wieder bereute. Sie riss so heftig an den Zügeln, dass der Wallach unruhig zu tänzeln begann.

„Du machst dir also doch etwas aus mir", gab er ruhig zurück. „Sonst würdest du nicht so ein Theater aufführen."

Claudia ging auf die Herausforderung nicht ein. Sie erkundigte sich rundheraus: „Hast du mit Ricky geschlafen?" Bei dem Gedanken wurde ihr übel. Was würde sie tun, wenn Roland die Frage bejahte? Die bloße Vorstellung, er könnte eine andere Frau anrühren, machte sie wahnsinnig. Das würde sie nicht ertragen!

„Nein", erwiderte er prompt. Er schien nicht zu spüren, dass für Claudia von seiner Antwort alles abhing. „Aber nur aus Mangel an Gelegenheit. Beantwortet das deine Frage? Oder hast du mir noch etwas anderes vorzuwerfen? Es dürfte hier in der Gegend doch wohl kaum eine Frau geben, mit der du mir nicht ein Verhältnis zutraust, oder?"

Unglücklich sah Claudia ihn an. Das saß. „Ricky liebt dich", flüsterte sie verloren. Sie hatte es ihm nicht sagen wollen, obwohl sie sicher war, dass er es wusste. Ricky war keine Frau, die ihre Gefühle verbarg.

„Ricky liebt niemanden, nur sich selbst", gab Roland verächtlich zurück. „Sie fliegt wie ein Schmetterling von Mann zu Mann und nascht von allen Blüten. Aber warum sollte es dich interessieren, wer mir das Bett wärmt? Du willst es ja nicht mit mir teilen. Du hast mir sogar geraten, mich anderweitig schadlos zu halten, wenn ich Sex brauche."

Claudias Kehle war wie zugeschnürt. Traurig schaute sie Roland an. War er wirklich so blind? Sah er denn nicht, wie sehr sie sich nach ihm verzehrte?

Aber vielleicht ist es gut, dass er davon nichts ahnt, sagte Claudia sich rasch. Denn wenn er wüsste, wie es um sie stand, würde sie die Kontrolle über ihn und sich verlieren. Sie wollte seiner ganz sicher sein und ihm vertrauen können, anstatt sich so weit an ihn zu verlieren, dass sie ihm schutzlos ausgeliefert war.

Dennoch sagte ihr das Gefühl, die Vorsicht aufzugeben. Wenn sie ihn abwies, würde Ricky ihn erobern. Wenn sie ihn sexuell aushungerte, würde eine andere seinen Hunger stillen.

Roland zügelte sein Pferd und beugte sich zu Claudia hinüber, um auch den Wallach zum Stehen zu bringen. „Nun hör mir einmal gut zu", begann er und blickte sie durchdringend an. „Ich brauche Sex, denn ich bin ein ganz normaler, gesunder Mann. Aber ich beherrsche meine Triebe und lasse mich nicht von ihnen unterdrücken. Ich will nicht Ricky, sondern dich. Ich werde warten, jedenfalls noch eine Weile."

Plötzlich hatte Claudia die Sprache wiedergefunden. Wütend schob sie seine Hand fort. „Und was ist dann?", stieß sie hart hervor. „Wirst du herumziehen und die Frauen reihenweise vernaschen?"

Sanft griff er nach ihrem Nacken. „Das brauche ich nicht", erklärte er einschmeichelnd. „Schließlich weiß ich, wo dein Schlafzimmer ist."

Als Claudia ihm eine scharfe Antwort geben wollte, küsste Roland sie auf den Mund und zog sie an sich.

Sie erzitterte unter seinen Liebkosungen und erwiderte seinen Kuss, ohne nachzudenken. Mit der freien Hand suchte Roland ihre Brüste und streichelte sie aufreizend. Dann wanderte er mit den Fingern über ihren Bauch. Claudia war unfähig, ihm Einhalt zu gebieten. Ihr Körper fieberte seinen Berührungen förmlich entgegen.

In diesem Augenblick nutzte Rolands Brauner die Situation und tänzelte von dem Wallach fort. Roland war gezwungen, Claudia loszulassen, um das Gleichgewicht nicht zu verlieren. Er beruhigte das Tier mit sanften Worten, aber in seinen Augen glomm es vielsagend. „Nimm dir für deine Entscheidung nicht zu viel Zeit", warnte er. „Es wäre schade um die schönen Stunden."

Verwirrt verfolgte Claudia, wie er davonritt. Jetzt wusste sie überhaupt nicht mehr, was sie tun sollte. Sie überlegte kurz, ob sie zur Ranch zurückreiten sollte, doch der Gedanke an die einsamen Stunden vom Tag zuvor ließ sie Roland nachreiten. Wenn sie bei ihm war, konnte sie ihn wenigstens ansehen und die Erregung genießen, die sie in seiner Gegenwart stets erfüllte. Ihr Verlangen nach ihm war so groß, dass es fast zur Besessenheit, zur Krankheit wurde. Selbst während all der Jahre in der Fremde war sein Bild in ihr nie ganz verblasst. Jetzt, wo sie ihm so nah war, fühlte sie sich wie unter einem Zwang, ihn zu beobachten.

Für den Rest der Woche ritt Claudia jeden Tag mit Roland hinaus. Sie begleitete ihn überallhin und verbrachte endlose Kilometer zu Pferde, bis jeder Muskel in ihrem Körper schmerzte.

Dennoch hielten Stolz und Beharrlichkeit sie davon ab, zu klagen oder aufzugeben. Sie spürte, dass Roland genau wusste, was sie durchmachte. Oft genug fing sie seinen amüsierten Blick auf. Doch Claudia wollte nicht klein beigeben und ertrug alles stumm. Nachts stand die Salbe, die er ihr gegeben hatte, neben ihrem Bett und linderte ihre Beschwerden. Natürlich hätte sie auch im Haus bleiben können, aber dort hätte sie sich nur gelangweilt. Wenn sie jedoch mit Roland ausritt, lebte sie trotz der körperlichen Belastungen auf, weil ihr Blick sich den ganzen Tag lang an ihm weiden konnte.

Auf diese Weise wurde Claudia gleichzeitig mit den Routinearbeiten und -abläufen des Ranchlebens vertraut. Nach der verunglückten Futterfahrt trug Roland ihr keine Besorgungen mehr auf. Jeden Tag holte er sie vor dem Morgengrauen aus dem Bett, und wenn es hell zu werden begann, saßen sie bereits im Sattel.

Wenn er die Koppeln abritt, tat sie es auch. Trieb er Pferde von einer Weide zur anderen, half sie ihm dabei. Roland packte überall selbst mit an und schreckte vor keiner Arbeit zurück. Erst jetzt ging Claudia richtig auf, warum er der Achtung und Loyalität seiner Leute sicher sein konnte.

Sie bewunderte auch sein Durchhaltevermögen. Obwohl sie nur sehr selten mitarbeitete und Roland lediglich folgte, war sie am Ende des Tages stets so erschöpft, dass sie auf dem Rückweg zur Ranch Mühe hatte, sich im Sattel zu halten. Doch Roland hielt sich so aufrecht wie am Morgen beim Ausritt, und auch das schien seine Männer zu beeindrucken.

Roland spielte nicht den Boss. Er tat selbst alles, was er von seinen

Männern verlangte. Darüber hinaus überwachte er das Zusammenspiel und den planmäßigen Ablauf aller Arbeiten.

Seine rechte Hand war Lewis Stovall. Er war ein ruhiger, wortkarger Mann, aber so tüchtig, dass Roland oft nur eine Geste anzudeuten brauchte, und er wusste, was gemeint war.

Dadurch wurde Claudia an die bösen Worte erinnert, die sie Roland entgegengeschleudert hatte, als sie herausfand, dass er Lewis als Aufseher eingestellt hatte, und sie schämte sich jetzt. Selbst mit Lewis' Hilfe verrichtete Roland die Arbeit von zwei Männern.

Den Pferden galt Rolands besondere Fürsorge. Dabei vernachlässigte er die anderen Bereiche der Ranch jedoch keineswegs.

Er kümmerte sich darum, dass den Pferden die beste Pflege zuteilwurde. Keine Verletzung, wie leicht sie auch immer sein mochte, wurde übergangen. Jedes Anzeichen einer Krankheit wurde sofort behandelt und alles, was das Wohlbefinden der Tiere beeinträchtigen konnte, wurde streng vermieden. Häufig trainierte er die Zuchthengste selbst, und die temperamentvollen Tiere benahmen sich bei ihm besser als bei ihren eigenen Pflegern.

Gewöhnlich saß Claudia dann auf dem Zaun und sah ihm zu. Zu gern hätte sie eines der edlen Tiere einmal selbst geritten, aber Roland weigerte sich, ihr das zu gestatten. Obwohl ihr das gegen den Strich ging, nahm sie seine Entscheidung hin, weil sie wusste, wie wertvoll die Pferde waren.

Außerdem musste sie sich eingestehen, dass sie nicht stark genug gewesen wäre, sich notfalls gegen ein bockendes Tier durchzusetzen.

Die Hengste wurden stets getrennt voneinander gehalten. Sie wurden nie gleichzeitig trainiert, um sie ruhig zu halten und es nicht zu Kämpfen kommen zu lassen.

Die Nähe eines Rivalen konnte die heißblütigen Tiere nur zu leicht aufbringen.

Roland erinnerte Claudia an seine Hengste. In der letzten Zeit hatte er sich ihr gegenüber jedoch beispielhaft verhalten. Er hatte nicht einmal versucht, sie zu küssen, obwohl sie ihn manchmal dabei ertappte, wie sein Blick auf ihren Lippen oder den Rundungen ihrer Brüste unter dem Baumwollhemd verweilte. Zwar wusste sie, dass er auf ihre Entscheidung wartete, aber bisher hatte sie noch nicht einmal den Versuch gemacht, zu einem Ergebnis zu kommen.

Den ganzen Tag über war sie ausgelastet, und am Abend war sie so müde, dass ihr nicht nach tiefschürfenden Gedanken war. Im Übrigen tat sie genau das, was sie vorgehabt hatte: Sie war ständig um Roland herum und lernte ihn immer besser kennen. Er war eine viel zu komplizierte Natur, als dass sie sich in wenigen Tagen ein Urteil über ihn hätte bilden können.

Zu den Zuchtställen hatte Roland Claudia ebenfalls den Zutritt verboten. Auch dagegen erhob sie keinen Einspruch, obwohl Ricky sich dort ganz zu Hause zu fühlen schien. Aber in diesem Fall war Claudia nicht eifersüchtig. Roland machte sich um Ricky offenbar keine Sorgen, während er sie vermutlich für sehr empfindsam hielt und ihr diese Vorgänge ersparen wollte.

Während Ricky sich eines Tages in den Zuchtställen aufhielt, ging Claudia daher ins Haus zurück, um sich ausnahmsweise einmal etwas auszuruhen. Ein Weilchen saß sie da und massierte ihre schmerzenden Muskeln. Dann kamen ihr Gewissensbisse, dass sie faulenzte, während Roland sich abschuftete.

Plötzlich fiel ihr ein, dass sie ihm etwas von der Büroarbeit abnehmen könnte. Sofort ging sie ins Arbeitszimmer und setzte sich an seinen Schreibtisch. Nachdem sie die Korrespondenz und die Rechnungen flüchtig durchgegangen war, die sich dort häuften, stellte sie fest, dass Roland alles erstaunlich gut organisiert hatte. Die Rechnungen waren neueren Datums. Aber war das ein Wunder? Roland war ein Mann, der Schlampereien nicht liebte.

Nur die Post der beiden letzten Tage war noch ungeöffnet. Aber da hatte er auch immer bis spät in die Nacht hinein draußen gearbeitet und keine Zeit gehabt, sich um die Schriftwechsel zu kümmern. Voller Eifer machte Claudia sich daran, die an Roland persönlich gerichteten Schreiben auf einen Stapel und die Rechnungen für die Ranch auf einen zum Glück kleineren Stapel zu legen.

Mit geübten Griffen öffnete sie die Rechnungen und ging sie durch. Da waren Rechnungen für Zäune und Gerätschaften, für Vorräte und Ersatzteile und tierärztliche Honorarforderungen in beachtlicher Höhe.

Mit leiser Sorge schlug sie das Hauptbuch auf, um nachzusehen, ob genug Geld vorhanden war, um all diese Rechnungen und die Löhne der Arbeiter zu bezahlen. Ihr Finger glitt über die Bilanzspalte und blieb auf der letzten Summe haften.

Fassungslos starrte sie eine ganze Minute lang darauf und traute ihren Augen nicht. Stand die Ranch wirklich so gut da? Zwar hatte sie den

Eindruck gehabt, dass der Betrieb auf einer soliden Basis stand, dass er ihnen ein sorgenfreies Leben ermöglichte, ohne übermäßig hohe Gewinne abzuwerfen. Die Zahl, die da in Rolands kühner Handschrift eingetragen war, besagte jedoch etwas ganz anderes! Wenn alle Gewinne wieder in die Ranch flössen, was hatte diese Zahl dann zu bedeuten?

Claudia blätterte die Rechnungen erneut durch. Warum war ihr das denn nicht gleich aufgefallen. Wieso hatte sie die Andeutung, die sie im Ort gehört hatte, nicht gleich aufgegriffen? Jede einzelne dieser Rechnungen war namentlich auf Roland Jackson ausgestellt.

Obwohl Claudia bereits ahnte, was sie vorfinden würde, suchte sie nach dem Scheckheft und fand stattdessen einen ganzen Ordner mit Scheckbelegen. Alle trugen den Namen Roland Jackson und darunter die Bezeichnung „Bar-D-Ranch“. Aber all das beweist noch gar nichts, sagte sie sich energisch. Natürlich musste sein Name auf den Schecks stehen. Schließlich war er es, der sie ausstellte.

Dennoch machte Claudia sich auf die Suche nach Monica. Sie war ihr Vormund gewesen, und bis zu Claudias fünfundzwanzigsten Geburtstag hätte Monica die Schecks eigentlich unterschreiben müssen.

„Ach, das.“ Monica winkte gelangweilt ab. „Ich habe Roland die Vollmacht über die Ranch schon vor Jahren überschrieben. Warum auch nicht? Wie er ganz richtig meinte, wäre es Zeitverschwendung gewesen, wenn er wegen jeder Entscheidung zu mir hätte kommen müssen.“

„Das hättest du mir aber zumindest sagen können!“, erwiderte Claudia scharf.

„Wieso?“, gab Monica ebenso hart zurück. „Du wolltest damals aufs College gehen und wärst sowieso nicht da gewesen. Wenn dir an diesen Dingen etwas gelegen hätte, hättest du eben früher heimkommen müssen.“

Claudia konnte ihr schlecht sagen, warum sie das nicht getan hatte. Sie kehrte ins Arbeitszimmer zurück und ließ sich schwer auf den Sessel sinken. Was sie eben erfahren hatte, musste sie erst einmal verdauen.

Die ganzen Jahre über hatte Roland also das alleinige Sagen über die Ranch und ihr Geld gehabt. Aber warum regte sie das so auf? Sie war sicher, dass er sie nicht betrogen hatte. Er würde ihr über jeden Cent Rechenschaft ablegen können, daran hatte sie keinen Zweifel. Dennoch fühlte sie sich irgendwie hintergangen.

Wenn Monica Roland die Vollmacht überschrieben hatte, ehe Claudia auf das College ging, musste das in jenem Sommer gewesen sein, als sie siebzehn war. Sie hatte sich erst in letzter Minute für das College entschieden, um vor Roland zu fliehen. Da sie sich die eigentliche Schuld an der intimen Begegnung am Fluss gegeben hatte, hatte sie Angst vor ihrem eigenen Körper und ihrer Reaktion auf Roland gehabt.

Aber jetzt? Hatte er diesmal mit ganz bestimmten Absichten mit ihr geschlafen? Sicher besaß er die Vollmacht über die Ranch, aber er hatte von vornherein gewusst, dass es damit vorbei sein würde, wenn sie erst einmal mündig war. Da war es doch der nächste logische Schritt, auch sie zu gewinnen. Sie sich so gefügig zu machen, dass sie niemals versuchen würde, ihm die Ranch zu nehmen.

Den Gedanken mochte Claudia nicht weiterspinnen. Sie schämte sich, Roland so zu misstrauen, wo er doch so hart gearbeitet hatte. Aber kreiste nicht alles, was er wollte und tat, um die Ranch? Sie musste auch an sich selbst denken! Hängte sie sich vielleicht an einen Mann, der in ihr nur ein Mittel zum Zweck sah, auf dem Weg, sich die Ranch endgültig einzuverleiben?

Roland kannte sie viel besser als jeder andere. Er wusste genau, dass er sie mit seinen erotischen Spielen betören konnte. Kein Wunder, dass es ihn so hart traf, sich von ihr fernhalten zu müssen! Damit hatte sie seine Pläne vorerst gründlich durchkreuzt!

Claudia holte tief Luft und versuchte, ihren gewagten Vermutungen Einhalt zu gebieten. Alles das konnte sie schließlich nicht beweisen. Deshalb durfte sie Roland noch nicht endgültig verdammen.

Wenn sie nur wüsste, was in seinem Kopf vorging! Wenn er sich ihr doch nur mitteilen würde, ihr eingestehen, dass ihm die Ranch wichtiger als alles andere war! Das würde sie immerhin verstehen. Roland hatte Schlimmes durchgemacht. Da wäre es nur verständlich, dass die Ranch jetzt für ihn so etwas wie ein Zufluchtsort geworden war, an den er sich klammerte.

Dennoch war diese Vorstellung eigentlich absurd. Roland war ein so starker Mensch. Warum brauchte er dann einen Zufluchtsort? Aber er sprach ja nicht über das, was er erlebt hatte. Er wollte seine Probleme niemandem enthüllen. Somit wusste sie im Grunde nicht genau, wie er zu der Ranch und anderen Dingen stand.

Als Roland plötzlich erschien, war Claudia darauf nicht vorbereitet. Wütend verzog er sein Gesicht, als er das aufgeschlagene Hauptbuch auf seinem Schreibtisch sah.

„Was tust du da?“, fuhr er sie an.

Eine seltsame Ruhe erfasste Claudia. Ihre schlimmsten Befürchtungen schienen sich zu bewahrheiten. Sie blieb betont gelassen sitzen und sah ihn gefasst an. Mit sachlicher Stimme antwortete sie: „Ich sehe mir die Bücher an. Hast du etwas dagegen?“

„Schon möglich. Vor allem, wenn du dich aufführst, als hättest du mich bei etwas Unrechtem ertappt. Willst du einen Buchprüfer kommen lassen, um sicherzugehen, dass ich dich nicht betrüge? Du wirst feststellen, dass jeder Pfennig genau belegt ist. Aber nur zu!“

Roland ging um den Schreibtisch herum und blickte auf sie hinab. In seinen dunklen Augen lag ein harter Ausdruck. Claudia bemerkte, dass er seinen Hut so fest gepackt hielt, dass seine Knöchel weiß hervortraten.

Unvermittelt schlug sie das Hauptbuch zu und stand auf. In ihrer Brust war ein Schmerz, der es ihr unmöglich machte, weiter sitzen zu bleiben. Sie warf den Kopf zurück und sah Roland an. „Ich unterstelle keineswegs, dass du Geld beiseitegeschafft hast. Dafür kenne ich dich zu gut. Es wundert mich nur, dass alles auf deinen Namen läuft. Monica hat schon seit Jahren keine Vollmachten mehr. Warum habt ihr mir nichts davon gesagt? Es ist doch nur recht und billig, dass ich erfahre, was auf meiner Ranch vor sich geht, zumindest sollte das so sein.“

„Sicher, aber du hattest andere Interessen.“

„Und jetzt?“, erkundigte sich Claudia herausfordernd. „Nun bin ich hier und trete mein Erbe an. Sollte da nicht alles hier auf meinen Namen geändert werden? Oder glaubst du inzwischen selbst, was man im Ort sagt, dass es ‚Roland Jacksons Ranch‘ ist?“

„Dann ändere es doch!“, stieß er heftig hervor und machte eine so ungestüme Handbewegung, dass das Hauptbuch zu Boden geschleudert wurde. „Es ist deine Ranch und dein Geld! Tu damit, was du willst! Aber hör auf, mir Vorhaltungen zu machen! Ich habe hier alles in Schuss gehalten, während du dir nicht einmal die Mühe gemacht hast, dich zu erkundigen, was ich tat!“

„Ich mache dir keine Vorwürfe!“, gab Claudia genauso erregt zurück und fegte auch den Rechnungsstapel vom Schreibtisch. „Ich will nur wissen, warum du mir nicht gesagt hast, dass Monica dir die Vollmacht über die Ranch überschrieben hat!“

„So genau kann ich das jetzt nicht mehr erklären. Vielleicht ist mir der Gedanke einfach nicht gekommen! Ich arbeite seit Jahren wie ein Sklave. Da hatte ich keine Zeit, dich jedes Mal ausfindig zu machen, wenn etwas anlag. Darf ich die Arbeiter bezahlen, Mrs Ashe? Sind Sie einverstanden, wenn ich einen Scheck für die Zäune ausschreibe?"

„Ach, spiel dich nicht so auf! Aber ehe du gehst, wüsste ich gern, warum die Bilanz so viel Geld ausweist, während du mich in dem Glauben gehalten hast, es gäbe keine Überschüsse, alle Gewinne wären wieder in die Ranch geflossen?"

Roland packte sie so brutal am Oberarm, dass es schmerzte. „Hast du eine Vorstellung, wie viel Geld für eine Pferdezucht erforderlich ist?", stieß er verärgert hervor. „Weißt du, was ein guter Zuchthengst kostet? Wir züchten Reitpferde, aber wir sind inzwischen auch dazu übergegangen, Vollblutpferde aufzuziehen. Wir brauchen zwei weitere Hengste und zusätzliche Zuchtstuten. Die kannst du nicht auf Kredit kaufen, Mädchen! Dafür muss man eine Menge Geld flüssig haben. Aber warum erkläre ich dir das alles? Du bist der Boss und kannst tun und lassen, was du willst!"

„Das werde ich auch!", schrie Claudia aufgebracht und entriss ihm ihren schmerzenden Arm.

Sie sah Roland noch einmal wütend an, dann stürzte sie aus dem Raum, ehe sie in Tränen ausbrach.

„Claudia!", hörte sie ihn rufen, als sie die Tür hinter sich zuschlug. Ohne sich umzudrehen, stürzte sie in ihr Zimmer hinauf. Sorgfältig schloss sie hinter sich ab und setzte sich in ihren Schaukelstuhl. Sie griff mechanisch nach dem Spionageroman, den sie angefangen hatte, aber die Buchstaben verschwammen ihr vor den Augen.

Ihr saß ein Kloß in der Kehle, und sie musste alle Kraft aufbieten, um nicht loszuweinen. Aber das hätte ihr auch nicht weitergeholfen. Sie musste die Dinge einfach so nehmen, wie sie waren.

Rolands heftige Reaktion auf ihre Überprüfung der Bücher konnte nur eines bedeuten: Er wollte nicht, dass sie Einblick in den Ranchbetrieb bekam, weil er verhindern wollte, dass sie ihm die Entscheidungen aus der Hand nahm. Trotz seiner Vorhaltungen wusste sie, dass er durch und durch ehrlich war und auch nicht annahm, dass sie ihm anderes unterstellte. Nein, Roland hatte sie angegriffen, weil er ein Kämpfer war und die wichtigste Kampfregel beherrschte, als Erster anzugreifen.

Wenn es um die Ranch ging, kann er sich schrecklich aufregen, sinnierte Claudia. Aber dadurch konnte sie wenigstens sicher sein, dass er stets das Wohl von Bar D im Auge hatte, und nicht seinen eigenen Vorteil. Wenn sie ihm doch nur ebenso wichtig wäre wie die Ranch! Mehr verlangte sie gar nicht.

Claudia hatte geglaubt, dass sie einander in den letzten Tagen nähergekommen seien. Und obwohl sie nicht einer Meinung gewesen waren, hatte sie eine tiefe Verbundenheit zwischen ihnen gespürt und gehofft, Roland empfände das Gleiche. Zwischen ihnen war mehr als nur sexuelle Spannung, jedenfalls, was sie selbst betraf. Roland hingegen war ein undurchsichtiger Mann, und sie hatte keine Ahnung, wie er zu ihr stand.

Am nächsten Morgen erwachte Claudia zeitig, aber diesmal ging sie nicht nach unten, um mit Roland zu frühstücken und ihn zu begleiten. Sie blieb im Bett, bis sie sicher sein konnte, dass er fort war.

Danach verbrachte sie den Vormittag damit, den ersten Stock auf Hochglanz zu bringen, nicht weil es einer pflegenden Hand bedurft hätte, sondern um sich zu beschäftigen. Auch während des Mittagessens blieb sie oben, um Roland nicht zu begegnen. Rickys Lachen tönte zu ihr herauf und verriet ihr, dass sie ihm Gesellschaft leistete. Sollte sie!

Sobald er wieder fort war, ging Claudia in die Küche hinunter und aß etwas im Stehen. Dann setzte sie ihre Säuberungsaktion fort. Sie hatte Rolands Zimmer übrig gelassen. Ihr wurde beklommen zumute, als sie es betrat und alles seine Persönlichkeit ausstrahlte.

Das Kopfkissen zeigte immer noch den Abdruck seines Kopfes. Sein Bett sah aus, als hätte darin eine Schlacht stattgefunden. Und die Sachen, die er am Tage zuvor getragen hatte, lagen wüst auf dem Fußboden verstreut. Als Claudia das Zimmer aufgeräumt hatte und gerade die Eichenmöbel polierte, kam Ricky herein und machte es sich auf dem Bett bequem. „Die Hausfrauennummer wird ihn auch nicht beeindrucken“, erklärte sie gedehnt.

Claudia zuckte mit den Schultern. Sie musste an sich halten, um Ricky nicht anzufahren. In letzter Zeit war Ricky ihr ein ständiger Stachel im Fleisch. „Ich will ihn nicht beeindrucken, sondern halte nur Ordnung im Haus.“

„Ach, komm, mir kannst du nichts vormachen! Du hast jeden Tag mit ihm verbracht, um ihm zu zeigen, wie sehr du dich für die Ranch interessierst. Aber das ändert nichts an seinen Absichten. Er nimmt, was er bekommen kann, und benutzt es, solange er kann. Doch er selbst gibt von sich aus nichts. Ich spreche aus Erfahrung, meine Liebe, das darfst du mir glauben“, setzte Ricky trocken hinzu.

Angeekelt ließ Claudia das Poliertuch fallen. Mit geballten Fäusten fuhr sie herum. „Ich kann dein Geschwätz nicht mehr hören!“, stieß sie hitzig hervor. „Du bist einfach eifersüchtig! Er hat nie mit dir geschlafen, auch wenn du mir das Gegenteil weismachen willst! Du hast versucht, ihn ins Bett zu bekommen, aber er hat dich immer abblitzen lassen. Jetzt ist dir endlich aufgegangen, dass er nie dein Liebhaber sein wird, und du kannst die Wahrheit nicht ertragen!"

Ricky setzte sich auf. Sie war bleich geworden, und Claudia bereitete sich auf eine Attacke vor. Bei der geringsten Kritik ging Ricky immer gleich in die Luft. Doch zu ihrer Überraschung sah ihre Stiefschwester sie nur lange an, ohne sich zu rühren.

Langsam füllten sich Rickys Augen mit Tränen. „Ich liebe ihn schon so lange", flüsterte sie. „Kannst du dir nicht vorstellen, wie mir zumute ist? Seit Jahren warte ich auf ihn, immer in der Hoffnung, dass er eines Tages erkennt, dass ich es bin, die er wirklich liebt. Dann kommst du daher und machst deine Ansprüche geltend. Und plötzlich lässt er mich eiskalt fallen. Dabei warst du jahrelang fort. Du behandelst ihn schlecht, aber weil dir diese Ranch gehört, hat er mich weggeworfen, um dich zu umgarnen!"

„Du solltest dich besser entscheiden", antwortete Claudia sarkastisch. „Benutzt er mich oder ich ihn?"

„Er benutzt dich!", stieß Ricky wild hervor. „Du bist für mich keine Rivalin, bist es nie gewesen. Nicht einmal, als er am Flussufer mit dir geschlafen hat. Es ist diese Ranch, dieses Stück Land, das er liebt. Du bedeutest ihm nichts. Keine von uns tut das. Ich habe dir geraten, ihn danach zu fragen, aber dazu bist du ja zu feige. Du hast Angst vor dem, was er dir antworten würde."

Claudia verzog abschätzig den Mund. „Ich erkundige mich nicht nach persönlichen Dingen, solange ich keine ernsthafte Beziehung im Auge habe."

„Er ist für dich also nur ein Zeitvertreib?", fragte Ricky höhnisch. „Weiß er das?"

„Ich benutzte ihn nicht", erwiderte Claudia mit mühsam beherrschter Stimme.

Zum Glück zog Ricky es vor, wieder zu gehen, sonst hätte Claudia ihrer Stiefschwester tausend Dinge an den Kopf geschleudert, die sie später wieder bereut hätte. Erregt atmend stand sie mitten im Raum und versuchte, sich langsam wieder zu beruhigen.

Ihre Stiefschwester wusste genau, wie sie sie in Harnisch bringen konnte. Während ihrer Ehe mit David war sie etwas ausgeglichener geworden, aber seit ihrer Rückkehr nach Texas war es damit wieder vorbei.

In der nächsten Zeit ging Claudia Roland weiter aus dem Weg. Der Anruf, den sie am Nachmittag von Wanda Wallace erhielt, kam ihr deshalb sehr gelegen, vor allem, als Wanda sie an den traditionellen Samstagstanz erinnerte. Es war Samstag, und die Einladung kam Claudia gerade recht.

„Ich habe allen schon gesagt, dass du kommst“, meinte Wanda aufgeräumt. „Die alte Clique wird da sein, deshalb darfst du uns nicht im Stich lassen. Es wird dir bestimmt Spaß machen. Alles geht wie immer ganz zwanglos zu. Ein Sommerkleid genügt also. Wir Älteren sollten uns sowieso langsam abgewöhnen, Jeans zu tragen, zumindest wenn wir unten herum etwas rundlicher geworden sind“, setzte sie trocken hinzu.

„Es kommt mir wie eine Ewigkeit vor, seit ich zum letzten Mal ein Kleid angezogen habe“, erwiderte Claudia seufzend. „Du hast mich überredet. Ich komme.“

„Wir halten dir einen Platz frei“, versprach Wanda.

Der Gedanke, ihre alten Klassenkameraden wiederzusehen, erfüllte Claudia mit Vorfreude. Beschwingt duschte sie und legte Make-up auf. Dann bürstete sie ihr Haar, bis es ihr seidig auf die Schultern fiel. Sie entschied sich für ein einfaches weißes Sommerkleid mit schmalen Trägern und einem weiten Rock, der ihre schmale Taille zur Geltung brachte. Dazu wählte sie einen Goldgürtel und passende Armreifen. Zierliche hochhackige Sandalen vervollständigten ihre Erscheinung. Prüfend betrachtete sie sich im Spiegel und fand, dass sie in diesem Aufzug fast wieder wie ein Teenager aussah.

Dann ging Claudia zu Lorna in die Küche und berichtete ihr, was sie vorhatte.

Die Köchin nickte. „Das ist eine sehr gute Idee. Es wird Ihnen guttun, mal wieder unter die Leute zu kommen. Warum pflücken Sie sich nicht von dem Strauch vor dem Haus eine Gardenienblüte und stecken sie sich ins Haar? Ich finde Gardenien so romantisch.“

Begeistert nahm Claudia die Idee auf. Sie pflückte sich eine der zarten weißen Blüten und atmete verträumt ihren Duft ein. Dann steckte sie sie sich hinter das Ohr und kehrte in die Küche zurück, um sich Lorna vorzustellen. Die Köchin lächelte zufrieden.

„Fahren Sie vorsichtig!“, rief sie ihr noch nach.

Claudia ging zum Kombi hinaus und setzte sich hinter das Steuer. Erleichtert atmete sie auf, als von Roland immer noch nichts zu sehen war.

Den Tanz im Gemeindehaus hatte es schon so lange gegeben, wie Claudia zurückdenken konnte. Es gab dort einen großen Saal, in dem Tische und Stühle für eine größere Menge, eine Band auf einem Podium und eine kleine Bar Platz fanden. Für die ganz Jungen wurden nur alkoholfreie Getränke ausgeschenkt, während die Älteren sich auch mit Bier stärken konnten. Die Teenager hatten keine Chance, an ein Bier zu kommen, weil hier jeder jeden kannte und niemand ein falsches Alter vortäuschen konnte.

Bei Claudias Ankunft herrschte bereits reges Treiben, und sie musste ein ganzes Stück vom Gemeindehaus entfernt parken. Doch schon vor dem Gebäude wurde sie von ein paar Klassenkameraden begrüßt, sodass sie mit einer fröhlichen Schar eintrat.

„Hier herüber!", hörte sie Wanda rufen.

Als Claudia in die Runde blickte, entdeckte sie ihre Freundin, die sich von ihrem Platz erhoben hatte und ihr fröhlich die Richtung wies.

Claudia winkte zurück und bahnte sich dann einen Weg zu Wandas Tisch. Aufseufzend ließ sie sich auf den für sie frei gehaltenen Stuhl fallen.

„Puh! Ist das ein Gedränge!", meinte sie lachend. „Mir scheint, ich werde langsam alt. Allein das Durchdrängeln durch die Menge hat mich schon geschafft."

„Du siehst aber gar nicht erschöpft aus", sprach sie ein dunkelhaariger junger Mann galant an und beugte sich über den Tisch zu ihr vor. „Du siehst immer noch so bezaubernd aus wie damals in der Schule, als du mir das Herz gebrochen hast."

Prüfend blickte Claudia den Sprecher an und versuchte vergeblich, ihn einzuordnen.

Erst sein schalkhaftes Grinsen weckte die Erinnerung.

„Glenn Lacey!", rief sie erfreut. „Wann bist du denn nach Texas zurückgekommen?" Seine Familie war fortgezogen, als sie noch zur Schule gingen, und sie hatte nicht erwartet, ihn jemals wiederzusehen.

„Nach dem Jurastudium. Da wurde mir klar, dass Texas meine Weisheit brauchte", neckte er.

„Achte nicht weiter auf ihn", riet Rick Wallace, Wandas Mann. „Das viele Wissen, das er in sich hineingestopft hat, hat seinen Geist etwas verwirrt. Erkennst du sonst noch jemanden, Claudia?"

„Ich denke schon." Sie blickte den Tisch entlang. Ihr besonderer Freund Kyle Vemon war mit seiner Frau Hilary gekommen, und sie stand auf, um beide zu umarmen. Ihr fiel wieder ein, dass Ward Donahue und Paul Vemon sich gewünscht hatten, dass ihre Kinder später heirateten. Doch aus der Jugendfreundschaft war keine Liebe geworden, und sie hatten nie mehr als herzliche Kameradschaft füreinander empfunden.

Pamela Bowing, eine hochgewachsene Brünette, die ihre Koboldnatur hinter einer trägen Fassade verbarg, war in der Oberschule Claudias beste Freundin gewesen, und die Begrüßung mit ihr fiel besonders stürmisch aus. Pamelas Begleiter kannte Claudia nicht. Er wurde ihr als Stuart McLendon aus Australien vorgestellt, der sich für eine Weile auf texanischen Ranchbetrieben umsehen wollte. Somit blieb Glenn Lacey der einzige Mann ohne Begleitung und wurde automatisch Claudias Tischherr. Sie freute sich darüber, weil sie ihn sehr gern gehabt hatte und ihn immer noch sympathisch fand.

Eine Weile frischten sie alte Erinnerungen auf, doch da die Band lautstark spielte, mussten sie die Unterhaltung schließlich aufgeben.

Wanda verzog das Gesicht und deutete mit dem Kopf auf die tanzende Menge. „Seit Rockmusik wieder ‚in' ist, spielen sie immer seltener langsame, verträumte Stücke", beklagte sie sich. „Und davor war es Disco!"

„Du scheinst in die Jahre zu kommen", zog Rick sie auf. „Wir haben auch nicht nach langsamer, verträumter Musik getanzt, als wir noch zur Schule gingen."

„Damals war ich auch noch nicht Mutter von zwei wilden Bengeln!", gab seine Frau prompt zurück. Doch obwohl ihr die modernen Rhythmen angeblich nicht zusagten, zog sie ihren Mann mit sich auf die Tanzfläche.

Wenige Minuten später war der Tisch leer. Claudia tanzte erwartungsgemäß mit Glenn, und da er groß genug war, war er genau der richtige Partner für sie. Er tanzte glatt und geschmeidig, und es fiel ihr leicht, ihm zu folgen. Zu ihrer Erleichterung versuchte er keine ausgefallenen Schritte, und sie bewegten sich harmonisch im Takt der Musik.

„Bist du für immer zurückgekommen?", fragte Glenn.

Claudia blickte in seine freundlichen blauen Augen. „Das weiß ich noch nicht", antwortete sie ausweichend, weil sie ihm die ganze Geschichte nicht erzählen wollte.

„Aber du hast doch allen Grund zum Bleiben", sagte Glenn verwundert. „Schließlich gehört die Ranch dir."

Glenn schien der Einzige zu sein, der so dachte.

Sie schenkte ihm ihr schönstes Lächeln. „Nun ja, es ist eben so, dass ich ziemlich lange weg war. Deshalb gehöre ich eigentlich nach Chicago. Dort habe ich mir ein neues Leben eingerichtet und einen neuen Freundeskreis gefunden."

„Ich war auch lange fort von hier", gab Glenn zu bedenken. „Aber Texas ist für mich trotzdem die Heimat geblieben. Hierhin gehöre ich nun einmal."

Claudia zuckte mit den Schultern. „Ach, weißt du, ich habe mich noch nicht endgültig entschieden. Fürs Erste kehre ich noch nicht nach Chicago zurück."

„Fein!" Glenn strahlte. „Du könntest mir eine Chance geben, mein Herz erneut zu verlieren, Claudia."

Lachend warf Claudia den Kopf zurück. „Typisch Glenn! Wann habe ich dir denn eigentlich das Herz gebrochen? Du bist doch fortgezogen, ehe ich alt genug für Verabredungen war."

Glenn dachte einen Augenblick nach. Endlich meinte er: „Ich glaube, es fing an, als ich zwölf war und du so etwa zehn. Du warst ein scheues kleines Mädchen mit großen dunklen Augen und hast die Beschützerinstinkte in mir geweckt. Als du dann zwölf warst, war ich hoffnungslos in dich verliebt. Mit deinen großen Augen hast du mich verhext!"

Er zwinkerte ihr verschwörerisch zu, und sie mussten beide lachen. Ein paar Augenblicke schwelgten sie in Erinnerungen an ihre Jugendtage.

Doch plötzlich wurde Glenn ernst. „Wanda hat mir gesagt, dass du jetzt Witwe bist", sagte er leise.

Wie stets verspürte Claudia beim Gedanken an David einen Stich in der Brust. Sie senkte die Lider, um sich ihren Schmerz nicht anmerken zu lassen.

„Ja. Mein Mann ist vor gut zwei Jahren gestorben. Und du? Hast du inzwischen geheiratet?"

„Ja, während meiner Collegezeit. Es hat aber nicht einmal bis zum Ende des Studiums gedauert. Das Ende ging ziemlich unkompliziert über die Bühne", fuhr er schmunzelnd fort. „Wir hatten uns einfach entfremdet und haben uns ohne die üblichen Kämpfe scheiden lassen. Da wir keine Kinder und keinen Besitz hatten, gab es keine Probleme. Wir haben die Scheidungspapiere einfach unterschrieben, dann hat jeder seine Sachen genommen und ist gegangen. Das war alles."

„Und seitdem hat es für dich keine Herzensgeschichten mehr gegeben?“

„Doch, zwei. Aber auch diese Beziehungen haben nicht lange gehalten. Doch ich habe keine Eile. Ich möchte mich mit meiner Praxis erst richtig einrichten, ehe ich mich wieder nach einer Frau umsehe. Und das wird wohl noch ein paar Jahre dauern.“

„Aber du willst auf jeden Fall wieder heiraten?“ Claudia wunderte sich über Glenns Einstellung. Die meisten geschiedenen Männer aus ihrem Bekanntenkreis waren ehescheu und zogen ein ungebundenes Junggesellenleben vor.

„Natürlich möchte ich wieder heiraten. Und Kinder will ich auch. Ich bin sehr häuslich und möchte eine große Familie haben“, gestand Glenn. „Vielleicht würde ich den Sprung sogar jetzt schon wagen, wenn ich die richtige Frau fände. Aber bisher war das nicht der Fall.“

Claudia war erleichtert, dass sie als Kandidatin für ihn offenbar nicht in Betracht kam. Für Glenn war sie also nur eine gute alte Freundin, nicht mehr. Das konnte ihr nur recht sein. Sie tanzte mehrmals mit ihm und amüsierte sich ausgezeichnet.

Als sie an den Tisch zurückkamen, war sie durstig und erklärte, sie brauche dringend etwas Kaltes zu trinken.

„Darum kümmere ich mich“, erbot sich Kyle Vemon sofort. „Möchte jemand von den Damen vielleicht ein Bier?“

Die Frauen entschieden sich ausnahmslos für Cola. Kyle zwängte sich durch die Menge. Obwohl es hoch herging, kehrte er fünf Minuten später mit einem Tablett voller Bierflaschen und Coladosen zurück.

Die Zeit flog nur so dahin. Sie unterhielten sich und wechselten gelegentlich die Tanzpartner. Glenn lud Claudia für die kommende Woche zum Abendessen ein, und sie sagte gern zu. Die Aussicht, Roland auf diese Weise für ein paar Stunden zu entkommen, war beruhigend.

Die Stunden vergingen, und Claudia tanzte wieder mit Glenn. Auf der Tanzfläche war jetzt mehr Platz, weil einige bereits gegangen waren. Plötzlich blickte sie quer durch den Saal direkt in Rolands dunkle Augen. Er stand etwas abseits und unterhielt sich mit niemandem.

Claudia spürte, wie ihr das Blut ins Gesicht schoss. Offenbar hatte er dort schon länger gestanden und sie beobachtet. Seine Züge waren hart und ausdruckslos. Rasch blickte sie wieder fort und tanzte weiter. Er war also hier! Na und? Sie hatte doch nichts getan, weshalb sie Schuldgefühle haben musste.

Eine Viertelstunde später brachen alle auf. Als Claudia sich von ihren Freunden verabschiedet hatte, spürte sie eine kraftvolle Hand auf ihrem Arm.

„Könntest du mich bitte mit zur Ranch nehmen?“, fragte Roland ruhig. „Einer der Männer ist mit mir gefahren und hat sich meinen Transporter ausgeborgt.“

„Natürlich“, antwortete Claudia, weil ihr gar nichts anderes übrig blieb.

Wenig später ging sie mit ihm zu dem Platz, wo sie ihren Wagen abgestellt hatte.

„Ich fahre“, erklärte er und nahm ihr einfach die Schlüssel ab, als sie ihm die Beifahrertür aufschließen wollte. Widerspruchslos stieg sie ein.

Roland fuhr schweigend. Unauffällig warf Claudia ihm einen Seitenblick zu. Sein Gesicht wurde von dem beleuchteten Instrumentenbrett erhellt, aber es war starr und verriet nichts. Sie wandte ihre Aufmerksamkeit wieder der nächtlichen Landschaft zu. Die schmale Sichel des abnehmenden Mondes erinnerte sie an den hellen Mondschein, der auf ihr Bett gefallen war, als Roland sie geliebt hatte. Der Gedanke ließ ihren Körper fiebern, und sie bewegte sich unruhig. Sie war sich Rolands Nähe plötzlich deutlich bewusst und durchlebte erneut, wie es gewesen war, in seinen Armen zu liegen.

„Halt dich von Glenn Lacey fern.“

Rolands leiser Befehl riss Claudia aus ihren sinnlichen Träumereien. Sie sah ihn verständnislos an. „Was hast du gesagt?“, fragte sie, obwohl sie genau verstanden hatte.

„Ich sagte, ich will nicht, dass du mit Glenn Lacey ausgehst“, erklärte er lakonisch. „Oder mit irgendeinem anderen Mann. Glaub ja nicht, dass ich zusehen werde, wie jemand anderes in dein Bett steigt, nur weil ich erklärt habe, darauf zu verzichten!“

„Wenn ich mit ihm ausgehen will, werde ich es tun!“, antwortete Claudia zornig. „Für wen hältst du dich eigentlich? Du redest mit mir, als hüpfte ich mit jedem ins Bett, der Lust dazu hat. Wir sind nicht verlobt, Roland. Du hast also kein Recht, mir Vorschriften zu machen!“

Sie sah, wie seine Kinnmuskeln sich spannten. „Du magst keinen Ring von mir am Finger tragen, aber du irrst dich, wenn du glaubst, zwischen uns sei nichts. Du gehörst mir, Claudia, und ich lasse mir von niemandem etwas nehmen, das mir gehört.“

Claudia wusste nicht, ob sie wütend sein oder sich freuen sollte. Dass Roland eifersüchtig war, schmeichelte ihr, aber seine herrische Art ging ihr gegen den Strich. „Du besitzt mich nicht und wirst es nie tun!“, erklärte sie entschlossen.

„Fühlst du dich in deiner kleinen Traumwelt so sicher?“, erkundigte er sich spöttisch, und in seiner Stimme schwang eine Warnung mit.

7. KAPITEL

Während der ganzen Rückfahrt zur Ranch sprachen sie kein Wort mehr miteinander. Dennoch war die Atmosphäre zwischen ihnen zum Zerreißen gespannt. Noch am Nachmittag war Claudia so empört und enttäuscht gewesen, dass sie geglaubt hatte, mit Roland fertig zu sein. Doch jetzt merkte sie, dass sie sich da nur etwas vorgemacht hatte. Sie konnte ihn ja nicht einmal ansehen, ohne an die Liebesnacht in seinen Armen denken zu müssen.

Als Roland vor dem Haus vorfuhr, sprang Claudia aus dem Wagen, noch ehe er ganz ausgerollt war. Sie stürmte die Stufen empor und eilte durch die Küche. Hinter sich hörte sie seine Schritte, und sie rannte zur Treppe. Obwohl es im Haus dunkel war, fand sie sich auch so zurecht. Sie hatte nur ein Ziel, ihr rettendes Zimmer zu erreichen und hinter sich abzuschließen.

Aber auch Roland war hier zu Hause. Claudia hatte die Treppe gerade hinter sich gelassen, als er sie packte und sie wie ein Kind in die Höhe hob.

„Lass mich herunter!“, schrie sie und stieß mit den Füßen wild um sich.

Roland gab einen Schmerzenslaut von sich, weil sie sein Schienbein getroffen hatte.

Mit einer raschen Bewegung schob er den anderen Arm unter ihre Knie und hob sie an seine Brust. Nur schattenhaft erkannte sie die Umrisse seines Gesichts.

„Lass mich sofort los, Roland!“, forderte sie noch einmal.

Er antwortete nicht, sondern erstickte ihre Proteste mit seinen Lippen.

Claudia spürte Hitze in sich aufsteigen. Wie durch einen Nebel wurde ihr bewusst, dass er sie absetzte, ohne seinen Mund von ihren Lippen zu lösen. Sie zitterte, als er sie an sich presste und sie sein Verlangen spüren ließ.

Widerstrebend riss sie sich von ihm los und flüsterte atemlos: „Hör auf, Roland! Du hast mir doch versprochen, mich in Ruhe zu lassen! Und Monica …“

„Lass doch Monica!“, stieß er schroff hervor. Er ergriff ihr Kinn und hob es so, dass sie gezwungen war, ihn anzusehen. „Und Ricky und alle anderen. Ich bin kein zahmer Wallach und greife zu, wenn ich herausgefordert werde. Und ich werde erst recht nicht zulassen, dass du mit einem anderen Mann losziehst!“

„Zwischen Glenn und mir ist nichts!"

„Und ich werde dafür sorgen, dass das so bleibt!", erwiderte Roland drohend.

Er ging weiter zu ihrem Zimmer und schaltete das Licht ein. Ohne ein weiteres Wort schob er sie in den Raum.

Claudia wich zurück und blickte sich Hilfe suchend um. Sie musste auf Roland einreden, um ihn aus dieser gefährlichen Stimmung zu reißen. Er sah sie aus zusammengekniffenen Augen an, und seine Nasenflügel bebten. In diesem Augenblick erinnerte er sie an einen wilden Mustang.

Als Roland stumm begann, sein Hemd aufzuknöpfen, bekam Claudia es mit der Angst zu tun und fand endlich die Sprache wieder.

„Ich werde mich nicht mit Glenn treffen, wenn du darauf hinauswillst."

„Dafür ist es jetzt zu spät", unterbrach er sie mit samtiger Stimme.

Mit wenigen gezielten Griffen streifte er seine Sachen ab und warf sie zu Boden. Nackt wirkte er noch bedrohlicher als angekleidet. Der Anblick seines gestählten, muskulösen Körpers ließ Claudia verstummen. Verzweifelt hob sie die Hand, um ihn abzuwehren, aber er nahm sie und zog sie an sich.

Zärtlich küsste er ihre Handfläche. Dann drückte er ihre Finger an seine behaarte Brust.

Claudia schloss die Augen, weil die Berührung sie gegen ihren Willen erregte. Das Verlangen, das sie durchströmte, ließ sie vergessen, dass sie nicht gewollt hatte, dass dies noch einmal geschah. Roland strahlte eine erregende Männlichkeit aus.

Sie spürte, wie seine Muskeln sich unter ihren Fingerspitzen bewegten und legte ihm die andere Hand ebenfalls auf die Brust, um seine warme Haut zu fühlen.

Rolands Atem beschleunigte sich, und das Herz unter ihrer Hand pochte so heftig gegen seinen Brustkorb, als wolle es ihn sprengen.

„Ja!", stieß er heiser hervor. „Ja, berühre mich!"

Dieser sinnlichen Aufforderung konnte Claudia nicht widerstehen. Mit den Fingerspitzen ertastete sie seine Brustspitzen, die sofort hart wurden. Roland stöhnte leise auf und suchte auf ihrem Rücken nach ihrem Reißverschluss. Gleich darauf stand sie nur noch mit ihren Armbändern und der Gardenie in ihrem Haar vor ihm.

Der Anblick ihres blühenden fraulichen Körpers ließ ihn den letzten Rest Selbstbeherrschung vergessen. Er riss sie an sich und bedeckte ihren Mund mit seinen Lippen.

„Gardenien sind meine Lieblingsblumen“, flüsterte er und gab sie gerade so lange frei, um ihr die Blüte aus dem Haar zu nehmen. Dann steckte er ihr das zarte Gebilde in die Mulde zwischen ihren Brüsten und presste Claudia einen Augenblick fest an sich.

Langsam schob er Claudia auf das Bett zu, bis ihre Knie es berührte. Er verlagerte das Gewicht nach vom, und sie fielen gemeinsam auf die Decke, ohne sich voneinander zu lösen.

„Ich begehre dich so sehr!“ Aufstöhnend barg er sein Gesicht zwischen ihren Brüsten, denen der süße Duft der zerdrückten Gardenie entströmte. Mit den Lippen und der Zunge wanderte er über ihren Busen und sog an den zarten Brustspitzen, bis sie sich aufrichteten.

Eine ständig steigende Erregung ergriff Claudia. Warum war sie ihm nur so verfallen. Nicht einmal David hatte sie dazu bringen können, vor der Hochzeit mit ihm zu schlafen. Doch bei Roland schien sie keinen eigenen Willen, keine festen Moralvorstellungen mehr zu haben. Sie gehörte ihm, wann immer er wollte.

Die bittere Selbsterkenntnis änderte nichts an ihrer Hingabe. In ihrem Schoß pochte es so heftig, dass es fast schmerzte, und nur Roland konnte sie von diesem Drängen erlösen.

Als sie sich ihm entgegenbäumte, gab er ihre Brüste frei, um sich ganz über sie zu schieben.

„Sag, dass du mich begehrst“, verlangte er heiser.

Es hatte keinen Sinn, das zu leugnen. Ihr ganzer Körper würde sie Lügen strafen. Claudia glitt mit den Händen zu seinen muskulösen Schenkeln und spürte, wie diese sich anspannten.

„Ja, ich begehre dich“, gestand sie. „Aber das ändert auch nichts.“

„Im Gegenteil, damit ist eines meiner größten Probleme gelöst“, murmelte er und drückte ihre Beine auseinander. Roland presste sich auf sie, und sie schloss hingebungsvoll die Augen.

Er schüttelte sie jedoch und zwang sie, sie wieder zu öffnen. „Sieh mich an“, stieß er unter zusammengebissenen Zähnen hervor. „Du darfst die Augen nicht zumachen, wenn wir uns lieben. Schau mich an, beobachte mein Gesicht, wenn ich in dich eindringe.“

Wie gebannt sah sie ihn an. In seinem Mienenspiel spiegelten sich die gleichen wunderbaren Gefühle wider, die sie auch empfand. Rolands Augen waren erwartungsvoll geöffnet. Es schien, als passte sich sein Gesichtsausdruck dem Rhythmus des Liebesspiels an. Tränen traten in Claudias Gesicht, und sie drängte sich dichter an Rolands Körper, um die Erfüllung ihrer Sehnsucht zu erreichen.

„Hör auf!“, bat sie und grub ihre Nägel in seine Haut. „Roland, bitte!“

„Claudia, oh, Claudia!“

Sie hörte sein Stöhnen, dann gab sie sich völlig ihren Gefühlen hin. Etwas für sie vollkommen Neues geschah, sie empfand einen Schwebezustand, ein Sich-Entfernen von der Wirklichkeit. Es war die erschütterndste Erfahrung in Claudias Leben, sie genoss sie und kostete sie voll aus. Das Verlangen, das Rolands kraftvoller Körper in ihr auslöste, zeigte Claudia, dass auch er die Erfüllung erlangte. Für einen Moment war diese körperliche Empfindung die einzige Verbindung mit der Wirklichkeit.

Als Claudia langsam wieder zu sich kam, öffnete sie die Augen. Mit einer zärtlichen Bewegung strich Roland ihr das Haar aus dem Gesicht. Dann zog er Claudia wieder fester an sich. Auf Rolands Körper glänzten Schweißperlen, das Haar klebte ihm am Kopf, seine Augen glitzerten dunkel. Roland fühlte den uralten Triumph des Mannes, der über das Geheimnis der Frau gesiegt hat.

Doch seine ersten Worte waren voll liebevoller Zärtlichkeit. „Fühlst du dich gut?“, fragte er, wobei er sich etwas von Claudia löste.

Gern hätte sie ausgedrückt, dass sie sich unmöglich gut fühlen konnte. Doch stattdessen nickte sie und vergrub ihr Gesicht in seiner warmen Achselhöhle. Noch war sie zu ergriffen, um zu sprechen.

Was hätte sie Roland auch sagen sollen? Dass sie mehr nach ihm verlangte, als sie sich je hatte vorstellen können, und in seinen Armen jeden eigenen Willen, jeden Stolz verlor? Sie verstand sich ja selbst nicht mehr! Wie sollte sie sich dann ihm erklären können?

Sanft hob Roland ihr Kinn. Sie öffnete die Augen nicht, aber sie spürte den Kuss, den er auf die heißen Lippen hauchte. Dann schlang er die Arme um sie und zog sie enger an sich. Sein Atem streifte ihre Schläfe. „Schlaf ein bisschen“, murmelte er zärtlich.

Und das tat Claudia. Nach dem langen Tanzabend und Rolands leidenschaftlichen Umarmungen war sie erschöpft. Und es war herrlich, in seinen Armen zu schlafen, als gehörte sie nur dorthin.

Dennoch erwachte Claudia mit dem unbestimmten Gefühl, dass etwas nicht stimmte. Sie befand sich nicht mehr in Rolands Armen, nur noch ihre Hand lag auf seiner Brust. Der Raum war dunkel, weil der Mond kein Licht mehr verströmte. Es gab keine ungewöhnlichen Geräusche, nichts rührte sich, aber irgendetwas hatte sie geweckt. Was mochte es gewesen sein?

Plötzlich war Claudia hellwach. Ihr wurde bewusst, dass sich Rolands Körper unter ihren Fingern seltsam starr anfühlte und sein Atem nur flach kam. Sie spürte, dass sich auf seiner Haut kleine Schweißtröpfchen gebildet hatten.

Beunruhigt begann sie ihn zu schütteln. Sie wollte sichergehen, dass alles in Ordnung war.

Auf einmal setzte sich Roland im Bett auf. Mit der rechten Hand packte er die Bettdecke. Nur sehr mühsam öffnete er die Finger und ließ die Decke wieder los. Ein leiser Seufzer entrang sich seinen Lippen. Dann stand er mit eckigen Bewegungen vom Bett auf und ging langsam ans Fenster. Dort blieb er stehen und starrte stumm auf die nächtliche Landschaft hinaus.

Claudia setzte sich ebenfalls auf. „Roland?“, fragte sie verwundert.

Er antwortete nicht, obwohl sie sah, dass er sich beim Klang ihrer Stimme verkrampfte.

Sie dachte an das, was Ricky gesagte hatte. Dass er manchmal Alpträume hatte und nachts durch das Haus wanderte. War das wieder so ein Alptraum gewesen? Was für Träume quälten ihn?

„Roland“, begann sie erneut und stand auf. Leise ging sie zu ihm und legte die Arme um ihn. Er stand ganz steif da und schwieg noch immer. „Hast du schlecht geträumt?“

„Ja.“ Seine Stimme klang gepresst.

„Was war es denn?“ Als er wieder nicht antwortete, drängte sie: „Hatte es mit Vietnam zu tun?“

Lange starrte er stumm vor sich hin. Dann zwang er sich zu einem erneuten „Ja“.

Claudia wollte, dass er sich ihr anvertraute, aber als das Schweigen immer drückender wurde, erkannte sie, dass er es nicht tun würde. Er hatte noch nie über Vietnam gesprochen, noch nie erzählt, warum er nach seiner Rückkehr nach Texas so ein wildes, zügelloses Leben geführt hatte. Auf einmal war es sehr wichtig für sie, zu erfahren, was ihn quälte. Sie wollte, dass er ihr Vertrauen schenkte und sie an der Last teilhaben ließ, die ihn drückte.

Langsam ging Claudia um ihn herum, um ihm in sein Gesicht sehen zu können. Sie schob sich zwischen Roland und das Fenster, legte ihre Arme um seinen Hals und massierte ihm tröstend den Nacken.

„Sag mir, was du hast“, bat sie.

„Nein“, entgegnete er schroff.

„Doch, bitte Roland! Du hast noch nie darüber gesprochen und bisher niemals versucht, es in die richtige Perspektive zu rücken. Es war alles in dir verschlossen, und genau das ist nicht richtig. Siehst du das nicht ein? Du lässt dich davon auffressen.“

„Ich brauche keinen Amateurpsychiater“, unterbrach er sie grob und schob sie von sich.

„Wirklich nicht? Sieh doch selbst, wie abwehrend du reagierst.“

„Sei still!“, stieß er mit belegter Stimme hervor. „Was weißt du schon von Feindseligkeit? Und von Standpunkten? Eines habe ich sehr schnell gelernt, beim Tod gibt es keine Unterschiede. Die Toten leiden nicht mehr. Es sind diejenigen, die am Leben geblieben sind, die das Grauen durchmachen. Sie wollen nicht in tausend Stücke zerrissen werden, nicht bei lebendigem Leib verbrennen, nicht gefoltert werden, bis sie nichts Menschliches mehr an sich haben. Aber weißt du was, Claudia? Von einer einzigen glatten Kugel bist du genauso tot, als wenn die Fetzen deines Körpers über einen Hektar verstreut werden. Das ist Perspektive!“

Rolands Zorn, seine tiefe Verbitterung schmerzten wie Schläge. Unwillkürlich streckte Claudia die Hände nach ihm aus, aber er wich zurück, als könne er die Nähe eines anderen Menschen nicht ertragen.

Hilflos ließ sie die Arme wieder sinken. „Wenn du darüber sprechen möchtest“, setzte sie vorsichtig an.

„Nein! Niemals! Hör mir zu. Was ich gesehen und gehört habe, was ich erlebt habe, geht niemanden etwas an. Das ist meine Sache. Ich werde schon damit fertig. Vielleicht nicht so, wie es in den schlauen Büchern steht, aber ich mache das auf meine Art. Ich habe Jahre gebraucht, ehe ich eine Nacht durchschlafen konnte, ohne Magenkrämpfe zu bekommen oder von den Schreien anderer verfolgt zu werden. Die Träume kommen nicht mehr so häufig, aber ich bin nicht bereit, darüber zu reden.“

„Es gibt doch aber die Organisationen von ehemaligen Soldaten.“

„Ich weiß. Aber ich lebe nun einmal wie ein einsamer Wolf. Außerdem bin ich inzwischen über das Schlimmste hinweg. Jetzt kann ich wieder einen Baum hinaufblicken, ohne auf den Tod gefasst zu sein. Es stört mich nicht mehr, wenn ich hinter meinem Rücken jemanden kommen höre. Es ist vorbei, Claudia. Ich bade nicht mehr in der Vergangenheit.“

„Sie ist nicht vorüber, wenn sie dich immer noch verfolgt, Roland.“

Er holte rasselnd Luft. „Ich bin mit dem Leben davongekommen. Mehr konnte ich vom Schicksal nicht fordern." Roland stieß ein bitteres Lachen aus und entfernte sich weiter von ihr. „Und nicht einmal das hatte ich erwartet. Anfangs habe ich jede Nacht, jeden Morgen gebetet: Lass mich nur lebend herauskommen, lass mich das hier überstehen. Mach, dass ich nicht in blutige Fleischfetzen zerrissen werde. Dann, nach etwa einem halben Jahr, änderten sich meine Gebete. Von da ab habe ich jeden Morgen gehofft, nicht davonzukommen. Ich wollte nicht zurück. Kein Mensch sollte so etwas mitmachen müssen und dennoch jeden Morgen die Sonne wieder erblicken."

Nach einer Weile fuhr Roland stockend fort. „Ich wollte sterben. Deshalb habe ich Dinge riskiert, die keiner, der am Leben hängt, wagen würde. Trotzdem bin ich durchgekommen. Eben war ich noch im Dschungel, und plötzlich stand ich in Honolulu. Und diese elenden Narren spazierten unter Palmen dahin und lachten und starrten mich an, als sei ich von einem anderen Stern. Ach, was soll's!" Rolands Stimme erstarb.

Claudia spürte Tränen auf ihrem Gesicht und wischte sie mit dem Handrücken fort. Sie war damals zu jung gewesen, um zu verstehen, was in Vietnam vor sich ging. Später hatte sie darüber gelesen und Bilder gesehen.

Und sie erinnerte sich noch gut an Rolands Gesicht an dem Tage, als ihr Vater ihn auf die Ranch gebracht hatte. Seine gezeichneten, verbitterten Züge waren ihr Bild von Vietnam gewesen.

Aber während sie sich nur eine Vorstellung davon machen konnte, hatte er die Wirklichkeit erlebt und sie in seinen Träumen bewahrt.

Aufschluchzend stürzte sie zu Roland. Sie schlang die Arme so fest um ihn, dass er sie nicht mehr fortschieben konnte, und legte den Kopf an seine Brust. Er drückte sie an sich und spürte ihre feuchte Wange auf seiner Haut.

Behutsam trocknete er ihr die Tränen ab.

„Weine nicht", murmelte er und küsste sie auf die Lippen. „Was ich brauche, ist Trost, kein Mitleid."

„Was soll ich denn tun?", flüsterte sie verstört.

„Das hier." Er hob sie auf und küsste sie so leidenschaftlich, dass sie ganz benommen wurde und sich an ihn klammerte, als hätte sie Angst, er könnte sie fallen lassen. Doch er ließ sie nur ganz langsam an seinem Körper herabgleiten. Sie atmete tief durch, als sie spürte, wie er in sie eindrang.

„Das ist es, was ich brauche", stieß er heiser hervor. „Ich möchte mich in dich versenken. Du sollst verrückt werden, wenn ich dich liebe. Und das tust du doch, nicht wahr? Sag es mir, Claudia, dass du vergehst, wenn wir so zusammen sind!"

Sie barg ihr Gesicht an seiner Schulter, weil sie meinte, dass sie unter dem Feuer, das er in ihrem Schoß entfachte, zu glühen begann. „Ja", stöhnte sie und gab ihm alles, was er forderte.

Von der sinnlichen Begierde ließen die beiden sich forttragen. Roland glitt zu Boden, und Claudia merkte nicht einmal, wie hart die Unterlage war, als er sie wieder und wieder nahm.

Nach einer Weile trug er sie zum Bett und wiegte sie in den Armen, bis sie einschlief.

Als Claudia wieder erwachte, schien die Sonne zum Fenster herein. Roland lag immer noch neben ihr. Seine Lippen umspielte ein schwaches Lächeln.

Sie beobachtete, wie er langsam zu sich kam und merkte, dass er nicht allein war.

Zärtlich lächelte sie ihn an. Wortlos zog er sie an sich und liebte sie erneut.

Als alles vorüber war, hob er den Kopf und sagte mit rauer Stimme: „Heirate mich."

Vor Überraschung konnte Claudia ihn nur stumm anschauen. Darauf verzog Roland die Lippen und wiederholte seine Worte. „Warum schaust du so verblüfft drein? Ich wollte dich schon heiraten, als du fünfzehn warst. Seit dem Tage, an dem du mich geohrfeigt hast und ich dich dafür übers Knie gelegt habe."

Rolands neue Forderungen erschreckten Claudia. Sie setzte sich auf und antwortete mit unsicherer Stimme: „Ich weiß ja nicht mal, ob ich hierbleiben soll oder nicht. Und jetzt willst du, dass ich dich heirate. Wie soll ich da zu einer Entscheidung kommen?"

„Ganz einfach." Roland zog sie wieder zu sich herab. „Denk nicht darüber nach, sondern tu es. Auch wenn wir abends jeden Zentimeter bis zum Bett kämpfen sollten, wenn wir erst einmal darin sind, wird das jeden Kratzer und jede blaue Stelle wettmachen. Ich verspreche dir, dass du im Bett nie mehr frieren wirst."

Claudia war völlig durcheinander. Sie sehnte sich so nach Roland. Aber trotz seiner leidenschaftlichen Umarmungen wollte er ihr sein Innerstes nicht offenbaren. Für ihn ging es nur um eine rein körperliche

Befriedigung. Sie hatte ihn angefleht, sich ihr anzuvertrauen, aber er hatte sie abgewiesen.

Sie begann am ganzen Körper zu zittern. „Nein!“, stieß sie wie gehetzt hervor, weil sie Angst hatte, der Versuchung zu erliegen und blind Ja zu sagen. Sie liebte Roland so sehr, dass es schmerzte, aber er hatte kein Wort von Liebe gesprochen. Nur, dass er sie heiraten wollte.

Er hatte nie ein Geheimnis daraus gemacht, dass die Ranch ihm alles bedeutete. Dieser Gedanke war bei ihm zur Besessenheit geworden. Vielleicht sogar in dem Maß, dass er zu heiraten bereit war, um sie an sich zu bringen. In der Nacht hatte Claudia erlebt, was Vietnam aus ihm gemacht hatte. Jetzt verstand sie besser, warum er sich so verbissen an die Ranch klammerte.

Tränen rannen über ihr Gesicht, und sie schrie fast: „Ich kann es nicht! Ich kann nicht klar denken, wenn du da bist. Du hast versprochen, mich nicht anzurühren, aber du hast dein Wort gebrochen! Ich gehe nach Chicago zurück. Noch heute. Ich kann es nicht ertragen, von dir auf diese Weise unter Druck gesetzt zu werden!“

In ihrem ganzen Leben war Claudia noch nie so unglücklich gewesen. Rolands betroffenes Schweigen machte alles noch schlimmer. Mit verbissenem Gesicht kleidete er sich an und verließ das Zimmer.

Claudia lag steif da und wischte sich immer wieder die Tränen ab, die ihr über die Wangen liefen. In ihr war ein namenloser Schmerz. Eben noch hatte sie gefordert, dass Roland sie in Ruhe ließ, doch jetzt war ihr, als sei ein Teil von ihr selbst ausgerissen worden. Sie musste all ihre Kraft und Beherrschung aufwenden, um ihm nicht nachzustürzen und sich in seine Arme zu werfen.

Es blieb ihr keine Wahl, sie musste fort von hier. Wenn sie nicht ging und sich Rolands Einfluss entzog, würde er ihre Schwäche ausnützen und sie für immer an sich binden. Dann würde sie nie wissen, ob er sie um ihrer selbst willen oder wegen der Ranch wollte.

Dass er sie körperlich begehrte, lag auf der Hand. Warum auch nicht? Zwar war sie keine Schönheit, aber sie konnte mit ihrem Aussehen zufrieden sein.

Roland war ein Mann mit ganz normalen Bedürfnissen und Wünschen. Warum sollte er also nicht mit ihr schlafen wollen? Erst wenn sie tiefer nachfasste, kamen die Zweifel und Vermutungen.

Obwohl sie Rolands Körper, seine Züge und seine Stimme bis ins Letzte kannte, spürte sie genau, dass er seine Gefühle weitgehend für sich behielt. Dass er das, was ihn wirklich bewegte, mit sich selbst abmachte. Er war ein Mann, der durch die Hölle gegangen und aus dem Inferno ohne Illusionen oder Träume hervorgegangen war. Er war „heimgekehrt“ und hatte dort feststellen müssen, dass es für ihn kein Zuhause mehr gab, dass er gefühlsmäßig ein Fremder geworden war.

Die Hand, die Ward Donahue ihm gereicht hatte, hatte ihm buchstäblich das Leben gerettet.

Von diesem Augenblick an hatte er all seine Kräfte in die Ranch gesteckt, die ihm Zuflucht bot und ihm die Möglichkeit gab, sich aus den Trümmern ein neues Leben aufzubauen.

Sicher konnte Claudia seine Frau werden, aber dann würde sie nie erfahren, ob er sie aus Liebe zu ihr oder zu ihrer Ranch heiratete.

Zum ersten Mal im Leben wünschte Claudia, die Ranch gehörte ihr nicht. Durch das Fortgehen würde sich ihr Problem zwar nicht lösen, aber fern von Roland würde sie immerhin die Möglichkeit haben, sachlich zu überlegen, ob sie Roland heiraten und sich mit dem Umstand abfinden konnte, dass sie seine wahren Beweggründe nie herausfinden würde.

Es war das klassische Dilemma einer Erbin: Wollte er sie oder ihren Besitz? In ihrem Fall ging es nicht so sehr um das Geld, sondern um das Bedürfnis nach Sicherheit und um Gefühle, die so tief saßen, dass Roland sich ihrer vielleicht nicht einmal bewusst war.

Schließlich stand Claudia auf und begann lustlos zu packen. Sie hatte kaum damit angefangen, als die Tür aufging und Roland eintrat.

Er trug frische Sachen, und obwohl seine Miene undurchdringlich war, wirkten seine Züge müde. Mit unbeteiligter Stimme sagte er: „Komm und reite mit mir hinaus.“

Claudia wandte sich ab. „Ich muss packen.“

„Bitte!“ Er ließ sie nicht weiterreden. Das ungewohnte „Bitte!“ wirkte auf Claudia wie ein Nadelstich. „Komm mit. Wenigstens dieses eine, letzte Mal“, drängte Roland. „Wenn ich dich schon nicht zum Bleiben überreden kann, bringe ich dich nachher zum Flughafen.“

Verstört seufzte Claudia und rieb sich die Stirn. Wäre ein glatter Bruch nicht besser? So machte sie sich alles nur noch schwerer. „Also gut“, gab sie nach. „Dann geh aber, damit ich mich anziehen kann.“

Roland sah aus, als widerstrebte es ihm zu gehen. Der Ausdruck in seinen Augen sagte ihr, dass er ihre Forderung seltsam fand, nachdem er sie so oft geliebt hatte. Doch dann nickte er und zog die Tür hinter sich zu.

Dennoch spürte Claudia seine Nähe. Instinktiv wusste sie, dass er vor ihrem Zimmer wartete. Rasch kleidete sie sich an und bürstete sich das Haar. Als sie die Tür öffnete, stieß Roland sich von der Wand ab und streckte ihr die Hand hin. Als sie sich nicht entscheiden konnte, ob sie sie nehmen sollte oder nicht, ließ er sie wortlos wieder sinken.

Schweigend gingen sie zu den Ställen und sattelten ihre Pferde. Es war noch früh am Morgen, und die Luft war angenehm kühl. Die Pferde waren voller Tatkraft und konnten es kaum erwarten, hinauszukommen.

Nachdem sie ein paar Minuten stumm nebeneinanderher geritten waren, lenkte Claudia ihr Pferd neben Rolands Hengst und fragte unvermittelt: „Worüber wolltest du mit mir reden?"

Seine Augen wurden von seinem breitkrempigen Hut überschattet, den er zum Schutz gegen die grelle texanische Sonne trug. In dem Teil seines Gesichtes, den sie ausmachen konnte, war nichts zu lesen.

„Nicht jetzt", antwortete er kurz. „Lass uns erst ein wenig reiten und uns das Land ansehen."

Damit war Claudia einverstanden. Sie liebte den Anblick der gepflegten Weiden. Ihr Herz schmerzte bei dem Gedanken, dass sie all dies nun wieder verlassen wollte. Die Zäune befanden sich in bestem Zustand. Alle Gebäude waren sauber und frisch gestrichen. Roland hielt alles ausgezeichnet im Schuss.

Selbst in den Augenblicken tiefster Unsicherheit hatte Claudia an seiner Liebe zu der Ranch nie gezweifelt.

Sie hatten die Koppeln und Scheunen hinter sich gelassen und überquerten eine Weide. Roland zügelte seinen Braunen und deutete mit dem Kopf in Richtung auf die Ranchgelände. „Für dich habe ich sie verwaltet", sagte er leise. „Ich habe gewartet, bis du zurückkommst. Darum kann ich einfach nicht glauben, dass du sie nicht willst."

Claudia schluckte. „Wie kannst du so etwas auch nur denken? Ich liebe die Ranch! Sie ist mein Zuhause."

„Dann bleib hier und mach sie zu deinem Zuhause."

„Das hatte ich immer vorgehabt", antwortete sie verbittert. „Es ist nur … Roland, du musst doch wissen, dass du der Grund bist, warum ich weggeblieben bin!"

Er verzog ironisch die Lippen. „Wieso? Glaubst du etwa alles, was man über mich behauptet hat, als ich aus Vietnam zurückkam?"

„Natürlich nicht!", erwiderte sie hastig. „Das tat doch niemand."

Rolands Gesicht war zur Maske erstarrt. „Einige schon. Ich erinnere mich noch sehr genau, wie ein paar Leute hier versucht haben, mich für das bluten zu lassen, was man mir angehängt hatte."

Zitternd griff Claudia nach seinem Arm, den er bis zum Ellenbogen entblößt hatte. „So war es bestimmt nicht! Das musst du mir glauben. Ich war damals so wütend auf dich, dass ich nicht mehr klar denken konnte."

„Bist du es immer noch?"

„Nein." Claudia blickte ihn unsicher an. Sie brachte es nicht über sich, ihm ihre Angst zu gestehen, er könne die Ranch noch mehr wollen als sie. Wenn sie ihm ihre Zweifel offenbarte, würde er sie davon abzubringen versuchen, indem er ihre Schwäche ausnutzte und sie zu seinem willenlosen Werkzeug machte. Aber sie wollte nicht nur seine Geliebte sein, sie wollte auch seine Liebe.

„Dann denk darüber nach", sagte er mit rauer Stimme. „Vielleicht entscheidest du dich doch noch zum Bleiben."

Rasch wandte Claudia sich ab, damit Roland nicht merken sollte, wie es in ihr aussah. Wie gern würde sie bleiben. Wenn sie sich doch nur mit dem zufrieden geben würde, was er ihr bot. Mehr konnte er vermutlich keiner Frau geben. Aber sie wollte so viel mehr und hatte Angst, innerlich zugrunde zu gehen, wenn sie sich auf einen Kompromiss einließ.

„Nein", flüsterte sie gebrochen. „Ich werde nicht bleiben."

Roland lenkte Redman herum, sodass er Claudia ins Gesicht sehen konnte, und packte die Zügel. Mit grimmig verkniffenen Lippen erklärte er: „Also gut, du willst gehen. Und was ist, wenn du schwanger bist? Was wirst du dann tun? Willst du damit auch allein fertigwerden? Wirst du mir sagen, dass ich Vater werde, oder wirst du das Baby einfach loswerden und so tun, als hättest du es nie in dir getragen?"

Die Worte trafen sie so tief und unvorbereitet wie Rolands Heiratsantrag vor ein paar Stunden. Sie konnte ihn nur wortlos anblicken und brachte kein Ton hervor.

Um seine Mundwinkel zuckte es. „Schau nicht so entsetzt", höhnte er. „Du bist alt genug, um zu wissen, was passieren kann, wenn ein Mann und eine Frau miteinander schlafen. Und keiner von uns hat irgendwelche Verhütungsmaßnahmen getroffen."

Claudia schloss die Augen. Wie schön musste es sein, von Roland ein Kind zu haben. Gegen alle Vernunft hoffte sie einen Augenblick lang, dass er recht hatte.

Dass sie sein Baby bereits in sich trug. Ein verträumtes Lächeln umspielte ihre Lippen.

Roland packte ihren Nacken. „Hör auf, mich so anzuschauen, sonst vergesse ich mich und nehme dich erneut."

Er brach ab, als Claudia die Augen wieder öffnete, und er das Leuchten darin sah. Seine Kinnmuskeln zuckten. „Wann wirst du Bescheid wissen?"

Stumm rechnete Claudia nach, dann sagte sie: „In etwa einer Woche."

„Und wenn du schwanger bist? Was wirst du dann tun?"

Sie schluckte ein paarmal und dachte nach. Wenn es so war, blieb ihr keine Wahl.

Nie hätte sie es über sich gebracht, ein Kind unehelich aufzuziehen, wenn der Vater bereit war, sie zu heiraten. Eine Schwangerschaft würde alles ändern, nur nicht ihre Zweifel.

Mit matter Stimme antwortete sie: „Ich würde es dir nicht verschweigen, wenn ich schwanger sein sollte."

Roland nahm seinen Hut ab und fuhr sich erregt mit den Fingern durch das Haar.

Dann setzte er ihn wieder auf und erklärte: „Ich habe es schon einmal durchgestanden und mich gefragt, ob ich dich geschwängert habe. Deshalb werde ich es auch ein zweites Mal können. Wenigstens bist du diesmal kein halbes Kind mehr."

Betroffen merkte Claudia, dass auch ihn dieser Tag vor vielen Jahren so tief berührt hatte. Sie wollte etwas sagen, aber Roland lenkte sein Pferd von ihr fort. „Ich habe noch eine Menge Arbeit zu erledigen", brummte er. „Lass mich wissen, um welche Zeit du fortwillst. Ich lass die Maschine startklar machen."

Während er davonritt, sah Claudia ihm nach. Verunsichert beschloss sie, zum Stall zurückzukehren. Die Unterredung mit Roland hatte nur bewirkt, dass sie jetzt über die möglichen Folgen ihrer leidenschaftlichen Nächte mit ihm nachdenken musste.

Sie kehrte ins Haus zurück und ging in die Küche, um zu frühstücken. Lustlos stocherte sie in ihrem Essen herum.

Schließlich rief sie die Fluggesellschaft in Houston an und buchte für den nächsten Tag. Dann ging sie wieder in ihr Zimmer hinauf. Das Packen war schnell erledigt. Der größte Teil ihrer Kleidung war immer noch in Chicago. Auf der Ranch hatten ihr die alten Sachen, die sie zurückgelassen hatte, genügt.

Die Stunden schienen sich endlos hinzuziehen. Claudia konnte das Mittagessen kaum noch erwarten, weil sie Roland dann wieder sehen würde. Sie ging nach unten, um sich nützlich zu machen. Während sie Lorna in der Küche half, spähte sie immer wieder aus dem Fenster.

Ein Pferd galoppierte in den Hof, und der Reiter sprang ab. Claudia hörte aufgeregtes Rufen, aber sie verstand nicht, um was es ging. Beunruhigt wechselte sie einen Blick mit Lorna, und die beiden Frauen stürzten gemeinsam zur Hintertür.

„Was gibt's?", rief Claudia Lewis zu, der von den Ställen auf den Transporter zurannte. „Was ist passiert?"

Er drehte sich um, und sie sah, dass seine Miene sehr ernst war. „Der Boss ist mit dem Pferd gestürzt!", rief er gepresst. „Er ist verletzt."

Claudia war, als hätte sie einen Schlag in die Magengrube bekommen. Auf unsicheren Beinen stolperte sie zu dem Transporter. Ein Arbeiter zerrte bereits eine Matratze aus den Unterkünften herbei und schob sie auf die Ladefläche. Ohne zu zögern, kletterte Claudia zu Lewis in die Fahrerkabine.

Er sah ihr bleiches Gesicht, sagte jedoch nichts. In halsbrecherischem Tempo jagten sie über die Weiden dahin.

Es kam Claudia wie eine Ewigkeit vor, ehe sie die Gruppe von Männern erreicht hatten, die um eine am Boden liegende Gestalt versammelt standen.

Noch ehe der Wagen anhielt, sprang Claudia heraus. Sie kniete sich neben Roland und erschrak. Er hatte die Augen geschlossen, und sein Gesicht war leichenblass.

„Roland!", schrie sie verzweifelt und berührte seine Wange, aber er bewegte sich nicht.

Lewis kauerte sich neben sie hin. Er half ihr, Rolands Hemd aufzuknöpfen, weil ihre Hände zitterten. Erst als sie die Hand auf seine Brust legte und den Schlag seines Herzens spürte, atmete sie etwas auf und blickte Lewis Hilfe suchend an. Der Aufseher tastete Rolands Körper ab und verhielt über dem Knöchel des linken Beines. „Das Bein ist gebrochen", murmelte er.

Rasselnd sog Roland die Luft ein, und seine Lider begannen zu flattern. Claudia beugte sich über ihn. „Roland, Liebling, hörst du mich?", fragte sie angstvoll, als er die Augen benommen öffnete.

„Ja", flüsterte er kaum hörbar. „Was ist mit Redman?"

Claudia hob den Kopf und blickte sich suchend nach dem Pferd um. Es stand aufrecht da, und sie konnte keine Schwellung erkennen.

„Ich glaube, ihm ist nichts passiert. Auf jeden Fall ist er in sehr viel besserer Verfassung als du. Dein linkes Bein ist gebrochen."

„Ich weiß. Ich habe gespürt, wie es knackte." Roland lächelte matt. „Auch am Kopf habe ich etwas abbekommen."

Erschrocken sah Claudia Lewis an. Eine Kopfverletzung konnte bedeuten, dass Roland eine Gehirnerschütterung hatte. Und da er lange bewusstlos gewesen war, war das sogar ziemlich wahrscheinlich. Es war also besser, ihn so schnell wie möglich ins Krankenhaus zu schaffen. Außerdem war es möglich, dass er sich auch noch Hals- und Rückenverletzungen zugezogen hatte.

Claudia hätte alles darum gegeben, wenn sie Roland die Schmerzen hätte abnehmen können! In diesem Augenblick musste sie sich eingestehen, dass sie ihn liebte. Was sie für ihn empfand, war nicht nur Verlangen oder Leidenschaft. Sie liebte ihn von ganzem Herzen. Warum wäre der Gedanke, er könnte mit einer anderen geschlafen haben, ihr sonst so schrecklich gewesen? Weshalb war sie eifersüchtig auf Ricky? Und wieso hoffte sie im Stillen, dass sie ein Kind von Roland in sich trug? Sie liebte ihn schon so viele Jahre, ohne zu erkennen, was er ihr wirklich bedeutete.

Die Männer handelten rasch und umsichtig. Sie zogen Claudia sanft von Roland fort und legten ihn auf die am Boden ausgebreitete Decke. Claudia hörte ihn aufstöhnen und biss sich stumm auf die Lippen.

Lewis meinte in aufmunterndem Ton: „Dass ausgerechnet Sie vom Pferd fallen müssen, soll wohl ein Witz sein, Boss."

Roland versuchte zu schmunzeln, aber es gelang ihm nicht, weil die Männer ihn in diesem Augenblick mitsamt der Decke aufhoben. Claudia hörte ihn unterdrückte Schmerzenslaute ausstoßen. Sein Gesicht war schweißüberströmt, als er auf die Matratze auf dem Transporter gelegt wurde.

Claudia und Lewis stiegen mit nach hinten, und Claudia begann sofort, Rolands Gesicht abzutupfen.

„Fahr vorsichtig", wies Lewis den Arbeiter an, der sich ans Steuer gesetzt hatte. Der Mann nickte verstehend.

Obwohl die Fahrt äußerst behutsam vor sich ging, ballte Roland jedes Mal die Fäuste und wurde kalkweiß, wenn sie über ein Schlagloch fuhren. Er hielt sich den Kopf, als könne er so das Holpern des Wagens mildem.

Claudia saß über ihn gebeugt da. Sie litt mit ihm, aber im Augenblick konnte sie nichts für ihn tun.

Lewis suchte ihren Blick. „San Antonio ist näher als Houston“, sagte er ruhig. „Wir werden ihn dorthin bringen.“

Als sie zur Ranch kamen, entfernten die Männer in aller Eile zwei Sitze aus der Cessna, und Roland wurde mitsamt seiner Matratze auf den frei gewordenen Platz gebettet. Claudia sah, dass seine Lider schwer wurden. Rasch nahm sie sein Gesicht in die Hände.

„Du darfst jetzt nicht einschlafen, Liebling“, flüsterte sie sanft. „Mach die Augen auf und sieh mich an. Du darfst noch nicht schlafen, hörst du?“

Gehorsam sah er sie an. Sein Blick war verschwommen, und er schien Mühe zu haben, sich auf ihre Worte zu konzentrieren.

Seine bleichen Lippen zeigten den Anflug eines Lächelns. „Sieh mich an“, flüsterte er.

Claudia musste an die Nacht in seinen Armen denken und fragte sich, ob auch er sich in diesem Augenblick daran erinnerte.

„Es wird schon alles gut werden“, murmelte er benommen. „So schlimm ist es nun auch wieder nicht. In Vietnam habe ich ganz andere Dinge erlebt.“

Der Arzt im Krankenhaus von San Antonio war dergleichen Meinung. Obwohl Roland eine Gehirnerschütterung hatte und zur Beobachtung dableiben musste, war sein Zustand nicht so ernst, dass eine Operation notwendig wurde.

Bis auf eine Beule am Kopf, das gebrochene Bein und ein paar Prellungen konnten keine Verletzungen festgestellt werden. Nach den Ängsten der letzten Stunden und den Strapazen des Transports brach Claudia bei dieser Mitteilung vor Erleichterung in Tränen aus und legte den Kopf an Lewis’ Brust.

Er zog sie an sich und drückte sie besänftigend. „Jetzt brauchen Sie doch nicht mehr zu weinen“, meinte er.

„Es kam einfach über mich“, schniefte Claudia.

Der Arzt lächelte und klopfte ihr auf die Schulter. „Weinen Sie sich ruhig aus“, sagte er tröstend. „Es wird ihm bald wieder besser gehen, das verspreche ich Ihnen. In ein, zwei Tagen können Sie ihn mit nach Hause nehmen. Und die Kopfschmerzen von der Gehirnerschütterung werden ihn so lange im Bett halten, bis das Bein zu heilen beginnt.“

„Dürfen wir jetzt zu ihm?“, fragte Claudia und wischte sich die

Augen. Sie wollte Roland selbst sehen, ihn berühren und ihn wissen lassen, dass sie und Lewis in der Nähe waren.

„Noch nicht. Wir haben ihn nach unten zum Röntgen und Schienen gebracht. Ich sage Ihnen Bescheid, wenn er in seinem Zimmer ist."

Claudia und Lewis warteten im Besucherraum. Um die Zeit zu überbrücken, tranken sie schal schmeckenden Kaffee aus dem Automaten in der Ecke.

Dass der Aufseher bei ihr war, gab Claudia ein beruhigendes Gefühl, obwohl sie ihn eigentlich nicht weiter kannte. Er hatte sich bisher ruhig und beherrscht gezeigt, jedoch rasch und genau da zugepackt, wo Not am Mann war. Wenn er die Nerven verloren hätte, wäre es um sie geschehen gewesen.

Lewis ließ sich auf einem der unbequemen Kunststoffstühle nieder und streckte seine langen gestiefelten Beine von sich. Damit erinnerte er Claudia an Roland.

Ihr Magen begann zu knurren, und sie sagte:

„Roland muss halb verhungert sein. Er hat heute Morgen nicht gefrühstückt."

„Hunger hat er im Moment bestimmt nicht. Der stellt sich erst dann ein, wenn der Körper den Schock überwunden hat", antwortete Lewis. „Ich schlage vor, wir beide gehen jetzt erst einmal in die Cafeteria. Etwas zu essen und ein anständiger Kaffee wird uns beiden guttun."

„Aber Roland ..."

„Der läuft uns nicht fort." Lewis ließ sich nicht beirren.

Er ergriff ihre Hand und zog sie vom Stuhl. „Ehe sie mit ihm fertig sind, sind wir längst wieder zurück. Das können Sie mir ruhig glauben. Ich habe mir schon oft genug ein Bein gebrochen und kenne mich da bestens aus."

Lewis' Vorhersage sollte sich als richtig erweisen. Obwohl sie eine Weile in der Cafeteria blieben, mussten sie noch eine weitere Stunde im Besucherraum warten.

Endlich erschien eine Schwester und teilte ihnen mit, dass Roland jetzt in seinem Zimmer sei. Sofort begaben sie sich in das angegebene Stockwerk hinauf und begegneten dem Arzt auf dem Flur.

„Es ist ein glatter Bruch. Bald wird er wieder auf den Beinen sein", versicherte er ihnen. „Sie brauchen sich also keine Sorgen zu machen. Wenn es etwas Ernstes wäre, wäre er nicht so aufsässig." Er blickte Lewis an und schüttelte in gespieltem Entsetzen den Kopf. „Roland

Jackson ist der zäheste Bursche, der mir je untergekommen ist. Er wollte keine Betäubung, nicht einmal eine örtliche. Behauptet glatt, er mag so etwas nicht."

„Nein", nickte Lewis. „Das tut er auch nicht."

Als Claudia sich ungeduldig bewegte, lächelte der Arzt verständnisvoll. „Sie wollen ihn jetzt sicher sehen, nicht wahr?"

„Ja, natürlich." Claudia konnte es kaum noch erwarten, zu Roland zu kommen und sich selbst zu überzeugen, dass alles in Ordnung war.

Sie wusste selbst nicht genau, was sie erwartet hatte, als sie die Tür zu seinem Zimmer öffnete. Roland lag mit zerzaustem Haar in seinem Bett und blickte halb schläfrig, halb ärgerlich drein. Sein Bein war eingegipst und hing in einer Schlinge, die am Fußende des Bettes an einer Halterung angebracht war.

Man hatte ihn in ein Krankenhausnachthemd gesteckt, das jetzt jedoch am Boden lag. Claudia vermutete, dass er unter der Bettdecke nackt war, und sie musste unwillkürlich lächeln. Auch Lewis hörte sie hinter sich leise glucksen.

Roland drehte den Kopf vorsichtig zu ihnen hin. Vor Schmerz verzog er das Gesicht und hielt in der Bewegung inne. „Starr mich nicht so an", brummte er zu Claudia gewandt. „Komm lieber her und halt mir die Hand. Ich könnte etwas Mitgefühl gebrauchen."

Folgsam trat sie an sein Bett. Sie nahm seine Hand und küsste seine Finger. „Du hast mir einen ganz schönen Schrecken eingejagt", schalt sie ihn liebevoll. „Dabei siehst du bis auf das Bein gar nicht verletzt aus. Du machst einfach nur ein sauertöpfisches Gesicht."

„Es war ja auch nicht gerade ein Honigschlecken", gab Roland trocken zurück. Er drückte ihre Hand und zog sie näher zu sich an das Bett. Sein Blick wanderte zu Lewis. „Lew, hat Redman sich böse verletzt?"

„Nein. Es ist nichts Ernstes", versicherte der Aufseher. „Er konnte noch gut laufen. Ich behalte ihn aber sorgsam im Auge, falls es Schwellungen gibt."

Roland vergaß seine Gehirnerschütterung und nickte befriedigt. Das hätte er lieber nicht tun sollen. Er stöhnte auf und fuhr sich mit der Hand an den Kopf. „Mein Kopf fühlt sich an, als würde er jeden Augenblick platzen. Gibt es hier denn keine Eisbeutel oder so was?"

Claudia blickte sich um und entdeckte auf dem Fußboden einen Eisbeutel, den Roland zusammen mit seinem Nachthemd auf den Boden befördert haben musste.

Sie hob ihn auf und legte ihn auf seine Stirn. Erleichtert seufzte er auf und sah Lewis wieder an.

„Kehren Sie zur Ranch zurück", wies er den Aufseher an. „Es gibt dort vor der Auktion noch viel zu tun. Deshalb dürfen wir jetzt nicht beide ausfallen. Die schwarze Stute müsste morgen oder übermorgen kommen. Stellen Sie sie zu Irish Gale."

Lewis hörte sich aufmerksam an, was in den nächsten beiden Tagen zu tun war. Er stellte ein paar knappe Fragen, dann ging er.

Darauf blieb Claudia allein mit Roland zurück. Er hatte ihre Hand während der ganzen Zeit nicht losgelassen und wandte sich ihr jetzt schläfrig zu.

„Du hast doch nichts dagegen, bei mir zu bleiben, oder?"

Claudia hatte nicht die Absicht gehabt zu gehen, aber dass er sie fragte, nachdem bereits alles entschieden war, war wieder einmal typisch Roland.

„Würde es einen Unterschied machen, wenn ich etwas dagegen hätte?", erkundigte sie sich spöttisch.

Seine Augen wurden noch dunkler, und die Kinnmuskeln spannten sich.

„Nein", erklärte er prompt. „Ich brauche dich hier." Er rückte auf dem Bett zurecht und stöhnte auf, als es in seinem Kopf sofort wieder zu hämmern anfing.

„Mein Unfall hat alles über den Haufen geworfen. Du kannst die Ranch jetzt nicht verlassen, Claudia. Da die Auktion unmittelbar bevorsteht, brauche ich deine Hilfe. Es gibt so viel zu tun, dass Lewis damit nicht allein fertig wird. Und letztlich geht es ja um deine Interessen, denn dir gehört die Ranch. Außerdem bist du jetzt absolut sicher vor mir, und das dürfte wohl das Entscheidende für dich sein. Im Augenblick könnte ich mich nicht einmal mit einem Kätzchen einlassen, geschweige denn mit einer Wildkatze!"

Mühsam unterdrückte Claudia ein Lächeln. Roland sah so hilflos aus, dass sie wünschte, sie könnte alles wieder ungesagt machen.

Den Gedanken, die Ranch zu verlassen, hatte sie bereits in dem Moment aufgegeben, als sie von seinem Sturz hörte. Aber das offenbarte sie ihm nicht.

Sie streifte ihm eine Haarsträhne aus der Stirn und antwortete ruhig: „Natürlich bleib ich. Dachtest du wirklich, ich würde jetzt noch gehen?"

„Das weiß ich nicht so genau", murmelte Roland. „Ich könnte dich zumindest nicht aufhalten, wenn du gehen wolltest. Aber eigentlich hatte ich gehofft, dass die Ranch dir zu viel bedeutet, als dass du sie im Stich lässt.“

Es war nicht die Ranch, die Claudia zurückhielt, sondern Roland. Aber das durfte sie ihm nicht sagen, noch nicht. Sie zog ihm die Bettdecke etwas höher und erwiderte leichthin: „Es bleibt mir ja nichts anderes übrig, als zu bleiben, und sei es nur, damit du dich hier brav aufführst.“

Er warf ihr einen schelmischen Blick zu. „Dafür ist es bereits zu spät. Aber wenn du über meine Tugend wachen willst, könntest du mir helfen, den appetitlichen Krankenschwestern zu widerstehen.“

„Du brauchst einen Tugendwächter?“ Claudia genoss es, Roland aufzuziehen, mit ihm zu flirten. Seltsam, dass sie erst jetzt, wo er hilflos im Bett lag, in der Lage war, ihn herauszufordern. Vorher war sie vor ihm stets auf der Hut gewesen.

„Im Augenblick nicht“, antwortete er schläfrig. „Da ist nicht einmal der Geist willig.“

Roland schlief bald ein. Liebevoll deckte Claudia ihn zu. Die Klimaanlage lief auf vollen Touren, und es kam ihr in dem Raum etwas zu kühl vor. Sie zog ihm die Decke behutsam bis über die Schultern hoch und setzte sich auf den Stuhl neben seinem Bett.

Was soll nun werden?, überlegte sie, ohne den Blick von Rolands Gesicht abwenden zu können, das im Schlaf so friedlich aussah. An diesem Morgen hatte sich alles geändert. Statt vor Roland zu flüchten, saß sie nun an seiner Seite. Und nichts hätte sie jetzt mehr dazu bewegen können, ihn zu verlassen. Er war geschwächt und verletzt. Und er hatte recht mit seiner Behauptung, dass er sie in den nächsten Wochen auf der Ranch brauchen würde.

Schon allein mit der Auktion war eine Menge Arbeit verbunden, und Lewis war trotz seiner Tüchtigkeit kein Supermann. Schließlich konnte er nicht überall gleichzeitig sein. Außerdem musste sie sich eingestehen, dass sie Roland jetzt auf keinen Fall verlassen würde, selbst wenn sie auf der Ranch nicht gebraucht worden wäre.

Claudia war inzwischen klar geworden, dass sie Roland schon seit Langem liebte. Auch David hatte sie geliebt, aber auf eine ganz andere, eher kameradschaftliche Weise. Was sie für Roland empfand, war stärker als alles andere. Damals, mit siebzehn, hatte sie vor ihren Gefühlen für ihn Angst bekommen. Sie war geflohen, weil sie sich nicht eingestehen wollte, was er ihr bedeutete. Auch jetzt traute sie sich selbst immer noch nicht. Sie hatte erneut fortlaufen wollen, weil sie nicht sicher war, ob er ihre Gefühle überhaupt erwiderte.

In diesem Augenblick fiel ihre Entscheidung. Ganz gleich, welches Risiko sie damit einging, sie würde auf der Ranch bleiben. Sie liebte Roland und würde ihn immer lieben.

Ihr Blick wanderte durch den gedämpft beleuchteten Raum und blieb an seinem Hut hängen. Wie war er nur hierhergekommen? Sie konnte sich nicht erinnern, ihn im Flugzeug gesehen zu haben. Dennoch musste jemand ihn mitgenommen haben, denn schließlich war er da. Ob Lewis ihn hergebracht hatte? Oder hatte Roland sich unbewusst darin verkrallt? Der Gedanke entlockte ihr unwillkürlich ein Lächeln.

Gerührt griff Claudia nach dem staubigen Ding und drückte es an die Brust. Ihre ganze Zukunft stand auf dem Spiel, wenn ihr Bleiben sich als Fehler herausstellen sollte. Doch heute hatte sie erkennen müssen, dass Roland auch nur ein verletzlicher Mensch wie jeder andere war. Wie leicht konnte ein Unfall ihn von ihrer Seite reißen, und dann würde sie sich mit Reuegefühlen und Selbstvorwürfen quälen.

Roland wollte sie heiraten. Sie war sich ihrer Antwort nicht sicher und im Augenblick viel zu durcheinander, um eine so schwerwiegende Entscheidung zu treffen. Aber eines stand jetzt fest, sie würde nicht mehr fortlaufen. Damit hatte sie bisher nichts erreicht. Es war besser, sich ihrer Liebe und allem, was damit verbunden war, zu stellen. In den vergangenen Jahren hatte sie gelernt, dass sie Roland sowieso nicht vergessen konnte.

8. KAPITEL

Im Krankenhaus verhielt sich Roland musterhaft. Er war ein Patient, wie man ihn sich nur wünschen konnte, folgsam, klaglos und geduldig, solange Claudia an seiner Seite war.

Sie hatte keine Ahnung gehabt, auf was sie sich eingelassen hatte, als sie versprochen hatte, bei ihm zu bleiben.

Eine Schwester kam herein, um ihn zu wecken und Puls und Blutdruck zu messen. Roland öffnete die Augen und versuchte, sich aufzusetzen. Doch sofort spürte er die Schmerzen in seinem Kopf, und er ließ sich aufstöhnend wieder zurücksinken. „Claudia?", fragte er mit matter Stimme.

„Ich bin hier", versicherte sie ihm. Sie stand auf und ergriff beruhigend seine Hand.

Benommen blickte er sie an.

„Geh nicht fort."

„Nein, bestimmt nicht. Ich habe es dir doch versprochen. Hast du das vergessen?"

Seufzend schloss er wieder die Augen und entspannte sich sichtlich.

Darauf beugte die Schwester sich über ihn und erkundigte sich freundlich: „Mr Jackson, wissen Sie, wo Sie sind?"

„Im Krankenhaus", gab er unwillig zurück, ohne die Augen zu öffnen.

Die Schwester, eine mollige Brünette mit einem strengen Blick, lächelte Claudia mitfühlend zu. „Wir wecken ihn jede Stunde, um uns zu vergewissern, dass er nur schläft und nicht etwa bewusstlos ist. Das ist nur eine Vorsichtsmaßnahme, aber wir wollen ganz sicher gehen."

„Redet nicht über mich, als ob ich nicht da wäre", ließ Roland sich unwirsch vernehmen.

Wieder suchte die Schwester Claudias Blick und rollte vielsagend mit den Augen. Claudia drückte Rolands Finger und ermahnte ihn mit gespielter Strenge: „Benimm dich, mein Lieber. Durch Missmut wirst du auch nicht schneller gesund.

Roland ließ die Augen geschlossen und drückte Claudias Hand an seine Wange.

„Für dich werde ich mich am Riemen reißen", meinte er seufzend.

„Aber es ist wirklich nicht einfach, zu lächeln, wenn einem der Kopf zerspringt."

Er hielt Wort. In Claudias Nähe gab er sich lammfromm. Die Schwestern merkten jedoch bald, dass er aufsässig wurde, wenn sie Claudia einmal hinausschickten. Er wollte, dass sie ständig um ihn war. Nach ein paar vergeblichen Versuchen, ihn zu bändigen, gaben die Schwestern schließlich nach. Claudia wusste natürlich, dass das Erpressung war, aber sie konnte Roland deswegen nicht böse sein. Unermüdlich kümmerte sie sich um ihn und umgab ihn mit zärtlicher Fürsorge.

Am späten Nachmittag wurde Claudia durch ihren knurrenden Magen daran erinnert, dass sie ohne Geld, Make-up und Kleider gekommen war. Ja, sie hatte nicht einmal einen Kamm dabei.

Lewis hatte ihr Sandwich bezahlt, das sie am Morgen nur zur Hälfte aufgegessen hatte, und jetzt war sie kurz vorm Verhungern. Behutsam fütterte sie Roland mit den Gelantinehäppchen, die er essen wollte. Die Erbensuppe hatte er verweigert. Als Claudia sie jetzt probierte, wusste sie, warum. Selbst in ihrem ausgehungerten Zustand brachte sie keinen Bissen herunter. Erbsensuppe hatte sie noch nie gemocht, und Roland schien ihre Abneigung zu teilen.

Es ging ihm beileibe nicht so schlecht, dass er nicht mitbekommen hätte, was um ihn herum vorging. Aus halb geschlossenen Augen hatte er mit angesehen, wie sie die Suppe kostete und das Gesicht verzog. Mit sanfter Stimme sagte er: „Geh doch in der Cafeteria etwas essen, Claudia. Du musst ja Hunger haben. Ich werde auch brav sein, während du fort bist."

„Ich bin wirklich schon ganz schwach", gestand sie. Dann setzte sie trocken hinzu: „Aber ich fürchte, für mein Aussehen allein wird man mir nichts geben. Ich habe nicht einmal einen Kamm dabei, geschweige denn Geld oder etwas zum Wechseln. Alles ging so schnell, dass ich gar nicht dazu gekommen bin, meine Tasche zu holen. Wir haben dich einfach aufgeladen und sind losgefahren."

„Ruf Lewis an und sag ihm, was du brauchst. Er kann es bis zum Abend herbringen", bestimmte Roland.

„Ich kann ihn aber doch nicht einfach herbestellen."

„Natürlich kannst du das! Es ist schließlich deine Ranch, oder etwa nicht? Nein, lass, ich rufe ihn selbst an. Nimm dir meine Brieftasche aus der obersten Nachttischschublade und geh inzwischen essen."

Claudia zögerte. Doch als Roland mühsam versuchte sich aufzurichten, rief sie rasch: „Also gut, ich gehe!" Sie drückte ihn sanft auf das Kissen zurück und zog die Schublade auf. Die Brieftasche lag gleich obenauf. Sie nahm sie heraus und blickte einen Augenblick unschlüssig darauf. Aus einem ihr selbst nicht erklärlichen Grund widerstrebte es ihr, sein Geld zu nehmen.

„Nun geh schon!“, drängte Roland.

Sie gehorchte, weil ihr Hunger übermächtig wurde.

Während Claudia in der Cafeteria saß und geistesabwesend Kartoffelsuppe und Kräcker aß, erlag sie der Versuchung, Rolands Brieftasche durchzugehen. Nachdem sie sich schuldbewusst umgeschaut hatte, betrachtete sie die Schnappschüsse, die er mit sich herumtrug.

Einer schien seine Mutter zu zeigen, an die Claudia sich nicht mehr erinnern konnte. Sie war gestorben, als Roland noch klein war. Doch die Ähnlichkeit der Züge ließ die Verwandtschaft erkennen. Auf einem anderen stand sein Vater, ein hochgewachsener, drahtiger Mann, mit einem schlaksigen, etwa zehnjährigen Jungen, der finster in die Kamera blickte.

Als Claudia die Plastikfächer weiter durchging, hielt sie verblüfft inne. Zwar hatte sie fast damit gerechnet, ein Foto von sich zu finden, aber was sie da vor sich hatte, hätte sie nicht erwartet.

Das Bild, das Roland mit sich herumtrug, war aufgenommen worden, als sie in die erste Klasse ging und noch alle Milchzähne hatte. Sie biss sich darauf verlegen auf die Unterlippe und blickte mit großen dunklen Augen in die Kamera.

Wie mochte er nur zu diesem Schnappschuss gekommen sein? Sie war doch schon mindestens zwölf oder dreizehn gewesen, als sie auf die Ranch kam. Vermutlich hatte er sich dieses Bild aus dem Familienalbum genommen.

Da war ein anderes Foto von Ward Donahue. Claudia blickte eine Weile wehmütig auf ihren Vater, denn stöberte sie erneut in Rolands Brieftasche. Er trug nur die wichtigsten Papiere bei sich: seinen Führerschein, die Pilotenlizenz und die Sozialversicherungskarte. Bis auf diese Dinge und dreiundvierzig Dollar gab es nichts weiter, das über das Wesen dieses verschlossenen Mannes hätte Aufschluss geben können.

Claudia war auf einmal sicher, dass er in seinem ganzen Leben noch nie zu einem Menschen „Ich brauche dich“ gesagt hatte. Und sie hätte ihn beinahe im Stich gelassen!

Sie holte tief Luft. Um ein Haar hätte sie den größten Fehler ihres Lebens gemacht. Jetzt war sie fast froh über Rolands Unfall, weil er sie davon abgehalten hatte, ihn zu verlassen. Damit wäre der Bruch zwischen ihnen endgültig gewesen. Doch war ihr nun bewusst geworden, dass sie ihn liebte und um seine Liebe kämpfen würde.

Obwohl Claudia sich vorgenommen hatte, Roland nicht auf ihre Entdeckung anzusprechen, entfuhr es ihr später am Abend einfach: „Wie kommst du zu dem Bild von mir, das du in deiner Brieftasche hast?"

Er lächelte sie an. „Ich habe mich gefragt, ob du der Versuchung widerstehen könntest. Offenbar war das nicht der Fall."

Claudia schoss das Blut in die Wangen, aber sie ging nicht auf seine Neckerei ein. „Woher hast du es?", beharrte sie.

„Ich habe es in einer Schuhschachtel mit alten Fotos gefunden. In der Dachkammer gibt es mehrere davon. Warum fragst du?"

„Weil ich nicht verstehe, warum du dir ausgerechnet dieses alte Bild ausgesucht hast."

„Es erinnert mich an etwas", antwortete Roland widerstrebend.

„Und an was?"

Er drehte langsam den Kopf, um sie ansehen zu können, und in seinen dunklen Augen glomm es seltsam. „Willst du das wirklich wissen?"

„Ja. Es interessiert mich, warum du ausgerechnet dieses uralte Foto genommen hast."

„Es waren deine Augen", murmelte er. „Genauso ernst und unsicher hast du mich angesehen, nachdem wir uns damals am Fluss das erste Mal geliebt hatten."

Die Erinnerung durchzuckte Claudia. Sie sah alles wieder vor sich, als sei es eben erst geschehen. Roland hatte sich auf die Ellenbogen gestützt, um sein Gesicht von ihren jungen Brüsten zu nehmen, und hatte nur leise „Claudia" gesagt.

Bis zu diesem Augenblick war ihr alles, was passiert war, fast unwirklich erschienen. Doch beim Klang seiner Stimme war ihr vieles bewusst geworden, die heißen Strahlen der Sonne über ihnen, das Kitzeln des Grases unter ihrem nackten Körper, das träge Summen einer Biene, die eine Wiesenblüte erkundete, das Zwitschern der Vögel in den nahe stehenden Bäumen.

Da war ihr das Ausmaß dessen, was sie eben getan hatte, auf einmal in seiner ganzen Tragweite bewusst geworden. Sie hatte die unbekannten Schmerzen gespürt, die immer noch von lustvollen Empfindungen begleitet wurden. Aufgewühlt von der körperlichen und seelischen

Erfahrung und erfüllt von dem Wunsch, es noch einmal zu tun, hatte sie Roland mit aufgerissenen Augen angesehen. In ihr spiegelte sich die Erkenntnis, den ersten und wichtigsten Schritt getan zu haben, um eine Frau zu werden.

Claudia wusste nicht, was sie sagen sollte. Nach einer Weile seufzte Roland müde und schloss die Augen. Besorgt betrachtete sie sein blasses Gesicht. Wochenlang hatte sie an Davids Krankenbett gesessen, ehe er starb. Jetzt wurde sie schmerzlich an diese endlosen Tage erinnert.

Aber dieser Vergleich war ja zum Glück nicht treffend. Roland würde bald wieder auf den Beinen sein. Doch der Gedanke blieb. Es war furchtbar gewesen, David zu verlieren. Wenn Roland etwas passierte, würde sie das nicht ertragen.

Die folgende Nacht war fürchterlich für Claudia. Sie kam nicht einmal dazu, das Nachthemd anzuziehen, das Lewis ihr gebracht hatte. Und obwohl sie sich eine der Liegen hatte kommen lassen, die für die Betreuer der Patienten bereitstanden, blieb sie an Rolands Bett sitzen.

Roland war rastlos. Sein Kopf und sein Bein schmerzten stark, und jedes Mal, wenn er am Einschlafen war, kam eine Schwester und weckte ihn auf. Beim Morgengrauen war er gereizt wie ein Panther, und auch Claudia hätte sich über diese Praxis aufgeregt, wenn sie nicht zu müde gewesen wäre.

Möglicherweise waren es die Schmerzen, die Roland beim Dahindämmern wieder an Vietnam erinnerten, denn wieder und wieder ballte er die Hände, und ihm brach der kalte Schweiß aus.

Claudia stellte keine Fragen. Sie versuchte, Roland durch ihre bloße Gegenwart zu beruhigen. Leise sprach sie jedes Mal auf ihn ein, bis er sich wieder entspannte. Sie war fast am Ende ihrer Kräfte, aber sie war bei ihm, wann immer er die Augen aufschlug, streichelte ihm zärtlich die Hände. Obwohl er nie voll zu sich kam, reagierte er auf ihre Berührungen und beruhigte sich dabei sichtlich.

Die ganze Nacht hindurch ging es Roland sehr schlecht. Am nächsten Tag hatte er leichtes Fieber. Obwohl die Schwestern Claudia erklärten, dass das nichts Ungewöhnliches sei, blieb sie bei ihm. Immer wieder erneuerte sie die Eispackung auf seiner Stirn und rieb seinen Körper mit einem feuchten Tuch ab.

Die zweite Nacht schlief Roland durch. Claudia atmete auf, denn sie hatte sich auf die Liege gelegt und war so erschöpft gewesen, dass sie sich die ganze Zeit nicht rührte. Sie war fest eingeschlafen. Wenn er nach ihr gerufen hätte, hätte sie ihn wahrscheinlich nicht gehört.

Am Dienstagmorgen war sie erleichtert und beunruhigt zugleich, als der Arzt Roland eröffnete, er könne nach Hause zurückkehren. Zwar würde er es auf der Ranch bequemer haben, aber Claudia war nicht sicher, ob Roland schon wieder kräftig genug war, um ohne laufende ärztliche Betreuung auszukommen.

Der Arzt versicherte ihr, dass er gute Fortschritte gemacht hätte, den Rest der Woche jedoch auf jeden Fall noch im Bett bleiben müsse. Das sei sehr wichtig, denn solange seine Kopfschmerzen und Schwindelanfälle nicht vorüber wären, bestünde die Gefahr, dass er ohne das normale Gleichgewichtsgefühl nicht einmal mit Hilfe von Krücken gehen könne.

Nach dem Rückflug zur Ranch war Roland erschöpft. Sein Gesicht war erschreckend bleich, als die Arbeiter ihn nicht ohne Schwierigkeiten nach oben trugen und auf das Bett legten. Trotz ihrer Vorsicht hielt er sich vor Schmerzen den Kopf.

Lorna war ihnen aufgeregt gefolgt und verließ mit Tränen in den Augen das Zimmer.

Die Männer zogen sich zurück und überließen es Claudia, sich weiter um Roland zu kümmern.

Behutsam zog sie ihm Hemd und Jeans aus. Das rechte Hosenbein war abgeschnitten worden, damit er die Jeans über den Gips ziehen konnte. Claudia bettete das verletzte Bein vorsichtig auf Kissen, die sie an beiden Seiten mit zusammengerollten Decken abstützte. Liebevoll deckte sie Roland zu.

„Hast du Hunger?“, fragte sie besorgt, weil er bisher keinen Appetit gezeigt hatte. „Soll ich dir etwas zu trinken oder sonst etwas bringen?“

Er öffnete die Augen und sah sich in dem Raum um. Ohne auf ihre Frage zu antworten, murmelte er: „Das ist nicht mein Zimmer.“

Claudia hatte sich Gedanken über die Räumlichkeiten der Ranch gemacht und Lorna angewiesen, Rolands Sachen ins Gästezimmer zu schaffen. Sein eigenes Zimmer befand sich im hinteren Teil des Hauses und ging auf die Ställe hinaus. Da hatte Claudia befürchtet, dass Roland es schwerfallen würde, still zu liegen, wenn er das Geschehen im Hof mitbekäme.

Außerdem befand sich das Gästezimmer unmittelbar neben ihrem eigenen, sodass sie ihn besser hören konnte, falls er nach ihr rufen sollte. Hinzu kam noch, dass es als einziger Raum im Haus ein eigenes Bad hatte. Da Roland sich nur schwer fortbewegen konnte, war das ein entscheidender Gesichtspunkt. Jetzt konnte sie nur hoffen, dass er mitmachte.

Ruhig erwiderte sie: „Nein, das ist das Zimmer neben meinem. Ich möchte dich nachts in meiner Nähe haben. Und hier hast du auch gleich ein Bad“, setzte sie mit Nachdruck hinzu.

Roland dachte darüber nach. „Also gut“, meinte er schließlich. „Ich habe zwar keinen Hunger, aber bitte Lorna, mir etwas Suppe zu kochen. Das wird mich kräftigen.“

Trotz seines Zustandes hatte Roland also doch gemerkt, dass Lorna aufgeregt war. Claudia wusste, dass die Köchin ihm treu ergeben war. Erleichtert nahm sie wahr, dass Roland sich auch um andere Gedanken machte, denn bis vor Kurzem hatte sie ihn dazu für unfähig gehalten.

„Wo ist Lew?“, wollte er wissen. „Ich muss mit ihm reden.“

Streng blickte Claudia ihn an. „Jetzt hör mir mal gut zu, Roland Jackson. Der Arzt hat strikte Anweisung gegeben, dich ruhig zu halten. Wenn du Schwierigkeiten machst, lasse ich dich wieder aufladen und postwendend ins Krankenhaus zurückbringen. Du darfst keinerlei Arbeit tun, dir keine Sorgen um die Ranch machen und nicht allein aufstehen. Habe ich mich klar genug ausgedrückt?“

Grimmig verzog er das Gesicht. „Aber die Auktion steht doch unmittelbar bevor.“

„Und wir werden sie auch ohne dich glatt über die Bühne bringen, mein Lieber“, unterbrach Claudia ihn ungerührt. „Ich verbiete dir nicht, mit Lewis zu sprechen, aber ich werde darauf achten, dass du dich mehr ausruhst als redest.“

Roland seufzte. „Jetzt, wo ich hilflos wie eine Schildkröte auf dem Rücken bin, spielst du die starke Frau“, gab er sich überraschend schnell geschlagen. „Aber der Gips bleibt ja nicht ewig, das solltest du nicht vergessen.“

„Du erschreckst mich zu Tode“, antwortete Claudia trocken und küsste ihn zart auf den Mund. Rasch richtete sie sich wieder auf, ehe er reagieren konnte. Doch ihm fielen die Lider zu, und er schlummerte ein.

Leise öffnete Claudia das Fenster, um frische Luft hereinzulassen. Dann ging sie auf Zehenspitzen hinaus und schloss behutsam die Tür hinter sich.

An der Wand vor dem Zimmer stand Ricky. Sie sah Claudia wütend an. „Du hast Lewis verboten, mich ins Krankenhaus mitzunehmen!“, zischte sie. „Du wolltest vermeiden, dass ich Roland besuche. Du willst ihn ganz für dich, ist es nicht so?“

Es war zu befürchten, dass Rickys aufgebrachte Stimme Roland aufwecken würde. Deshalb packte Claudia sie am Arm und zog sie mit sich fort. „Sei still!“, flüsterte sie ärgerlich. „Er schläft und braucht viel Ruhe.“

„Das kann ich mir denken“, gab Ricky höhnisch zurück.

Claudia hatte zwei furchtbare Tage hinter sich, und ihre Nerven waren ohnehin zum Zerreißen gespannt. „Denk, was du willst, aber halte dich ja von ihm fern!“, gab sie scharf zurück. „Wenn du es nicht tust, wirst du dein blaues Wunder erleben. Ich werde dafür sorgen, dass du ihn nicht aufregst, solange er noch in diesem geschwächten Zustand ist. Dies ist meine Ranch, und wenn du hierbleiben willst, fügst du dich besser!“

„Wie du mich anwiderst. Deine Ranch! Dein Haus! Du hast schon immer geglaubt, dass du wegen dieser blöden Ranch besser als andere bist.“

Darauf ballte Claudia die Fäuste. Sie hatte genug von Rickys Eifersüchteleien und ihren Gehässigkeiten.

Ricky merkte offenbar, dass Claudia nahe daran war, die Beherrschung zu verlieren. Sie sagte kein Wort mehr und ging rasch nach unten.

Die Wut von Claudia war so groß, dass sie erst ein paar Minuten später in der Küche erschien und Rolands Suppe bestellte. Aus Erfahrung wusste sie, dass er nur kurz dahindämmem würde. Deshalb wollte sie etwas für ihn bereithaben, wenn er aufwachte.

Lornas Gesicht hellte sich erleichtert auf, als sie hörte, dass sie etwas für Roland tun konnte. Sofort begann sie, sich emsig in der Küche zu schaffen zu machen.

Eine halbe Stunde später war ein Tablett mit einer duftenden cremigen Gemüsesuppe und einem Glas Eistee gedeckt. Als Claudia es nach oben trug, begann ihr Magen sich zu melden. Sie beschloss, die Suppe selbst zu essen, falls Roland noch schlafen sollte.

Doch als sie die Tür öffnete, bewegte er sich auf dem Bett und versuchte mühsam, sich aufzusetzen. Rasch stellte Claudia das Tablett auf den Nachttisch und stützte ihn dabei. Dann schob sie ihm Kissen in den Rücken, damit er bequem saß. Nun galt es, sein Bein in eine erträgliche Lage zu bringen. Roland biss tapfer die Zähne zusammen, bis ihnen das mit gemeinsamer Anstrengung gelungen war.

Er aß die Suppe mit mehr Appetit als im Krankenhaus. Die Schüssel war jedoch immer noch halb voll, als er sie schließlich von sich schob und gereizt erklärte: „Es ist heiß hier drinnen."

Claudia musste zugeben, dass das stimmte. Die Fenster gingen nach Südwesten, und die grelle Nachmittagssonne schien voll herein. Auf Rolands Gesicht standen kleine Schweißtropfen.

Da es in dem alten Haus weder eine Klimaanlage noch eine Zentralheizung gab, wusste Claudia einen Moment nicht, was sie tun sollte. Die einzige Lösung war, ein Gerät für das Fenster zu kaufen. Ihr fiel ein, dass sie einen elektrischen Ventilator besaßen. Sofort ging sie ihn holen. Er würde Roland fürs Erste Erleichterung schaffen, bis sie eine Klimaanlage kaufen konnte.

Sie stöpselte den Ventilator ein und schaltete ihn an. Dabei rückte sie ihn so zurecht, dass er auf Roland gerichtet war.

Aufseufzend bedeckte er die Augen mit einer Hand. „Das erinnert mich an einen Tag in Saigon", murmelte er. „Da war es so fürchterlich heiß, dass die Luft wie Sirup war. Meine Stiefel blieben im Asphalt stecken, als ich zum Hubschrauber ging. Es war so unglaublich heiß, Claudia, dass Vietnam erst an zweiter Stelle kam. Jahrelang war Schweiß auf meinem Rücken für mich, als ob eine Schlange auf mir herumkriecht, weil ich diesen Tag in Saigon nicht vergessen konnte."

Wie erstarrt stand Claudia da. Sie wagte kein Wort zu sagen. Das war das erste Mal, dass Roland ihr etwas von seinen Kriegserinnerungen erzählte. Sie war nicht sicher, ob er sich langsam daran gewöhnen wollte, über diese Dinge zu sprechen, oder ob er noch unter dem Einfluss des Fiebers stand.

Roland ließ den Arm sinken und sah sie fest an. „Das ging so bis zu einem Tag im Juli vor acht Jahren", fuhr er versonnen fort. „Es war sehr heiß. Als ich dich nackt im Fluss schwimmen sah, hatte ich Lust, es dir nachzutun. Doch dann fiel mir ein, dass ein anderer Mann dich genau wie ich gesehen haben könnte. Da hätte ich dich am liebsten durchgeschüttelt. Du weißt, was dann geschehen ist."

Nach einem kurzen Schweigen setzte er erneut an. „Und während ich dich liebte, brannte die Sonne auf meinen Rücken, und der Schweiß lief mir über die Haut, aber da dachte ich nicht an Vietnam. Alles, was ich denken konnte, war, dass du in meinen Armen zu einer leidenschaftlichen Geliebten geworden warst, dass du unter mir lagst und mich mit einer anderen Art von Hitze versengtest. Nach diesem Tag hat es mir nichts mehr ausgemacht, zu schwitzen. Ich brauchte nur zur Sonne aufzusehen und schon verspürte ich den Wunsch, mit dir zu schlafen."

Claudia schluckte trocken. Sie konnte nicht sprechen und sich nicht einmal rühren.

Auffordernd streckte Roland die Hand nach ihr aus. „Komm her." Er zog sie zu sich auf das Bett und küsste sie verlangend. „Ich möchte es jetzt tun", murmelte er an ihrem Mund und führte ihre Hand seinen Körper hinunter.

Als Claudia sein Begehren spürte, stöhnte sie leise auf. „Das geht nicht", protestierte sie schwach und befreite sich von seinen Lippen. „Du kannst dich doch nicht bewegen."

„Ich werde es auch nicht tun, sondern ganz still liegen", versprach er heiser.

„Lügner!" Claudias Stimme wurde zärtlich. „Nein, Roland, nicht jetzt."

„Du sollst doch dafür sorgen, dass ich zufrieden bin."

„Das hat der Doktor damit nicht gemeint", gab sie in gespielter Strenge zurück. „Ich soll aufpassen, dass du im Bett bleibst und dich ruhig verhältst."

„Ich werde ganz ruhig sein, wenn du tust, wonach mir so sehr ist."

„Sei doch vernünftig, Roland."

„Ich bin nun einmal nicht vernünftig."

Nun musste Claudia doch lachen. Sie barg den Kopf an seiner Brust, bis sie sich wieder unter Kontrolle hatte. „Mein armer Liebling", murmelte sie mitfühlend.

Roland lächelte und gab den Versuch auf, sie in sein Bett zu locken. Er fuhr ihr mit den Fingern durch das Haar und sah zu, wie die seidigen Flechten auf ihre Schultern zurückfielen. „Hast du jetzt, wo ich dich nicht mehr aufhalten kann, immer noch vor, wegzugehen?", erkundigte er sich vorsichtig.

Ruckartig hob Claudia den Kopf. „Natürlich nicht!", erwiderte sie entrüstet.

„Du hast es kein einziges Mal in Erwägung gezogen?"

„Nein!" Sie spielte mit seinen Brusthaaren und lächelte. „Ich werde wohl doch bleiben. Es wäre nämlich dumm von mir, wenn ich auf die Chance verzichten würde, dich herumzukommandieren."

„Du bleibst also, um dich an mir zu rächen?" Auch Roland schmunzelte jetzt.

„Natürlich!" Sie streichelte seine Brustspitze, die unter der Berührung hart wurde. „Ich werde dir jeden Kuss zurückgeben und genießerisch zusehen, wie du leidest. Auch dass du mich damals übers Knie gelegt hast, werde ich dir heimzahlen. Zwar weiß ich noch nicht genau, mit welcher Münze, aber ich werde mir schon etwas einfallen lassen."

Jetzt lachte Roland schallend. „Ich kann es kaum erwarten."

„Das weiß ich", erklärte Claudia befriedigt. „Genau das wird meine Rache sein, dich warten lassen, bis du platzt."

„Du hast mich acht Jahre warten lassen. Was willst du jetzt noch? Mich zum Mönch machen?"

„Du wärest der Letzte, bei dem ich das versuchen würde, Roland Jackson! Spiel nicht das Unschuldslamm! Wanda hat mir erzählt, was für einen Ruf du im Ort hast."

„Weiberklatsch", brummte Roland.

Obwohl er jetzt sehr viel besserer Stimmung war, wurde er rasch müde. Als Claudia ihm half, sich wieder hinzulegen, widersprach er nicht.

Die Klimaanlage war das Erste, das Claudia beschaffen wollte. Lewis war jedoch zu sehr beschäftigt, um sie noch einmal nach San Antonio fliegen zu können. Das wäre der nächste Ort gewesen, wo sie eine kleinere Anlage hätten kaufen können, die nicht zu viel Verlegungsarbeiten im Haus erforderte.

Somit blieb ihr als Beförderungsmittel nur das Auto. Allein die Hinfahrt würde zwei Stunden in Anspruch nehmen.

Aber da der Wetterbericht ein Fortdauern der Hitzewelle angekündigt hatte, würde sie wohl fahren müssen, denn Roland brauchte die Anlage.

Im Augenblick war Claudia jedoch noch so erschöpft, dass die lange Fahrt über ihre Kräfte gegangen wäre. Sie würde am nächsten Morgen zeitig aufstehen, um in San Antonio zu sein, wenn die Geschäfte aufmachten. Auf diese Weise konnte sie mittags wieder auf der Ranch sein und der schlimmsten Hitze entgehen.

Sie duschte ausgiebig und schaute danach wieder bei Roland herein. Er schlummerte immer noch. Solange hatte er noch nie durchgehend geschlafen. Jetzt war sie sicher, dass er auf dem Wege der Besserung war.

Nachdenklich blickte Claudia auf den Gips, der sein Bein von den Knien bis zu den Zehen umschloss. Sie wünschte, er wäre bereits abgenommen, und Roland könnte wieder auf den Koppeln sein. Zwar genoss sie das Bewusstsein, ihn für ein paar Tage in der Hand zu haben, aber auf der anderen Seite tat es ihr weh, ihn so schwach und hilflos zu sehen.

Claudia nutzte die Atempause, um sich ein wenig auf ihrem Bett auszustrecken. Sie nickte auf der Stelle ein und wurde erst durch eine gereizte Stimme geweckt, die ihren Namen rief. Benommen fuhr sie auf und sah auf die Uhr. Sie hatte fast zwei Stunden geschlafen. Kein Wunder, dass Roland nach ihr rief. Er musste schon länger wach sein und sich fragen, ob sie ihn im Stich gelassen hätte.

Auf dem schnellsten Weg eilte Claudia in sein Zimmer. Die schläfrigen Augen verrieten ihr jedoch, dass Roland eben erst aufgewacht war und sie sofort gerufen hatte. Nachdem er sie zwei Tage stets um sich gehabt hatte, hatte er sich daran gewöhnt, sie ständig zu beanspruchen.

„Wo bist du gewesen?“, fragte er sie verdrießlich.

„Ich habe geschlafen.“ Claudia gähnte. „Was willst du denn?“

Einen Augenblick lag er da und blickte missmutig vor sich hin. Dann antwortete er: „Ich habe Durst.“

Neben seinem Bett standen eine volle Wasserkaraffe und ein Glas, aber sie sagte nichts, sondern schenkte ihm ein Glas ein. Der Arzt hatte ihr gesagt, dass Rolands Kopfschmerzen ihn für ein paar Tage sehr reizbar machen würden und dass die geringste Bewegung ihm Schmerzen bereiten würde. Sie schob den Arm unter sein Kopfkissen, um ihn behutsam anzuheben und ihm das Glas an die Lippen zu halten.

Er trank in durstigen Zügen. „Es ist so schrecklich heiß hier“, meinte er seufzend, als er das Glas geleert hatte.

Claudia musste ihm recht geben. „Ich fahre morgen früh nach San Antonio und kaufe eine Klimaanlage für das Fenster“, versprach sie. „Heute musst du noch durchhalten, aber ab morgen wirst du es besser haben.“

„Das ist eine unnötige Ausgabe“, setzte Roland stirnrunzelnd an, aber sie ließ ihn nicht weiterreden.

„Sie ist nicht unnötig. Wenn du dich hier tagelang zu Tode schwitzt, dauert es viel länger, ehe du wieder fit bist.“

„Es gefällt mir aber trotzdem nicht.“

„Ob es dir gefällt oder nicht, ich sagte, ich kaufe die Anlage, und damit basta!“, erklärte Claudia bestimmt.

Aufsässig blickte er sie an. „Wie du willst. Aber wenn ich wieder auf den Beinen bin, werde ich es dir zeigen.“

„Ich habe keine Angst vor dir“, antwortete sie lachend, obwohl das nicht ganz stimmte.

9. KAPITEL

Claudia!“

„Mrs Ashe, was sollen wir tun?“

„Claudia, wir brauchen …“

„Kommst du mich rasieren, Claudia?“

„Claudia, kannst du nicht endlich …?“

„Entschuldige, Claudia, aber Roland will nicht, dass ich ihm …“

Noch nie in ihrem Leben hatten so viele Leute gleichzeitig etwas von ihr gewollt. Wohin sie sich auch wandte, überall gab es ein Problem, dessen sie sich möglichst sofort annehmen sollte.

Auf der Ranch fielen tagtäglich tausend Arbeiten an, die bewältigt werden wollten. Und obwohl Claudia nicht gewusst hätte, wie sie ohne Lewis Stovall zurechtgekommen wäre, gab es Entscheidungen, die nur sie treffen konnte, solange Roland ausfiel.

Monica wollte immerzu etwas von ihr, und auch Ricky fand ständig etwas, um sie auf Trab zu halten.

Zwar versuchte Lorna, ihr die Krankenpflege abzunehmen, aber das wollte Roland nicht. Niemand außer Claudia schien ihn richtig rasieren, füttern, waschen und umhegen können. Und niemand außer ihr konnte ihn bei Laune halten.

Von allen Stimmen, die täglich nach ihr riefen, ertönte Rolands bei Weitem am häufigsten. Claudia rannte zahllose Male am Tag treppauf und treppab, um seine Wünsche zu erfüllen. Er war nicht direkt ein schwieriger Patient, aber er wollte ausschließlich von ihr umsorgt werden.

Am Tage nach seiner Entlassung aus dem Krankenhaus hatte sie eine Klimaanlage gekauft, und die angenehmere Temperatur erleichterte ihm das Liegen. Das leise Summen des Motors übertönte außerdem störende Geräusche. Er schlief viel, doch wenn er wach war, zeigte er sich ungeduldig, wenn Claudia einmal nicht gleich kam.

Sie konnte ihm deswegen nicht böse sein, schon gar nicht, da sie selbst sah, wie schmerzhaft er das Gesicht verzog, wenn er sich zu bewegen versuchte. Auch sein Bein tat immer noch weh und begann unter dem Gips zu jucken, und gegen beides ließ sich nichts tun. Es wunderte Claudia daher nicht, dass er schlecht gelaunt war. Das wäre jeder andere unter diesen Umständen auch gewesen. Für einen Mann mit seinem Temperament verhielt er sich sogar ruhiger, als sie erwartet hatte.

Doch obwohl sie Roland verstand, hatte sie am Abend von dem vielen Treppenlaufen schwere Beine. Sie hatte nicht genug Schlaf, und auch die Mahlzeiten kamen oft zu kurz. Sitzen konnte sie überhaupt nur, wenn sie über das Ranchgelände ritt oder Roland fütterte. Nach zwei Tagen war sie deshalb vollkommen erschöpft und ausgelaugt.

An diesem Abend schlief sie neben Roland ein. Sie wusste noch, dass sie ihn gefüttert und hinterher den Teller auf das Tablett zurückgestellt hatte. Dann musste sie eingenickt und gegen seine Schulter gerutscht sein.

Als sie wieder zu sich kam, war es Morgen. Roland stöhnte leise, weil er einen Krampf im Arm hatte. Er hatte sie die ganzen Stunden über an seiner Schulter gehalten und die Nacht im Sitzen verbracht. Als Claudia die Augen aufschlug, lächelte er, aber er sah müde aus und hatte vermutlich kaum ein Auge zugetan.

Der Vormittag verlief hektisch. Ein Problem nach dem anderen tauchte auf. Claudia war nach einem Kontrollritt gerade vor den Ställen angekommen, um Roland sein Mittagessen zu bringen, als ein Transporter in den Hof rollte, und eine vertraute Gestalt ausstieg.

„Mr Vernon!", rief Claudia überrascht. Sie ging zu ihrem alten Freund, um ihn zu begrüßen. Ein Begleiter entstieg der Fahrerkabine. Sie blickte ihn neugierig an und erkannte ihn. Es war der Mann, der bei der Begegnung vor der Apotheke bei Paul Vernon gewesen war, aber sie konnte sich an seinen Namen nicht mehr erinnern.

Paul sprang in die Bresche. Er deutete auf seinen Gast und meinte: „Sicher erinnerst du dich noch an Ira Morris, Claudia. Ich habe euch vor etwa einer Woche bekannt gemacht."

„Ja, natürlich." Claudia streckte dem Besucher die Hand hin. Er schüttelte sie, sah ihr jedoch nicht ins Gesicht. Sein Blick glitt abschätzend über die Stallungen und Scheunen und blieb schließlich auf den friedlich grasenden Pferden hängen.

„Ich habe schon viel von der Ranch gehört", sagte er. „Und eigentlich nur Gutes. Hier soll es die besten Rennpferde von Texas geben. Wie ich hörte, sind Sie jetzt auch auf die Zucht von Vollblütern übergegangen. Lässt die sich gut an?"

Noch vor ein paar Tagen hätte Claudia nicht gewusst, ob das der Fall war, doch inzwischen hatte sie notgedrungen eine Menge über den Ranchbetrieb gelernt.

„Wir haben letztes Jahr ein Fohlen verkauft, das in dieser Saison in Kalifornien groß gewonnen hat.“

„Ich habe von ihm gehört“, nickte Ira Morris. „Irish Venture von Irish Gale und Wanderer. Wie ich höre, hat die Stute ein weiteres Fohlen von Irish Gale geworfen. Ich würde es gern noch vor der Auktion kaufen.“

„Von den Katalogpferden wird keines vorher verkauft“, erklärte Claudia bestimmt.

„Gut, das verstehe ich“, lenkte Morris sofort ein. „Kann ich mir das Fohlen aber wenigstens einmal anschauen?“

Claudia zuckte mit den Schultern. „Von mir aus. Aber das Fohlen ist ein weibliches Füllen, kein Hengstfüllen. Ihr Name ist Little Irish, aber Roland nennt sie Rowdy.“

„Ist sie so ungebärdig?“, fragte Paul Vemon.

Schmunzelnd deutete Claudia auf ein zierliches Fohlen, das auf der Weide herumtänzelte. „Rowdy ist einfach anders als die übrigen.“

Schweigend sahen sie den grazilen Bewegungen des jungen Tieres zu. Erst als es neben einem anderen Fohlen ankam, fiel auf, wie groß es war. Da es so zierlich wirkte, erkannte man nicht sofort, dass Rowdy ein großes, kraftvolles Tier war. Ihr gesundes, schimmerndes Fell lenkte von dem Spiel ihrer Muskeln ab. Wer sie beobachtete, bemerkte als Erstes die stolze Schönheit ihres Wuchses, die edle Wölbung ihres Nackens und die Eleganz der Bewegungen ihrer Hufe beim Laufen. Erst bei näherem Hinsehen wurde einem bewusst, dass das Tier sich mit einer fast spielerischen Geschwindigkeit voranbewegte und dass seine schlanken Läufe von stählerner Härte waren.

„Sie ist nicht verkäuflich“, sagte Claudia. „Jedenfalls nicht in diesem Jahr. Roland will sie behalten.“

„Wenn es Ihnen nichts ausmacht, würde ich gern mit ihm sprechen.“

„Das geht leider nicht.“ Claudia mochte Ira Morris nicht sonderlich. Er schien ein kalter, berechnender Mann zu sein. „Roland hatte Anfang der Woche einen Unfall, und er muss das Bett hüten. Er darf nicht gestört werden.“

„Oh, das tut mir aber leid“, mischte Paul Vernon sich ein. „Was ist denn passiert?“

„Sein Pferd ist gestolpert und mit ihm gestürzt. Dabei hat es sich auf Rolands Bein gerollt.“

„Ist es gebrochen?“, fragte Paul und sah sie sehr besorgt an.

„Ja. Er hat außerdem auch noch eine Gehirnerschütterung und muss ganz still liegen.“

„Das ist ja wirklich schlimm! Vor allem jetzt vor der Auktion.“

„Die wird er sich bestimmt nicht entgehen lassen“, versicherte Claudia. „So wie ich Roland Jackson kenne, humpelt er bis dahin schon wieder herum. Ich hoffe nur, ihn wenigstens noch für den Rest der Woche im Bett halten zu können.“

„Er ist halsstarrig, nicht wahr?“ Paul Vernon lachte.

„Wie ein Maulesel“, bestätigte Claudia.

Ira Morris trat ungeduldig von einem Fuß auf den anderen. Claudia merkte, dass Rolands Zustand ihn nicht interessierte, er dachte nur an Pferde.

Aber wenn es nach ihr ging, hatten sie bis zur Auktion keine zu verkaufen. Roland würde auswendig wissen, welche Tiere er anbieten wollte. Aber da die Druckerei die Kataloge noch nicht geschickt hatte, hatte sie keine Ahnung, welche Pferde zum Verkauf standen. Und zu Roland zu gehen, um ihn danach zu fragen, hatte sie keine Lust.

Mr Morris' Blick glitt erneut über die Ranch. „Nur noch eines, Mrs Ashe“, sagte er unverhofft. „Ich bin geschäftlich hergekommen und weiß nun nicht, mit wem ich verhandeln soll. Wer hat hier auf der Ranch denn das Sagen, Jackson oder Sie?“

Claudia dachte einen Moment nach. „Mir gehört die Ranch“, antwortete sie schließlich. „Aber Mr Jackson leitet sie für mich. Er weiß über die Pferde besser Bescheid als ich.“

„Seine Entscheidungen gelten also?“

„Worauf wollen Sie hinaus, Mr Morris?“, erwiderte Claudia ärgerlich. „Wenn Sie jetzt gleich Pferde kaufen wollen, kann ich Ihnen nur sagen, dass sie erst auf der Auktion käuflich sind. Oder hatten Sie noch ein anderes Anliegen?“

Ira Morris lächelte kalt. „Was wäre, wenn ich alles kaufen wollte? Alles, die Pferde, das Land und die Gebäude?“

Das hatte Claudia nicht erwartet. Betreten schob sie sich eine Haarsträhne aus der Stirn und blickte sich um. Die Ranch verkaufen, das alte Haus, in dem sie geboren war?

Sie kannte jeden Meter dieses Landes, jede Mulde und jede Erhöhung, jeden Geruch und jedes Geräusch. Hier hatte sie sich in Roland verliebt, und hier war sie zur Frau geworden. Sie konnte die Ranch unmöglich verkaufen.

Sie öffnete den Mund, um Morris die entsprechende Antwort zu geben, doch dann kam ihr plötzlich ein Gedanke. Wenn sie Bar D nicht mehr besaß, würde sie sich nicht mehr zu fragen brauchen, ob Roland sie oder ihren Besitz wollte. Dann könnte sie endlich sicher sein.

Aber wollte sie wirklich wissen, woran sie mit ihm war? Claudia spürte einen Stich in der Brust, als ihr klar wurde, dass die Antwort unter Umständen schmerzlicher war als die Frage. Roland würde ihr nie verzeihen, wenn sie die Ranch verkaufte.

Erneut wandte sie sich dem Besucher zu und zwang sich zu einem Lächeln. „Das ist eine schwerwiegende Frage, Mr Morris. An so etwas habe ich bisher noch nie gedacht. Eine solche Entscheidung kann ich natürlich nicht über das Knie brechen."

„Aber Sie werden sich die Sache durch den Kopf gehen lassen?", drängte er.

„Sicher", erwiderte Claudia vage. „Ich werde darüber nachdenken."

Sie würde an nichts anderes mehr denken können, das wusste sie jetzt schon. Ohne es zu ahnen, hatte Mr Morris sie vor die Entscheidung gestellt. Jetzt musste sie sich der Frage stellen: Was wollte sie mehr, die Ranch oder Roland Jackson? Wenn sie die Ranch behielt, würde sie vielleicht nie herausfinden, was er für sie empfand. Auf der anderen Seite konnte es sein, dass sie ihn für immer verlor, wenn sie sie verkaufte. Aber dann würde sie wenigstens ganz genau wissen, woran sie war.

Natürlich würde sie über das Angebot auch mit Roland sprechen müssen. Doch sie wusste jetzt schon, wie er reagieren würde. Er würde sich mit allen Mitteln gegen den Verkauf der Ranch stemmen. Aber als Verwalter hatte er ein Recht, zu erfahren, was vorging, obwohl sie ihn nicht aufregen wollte.

Später als gewöhnlich kam sie dazu, an sein Mittagessen zu denken. Erst war sie von Paul Vernon und Ira Morris aufgehalten worden, und dann hatte sie noch rasch geduscht, weil sie so staubig geworden war.

Während Lorna sein Tablett deckte, lehnte Claudia sich an die Anrichte und stopfte hastig ein belegtes Brot in sich hinein. Sie wunderte sich, dass Roland nicht schon längst nach ihr gerufen hatte. Vielleicht war er eingenickt. Nun ja, sie würde es gleich erfahren.

Roland schlief nicht. Als Claudia vorsichtig die Tür öffnete, drehte er mühsam den Kopf zur Seite, um sie anzusehen.

In seinen Augen lag ein harter Ausdruck, und er musterte sie stumm von Kopf bis Fuß.

Vorsichtig stellte Claudia das Tablett auf den Nachtisch und erkundigte sich: „Was ist los? Hast du wieder Kopfschmerzen?"

„Wie ich höre, willst du die Ranch verkaufen", stieß er höhnisch hervor und versuchte, sich auf den Ellenbogen aufzurichten. Durch die ruckartige Bewegung rutschte sein Bein von den stützenden Kissen, und er fiel mit einem Schmerzensschrei zurück.

Claudia rannte um das Fußende des Bettes herum und hob sein Bein behutsam wieder auf die Kissen. Hinter ihrer Stirn arbeitete es. Woher hatte Roland so schnell von der Sache erfahren? Wer hatte ihm davon berichtet? Im Hof und vor den Ställen war es lebhaft zugegangen. Da hätte einer von den Arbeitern das Kaufangebot mitbekommen können. Aber sie konnte sich nicht erinnern, dass jemand ins Haus gegangen war. Lewis hatte viel im Haus zu tun, aber sie wusste, dass er im Augenblick auf den südlichen Weiden beschäftigt war.

„Ricky hat mir davon berichtet", erklärte er, als hätte er ihre Gedanken gelesen.

„Sie hätte sich den Gang sparen können", gab Claudia betont gleichmütig zurück. Sie setzte sich auf das Bett und griff nach dem Tablett. „Ich wollte es dir sowieso erzählen."

„Wann? Nachdem der Vertrag unterschrieben ist?"

„Nein. Ich wollte es dir sagen, während du isst."

Roland schob den Löffel, den sie ihm an die Lippen führen wollte, mit einer heftigen Handbewegung beiseite.

„Hör auf, mich wie ein Baby zu füttern! Damit wären alle deine Probleme gelöst, nicht wahr? Du wirst die Ranch los, mich auch, und gleichzeitig bekämst du eine Menge Geld in die Hand, um dir in Chicago ein schönes Leben machen zu können!"

Claudia musste an sich halten, um Roland nicht zu ohrfeigen. Sie biss die Zähne zusammen und stellte das Tablett auf den Nachtisch zurück. „Ricky scheint das eigentliche Gespräch noch mit netten Einzelheiten ausgeschmückt zu haben. Erstens habe ich mich keineswegs bereit erklärt, die Ranch zu verkaufen. Zweitens würde ich vor einer solchen Entscheidung mit dir reden. Und drittens habe ich es satt, mich von dir tyrannisieren zu lassen. Von jetzt ab kannst du dich selbst füttern!" Damit sprang sie auf und stürmte aus dem Raum.

Obwohl Roland ihr aufgebracht befahl, zurückzukommen, schlug sie die Tür krachend hinter sich zu.

Oben auf der Treppe stand Ricky. Auf ihren Lippen lag ein zufriedenes Lächeln. Sie musste alles mit angehört haben. Claudia ging zornig auf ihre Stiefschwester zu und blieb vor ihr stehen.

Unter zusammengebissenen Zähnen stieß Claudia hervor: „Wenn

ich dich noch einmal in Rolands Zimmer erwische, fliegst du so schnell von der Ranch, dass du Ohrensausen bekommst!“

Ricky hob spöttisch eine Braue. „Ach wirklich, Schwesterlein? Willst du das allein bewältigen?“

„Ich denke schon. Wenn nicht, habe ich genug Arbeiter, die mir dabei helfen können.“

„Und wieso glaubst du, sie stünden auf deiner Seite? Du bist doch eine Fremde für sie. Ich bin mit ihnen mitgefahren, habe mit ihnen gearbeitet, mich mit einigen von ihnen sogar angefreundet.“

„Das glaube ich dir gern“, unterbrach Claudia sie mit schneidendem Ton. „Treue hat ja noch nie zu deinen Charakterzügen gehört.“

„Etwa zu deinen? Glaubst du etwa wirklich, es sei ein Geheimnis geblieben, dass du seit deiner Teenagerzeit Rolands Gespielin bist?“

Entsetzt wurde Claudia bewusst, dass Ricky ihren boshaften Klatsch möglicherweise schon seit Jahren verbreitete. Wer weiß, was sie alles über sie erzählt hatte.

Doch dann straffte sich Claudia entschlossen und brachte sogar ein Lächeln zustande.

Sie schämte sich nicht, Roland zu lieben. Er war nicht einfach, aber er gehörte zu ihr. Da konnte es ihr gleich sein, ob die anderen davon wussten oder nicht.

„Ja“, gab sie offen zu. „Ich liebe Roland, und daran wird sich nichts ändern.“

„Du hast ihn so sehr geliebt, dass du fortgelaufen bist und einen anderen geheiratet hast.“

„Ja, auch das stimmt. Aber ich bin dir keine Erklärungen schuldig, Ricky. Pass nur auf, dass du dich von Roland fernhältst, denn ich gebe dir keine weitere Chance mehr.“

„Nun, Ricky, du kannst nicht behaupten, du seist nicht gewarnt worden“, ließ sich Monica hinter ihnen ironisch vernehmen. „Wenn du dir keine Arbeit suchen und dich selbst ernähren willst, solltest du also lieber auf Claudia hören.“

Überrascht warf Ricky den Kopf zurück. „Ich habe jahrelang bei der Arbeit auf der Ranch mitgeholfen. Du aber hast noch nicht einmal dein eigenes Bett gemacht. Was ist mit dir? Du lebst ja auch von der Ranch!“

„Nicht mehr lange“, gab Monica leichthin zurück. „Wenn ich hier am Ende der Welt bleibe, finde ich nie mehr einen Mann.“

Ricky wurde blass.

„Du gehst fort von hier?“, flüsterte sie fassungslos.

„Du musst doch gewusst haben, dass ich hier nicht ewig bleiben würde“, gab Monica nachsichtig zurück. „Die Ranch gehört Claudia. Und es sieht so aus, als sei sie für immer heimgekehrt. Daher wird es Zeit, dass ich mich nach einem eigenen Zuhause umsehe. Und eine Ranch konnte ich mir darunter sowieso nie vorstellen. Ich habe mich mit dem Leben hier abgefunden, aber nur aus Liebe zu Ward Donahue.“ Sie zuckte mit den Schultern. „Männer wie ihn findet man nicht oft. Seinetwegen hätte ich auch in einem Iglu gelebt, wenn er das gewollt hätte.“

„Aber Mutter, was wird aus mir?“ Rickys Stimme klang so verloren, dass Claudia trotz ihrer Gehässigkeiten plötzlich Mitleid mit ihr empfand.

Monica lächelte. „Du kannst dir auch einen Mann suchen, meine liebe Ricky. Inzwischen bist du doch auch etwas zu alt, um weiter bei deiner Mutter zu wohnen, oder? Claudia hat mir vorübergehend ihr Appartement in Chicago angeboten, und ich nehme ihr Angebot möglicherweise an. Wer weiß? Vielleicht finde ich dort einen Yankee, der meinen Texasakzent süß findet.“

Ungerührt ging Monica nach unten. Am Fuß der Treppe drehte sie sich noch einmal um und blickte zu ihrer Tochter hinauf.

„Ich schlage vor, du hörst auf, diesen Cowboy hinzuhalten. Du könntest schlechter fahren als mit dem, was er dir bietet.“ Hoch aufgerichtet ging sie davon.

Die beiden jungen Frauen blieben schweigend zurück. Claudia sah Ricky an, die zusammengesunken am Geländer lehnte. „Was meinte sie damit?“, fragte Claudia. „Von welchem Cowboy spricht sie?“

„Ach, der ist nicht weiter wichtig“, murmelte Ricky und ging langsam den Korridor entlang zu ihrem Zimmer.

Verwirrt suchte Claudia Zuflucht in der Küche bei Lorna. Sie ließ sich auf einen Stuhl fallen und stützte die Ellenbogen auf den Tisch.

„Ricky hat Roland gesagt, ich wolle die Ranch verkaufen“, erklärte sie ohne Übergang. „Roland hat ihr das auch prompt geglaubt. Wir hatten eine Auseinandersetzung, und ich habe ihm an den Kopf geworfen, er solle sich selbst füttern. Wahrscheinlich hat er das Tablett an die Wand geklatscht. Darauf hatte ich mit Ricky eine Auseinandersetzung wegen Roland. Und Monica kam dazu und hat Ricky erklärt, sie würde die Ranch verlassen. Ricky sah aus, als hätte sie eine Ohrfeige bekommen. Ich weiß auch nicht mehr, was hier vorgeht!“, jammerte sie.

Lorna lächelte. „Ganz einfach. Sie sind so erschöpft, dass sie nur noch wie ein Roboter funktionieren und nichts mehr begreifen.

Monica und Ricky haben sich schon immer Gefechte geliefert. Das ist nichts Neues. Und Monica hat schon seit Langem gesagt, sie würde gehen, wenn Sie wiederkämen. Was Ricky betrifft, sie braucht einen tüchtigen, energischen Mann, der sie liebt und ihr das Gefühl gibt, zu etwas nutze zu sein."

„Sie tut mir leid", murmelte Claudia. „Und das, obwohl ich ihr am liebsten den Hals umdrehen würde."

„So leid, dass Sie ihr Roland überlassen wollen?", warf Lorna listig ein.

„Nein!"

„Das habe ich auch nicht angenommen." Lächelnd wischte sich Lorna die Hände an ihrer Schürze ab. „Also sollte ich wohl lieber nach oben zu Roland gehen. Wenn er das Tablett nicht an die Wand geworfen hat, wird er es wohl mir entgegenschleudern, wenn er sieht, dass ich nicht Sie bin. Wollen Sie sich gar nicht mehr um ihn kümmern?"

„Doch. Es bleibt mir ja kaum etwas anderes übrig." Claudia seufzte. „Aber nicht jetzt. Erst soll er sich beruhigen. Vielleicht können wir dann miteinander reden, ohne uns anzuschreien."

Als Lorna nach oben gegangen war, blieb Claudia noch eine Weile am Tisch sitzen und starrte ins Leere. Nicht nur Roland musste sich beruhigen, auch ihr eigenes Temperament stand seinem aufbrausenden Wesen in keiner Weise nach. Wenn sie sich selbst gegenüber ehrlich war, musste sie sich eingestehen, dass er sich im Allgemeinen besser beherrschte als sie.

Die Hintertür ging auf, und Lewis Stovall lehnte sich gegen den Türpfosten.

„Kommen Sie, Claudia", meinte er. Er hatte das „Mrs Ashe" in den letzten Tagen abgelegt und redete sie beim Vornamen an, seit sie so eng zusammenarbeiteten. „Es wartet eine Menge Arbeit auf uns."

„Hat Roland Ihnen aufgetragen, mich so in Atem zu halten, dass ich nur noch arbeiten, schlafen und nach ihm schauen kann?", erkundigte sie sich ironisch.

Lewis verzog keine Miene. „Sie sind müde, nicht wahr?", meinte er trocken.

„Das ist stark untertrieben. Ich bin total fertig!"

„Die Plackerei hat bald ein Ende. So wie ich Roland kenne, steht er nächste Woche auf und sitzt ein paar Tage später wieder im Sattel. Ich kenne ihn."

„Mit einem Gipsbein?“

„Ihn kann nichts lange im Bett halten. Die Gehirnerschütterung hat ihn länger außer Gefecht gesetzt als je etwas zuvor.“

Claudia stand auf und ging zur Tür. Seufzend schlüpfte sie in ihre schweren Stiefel.

Lewis sah ihr dabei zu. Als sie sich aufrichtete, entdeckte sie in seinen Augen ein amüsiertes Glimmen.

„Was ist, Lewis?“, fragte sie misstrauisch.

„Ich musste nur gerade denken, dass Sie trotz Ihres Großstadtcharmes im Herzen doch ein Mädchen vom Lande geblieben sind.“

Claudia lachte. „Ich und Charme?“

„Wenn Sie ein Mann wären, wüssten Sie, was ich meine.“

„Nun, ich bin aber kein Mann, obwohl ich hier wie einer schuften muss!“

Um Lewis’ Mundwinkel zuckte es belustigt. Als sie zusammen über den Hof gingen, wagte Claudia, ihm die Frage zu stellen, die sie beschäftigte, seit Roland ihr Lewis vorgestellt hatte.

„Waren Sie mit Roland zusammen in Vietnam?“

Er blickte sie ernst an. „Ich war dort, aber nicht mit Roland. Ihn habe ich erst vor sieben Jahren kennengelernt.“

Darauf wusste Claudia nichts zu sagen. Erst vor den Stallungen sagte Lewis: „Warum fragen Sie mich danach?“

„Sie sind einander sehr ähnlich.“ Roland und Lewis waren beide harte, verschlossene Männer, die viel Grauen und Elend gesehen hatten.

„Er hat mir nie etwas von Vietnam erzählt.“ Lewis’ Stimme war hart geworden. „Ich spreche auch nicht darüber, nicht mehr. Die einzigen, die wussten, wovon ich redete, waren dabei gewesen, und alle bekamen zu Hause Probleme. Meine Ehe ging in die Brüche, weil meine Frau nach meiner Rückkehr nicht mehr mit mir zurechtkam.“

Claudia warf ihm einen mitfühlenden Blick zu. Zum ersten Mal sah sie Lewis schmunzeln. „Lassen wir die alten Geschichten“, meinte er ruhig. „Mir geht’s jetzt gut. Eines Tages heirate ich vielleicht sogar wieder. Viele Männer beklagen sich über ihre Frauen, aber ohne sie geht’s nun mal nicht.“

„Es scheint so“, antwortete Claudia lachend und fühlte sich Lewis auf einmal ganz nah.

Der Rest des Tages verlief ebenso hektisch wie der Vormittag. Einer der Hengste hatte eine Kolik, und zwei Stuten würden vermutlich noch in der Nacht niederkommen.

Als Claudia endlich ins Haus zurückkehrte, war es nach sieben. Lorna berichtete ihr, dass sie Roland sein Tablett bereits nach oben gebracht hätte.

„Er ist in einer fürchterlichen Stimmung“, erklärte sie.

„Dann soll er sich darin baden“, antwortete Claudia müde. „Heute kann er von mir keine Aufheiterungsversuche erwarten. Ich gehe mich duschen und dann sofort ins Bett.“

„Wollen Sie denn nichts essen?“

Sie schüttelte den Kopf. „Dazu bin ich einfach zu müde. Morgen genehmige ich mir dafür ein doppeltes Frühstück.“

Nachdem Claudia geduscht hatte, ließ sie sich ermattet auf ihr Bett fallen. Sie war sogar zu erschöpft, um unter die Bettdecke zu kriechen, und schlief sofort ein.

Es kam ihr vor, als hätte sie kaum die Augen zugetan, als sie unsanft gerüttelt wurde.

„Claudia, wach auf!“, hörte sie Rickys Stimme.

Benommen fuhr Claudia auf. „Was ist?“, fragte sie schlaftrunken. Ihr fiel auf, dass Ricky immer noch angekleidet war. „Wie spät ist es denn?“

„Halb zwölf. Nun komm schon! Bei den beiden Stuten haben die Wehen eingesetzt, und Lewis braucht Hilfe.“ Rickys Stimme klang gar nicht mehr feindselig, wenn es um die Ranch ging, vergaß sie stets alles andere. Es war auch nicht ungewöhnlich, dass Lewis die beiden Frauen zu Hilfe holte, statt ein paar Arbeiter.

Sie hatten schon oft beim Fohlen geholfen, obwohl das bei Claudia schon einige Jahre zurücklag.

Rasch kleidete sie sich an, und sie eilten zum Fohlenstall. Dort brannte nur bei den trächtigen Stuten gedämpftes Licht. Sie verhielten sich leise, um die Pferde nicht zu verschrecken, und sprachen nur im Flüsterton.

Lewis und der Fohlenmann, Floyd Stoddard, warteten in einer leeren Box.

Als die beiden jungen Frauen eintraten, blickte Lewis auf. „Sable müsste bald so weit sein“, meinte er. „Andalusia wird wohl noch eine Weile brauchen.“

Aber obwohl sie warteten, fohlte Sable nicht. Floyd wurde langsam unruhig. Es war bereits zwei Uhr morgens, als er sie erneut untersuchen ging und nach einer Weile mit müden Zügen in die Box zurückkam.

„Die Wehen haben eingesetzt", berichtete er. „Aber das Fohlen hat sich gedreht und liegt jetzt in der Seitenlage. Wir müssen ihm helfen. Wascht euch die Hände."

Die beiden Männer zogen sich bis auf die Hosen aus und wuschen sich in heißem Seifenwasser. Dann rannten sie zu Sables Box. Ricky und Claudia rollten sich die Ärmel, soweit es ging, auf. Sie gingen sich ebenfalls waschen, obwohl sie beim Drehen des Fohlens nicht unmittelbar zupacken würden. Die herrliche dunkelbraune Stute lag auf der Seite. Ihre Seiten waren sehr stark geschwollen.

„Halten Sie ihren Kopf fest", wies Floyd Ricky an und kniete sich hinter die Stute.

Ein lautes, angstvolles Wiehern aus der anderen Box ließ sie hochfahren. Lewis unterdrückte ein Fluchen. „Claudia, kümmern Sie sich um Andalusia!"

Auch bei Andalusia hatten die Wehen krampfartig eingesetzt, aber bei ihr schien es keine unerwarteten Schwierigkeiten zu geben. Claudia ging zu Ricky zurück, die Sables Kopf mit aller Kraft nach unten hielt. Lewis drückte von außen mit, um Floyd beim Drehen des Fohlens zu helfen.

„Bei Andalusia verläuft alles normal", berichtete Claudia. „Aber sie ist jetzt auch so weit. Ich bleibe bei ihr."

Lewis' Gesicht war schweißüberströmt. „Wissen Sie, was Sie tun müssen?", brummte er.

„Ja. Kümmern Sie sich nur um Sable. Ich rufe, wenn es Probleme gibt."

Als Claudia Andalusias Box wieder betrat, hob die Stute ihren grauen Kopf und wieherte leise. Matt ließ sie ihn wieder in das Heu sinken. Claudia kniete sich neben sie und streichelte sie sanft, um ihr das Gefühl zu geben, nicht allein zu sein. Das Tier sah sie aus großen dunklen Augen mit rührendem Vertrauen an.

Die Flanken der Stute verkrampften sich immer heftiger, und plötzlich erschienen scharfe kleine Hufe. Andalusia brauchte keine Hilfe. Innerhalb weniger Minuten lag das Neugeborene, immer noch von seiner glänzenden Fruchtblase eingehüllt, im Heu. Rasch schlitzte Claudia sie auf und befreite das kleine Tier.

Mit einem weichen, trockenen Tuch begann sie, es mit ruhigen, gleichmäßigen Bewegungen abzureiben. Sie kauerte sich ins Heu, als die Stute sich mühsam auf die Beine erhob, und mit gesenktem Kopf und bebenden Flanken stehen blieb.

Claudia verkrampfte sich unwillkürlich. Sie war bereit, das Fohlen aufzunehmen und es fortzutragen, falls die Stute ihr Junges nicht annehmen wollte.

Aber Andalusia blies leise durch die Nüstern und trat näher, um das zitternde kleine Wesen im Heu zu begutachten. Mit mütterlicher Liebe leckte sie das Kleine weiter trocken.

Das zierliche kastanienbraune Füllen versuchte, sich auf den Vorderläufen aufzurichten, aber seine Beine wollten ihm nicht gehorchen und gaben unter ihm nach. Nach mehrmaligen vergeblichen Versuchen gelang es ihm endlich, sich aufzustellen. Es blickte sich verwirrt um und schien nicht zu wissen, was es als Nächstes tun sollte. Zum Glück war Andalusia in solchen Dingen erfahren. Sanft stupste sie das Kleine an, bis es instinktiv das Richtige tat. Wenige Sekunden später trank es auf noch etwas unsicher gespreizten Beinchen gierig seine Milch.

Als Claudia in die andere Box zurückkehrte, kniete Ricky neben einem ungewöhnlich kleinen Fohlen. Sie war dabei, es abzureiben und sprach leise auf das Tier ein. Lewis und Floyd waren immer noch mit Sable beschäftigt. Daran erkannte Claudia, dass es sich hier um eine Zwillingsgeburt handeln musste. Ihr Inneres zog sich furchtsam zusammen, denn bei Zwillingsfohlen überlebten beide oder zumindest eines häufig nicht. So zerbrechlich, wie das kleine Wesen vor ihr aussah, schien es wenig Überlebenschancen zu haben.

Bald lag auch das zweite Füllen im Heu. Es war größer als das erste, obwohl es fast die gleiche Zeichnung hatte. Es war ein lebhaftes kleines Tier. Fast sofort begann es, sich auf die Füße zu arbeiten. Verwegen hob es den Kopf, um die seltsame neue Welt in Augenschein zu nehmen.

Während Floyd sich um Sable kümmerte, kam Lewis herüber, um das Erstgeborene zu begutachten. „Ich glaube nicht, dass es kräftig genug ist, um selbst zu trinken“, meinte er zweifelnd, als er sah, wie matt das Kleine dalag.

Doch auf der Ranch ließ man kein Pferd einfach sterben. Gemeinsam bemühten sie sich die ganze Nacht, es warm zu halten und zu massieren, um den Kreislauf anzuregen. Auch ein paar Tropfen Milch von seiner Mutter flößten sie ihm ein. Doch das Tier war zu schwach. Kurz nach Sonnenaufgang starb es, ohne jemals aufgestanden zu sein.

In Claudias Augen brannten Tränen, obwohl sie von Anfang an gewusst hatte, wie die Sache ausgehen würde. Es gab nichts mehr zu sagen.

Alle schwiegen und blickten ergriffen auf die leblose kleine Kreatur. Doch neben ihnen pulsierte das neugeborene Leben. Die beiden Füllen steckten ihre zarten Schnauzen in alle Nischen, um ihr kleines Reich zu erkunden.

Lewis reckte seine verkrampften Glieder. „Es war eine lange Nacht", meinte er seufzend. „Und wir haben einen langen Tag vor uns. Gehen wir ins Haus, um uns zu waschen und etwas zu essen."

Als Claudia die Haustür fast erreicht hatte, fiel ihr auf, dass Ricky ihr nicht gefolgt war. Sie drehte sich um und stellte fest, dass sie immer noch bei Lewis stand. Als sie sie rufen wollte, sah sie, wie Lewis sie am Arm packte. Die beiden hatten offenbar Streit, obwohl davon eben noch nichts zu merken gewesen war.

Plötzlich legte Lewis seinen Arm um Rickys Taille und zwang sie, zu dem kleinen Haus mitzugehen, in dem er wohnte. Verwundert verfolgte Claudia, wie die Tür sich hinter ihnen schloss.

Sieh mal einer an, schoss es ihr durch den Kopf. Lewis war also der Cowboy, von dem Monica gesprochen hatte. Und sie hatte keine Ahnung davon gehabt. Wenn sie nicht so sehr mit Roland beschäftigt gewesen wäre, hätte ihr eigentlich auffallen müssen, wie Lewis Ricky ansah. Er hatte sie auch an jenem Tag beobachtet, als Claudia mit angesehen hatte, wie Ricky Roland umarmte. Vielleicht ahnte Ricky noch nichts, aber Lewis Stovall war ein Mann, der wusste, was er wollte. Möglicherweise war es mit Rickys Lotterleben bald vorbei, überlegte Claudia schmunzelnd. Damit wäre dann auch Rickys Jagd auf Roland beendet.

„Wie ist es gelaufen?", erkundigte sich Lorna, als Claudia erschöpft in die Küche trat.

„Sable hat Zwillinge geworfen, aber eines ist kurz darauf gestorben. Andalusias Füllen dagegen ist ein großes feuerrotes Fohlen, das dürfte Roland freuen. Er mag rötliche Pferde."

„Da Sie gerade von Roland sprechen ..." Lorna ließ den Satz bedeutsam offen.

Claudia zuckte zusammen. „Lorna, ich kann nicht, noch nicht. Ich bin halb tot vor Müdigkeit, und er wird sich auf mich stürzen."

„Also gut, ich werde versuchen, es ihm zu erklären", nickte Lorna, aber sie machte ein zweifelndes Gesicht. Wenn Claudia nicht so ermattet gewesen wäre, hätte sie vielleicht nachgegeben. Doch im Augenblick war sie einfach zu fertig, um sich ihm zu stellen.

„Berichten Sie ihm von den Fohlen", erklärte sie gähnend. „Und sagen Sie ihm, ich sei sofort zu Bett gegangen. Wenn ich ein paar Stunden geschlafen hätte, käme ich zu ihm."

„Das wird ihm aber gar nicht gefallen", gab Lorna zu bedenken. „Er will Sie auf der Stelle sehen."

In Claudias Augen blitzte es koboldhaft. „Wissen Sie was? Sagen Sie ihm, ich hätte ihm verziehen. Das wird ihn so wütend machen, dass er kein Wort mit Ihnen spricht, wenn Sie Glück haben."

„Wollen Sie jetzt wirklich nicht zu ihm gehen?"

„Nein. Ich bin einfach zu müde."

Lorna weckte Claudia am Nachmittag, weil sie am Telefon verlangt wurde. Schläfrig stolperte sie an den Apparat.

„Hallo", meldete Glenn sich aufgeräumt. „Ich wollte dich nur an unsere Verabredung für heute Abend erinnern. Rat mal, wohin wir gehen?"

Claudia fiel aus allen Wolken. Die Verabredung mit ihrem Jugendfreund hatte sie völlig vergessen. „Wohin denn?", erkundigte sie sich vorsichtig.

„Ich habe Baseballkarten für die Astros in Houston. Ich hole dich um vier ab. Wir fliegen in die Stadt und können vor dem Spiel noch irgendwo zeitig zu Abend essen. Was hältst du davon?"

„Klingt gut." Claudia schluckte, weil sie an Roland denken musste.

10. KAPITEL

Wenn der Gedanke an Roland nicht gewesen wäre, hätte Claudia sich gut amüsiert. Nach außen hin wirkte sie fröhlich. Sie lächelte und unterhielt sich, aber innerlich war ihr unwohl. Es war, als sei Roland als unsichtbarer Dritter mit dabei.

Immer wieder musste sie an ihn denken. Sicher wartete er jetzt darauf, dass sie zu ihm kam, weil er selbst nicht aufstehen konnte. Außerdem tat Glenn ihr leid. Er war ein amüsanter, anspruchsloser Begleiter, aber sie konnte ihm einfach nicht die Aufmerksamkeit schenken, die er verdient hätte.

Während des Baseballspiels gelang es ihr immerhin halbwegs, sich auf das Geschehen zu konzentrieren. Zwar war sie kein Baseballfan, aber es machte ihr Spaß, die Leute zu beobachten. Claudia musterte die verschiedenen Typen und versuchte, sie einzuordnen.

Ihr Blick blieb auf einem Mann mit dichtem dunklem Haar haften, und wieder meldeten sich die Gewissensbisse. Was mochte Roland jetzt tun? Ob er etwas gegessen hatte. Hatte er wieder Schmerzen?

Sie hatte ihn aufgeregt. Dabei hatte der Arzt ihr ans Herz gelegt, dafür zu sorgen, dass er sich ruhig verhielt. Was war, wenn er versuchte, allein aufzustehen und dabei stürzte?

Entsetzt wurde Claudia bewusst, dass er jetzt erst recht wütend sein würde. Aber sie hätte die Verabredung mit Glenn doch nicht einfach in letzter Minute absagen können! Glenn war ein zu netter Kerl, um so eine Behandlung zu verdienen. Außerdem hatte er die Karten für das Spiel ja bereits besorgt gehabt.

Claudia spürte, dass ihr Tränen in die Augen traten. Rasch wandte sie sich ab und tat, als blickte sie über die Menge. Glenn durfte auf keinen Fall etwas von ihren Gewissensnöten merken.

Sie wünschte jetzt, sie wäre daheim und könnte sich vergewissern, dass mit Roland alles in Ordnung war, auch wenn er wütend auf sie war. Roland war ein Teil von ihr, ohne ihn lebte sie nur halb.

Ihr war klar geworden, dass Roland sie liebte, und zugleich die Ranch.

Aber immer wieder war sie zwischen beiden hin- und hergerissen und wusste nicht, was sie tun sollte.

Claudia warf Glenn einen prüfenden Seitenblick zu. Ihr wurde bewusst, dass sie sich Roland beim besten Willen nicht als Zuschauer in einem Sportstadion mit einer Wurst und einer Bierdose in der

Hand vorstellen konnte. Sie hatte ihn noch nie untätig erlebt. Er arbeitete so hart, bis er vor Müdigkeit fast einschlief. Und am nächsten Morgen begann der Kreislauf von Neuem. Zwar las er viel, aber eigentlich nur Bücher über Landwirtschaft, Viehzucht, Vererbungslehre und Tiermedizin. Sein ganzes Leben und Denken drehte sich um die Ranch.

Plötzlich rebellierte es in Claudia. Die Ranch, immer nur die Ranch! Es wäre besser, wenn sie sie verkaufte. Damit konnte sie Roland verlieren, aber wenigstens würde sie dann wissen, was er für sie empfand. Verblüfft stellte sie fest, dass sie auf die Ranch eifersüchtiger war als auf eine andere Frau. Rickys Versuche, Roland zu betören, hatten sie zwar sehr gereizt, doch das Mitleid mit ihrer Stiefschwester hatte sich als stärker erwiesen. Ricky hatte keine Chance bei Roland, denn ihr fehlte das Entscheidende, die Ranch!

Wenn sie doch nur den Mut aufbringen könnte, Roland direkt zu fragen, was er von ihr wollte, sinnierte Claudia. Aber gerade weil sie ihn liebte, hatte sie Angst, verletzt zu werden.

Als Glenn aufstand und sich gähnend reckte, merkte Claudia, dass das Spiel vorüber war. Rasch warf sie einen Blick auf die Punktetafel, um zu sehen, wer gewonnen hatte.

„Gehen wir noch einen Kaffee trinken, ehe wir heimfliegen", schlug Glenn vor. „Ich habe nur ein Bier getrunken, aber ich möchte doch etwas wacher werden, ehe ich mich hinter den Steuerknüppel setze."

Claudia erklärte sich einverstanden. Sie verbrachten eine gemütliche Stunde im Flughafenrestaurant. Die Minuten verrannen. Claudias Gedanken waren nun ständig bei Roland. Wenn er noch wach war, würde er jetzt vor Wut zittern. Am liebsten hätte sie den Rückflug so lange wie möglich hinausgezögert.

Als sie sich angeschnallt hatten, hatte es den Anschein, als ging ihr Wunsch in Erfüllung. Glenn fluchte leise vor sich hin und schaltete den Motor wieder aus. „Der Kraftstoffdruckanzeiger reagiert nicht", murmelte er und stieg aus.

Die Kraftstoffpumpe war ausgefallen. Bis eine neue aufgetrieben und eingebaut war, war es nach Mitternacht. Glenn flog die Maschine zurück und stellte sie in den Hangar. Dann fuhr er Claudia nach Hause und gab ihr zum Abschied einen Kuss auf die Wange.

Wie eine Diebin schlich sie sich ins Haus. Sie zog die Schuhe aus und ging auf Zehenspitzen durch die dunklen Gänge.

Als sie an Rolands Zimmer vorbeikam, bemerkte sie unter seiner Tür Licht. Zögernd blieb sie stehen. Er konnte den Schalter der Nachttischlampe nicht erreichen. Wenn alle schlafen gegangen waren und vergessen hatten, seine Lampe auszuknipsen, würde sie die ganze Nacht über brennen. Viel blieb davon ja sowieso nicht mehr übrig, überlegte sie ironisch.

Warum sollte sie sich nicht eingestehen, dass sie einen Blick auf ihn werfen wollte. Seit sechsunddreißig Stunden hatte sie ihn nicht mehr gesehen, und das erschien ihr plötzlich viel zu lange.

Leise öffnete sie Rolands Tür und spähte ins Zimmer. Er lag ausgestreckt da. Also musste jemand daran gedacht haben, ihn aus seiner sitzenden Stellung zu erlösen. Seine Augen waren geschlossen, und seine Brust hob und senkte sich gleichmäßig.

Ein prickelndes Gefühl überlief sie. Wie gut er aussah! Sein seidiges dunkles Haar war zerzaust, sein Kinn voller Stoppeln, aber er strahlte Kraft und Männlichkeit aus. Er hatte einen Arm locker hinter den Kopf gelegt und wirkte völlig entspannt.

Claudias Blick wanderte über Rolands braun gebrannte Schultern und verharrte auf dem dunklen Flaum auf seiner Brust. Bewundernd betrachtete sie seinen Bauch und den nackten Schenkel, der unter der Decke herausragte. Sein Gipsbein ruhte auf dem stützenden Kissenberg.

Ganz im Bann seiner Ausstrahlung trat Claudia näher. Sie beugte sich über das Bett und tastete nach dem Schalter der Nachttischlampe. Obwohl sie dabei kein Geräusch machte, schoss Rolands rechter Arm plötzlich vor und packte ihr Handgelenk.

Er öffnete die Augen und blickte sie sekundenlang an, als wolle er sich auf sie stürzen. Dann verschwand der wilde Ausdruck wieder, und er murmelte leise: „Claudia."

Sie hätte schwören können, dass er fest geschlafen hatte. Doch seine Überlebensinstinkte waren vom Krieg her noch geschärft. Sein Körper reagierte sogar im Schlaf sofort auf eine Veränderung der Umgebung, auf die Anwesenheit einer anderen Person. An seinen Zügen konnte sie beobachten, wie er langsam in die Wirklichkeit zurückkehrte.

Ärgerlich kniff Roland die Augen zusammen, und der Druck seiner Finger ließ etwas nach. Noch ehe Claudia sich befreien konnte, zog er sie zu sich hinunter aufs Bett und umschlang sie fest.

„Ich habe dir doch ausdrücklich gesagt, du sollst dich von Glenn Lacey fernhalten", stieß er wütend hervor. „Hast du das vergessen?"

Wer mochte Roland von ihrer Verabredung erzählt haben, überlegte Claudia. Aber vermutlich hatten die meisten auf der Ranch mitbekommen, dass Glenn sie abholte.

„Ich hatte vergessen, dass ich mit ihm verabredet war“, gestand sie. „Als er mich anrief, hatte er die Karten für das Baseballspiel in Houston schon besorgt. Da konnte ich ihm nicht einfach absagen. Er ist ein netter Mann.“

„Das ist mir gleich, und wenn er der nächste ist, der heiliggesprochen wird“, gab Roland drohend zurück. „Ich habe dir verboten, mit anderen Männern auszugehen, und damit ist es mir ernst.“

„Es war doch nur dieses eine Mal. Außerdem bin ich nicht dein Besitz.“

„Meinst du? Du gehörst mir, und ich werde alles tun, um dich zu behalten.“

Nachdenklich blickte Claudia ihn an. „Wirklich?“, murmelte sie verloren. Sie wusste nur zu gut, wie er reagieren würde, wenn sie die Ranch verkaufte. Dann würde er sie fallen lassen wie heißes Eisen.

„Du kannst es ja darauf ankommen lassen, indem du es bis zum Äußersten treibst“, schlug er herausfordernd vor. „Das tust du ja sowieso schon die ganze Zeit. Du versuchst herauszufinden, wo die Grenzen der unsichtbaren Kette um deinen Hals sind. Nun, meine Liebe, du hast sie erreicht!“

Roland packte ihr Handgelenk fester und zog sie noch näher heran. Claudia stützte sich mit dem linken Arm auf dem Bett ab und versuchte, sich zu befreien. Aber selbst im Liegen war Roland immer noch stärker als sie. Sie stieß einen leisen Schrei aus, als der Arm unter ihr nachgab, und sie auf Roland fiel.

Im selben Augenblick ließ er ihren Arm los und grub die Finger in ihr Haar, um ihren Kopf an sich zu ziehen. „Hör auf, Roland!“, meinte sie, doch er drückte seine Lippen auf ihren Mund.

Claudia versuchte, sich seinem Kuss zu widersetzen. Sie biss die Zähne aufeinander und presste die Lippen zusammen, aber als er mit der Zunge ihren Mund liebkoste, wurde ihr innerlich heiß. Alle Kraft verließ ihren Körper, und sie ließ sich matt auf ihn sinken.

Lange und leidenschaftlich küsste Roland sie, sodass ihre Lippen am nächsten Tag sicher geschwollen sein würden. Doch das war Claudia im Augenblick egal. Sie genoss seine Sinnlichkeit, die Zärtlichkeiten seiner Zunge, die kleinen Bisse, die er als Belohnung und Bestrafung zugleich benutzte.

Roland fuhr fort, ihren Hals und ihre Schulter zu küssen. Erst jetzt dachte Claudia daran, dass sie ihr Kleid oben aufgeknöpft hatte. Leise stöhnte sie auf. „Hör auf, Roland! Du kannst doch nicht …"

Vorsichtig legte er den Kopf wieder auf das Kissen zurück, ließ sie jedoch nicht los. Er schob seine Hand unter ihren Büstenhalter und legte sie um ihre warme Brust. „Nein, ich kann nicht, aber du kannst", murmelte er.

„Aber dein Kopf, dein Bein …" Sie konnte nicht weitersprechen und schloss die Augen, weil sein Streicheln sie erregte.

„Mein Kopf und mein Bein schmerzen im Augenblick nicht." Roland zog sie näher und begann, sie erneut verlangend zu küssen. Vor Claudia begann sich alles zu drehen, und sie sank wieder an ihn.

Hastig zupfte er an den Trägern ihres Büstenhalters, bis sie sich lösten. Dann ertastete er den Verschluss auf ihrem Rücken und öffnete ihn geschickt, sodass ihre Brüste entblößt waren.

Claudia flüsterte ein ersticktes „Bitte!", aber sie hätte selbst nicht sagen können, ob sie ihn damit bat, aufzuhören oder weiterzumachen. Erregt seufzte sie, als er mit der Hand unter ihren Rock glitt und sie zu liebkosen begann. Und obwohl sie flüsternd ihren Protest fortsetzte, klammerte sie sich mit aller Kraft an ihn.

Auch Roland stöhnte auf und zog ihr Bein über seine Hüfte, damit sie sich auf ihn setzen sollte.

Ohne dass Claudia es gemerkt hatte, rannen ihr auf einmal Tränen über die Wangen. „Ich möchte dir nicht wehtun", schluchzte sie.

„Das wirst du nicht", lockte er. „Bitte, liebe mich. Ich habe solches Verlangen nach dir. Spürst du denn nicht, wie sehr ich dich begehre?"

Während er Claudia weiter begehrlich streichelte, hatte er ihr das Höschen abgestreift, das ihn von dem Intimsten noch trennte. Langsam schob er sie über sich, bis sie sich vereinigten.

Sie liebten sich so wild und leidenschaftlich, dass Claudia vor Wollust fast geschrien hätte. Mit jeder Faser ihres Seins war sie sich der Wünsche des Mannes unter ihr bewusst, der nur dalag und eine Frau die Wonnen seines Körpers genießen und sie das Tempo ihrer Liebe bestimmen ließ. Diese neue Rolle war für sie umso verführerischer, weil Roland so männlich, seine Kraft durch die Verletzungen nicht gemindert war. Sie liebte ihn mit Körper und Seele. Zärtlich nahm sie, was er ihr bot, und gab ihm ein Vielfaches zurück. Sie schenkte ihm das Gefühl ihrer höchsten Lust und genoss es, seine Erfüllung mitzuerleben.

Glücklich und schläfrig lag Claudia auf Rolands Brust, als sie aus halb geschlossenen Augen die offene Tür sah. Verstört fuhr sie auf. „Roland“, murmelte sie entsetzt. „Ich hab die Tür nicht zugemacht!“

„Dann schließ sie jetzt“, antwortete er leise. „Und zwar von innen. Ich bin noch nicht fertig, Liebling.“

„Du brauchst doch aber Schlaf.“

„Es ist schon fast Morgen“, unterbrach er sie zärtlich. „Wir scheinen uns mit Vorliebe in den Morgenstunden zu lieben. Eine Woche lang habe ich kaum etwas anderes getan, als zu schlafen. Wir müssen miteinander reden, und das können wir genauso gut jetzt tun.“

Claudia musste ihm recht geben. Sie hätte Roland jetzt sowieso nur ungern verlassen. Vorsichtig stieg sie aus dem Bett und schloss die Tür sicherheitshalber gleich ab.

Es wäre typisch für Ricky gewesen, einfach hereinzuplatzen, weil sie wusste, dass sie bei Roland war.

Dann streifte sie ihr bis zur Taille gerutschtes Kleid ab. Nackt kletterte sie wieder zu Roland ins Bett und schmiegte sich an ihn. Sie barg den Kopf an seiner Achsel und entspannte sich völlig. Alles in ihr war erfüllt und zufrieden.

„Claudia“, murmelte er verliebt, aber sie antwortete nicht. Enttäuscht seufzte er, als er merkte, dass sie eingeschlafen war. Doch dann zog er sie enger an sich und küsste ihr Haar, das über seine Schulter floss.

Als Claudia ein paar Stunden später erwachte, war der Arm, auf dem sie gelegen hatte, taub. Roland schlief noch fest. Behutsam hob sie den Kopf und betrachtete ihn zärtlich. Selbst im Schlaf sah er abgespannt aus. Ihre leidenschaftliche Liebesbegegnung musste ihn in seinem geschwächten Zustand ziemlich mitgenommen haben.

Langsam und vorsichtig machte sie sich von ihm frei und stand auf. Sie massierte ihren abgestorbenen Arm, um den Kreislauf anzuregen. Dann schlüpfte sie in ihr Kleid und sammelte die übrigen Sachen ein. Leise schlich sie aus dem Zimmer, damit Roland nicht wach werden sollte.

Auch sie war müde. Die paar Stunden Schlaf waren nicht genug gewesen. Dennoch duschte sie und kleidete sich für die Arbeit an.

Lorna lächelte ihr entgegen, als sie die Küche betrat. „Ich wollte Ihnen heute einen Tag Ruhe gönnen“, meinte sie heiter.

„Hat Roland je einen Ruhetag eingelegt?“, erkundigte sich Claudia trocken.

„Roland ist sehr viel kräftiger und zäher als Sie. Wir kommen schon allein zurecht. Die Ranch ist zu gut organisiert, um in zwei Wochen aus dem Gleichgewicht zu geraten. Möchten Sie Waffeln zum Frühstück? Ich habe den Teig schon angerührt."

„Klingt verlockend." Claudia schenkte sich Kaffee ein. Sie nippte an ihrem Becher und lehnte sich an die Anrichte, weil ihre Beine sich bleiern anfühlten.

„Mr Morris hat heute schon zweimal angerufen", erwähnte Lorna beiläufig.

Claudia hob den Kopf so impulsiv, dass sie um ein Haar ihren Kaffee verschüttet hätte. „Ich mag den Mann nicht", erklärte sie missmutig. „Warum lässt er mich nicht in Ruhe?"

„Heißt das, dass Sie ihm die Ranch nicht verkaufen wollen?"

Hier blieb aber auch gar nichts geheim! Geistesabwesend rieb sich Claudia die Stirn. Offenbar wussten alle auf der Ranch bereits, dass Mr Morris ihr ein Angebot gemacht hatte. So würde sich wohl auch bald herumgesprochen haben, mit wem sie die Nacht verbracht hatte.

„In gewisser Weise ist das Angebot verlockend", erwiderte sie seufzend. „Aber dann wiederum ..."

Lorna goss Teig in das Waffeleisen. „Ich weiß nicht, was Roland tun wird, wenn Sie die Ranch verkaufen. Sie ist doch sein Leben gewesen."

Bei Lornas Worten verkrampfte sich Claudia. Das wusste sie auch. Zwar gehörte ihr Bar D, aber sie war im Grunde nur eine Galionsfigur. Die Ranch gehörte Roland, und er gehörte zu ihr. Das war schwerwiegender als jedes vertraglich verbriefte Recht. Roland hatte auf seine Art für die Farm bezahlt, mit seiner Zeit, seinem Schweiß und seinem Blut. Wenn sie die Ranch verkaufte, würde er sie hassen.

„Ich kann jetzt nicht klar denken", erklärte sie gepresst. „Im Augenblick stürmt einfach zu viel auf mich ein."

„Dann unternehmen Sie erst einmal gar nichts", riet Lorna. „Zumindest nicht, bis alles sich etwas gesetzt hat. Sie stehen im Augenblick ganz schön unter Druck. Warten Sie eine Weile! In drei Wochen sehen Sie vielleicht alles ganz anders."

Lornas Rat war vernünftig. Claudia setzte sich an den Tisch und aß ihre Waffel. Nach ein paar Minuten fühlte sie sich besser.

„Claudia!"

Rolands Stimme von oben ließ sie zusammenfahren. Der Gedanke, mit ihm reden zu müssen, verursachte ihr plötzlich Angst. Aber das war doch unsinnig, versuchte sie sich einzureden. Schließlich hatte sie bis eben in seinen Armen geschlafen. Warum reagierte sie dann so seltsam?

Weil sie fürchtete, sich in seine Arme zu werfen und ihm alles zu versprechen, was er wollte. Wenn er sie noch einmal bat, ihn zu heiraten, würde sie dahinschmelzen und, ohne nachzudenken, Ja sagen. Und das, obwohl er ihr nie von Liebe oder seinen Erwartungen an die Zukunft gesprochen hatte.

„Claudia!“ Diesmal klang seine Stimme fordernder. Mechanisch stand sie auf und ging nach oben.

Als Claudia die Tür zu Rolands Zimmer öffnete, lag er mit geschlossenen Augen und blassen Lippen da. „Ich wusste, dass es zu früh war“, sagte sie leise und fühlte ihm besorgt die Stirn.

Er öffnete die Augen und lächelte gezwungen. „Ja, du hast wohl recht. Mein Kopf fühlt sich an, als wollte er jeden Moment explodieren. Mach mir eine Eispackung, ja?“

„Ich bring sie dir gleich herauf“, versprach sie und strich ihm das Haar aus der Stirn. „Möchtest du etwas essen?“

„Noch nicht. Etwas Kaltes zu trinken ist das Einzige, was ich jetzt brauche. Und schalte bitte die Klimaanlage ein.“ Als sie gehen wollte, sagte er leise: „Claudia.“

Fragend drehte sie sich zu ihm um.

„Wegen Glenn Lacey …“

Ihr schoss das Blut in die Wangen. „Ich habe dir doch gesagt, dass er nur ein Freund ist. Zwischen uns ist nichts, und ich werde auch nicht mehr mit ihm ausgehen.“

„Das weiß ich. Das wurde mir heute Nacht klar, als ich merkte, dass du einen Büstenhalter anhast.“ Er musterte sie aus halb geschlossenen Augen und schien sie im Geist erneut auszuziehen. „Bei mir hättest du keinen getragen, nicht wahr?“, fragte er mit heiserer Stimme.

„Nein“, gestand sie verlegen.

Roland schmunzelte. „Ich wusste es. Und jetzt geh und hol mir etwas zu trinken, Liebes. Im Augenblick bin ich nicht in der Verfassung für sinnliche Gespräche.“

Lächelnd verließ Claudia den Raum.

Als sie zurückkehrte, war Roland zu erschöpft für eine Aussprache. Er schlug vor, das Gespräch zu verschieben. Claudia war dankbar für diese Galgenfrist. Sie wartete, bis er seinen Eistee getrunken hatte und schüttelte ihm die Kissen zurecht. Mit einer Eispackung auf der Stirn legte er sich zurück und sah zu, wie sie das Zimmer aufräumte.

„Lewis hat mir von gestern Nacht berichtet“, meinte er. „Er sagt, du hättest Andalusia bei der Geburt ganz allein geholfen. War es sehr schwierig?“

„Nein. Die Stute wusste auch so, was zu tun war.“

„Sie ist eine gute Mutter“, murmelte Roland schläfrig. „Ein Jammer, dass das andere Fohlen sterben musste. Vor ein paar Jahren hatten wir ein Zwillingspärchen, das überlebte. Aber das kleinere Füllen ist nie so groß und kräftig wie sein Gegenpart geworden, obwohl es ein liebes kleines Pferd war. Es war so zerbrechlich, dass ich es nicht zum Züchten verwenden wollte. Schließlich habe ich es dann an eine Familie verkauft, die ein sanftmütiges Tier für die Kinder suchte.“

Claudia verspürte Schuldgefühle, weil sie sich noch nicht nach dem Ergehen der anderen Stute erkundigt hatte. Zögernd fragte sie: „Hat Lewis etwas von Sable erzählt? Wie geht es ihr?“

„Gut. Hast du das Fohlen schon gesehen?“

„Nur bei der Geburt. Es ist ein kräftiges kleines Ding, ziemlich groß und lebhaft. Ehe wir uns versahen, stand es schon auf den Beinen.“

Roland schloss die Augen und brummte: „Höchste Zeit, dass ich endlich wieder aufstehe. Es gibt auf der Ranch viel zu tun.“

Gerade als Claudia ihm versichern wollte, dass alles bestens lief, war er bereits eingeschlummert. Schlaf ist die beste Medizin, sagte sie sich. Sollte er ruhen, solange es ging. Bald würde er sowieso nicht mehr zu halten sein und vor Tatendrang bersten.

Als Claudia ins Freie trat, schlug ihr die Hitze entgegen. Obwohl sie immer noch müde war, war sie entschlossen, heute kräftig zuzupacken. Gestern hatte sie ihre Pflichten vernachlässigt, und das wollte sie jetzt wettmachen.

Zuerst ging sie in den Fohlenstall, um nach den beiden Müttern und ihren Füllen zu schauen. Floyd versicherte ihr, dass es Sable jetzt gut ginge. Dann forderte er sie auf, ihm auch in Zukunft zu helfen, wenn eine Stute niederkam.

Da Claudia ihn zweifelnd ansah, schmunzelte er. „Sie haben sich bei Andalusia tapfer geschlagen, Miss Claudia!“

„Andalusia, nicht ich“, berichtigte sie ihn lachend. „Ach, übrigens, wissen Sie, wo Lewis ist?“

Floyd runzelte die Stirn und überlegte. „Das weiß ich nicht genau, aber ich glaube, es war Lewis, den ich am Morgen mit Ricky gesehen habe. Sie fuhr mit dem Laster über die Weiden.“ Er deutete nach Osten, wo die kleine Viehherde graste.

So, wie die Dinge jetzt standen, konnte Lewis gut bei Ricky sein, überlegte Claudia. Sie wusste nicht, ob sie froh sein sollte, dass ihre Stiefschwester sich offenbar von Roland abgewandt hatte, oder ob sie Mitleid mit Lewis haben sollte. Ricky würde ihm Kummer machen, so viel war ihr klar.

Plötzlich hörte sie einen Schrei, der ihr das Blut in den Adern gerinnen ließ. Wie versteinert stand sie da und starrte Floyd an. Auch sein Gesicht spiegelte blankes Entsetzen wieder.

„Feuer! In den Ställen!“

„Nein!“, stöhnte Claudia. Sie löste sich aus ihrer Erstarrung und rannte zur Tür. Floyd folgte ihr.

Feuer in den Ställen! Das war mit das Schlimmste, was auf einer Ranch passieren konnte. Die Tiere gerieten in wilde Panik und wehrten sich häufig gegen die Rettungsversuche. Dann war ihnen der Tod gewiss. Beim Laufen kam Claudia der Gedanke, dass Roland die Aufregung hören und versuchen könnte aufzustehen, um ihnen zu Hilfe zu eilen. Dann würde er mit Sicherheit einen Rückfall erleiden.

„Feuer!“

„So seien Sie doch still!“, schrie sie den Arbeiter an, der die Warnung erneut ausstieß. Betroffen blickte er sie an, doch dann sah er Claudias Blick zum Haupthaus und schien zu verstehen.

Dicker schwärzlicher Rauch quoll aus den offenen Stalltüren. Sie konnte das angstvolle Wiehern der Pferde hören, obwohl sie keine Flammen sah.

„Hier!“

Jemand warf ihr ein nasses Handtuch ins Gesicht. Sie presste es auf Mund und Nase und stürzte hustend in das verräucherte Stallinnere. Seltsamerweise spürte sie die Hitze nicht, aber sie hatte keine Zeit, um nach Feuer Ausschau zu halten. Die Pferde gingen vor.

Die kopflosen Tiere bäumten sich in ihren Boxen auf und schlugen mit den Hufen verzweifelt gegen die Einfriedungen. Claudia tastete nach der nächstbesten Tür und riss sie auf. Gegen den Rauch ankämpfend, erkannte sie, dass das Pferd in der Box Redman war, Rolands Lieblingshengst. „Ruhig, ganz ruhig“, sprach sie liebevoll auf das Tier ein. Sie holte tief Luft und riss sich das Handtuch vom

Gesicht, um es dem Pferd über die Augen zu legen. Es beruhigte sich immerhin so weit, dass es sich von ihr aus dem Stall in die frische Luft hinausführen ließ. Hinter ihr wurden die anderen Pferde zügig hinausgeschafft. Willige Hände halfen den verschreckten Tieren, sich wieder zu fangen.

Das Feuer wurde bald erstickt. Zum Glück war es noch nicht bis zum Heu vorgedrungen, sonst wären die Stallungen innerhalb von Minuten in Flammen aufgegangen. Ein junger Mann, den Roland erst vor zwei Monaten eingestellt hatte, hatte entdeckt, dass das Feuer in einem Abfallkasten im Geschirrraum ausgebrochen war.

Die Flammen hatten sich inzwischen bereits auf die Satteldecken und das Zaumzeug ausgebreitet. Das Geschirr war verkohlt, der Raum rußgeschwärzt, aber alle atmeten erleichtert auf, dass nicht Schlimmeres passiert war.

Erstaunlicherweise schien Roland von der Aufregung nichts mitbekommen zu haben. Vermutlich hatte das Summen der Klimaanlage den Lärm übertönt. Claudia holte tief Luft. Sie musste ihm von dem Zwischenfall berichten, und ihr graute bereits jetzt davor. So wie sie Roland kannte, würde er außer sich sein. Offenbar hatte jemand achtlos ein Streichholz oder eine brennende Zigarette fortgeworfen. Bei ihm wäre so etwas nicht passiert. Er führte ein strenges Regiment und duldete keine Nachlässigkeit. Lorna legte ihr aufmunternd den Arm um die Schultern. „Kommen Sie ins Haus, Claudia. Was Sie jetzt brauchen, ist ein Bad. Sie sind ja von Kopf bis Fuß schwarz."

Claudia blickte an sich herab. Ihre frische Kleidung war verrußt, und sie spürte Ascheteilchen auf ihrem Gesicht und im Haar.

Beim Duschen wurde Claudia immer unruhiger. Sie konnte fast hören, was Roland sagen würde, wenn sie ihm von dem Brand berichtete.

Zögernd betrat sie sein Zimmer. Er hatte das Radio neben seinem Bett eingeschaltet und deshalb wohl das Durcheinander nicht gehört. Als er ihr betretenes Gesicht, ihr nasses Haar und die frische Kleidung sah, runzelte er die Stirn.

„Was ist los?", wollte er wissen.

„Da war ein Feuer im Geschirrraum", setzte sie an und trat langsam näher. „Es hat sich aber nicht weiter ausgebreitet", beeilte sie sich ihm zu versichern, als sie das Entsetzen in seinen Augen sah. „Den Pferden ist nichts passiert. Es ist nur der Raum, dort ist so ziemlich alles hinüber."

„Warum hat man mir nicht Bescheid gesagt?", stieß er unter zusammengebissenen Zähnen hervor.

„Das wollte ich nicht. Du hättest doch nichts tun können. Wir haben die Pferde als Erstes herausgeholt."

„Du bist in den Stall gegangen?", brauste Roland auf und verzog das Gesicht, weil sich die Schmerzen sofort wieder einstellten. Wütend ballte er die Fäuste.

„Ja. Das Feuer war zum Glück nur im Geschirrraum, aber die Pferde waren verängstigt."

„Claudia, wie konntest du nur so dumm sein?", schrie er außer sich.

Claudias Augen füllten sich mit Tränen. „Ich habe das doch nicht gewollt", stammelte sie hilflos.

„Was dann? Kann ich dich denn keine Minute aus den Augen lassen?"

„Es tut mir leid", schluchzte sie und hielt es plötzlich nicht mehr bei ihm aus. „Ich komme später wieder. Ich muss jemanden nach neuem Geschirr in den Ort schicken."

„Komm sofort zurück!", befahl Roland, aber sie stürmte aus dem Raum und schlug die Tür hinter sich zu.

Am liebsten hätte sie sich in ihr Zimmer verkrochen, aber das verbot ihr der Stolz. Es gab eine Menge Arbeit zu tun, und sie würde die Bürde nicht anderen überlassen.

11. KAPITEL

Jemand hatte Lewis benachrichtigt. Der Laster kam über die Weiden herangeschossen und hielt quietschend im Hof. Lewis sprang heraus und packte Claudia am Arm.

„Was ist passiert?“, wollte er erregt wissen.

„Im Geschirrraum ist Feuer ausgebrochen“, antwortete sie müde. „Wir haben es gelöscht, ehe es sich ausbreiten konnte, aber dort ist alles verkohlt. Die Pferde sind in Sicherheit.“

„Oh je!“, rief Lewis entsetzt. „Roland wird einen Wutanfall bekommen.“

„Den hat er schon.“ Claudia versuchte zu lächeln. „Ich habe ihm vorhin von dem Brand berichtet. Zornausbruch ist noch eine milde Untertreibung.“

Lewis schüttelte den Kopf. „Habt ihr schon festgestellt, wie es dazu gekommen ist?“

„Im Abfallkasten muss irgendwie ein Schwelbrand entstanden sein. Es sieht jedenfalls so aus, als ob das Feuer dort begonnen hat.“

„Wer war heute Morgen im Geschirrraum? Oder besser noch, wer war als Letzter dort?“

Verdutzt sah Claudia ihn an. „Das weiß ich nicht. Danach habe ich mich noch gar nicht erkundigt.“

„Wenn ich den Schuldigen finde, kann er sich nach einem neuen Job umsehen. Alle wissen genau, dass in den Ställen nicht geraucht werden darf.“

Claudia war überzeugt, dass niemand zugeben würde, geraucht und das Feuer damit ausgelöst zu haben. Doch Lewis’ entschlossene Miene verriet, dass sich besser jemand stellte, sonst würde es allen schlecht ergehen.

Aber im Augenblick galt es, an andere Dinge zu denken. Sie blickte in die Runde und entdeckte Ricky, die sich gerade das Haar hochdrehte und es auf dem Kopf feststeckte.

Der Rauchgeruch hing immer noch in der heißen, stehenden Luft, und die Pferde verhielten sich weiterhin rastlos. Sie waren längst wieder in ihre Boxen zurückgeführt worden und schlugen nervös mit den Hufen um sich. Alle waren damit beschäftigt, sie zu beruhigen und sie davon abzuhalten, sich selbst zu verletzen.

Resigniert gab Claudia es auf, auf Redman einzureden. Sie führte das kraftvolle Tier aus dem Stall und ging mit ihm auf dem Hof auf und ab. Er war es nicht gewöhnt, lange im Stall zu stehen, aber da Roland ausfiel, hatte er in den letzten Tagen nicht genug Bewegung bekommen.

Vielleicht sollte sie ein wenig mit ihm ausreiten, überlegte Claudia. Sie wollte gerade nach einem Sattel rufen, als ihr einfiel, dass das gesamte Geschirr verbrannt war.

Sie legte den Kopf an den muskulösen Nacken des Pferdes und seufzte. Der Tag, der so vielversprechend begonnen hatte, war zum Alptraum geworden, und die Probleme schienen kein Ende zu nehmen.

Lewis unterzog alle Arbeiter der Ranch einem strengen Verhör. Claudia sagte sich jedoch, dass die Glut im Abfallkasten schon eine ganze Zeit geschwelt haben konnte, ehe es zur Flammenentwicklung kam. Außerdem waren einige Arbeiter immer noch irgendwo draußen auf den Weiden und würden kaum vor Einbruch der Dunkelheit zurückkehren.

Sie winkte Lewis zu sich herüber. „Bitte lassen Sie das doch bis später", erklärte sie. „Im Augenblick haben wir zu viele andere Dinge zu erledigen. Wir müssen die Versicherungsgesellschaft benachrichtigen. Bestimmt werden die ein paar Sachverständige schicken, um eine Ortsbesichtigung vorzunehmen."

Lewis hatte einen scharfen Blick. Ihm entging nicht, wie unangenehm ihr das Ganze war. Seine harten Züge nahmen einen weichen Ausdruck an.

„Nehmen Sie es nicht so schwer", sagte er leise. „Sicher ist es schlimm, dass es überhaupt zu einem Brand gekommen ist, aber der Schaden hätte sehr viel größer sein können."

„Das weiß ich", antwortete Claudia bedrückt „Aber ich hätte alles überprüfen sollen, und das habe ich nicht getan. Es war meine Schuld, dass alles so gekommen ist."

Schnell nahm Lewis ihr Redmans Leitzügel ab. „Es ist überhaupt nicht Ihre Schuld! Schließlich können Sie Ihre Nase doch nicht in alle Ecken stecken."

„Roland hätte den Brand entdeckt."

Erst wollte Lewis etwas antworten, doch dann beließ er es dabei, weil Claudia recht hatte. Roland hätte so etwas entdeckt. Nichts auf der Ranch entging ihm. Lewis presste die Lippen aufeinander und fragte: „Was hat Roland denn gesagt?"

„Eine Menge“, gab Claudia ausweichend zurück und lächelte gequält.

„Zum Beispiel?“

Gegen ihren Willen füllten ihre Augen sich wieder mit Tränen. „Soll ich mit den Beleidigungen anfangen oder gleich zum Kern der Sache kommen?“

„Er war außer sich, nicht wahr?“ Lewis machte ein unbehagliches Gesicht.

„Das kann man wohl sagen!“

„Das hat er nicht so gemeint, Claudia. Er hat sich einfach aufgeregt, weil ein Stallbrand sehr gefährlich ist.“

„Das weiß ich. Ich bin ihm ja auch nicht böse.“ Sie war es wirklich nicht. Rolands Reaktion war verständlich.

Ein Großteil von dem, was er in jahrelanger harter Arbeit aufgebaut hatte, hätte in Flammen aufgehen können. Und seine geliebten Pferde wären dabei elend umgekommen.

„Bald wird er sich wieder beruhigen und sich bei Ihnen entschuldigen“, versicherte Lewis. „Sie werden schon sehen.“

Als Claudia ihn zweifelnd ansah, wurde er verlegen. Die Vorstellung, dass Roland Jackson sich entschuldigte, war einfach absurd. Das schien Lewis auch zu wissen.

„Es ist alles meine Schuld“, meinte er niedergeschlagen. „Ich hätte da sein müssen. Stattdessen war ich ...“ Er brach plötzlich ab.

„Ich weiß Bescheid.“ Claudia blickte auf ihre Stiefelspitzen. Eigentlich hatte sie nicht mehr sagen wollen, aber die Worte sprudelten nur so aus ihr heraus. „Enttäuschen Sie sie nicht, Lewis. Ricky hat eine Menge Schwierigkeiten gehabt, und im Augenblick würde sie zusätzliche nicht bewältigen.“

Durchdringend sah er sie an. „Ich könnte sie nur enttäuschen, wenn sie es ernst mit mir meinte. Aber das tut sie nicht. Sie spielt nur mit mir und benutzt mich als Ablenkung. Obwohl ich das weiß, spiele ich mit. Wenn ich mich zum Heiraten entschließen sollte, wäre sie die Frau für mich. Aber bis jetzt bin ich einfach noch nicht so weit.“

„Sind Männer je so weit?“, fragte Claudia verbittert.

„Manchmal schon. Ich habe Ihnen ja schon einmal gesagt, Frauen sind eine Gewohnheit, die man nur schwer ablegen kann. Es sind die kleinen Dinge, die einem Mann unter die Haut gehen. Der Geruch eines warmen Essens, wenn er müde nach Hause kommt, oder die Rückenmassage, das Lachen, ja, sogar die Streitigkeiten. Es ist schon etwas Besonderes, wenn man sich anbrüllt und weiß, dass der andere einen trotzdem noch liebt."

Ja, da hatte Lewis recht. Am schmerzlichsten war es, sich mit einem Mann zu streiten, den man liebte, von dem man aber nicht wusste, ob er diese Liebe erwiderte. Jedes zornige Wort von Roland hatte Claudia wie ein Messerstich getroffen.

„Nehmen Sie Ricky", fuhr Lewis gedehnt fort. „Sie war zweimal verheiratet, aber mehr als ein Beiwerk war sie nicht. Niemand hat sie je wirklich gebraucht. Sie hat sich zu nichts nütze gefühlt. Warum glauben Sie, hängt sie draußen herum und kümmert sich um die Pferde. Das ist die einzige Zeit, wo sie etwas Produktives tut. Was diese Frau braucht, ist ein Mann, der ihr eine Aufgabe stellt."

„Sind Sie dieser Mann?"

Lewis zuckte mit den Schultern. „Ich habe mich lange genug nur um mich selbst gekümmert. So eine Gewohnheit legt man nicht so schnell ab. Wer weiß? Hätten Sie etwas dagegen, wenn ich es wäre?"

Überrascht blickte Claudia ihn an. „Warum sollte ich?"

„Ich bin ein ziemlich rauer Bursche und habe eine Menge hinter mir."

Jetzt musste sie doch lächeln. „Und nicht ganz unfreiwillig, nicht wahr?"

Lewis schmunzelte und sah sie dabei an.

Das Geräusch eines heranfahrenden Wagens zog ihre Aufmerksamkeit auf sich. „Wer mag das sein?", fragte Claudia und legte die Hand zum Schutz gegen die Sonne vor die Augen.

Nach kurzem Nachdenken sagte Lewis: „Ich glaube, das ist dieser Morris."

Mühsam unterdrückte Claudia einen Fluch.

„Aufdringlich ist der ja gar nicht! Mit einem Nein gibt er sich anscheinend nicht zufrieden."

„Ich war nicht sicher, ob die Antwort nein sein würde", antwortete Lewis und blickte sie vielsagend an.

„Es ist aber so!", erklärte Claudia mit Nachdruck. Sie wusste selbst nicht genau, wann die Entscheidung bei ihr gefallen war. Vielleicht hatte sie von Anfang an gewusst, dass sie es nicht über sich bringen würde, die Ranch zu verkaufen.

Dafür steckte zu viel von ihr selbst darin. Sie war sich plötzlich ganz sicher. Dieses Stück Land verkörperte ihre Vergangenheit und ihre Zukunft.

„Redman hat sich wieder beruhigt", bemerkte Lewis, als Ira Morris aus dem Wagen stieg. „Ich bringe ihn in den Stall zurück."

Mit ausdrucksloser Miene wartete Claudia, bis der ungebetene Besucher herangekommen war. „Mr Morris", sagte sie höflich.

„Mrs Ashe, ich habe im Ort gehört, dass Sie heute Morgen hier Probleme hatten."

Seine kalten Augen musterten die Stallungen.

Wie schnell die Nachricht die Runde gemacht hat, überlegte Claudia. „Sind Sie gekommen, um zu prüfen, ob Sie Ihr Angebot nicht doch lieber rückgängig machen sollten?", erkundigte sie sich honigsüß. „Wie Sie sehen, ist der Schaden nur gering, und keines der Pferde ist davon betroffen. Aber um Ihnen die Mühe in Zukunft zu ersparen, sollte ich Ihnen besser gleich sagen, dass ich nicht verkaufe."

Ira Morris sah keineswegs überrascht aus. Seine Miene zeigte Entschlossenheit. „Treffen Sie lieber keine voreilige Entscheidung, meine liebe Mrs Ashe. Sie haben mein Angebot ja noch gar nicht gehört. Wenn es um einen guten Preis geht, ändern viele doch noch ihre Meinung."

„Ich nicht. Ich bin in diesem Haus geboren und habe die Absicht, auch hier zu sterben."

Ohne auf ihre Erklärung einzugehen, nannte Morris eine Summe, die Claudia den Atem genommen hätte, wenn sie noch schwankend gewesen wäre. Doch so kam sie nicht einmal in Versuchung, sich die Sache zu überlegen. Sie schüttelte energisch den Kopf. „Kein Interesse, Mr Morris."

„Mit dem Geld könnten Sie sich bis ans Ende Ihrer Tage ein schönes Leben machen."

„Ich habe auch jetzt ein schönes Leben. Ich bin da, wo ich sein möchte, und tue das, was mir Spaß macht. Warum sollte ich das für Geld aufgeben?"

Nachsichtig seufzend schob Morris die Hände in die Hosentaschen. „Denken Sie darüber nach. Ein Haus und ein Stück Land sind nichts Besonderes. Es gibt andere Häuser und anderes Land. Diese Art von Leben ist doch nicht Ihr Stil. Sehen Sie sich doch an. Sie sind eine typische Großstädterin."

„Was ich an mir sehe, Mr Morris, ist Staub, Texasstaub, mein Staub. Sicher habe ich ein paar Jahre in Chicago gelebt, aber dabei habe ich stets an die Ranch gedacht und gewünscht, ich wäre wieder hier."

Ohne eine Miene zu verziehen, erhöhte Morris sein Angebot.

Langsam wurde Claudia ungeduldig.

„Nein, ich bin nicht interessiert, ganz gleich, was Sie mir bieten“, erklärte sie bestimmt.

„Sie könnten die ganze Welt bereisen.“

„Nein!“

„Sich Schmuck und Pelze kaufen.“

Jede Minute fühlte Claudia ihren Ärger ansteigen. „Ich habe nicht die Absicht, zu verkaufen“, erwiderte sie ungerührt. „Warum wollen Sie sich damit nicht abfinden?“

„Mrs Ashe, wenn Sie mich dazu zwingen wollen, meinen Preis noch einmal zu erhöhen, werden Sie eine Enttäuschung erleben“, drohte Morris. „Ich habe mit Ihrem Mr Jackson gesprochen. Er hat mir in etwa gesagt, was diese Ranch wert ist. Ich interessiere mich für Zuchtpferde, mir sagt die Vorstellung zu, ein eigenes Gestüt zu besitzen. Und nicht nur das, man hat mir auch angedeutet, Sie hätten vor, in Kürze nach Chicago zurückzukehren.“

Claudia war so betroffen, dass sie unwillkürlich den Atem anhielt. „Was sagen Sie da?“, stieß sie fassungslos hervor und packte Ira Morris am Arm.

„Ich sagte, ich habe mit Ihrem Verwalter gesprochen. Sie haben mir selbst erzählt, er wüsste mehr über die Pferde hier als jeder andere. So war es nur verständlich, dass ich mich an ihn gewandt habe. Er hat auch durchblicken lassen, dass Sie vermutlich wieder von hier fortgehen würden.“

„Wann haben Sie mit ihm gesprochen?“

„Gestern Abend. Am Telefon.“

Das Gästezimmer hatte eine Telefonsteckdose. Jemand musste Roland das Telefon gebracht haben. Aber warum sollte er mit diesem Mann überhaupt sprechen? Er war doch auf der ganzen Linie gegen den Verkauf der Ranch. Oder etwa doch nicht? Was ging hier vor?

„Was hat Mr Jackson Ihnen genau gesagt?“, erkundigte sie sich scharf.

„Wir haben nicht lange gesprochen. Er hat nur gemeint, er hätte den Eindruck, Sie wollten nach Chicago zurückkehren. Und dass Sie wohl verkaufen würden, wenn Sie den richtigen Preis bekämen. Dann haben wir über den Preis gesprochen. Nach dem, was ich von ihm gehört habe, würde ich behaupten, dass mein letztes Gebot mehr als großzügig war.“

Erregt holte Claudia tief Luft. „Nun, da hat er sich eben getäuscht. Und Sie auch!“ Sie spürte, dass sie zitterte. Was für ein Spiel trieb

Roland Jackson? Das wollte sie auf jeden Fall herausbekommen. „Meine Antwort ist nein, Mr Morris! Das ist mein letztes Wort. Tut mir leid, aber Sie vergeuden nur Ihre Zeit."

„Das scheint mir allerdings auch so", antwortete er kalt.

Claudia wartete nicht, bis er ging. Sie drehte sich um und rannte fast zum Haus.

Für sie gab es jetzt nur ein Ziel, Roland zu finden und ihn zu fragen, warum er Morris gesagt hatte, sie würde verkaufen. Versuchte er, ihr das Fortgehen schmackhaft zu machen? Aber das konnte nicht sein! Erst vor ein paar Stunden hatte er sie doch so geliebt, als könne er nicht genug von ihr bekommen. Aber warum hatte er Morris gegenüber dann solche Andeutungen gemacht?

Claudia sauste an Lorna vorbei, ohne sie zu sehen. Sie stürmte nach oben und riss die Tür zu Rolands Zimmer ruckartig auf.

Im ersten Augenblick traute sie ihren Augen nicht. Verständnislos starrte sie auf die verschlungenen Körper auf dem Bett. Dann begriff sie. Sie musste sich am Türrahmen festhalten, um nicht zusammenzuzucken. Das war der größte Schock ihres Lebens!

Sie hatte das Gefühl, einen Schlag in den Magen bekommen zu haben, der ihr die Luft nahm. Kreidebleich nahm sie das Bild in sich auf, das sich ihr bot.

Ricky lag bei Roland im Bett. Sie hatte den Arm unter seinen Nacken geschoben, und mit den Lippen klebte sie an seinem Mund. Aufreizend wand sie sich auf ihm und streichelte seinen muskulösen Körper. Ihre Bluse war offen und hing ihr halb aus den Jeans, während Roland die Hand in ihrem Haar vergraben hatte.

Doch dann verlor das Schreckensbild seine Abscheulichkeit. Claudia sah genauer hin und erkannte, dass Roland Rickys Kopf nicht an sich drückte, sondern sie an den Haaren zog, um seinen Mund zu befreien. Schließlich gelang es ihm, Ricky wegzuziehen.

„Ricky, so hör doch auf!", murmelte er. „Lass mich in Ruhe!"

In Claudia brauste etwas auf. Wie in Trance ging sie zum Bett. Rote Nebel tanzten vor ihren Augen und ließen sie alles nur verschwommen wahrnehmen. Sie packte Ricky am Kragen und riss sie von Roland fort. Die Empörung verlieh ihr eine Kraft, die sie sich nicht zugetraut hätte.

„Das reicht!", stieß sie atemlos hervor. „Jetzt ist's genug!"

„He!", schrie Ricky, als Claudia sie zur Tür zerrte. „Was fällt dir ein? Bist du verrückt geworden?"

Claudia war so außer sich, dass sie kein Wort sagen konnte. Sie schob ihre Stiefschwester auf den Korridor hinaus und schlug die Tür krachend hinter ihnen zu. Rolands heiserer Befehl, zurückzukommen, verhallte ungehört.

Am liebsten hätte sie Ricky die Treppe hinuntergeworfen, doch im letzten Augenblick beherrschte sie sich und verzichtete darauf.

Sie stieß ihre Stiefschwester, die lautstark zeterte und jammerte, grob vor sich her.

„Halt den Mund!“, schrie Claudia sie an und bugsierte Ricky erbarmungslos in ihr Zimmer.

„Setz dich!“, befahl sie drohend, und Ricky gehorchte. „Ich habe dich gewarnt. Ich habe dir gesagt, du sollst ihn in Ruhe lassen. Roland gehört mir, und ich dulde es nicht, dass du dich ihm an den Hals wirfst, hast du verstanden? Pack deine Sachen und verschwinde!“

„Packen?“ Entsetzt sperrte Ricky den Mund auf. „Wohin soll ich denn gehen?“

„Das ist dein Problem!“ Claudia riss den Schrank auf und zog Koffer heraus. Sie warf sie auf das Bett und schlug sie auf. Mit hastigen Griffen öffnete sie Schubladen und begann, ihren Inhalt wahllos in die Koffer zu stopfen.

Ricky sprang auf. „Nun mach aber mal einen Punkt! Ich bin weiß Gott nicht allein schuld. Zu so was gehören zwei. Eine Frau war Roland noch nie genug.“

„Von jetzt ab schon. Und versuche nicht, mich glauben zu lassen, er hätte dich dazu gebracht. Das nehme ich dir nämlich nicht ab.“

Verstört starrte Ricky auf das Durcheinander. „Hör doch endlich auf, meine Sachen durch die Gegend zu werfen!“

„Dann pack sie selbst!“

Ricky biss sich auf die Lippe, und plötzlich liefen ihr Tränen über die Wangen.

Claudia betrachtete sie voller Verachtung.

„Aber ich weiß doch nicht, wohin ich soll“, flüsterte Ricky. „Und ich habe kein Geld.“

Die Tür ging auf, und Monica kam stirnrunzelnd herein. „Müsst ihr beide so einen Krach machen? Was ist denn los?“

„Sie versucht, mich hinauszuschmeißen!“, stieß Ricky empört hervor, und ihr Tränenstrom versiegte.

Monica blickte zu Claudia, die mit in die Hüften gestemmten Händen dastand und unversöhnlich dreinschaute.

Sie wandte sich wieder zu Ricky und entschied: „Es ist ihr Haus. Sie hat das Recht, zu bestimmen, wer hier wohnt."

„So ist's richtig! Es war immer ihr Haus!", keifte Ricky.

„Hör auf!", fuhr Monica sie an. „Mit Selbstmitleid kommst du auch nicht weiter. Du hast schließlich gewusst, dass Claudia irgendwann zurückkommen würde. Wenn du dich darauf nicht vorbereitet hast, bist du selbst schuld. Willst du dich wirklich für den Rest deines Lebens bei anderen einnisten?"

Obwohl Monica immer einen so unbeteiligten Eindruck machte, schien sie eine Menge mitzubekommen.

Claudia war plötzlich erleichtert. Das Leben war gar nicht so kompliziert, wie es manchmal den Anschein hatte. Alles war eigentlich ganz einfach. Sie liebte Roland, sie liebte die Ranch und war nicht bereit, eines von beiden aufzugeben. Warum quälte sie sich dann mit Gedanken über die Tiefe von Rolands Gefühlen? Irgendetwas empfand er für sie, und das genügte.

Seufzend sagte sie zu Ricky: „Du brauchst nicht sofort zu gehen. Ich habe einfach die Beherrschung verloren. Auf jeden Fall kannst du dir Zeit nehmen und dir überlegen, was du tun willst. Für immer kannst du hier aber nicht bleiben", warnte sie. „Zur Hochzeit möchtest du doch sicher fort sein, oder?"

„Hochzeit?"

Ricky wurde blass. Dann erschienen auf ihren Wangen rote Flecken. „Du scheinst dir deiner Sache ja sehr sicher zu sein."

„Ich habe allen Grund dazu", gab Claudia kühl zurück. „Roland hat mir schon vor seinem Beinbruch einen Heiratsantrag gemacht. Ich nehme den Antrag an."

„Gratuliere!", ließ Monica sich vernehmen. „Dann werden wir hier auf jeden Fall im Wege sein, Ricky, wie ich dir bereits gesagt habe, habe ich beschlossen, Claudias Angebot anzunehmen und ihr Appartement in Chicago fürs Erste zu beziehen. Wenn du willst, kannst du es mit mir zusammen bewohnen. Es hat doch zwei Schlafzimmer, nicht wahr?"

„Ja." Claudia fand diese Idee gar nicht schlecht. Sie blickte ihre Stiefschwester abwartend an.

Ricky kaute an ihrer Unterlippe. „Ich weiß nicht recht. Ich werde darüber nachdenken."

„Aber nicht zu lange", rief Monica. „Ich werde gegen Ende der Woche hier ausziehen."

„Du hast doch gesagt, ich sei zu alt, um weiter bei meiner Mutter zu wohnen“, meinte Ricky aufsässig.

„Ich werde ja auch nur vorübergehend dort wohnen, bis sich eine andere Lösung findet. Also entscheide dich!“

„Gut, ich komme mit.“ Ricky setzte wieder ihre Schmollmiene auf, aber Claudia kümmerte sich nicht darum. Ihr war plötzlich sehr viel wohler. Wenn sie Ricky einfach aus dem Haus geworfen hätte, ohne dass diese eine Bleibe hatte, hätte sie später sicher Gewissensbisse bekommen. Jetzt, wo sie wusste, dass Ricky nur noch wenige Tage da sein würde, würde sie sich mit ihrer Anwesenheit abfinden, solange sie sich nicht noch einmal an Roland heranmachte.

Claudia straffte sich und wappnete sich für den letzten Kampf. Roland Jacksons Tage als Junggeselle waren gezählt. Es machte jetzt nichts mehr, wenn er sie nicht liebte. Diesmal würde sie nicht fortlaufen. Sie liebte ihn umso mehr. Wenn er die Ranch wollte, musste er sie mit in Kauf nehmen. Eines stand fest, der Gedanke, dass eine andere Frau ihn für frei hielt und zu ihm ins Bett hüpfte, war ihr unerträglich. Sie würde ihn so bald wie möglich für immer an sich binden.

Entschlossen ging Claudia zu Rolands Zimmer und stieß die Tür auf. Ihr Blick suchte das Bett, aber es war leer. Ein Schauer überlief sie. Mit angehaltenem Atem trat sie näher. Eine Bewegung zu ihrer Rechten zog ihre Aufmerksamkeit auf sich.

„Roland!“, stieß sie entsetzt hervor.

Er war aufgestanden und bemühte sich, ein Paar Jeans über sein Gipsbein zu ziehen.

Sein Gesicht war schmerzhaft verzogen, und er schwankte bedrohlich. Bei Claudias Aufschrei fuhr er herum.

„Roland“, murmelte sie fassungslos und blieb starr stehen.

Sehr langsam tat er einen Schritt auf sie zu und taumelte, weil sein gebrochenes Bein sein Gewicht nicht tragen konnte. Claudia sprang ihm zu Hilfe und hielt ihn mit aller Kraft aufrecht.

„Au!“, stöhnte er und presste sie wie ein Ertrinkender an sich. „Bitte geh nicht fort! Bitte, mein Liebling, verlass mich nicht wieder. Ich kann dir alles erklären.“

Aber Claudia war der schweren Last nicht gewachsen. Jeden Augenblick musste sie unter Rolands Gewicht zusammenbrechen. „Ich kann dich nicht halten“, stieß sie keuchend hervor. „Du musst ins Bett zurück.“

„Nein!“, erwiderte er gepresst. „Ich lasse dich nicht gehen. Ich konnte nicht schnell genug aus dem Bett kommen und meine Sachen anziehen. Ich hatte Angst, du könntest fort sein, ehe ich zu dir komme“, murmelte er gebrochen.

Claudia war zutiefst gerührt. Trotz seiner Schmerzen war Roland entschlossen gewesen, zu ihr zu kommen, um sie nicht zu verlieren.

„Ich gehe nicht fort“, versicherte sie ihm unter Tränen. „Ich verspreche es dir. Ich werde dich nie mehr verlassen. Bitte, Liebling, geh, wieder ins Bett zurück. Ich kann dich nicht länger halten.“

Roland sank in sich zusammen. Alle Spannung schien plötzlich aus ihm gewichen zu sein.

Claudias Knie drohten unter ihr nachzugeben. „Bitte“, drängte sie erneut. „Du musst ins Bett zurück, sonst stürzt du und brichst dir noch etwas.“

Zum Glück war das Bett nur wenige Meter von ihnen entfernt, sonst hätten sie es nicht geschafft. Roland stützte sich schwer auf Claudia, und der Schweiß lief ihm in Strömen über das Gesicht.

Als Claudia ihm endlich wieder auf das Bett geholfen hatte, schloss er die Augen und atmete schwer. Doch er ergriff ihren Arm und ließ sie nicht von seiner Seite.

„Nicht weggehen“, sagte er leise.

„Ich gehe nicht fort“, versprach sie. „Lass mich nur dein Bein wieder auf die Kissen legen. Ach, Roland, du hättest gar nicht versuchen dürfen, aufzustehen!“

„Aber ich musste dich aufhalten. Diesmal wärst du nicht zurückgekommen, das war mir klar.“ Erst jetzt gab er ihren Arm frei.

Claudia ging ans Fußende des Bettes, um sein Bein anzuheben. Ihr Blick fiel auf seine Jeans, und sie fragte sich, wie er es überhaupt geschafft hatte, sie anzuziehen. Sie fand, dass es besser war, ihm die Hose auszuziehen, solange er noch geschwächt war und sich nicht weiter dagegen sperrte. Vorsichtig streifte sie sie ihm über die Hüfte und die Beine. Roland lag mit geschlossenen Augen da und ließ es über sich ergehen.

Sie tauchte einen Waschlappen in kaltes Wasser und wischte ihm den Schweiß von Stirn und Wangen. Er öffnete die Lider und sah sie entschuldigend an.

„Ich habe Ricky nicht hergebeten“, sagte Roland mit rauer Stimme. „Ich weiß, wie es ausgesehen haben muss, aber ich habe nur versucht, sie abzuwehren. Vielleicht habe ich das nicht energisch genug getan, aber ich wollte ihr nicht wehtun.“

„Das weiß ich ja.“ Zärtlich legte Claudia ihm die Finger auf die Lippen, um ihn am Weitersprechen zu hindern. „Ich bin doch kein Dummkopf. Schon einmal hatte ich sie gewarnt, dich in Ruhe zu lassen. Als ich sie dann so auf dir liegen sah, ist bei mir eine Sicherung durchgebrannt. „Ricky und Monica ziehen am Wochenende in mein Appartement in Chicago. Deshalb kann ich mir die Reise sparen. Ich habe den größten Teil meiner Sachen noch dort und brauche sie. Sie können sie einpacken und sie mir herschicken.“

Roland sog scharf die Luft ein, und in seine Augen trat ein warmer Glanz. „Du glaubst mir also?“

„Natürlich.“ Claudia lächelte glücklich. „Ich vertraue dir.“

Einen Augenblick blickte er sie zweifelnd an, dann runzelte er die Stirn. „Du hattest gar nicht die Absicht, fortzugehen?“

„Nein.“

„Warum stürmst du dann davon und lässt mich hinter dir herschreien, bis ich heiser bin?“, stieß er unter zusammengebissenen Zähnen hervor.

Verblüfft blickte Claudia ihn an. Rolands Reaktion sagte ihr eine Menge.

Wenn ihm so viel an ihr lag, war das wirklich möglich? Vorsichtig sagte sie: „Ich dachte, es sei dir gleich, ob ich gehe oder nicht, solange du die Kontrolle über die Ranch behältst.“

Er fuhr erregt auf. „Denkst du, ich hätte so lange auf dich gewartet, wenn es mir egal gewesen wäre, ob du gehst oder bleibst?“

„Ich wusste nicht, dass du auf mich gewartet hast“, erwiderte Claudia schlicht. „Denn ich hatte immer geglaubt, die Ranch sei alles, was für dich zählte.“

Rolands Kinnmuskeln spannten sich. „Die Ranch bedeutet mir eine Menge, das kann ich nicht leugnen. Ich war ganz unten, als Ward mich hierher brachte und mich wieder aufgerichtet hat. Seit Jahren schufte ich mich hier ab, weil die Ranch mich gerettet hat.“

„Warum hast du dann mit Ira Morris gesprochen?“, entfuhr es ihr. „Weshalb hast du ihm gesagt, ich würde vermutlich verkaufen, wenn er mir den richtigen Preis bietet? Und wieso hast du ihm gesagt, wie viel die Ranch wert ist?“

Roland nahm Claudias Hand und drückte sie an seine Brust. Ein Schatten überflog seine Züge, dann wurde seine Miene ausdruckslos, und er blickte fort. „Ich hatte Angst“, gestand er. „Mehr Angst als in Vietnam. Anfangs machte der Gedanke, du könntest die Ranch verkaufen wollen, mich verrückt. Ich hatte Angst, weil ich dann alles verlieren würde. Doch dann sagte ich mir, dass die Ranch dir gehört, und nicht mir. Das hattest du mir ja immer wieder klargemacht. Und wenn du hier nicht glücklich warst, war es für dich besser, sie zu verkaufen und irgendwohin zu gehen, wo du dich wohlerfühlst. Als Morris mich dann anrief, erklärte ich mich bereit, mit ihm zu reden. Ich möchte, dass du glücklich bist, Liebes. Was immer es auch kosten mag, das ist mir wichtiger als alles andere."

„Ich bin glücklich", antwortete Claudia leise und drehte ihre Hand so, dass sie die Wärme seines Körpers an ihren Fingerspitzen fühlen konnte. „Ich werde Bar D niemals verkaufen. Du gehörst hierher, und wo du bist, will ich auch sein."

Claudia hielt den Atem an, als der Satz vollendet war. Sie konnte Roland nicht ansehen und wartete gespannt auf seine Antwort. Die Sekunden verrannen, und er schwieg immer noch. Sie schluckte und zwang sich, sich seinem Blick zu stellen.

In seinen Augen war nichts zu lesen. „Was hast du da gesagt?", fragte er leise.

Nun gab es kein Zurück mehr. Sie musste sich bekennen und den ersten Schritt tun. Wenn sie jetzt einen Rückzieher machte, würde Roland es auch tun. Er war ein stolzer Mann und hatte schon viel von sich preisgegeben.

Und viel riskierte sie ohnehin nicht. Ohne ihn konnte sie nicht leben, das stand fest. Also musste sie ihn zu seinen Bedingungen nehmen.

„Du hast mir einen Heiratsantrag gemacht", sagte sie vorsichtig und beobachtete ihn. „Ich nehme ihn an."

„Warum?"

„Warum?", wiederholte sie erstaunt. Wusste Roland das nicht? Hatte er wirklich keine Ahnung? Ein schrecklicher Gedanke kam ihr. Hatte er es sich etwa wieder anders überlegt? „Gilt das Angebot immer noch?", fragte sie zögernd.

Roland griff in ihr Haar und zog sie zu sich hinunter. Er sah sie so durchdringend an, als wolle er hinter ihrer Stirn lesen. „Es gilt noch", murmelte er und suchte ihre Lippen. „Ich will nur wissen, warum du es tust. Bist du schwanger?"

„Nein!", erwiderte sie verwirrt. „Das ist es nicht. Ich meine, ich weiß es nicht. Woher sollte ich es auch wissen? Ich hatte ja überhaupt keine Zeit, das herauszufinden."

„Warum willst du mich dann heiraten?“, beharrte Roland. „Sag es mir, Claudia.“

Plötzlich durchströmte sie Kraft und Zuversicht. Sie würde sich ihm offenbaren! Aus der Stärke ihrer Gefühle heraus konnte sie es wagen. Sie befreite ihre Finger und nahm sein Gesicht in beide Hände. „Weil ich dich liebe, Roland Jackson“, antwortete sie zärtlich. „Schon seit Jahren, seit einer Ewigkeit, wie es mir scheint. Und es macht auch nichts, wenn du mich nicht liebst und nur an die Ranch denkst. Wenn du sie haben willst, musst du mich mit in Kauf nehmen. Du wirst dich also mit dem Gedanken vertraut machen müssen, bald ein Ehemann zu sein.“

Roland blickte sie verständnislos an. „Bist du verrückt geworden?“, rief er. „Wovon redest du überhaupt?“

„Von der Ranch“, antwortete sie ruhig. „Wenn du sie haben willst, musst du mich heiraten.“

In Rolands Augen blitzte es wütend auf. Laut brüllte er: „Zum Teufel mit der Ranch! Verkauf sie, wenn es das war, was all die Jahre zwischen uns gestanden hat. Wenn du in Chicago oder Hongkong oder Bangkok leben willst, werde ich dir dorthin folgen. Du bist es, was ich immer gewollt habe, nicht die Ranch! Mein Gott, Claudia, ich habe doch eine eigene Ranch. Dad hat sie mir mit seinem gesamten Besitz hinterlassen, als er starb.“ Zärtlich strich er mit der Hand über ihren Körper. „Dachtest du, ich hätte mit dir geschlafen, weil ich die Ranch will? Hast du denn noch nicht gemerkt, dass ich verrückt nach dir bin?“

Ihr verständnisloses Gesicht sagte ihm, dass sie an diese Möglichkeit noch gar nicht gedacht hatte. Er zog sie auf das Bett neben sich und drückte sie an sich. „Hör mir jetzt gut zu“, erklärte er mit Nachdruck. „Ich will die Ranch nicht. Ich habe hier gern gelebt, und sie hat mir das Leben gerettet, und ich würde sie vermissen, wenn wir woanders lebten, aber ich kann auch ohne sie auskommen. Ohne was ich nicht leben kann, bist du! Ich habe es versucht. Acht Jahre lang habe ich von der Erinnerung an das eine Mal gezehrt, wo ich dich besessen habe. Ich hasste mich selbst, weil ich dich vertrieben hatte. Als du dann endlich zurückkamst, wusste ich, dass ich dich nie wieder fortlassen würde. Ich werde alles tun, um dich zu halten, Liebling, denn wenn du mich noch einmal verlässt, weiß ich nicht mehr weiter.“

Claudia glaubte, ihr müsse das Herz stehen bleiben. Roland hatte es noch nicht ausgesprochen, aber er sagte ihr auf seine Art, dass er sie genauso liebte wie sie ihn.

„Das wusste ich nicht", flüsterte sie benommen. „Du hast mir nie etwas davon gesagt."

„Wie konnte ich auch? Du warst damals noch zu jung für das, was ich von dir wollte. Ich hatte diese Begegnung am Fluss nie gewollt, aber nachdem es dazu gekommen war, bereute ich nichts. Ich wollte dich lieben, immer wieder, bis dieser verschreckte Ausdruck in deinen Augen verschwunden sein und ich in ihnen würde lesen können, dass du mich genauso begehrst wie ich dich. Aber dazu kam es nicht mehr, denn du bist davongelaufen. Das war umso fürchterlicher für mich, weil du dann David Ashe kennengelernt und ihn geheiratet hast. Es war gut, dass ihr eine ganze Weile nicht hergekommen seid, denn noch nie im Leben habe ich einen Mann so gehasst wie ihn."

„Du warst eifersüchtig?" Claudia traute ihren Ohren nicht.

Rolands Blick sprach Bände. „Das ist überhaupt kein Wort dafür. Ich bin halb wahnsinnig geworden."

„Du liebst mich wirklich", flüsterte sie ungläubig. „Wenn du es mir nur gesagt hättest. Ich hatte ja keine Ahnung davon."

„Natürlich liebe ich dich! Ich brauche dich, wie noch nie einen Menschen zuvor. Du warst so wild und unschuldig wie ein Füllen, und ich konnte meine Augen nicht von dir abwenden. Du gibst mir das Gefühl, wieder zu leben. Durch dich habe ich die Alpträume vergessen, die mich nachts quälten. Als ich dich liebte, war es, als seien wir füreinander geschaffen. Alles war so wunderbar und einmalig. Mein ganzer Körper war heiß, wenn ich dich auch nur berührte. Ich musste bei dir sein, dich sehen und mit dir sprechen. Und du willst keine Ahnung gehabt haben, was ich für dich empfand?"

Claudia schmiegte sich selig an ihn.

„Du hast dir aber nie etwas anmerken lassen, Roland. Und ich hatte Angst, dich spüren zu lassen, wie sehr ich dich liebte, weil ich fürchtete, du könntest meine Gefühle nicht erwidern."

„Das tat ich aber. Wiederhole es bitte", bat er und suchte ihre Brust. „Lass es mich noch mal hören."

„Ich liebe dich." Claudias Stimme klang feierlich.

„Wirst du mir das auch sagen, wenn wir miteinander schlafen?"

„Sooft du willst."

„Ich will es. Jetzt." Rolands Stimme war heiser vor Verlangen, und er küsste sie begehrend. Sofort wurde Claudia heiß, und sie verzehrte sich vollständig nach seiner Berührung. Sie merkte nicht einmal, dass er ihr Hemd aufknöpfte, und überließ sich ganz seinen Liebkosungen auf ihrer nackten Haut.

Ein letzter vernünftiger Gedanke meldete sich. „Roland“, murmelte sie. „Wir sollten das nicht tun. Du brauchst Schonung.“

„Nein, ich brauche etwas anderes, Liebling. Komm!“

„Die Tür ist offen“, gab sie schwach zu bedenken.

„Dann mach sie zu und komm zu mir zurück.“ Claudia stand auf und schloss die Tür. Erwartungsvoll kuschelte sie sich wieder an ihn. Sie streichelte ihn und überschüttete ihn mit Zärtlichkeiten. Dabei flüsterte sie immer wieder: „Ich liebe dich“, als könne sie gar nicht genug davon bekommen. Und plötzlich konnte sie nicht mehr länger an sich halten. Sie schob sich über ihn und verschmolz mit ihm in einer einzigen raschen Bewegung.

Leidenschaft erfüllte sie und sie gaben sich gegenseitig alles. Es gab nur noch sie beide, das heiße Verlangen und die Liebe, die sie vereinte.

„Hör bitte nicht auf, es zu sagen“, bat er. Sie beteuerte ihm ihre Liebe immer wieder, bis seine kraftvollen Bewegungen sie dem Gipfel entgegentrugen und sie aufstöhnend auf seiner Brust zusammensank.

Als sie hinterher erfüllt nebeneinander lagen, strich Roland ihr sanft das Haar zurück und zog sie an sich. „Ich glaube, ich sollte noch ein paar zusätzliche Arbeiter einstellen“, murmelte er schläfrig.

„Warum?“

„Um die Lücken zu füllen. Ich weiß jetzt schon, dass ich in Zukunft nicht mehr so viel Zeit für die Ranch haben werde, weil ich morgens bestimmt nicht so schnell aus dem Bett komme. Eine Frau wie dich zufriedenzustellen, braucht Zeit, und ich werde mich bemühen, mein Bestes zu geben.“

„Darauf sollten wir anstoßen!“

„Wir heiraten nächste Woche“, entschied Roland und vergrub sein Gesicht in ihrem Haar.

„So schnell?“ Claudia fuhr auf. „Aber du bist doch immer noch …“

„Bis dahin bin ich wieder auf den Beinen“, versprach er. „Du wirst schon sehen, Liebling. Und frag Monica und Ricky, ob sie nicht doch noch bis zur Hochzeit bleiben wollen. Wir wollen mit ihnen nicht im Bösen auseinandergehen.“

Claudia lächelte. „Nein. Und wer weiß? Vielleicht gelingt es Lewis, Ricky hier zu halten?“

„Das bleibt abzuwarten. Die beiden haben noch eine Menge Dinge zu verarbeiten. Lewis hat sie sicher sehr gern, aber ob er mit Ricky leben will, steht auf einem anderen Blatt."

Sie schwiegen eine Weile. Ein anderer Gedanke drängte sich Claudia auf. „Tut mir leid wegen des Brandes im Geschirrraum."

„Dafür kannst du doch nichts." Roland drückte sie tröstend an sich.

„Aber du hast mich einen Dummkopf genannt."

„Dafür entschuldige ich mich. Bei dem Gedanken, dass du dich in den brennenden Stall gewagt hast, um mit den bockenden Pferden zu kämpfen, bin ich einfach durchgedreht. Wenn dir etwas passiert wäre, hätte ich den Verstand verloren."

„Du bist mir also nicht mehr böse?"

„Ich liebe dich und könnte es nicht ertragen, wenn dir etwas zustieße."

Claudia war glücklich. Roland hatte sie also nur deshalb so angefahren, weil er nicht wollte, dass sie sich in Gefahr begab. Leise sagte sie noch einmal: „Ich liebe dich."

„Ich liebe dich auch", flüsterte Roland. „Willkommen daheim, mein Liebling."

Ja, sie war endlich heimgekehrt, in Rolands Arme, wohin sie gehörte.

– ENDE –

Emilie Richards

Du machst es mir nicht leicht

Roman

Aus dem Amerikanischen von
Roy Gottwald

1. KAPITEL

Bruce Terrill war müde – nein, mehr noch, er war erschöpft. Aber damit hätte er rechnen müssen, denn er hatte nicht vorgehabt, mehr als eine Runde über den zwei Meilen langen, kreisförmigen Weg des Audubon Parks in New Orleans zu rennen. Unglücklicherweise hatte er nicht mit Drew Sherwoods Eifer gerechnet.

Nach einem Leben voller Bequemlichkeit hatte sich der fünfundvierzigjährige Drew plötzlich so überzeugt dem Jogging verschrieben, wie andere Leute sich einer religiösen Gemeinschaft anschlossen. Und jetzt versuchte er, auch Bruce zu bekehren. Sie waren mitten in der zweiten Runde.

Drews Bemühungen trugen keine Früchte. Das Feuer der Bekehrung hatte Bruce noch nicht ergriffen. Er wollte nur die Runde hinter sich bringen und nichts Anstrengenderes mehr tun müssen, als mit einem kalten Bier vor seinem Fernseher zusammenzusacken.

Drews selbstgefälliges Lachen unterbrach Bruces Wunschvorstellungen. „Man sollte es kaum glauben, Bruce. Dreißig Jahre alt, und du keuchst und hechelst wie ein Jagdhund in der Sommersonne."

„Hör zu", sagte er und bemühte sich, dabei nicht zu atemlos zu klingen, „du hast ein bisschen Jogging im Park vorgeschlagen. Woher sollte ich wissen, dass du einen Marathonlauf planst?"

„Seit du dich von Kate getrennt hast, lässt du dich gehen."

Bruce lief etwas langsamer und wartete darauf, den gewohnten Stich in der Seite zu verspüren – oder, um der Wahrheit die Ehre zu geben, in seinem Selbstbewusstsein. Doch als er nichts anderes spürte als den kalten Schweiß, der ihm in kleinen Bächen über die Nase lief, und die klare Herbstluft, die in seinen strapazierten Lungen brannte, fand er, dass das Laufen wohl doch keine solche Zeitverschwendung sei. Wenn es ihm helfen könnte, ein zweijähriges Verhältnis mit einer Frau zu beenden, dann würde er sogar noch eine Runde anhängen.

Während sie über den schattigen asphaltierten Weg liefen und Skateboard-Fahrern und zwei Studentinnen der Tulane University auswichen, die einen Dobermann spazieren führten, betrachtete Drew ganz unverhohlen seinen Freund.

Bruce hielt die Augen stur nach vorn gerichtet. Er bemerkte kaum, dass die beiden Mädchen ihn mit Blicken verfolgten. Bruce wusste, dass er anziehend auf Frauen wirkte. Kate hatte ihm einmal erklärt, das liege an seinem klassisch-guten Aussehen.

Ohne den Blick von Bruce zu wenden, sagte Drew: „Ich habe Kate Parsons heute gesehen."

Bruce zeigte keine Reaktion. „Das ist nicht überraschend. Du bist Anwalt, und sie ist Anwältin", bemerkte er gleichmütig.

„Du bist auch Anwalt. Hast du sie gesehen?"

„Warum reden wir über Kate?"

Drew hielt den Blick nach vorn gerichtet. „Wir reden über Kate, weil du nicht über sie gesprochen hast, seit du vor drei Monaten bei ihr ausgezogen bist."

„Da gibt es nicht viel zu sagen", meinte er vorsichtig. „Kate geht ihren Weg. Ich wollte eine Frau, sie eine Karriere."

Bruce fiel auf, dass er seinen Schritt beschleunigt hatte, während er sprach. Er zwang sich, langsamer zu laufen.

Die beiden Männer hatten eine weitere Viertelmeile zurückgelegt, ehe Drew wieder sprach. „Warum bist du so lange bei ihr geblieben?"

Bruce merkte, dass dieser Teil der Geschichte ihn noch immer schmerzte. „Verdammt, wenn ich das selber wüsste!", sagte er.

Aber er wusste es sehr wohl. Tief im Innern war er ein kleiner Junge geblieben, eine Tatsache, die er stets zu verdrängen gesucht hatte. Dieser kleine Junge sehnte sich nach einem Heim, einer Familie – nach etwas, das er nie besessen hatte. Zwei Jahre lang hatte Kate ihn in dem Glauben belassen, sie würden eines Tages dieses Heim schaffen und diese Familie zusammen gründen.

Bruce hatte geglaubt, er wisse, was er wolle. Kate war nicht die richtige Frau für ihn gewesen, doch für den Beweis hatte es zwei lange Jahre gebraucht – siebenhundert und ein paar Tage, in denen er etwas über seine eigenen Bedürfnisse gelernt hatte. Jetzt wusste er genau, wo sein Ziel lag und was er erreichen wollte.

„Das nächste Mal weiß ich es besser", sagte er zu Drew.

Drew grinste. „Du bist in einer besseren Gemütsverfassung, als du annimmst, wenn du schon wieder über das nächste Mal nachdenkst. Es würde Meg Vergnügen bereiten, dich mit einer ihrer Freundinnen zusammenzubringen."

Bruce lachte, und es war schön, wieder lachen zu können. Er hatte über Kate gesprochen und fühlte sich trotzdem wunderbar. Wahrscheinlich hatte er das Schlimmste überwunden.

„Soll ich Meg ausrichten, dass du diesen Gedanken zum Lachen fandest?"

Drew und seine Frau Meg waren zwei der wenigen Menschen, die Bruce nahe genug standen, um sich über ihn Sorgen zu machen. Er schüttelte den Kopf. „Richte Meg aus, ich hätte sie gern, aber ich möchte keine ihrer feministischen Freundinnen."

„Oh, das wird sie gern hören. Bruce Terrill, der soziale Aktivist, der ritterliche Retter der Armen, der Held all der Dinge, die Meg lieb und teuer sind, will keine Feministin."

Bruce merkte, dass sie sich der Stelle näherten, wo sie losgerannt waren, und verfiel in einen Laufschritt. „Was ich nicht will, ist eine neue Kate."

Drew verlangsamte gleichfalls den Schritt und wischte sich mit dem Ärmel seiner Joggingjacke den Schweiß von der Stirn. „Wie hat die Frau denn zu sein, nach der du in deiner neuen Weisheit Ausschau hältst?"

Innerlich kannte Bruce die Antwort, aber er wusste nicht, wie er sie formulieren sollte oder ob er das überhaupt wollte. Doch dann war die Antwort plötzlich da.

„Siehst du die Frau da hinten mit den beiden kleinen Kindern?"

Drew schüttelte den Kopf und suchte in der Jacke nach seiner Brille. Er wartete, bis seine kurzsichtigen Augen alles klar erfassten. „Die Dunkelhaarige, die da im Teich herumwatet? Gefallen dir verrückte Frauen?"

„Wir sind zweimal an ihr vorbeigekommen, und sie ist mir aufgefallen. Sie liebt ihre Kinder. Beim ersten Mal machte sie mit dem kleinen Jungen einen Ringkampf auf der Erde. Sieh sie dir jetzt an. Ich wette, sie watet in dem eiskalten Wasser, um etwas für eines der beiden herauszufischen. So eine Frau möchte ich haben, eine, für die die Familie an erster Stelle steht, eine, die lieber im Park herumtollt, statt große Ambitionen zu haben."

Drew nahm seine Brille ab, putzte sie sich mit dem Saum seiner Jacke und setzte sie wieder auf. Beim ersten Mal war sie ihm gleich beschlagen, aber nun blieb sie trocken. „Zu dumm, dass sie nicht frei ist."

„Frauen wie diese sind das selten. Irgendein Mann schnappt sie sich, ehe sie noch ins heiratsfähige Alter gekommen sind."

In Drews Stimme schwang unterdrücktes Lachen mit, als er antwortete: „Yes, Sir, es ist wirklich zu dumm. Denn wenn sie noch frei wäre, könntest du direkt zu ihr hingehen, dich vorstellen, ihr erklären, wie sehr du die Art magst, wie sie mit Kindern umgeht, und sie bitten, dich zu heiraten."

„Worauf willst du hinaus?“, fragte er. „Was weißt du, das ich nicht weiß?“

„Nichts Wichtiges.“ Drew drehte sich zu seinem Freund hin und klopfte ihm auf den Rücken. „Aber wenigstens einmal ist mir etwas aufgefallen, das dir entgangen ist. Diese beiden Kinder sind Lenny Broussards jüngsten, Trey und Lucy. Und das ist nicht Cherry Broussard, die bei ihnen ist.“

Bruce wurde neugierig. „Wer ist es dann?“

„Ihr Kindermädchen“, antwortete Drew triumphierend. „Sie haben sie vor fast einem Jahr eingestellt. Cherry war überfordert, weil sie alles selbst machen wollte. Du musst wissen, die Broussards haben außerdem noch vier weitere Kinder. Ich glaube nicht, dass Lucy und Trey geplant waren.“

Lenny Broussard war einer der Seniorpartner der Rechtsanwaltskanzlei Broussard, Carrington und Sherwood, in der Drew und Bruce tätig waren. Obwohl Bruce die Kinder der Broussards schon gesehen hatte, hätte er den blonden Jungen und das Mädchen aus der Entfernung nicht erkennen können. Aber es war selbstverständlich, dass Drew es konnte. Seit einem Jahrzehnt waren die Sherwoods mit den Broussards befreundet.

„Eine Mary Poppins des zwanzigsten Jahrhunderts.“ Bruce betrachtete beim Näherkommen die kleine Brünette mit Interesse.

„Eine nasse und kalte Mary Poppins“, korrigierte ihn Drew. „Ich frage mich, was sie da im Teich zu suchen hat.“

„Was immer es auch ist, ich glaube, ich bin es Lenny schuldig, ihr behilflich zu sein.“ Bruce verließ den Weg und lief auf die junge Frau zu.

„Aber nur, weil du es Lenny schuldig bist!“, rief Drew ihm belustigt zustimmend hinterher. „Plötzlich fühle ich mich mit meinen fünfundvierzig Jahren wie ein alter Mann.“ Er schwenkte von Bruce fort und verfiel in sein Joggingtempo. „Ich habe so das Gefühl, dafür ist ein Jüngerer nötig. Ich mache besser noch eine Runde, wenn ich die Uhr zurückdrehen möchte.“

Aber Bruce hörte Drew nicht mehr. Er legte die Strecke zwischen dem Weg und dem Ufer des Teiches wie ein beschwingter Mann zurück, der zu allem bereit war.

„Trey, bitte hör zu weinen auf. Siehst du? Ich habe es schon fast. Es geht nicht unter.“

Olivia LeBlanc versuchte, nicht auf das Geschrei des vier Jahre alten Trey zu achten und auch den Umstand zu ignorieren, dass ihr der Matsch des modrigen Teichbodens in die Tennisschuhe drang. Als eine Schülerin der Hopkins Kinderschwesternakademie in Baton Rouge ihr gezeigt hatte, wie man aus Zeitungspapier Schiffe falten konnte, war Olivia gar nicht auf den Gedanken gekommen, zu fragen, was passieren mochte, falls das Boot außer Reichweite trieb. Jetzt wusste sie es und war nicht begeistert.

„Fisch hat es."

„Nein, Lucy. Fische essen keine Boote." Olivia konnte sich vorstellen, dass die Fische im Audubon Park wahrscheinlich von Bierdosen oder Hähnchenverpackungen dick und fett wurden und der Stadt New Orleans so ein Vermögen für die Müllabfuhr ersparten.

Noch zwei Schritte, dachte Olivia, und ich habe das Boot. Natürlich hing alles davon ab, welche Überraschungen unter der schmuddeligen Wasseroberfläche auf sie lauern mochten. Sie nahm ihren ganzen Mut zusammen, erflehte im Stillen die Hilfe von Generationen ihrer französischen Cajun-Vorfahren und machte einen weiteren großen Schritt. Das Wasser konnte nicht mehr kälter werden. So schlammig es auch war, aber daheim in New Iberia gab es brackige Tümpel, die diesen Teich wie einen kristallklaren Brunnen wirken ließen, und unter dieser Wasseroberfläche hier konnte auch nichts anderes herumschwimmen, das nicht bereits zum einen oder anderen Zeitpunkt auf dem Esstisch der LeBlancs kredenzt worden war.

Ein neuer schriller Schrei Treys zwang Olivia, den letzten Schritt zu tun. Sie beugte sich so weit sie konnte vor, schlug mit einem trockenen Ast hinter dem Boot auf das Wasser und trieb es dadurch erfolgreich auf das Ufer zu. Olivia war durchnässt, kalt – und ausgesprochen stolz. Aber gleichzeitig verfasste sie in Gedanken einen Brief an ihre bootsfaltende Kinderschwester-Freundin, um sie vor den Tücken dieser Betätigung zu warnen.

„Nein, Lucy. Nein!"

Olivia sah noch gerade rechtzeitig hoch, um Trey, der hinter seiner Schwester herrannte und sie daran hindern wollte, nach dem Schiffchen zu grapschen, über eine Baumwurzel am Teichrand stolpern und der Länge nach ins Wasser fallen zu sehen.

„Trey!" Entsetzt stürzte Olivia zum Ufer zurück. Sie hatte das Unverzeihliche fertiggebracht. Sie hatte einen Moment lang die Kinder aus den Augen gelassen, und das Unheil war passiert. Die nächsten qualvollen Sekunden erschienen ihr wie Stunden. Und mittendrin fragte sie sich erstaunt, wie es jemandem überhaupt gelingen konnte, seine Kindheit zu überleben.

Olivia erreichte Trey im selben Augenblick wie jemand anders. Kräftige Arme schlossen sich um den Jungen und hoben ihn aus dem Wasser. „Das war ein tolles Kunststück, mein Sohn", wurde Trey von einer tiefen Stimme getadelt.

Olivia blickte hoch und sah als Allererstes ein herzliches männliches Lächeln, ehe sie überhaupt etwas anderes wahrnahm. Die anderen Eindrücke folgten in dem Bruchteil der Sekunde, die sie den Mann anschaute: ein langer, schlanker, unglaublich gut gebauter Körper, braune Haare, humorvoll blitzende Augen, ein marineblauer Jogginganzug.

Sie kniete sich am Ufer hin und schob Trey das tropfende Haar aus der Stirn. „Alles in Ordnung, Trey?"

Offensichtlich war es das. Trey hatte ein nasses Gesicht und feuchte Haare, aber sein Mantel war weniger durchnässt als schmutzverschmiert, und von der Taille abwärts war er höchstens etwas klamm.

„Ich habe es." Trey hielt Olivia einen durchweichten Klumpen Zeitungspapier entgegen.

Olivia entfernte das, was einmal ein Boot gewesen war, aus Treys Hand und warf es in einen Müllkorb. „Sieh dich an! War ein altes Stück Zeitungspapier es wert, deswegen ganz nass zu werden?"

Trey ließ den Kopf hängen und begann zu weinen.

„Ich glaube, er ist schon genug bestraft", bemerkte der Mann.

Olivia sah kläglich auf. „Sie haben recht."

„Nun, er hätte auch vollständig ins Wasser fallen können. Ein Glück für ihn, dass es so flach ist." Der Mann zog ein kleines Frotteehandtuch aus dem Gürtel seiner Jogginghose und reichte es Olivia, damit sie Treys Gesicht und seine Haare abtrocknen konnte.

Olivia nahm es dankbar an und wischte damit den schlimmsten Schaden ab. „So, das sollte reichen."

„Bei diesem Wind werden Sie beide in einer Minute vor Kälte klappern. Sie sind noch nasser als er."

Olivia, die sich hingekniet hatte und ganz damit beschäftigt war, Trey herzurichten, wusste, der Mann hatte recht. Sie musste einen schönen Anblick abgeben! Sie stand auf und sah dem Mann direkt in die Augen. „Ich habe mich noch gar nicht bei Ihnen bedankt."

„Das müssen Sie nicht. Sie hätten ihn in der nächsten Sekunde selbst herausgeholt."

„Ja, aber Sie waren schneller."

„Dafür bin ich ja auch nicht mitten im Teich herumgewandelt."

Olivia legte Trey die Hände auf die Schultern und richtete ihre Aufmerksamkeit wieder auf ihn. „Nun komm, Trey, wir müssen zum Wagen zurückrennen, damit du warm bleibst."

Bruce beobachtete das Kindermädchen, während es den kleinen Jungen tröstete. Die Frau war jünger als er – er schätzte sie so um die zweiundzwanzig. Sie hatte langes, glänzend schwarzes Haar. Selbst in diesem exotischen Schmelztiegel Louisianas war ein solch echtes Blauschwarz ungewöhnlich. Es stand in einem überraschend starken Gegensatz zu ihrem rosigen Teint. Sie hatte gerade Augenbrauen, die ihre dunklen Augen mit den langen Wimpern besonders hervorhoben, ein gleichmäßiges, fast keck geschnittenes Gesicht, in dem nur die volle Unterlippe ahnen ließ, dass die Frau an der Schwelle zum Erwachsensein stand.

Während seines Gesprächs mit Drew hatte Bruce angefangen, sie mit Kate zu vergleichen. Jetzt beendete er diesen Vergleich: Kate war groß und blond. Diese Frau hier war klein und kurvenreich. Kate würde wahrscheinlich von ihr sagen, sie habe Übergewicht. Aber Bruce hielt den Ausdruck „üppig" für angebrachter. Ihr smaragdgrünes Sweatshirt mit der Aufschrift: „Ich bin eine Nanny der Hopkins-Akademie", hatte allerdings nichts Elegantes an sich. Die tropfenden aufgerollten Jeans waren funktionell und schmucklos, und die Tennisschuhe, die soeben aus dem Tümpel auftauchten, schmutzverkrustet und abgetreten.

Bruces Überlegungen wurden durch ein Wimmern unterbrochen. Lucy, an der die ganze Aufregung und all der Trost vorbeigegangen waren, verzog ihr Gesicht und sah aus, als würde sie jeden Augenblick losheulen. Ohne groß nachzudenken, bückte Bruce sich, nahm das kleine Mädchen in die Arme und herzte es, um die aufsteigende Tränenflut zu verhindern.

Olivia blickte hoch und bemerkte, dass der große, gut aussehende Fremde die Arme um Lucy geschlungen hatte. Vielleicht hatte sie nicht sorgfältig genug aufgepasst, um Treys Plumps in den Teich zu vermeiden, aber bei einer Sache war sie höllisch wachsam.

„Entschuldigen Sie", sagte Olivia leise, „aber ich bemühe mich, den Kindern beizubringen, sich nicht von Fremden anfassen zu lassen."

In der Eile, Trey zu retten und beide Kinder zu trösten, hatte Bruce vergessen, sich vorzustellen. Jetzt musste er lächeln. Das Kindermädchen der Broussards war um etliches kleiner als er, aber er hatte das Gefühl, dass, wenn er Lucy weiterhin festhielte, er zu spüren bekäme, wie es wäre, von einer wütenden Mutter angegriffen zu werden, die ihr Küken zu schützen trachtete.

Schnell setzte Bruce Lucy wieder ab. „Ich bin Bruce Terrill, einer der Anwälte aus Lennys Kanzlei. Ich bin vorhin hier mit Drew Sherwood vorbeigejoggt – dem Sherwood aus Broussard, Carrington und Sherwood, und er erkannte die Kinder. Ich habe Lucy und Trey auch schon kennengelernt, aber ich bezweifle, dass sie sich an mich erinnern."

Olivia verbarg den Ausdruck ihrer Augen, indem sie sich bückte, um die Beine ihrer Jeans herunterzurollen. „Ich bin Olivia LeBlanc, das Kindermädchen." Doch als sie sich wieder aufrichtete, war die Scheu, die sie nicht zeigen wollte, nur noch offensichtlicher. Wie peinlich, einen von Mr Broussards Kollegen der Kindesbelästigung verdächtigt zu haben! „Es tut mir leid …", setzte sie an.

Bruce hob die Hand. „Sie haben nur Ihre Pflichten wahrgenommen, und das sehr gut."

„Es ist nur, weil man in einer Großstadt nie sicher ist, wem man vertrauen kann." Sie verstummte.

Zum ersten Mal achtete Bruce wirklich auf den musikalischen Fluss ihrer Sprache. Er wusste sofort, woher die Frau stammte. Sie kam aus Südlouisiana und war vermutlich eine Cajun.

„Auf den Arm." Lucy streckte bittend ihre Ärmchen aus, diesmal vor Olivia.

Olivia bückte sich und hob das kleine Mädchen hoch. Sie konnte Lucy gut auf der Hüfte tragen und strich ihr mit einer liebevollen Geste die rötlich blonden Locken hinter das Ohr. Lucy kuschelte ihren Kopf an Olivias Schulter.

„Ist Ihnen kalt?"

Olivia war überrascht, dass Bruce Terrill immer noch da war. In dem Jahr, das sie schon bei den Broussards lebte, war sie fast zu einem Mitglied der Familie geworden, aber sie war es gewohnt, von deren Freunden nur wie eine hoch bezahlte Angestellte behandelt zu werden. Bruces herzliches Interesse war eine echte Überraschung. Er sah wirklich wunderbar aus, mit seinem dunklen kaffeebraunen Haar und den regelmäßigen Gesichtszügen – und besonders mit diesem Mund, der jede Frau zum Träumen verleiten musste.

„Mir geht es gut", murmelte sie. „Aber um Trey mache ich mir Sorgen. Wir müssen ins Auto zurück."

„Er kann meine Jacke haben.“ Ehe Olivia ablehnen konnte, hatte Bruce seine gefütterte Joggingjacke ausgezogen und sie dem Kleinen um die Schulter gelegt. „Ist das besser?“

Dankbar nestelte Trey sich in die Jacke, und die Tränen versiegten.

Olivia lächelte zaghaft. „Vielen Dank, Mr Terrill ...“

„Bruce“, sagte er nachdrücklich.

„Bruce. Aber jetzt werden Sie frieren.“

„Nachdem ich vier Meilen gerannt bin? Ich werde eine sehr lange Zeit nicht frieren.“

Olivia fand, das Thema noch weiterzuverfolgen sei alberner, als einfach die Jacke zu akzeptieren. Plötzlich wurde ihr bewusst, dass sie Bruce Terrill noch nicht ein einziges Mal direkt in die Augen gesehen hatte. Jetzt stellte sie fest, dass sie dunkelblau waren und dass Bruce sie anstarrte.

Der Ausdruck dieser Augen verunsicherte sie erst recht. Aus ihnen sprach eindeutiges männliches Interesse.

„Wo steht Ihr Wagen?“, fragte Bruce.

Olivia wies mit einem Kopfnicken auf die St. Charles Avenue, und Bruce nahm Trey bei der Hand und setzte sich mit dem kleinen Jungen in Bewegung.

Bruce schätzte die Strecke bis zur Straße ab. Wahrscheinlich blieben ihm zwei Minuten, um Olivia kennenzulernen. Er wünschte, er hätte eine bessere Gelegenheit, etwas mehr über sie in Erfahrung zu bringen.

Er beschloss, keine Zeit zu verschwenden. „Macht es Ihnen Spaß, Treys und Lucys Kindermädchen zu sein?“

„Ich liebe Kinder.“ Olivia fragte sich, ob sie noch etwas Offensichtlicheres hätte sagen können, aber Bruce schien ihre Antwort gefallen zu haben.

„Ich auch. Manchmal glaube ich, dass nicht viele Leute das tun.“

„Wo ich herkomme, mag jeder Kinder.“

„Ich dachte mir schon, dass Sie nicht aus New Orleans sind. Woher stammen Sie? Aus Bayou Lafourche? Lafayette?“

Als Olivia lächelte, sah man ihre gleichmäßigen weißen Zähne. „Aus der Nähe. Aus New Iberia. Ich habe meinen Akzent anscheinend nicht verloren?“

„Nein, und ich hoffe, Sie werden es auch nicht. Er ist zauberhaft. Sprechen Sie auch Französisch?“

Olivia schüttelte den Kopf. „Ich verstehe es. Aber zu Haus war uns nie gestattet, französisch zu sprechen. Nur die Erwachsenen sprachen es. Und wenn ich es heute zu sprechen versuche, versteht kein Mensch ein Wort."

„Livvy, mir ist kalt."

„Das überrascht mich nicht, Trey", erklärte Olivia dem kleinen Jungen sanft. „Wenn ich dich auf den Arm nehme und Lucy laufen lasse, brauchen wir den ganzen Tag, um zum Auto zu kommen."

„Trey, hättest du es gern, wenn ich dich trage?", bot Bruce ihm an.

Als ein plötzlicher Windstoß über den Teich wehte, drückte Olivia die schläfrige Lucy noch fester an sich. „Sie sind sehr liebenswürdig, Bruce", sagte sie warnend, „aber Trey ist so schmutzig. Er wird Ihnen die Sachen ruinieren."

„Die kommen in die Wäsche." Bruce hob Trey hoch, der sich noch zu überlegen schien, ob er diesem Fremden die zweifelhafte Ehre einräumen sollte, ihm behilflich zu sein. Doch dann kuschelte Trey sich gegen Bruces warme Brust und steckte den Daumen in den Mund.

Olivia warf wieder einen verstohlenen Blick auf Bruce und bemerkte, dass er sie noch immer betrachtete. Dieser Bruce Terrill mit seinem verführerischen Mund, der breitschultrigen Figur und dem charmanten Benehmen war genau der Typ, von dem sie als junges Mädchen geträumt hatte. Aber Männer wie Bruce hatten nur Augen für aufregende, dynamische Karrierefrauen. Sie hielten keine Ausschau nach schüchternen, jungen Kindermädchen. Das bedeutete aber nicht, dass nicht auch der richtige Mann irgendwo auf Olivia wartete. Es bedeutete lediglich, dass der richtige Mann nicht jemand wie dieser Bruce sein würde.

„Es ist mir unangenehm, dass Sie meinetwegen einen Umweg machen", sagte Olivia leise und blickte scheu wieder zu Bruce hin.

„Da sind Sie die Einzige, der es unangenehm ist. Außerdem müssen Trey und ich noch ein Gespräch von Mann zu Mann darüber führen, dass man reizende junge Nannys nicht dazu bringt, im Teich herumzuwaten."

„Es war das kleinere von zwei Übeln", beruhigte Olivia ihn. „Trey wollte selbst hinter dem Schiffchen her. Natürlich hat er es dann doch getan."

„Nun, dadurch hatte ich wenigstens einen Grund, Sie kennenzulernen."

Olivia fühlte sich eigenartig befangen. Warum wollte Bruce sie kennenlernen? Olivia war sich bewusst, dass ihre Jeans bis zu den Knien durchnässt waren und dort eng anlagen, wo sie es besser nicht getan hätten, dass ihr Haar sich aus seinem üblichen Knoten gelöst hatte und ihre Schuhe beim Gehen vor Nässe geräuschvoll quietschten.

Bruce unterbrach die Stille. „Wie gefällt Ihnen denn New Orleans?"

Da ihr keine geistreichere Antwort einfiel, blieb Olivia bei der simplen Wahrheit. „Es gefällt mir."

Bruce fragte sich, wann ihm zum letzten Mal ein so schüchternes weibliches Wesen über den Weg gelaufen war. Das musste noch auf der Highschool gewesen sein. Dennoch war Olivias Scheu nicht die einer Heranwachsenden. Bruce hatte den Eindruck, dass sich darin eher ein liebenswürdiges Wesen widerspiegelte statt einer geringen Selbstachtung.

Bruce war restlos fasziniert. „Erzählen Sie mir von New Iberia."

„Nun, es ist eine Ölstadt, und Sie wissen, was das heutzutage bedeutet, nachdem die Ölpreise gesunken sind. Viele Männer sind arbeitslos."

„Und aus diesem Grund arbeiten Sie hier in New Orleans?"

Olivia lächelte ihn an, und im Stillen fand Bruce, dieses erste, wirklich volle Lächeln sei das Bemerkenswerteste, das er je gesehen hatte. Olivias mädchenhaftes Gesicht bekam dadurch eine reife Schönheit. Er korrigierte seine Vermutung hinsichtlich ihres Alters. Olivia war um etliche Jahre älter, als er angenommen hatte.

„Die Kindermädchen von der Hopkins-Akademie sind im ganzen Land gefragt, nur nicht in New Iberia", sagte Olivia und lachte trocken auf. „Wer würde mich für etwas bezahlen, was eine gute Cousine auch umsonst tun könnte?"

Auf der St. Charles Avenue blieb Olivia bei einem blauen Toyota stehen und gab Bruce ihre Autoschlüssel, damit er die Türen aufmachen konnte. Dann setzte sie Lucy sorgfältig in ihren Kindersitz und machte den Sicherheitsgurt zu, während Bruce sich um Trey kümmerte. Nachdem Olivia auch Treys Sitzgurt kontrolliert hatte, richtete sie sich auf und sah Bruce an.

„Ich habe mich gefreut, Sie kennenzulernen, Bruce. Vielen Dank, dass Sie mir geholfen haben." Olivia lächelte Bruce zaghaft an. „Ich werde Ihre Jacke reinigen und sie Ihnen zurückschicken lassen."

„Gern." Ehe sie sich abwenden konnte, berührte Bruce ihren Arm. „Wir sehen uns wieder."

Sie nickte und wusste nicht, was sie antworten sollte.

„Außer es gibt einen Grund, das nicht zu tun ..." Es klang eher wie eine Frage.

Olivia war völlig verwirrt. „Es ist schon möglich, dass wir uns wiedersehen. Sie arbeiten doch mit meinem Chef zusammen."

„Ich sprach nicht von zufälligem Aufeinanderstoßen, Olivia." Bruce mochte den Klang ihres Namens – vier musikalische Silben, die sich zu einem Wort verbanden, in dem die süße Vollendung der vor ihm stehenden Frau perfekt eingefangen war. Olivia.

Sie versuchte einen Scherz. „Aufeinanderstoßen?"

Er lächelte, und dieses Lächeln beantwortete alle Fragen, die Olivia hinsichtlich Bruces Absichten gehabt haben mochte. Sie war verzaubert. Wenn man als Frau von einem Lächeln verführt werden konnte, dann war sie nicht mehr länger unschuldig.

„Sehr sanft aufeinanderstoßen", sagte Bruce, und sein Lächeln wurde von Augenblick zu Augenblick provozierender. Er hob die Hand. „Auf bald, Olivia."

Dann drehte er sich um und ging den Bürgersteig hinunter. Noch lange nachdem Olivia sich in den Verkehr auf der St. Charles Avenue eingeordnet hatte, war sie davon überzeugt, immer noch Bruces zuversichtliches Pfeifen zu hören.

2. KAPITEL

Erst als Olivia halb das im Garden District gelegene Haus der Broussards erreicht hatte, wurde ihr klar, dass sie Bruce Terrill zu ernst genommen hatte. Er hatte ihr lediglich Gesellschaft geleistet und mit ihr geflirtet. Olivia vermutete, dass ein so attraktiver Mann wie Bruce Terrill das oft tat.

Die Überzeugung, dass Bruce kein wirkliches Interesse an ihr hatte, ließ Olivia mit widersprüchlichen Gefühlen zurück. Sie war erleichtert, sich nicht auf einen Flirt einzulassen, aber gleichzeitig war sie auch enttäuscht. Bruce stellte das Abbild der geheimsten Wünsche dar, die sie je genährt und später als unerfüllbar abgetan hatte. Jemandem zu begegnen, der so attraktiv und charmant wie Bruce war, selbst das Wissen, dass dieser Jemand tatsächlich existierte, war schon ein übler Streich, den das Schicksal ihr spielte.

Olivia wusste, dass sie romantisch war, doch sie redete sich gern ein, diesen Teil ihres Wesens mit gesundem Menschenverstand wieder wettzumachen. Nachts jedoch sehnte sie sich nach jemandem wie Bruce, einem Mann, der sie an all die schönen Dinge erinnerte, die das Leben angeblich zu bieten hatte, nach jemandem, dessen Blick allein genügte, um durch ihren Körper angenehme Schauer zu jagen.

„Mir ist kalt, Livvy", jammerte Trey auf dem Rücksitz.

„Ich habe die Heizung an, Trey. Wir sind gleich zu Haus. Zieh die Jacke fester um dich."

Da war noch mehr, was Bruce Terrill an sich hatte. Während Olivia ihren inneren Monolog fortsetzte, bog sie in die Straße ein, die zur Louisiana Avenue führte. Bruce Terrill war noch mehr als nur ein wundervolles Gesicht und eine bemerkenswerte Figur. Er war ein mitfühlender Mensch, der sich ebenso um Trey und Lucy gesorgt hatte wie sie selbst. Zwar gehörte es im Moment für einen Mann fast zum guten Ton, Interesse an Kindern zu zeigen, aber Bruces Interesse war mehr als nur eine lebendige Demonstration eines „Cosmopolitan"-Artikels gewesen.

Alles in allem war er viel zu perfekt.

„Mein Schuh ist dreckig", stellte Trey fest.

„Deine Hosen sind schmutzig, dein Mantel ist verschmutzt und deine Nase ist auch nicht sauber." Olivia warf im Rückspiegel einen Blick auf Trey.

Trey kicherte und wischte sich die Nase am Ärmel ab, um so das Problem aus der Welt zu schaffen. Dann nieste er.

Olivia stöhnte.

Die rothaarige, stets gut aufgelegte Cherry Broussard wartete auf der unteren Veranda ihres zweistöckigen klassizistischen Hauses, als Olivia in die Auffahrt einbog. Wie immer beglückwünschte sich Olivia dafür, sich die Broussards als Arbeitgeber ausgesucht zu haben.

Die Familie Broussard war nicht die erste, die Olivia eine Stellung als Nanny angeboten hatte. Die Hopkins-Akademie war das bekannteste Institut der Vereinigten Staaten für eine Ausbildung als Kinderschwester. Die Schwestern der Hopkins-Akademie waren gesuchte Kräfte, um die man kämpfte und die man mit Gehältern und Vorteilen bestach, die denen vieler junger leitender Angestellter in nichts nachstanden. Nachdem Olivia ihre zweijährige Ausbildung beendet hatte, hatte sie, wie die anderen Absolventen der Schule auch, sofort die Wahl aus mehreren verschiedenen Angeboten.

Aber für Olivia hatte sich die Wahl gar nicht erst gestellt. Nach Gesprächen mit drei anderen Familien hatte sie nur einen Blick auf die Broussards geworfen – einen Blick auf die offensichtliche Liebe zwischen Eltern und Kindern – und wusste, dass sie ihren Platz gefunden hatte.

Heute riss Cherry die Wagentür auf und drückte Trey und die soeben erwachende Lucy an sich, noch ehe Olivia den Motor abgestellt hatte.

„Wie ist das Schiffchensegeln gegangen?“ Cherry sah sich Trey genauer an und biss sich auf die Unterlippe, um sich das Lachen zu verkneifen, während Trey Olivias unvorhergesehenen Marsch in das Wasser und seinen eigenen Sündenfall beschrieb.

Olivia stellte sich, ihre morastigen Schuhe in der Hand haltend, neben Cherry. Wie stets war sie froh, sich einen Arbeitgeber ausgesucht zu haben, der so gelassen mit seinen Kindern umging. Die Hälfte all der Frauen, bei denen sie eine Anstellung hätte finden können, wäre mittlerweile in heftige Vorwürfe ausgebrochen. Cherry hatte genügend Erfahrungen, zu begreifen, dass manchmal die Dinge einen anderen als den erwarteten Verlauf nahmen, gleichgültig, wie sorgsam die Kinderschwester auch aufpassen mochte.

„Nun, was hätten Sie getan?“, fragte Olivia, nachdem Cherry schließlich zu lachen aufgehört hatte. „Der Gedanke, sein Boot zu verlieren, brach dem armen Trey fast das Herz.“

„Es war doch nur Zeitungspapier“, tadelte Cherry den Kleinen zärtlich. „Arme Olivia.“

„Armer Trey“, sagte Olivia leicht verdrossen. „Auf der Nachhausefahrt hat er geniest.“

Cherry schüttelte in gespielter Verzweiflung den Kopf. „Sie gehen normalerweise doch so streng mit ihnen um. Was hat Sie nur dazu gebracht, in diesem schrecklichen Wasser herumzuwaten?“

Der scherzende Ton in Cherrys Worten entging Olivia nicht. Sie war nämlich nicht immer streng genug mit den Kindern. Das war ihr einziger Fehler als Nanny. Olivia hasste Auseinandersetzungen und zog es vor, Problemen auszuweichen. Wenn es nötig war, konnte sie streng sein, aber sie gab sich alle Mühe, es zu vermeiden. „Es war ein so warmer Tag, und meine Füße waren heiß. Da bin ich ins Wasser gewatet, um mich abzukühlen.“

Trey blieb der Mund offen stehen. „Es war nich’ heiß. Es war doch kalt. Sie planschte, weil ich schrie!“

Olivia gab sich mit einer Handbewegung geschlagen. „Nun ja, Kindermund!“

„Heute schreit er noch nach seinem Papierschiffchen, und morgen qualmt er als Teenager heimlich seine Zigarette“, sagte Cherry scheinheilig.

Beide Frauen brachen in Lachen aus. Als sie sich beruhigt hatten, schickte Cherry Trey nach oben ins Badezimmer, damit er sich für ein heißes Bad auszog. Liebevoll gab sie ihm einen Klaps auf den Po, als der kleine Junge an ihr vorbeirannte.

„Wie ich sehe, trägt Trey noch immer die Jacke seines Retters. Haben Sie seine Adresse, damit wir sie ihm zurückschicken können?“ Cherry bückte sich und machte den Sicherheitsgurt von Lucys Kindersitz auf.

Olivias Antwort war genauso gezwungen nonchalant wie ein vorgetäuschtes Gähnen. „Übrigens kennen Sie den Mann. Es war Bruce Terrill. Er sagte, er arbeite mit Lenny zusammen.“

Cherry richtete sich mit Lucy in den Armen auf und drehte sich zu Olivia um. „Bruce? Das ist aber ein Zufall.“

„Er joggte im Park und erkannte die Kinder. Er wollte uns gerade begrüßen kommen, als Trey stolperte und hinfiel.“

„Dann war es ein glücklicher Zufall.“ Cherry sah nachdenklich Olivia zu, die den Rücksitz abklopfte und dann die Tür schloss. „Eigentlich überrascht es mich, dass Bruce sich die Mühe gemacht hat, den Kindern Guten Tag zu sagen. Er hat sie nur ein- oder zweimal gesehen.“

„Mir scheint, er mag Kinder. Er war sehr nett zu Trey und hat ihn sogar zum Wagen getragen."

„Ich frage mich, ob er sich noch für etwas anderes als nur die Kinder interessiert."

Cherrys Bemerkung kam völlig überraschend. Olivia gab ihre Verstellung auf und entschied sich, die Wahrheit zu sagen. Es konnte nichts schaden, eine andere Meinung über das Geschehene zu hören. „Ich bin überzeugt, es waren die Kinder, die ihn interessierten. Aber er ist ein Schmeichler. Ich nehme an, das ist seine zweite Natur."

„Sie könnten sich nicht gründlicher irren." Cherry begann, auf das Haus zuzugehen, und Olivia folgte ihr bis zur Veranda. „Bruce ist verschlossen. Die Frauen flirten mit ihm, nicht umgekehrt. Aber vielleicht hat er sich verändert, seit …"

Olivia bemerkte Cherrys Zögern. „Seit was?"

„Nun, Bruce hatte ein Verhältnis mit einer Frau. Sie haben sich vor wenigen Monaten getrennt. Vielleicht ist er auf der Suche nach jemand Neuem."

„Er muss aber sehr auf dem Trockenen sitzen, wenn eine mitten im Teich stehende Frau ihm anziehend erscheint", scherzte Olivia.

„Bruce? Auf dem Trockenen?" Der Klang von Cherrys Lachen hing, ebenso wie Bruces Pfeifen, Olivia noch lange in den Ohren.

Manchmal dachte Olivia, dass das Einzige, woran ein Fremder sehen konnte, dass sie nicht zur Familie Broussard gehörte, ihre Haarfarbe war. Bei den Broussards reichte sie vom blassen Rötlichblond Treys und Lucys bis zum Feuerrot Cherry Broussards, und die vier heranwachsenden Mädchen hatte alle dazwischenliegende Schattierungen, je nachdem, wie viel Tönungsmittel sie beim Haarwaschen verwendeten.

An Olivias schwarzem Haar sah man vielleicht den Unterschied, aber von dem Augenblick an, wo Cherry ihr taktvoll beigebracht hatte, dass Olivias Uniform der Hopkins-Akademie in die hinterste Ecke ihres Schrankes gehörte, war sie wie eines der Broussard-Kinder behandelt worden. Man respektierte sie und vertraute ihr, aber man zog sie auch auf und spielte ihr schamlos alle möglichen Streiche.

So hätte sie es eine Woche später auch nicht überraschen dürfen, als sie am Sonntag zum Dinner kam und Bruce Terrill am Esstisch sitzend vorfand.

Olivia begriff umgehend, warum Cammie und Mimi, die vierzehnjährigen Zwillinge der Broussards, darauf bestanden hatten, dass sie sich ihr hübschestes rotes Kleid anzog. Offensichtlich war Olivia das einzige Mitglied des Haushaltes, das nichts von der Einladung an Bruce gewusst hatte.

„Du hast Olivia ja schon kennengelernt“, sagte Lenny, als sich Bruce bei ihrem Eintritt erhob.

„Ja, ich hatte bereits das Vergnügen“, sagte Bruce, und in seinen dunkelblauen Augen glimmte ein Feuer. „Hallo, Olivia.“

Olivia bemühte sich, ihre Überraschung zu verbergen. Nach ihrem Gespräch mit Cherry hatte sie mehr über Bruce nachgedacht, als sie zugeben mochte. Ihre Arbeit hielt sie beschäftigt, dennoch hatte sie zu den unmöglichsten Zeiten an Bruce denken müssen. Jetzt war sie an dem Punkt angelangt, wo sie über sich selbst irritiert war. Bruce Terrill war in ihren Träumen sehr gegenwärtig und lebendig. Und nun stand er höchstpersönlich – ausgesprochen lebendig und noch wundervoller, als sie ihn in Erinnerung hatte – direkt vor ihr. Adieu, heiß umkämpfter Seelenfrieden!

„Hallo, Bruce.“ Olivia begab sich zu ihrem gewohnten Platz neben Lucys Kindersitz, aber Cherry wies auf einen Stuhl an Bruces Seite.

„Ich habe Lucy versprochen, heute Abend neben ihr zu sitzen“, erklärte Cherry. „Das war der einzige Weg, um sie zum Einnehmen ihrer Allergietabletten zu bewegen.“

„Heute sind es Allergietabletten und der Platz neben ihr, und morgen, wenn sie ein junges Mädchen ist, werden gute Zensuren und eine Europareise daraus“, murmelte Olivia und ging auf den ihr angewiesenen Platz zu.

Sie ließ sich nicht eine Sekunde von Cherrys Erklärung täuschen, denn Cherry hatte oft genug geäußert, dass Olivia, wenn sie nur beim Essen auf die Kinder aufpassen würde, ihr Gehalt mehr als wert sei.

„Olivia und ich versuchen, uns gegenseitig davon abzuhalten, Trey und Lucy zu verziehen“, erklärte Cherry Bruce, „aber es funktioniert nicht.“

Bruce hielt Olivia den Stuhl, bis sie sich gesetzt hatte. Es war wirklich unfair. Er war in seinem Jogginganzug und dem T-Shirt schon unvergesslich gewesen, aber in diesem hervorragend gearbeiteten grauen Anzug, dem weißen Hemd und der blutroten Krawatte sah er noch besser aus. Bevor er zurücktrat, berührte er mit den Fingerspitzen ihre Schulter, und Olivia spürte, wie die Wärme dieser achtlosen Zärtlichkeit sich in ihrem Körper ausbreitete. Bruce hatte etwas an sich, das bei ihr Reaktionen auslöste, die sich auf Cammies und Mimis Reifeniveau bewegten.

Auch Bruce setzte sich, und Mrs Ware, die Aushilfsköchin der Broussards, servierte den ersten Gang, eine würzige Hummercremesuppe, die das Esszimmer mit exotischem Duft erfüllte. Während des Essens war Olivia mit ihren Gedanken ganz woanders und ließ das Gespräch vorbeirauschen. Sie verhielt sich schon normalerweise still, und heute war sie viel zu sehr damit beschäftigt, herauszufinden, wie Bruce an diesen Esstisch geraten war.

Bruce plauderte mit den anderen, aber aus dem Augenwinkel beobachtete er Olivia. Er achtete selten auf die Farben, mit denen eine Frau sich kleidete, aber Olivia in Rot war ein außerordentlicher Anblick. Ihr Kleid stand in scharfem Kontrast zu ihrer wunderschön weißen Haut und ihren blauschwarzen Haaren, die ihr in einer schimmernden seidigen Welle lose auf den Rücken fielen. Als er sie im Park kennengelernt hatte, hielt er sie für mädchenhaft und lieb, aber heute, in diesem roten Kleid und mit dem losen Haar, schienen ihm diese Adjektive völlig unzulänglich.

Er hatte sie auch für schüchtern gehalten, und diese Beobachtung schien zuzutreffen. Olivia hatte ihn nicht ein einziges Mal richtig angeschaut oder viel zum Gespräch beigetragen. Nach dem belanglosen Geschnatter der wenigen Frauen, mit denen er sich seit seiner Trennung von Kate verabredet hatte, wirkte Olivias Schweigen friedlich und doch reizvoll auf ihn. Bruce fand, es sei es wert, hinter Olivias Geheimnisse zu kommen. Auf diese Entdeckung freute er sich regelrecht.

„Olivia, Bruce hat mir erzählt, er habe Sie letzte Woche zufällig im Park getroffen“, sagte Lenny, nachdem die Suppe fast zur Hälfte gegessen war.

Olivia lächelte zögernd. „Hat er Ihnen berichtet, was ich zu ihm gesagt habe?“

Lenny lachte. „Allerdings. Ich bin froh, dass Sie so auf meine Kinder achtgeben.“

Cherry neigte verwundert den Kopf. „Wovon redet ihr?“

Lenny warf einen bedeutungsvollen Blick in Treys und Lucys Richtung. „Ich fürchte, Olivia hatte Bruce in Verdacht, den Kindern nicht ganz wohlgesonnen zu sein. Aber das war, bevor sie wusste, wer er ist. Bruce hat mir das alles bereits erzählt, als er sich für heute Abend zum Essen einlud.“

In Gedanken bat Olivia Cherry um Verzeihung für all die bösen Wünsche, mit denen sie ihre Chefin bedacht hatte. Cherry hatte sie überhaupt nicht verkuppeln wollen, sondern Bruce hatte sich selbst eingeladen. Nun musste Olivia nur noch herausfinden, worin der Grund lag.

„Lenny, du tust gerade so, als ob wir ihn nicht gern hier sähen", tadelte Cherry ihren Mann. „Ich lade Bruce schon seit Monaten ein."

„Aber da war ich immer sehr beschäftigt", erklärte Bruce gewandt. „Ich war nur froh, dass die Einladung noch bestand."

Als Nächstes wurde der Salat aufgetragen. Olivia hörte dem Gespräch zu und antwortete höflich, wenn man das Wort an sie richtete. Sie war sich Bruces Nähe nur allzu sehr bewusst. Offensichtlich war er Linkshänder, denn ihre Arme berührten sich häufig, und jedes Mal beunruhigte es Olivia. Obwohl sie versuchte, nicht auf Bruce zu achten, fielen ihr doch seine Bewegungen auf. Sie bemerkte seine langen, schlanken Finger und sein behaartes Handgelenk mit der goldenen Uhr, wenn er den Arm hob und seine Manschette zurückrutschte. Als endlich der letzte Bissen Salat gegessen war, hätte sie alles darum gegeben, wenigstens das gewandte Selbstbewusstsein der Zwillinge zu besitzen.

Bruce faszinierte die natürliche Grazie von Olivias Gesten. Jede ihrer Bewegungen war weich und gelassen. Sie hatte nichts von der hektischen Energie so mancher Frauen an sich, die er gekannt hatte. Olivia hatte keine bestimmte Absicht im Auge. Jede ihrer eigenartig zarten Gesten war in sich selbst vollendet. Bruce fragte sich, ob Olivia je unbeholfen sein konnte.

Während man darauf wartete, dass der Kalbsbraten serviert wurde, betrachtete er Olivias Profil. Sie lächelte über etwas, das einer der Zwillinge zum Besten gegeben hatte, und ihre nach oben geschwungenen Lippen faszinierten ihn. Er wünschte sich, zu wissen, wie sie schmecken mochten, und herauszufinden, ob sie sich in Leidenschaft verändern konnten, weicher oder brennender wurden, wenn sie hingehauchte, unzusammenhängende Bitten formten. Seit ihrer ersten Begegnung hatte er in Gedanken an eine leidenschaftliche Olivia, an eine an seiner Brust geborgenen Olivia geschwelgt. Wie das würzige Dinner, das ihnen serviert wurde, musste dieser Gedanke schmecken, auf der Zunge zergehen und gründlich genossen werden.

„Lasst uns das Dessert im Wohnzimmer einnehmen", schlug Cherry vor, nachdem jeder mit seinem Essen fertig war.

„Trey und Lucy auch?“, fragte Olivia. Sie hatte das Essen überstanden, obwohl sie sich die ganze Zeit hindurch linkisch gefühlt hatte. Aber jetzt war sie wenigstens nicht mehr über Bruces Absichten beunruhigt. So, wie sie sich während des Essens benommen hatte, konnte er kein Interesse mehr an ihr haben. „Oder möchten Sie, dass ich sie für ihre Nachspeise in ihr Spielzimmer hinaufbringe?“

Cherry vereitelte Olivias Flucht, indem sie aufstand und das Tablett von Lucys Kinderstuhl herunternahm. „Nein, ich glaube, es kann ihnen nicht schaden, wenn sie diesmal bei den Erwachsenen bleiben. Wir gehen alle ins Wohnzimmer.“ Dieser Satz war unmissverständlich ein Befehl.

Die Broussards standen auf und gingen in den anderen Raum hinüber, und auch Olivia und Bruce erhoben sich. Olivia, die sorgfältig darauf achtete, nicht an Bruce zu stoßen, wollte den Übrigen folgen, aber Bruce hielt sie am Arm fest. „Olivia?“

Sie hatte während des Essens so viel Zeit damit verbracht, seine Hände zu betrachten, dass sie innerlich völlig aus der Fassung geriet, als sie jetzt von einer zwanglos berührt wurde. Leicht schwankend drehte Olivia sich zu Bruce und bemühte sich, gelassen zu wirken.

„Ich verspreche Ihnen, ich beiße nicht“, sagte er.

Sie seufzte und grübelte darüber nach, ob sie ihm etwas vormachen sollte. Aber da ihr das nicht lag, sah sie ihm direkt in die Augen. „Ich hatte das auch nicht angenommen.“

„Sind Sie immer so still?“

„Nicht immer.“ Nur, wenn ihr die Zunge wie gelähmt schien.

„Beweisen Sie es.“ Bruce hatte seine Hand nicht fortgenommen, und nun fuhr er mit dem Daumen sanft streichelnd in zarten Kreisen über Olivias Handgelenk. „Kommen Sie nach dem Dessert mit mir tanzen.“

Ihr Handgelenk fühlte sich so empfindlich an, dass Olivia davon überzeugt war, Bruce habe ihre Haut durchdrungen und sei direkt auf den Enden ihrer Nerven gelandet. „Tanzen? Sonntags um sechs Uhr?“

„Sagen Sie Ja, und ich kümmere mich um den richtigen Ort.“

Olivia hätte sich sein Interesse nicht träumen lassen. Und doch hatte sie Bruces Reaktionen nicht falsch verstanden. Es erschien ihr kaum zu glauben.

Bruce konnte die Überraschung in Olivias dunklen Augen sehen. Ihm war selten eine Frau begegnet, die sich ihres eigenen Charmes so unbewusst war. Ein männlicher Instinkt, von dem er nicht einmal wusste, dass er ihn besaß, durchflutete ihn. Er wollte Olivia in die Arme nehmen und sie von allem Bösen fernhalten. Er hätte jeden Drachen für sie erschlagen.

„Gewöhnlich habe ich Sonntagabend nicht frei", sagte Olivia endlich. Bestimmt wusste Bruce, dass sie Ausflüchte machte. „Vielleicht haben die Broussards etwas vor."

„Nein, das haben sie nicht. Ich habe mich erkundigt."

Jeder, Olivia ausgenommen, hatte also Bruces Absichten gekannt. „Mir scheint, es ist bereits alles arrangiert", sagte sie leise.

„Nur, wenn Sie zusagen."

Olivia nickte unsicher. „Nun, dann ja." Sie sah an sich herab. „Soll ich mich umziehen?"

„Das Kleid gefällt mir. Sie sehen zauberhaft darin aus."

Olivia bedankte sich leise für das Kompliment, und sie gingen ins Wohnzimmer zu den Broussards hinüber. Als Olivia sich auf das Sofa setzte, versuchte sie noch immer herauszufinden, was soeben geschehen war. Aber Trey lenkte schnell ihre Aufmerksamkeit auf sich. Er kletterte auf ihren Schoß und lehnte sich zurück, um von dort mit der herablassenden Arroganz eines auf seinem Thron sitzenden Königs durch den Raum zu sehen. Nachdem man mit dem Dessert und dem Kaffee fertig war, musste man ihn erst bestechen, damit er wieder herunterkrabbelte und Olivia sich zum Gehen bereit machen konnte. Mit einem schlechten Gewissen versprach sie ihm, eine Überraschung mitzubringen, weil sie ihm an diesem Abend seine Gutenachtgeschichte nicht vorlesen konnte.

„Heute sind es Überraschungen, und als Teenager bekommt er dann die Wagenschlüssel", meinte Cherry boshaft.

„Aber bis es so weit ist, lebe ich längst in Beverly Hills und Sie werden meine Nachgiebigkeit selbst wieder geraderücken müssen", erinnerte Olivia sie.

„Beverly Hills?" Bruce chauffierte seinen schwarzen BMW aus der Einfahrt und bog langsam auf die schmale Straße, die durch den Garden District führte, ein.

Olivia beobachtete ihn beim Fahren. Ihr gefiel die Art, wie ihm das Haar in die Stirn fiel. Diese kleine Unordentlichkeit kam ihr wie ein gutes Omen vor. „Ich halte Cherry das wenigstens einmal pro Tag unter die Nase. Weil ich für die Broussards arbeiten wollte, habe ich einen Job bei einem Filmproduzenten und seiner Frau in Beverly Hills abgelehnt."

Bruce war beeindruckt. Er wandte sich einen Moment zur Seite und ließ den Blick über Olivia schweifen. „Sie haben eine Uniform? Passt sie zu dem Sweatshirt, das Sie im Park anhatten?"

„Nein, Mary Hopkins würde auf der Stelle sterben, wenn sie es sehen könnte. Im Süden besteht die Uniform aus einem leichten Leinenkleid und einem kastanienbraunen Blazer. Cherry hat mir dieses Sweatshirt als Gag gegeben, weil sie ständig ein solch krasses Statussymbol um sich haben wollte."

Bruce lachte, aber es beeindruckte ihn, dass man Olivias Ausbildung so hoch einschätzte.

Olivia hatte Freude, Bruce auch weiterhin zu beobachten. Er hatte die Hände mit den langen, schlanken Fingern locker auf das Lenkrad gelegt. Seine Haltung war lässig, aber konzentriert.

„Wie lange sind Sie schon bei Broussard, Carrington und Sherwood?", fragte sie, als das Schweigen eine Spur zu lange anzuhalten drohte.

„Ein bisschen länger als zwei Jahre. Davor habe ich auch Drew kennengelernt."

„Gefällt Ihnen das, was Sie tun?"

„Mir gefällt das Honorar, das ich bekomme", antwortete Bruce geradeheraus. „Die Fälle sind keineswegs immer so interessant oder bedeutend wie die Aufgaben, die ich in meiner früheren Praxis bekam. Ich versuche, mir dadurch einen Ausgleich zu schaffen, indem ich gelegentlich interessante Fälle annehme, ob der Mandant mich nun bezahlen kann oder nicht."

„Dann müssen Sie sehr ausgelastet sein."

Bruce fuhr den Wagen auf einen Parkplatz und stellte den Motor ab, ehe er sich zu Olivia umwandte. Der Ausdruck seiner Augen ließ keinen Zweifel an der Bedeutung seiner folgenden Worte. „Nein, ich bin nicht zu ausgelastet."

Womit war er nicht zu ausgelastet? Olivia mochte vierundzwanzig sein, aber sie hatte auf dem Gebiet der zwischenmenschlichen Beziehungen noch nicht sehr viele Erfahrungen gesammelt.

In der Highschool hatte sie einen Dauerfreund gehabt, der nach dem Abschluss das Klassenflittchen geheiratet hatte – wohl eher aus Enttäuschung über Olivias Weigerung, sich im Autokino auf dem Rücksitz seines Chevrolets zu vergnügen, als aus wahrer Liebe.

Nach der Highschool hatte Olivia für einen verheirateten leitenden Angestellten der Ölindustrie gearbeitet, ehe sie zur Hopkins-Akademie wechselte, und Joe hatte sie vor allen Annäherungsversuchen, den willkommenen wie den unwillkommenen, seitens seiner Mannschaft in Schutz genommen. Auf der Akademie musste sie sowohl auf ihren Ruf als auch auf ein volles Studienpensum achtgeben.

Zusammengenommen und unter dem Strich erwies sich ihr Liebesleben als eine dicke leere Null.

Jetzt, da Bruces dunkelblaue Augen tief in ihre sahen und ihr Pulsschlag zu rasen begann, wünschte sich Olivia in die Sicherheit des Alleinseins zurück. Offensichtlich stellte ihr ein Experte in Sachen Liebesaffären nach. Schlimmer noch, Olivia hatte das Gefühl, sie würde sich noch einsamer fühlen, als sie es sich im Augenblick ausmalen konnte, wenn Bruce ihrer müde geworden war.

Bruce erkannte deutlich, was in Olivia vorging. Er bückte sich zu ihr, um den Verschluss des Sicherheitsgurtes aufzumachen, und berührte dann mit einer Hand ihr über die Schultern fallendes Haar. „Es gibt nichts, wovor Sie sich zu fürchten hätten“, sagte er.

„Ja, Sie erwähnten bereits, Sie würden nicht beißen.“

Er lächelte träge und sehr, sehr männlich. „Das hatte ich gesagt, aber vielleicht hätte ich es besser unterlassen. Das war ein Versprechen, bei dem ich nicht so sicher bin, ob ich es auch zu halten beabsichtige.“

3. KAPITEL

Tipitinas mit seinem renovierten Seemannskneipen-Charme und der ohrenbetäubenden Musikanlage war genau der Ort, Olivia auszuführen. Bruce beglückwünschte sich selbst, dass er den Instinkt besessen hatte, als Hintergrund für ihre erste Verabredung einen der populärsten Jazzclubs in New Orleans auszusuchen.

„Wie wundervoll!“ Olivia sah Bruce an und vergaß für den Augenblick ihre Scheu. „Ich bin noch nie hier gewesen.“

„Reden Sie mit mir?“, fragte er grinsend und hielt sich eine Hand hinter das Ohr.

Olivia hatte wieder dieses Lächeln, das ihn so ungemein faszinierte, als sie auf einen Tisch in der Ecke zeigte. „Das ist der einzige freie.“

„Dann nichts wie hin.“

Sie machten es sich an dem Ecktisch bequem, während die Band sentimentale französische Klänge von der Bühne schallen ließ. Olivia hatte die Tänzer angesehen und wusste sofort, dass sie und Bruce zu vornehm angezogen waren. Bruce löste die Krawatte und zog die Jacke aus, aber Olivia blieben herzlich wenige Möglichkeiten, sich der Situation anzupassen, außer sich vorzunehmen, ihre besten Jeans zu tragen, falls sie je wieder hierherkämen.

„Möchten Sie tanzen?“, fragte Bruce in einer der seltenen Pausen zwischen den Liedern.

Bruce stand auf und hielt Olivia die Hand hin. Als sie ihre Hand in seine legte, verkrampfte Olivia sich leicht. Sie war zu alt, um bei einer so simplen Berührung ein so intensives Gefühl zu verspüren. Aber sie hatte jahrelang ihre Sexualität unterdrückt. Jetzt drängte sie wie eine Pflanze, die sich nach der Sonne sehnte, an die Oberfläche.

Bruce hatte sich gefragt, ob Olivias Haut sich wohl so weich, so geschmeidig und warm anfühlen würde, wie sie aussah. Ihre Hand in seiner fühlte sich besser an, als er es sich ausgemalt hatte. Seit Kate hatte er nicht mehr mit einer Frau geschlafen. Jetzt überwältigten ihn die monatelang verdrängten Sehnsüchte, bis er sich zu fragen begann, ob er genügend Vertrauen zu sich selbst hatte, Olivia eng an sich zu ziehen.

Olivia spürte, dass es ratsamer war, mit dem Tanzen zu beginnen, und dass sie etwas unternehmen müsse, um die in ihren Wangen aufsteigende Röte zu erklären. Sie nahm Bruce bei der anderen Hand.

Bruce zog Olivia in die Arme und fing an, sich im Walzertakt mit ihr durch den Raum zu drehen.

Cajun-Frauen, die alter französischer Abstammung waren, hängten sich nicht an ihre Männer, aber es stand auch nirgendwo geschrieben, dass man großen Abstand zu seinem Tanzpartner halten müsse. Olivia hielt nur eine winzige Distanz zu Bruce, aber sie unterließ es, den Kopf an seine Schulter zu schmiegen. Das wäre leicht möglich gewesen, denn sie reichte ihm gerade bis zum Ohrläppchen.

Bruce schwankte zwischen der Entscheidung, Olivia eng an sich zu ziehen und dadurch ihre Beziehung zueinander womöglich wieder in das Anfangsstadium zurückzuwerfen – oder die Distanz zwischen ihnen beiden zu wahren und dabei verrückt zu werden. Er konnte sich nicht erinnern, sich jemals so danach gesehnt zu haben, eine Frau an sich zu spüren, nicht einmal als Teenager, wo Frauen alles waren, woran er denken konnte. Olivias Körper war so wunderbar gerundet an den richtigen Stellen, besaß eine solche sinnliche Fülle, dass er geschaffen zu sein schien, einem Mann die größte Lust zu bereiten. Bruces Gefühle hatten etwas entschieden Heidnisches an sich. So empfand kein Mann des zwanzigsten Jahrhunderts, der dem intellektuellen Prinzip der Gleichstellung von Mann und Frau huldigte.

„Noch ein Bier?“ Bruce löste sich von Olivia, als der Walzer zu Ende war. Irgendwie fühlte er sich erleichtert, dass ihm die Entscheidung abgenommen worden war. Keine Musik mehr, also auch kein Schmusen auf der Tanzfläche.

„Für mich nicht.“

Olivia sah Bruce hinterher, der sich zur Bar durchschlängelte. Es war ihr ein Rätsel, wie er so gefasst bleiben konnte, wo sie selbst doch völlig den Boden unter den Füßen verlor. Hatte er überhaupt eine Ahnung, was dieser letzte Tanz in ihr angerichtet hatte? Vierundzwanzig Jahre der Unterdrückung hatten offensichtlich ein Monster in ihr hervorgebracht, und der erste hinreißende, faszinierende Mann, der sie in die Arme nahm, hatte es von seinen Ketten befreit … Und dieser Mann schien es nicht einmal zu merken, was er vollbracht hatte! Insgeheim schickte Olivia eine Reihe von Stoßgebeten zum Himmel, damit es auch so bliebe.

„Amüsieren Sie sich gut?“, fragte Bruce, als er wieder bei Olivia war.

Die Band machte eine wohlverdiente Pause, und der wundervoll schäbige Raum war von der angeregten Unterhaltung der Gäste und der knisternden Spannung zwischen den Frauen und Männern, die sich gegenseitig musterten, erfüllt.

Es war schwierig, diese Frage zu beantworten. Olivia war eher verwirrt, voller eindeutiger, unerfüllter Wünsche und enttäuscht über ihre eigene Unfähigkeit, Bruce in ein angeregtes Gespräch zu verwickeln. Nein, sie amüsierte sich nicht gerade, aber die Zeit mit Bruce würde sie nie vergessen oder gegen etwas anderes tauschen wollen.

„Ich bin gern hier", sagte sie, weil sie etwas antworten musste. „Es erinnert mich ein bisschen an zu Haus."

„Haben Sie Heimweh nach New Iberia?"

„Nein. Es war an der Zeit, mich auf eigene Füße zu stellen und erwachsen zu werden."

„Und sind Sie das?"

„Bin ich was?"

„Erwachsen geworden?"

Falls die gegensätzlichen Empfindungen, die Olivia immer noch heimsuchten, ein Anzeichen dafür waren, erwachsen zu sein, dann wurde sie es in diesem Moment vor Bruces Augen. Sie lächelte dünn. „Was glauben Sie?"

„In mancher Hinsicht wirken Sie eher wie achtzehn als vierundzwanzig. Nicht unreif, nur ..." Er ließ den Satz unbeendet.

Das fehlende Wort hieß „unschuldig", aber Olivia wollte es nicht für Bruce sagen. „Woher wissen Sie, dass ich vierundzwanzig bin?"

„Lenny hat es mir gesagt."

„Und was hat er Ihnen noch erzählt?"

„Wollen Sie das wirklich wissen?"

„Ich habe doch danach gefragt."

„Er sagte, Sie gingen völlig in Ihrer Arbeit auf – soweit ihm bekannt sei, hätten Sie keinen Freund –, und sollte ich Ihnen auf irgendeine Weise wehtun, würde er mich als Partner der Rechtsanwaltskanzlei streichen."

Olivia senkte den Blick kurz auf den Tisch, ehe sie wieder zu Bruce aufsah. „Und Sie sind trotz dieser schrecklichen Drohung zum Essen gekommen?"

„Ich war es leid, dauernd joggen zu müssen. Sie sind ja nicht wieder am Teich gewesen." Bruce griff über den Tisch und legte eine Hand über Olivias.

„Ich habe Lucy und Trey zur Sandkiste im Hinterhof gebracht", murmelte sie. „Da ist es trockener."

„Wissen Sie eigentlich, dass Ihre Augen glänzen, wenn Sie über die Broussard-Kinder sprechen?"

Im Stillen dachte Olivia, dass der Glanz in ihren Augen eher mit Bruces Hand auf der ihren zu tun hatte als mit Lucy und Trey. „Es sind prachtvolle Kinder. Ich liebe sie.“

„Wird es Ihnen nicht schwerfallen, die Broussards einmal verlassen zu müssen, wenn die Kinder eine Nanny nicht mehr benötigen?“

„Nun, ich werde sie vermissen, aber ich bin ihre Nanny und nicht ihre Mutter. Es wird andere Kinder geben. Außerdem werde ich den Kontakt aufrechterhalten, selbst wenn die nächste Stelle so weit weg wie Beverly Hills sein sollte.“

„Haben Sie vor, weiterhin als Kindermädchen zu arbeiten?“

Olivia hätte gern gewusst, worauf Bruces Frage in Wirklichkeit abzielte. „Ich setze einen Schritt vor den anderen. Aber ich strebe nicht nach einer bedeutenderen Karriere, falls Sie das gemeint hatten. Die Arbeit als Nanny ist eine ehrenvolle Tätigkeit. Ich werde gut bezahlt, und ich liebe meine Arbeit.“

„Es ist aber doch ein Beruf für eine unverheiratete Frau, nicht wahr? Oder würde eine Nanny ihre Kinder bei einem Kindermädchen lassen, damit sie selbst jeden Tag zur Arbeit gehen kann?“

Die Vorstellung, eine endlose Kette von Nannys, die sich um die Kinder von Nannys kümmerten, die selbst auf die Kinder von Kindermädchen aufpassten, brachte Olivia zum Lachen. „Ich bin erst vierundzwanzig“, sagte sie leise. „Ich kann abwarten.“

Die Band kehrte auf das Podium zurück, und Olivia tanzte mit Bruce noch mehrere Runden. Als sie schließlich gingen, war die Nachtluft kühl. Vielleicht lag es an den Drinks oder an der Musik oder daran, dass sie Bruce besser kennengelernt hatte, jedenfalls fühlte Olivia sich wie auf Wolken und vergaß ihre Schüchternheit für den Augenblick. Sie hielt ihr Haar hoch, während Bruce ihr in den Mantel half. Dann wies sie zum Himmel. „Sehen Sie, ich glaube, wir haben Vollmond.“

„Müssen Sie schon nach Haus, oder können wir noch etwas spazieren fahren, bis der Mond aufgegangen ist?“

Olivia seufzte. „In einer solchen Nacht fehlt mir die ländliche Umgebung. In einer Stadt findet man kaum einen friedvollen Ort. Die Parks sind zu gefährlich, und außerdem sind überall Straßenbeleuchtungen, und man kann die Sterne nicht sehen. Daheim wohnen wir ganz nah am Bayou Teche, sodass ich manchmal nachts dorthin gehen kann, um dem Geräusch des Wassers zu lauschen. Dort macht es Spaß, den Mond zu betrachten.“

Bruce war davon überzeugt, dass er und Olivia sich nur näherkommen könnten, wenn er sich äußerst zurückhaltend verhielt. Ihr versonnener Gesichtsausdruck brachte jedoch seine besten Absichten zu Fall. Sie wollte den Mond über einem Fluss bewundern … Nun, das konnte er ihr ohne große Schwierigkeiten ermöglichen. Vielleicht war das kein weiser Einfall, aber wie oft hatte Weisheit es einem Mann ermöglicht, sich seinen Herzenswunsch zu erfüllen?

„Ich kenne einen solchen Ort hier in New Orleans", sagte er leichthin. „Vielleicht nicht ganz so abgeschieden, und außerdem gibt es dort Lampen. Aber man könnte so tun als ob."

„Wo?"

„Meine Wohnung."

Bruces Wohnung war ein am Bayou St. John gelegenes Apartment ganz in der Nähe, wo der Fluss in den Lake Pontchartrain mündete. Das Apartment lag an der Rückseite eines großen Hauses und war ursprünglich für die Schwiegermutter des Besitzers gedacht gewesen. Es war gut angelegt und hatte einen so versteckten Eingang, dass selbst ein erfahrener Einbrecher Schwierigkeiten gehabt hätte, ihn ausfindig zu machen. Aber das Schönste war ein kleiner, von einem verwitterten Zypressenzaun umgebener Hof, von dem aus man auf das Wasser blicken konnte.

Bruce bewohnte das Apartment noch nicht so lange, um ihm seinen Stempel aufzudrücken, doch in den wenigen Monaten, seit er es gemietet hatte, waren ihm die Stille der Umgebung und die Anwesenheit einiger Enten, die sich stets morgens und abends ihr Futter bei ihm erbettelten, ans Herz gewachsen.

Das Apartment verfügte über wenig Mobiliar, doch Bruce hatte sich am Tage seines Einzuges Gartenmöbel gekauft und verbrachte selbst jetzt noch im November jeden möglichen Augenblick im Freien und genoss von seinem Hof aus das stets wechselnde Panorama.

Für Bruce stand es außer Frage, dass Olivia sein Apartment und die Aussicht dort gefallen würden. Die einzige Frage war nur, wie er sie davon überzeugen sollte, dass er keine niedrigen Absichten hegte. Normalerweise lud kein Mann eine Frau am Ende ihrer ersten Verabredung zu sich nach Haus ein und hatte nichts anderes im Sinn, als mit ihr den Mond zu bewundern. Entweder war Olivia zu brav, um selbst auf diesen Gedanken zu kommen, oder sie suchte Bruces Nähe viel mehr, als er selbst erwartet hatte. Woran es auch gelegen haben mochte, er war jedenfalls über ihre begeisterte Zustimmung überrascht.

Auch Olivia war ein bisschen überrascht gewesen. Sie wollte nicht, dass der Abend mit Bruce schon zu Ende ging, und war gern auf die Gelegenheit eingegangen, den Abend zu verlängern. Aber sie saßen bereits in seinem Wagen und verließen die Innenstadt, ehe Olivia recht begriff, dass Bruce sie zu seiner Wohnung mitnahm. Zwar war sie nicht so verschroben anzunehmen, sie müsse um ihre Tugend kämpfen, nur weil sie zugesagt hatte, aber sie hatte sich ihre Handlungsweise auch nicht recht klargemacht. Bruces Apartment würde ruhig sein, er lebte allein. Worüber sollten sie miteinander reden?

„Ich hatte Glück, diese Wohnung zu finden“, erklärte Bruce ihr, als er in die zum Bayou St. John parallel verlaufende Straße einbog. „Sie war nicht einmal inseriert worden. Ein Freund hat mir davon erzählt.“

„Wohnen Sie hier schon lange?“

„Erst einige Monate.“

Olivia sah diese Bemerkung im Zusammenhang von Cherrys Äußerung über Bruces jüngste Vergangenheit. Sie fragte sich, ob er mit der von Cherry erwähnten Frau zusammengelebt habe, ehe er hierhergezogen war. Was war aus dieser Beziehung geworden? Hatte Bruce sich entschlossen, sie abzubrechen?

„Die Leute, denen das Haus gehört, sind viel unterwegs“, fuhr Bruce fort. „Ich bin hier mehr allein, als mir lieb ist.“

„Mögen Sie das nicht? Ich hatte nie so viel Privatleben, um das richtig beurteilen zu können.“

Bruce fuhr auf den neben seinem Apartment liegenden Parkplatz und stellte den Motor ab. „Das Privatleben wird meistens in höchstem Maße überschätzt.“

Olivia hätte gern gewusst, was er damit sagen wollte, als sie darauf wartete, dass Bruce um den Wagen kam und ihr die Tür öffnete.

Bruce hielt ihr die Hand hin. Olivia ergriff sie und ließ sich von ihm beim Aussteigen behilflich sein. Überrascht merkte sie, dass Bruce ihre Hand nicht losließ. Mit Bruce Hand in Hand zu gehen, vermittelte ihr das Gefühl der Intimität, wie es noch bei keinem anderen Mann der Fall gewesen war. Es übertrug sich etwas von einem zum anderen, eine unglaubliche körperliche Anziehungskraft, die so verbindend war wie gemeinsam erlebte Träume. Für zwei so grundverschiedene Menschen wie sie schien die seelische Verbindung fast undenkbar.

Bruce führte Olivia einen von zwei riesigen Magnolienbäumen überschatteten Weg hinunter. Dann ließ er widerstrebend ihre Hand los, um die Tür aufzuschließen und Olivia ins Haus zu bitten.

Das Apartment war offensichtlich noch kein richtiges Heim. Während Bruce ihren Mantel aufhängte, ließ Olivia ihren Blick durch das Wohnzimmer schweifen. Das Mobiliar gehörte unverkennbar zum Apartment. Es war sehr zusammengewürfelt und sah aus, als hätte man es Stück für Stück vom Dachboden geholt.

An den einheitlich weiß gestrichenen Wänden hingen keine Bilder, ausgenommen ein veralteter Kalender über der Bar, die Küche und Wohnzimmer teilte. Der Teppichboden war neu und unauffällig und passte zu allem und jedem, und das einzige Licht fiel durch ein altertümliches, mitten in der Decke eingelassenes Fenster.

„Was halten Sie davon?“, fragte Bruce, der neben Olivia getreten war.

„Ich glaube, Sie verbringen hier nicht viel Zeit.“

„Jedenfalls nicht drinnen. Möchten Sie etwas trinken?“

„Kaffee, wenn Sie haben.“

Olivia folgte Bruce in die Küche und setzte sich, während er die Kaffeemaschine füllte, an den Tisch. Die Küche war nicht viel anders als das Wohnzimmer. Bruces ganzes Apartment brachte Olivias häusliche Instinkte hervor. Möglicherweise gehörte er zu den Männern, denen ihre Umgebung nicht auffiel, aber Olivia bezweifelte es. Bruce wirkte viel zu sensibel, um auf diese Art leben zu können und die Trostlosigkeit nicht zu merken. Vielleicht hatte er, wie viele Männer, einfach keine Vorstellung, wie man es anstellen musste, um aus einer Wohnung ein Heim zu machen.

„Milch und Zucker?“

„Schwarz, bitte.“

Olivia nahm die ihr von Bruce angebotene Tasse entgegen und nippte daran, während er sich selbst einschenkte und sich dann zu ihr setzte.

„Erzählen Sie mir etwas von sich und Ihrer Familie“, bat Olivia ihn und sah Bruce über den Rand ihrer Tasse hinweg an. Überrascht bemerkte sie, dass seine Augen sich verdunkelten und ihr Blau in Grau verwandelte.

„Welche?“, fragte er geringschätzig. „Ich hatte fünf, nein, eigentlich sechs.“

Olivia trank ihren Kaffee und bemühte sich, seine rätselhafte Bemerkung zu begreifen. „Möchten Sie darüber sprechen?“, fragte sie ihn schließlich.

Bruce gefiel die Art, wie Olivia ihre Frage gestellt hatte. Sie setzte keine Antwort voraus und schien auch nicht verlegen, ein möglicherweise heikles Thema berührt zu haben. Sie wollte ihm nur zeigen, dass sie zuhören würde, falls er sprechen wollte. Bruce fühlte sich in ihrer Gegenwart ausgeglichen. Noch nie hatte er eine so bescheidene, umgängliche Frau kennengelernt.

„Ich war ein Pflegekind", sagte er ohne jedes Selbstmitleid. „Meine wirkliche Mutter blieb immer im Hintergrund, und meine Familien waren immer die Leute, bei denen ich gerade lebte – Menschen, die sich um mich kümmerten, wenn ich krank war, und die mir zu essen gaben, wenn ich Hunger hatte. Menschen, auf die ich mich verlassen konnte."

„Auf Ihre Mutter konnten Sie sich nicht verlassen?"

„Sie schwirrte in mein und aus meinem Leben wie ein Zugvogel und versprach mir ständig, mich von den Menschen zu retten, die mir zu geben versuchten, wozu sie nie fähig war. Es war für alle Beteiligten sehr schwer. Ich glaube, das war der Grund, weshalb ich so häufig meine Familie wechselte."

Bruces letzte Sätze klangen so endgültig, dass Olivia den Eindruck bekam, sie würde nie mehr etwas anderes über seine Kindheit zu hören bekommen. Was war aber nach seiner Kindheit geschehen, welchen Einflüssen war er ausgesetzt gewesen, um sich zu dem Mann von heute zu entwickeln?

„Sie müssen sich sehr angestrengt haben, um das College hinter sich bringen und studieren zu können", nahm sie den Faden wieder vorsichtig auf.

„Nein, eigentlich war das ein Punkt, wo meine Mutter für mich da war. Sie war begütert, auch wenn sie keine gute Mutter war. Es war genügend Geld vorhanden, als ich es brauchte, um zur Schule gehen zu können."

Olivia stellte ihre Kaffeetasse ab. „Es klingt dennoch nicht, als wäre es sehr leicht gewesen."

„Haben Sie an der Hopkins-Akademie Kinderpsychologie studiert? Dann wissen Sie, dass Kinder alles Mögliche durchleben können und trotzdem ohne Schaden erwachsen werden."

Olivia wusste aber auch, dass jemand wie Bruce nach außen hin keinen Schaden davongetragen hatte, in ihm aber eine tiefe Leere war, die vielleicht nie ausgefüllt werden würde, selbst wenn er eines Tages mit ganzer Hingabe geliebt werden sollte. Sie fragte sich, ob er sich dessen bewusst war.

Bruce stand auf und reichte ihr die Hand. „Ich möchte Ihnen den Mond über dem Bayou zeigen. Soll ich Ihren Mantel holen?"

„So kalt ist es nicht."

Der Hof bezauberte Olivia. Hier fand sie all die Anzeichen, dass Bruce vorhatte, längere Zeit hier zu wohnen. Die Möbel auf dem mit Ziegelsteinen ausgelegten Patio waren aus leichtem Holz mit bunten, bequemen Kissen. Am Zaun entlang standen riesige mexikanische Tonkrüge, die darauf warteten, mit farbenprächtigen Blumen bepflanzt zu werden, und es gab ein ausgesprochen teures Vogelfutterhäuschen voller Sonnenblumenkerne. Am schönsten waren jedoch die lebensgroßen Bronzestatuen einer Katze mit ihren vier Jungen, die unter einem entlaubten Baum in der Ecke spielten.

„Oh, wie hübsch!" Olivia blieb stehen und ließ ihre Finger über die kunstvolle Figur der Katzenmutter gleiten. Dann berührte sie jedes der Kätzchen, als wolle sie ein jedes wissen lassen, dass sie kein einziges von ihnen bevorzugte.

Bruce beobachtete sie. „Als ich hier einzog, wollte ich lieber einen Hund. Aber ich bin nicht so oft zu Haus, um mich richtig um ihn kümmern zu können. Dann dachte ich daran, mir eine Katze zuzulegen, aber ich hatte Angst, sie könnte die Enten verschrecken. Mathilda und ihre Babys waren dann der Kompromiss."

„Mathilda?" Olivia neigte sich wieder zu der Figurengruppe hin. „Ja, sie könnte nicht anders heißen." Dann drehte sie sich wieder zu Bruce um. „Enten? Sie halten auch Enten?"

„Tut nicht jeder das?" Er grinste sie an, und sein Grinsen war so jungenhaft, so frei von allem außer dem Vergnügen über Olivias Beifall, dass ihr Herz einen Sprung machte.

Auch Bruce bewahrte sich tief im Innern eine gewisse Scheu, einen geheimen Wunsch. Trotz all seiner Stärke und seiner Intelligenz lebte in Bruce immer noch der kleine Junge, der sich nach den Dingen sehnte, die ihm verwehrt worden waren.

Und tief in Olivias Innerem gab es die Frau, die plötzlich wusste, dass sie diejenige sein würde, die ihm alles das schenkt.

„Ich werde Ihnen meine Enten zeigen", sagte Bruce, und sein Grinsen wurde entschieden verführerischer.

Unbeirrt sah Olivia ihm in die Augen. „Ist das etwa so, als wollten Sie mir Ihre Gemäldesammlung zeigen?"

Die Wärme ihres Blicks überraschte Bruce. Die scheue, unsichere Olivia, der er nicht hatte zu nahe treten wollen, war plötzlich verschwunden. Vor ihm stand eine Frau, die etwas Wichtiges über sich selbst entdeckt zu haben schien. „Wenn Sie es gern so hätten?", sagte er.

Olivia schüttelte langsam den Kopf. „Noch nicht."

Nie hatten zwei Worte provozierender geklungen. Bruce streckte die Hand über die kurze Entfernung zwischen ihnen beiden aus und legte sie auf Olivias Haar. „Ich kann warten."

Sie legte ihm die Hand auf die Schulter und ließ die Finger bis an die Seite seines Halses gleiten. „Und wie gut können Sie warten, Bruce?"

„Ich fürchte, das müssen wir beide erst herausfinden." Er kam ihr etwas näher.

„Ich habe ein Leben lang gewartet", warnte sie ihn. „Das ist eine sehr lange Zeit."

„Dachten Sie, ich wüsste das nicht?"

Olivia lächelte und schloss die Augen, als Bruce sich zu ihr herunterneigte und sie küsste. Es gab keine Zweifel, keine Einschränkungen. Da war nur das Gefühl von Bruces hart gegen sie drückendem Körper und der Geschmack seiner Lippen. Da war nur das herrliche Empfinden, ihm ihren zarten Körper darzubieten, sich von ihm beschützen zu lassen und ihn zu schützen, und das überwältigende Gefühl, jemandem zu gehören.

4. KAPITEL

Olivia durchlebte die Erinnerung an Bruces Kuss fast eine Woche lang. Nichts, was sie je erlebt hatte, konnte sich damit vergleichen lassen. Nichts, was sie je erlebt hatte, war so wundervoll gewesen.

Danach war sie wieder in ihre Schüchternheit verfallen. Was sagte man auch zu einem Mann, der zu einem solchen Kuss fähig war, einem Mann, der jede Berührung, jede Bewegung, jede Vertraulichkeit kannte, nach der man sich sehnte, und sie einem schenkte, als wäre sie die wertvollste aller Gaben?

Als ob er begriffen hätte, hatte Bruce Olivia zum Wasser heruntergeführt und still mit ihr im Mondlicht gewartet, bis eine Ente und zwei Erpel angeschwommen kamen, um die von Bruce und ihr hingeworfenen Getreidekörner aufzufressen. Bruce hatte Olivia damit aufgezogen, dass sie nicht hinter ihnen her ins Wasser watscheln sollte, und Olivia hatte sich köstlich amüsiert, als einer der Erpel ihnen in den Hof folgen wollte.

Auf der Fahrt zu den Broussards hatten sie beide geschwiegen. Die Stille, die durch die Erinnerung an ihre gemeinsame Vertraulichkeit entstand, hatte etwas köstlich Verführerisches an sich. Und als Bruce Olivia an der Schwelle zum Haus der Broussards verließ, nachdem er ihr mit einem Finger auf die Unterlippe getippt hatte, hätte sie ihr Glück am liebsten laut herausgeschrien oder vor sich hingesungen.

Stattdessen hatte sie einen Blick auf Trey und Lucy geworfen, war zu Bett gegangen und unter die Laken geschlüpft und hatte sich den Erinnerungen hingegeben, wie sich Bruces Körper gegen ihrem angefühlt und wie sein Mund sie etwas gelehrt hatte, das sie so schnell nicht wieder vergessen würde.

Heute war Samstag, und Olivia hatte den ganzen Tag zu ihrer Verfügung. Seit Sonntag hatte sie nicht mit Bruce gesprochen, aber er hatte ihr während der Nachhausefahrt erklärt, er habe eine sehr geschäftige Woche vor sich. Er hatte bei Olivia den Eindruck hinterlassen, er werde sie umgehend anrufen, sobald er die Muße dazu finden würde. Es machte ihr nichts aus, zu warten.

Um ihren Tag sinnvoll zu nutzen, fuhr Olivia auf den Highway und machte sich auf die eineinhalbstündige Fahrt nach Baton Rouge.

Olivia mochte etwas schüchtern sein, aber auf dem Highway fuhr sie wie ein Teufel. Sie war überzeugt, es musste an der Gegend liegen, in der sie fahren gelernt hatte – den Landstraßen, wo außer einer sporadisch auftretenden Kuh ihre Geschwindigkeit durch nichts aufzuhalten war. Diesen Stil konnte sie in der Stadt nicht fahren. So hob sie sich ihre Fahrkünste beim Wechseln der Spur, bei gewagten Überholmanövern und beim rasanten Durchbrechen der Geschwindigkeitsbegrenzungen für die langen Strecken auf dem Highway vor und hinter der Stadt auf.

Heute blieb sie mit ihrem alten Toyota auf dem Weg zur Hopkins-Akademie sogar noch fünfzehn Minuten unter der Zeit.

Die Schule war ein moderner, vor einer ruhigen Avenue gelegener Gebäudekomplex in einem der Vororte von Baton Rouge. Mary hatte die viereinhalb Hektar gekauft und die vier Häuser errichten lassen, die den attraktiven Gebäudekomplex bildeten, den Olivia heute aufsuchte.

All die Jahre hindurch hatte Mary nicht an den Dingen gespart, die die Akademie zu dem heutigen friedvollen Refugium machten. Sie hatte einen subtropischen Park anlegen lassen, und die Gebäude bestanden alle weitestgehend aus grauen Ziegelsteinen und riesigen Fensterfronten. Die Türen und Rahmen waren aus naturbelassenem Zypressenholz, das im Laufe der Zeit verwitterte und dadurch nur an Reiz gewann.

Olivia war gern die zwei Jahre dort zur Schule gegangen. Sie hatte ein kleines Schlafzimmer und half Mary bei der Büroarbeit, um die Ausgaben für Kost und Logis zu senken. Vom ersten Augenblick an ihrer Begegnung war Olivia Marys besonderer Liebling gewesen.

Nach Olivias Abschlussexamen waren sie und Mary stets in enger Verbindung geblieben, und Olivia besuchte sie in der Akademie, wann immer es ging. Während ihrer Studienzeit dort war Mary eine unermüdliche, lebenssprühende Person gewesen, aber in den letzten Monaten gab sie Olivia Anlass zur Beunruhigung.

Mary hatte immer jünger als siebzig Jahre gewirkt, aber neuerdings ließ sie sich anmerken, dass ihr hohes Alter ihr zu schaffen machte. Obwohl Mary, seit Olivia sie kennengelernt hatte, nur gelegentlich selbst einen Kurs abgehalten hatte, erledigte sie doch einen Großteil der Verwaltungsarbeit für die Schule. Jetzt verließ sie ihr im dritten Stock gelegenes Apartment nur noch selten und überließ es mehr und mehr ihren Angestellten, sich um die Einzelheiten zu kümmern. Lediglich die Vorstellungsgespräche mit den neuen Bewerbern für das Studium führte sie noch selbst.

Heute nahm Olivia zwei Stufen auf einmal zu Marys Suite. Sie klopfte, wartete einen Moment und klopfte erneut. Mary brauchte lange, ehe sie zur Tür kam.

„Du hast mich alte Frau also nicht vergessen."

„Ich erinnere mich an keine alte Frau, aber ich kann Mary nicht vergessen." Olivia gab Mary einen Kuss auf die Wange. Mary hatte wie stets eine tadellose Frisur. Aber es entging Olivia nicht, dass Mary an Gewicht verloren zu haben schien und älter geworden war.

„Komm herein, Olivia. Ich habe uns einen Tee gemacht."

An diesem Morgen wirkte das Apartment, obgleich es weiträumig und lichterfüllt war, irgendwie ungemütlich. Olivia hätte am liebsten die Fenster aufgerissen und die schwere, abgestandene Luft hinausgelassen, aber dafür war es draußen zu kalt. Mary hatte sich in einen Pullover und einen Schal gehüllt, obwohl es im Raum drückend heiß war.

„Tee mit Sauerteigplätzchen?", fragte Olivia, die durch das Zimmer schlenderte und sich Marys Bilder ansah, während die alte Dame den Tisch deckte.

„In Baton Rouge bekomme ich keine Sauerteigplätzchen mehr. Ich musste Millie Blaubeermuffins für uns machen lassen."

„Wenn ich das nächste Mal komme, werde ich Sauerteigplätzchen mitbringen. Irgendwo in New Orleans muss es eine Bäckerei geben, wo ich sie für dich bekommen kann." Olivia beobachtete Marys langsame Bewegungen. Sie wusste, ihre Freundin litt seit Jahren an Arthritis, aber so stark konnte die Krankheit Mary doch nicht beeinflussen.

„Ich kann auch ohne sie leben, Kindchen. Als ich nach Louisiana kam, habe ich mich an diese heidnische Diät gewöhnt."

Olivia wandte sich wieder den Bildern zu und lächelte. Mary hatte ihr halbes Leben in ihrem Heimatland England zugebracht und die andere Hälfte hier in Baton Rouge. Mary hatte oft darüber gescherzt, dass mit einem Namen wie Mary Hopkins ihr Beruf vorbestimmt war. Sie tanzte zwar nicht wie ein Kaminkehrer auf dem Dach herum, aber sie hatte den Humor der Mary Poppins, und die Art, wie sie selbst das störrischste Kind zur Ordnung brachte, hatte etwas Zauberhaftes an sich. Auf ihrem Gebiet war Mary bereits eine Legende.

„Vermisst du England, Mary?", fragte Olivia.

„Es kostet zu viel Zeit, Dinge zu vermissen. Später, im Alter, wirst du das verstehen."

Olivia setzte sich an den kleinen Esszimmertisch und sah Mary zu, die den Tee in zerbrechliche Porzellantassen einschenkte. „Manchmal, wenn die Broussard-Kinder mir auf die Nerven gehen, denke ich an die Zeit mit dir zurück und wünsche mir, ich könnte zu dir auf eine Tasse Tee zurückkehren."

„Bist du immer noch damit zufrieden, dir diese Stellung ausgesucht zu haben?"

„Ja, das bin ich." Olivia dachte an Bruce und lächelte.

„Und natürlich ist das der alleinige Grund, warum deine Augen so glänzen."

Olivias Löffel klirrte hörbar gegen ihre Tasse. „Dir entgeht aber auch nichts."

„Und dir kann man alles an der Nasenspitze ablesen."

Olivia lächelte. „Nun, ich werde dir den Grund für den Glanz in meinen Augen nennen, wenn du mir berichtest, wie du dich wirklich fühlst."

Mary sank gegen die Lehne ihres Sessels zurück, als wäre sie zu müde, um noch irgendeinen Vorwand aufrechtzuerhalten. „Es geht mir nicht gut. Aber von alten Menschen erwartet man auch nicht, dass es ihnen gut geht."

Olivia wusste nicht, wie sie ihre Besorgnis verbergen sollte. „Seit wann betrachtest du dich als alt?"

Mary zuckte fast unmerklich die Schultern. „Kindchen, das passiert uns allen. Ich bin froh, noch so gesund zu sein, um hier leben zu können. Für mich zählt jetzt nur noch das Heute."

„Natürlich hast du den Arzt kommen lassen."

Unter Marys Lächeln verschwanden die verhärmten Schatten in ihrem Gesicht. „Natürlich. Er hat meine Diagnose nur bestätigt."

„Und die wäre?"

„Hohes Alter."

Olivia wusste, sie würde ihrer Freundin kein weiteres Bekenntnis entlocken können. Außerdem mochte Mary ja recht haben. Vielleicht war sie nach einem Leben, in dem sie viel erreicht hatte, jetzt wirklich nur müde.

Mary streckte die Hand über den Tisch und berührte Olivias Finger. „Jetzt ist die Reihe an dir."

Plötzlich wurde Olivia verlegen. „Nun, ich habe einen Mann kennengelernt."

„Das habe ich mir gedacht."

„Wirklich?" Olivia lachte ein wenig. „Und was hast du dir sonst noch gedacht?"

„Ich denke, du solltest die Sache langsamer angehen, Kindchen. Du hast noch dein ganzes Leben vor dir."

Olivia war über Marys Bemerkung mehr als überrascht. Sie war verwirrt. „Und ich kann dieses Leben nicht mit einem Mann verbringen?"

„Willst du mit ihm zusammenleben?"

„Du weißt, was ich sagen wollte!" Olivia hob ihre Tasse, um sich neuen Tee eingießen zu lassen.

„Ich meine nur, du verkaufst dich wieder unter Wert. Du bist ein so reizendes kleines Ding, und mehr sehen die meisten Leute nicht in dir. Ich aber weiß, wie viel mehr in dir steckt. Du bist wie eine Rosenknospe, die sich soeben erst in der Sonne zu öffnen beginnt." Mary legte ihre wächserne kalte Hand auf Olivias. „Lass dich nicht so sehr mit diesem Mann ein, dass du deine eigenen Fähigkeiten nicht zur vollen Entfaltung bringen kannst."

Olivia schüttelte den Kopf. „Es gibt viele Wege, um erwachsen zu werden, Mary."

„Probier sie alle aus, Kindchen. Entscheide dich nicht gleich für den ersten Weg, der vor dir auftaucht."

Aber Olivia dachte an Bruce und den Kuss, den sie geteilt hatten, und sie wusste, bei Bruce Terrill musste sie sich nicht erst entscheiden.

Die Rückfahrt nach New Orleans dauerte volle eineinhalb Stunden. Olivia ging viel zu viel im Kopf herum, als dass sie zum ständigen Überholen aufgelegt war. Mary und sie hatten einen ruhigen Morgen miteinander verbracht. Später hatte Olivia sie zum Mittagessen in ein nahe gelegenes Restaurant ausgeführt. Mary hatte wenig gegessen und nur höflich in ihrem Essen herumgestochert.

Wieder in New Orleans angekommen, hielt Olivia am Uptown Square und erstand für Trey und Lucy ein paar Kleidungsstücke. Aufmerksam suchte sie in Stößen von bunten Hemden und Jeans.

Es war längst fünf Uhr durch, als sie vor dem Haus der Broussards anhielt – direkt neben Bruces BMW.

Olivia griff in ihr Haar, das sie sich im Nacken zu einem schlichten Knoten geschlungen hatte. Damit sah sie wie eine altertümliche Silhouette auf einer Elfenbeinbrosche aus. Die hochgeschlossene weiße Bluse und der Rock trugen nicht dazu bei, die zehn Pfund, die Olivia abnehmen wollte, zu verbergen. Am liebsten wäre sie erst durch den Hintereingang geschlüpft und hätte sich umgezogen, ehe sie Bruce traf.

„Ich dachte, du würdest nie kommen." Bruce erschien in der Tür. An der einen Hand hatte er Trey und an der anderen Lucy.

Olivia ergab sich in ihr Schicksal, stieg aus, nahm ihre Einkäufe an sich und schloss die Wagentür. „Ich wusste nicht, dass du kommen würdest."

„Hast du mir was gekauft?“ Trey machte sich von Bruce los und griff nach Olivias Einkaufstüten.

„Na, na.“ Olivia hielt die Tüten hoch und sah kopfschüttelnd auf ihren kleinen Schützling. „So fragt man doch nicht.“

Trey stampfte mit dem Fuß auf, und Tränen traten ihm in die Augen. „Will sehen!“

„Master Trey, sobald dein Benehmen besser ist, kannst du es sehen“, sagte Olivia in ihrem schönsten, sachlichsten Mary-Poppins-Ton.

Trey warf sich auf die Erde und strampelte mit den Beinen. Olivia ging über ihn hinweg und stieg die Stufen zur Veranda hoch. Lucy sah dem Wutanfall ihres Bruders interessiert zu. Olivia trat vor sie hin, hob das kleine Mädchen hoch und strich ihr über die Locken.

„Willst du ihn einfach so daliegen lassen?“, fragte Bruce.

„Nun, wenn er bis zum Dunkelwerden mit dem Strampeln nicht fertig ist, kann er in seinem Zimmer weitertoben.“

„Ist das dieselbe Frau, die in den Teich gewatet ist, um ein Papierschiffchen zu retten?“

„Eine gelegentlich unter Tränen vorgebrachte Bitte kann ich akzeptieren, Bruce, aber schlechte Manieren sind unverzeihlich. Das muss Trey begreifen lernen.“

„Wie kannst du sein Geschrei aushalten?“

Olivia musste über die ehrliche Anteilnahme in Bruces Frage lächeln. Er sah heute in dem hellblauen T-Shirt und dem wollenen Sportjackett wundervoll aus. Sein Haar war zerrauft, weil er wahrscheinlich mit den Kindern getobt hatte, und das machte ihn nur noch attraktiver. Am liebsten hätte sie ihm seine Besorgnis mit einem Kuss genommen.

„Wenn ich Trey alles durchgehen ließe und ihm gestatten würde, seinen Kopf durchzusetzen, dann wäre ich mein Geld nicht wert.“ Olivia berührte Bruces Arm, nickte mit dem Kopf zu Trey hin und sprach leise weiter. „Außerdem garantiere ich dir, dass er innerhalb der nächsten Minute aufspringen und sich abstauben wird und etwas Aufregenderes zu tun findet.“

„Livvy, lass sehen, was da drin ist, bitte?“, sagte Trey ganz wie erwartet.

Olivia setzte Lucy ab und streckte dem Kleinen die Arme entgegen. Er kletterte die Treppe hinauf und warf sich in ihre ausgebreiteten Arme. „Kennst du die Hosen, die Jason hat, die mit den vielen Taschen?“, flüsterte sie in sein Haar.

Trey schniefte zustimmend.

„Nun, ich habe dir zwei davon gekauft. Aber deine Hosen haben Schnallen auf den Taschen, damit niemals etwas herausfallen kann."

„Kann ich sehen?"

Olivia gab Trey die Tüten und gab ihm einen Klaps auf den Po, ehe er mit seiner Schwester ins Haus rannte.

„Machst du das mit allen Männern so, die du kennst?"

Olivia blieb stehen. „Was machen?"

„Sie erst zur Ordnung zu rufen und sie dann mit deiner vorbehaltlosen Liebe zu belohnen?"

„So viele Männer gibt es nicht in meinem Leben", antwortete Olivia mit einem angedeuteten Lächeln.

Bruce streckte die Hand aus und strich Olivia eine Locke hinter das Ohr. „Du bist dir darüber im Klaren, dass es jetzt einen Mann mehr als vorher gibt, nicht wahr?"

Trotz Marys eindringlicher Warnungen musste Olivia zugeben, dass sie sich genau darüber sehr im Klaren war. Und diese Erkenntnis war etwas Wundervolles.

„Wenn meine Mutter wüsste, wohin du mich heute Abend ausgeführt hast!"

Olivia nahm Bruce bei der Hand und führte ihn in den seitlichen Garten, der das Grundstück der Broussards von den anderen Häusern der Prytannia Street unterschied. Dieser Garten war Lenny Broussards ganzer Stolz und das Mittel zu seiner Entspannung. Es war nichts Ungewöhnliches, dass Autofahrer langsamer fuhren und sogar anhielten, um den Anblick der scheinbar wild wachsenden Glyzinien, Magnolien, Myrten und Bougainvilleas zu bewundern.

Olivia liebt es, auf den schattigen Bänken zu sitzen und den Duft der schweren fruchtbaren Erde und der taufeuchten Blüten einzuatmen. Heute Abend waren sie nicht so ungestört wie in dem Hof von Bruces Apartment. Autos rauschten auf der Straße vorbei, und die Musikfetzen von einer Party in der Nachbarschaft wehten mit dem leichten Wind herüber. Olivia und Bruce standen im Schutz der Bäume, niemand konnte sie sehen und sie hoffte, das könne von Bedeutung sein.

„Und warum sollte deine Mutter etwas dagegen einzuwenden gehabt haben?", fragte Bruce, während er sich neben Olivia auf die Steinbank setzte.

„Nun, allein schon wegen des Hurricanes, den du mir aufgenötigt und praktisch in den Hals geschüttet hast."

„Das habe ich nur gemacht, um den Schock über den Nachtclub zu mildern, in den ich dich gezerrt habe."

„Nachtclub? Striplokal, willst du wohl sagen!"

Bruce lachte und zog Olivia noch näher, bis sie sich weich an ihn schmiegte. „Vielleicht solltest du deiner Mutter wirklich nicht von heute Abend erzählen."

„Und meiner Großmutter auch nicht", kicherte Olivia.

„Ach, Olivia, du bringst mich zum Lachen. Niemand hat mich seit langer, langer Zeit zum Lachen bringen können." Bruce vergrub die Finger in ihrem Haar und zog ihr die Haarnadeln heraus. „Und du lässt mein Herz schneller schlagen und machst mir jeden Tag wieder wertvoll und das Leben wieder heller."

„Bruce?"

Ihre Lippen waren nur Zentimeter voreinander entfernt. „Ja?"

„Bist du das, der da spricht, oder die Hälfte des Hurricanes?"

„Ich. Und es war nur ein Drittel des Hurricanes Du hast mehr als deinen Teil getrunken."

„Aber ich vertrage es besser. Du aber …"

„Lass dich nicht aufhalten."

„… bist beschwipst."

Bruce brach in Lachen aus und zog Olivia so nah an sich heran, wie es nur ging. Er war zwar erst im Begriff, Olivia kennenzulernen, aber jedes Mal, wenn er mit ihr zusammen war, entdeckte er eine andere Frau. Und die leicht benebelte Olivia fand er einfach entzückend.

„Küss mich, Bruce."

Es fiel ihm nicht schwer, ihrem Wunsch zu folgen. Bruce hatte die letzte Klammer aus Olivias Haar entfernt und wickelte eine Strähne um den Finger. Dann zog er Olivia an sich und begann, kleine hingetupfte Küsse an den Haaransatz zu verteilen. Olivia hatte eine wunderschöne Haut, die ihr während der Jugendzeit bestimmt viele Feindinnen eingetragen haben musste. Sie schmeckte warm und lieblich, und sie war rein und weich.

Das Lachen, das sprudelnd wie teurer Champagner in Bruce und Olivia aufgestiegen war, verebbte und verwandelte sich in eine geheimnisvolle, tief empfundene Vorfreude auf das, was noch kommen sollte. Olivia lehnte sich entspannt gegen Bruce. Sie hatte nicht mehr die Energie, sich von ihm fernzuhalten. Weshalb sollte sie ihnen beiden etwas vorenthalten, wonach sich jeder von ihnen sehnte? Und sie wusste, dass Bruce nach ihrem weichen Körper verlangte. Sie fühlte seine Erregung, und sie kannte ihre eigenen machtvollen Wünsche.

„O-li-vi-a“, flüsterte Bruce an ihrer Wange die Silben ihres Namens. „Du bist vollkommen.“ Sein Mund näherte sich ihren Lippen. „Vollkommen.“

„Bruce.“ Sie bot ihm die Lippen zum Kuss und fühlte, wie sein fester Mund über ihren streifte und sich dann wieder löste.

„Möchtest du noch mehr?“

„Viel mehr.“ Diesmal öffnete Olivia leicht die Lippen, und Bruce nutzte die Gelegenheit und drang mit seiner Zunge in das warme Innere vor, ehe er erneut den Kopf hob.

Olivia bewegte sich unruhig in seinen Armen, weil sie gerade erst die Form, das Gefühl und den Geschmack seines Mundes anfing zu erkunden und alles kennenlernen wollte.

„Mehr?“

„Viel, viel mehr.“

Begeistert hielt Bruce Olivia umschlungen und ließ seine Zunge zwischen ihren Lippen eindringen, um ihre liebkosen zu können. Olivia stöhnte leise auf und schlang die Arme um Bruce, um ihm so nah wie möglich zu sein. Ihre weichen Brüste mit den empfindlichen Knospen drückten gegen seine muskulöse Brust, und ihr blieb nicht verborgen, wie erregt er war.

Zum ersten Mal begriff Olivia die Qualen, die ein Mann durchmachte, wenn er keine Erfüllung finden konnte.

Bruce hielt sie in den Armen, aber er löste den Mund von ihren Lippen und legte die Wange auf ihr Haar. „Du bist so süß“, sagte er leise, „so süß, so wunderbar süß.“

„Ich könnte noch süßer sein, wenn du mich weiterküssen würdest“, forderte Olivia ihn zaghaft auf.

Bruce lachte und küsste sie aufs Haar. „Olivia, bist du wirklich vierundzwanzig?“

„Ja.“

„Dann solltest du wissen, dass es nicht mehr süßer werden kann. Es wird … anders.“

„Wie soll ich das wissen, wenn ich es nicht selbst herausfinden kann?“

Bruce stöhnte und rückte etwas von ihr ab, damit sie das nicht zu deutlich und zu schnell merken konnte. „Ich glaube, wir heben uns ein paar Überraschungen für einen anderen Abend auf.“

Olivia setzte sich auf die Bank und sah ihn unglücklich an. „Schon als Kind habe ich Überraschungen gehasst."

Bruce ging vor Olivia in die Hocke und legte ihr die Hände auf die Knie. „Soll ich denn mit dir schlafen? Gleich hier im Garten der Broussards? Wir nähern uns diesem Punkt nämlich sehr schnell."

„Geht das immer so schnell, Bruce? Wir haben uns genau drei Mal getroffen, und trotzdem möchte ich am liebsten Ja sagen."

Bruce fragte sich insgeheim, ob man heute die Menge des im Hurricane enthaltenen Rums verdoppelt hatte. „Es geht nicht immer so schnell", erklärte er geduldig. „Zwischen uns besteht eine große Anziehungskraft."

Olivia traute ihren Ohren nicht, als sie sich die nächsten Worte sagen hörte. „Ich verstehe es nicht, Bruce. Warum gerade ich? Warum ausgerechnet ich von all den Frauen, die du dir aussuchen könntest?"

„Weißt du nicht, wie attraktiv zu bist?"

„Sieh mich doch an. Ich bin häuslich und mütterlich und liebe die Familie. Bei mir denkt man an Schokoladenkekse und Milch, und auf meinem Schoß möchte am liebsten jedes Kind sitzen. Weißt du eigentlich, worauf du dich bei mir einlässt? Ich erwarte vom Leben nichts anderes als einen Mann, den ich lieben, und eigene Kinder, die ich großziehen kann. Ich bin hoffnungslos altmodisch, Bruce."

„Und du bist auch ein ganz kleines bisschen beschwipst."

Olivia schüttelte den Kopf und sah alles plötzlich ganz klar vor sich. „Nein, das glaube ich nicht. Aber ich wollte dich nur vorwarnen."

„Ich sehe, was du bist und wer du bist. Und was ich sehe, gefällt mir. Und was ich spüre, wenn ich dich in den Armen halte, gefällt mir auch." Er legte beide Hände um ihr Gesicht. Im schwachen Licht der Straßenlaternen konnte er erkennen, dass Olivias Wangen gerötet waren und ihre Augen wie Edelsteine funkelten. Er küsste sie zärtlich.

Olivia seufzte nur.

„Ich werde in der nächsten Woche sehr beschäftigt sein", sagte Bruce, als er sie losließ. „Aber am Donnerstag ist Thanksgiving Day, und wie ich höre, fahren die Broussards ein paar Tage nach Shreveport. Fährst du mit?"

Olivia schüttelte den Kopf. „Ich fahre zu meiner Familie nach New Iberia."

Bruce war enttäuscht. Er hatte gehofft, den Tag mit ihr verbringen zu können. „Zu schade. Ich hätte dich gern zum Dinner eingeladen."

„Man kann nicht zum Thanksgiving-Dinner in ein Restaurant gehen. Das ist unamerikanisch."

Plötzlich fiel Olivia auf, dass Bruce gar nicht woandershin hätte gehen oder bei einer Familie sein können. Diese Erkenntnis ließ sie etwas frösteln. Sie konnte sich nicht vorstellen, so allein, so ohne heimatliche Wurzeln zu sein. Selbst wenn ihre Eltern nicht mehr am Leben sein sollten, gäbe es immer noch Dutzende von Verwandten, die sie willkommen heißen würden. Olivia würde einen Feiertag nie allein verleben müssen. Und das wünschte sie sich auch für Bruce.

Sie hob die Hand und streichelte seine Wange. „Ich weiß, es mag anmaßend sein", sagte sie etwas nervös, „aber möchtest du gern mit nach New Iberia kommen und den Tag bei meiner Familie verbringen? Ich verspreche dir, du wirst uns allen sehr willkommen sein."

„Aber ich möchte mich nicht aufdrängen."

„Du würdest dich nicht aufdrängen." Olivia strich ihm mit einer Fingerspitze über die Lippen. „Ich würde mich freuen."

„Wie sehr?" Bruce küsste ihre Fingerspitze.

„So sehr, wie mir unter den kritischen Augen eines Hauses voller Cajun-Leute möglich sein wird."

„Kann ich annehmen, dass besagtes Haus mit einem Hof ausgestattet ist, wo es wenigstens einen Baum gibt, hinter dem wir verschwinden können."

„Ja."

„Nun, dann komme ich mit." Bruce lächelte nicht, aber seine Augen glänzten. „Hoffentlich bedauerst du morgen früh diese Einladung nicht."

5. KAPITEL

Die Fahrt nach New Iberia hinterließ nur eine nebelhafte Erinnerung. Bruce und Olivia nahmen bis zur Abzweigung nach Donaldsonville den Highway und bogen dann über den Mississippi ab, um über die landschaftlich reizvolleren Landstraßen zur Küste zu fahren. Sie passierten die riesigen Marschflächen, Zuckerrohrfelder und enorme, am Fluss liegende und scheußlich anzusehende Fabrikanlagen. Während der Reise plauderten sie über Bruces Job und die Broussard-Kinder.

In Pierre Part verlangsamten sie die Fahrt, um die schläfrige kleine, von den ersten französischen Cajun-Siedlern errichtete Stadt zu bewundern, die zu beiden Seiten eines schmalen, sich dahinschlängelnden Bayous lag. Bei der ersten Gelegenheit hielten sie an, setzten sich in die Wärme der aufsteigenden Sonne, aßen Zimthörnchen und tranken Kaffee aus einer Thermosflasche.

„Ich glaube, wir fahren jetzt besser“, sagte Olivia nach einer Weile. „Ich habe meiner Mutter versprochen, rechtzeitig da zu sein, um ihr beim Pulen der Shrimps für das Jambalaya helfen zu können.“

„Jambalaya? Essen wir denn nicht den gewohnten Truthahn?“ Bruce richtete sich auf.

„Wildtruthahn, gefüllt mit gebackenen Austern. Keine Angst, es wird dir schmecken.“ Olivia schwieg eine Sekunde. „Du magst doch Meeresfrüchte, nicht wahr? Du wirst sie einfach mögen müssen!“

„Warum?“

„Weil du es sonst mit meiner Mutter zu tun bekommst!“

Bruce mochte die Meeresfrüchte. Mehr noch, er mochte Olivias Eltern, ihre drei Brüder, die zahllosen Tanten und Onkel und Cousins und den endlosen Strom anderer Leute, die unablässig durch das erhöht in einem Wohngebiet nicht weit vom Bayou Teche liegende, aus Ziegelsteinen errichtete Ranchhaus strömten.

Er wusste nicht, was er eigentlich erwartet hatte. Etwas Folkloristischeres vielleicht, ein Haus aus Zypressenholz zum Beispiel, das hoch über einem rauschenden Flusslauf thronte, oder doch wenigstens ein authentisches Bauernhaus im französischen Cajun-Stil, das von bemoosten immergrünen Eichen umstanden war. Stattdessen war Olivia in einem Vorort groß geworden. Nur das in der Einfahrt geparkte Fischerboot und die mit Fischnetzen und Nutriafallen vollgestopfte

Garage ließen auf den einzigartigen Charakter dieses besonderen Vorortes schließen.

„Nun, wie lange kennen Sie meine Tochter schon?“ Etienne LeBlanc saß auf der vorderen Veranda und blickte seinen Gast über ein Glas Bier und eine Schale voll frisch gekochter Shrimps an, die Olivias Mutter soeben vor sie hingestellt hatte.

Bruce hätte liebend gern gewusst, wie viel er eigentlich noch essen sollte, bis das Dinner selbst seinen Anfang nahm. In der einen Stunde seit seiner und Olivias Ankunft hatte man ihm mehr zu essen angeboten, als er normalerweise an einem ganzen Tag zu sich nahm. Trotzdem wollte er einen guten Eindruck machen. Er griff nach einem Shrimp.

„Nur ein paar Wochen.“

Etienne zog die schwarzen buschigen Augenbrauen hoch und dachte sichtlich über diese neue Information nach. Er war klein von Statur und besaß einen kräftigen Körper mit der breiten Brust eines Stieres. Seine Stärke und Vitalität waren in aller Munde. Er verfügte nur über eine geringe Erziehung, aber er hatte sich von der Pike hochgearbeitet und war bei einer der großen Ölgesellschaften zum Vormann eines Produktionstrupps geworden. Trotz des Umstandes, dass sich South Louisiana mitten in einer Krise befand, hatte Etienne seinen Job nicht verloren. Etienne LeBlanc war kein Mann, den man gern verlor.

„Livvy ist mein einziges Mädchen“, bemerkte Etienne.

Bruce verstand sofort. „Und bei Ihnen beschützt man die Mädchen.“

„Und ob wir das tun.“

„Ich tue es auch.“ Bruce lehnte sich zurück und befreite langsam seine Shrimps von der Schale.

„Dann muss ich mir keine Sorgen machen?“

„Nein.“ Bruce tauchte den Shrimp in die zwischen ihnen auf dem Tisch stehende würzige Tomatensoße. „Es sei denn, Sie möchten sich darüber Sorgen machen, ob sie mir das Jawort gibt, wenn ich sie bitte, mich zu heiraten.“

Eine Weile lang sagte Etienne nichts. „Ich bin mit Livvys Mutter groß geworden“, meinte er dann. „Myriam war meine entfernte Cousine. Ihr Bruder war mein bester Freund.“

„Dazu sind zwei Wochen kaum ein Vergleich“, sagte Bruce und griff nach einem weiteren Shrimp.

„Nein. Ich habe Myriam kaum eines Blickes gewürdigt. Ich betrachtete sie wie eine Schwester. Dann kam sie eines Tages vorbei, und ich sah sie mir an. Wir heirateten, sobald ihre Mutter es ihr gestattete. Myriam war so, wie Livvy heute ist, sie war ihr sehr ähnlich."

„Dann war sie schön."

„Ja." Etienne verengte die Augen, als Bruce nach einem neuen Shrimp griff. „Bekommt ihr in New Orleans nichts zu essen, mein Sohn?"

Bruce fiel plötzlich auf, dass Etienne keinen Bissen zu sich genommen hatte. „Nicht so etwas."

Etienne schüttelte den Kopf. „Essen Sie weiter, und Myriam wird Ihnen noch mehr herausbringen. Bis das Dinner auf dem Tisch steht, werden Sie so vollgestopft wie ein Truthahn sein."

„Meine Familie ist ganz verrückt nach dir." Olivia ergriff Bruces Hand und verschränkte ihre Finger mit seinen.

„Deine Familie ist wunderbar."

Olivia zeigte ein zufriedenes Lächeln. „Das ist sie, nicht wahr?"

Bruce blickte über Avery Island's Vogelreservat und fühlte Olivias Hand warm in der seinen geborgen. In den vier Tagen, die sie zusammen im Haus ihrer Eltern verbrachten, hatte Olivia viel von ihrer Schüchternheit verloren.

„Ich mag auch deine Brüder. Sobald Richard mit dem College fertig ist, werde ich sehen, ob ich ihn zu einem Jurastudium bringen kann."

Olivia fiel auf, dass Bruce damit Pläne für eine gemeinsame Zukunft machte. Denn Richard war bis jetzt erst im zweiten Studienjahr an der University of Southwestern Louisiana in Lafayette. Es würde noch mindestens zwei Jahre dauern, bis er über ein höheres Fachsemester nachdenken konnte.

„Sieh mal, Bruce", sagte Olivia, um schnell das Thema zu wechseln. Sie zeigte auf einen langen Silberreiher, der von seinem künstlich auf einer Stelzenplattform über einem kleinen, ruhigen See angelegten Nistplatz aufgestiegen war. „Sieh mal, wie er segelt. So mühelos, so graziös. Ich wünschte, ich könnte so fliegen."

„Wohin würdest du segeln?"

Da Olivia nirgendwo lieber sein wollte als direkt neben Bruce, schüttelte sie nur den Kopf. „Ich weiß es nicht. Ich glaube, ich wäre damit zufrieden, nur fliegen zu können, selbst wenn ich nicht an eine bestimmte Stelle zöge."

„Wenn du also ein Reiher wärest, würdest du dich immer in der Nähe deines Nestes aufhalten."

„Und wenn ich keine eigenen Jungen hätte, dann würde ich mich um die von einer anderen Vogelmutter kümmern, damit sie frei und ungebunden herumfliegen könnte. Dann wäre ich so eine Art Reiher-Nanny."

„Es wäre sehr schade, wenn du keine eigenen Küken hättest."

„Ich müsste wohl hoffen, einen männlichen Reiher mit dengleichen Wünschen zu finden." Olivia lächelte, als Bruce ihr daraufhin die Hand drückte.

„Ich würde meine Federn für dich spreizen."

„Und ich wäre beeindruckt. Sogar sehr. Du hättest bestimmt ganz wunderschöne Federn."

Sie sahen den herumstolzierenden und flügelschlagenden Vögeln zu. Es waren nicht sehr viele im Vergleich zu den Mengen, die im Frühjahr zurückkehren würden.

Olivia sah Bruce an. „Wusstest du, dass die kräftigen Reiher sich keine Nahrung aus dem Teich holen? Sie lassen sie für die Jungen und die alten Tiere. Selbst die Mütter und Väter, die noch Küken aufziehen, fliegen zur Futtersuche weit in die Gegend."

„Auch die Väter füttern die Jungen?"

„Reiher haben schon lange vor den Menschen von der Frauenbefreiung gehört. Mutter Reiher bleibt nachts bei den Küken, und morgens, in der Dämmerung, kommt Papa Reiher mit dem Frühstück zum Nest zurückgeflogen. Er passt auf die Kleinen auf, solange Mutter Reiher sich selbst ihre Nahrung sucht. Die Eltern wechseln sich jeden Tag ab."

„Wie erniedrigend, sich von Vögeln belehren lassen zu müssen."

Olivia lachte leise. „Ich glaube, Reiher verlieben sich sogar. Als man sie noch der Federn wegen jagte, töteten die Jäger einen und warteten am Nest, weil sie wussten, dass sein Partner immer wieder zurückkäme, gleichgültig wie groß die Gefahr auch sein mochte. Wenn sich Mama Reiher und Papa Reiher nach einer Trennung wiedersehen, spreizen sie die Federn, stecken die Schnäbel zusammen und geben leise Laute von sich, fast wie das Gurren der Tauben."

„So zum Beispiel?" Bruce neigte den Kopf und rieb seine Wange an Olivias, wobei er einen tiefen, zufriedenen Laut von sich gab.

Olivia seufzte wohlig auf. „Ich glaube, ich bin ganz froh, dass du kein Vogel bist. Deine Haut fühlt sich besser als Federn an."

„Ist dir aufgefallen, dass wir, seit wir am Thanksgiving Day hergekommen sind, keine Zeit hatten, uns wie die Reiher aufzuführen?"

Das war Olivia aufgefallen. Sie hatte damit gerechnet, wenig Zeit für Bruce zu haben, aber jetzt war es das erste Mal in vier Tagen, dass niemand von ihren Verwandten bei ihnen war. Selbst als sie mit Bruce am Freitag einen Ausflug zum wundervollen Haus auf der Shadowson-the-Teche-Plantage gemacht und ihm am Samstag die Innenstadt von New Iberia gezeigt hatte, war immer jemand um sie herum gewesen.

„Wovor haben sie Angst?“, fragte Bruce, hob eine der langen Locken ihres Haares hoch und ließ sie über eine von Olivias Brüsten baumeln.

„Meine Familie? Sie haben vor nichts Angst. Sie mögen einfach deine Gesellschaft.“

„O-li-vi-a.“ Bruce lächelte hintergründig. „Du solltest dir etwas anderes einfallen lassen.“

Sie hätte wissen müssen, dass Bruce es durchschauen würde, warum ihre Familie sie nicht aus den Augen ließ. Sie sah ihn offen an. „Man hat Angst, du könntest mich so ansehen, wie du mich jetzt ansiehst.“

„Cajuns sind gerissen“, meinte Bruce und beugte sich zu Olivia vor.

„Hinter uns kommen Leute den Weg herunter“, warnte sie Bruce, ehe er ihr einen Kuss geben konnte.

„Dann sollten wir ihnen eine freie Aussicht auf die Reiher gönnen, ohne im Weg zu sein.“ Bruce legte Olivia den Arm um die Schultern und zog sie auf einen anderen Pfad zu, der in ein dichtes Bambusgebüsch führte.

Bruce hatte die Herzen der ganzen Familie erobert, aber am meisten Olivias. Sie wusste, sie war hellauf verliebt, und dieses Gefühl war so mächtig, dass sie Angst hatte, wie sie es für sich behalten konnte. Die Frau, die sich gefragt hatte, ob ihr je die Liebe begegnen würde, musste sich das nicht mehr länger fragen. Es war geschehen, und sie schämte sich dessen nicht, aber sie war besorgt.

Olivia wusste nicht, wie sie sich dagegen wehren sollte, aber ihr war klar, dass sie Abstand zu Bruce gewinnen musste. Die Liebe machte sie nicht blind für die Wirklichkeit. Und die Wirklichkeit war, dass sie Olivia LeBlanc war, und Olivia LeBlanc war nicht die richtige Frau für Bruce Terrill.

„Worüber denkst du nach, mein Augenstern?“ Bruce blieb am Rande eines kleinen Baches stehen und zog Olivia an sich. Sie waren allein, weil riesige Magnolienbäume die Sicht auf die Straße nahmen.

Beim Klang des Kosenamens fühlte Olivia sich augenblicklich zu Bruce hingezogen. Trotzdem wollte sie ihn ihre Gedanken nicht wissen lassen. „An nichts Wichtiges.“

„Dann werde ich dir sagen, woran ich gedacht habe." Er streichelte ihren Rücken. „Ich habe daran gedacht, eines Tages meine Kinder hierher zu bringen, damit sie die Reiher und die Gärten sehen."

„Ich wusste nicht, dass du dir Kinder wünschst."

„Sehr sogar."

„Du wirst ein wunderbarer Vater sein."

„Und welche Art von Ehemann wäre ich?", wollte er wissen.

Olivia blickte ihm suchend ins Gesicht. „Ein ausgezeichneter, Bruce. Ein Ehemann, über den sich jede Frau glücklich schätzen würde."

„Ich bin froh, dass du so denkst." Bruce neigte den Kopf und küsste Olivia.

Sie schmiegte sich an ihn und spürte, wie ihr Herz schneller zu klopfen begann. Allein das Eingeständnis, sich in Bruce verliebt zu haben, verstärkte ihr Empfinden für ihn so sehr, dass sie sich schließlich ganz benommen davon fühlte.

Auch Bruce fühlte sich benommen. Jeden Tag in Olivias Nähe zu sein und sie nicht berühren zu können war eine harte Probe für ihn gewesen. Er argwöhnte, Etienne habe es so arrangiert. Jetzt legte Bruce Olivia die Hände auf die Hüften und drückte sie fest an sich. Er wollte, dass sie seinen nächsten Worten Glauben schenkte.

„Ich möchte mit dir schlafen, Olivia", flüsterte er an ihrer Wange. Mit einem neuen Kuss verhinderte er ihre Antwort.

Er ließ seine Hände unter Olivias Pullover gleiten und streichelte Stück für Stück die zarte Haut ihres Rückens. Es war ein wunderbares Gefühl. Bruce liebte die Geschmeidigkeit ihrer Haut, die wohlige Wärme, die er unter seinen Fingerspitzen fühlte.

Olivias Haar roch nach der frischen, klaren Luft eines Herbstmorgens. Bruce vergrub das Gesicht darin und ließ die Hände noch höher über Olivias Rücken gleiten, bis er ihr den Büstenhalter aufmachen konnte. Zärtlich liebkoste er die Unterseiten ihrer Brüste, und lächelnd merkte er, dass Olivia erschauerte.

„Ich möchte nachts neben dir einschlafen und morgens an deiner Seite aufwachen", flüsterte er.

Olivias Antwort war rau und unverständlich. Sanft glitt Bruces Hand zwischen ihre Brüste, während er Olivia mit der anderen sacht festhielt. Er nahm ihre Brust in die Hand und begann, sie leicht zu massieren. Olivia wandte Bruce das Gesicht zu und öffnete die Lippen. Bruce spürte ihre Erregung in ihrem Kuss und den sich straffenden Spitzen ihrer Brüste.

Olivia schlang die Arme um Bruces Nacken und bat ihn schweigend, nicht aufzuhören. Glücklich streichelte er ihre Brüste, bis er merkte, dass Olivia am ganzen Körper zitterte.

Auch er begann innerlich zu zittern. Bruce konnte sich nicht entsinnen, dass die Erwiderung einer Frau ihn je so erregt hatte. Er fühlte sich wie auf Flügeln getragen. Er fühlte sich, als ob Olivias Leben, Olivias Zukunft in seinen Händen läge, bereit, von ihm geformt zu werden, so wie er jetzt ihre Brüste formte und streichelte. Er war bereit, die Verantwortung für Olivia zu übernehmen, aber war sie es auch?

Widerstrebend schloss er ihren Büstenhalter wieder und ließ die Hände auf ihre Hüften sinken. Und ebenso widerstrebend löste er den Mund von Olivias Lippen.

„Ahnst du, wie es sein könnte?“, fragte er mit vor Erregung belegter Stimme. „Es würde vollkommen sein.“

Olivia nickte, zu ängstlich, um ein Wort zu sagen. Mit Bruce zu schlafen würde vollkommen sein, daran zweifelte sie nicht. Wie vollkommen würde es jedoch sein, ihm ihren Körper und ihr Herz zu seinem Vergnügen zu schenken? Und wie vollkommen wäre es, ihn dann gehen sehen zu müssen?

Bruce bemerkte die Verwirrung, die in Olivias Augen stand, und er begriff sie. Er verlangte zu viel von ihr und zu hastig. Und dennoch schien es ihm unmöglich, zu warten. Je mehr er mit Olivia zusammen war, desto mehr wollte er sie besitzen, nicht allein im Bett, sondern sein Leben lang, für immer. Sie war genau die Frau, die er brauchte, und die zu finden er die Hoffnung schon aufgegeben hatte. Sie stellte alles das dar, was er sich von der Frau, die er einmal heiraten würde, erträumt hatte. Olivia war alles das, was Kate Parsons nie gewesen war.

Während Bruce Olivias Kampf um Selbstbeherrschung beobachtete, streckte er die Hand aus, um ihr die Falten aus der Stirn zu glätten.

„Ich weiß, du verschenkst dich nicht leichtfertig“, sagte er. „Ich kann auf dich warten, und ich kann sogar so tun, als mache es mir nichts aus. Denk aber nie, ich wollte dich nicht haben, denn genau das will ich. Mehr als alles andere in der Welt.“

Etienne bemerkte die geröteten Wangen seiner Tochter und ihre glänzenden Augen, als Olivia und Bruce die Stufen zur Veranda hochstiegen, um sich vor ihrer Rückreise nach New Orleans zu verabschieden. Er bemerkte die besitzergreifende Art, mit der Bruce die Hand auf Olivias Rücken gelegt hatte, und seinen selbstbewussten Gesichtsausdruck.

Etienne nickte zufrieden. Er mochte diesen jungen Mann. Bruce war der erste Mann, den er kennengelernt hatte und der ihm gut genug für seine Tochter schien. Er bezweifelte, dass es noch viele andere von dieser Art gab ... Immerhin war auch er ja einmal selbst ein junger Mann gewesen. Er musste es also wissen.

Obendrein hatte Bruce sogar seine Absichten ihm gegenüber deutlich ausgesprochen. Und für einen Vater, der mit einem Bein noch tief in einer den traditionellen Werten verhafteten Gesellschaft stand, waren Bruces Absichtserklärungen nichts anderes als eine moderne Spielart dafür, bei Etienne um Olivias Hand anzuhalten. Welchen Sinn hatte es also, ihm seine Erlaubnis noch länger zu verweigern?

„Wann wirst du also meine Tochter heiraten und diesen Zustand legalisieren?“, fragte Etienne, lehnte sich in seinem Sessel zurück und kreuzte die Arme vor der massiven Brust.

„Papa!“

Bruce warf den Kopf zurück und lachte schallend, sowohl über Etiennes Direktheit als auch über Olivias Entsetzen. Er hielt sie an der Taille fest, als Olivia von ihm fortwollte. „Hey, hey“, sagte er trocken, „wohin willst du?“

„Ich will mich von meiner Mutter verabschieden.“

„Sie will ihrer Mutter nur erzählen, was ich gesagt habe“, sagte Etienne lakonisch zu Bruce. „Die beiden halten immer zusammen.“

„Willst du denn gar nicht meine Antwort hören?“, fragte Bruce gelassen.

„Ganz bestimmt nicht.“ Olivia versuchte, sich seinem Griff zu entziehen. „Ich bin schon genug in Verlegenheit geraten. Ich entschuldige mich für das schlechte Benehmen meines Vaters.“

„Er hat nur etwas Offensichtliches festgestellt.“

Bruce spürte, dass sich Olivia an seiner Seite versteifte. Sie war auf eine solche Situation nicht vorbereitet, und er hatte nicht vorgehabt, sie so schnell um ihre Einwilligung zu bitten. Noch vor weniger als einer Stunde war er mit ihr auf Avery Island gewesen und hatte um sie zu werben begonnen. Etiennes Einfall kam zur falschen Zeit.

„Was soll das heißen?“ Olivia hatte sich noch nicht gefasst.

Bruce hatte vorgehabt, erst nach einer langsameren Entwicklung um ihre Hand anzuhalten. Aber dazu war es jetzt zu spät. Er musste den Schritt nach vorn wagen.

„Etienne weiß, dass ich dich bitten wollte, mich zu heiraten“, erklärte er. „Er ist nur der Meinung, ich solle dich jetzt fragen, statt es in die Länge zu ziehen. Und ich glaube, er hat recht.“

„Dich heiraten?“ Olivia starrte Bruce an. Ihren Vater hatte sie völlig vergessen. „Du kennst mich kaum. Du kannst mich nicht heiraten.“

„Wenn du zustimmst, kann ich das ganz sicher.“ Aus dem Augenwinkel bemerkte Bruce, dass Etienne mit dem Kopf nickte.

Olivia riss ungläubig die Augen auf. „Also, du bist genauso verrückt wie mein Vater!“

„Mich mit deinem Vater zu vergleichen betrachte ich als Kompliment.“ Bruce sah Etienne noch einmal nicken.

Myriam LeBlanc kam auf die Veranda heraus und trocknete sich die Hände an einem Geschirrhandtuch ab. „Wer vergleicht dich mit Bruce?“, fragte sie ihren Mann und stützte sich auf dessen Stuhl.

„Bruce möchte, dass Olivia ihn heiratet.“

Mrs LeBlanc schwieg einen Moment und dachte mit einem langen Blick auf das entsetzte Gesicht ihrer Tochter über die Worte ihres Mannes nach.

„Nun“, sagte sie schließlich, „ich mag Hochzeiten zu Weihnachten. Wir werden sehen müssen, ob wir die Kirche zu Weihnachten oder Heiligabend bekommen können. Livvy? Welcher Tag ist dir lieber?“

„Das ist nicht der Weg zu den Broussards!“

Bruce musste über Olivias steifen Ton lächeln. „Heh, du hast ja die Sprache wiedergefunden.“

Olivia setzte sich gerader hin und starrte aus dem Fenster. „Wohin fahren wir, Bruce?“

„Zu mir. Wir müssen uns aussprechen.“

„Wenn du dich aussprechen wolltest, hättest du das in den letzten zweieinhalb Stunden Fahrt machen können“, meinte sie, ohne Bruce anzusehen.

„Ich will dir lieber in die Augen sehen, wenn wir das klären.“

„Da gibt es nichts zu klären.“

„Nun, immerhin hängt das Datum unserer Hochzeit noch in der Luft.“

„Wie einfach – das Datum ist der St.-Nimmerleins-Tag. Und jetzt bring mich nach Haus.“

„In den letzten Wochen habe ich alle möglichen Olivias kennengelernt, aber dieser hier bin ich noch nicht begegnet. Du kannst ja wütend werden!"

Bruce nahm die richtige Abzweigung und bog ab. Nach einer weiteren Abbiegung kam er in seine Straße, den Bancroft Drive.

Er hielt vor dem Haus und schaltete den Motor ab. „Komm herein, Olivia, und lass uns die Sache klären."

Da sie nicht gut per Anhalter zum Garden District zurückfahren konnte, blieb Olivia kaum eine andere Wahl. Sie öffnete die Beifahrertür, stieg aus und wartete, bis Bruce einige Schritte vor ihr hergegangen war. Dann folgte sie ihm zögernd in seine Wohnung.

„Ich mache uns etwas zu trinken."

„Bitte keine Umstände." Olivia setzte sich, so eng es ging, in eine Ecke des Sofas.

Das war ein Fehler. Falls sie gedacht hatte, dass Bruce sich ans andere Ende setzen würde, war sie im Irrtum. Er ließ sich neben ihr nieder und legte den Arm um Olivias Schultern. Jetzt konnte sie ihm nicht mehr ausweichen.

„Weshalb bist du so gekränkt, dass ich dich heiraten will?" Bruce legte Olivia die Hand unter das Kinn und drehte ihr Gesicht zu sich herum.

„Wir hatten bis jetzt nie ein Wort über eine Ehe verloren, Bruce."

„Was dachtest du, worüber wir uns heute auf Avery Island unterhalten haben?"

Sie starrte ihm in die Augen. „Verführung."

„Und das wäre besser als eine Ehe? Hattest du vor, eine lange Reihe von Verhältnissen einzugehen, und ich sollte der Erste sein?"

Wider Willen huschte ein Lächeln über Olivias Gesicht. „Ich kann nicht klar denken, wenn du mir so zusetzt."

„Dann sag doch einfach, was du fühlst."

Olivia holte tief Luft. „Ich fühle mich verletzt."

Bruce strich ihr über das Haar. „Weshalb?"

„Du willst mich gar nicht heiraten. Du kennst mich etwas länger als zwei Wochen und findest mich plötzlich aus irgendeinem Grunde anziehend. Du möchtest mit mir schlafen. Vielleicht bist du alle deine Flirts leid und findest den Gedanken, jemanden zu heiraten, besser. Ich weiß es nicht. Aber du willst mich gar nicht heiraten, Bruce, sondern einfach nur irgendjemanden, und ich bin gerade frei."

Bruce fuhr fort, Olivias Haar zu streicheln, bis sie zu Ende gesprochen hatte.

„Du bist in mich verliebt, und du fürchtest, dass meine Gefühle für dich oberflächlich sind."

Olivia hätte es nicht besser ausdrücken können, also schwieg sie.

„Du irrst dich." Er berührte ihre Wange. „Sieh mich an."

Sie öffnete die Augen und sah Bruce widerstrebend an.

„Du hast dich in zwei Wochen in mich verliebt. Du hast nie damit gerechnet, dass das passieren könnte, nicht wahr?"

Olivia schwieg weiter, und Bruce fuhr fort. „Nun, vor zwei Wochen habe ich beim Jogging den Kopf gehoben und eine Frau gesehen, die mir ungemein gefiel. Sie stand mitten im Teich und versuchte, ein Papierschiffchen zu retten, und ich dachte: Eine Frau, die sich so sehr um einen kleinen Jungen sorgt, ist jemand, den ich unbedingt kennenlernen möchte. Dann haben wir uns kennengelernt, und du warst alles und mehr, als ich mir erträumt habe."

„Bruce, man heiratet keine Frau, nur weil sie mit Kindern umzugehen versteht."

„Nein, man heiratet jemanden, weil man weiß, man möchte mit ihm leben, sich zusammen ein Heim schaffen und eine Familie gründen. Man heiratet eine Frau, weil man gern mit ihr alt werden will, sich in ihrer Nähe wohlfühlt – und weil man weiß, dass man sie in zwanzig oder dreißig Jahren noch immer gern im Arm hält."

„Und wo bleibt die Liebe?" Olivia suchte seinen Blick. „Du sagst, ich sei in dich verliebt, aber du hast kein Wort darüber verloren, ob du mich liebst."

„Ich habe dich sehr gern, Olivia. Ich werde ein guter Ehemann sein und dich auf Händen tragen."

Olivia schüttelte den Kopf. „Was ich für dich empfinde, ist viel mehr als das."

„Dann liebst du mich?", fragte er mit einem warmen Lächeln.

Olivia wehrte sich noch immer, das offen zuzugeben. „Du hast so gut wie zugegeben, mich nicht zu lieben."

Bruce bekam ein ernstes Gesicht und verfiel in Schweigen. Während er Olivia weiter über das Haar strich, suchte er nach den richtigen Worten, um ihr die Wahrheit zu sagen.

„Ich glaube nicht, dass ich jemanden lieben kann", sagte er schließlich. „Jedenfalls nicht auf die Weise, wie die meisten Menschen es erwarten, wenn sie von Liebe sprechen. Irgendetwas fehlt mir innerlich, nehme ich an. Ich empfinde nicht das, was andere Leute zu empfinden behaupten. Ich mag Menschen und mache mir etwas daraus, was mit ihnen geschieht, aber trotzdem gibt es zwischen ihnen und mir immer eine gewisse Distanz. Dieses Gefühl ist nicht so stark, wenn es um dich geht, aber es ist da, und vielleicht wird es auch immer dableiben."

Olivia schluckte heftig. „Und warum willst du mich dann überhaupt heiraten?"

„Ohne die Scheuklappen, die man Liebe nennt, kann ich die Dinge sehr deutlich sehen. Ich weiß genau, was ich von einer Ehe erwarte, und ich kenne die Frau, die mir das geben kann. Wir werden aus den richtigen Gründen heiraten. Ich werde treu sein und hilfreich, und ich werde dich und die Kinder an erster Stelle sehen. Aber ich kann dir nichts schenken, was ich nicht zu verschenken habe."

Olivia spürte, wie schwer es Bruce fiel, seine Empfindungen in Worte zu fassen. Sie sah, wie stark die innere Überwindung war, ihr gegenüber ehrlich zu sein. Und dennoch liebte sie ihn noch mehr, weil er fähig war, darüber zu sprechen. Er war jemand, der sich nach all dem sehnte, was, wie sie wusste, sie ihm geben konnte. Er hatte recht – er hatte eine gute Wahl getroffen.

„Da gab es eine andere Frau." Olivia versuchte nicht erst, taktvoll zu sein. Sie musste alles wissen. Sie hatte ein Recht darauf. „Hat sie mehr von dir erwartet, als du ihr geben konntest?"

Bruce war überrascht, dass jemand Olivia gegenüber Kate erwähnt hatte. Aber wenn sie eine Beziehung miteinander haben würden, musste sie auf der Wahrheit aufgebaut sein. „Sie hieß Kate", sagte er schlicht. „Und sie hat nichts von mir erwartet."

„Ihr seid eine lange Zeit zusammen gewesen."

„Wir haben zwei Jahre zusammengelebt."

„Weshalb hast du sie nicht geheiratet?"

„Kate wollte keine Ehe. Sie wollte auch kein Heim oder eine Familie."

„Du hast sie also verlassen und nach einer Frau Ausschau gehalten, die sich all das wünschte. Und ich war die erste, auf die dein Blick fiel."

„In unserem letzten gemeinsamen Jahr verschlimmerte sich die Situation", erwiderte Bruce vorsichtig. „Als ich schließlich auszog, war die Beziehung am Ende war. Aber es ist nicht so, dass ich Kate verlassen habe und du die erste Frau gewesen bist, die mir über den Weg lief."

„Aber du standest noch immer unter dem Eindruck dieser Trennung."

„Falls das heißt, dass ich eine schlechte Erfahrung gemacht und daraus gelernt habe, worauf es wirklich ankommt, dann mag das stimmen“, erwiderte Bruce. „Aber dadurch werden meine Gefühle für dich doch nicht geringer. Es hat nur dazu geführt, dass ich wieder anfange, an Wunder zu glauben. Ich hatte schon gemeint, eine Frau wie dich gäbe es gar nicht, und dann warst du plötzlich da, stecktest bis zu den Knien im Schlamm des Teiches.“

„Liebe auf den ersten Blick, nur – du liebst mich nicht.“

„Ich kann nicht vorgeben, etwas zu fühlen, was ich gar nicht empfinden kann. Aber jetzt täusche ich nichts vor.“ Bruce nahm Olivia fester in den Arm und zog sie näher zu sich heran. „Ich will dich, Olivia. Was ich heute auf der Insel sagte, habe ich auch so gemeint. Ich will dich für immer.“ Er strich ihr das Haar aus der Stirn und küsste sie.

Zwei Wochen standen gegen ein Leben sorgfältigster Überlegungen, aber Olivia konnte an nichts anderes denken, als an den Wunsch, Bruces Hände auf ihrer nackten Haut zu spüren und sich ihm ganz und uneingeschränkt zu schenken.

Olivia bemerkte, wie heftig er atmete. Seine Lippen waren noch feucht von ihrem Kuss, und die Sonnenbräune seiner Wangen konnte die verräterische Röte der Leidenschaft nicht verbergen. Sein Verlangen, dem er bis jetzt noch nie hatte freien Lauf lassen können, stand ihm deutlich in den blauen Augen geschrieben.

„Ich werde dich zu nichts drängen“, sagte Bruce schließlich. „Denk nur in Ruhe darüber nach. Wir werden viel Zeit miteinander verbringen, und ich werde dir Zeit lassen. Aber du musst wissen, Olivia, dass ich bereits mein ganzes Leben auf dich gewartet habe.“

6. KAPITEL

Cherry Broussard öffnete die Tür zu Lucys Schlafzimmer und verzog mitfühlend ihr Gesicht. Lucy saß schlafend auf Olivias Schoß, und auch Olivia war halb eingeschlafen. Der alte weiße Schaukelstuhl, auf dem sie saßen, stand still. Cherry ging auf Olivia zu und nahm ihr Lucy ab.

„Da ist ein Ferngespräch für Sie", flüsterte sie, als Olivia die Augen aufmachte. „Ich bringe Lucy zu Bett."

Olivia sah auf die Uhr. Es war spät, viel zu spät für einen normalen Anruf. Es musste sich um etwas Dringendes handeln. Sie war nur deshalb noch nicht schlafen gegangen, weil Lucy einen Zahn bekam und vom Schmerz aufgewacht war.

Sie nahm das Gespräch im Kinderzimmer an und saß danach eine Weile schweigend neben dem Apparat.

„Olivia?" Cherry kam herein und setzte sich neben sie. „Ist alles in Ordnung?"

Olivia fuhr sich über die Augen. „Nein, leider nicht. Das war die Sekretärin der Hopkins-Akademie. Mary ist sehr krank. Man hat sie heute Abend ins Krankenhaus gebracht."

Mitfühlend berührte Cherry Olivias Schulter. „Möchten Sie jetzt gleich dorthin fahren?"

„Sie darf keine Besucher empfangen. Man versucht, sie erst wieder etwas zu stabilisieren. Morgen früh kann ich sie besuchen kommen."

„Das tut mir leid. In den letzten Tagen haben Sie einen so beunruhigten Eindruck gemacht."

Olivia hatte leichte Schuldgefühle. Seit ihrer Rückkehr aus New Iberia war ihr Bruces Antrag so sehr im Kopf herumgegangen, dass sie für Mary kaum einen Gedanken übrig gehabt hatte. „Ich wusste nicht, dass Mary derart krank war", gab sie zu.

„Ist sie sehr krank?"

„Sehr."

Olivia nickte trostlos. „Sie wird nicht wieder gesund werden, Cherry. Wir können bestenfalls darauf hoffen, dass sie noch einige Monate lebt."

Bruce stand an der Hintertür des Broussardschen Hauses und sah Olivia zu, die mit Lucy und Trey in der Sandkiste spielte. Lenny Broussard hatte ihm von dem späten Anruf für Olivia erzählt. Seit der Rückkehr vom Haus ihrer Eltern am Sonntagabend hatte er Olivia nicht mehr gesehen. Jetzt fragte er sich, warum sie ihn nicht angerufen hatte, um ihm ihren Kummer mitzuteilen.

Er zog die Tür hinter sich zu und trat auf die Veranda. Olivia schaute hoch, und er konnte deutlich sehen, was sie empfand. Sie freute sich, ihn zu sehen, aber sie war auch erschreckt.

„Ich habe von Mary gehört. Es tut mir leid, Olivia."

„Danke. Ich bin heute früh bei ihr gewesen. Es geht ihr nicht gut."

„Fährst du heute Abend wieder zu ihr?"

„Nein, sie meinte, sie müsse noch andere Leute empfangen, und sie darf nur jeweils einen Besucher haben. Das Krankenhaus will mich benachrichtigen, wenn eine Veränderung eintritt."

„Dann komm mit mir essen. Ich werde es zubereiten, und du kannst dich entspannen."

Ein Abend mit Bruce klang bis auf einen Punkt gut, aber Olivia hatte nicht die Kraft, diesen höflich zu umgehen. Sie stellte Lucy aufrecht hin und begann, ihr den Sand vom Overall abzuklopfen. „Ich habe noch keine Entscheidung getroffen", warnte sie Bruce. „Hast du mit einer Antwort gerechnet?"

„Ich rechne nur damit, dir das Essen zu machen. Sonst nichts."

„Ich muss mich erst mit Cherry abstimmen. Normalerweise habe ich Donnerstagabend frei, aber ich war heute Morgen ja nicht da."

„Cherry meint, es sei kein Problem."

„Dann werde ich mich umziehen gehen." Olivia nahm Lucy auf die Arme und ging ins Haus.

Eine halbe Stunde später saß Olivia mit geschlossenen Augen in Bruces Auto und lauschte der sanften Tanzmusik aus dem Radio. Bruce schien ihre Stimmung zu verstehen. Er hatte keine weiteren Fragen gestellt und nur darauf geachtet, dass Olivia bequem saß, ehe sie losgefahren waren.

Auf der Fahrt zu seiner Wohnung schlief sie beinahe ein, denn in der Nacht zuvor hatte sie nur wenig Schlaf gefunden. Außerdem war sie zeitig aufgestanden, um nach Baton Rouge ins Krankenhaus zu fahren. Als sie herausgefunden hatte, dass sie dort nicht weiter gebraucht wurde, war Olivia umgehend nach New Orleans zurückgekehrt und hatte sich um Lucy und Trey gekümmert. Nun war sie erschöpft.

„Bist du wach?"

Olivia war wach, aber nicht sehr munter. Sie öffnete die Augen und versuchte, Bruce mit einem Lächeln zu zeigen, dass alles in Ordnung war. „Sind wir schon da?"

Bruce ging um den Wagen herum, öffnete Olivia die Tür und half ihr beim Aussteigen. Im Wohnzimmer angekommen, drückte er sie sanft auf das Sofa. „Schlaf ein bisschen, während ich mich um das Essen kümmere."

„Kann ich dir helfen?" Beide wussten, dass Olivia nur höflich sein wollte.

Bruce strich ihr mit dem Handteller über die Augen, damit Olivia die Lider schloss. „Das Dinner wird keine großartige Angelegenheit. Ich muss es lediglich in den Ofen schieben. Ruh dich jetzt aus." Er war sich nicht sicher, aber ihm schien es, als wäre Olivia schon eingeschlafen, bevor er seinen Satz beendet hatte.

Zweimal kam Bruce an Olivia vorbei, als er sein Schlafzimmer aufsuchte, einmal, um sich umzuziehen, und ein zweites Mal unter einem Vorwand, nur um sie ansehen zu können. Ihr Haar hatte sich gelöst und fiel ihr offen über die Schultern. Ihre Wangen waren rosig angehaucht, und sie hatte leicht die Lippen geöffnet, als wollte sie Bruce zu etwas einladen. Nie war sie ihm begehrenswerter erschienen als in diesem Moment.

Während er Olivia beobachtete, drehte sie sich um und kräuselte im Schlaf die Stirn. Bruce sah, dass sie nicht bequem lag, dazu war das Sofa zu eng und zu hart. Ein Blick auf die Uhr zeigte ihm, dass das Essen in vierzig Minuten fertig sein würde. Ohne über die Folgen nachzudenken, hob er Olivia auf und trug sie in sein Schlafzimmer hinüber.

Olivia wachte mitten in einem Traum auf, in dem sie in schwankendem warmem Wasser trieb. Einen Moment lang wusste sie nicht, wo sie war, und es war ihr auch gleichgültig. Sie wusste nur, sie war in Sicherheit, ausgeruht und glücklich. Je munterer sie wurde, desto klarer wurde ihr, dass sie tatsächlich schwankte. Das Bett unter ihr bewegte sich sanft bei jeder ihrer Bewegungen.

Olivia wandte den Kopf und sah, dass Bruce neben ihr lag. „Du hast ein Wasserbett."

„Magst du es?"

„Ja. Wieso liege ich hier?"

„Weil ich mir seit zweieinhalb Wochen ausgemalt habe, wie du darin aussehen wirst."

„Damit ist nicht viel erklärt."

„Ich habe dich hergetragen. Du hast auf dem Sofa recht unglücklich gelegen."

Sie wandte den Kopf und sah zur Zimmerdecke hoch. „Wie bringst du es fertig, morgens aufzustehen?"

„Nur mit allergrößter Mühe. Und mit dir an meiner Seite wäre es noch schwieriger."

Olivia spürte an den wellenartigen Bewegungen, dass Bruce ihr näher gerückt war. „Wie praktisch für einen Junggesellen, so etwas in seinem Schlafzimmer zu haben. Welche Frau könnte dem widerstehen?"

„Das werde ich herausfinden." Bruce strich ihr über das Kinn und drehte dabei Olivias Gesicht zu sich herum. „Ich habe dich nicht hierher gebracht, weil ich dich verführen wollte." Er fuhr ihr mit der Fingerspitze über die Lippen. „Wenigstens bin ich dieser Ansicht."

Olivia hob die Hand, vergrub die Finger in Bruces Haar und zog seinen Kopf zu sich herunter. „Wir wollen nicht darüber nachdenken, warum ich hier bin. Küss mich einfach."

Bruce widerstand für einen Augenblick ihrem Wunsch. „Ich weiß nicht, ob das ein guter Einfall ist", sagte er, aber noch beim Sprechen senkte er den Mund auf ihre Lippen.

Bruces Gewicht drückte Olivia tiefer in das Bett. Sie hielten sich umschlungen und küssten sich. Olivia zog Bruce das Hemd aus den Jeans und strich ihm über den warmen glatten Rücken. Als sie ihn liebkoste, spürte sie, wie seine Muskeln sich unter ihren Zärtlichkeiten anspannten. Es war ein herrliches, schönes Gefühl, sich so nah zu sein.

Bruce rollte sich auf den Rücken und zog Olivia über sich. „Mach alles, was du gern hättest", sagte er und hielt ihr Gesicht zwischen beiden Händen gefangen. Er lächelte ihr beruhigend zu, aber in seinen Augen stand ein geheimnisvolles männliches Verlangen, das sie aufforderte, die Initiative zu übernehmen.

„Bruce, ich weiß nicht, wie ..."

„Du wirst es einmal lernen müssen ..."

„Warum jetzt?"

Bruce nahm eine Handvoll ihrer Haare und warf sie Olivia über die Schulter zurück. Dann küsste er sie auf das Ohrläppchen. „Wenn ich es nämlich mache, kommst du aus diesem Bett nicht mehr als Jungfrau heraus", antwortete er ohne Umschweife.

„Und wenn das keine Rolle für mich spielt?"

„Für mich spielt es eine Rolle." Er strich ihr mit den Fingerspitzen über den schlanken Hals.

„Ist es so wichtig für dich, eine Jungfrau zu heiraten? War das einer der Gründe, weshalb du dich für mich interessierst?"

„Nein!“, antwortete er scharf. „Ganz und gar nicht. Glaubst du etwa, ich würde es darauf anlegen, dir wehzutun, wenn wir uns zum ersten Mal liebten?“, fragte er mit der gleichen Schärfe in der Stimme. „Es wäre für uns beide leichter, wenn du es nicht mehr wärest. Aber du bist es, und ich will nicht, dass deine Entscheidungen von einer gemeinsamen Nacht beeinflusst werden.“

Olivia fühlte, wie ihr die Röte in die Wangen stieg. Bruce hatte recht. Wenn sie sich an diesem Abend von Leidenschaft treiben ließen und sich liebten, dann würde dieser ganz intime Vorgang sie dazu bringen, seinem Antrag zuzustimmen. Das wäre ein zu leichter Ausweg. Olivia lehnte den Kopf an Bruces Schulter. „Es tut mir leid. Mir war selbst nicht klar, dass ich das haben wollte.“

Bruce schloss sie fester in den Arm. „Ich weiß, du machst im Moment eine schwere Zeit durch. Wir wollen es nicht noch schwerer für dich machen. Wir wollen nur herausfinden, was dir und mir Spaß macht.“

„Du gefällst mir“, sagte Olivia, den Kopf an seinen Hals gekuschelt. „Du bist so umsichtig, so liebevoll und …“

„Genug der Worte. Schluss damit.“ Bruce suchte ihre Lippen und brachte Olivia mit einem Kuss zum Schweigen. Er legte die Hände um Olivias schmale Taille über ihren runden Hüften. Mit ihren vollen Brüsten hatte sie eine Figur, die einem Mann – wenn auch nicht unbedingt einem Modeschöpfer – gefallen musste. Er ließ die Hände tiefer gleiten und streichelte ihre weiche Haut zwischen den Schenkeln.

Olivia atmete heftig ein. Wenn das kein Vorspiel für die Liebe war, was konnte es dann sein? Unter Bruces erfahrenen Händen begann ihre Haut zu brennen. Sie hielt ihn bei den Schultern und küsste seine Wangen, seine Nase und seine Augenlider. Ihre Brüste pressten sich gegen seinen Oberkörper, und Olivia stöhnte vor Wonne auf, als Bruce ihren Büstenhalter aufmachte und seine kräftigen Hände über ihre Brüste legte.

Er machte keine Anstalten, Olivia auszuziehen, und schien ihre Kleidung wie eine Art schützende Barriere zwischen ihr und ihm anzusehen. Am liebsten hätte er alles an Olivia bewundert, jede Stelle ihres herrlichen Körpers mit Blicken und Küssen erkundet, aber da Bruce wusste, dass ihn dann nichts mehr vom letzten Akt abhalten würde, unterließ er es.

So lagen sie eine ganze Minute da, und keiner wagte, sich zu bewegen.

Dann klingelte der Timer des Ofens.

„Stellt der Ofen sich von selbst ab?“ Olivia streckte die Hände aus und streichelte Bruces Haar. Durch die Bewegung war sie unter ihn geraten, und eine Hitzewelle breitete sich in ihrem ganzen Körper aus.

„Vielleicht fällt der Strom aus.“

„Vielleicht hast du vergessen, deine Stromrechnung zu bezahlen.“

„Vielleicht verkohlt das Essen ganz von selbst, wenn ich es im Ofen lasse.“

„Du fühlst dich so warm an mir an.“

„Du bist so weich, so perfekt. Ich möchte jeden Zentimeter von dir küssen.“ Bruce sah, welche Wirkung seine Worte auf Olivia ausübten. Sie sehnte sich nach genau denselben Dingen, aber aus ihrem Blick sprach noch immer leichte Scheu. Olivia war eine herrlich sinnliche Frau, die sich ihrer eigenen Ausstrahlung schrecklich unbewusst war. Bruce fing an, sie zu necken. „Willst du mich?“

„Hmm …“

Er musste über den Laut, der alles hätte bedeuten können, lachen. „Weißt du, was ich sonst noch gern tun würde?“

„Ich habe Angst, dich das zu fragen.“

„Ich möchte so tief in dir versinken, dass wir uns nie mehr voneinander lösen können, nie mehr getrennt sind. Ich möchte, dass wir eins werden.“

Auch Olivia wünschte sich das, und dieser Wunsch hatte ihr nie deutlicher vor Augen gestanden. „Hmm“, entgegnete sie etwas lauter.

Bruce lachte und rutschte von Olivias Beinen herunter. Falls sie sich schon trennen mussten, dann lieber Stück für Stück. Alles andere wäre viel zu hastig. „Ich möchte …“

„Nichts mehr!“ Olivia zog seinen Kopf an ihre Schulter, um Bruce zum Schweigen zu bringen. „Wenn du mir noch einen einzigen deiner Wünsche mitteilst, dann werde ich in Teile zerfallen, mich in Luft auflösen, verbrennen und …“

„Alles auf einmal?“, fragte er und biss zärtlich in den Pullover über ihrer Brust.

„Alles gleichzeitig.“

„Es gibt Schöneres, was man gleichzeitig machen kann.“ Er richtete sich auf.

Olivia zog den Pullover herunter, obwohl sie ihn sich am liebsten ausgezogen hätte. „Ich finde es schön, dass du nach mir verlangst“, sagte sie und fühlte sich plötzlich sehr verletzbar. „Ich weiß aber einfach nicht …“

Bruce legte ihr die Finger auf die Lippen und schüttelte den Kopf. „Sag jetzt nichts. Ich werde aufstehen und den Ofen ausschalten. Dann werden wir essen, und ich bringe dich anschließend nach Hause. Du hast immer noch Zeit zur Antwort, mein Augenstern."

Doch die Antwort kam schneller, als Bruce erwartet hatte.

Olivia richtete ihre Kleidung und kämmte sich. Dann half sie Bruce, in der Küche den Tisch zu decken und das Essen anzurichten.

Als sie vor ihren völlig ausgetrockneten Hähnchenschenkeln und Gemüse saßen, begriff sie endlich, warum Bruce sie heiraten wollte. Selbst ein mittelmäßiges Essen war noch etwas Besonderes, wenn man es mit jemandem einnahm, den man gernhatte, jemandem, der einem für immer ans Herz gewachsen war.

In einer Beziehung kam es nicht nur auf die körperliche Liebe und Leidenschaft an und auch nicht nur auf die Worte der Liebe. Wichtig war das tägliche Miteinander, die Erleichterung, aus seiner Umwelt nach Hause zurückkehren zu können und zu wissen, dass dort jemand wartete, der einem das Leben so angenehm wie möglich machen wollte.

Plötzlich wusste Olivia, dass sie Bruce liebte.

Es war alles viel zu schnell gegangen, um begreifbar zu sein, doch sie hatte ihr ganzes Leben auf jemanden wie Bruce gewartet, der sie lieb hatte, sich um sie und ihre Kinder sorgte und der ein Mann wäre, den jede andere Frau auch gern gehabt hätte.

Sicher, Bruce liebte sie nicht so, wie sie es sich wünschte. Bruce musste es erst lernen, zu lieben, und dieser Lernprozess würde seine Zeit brauchen. Wenn Olivia ihn heiratete, dann würden sie diese Zeit haben, ihr ganzes restliches Leben hindurch. Wenn sie ihn aber nicht heiratete, dann bliebe ihnen nicht einmal diese Chance.

Plötzlich fiel ihr die Entscheidung leicht.

„Isst du immer so?", fragte sie Bruce, der aufgestanden war, um Kaffee zu machen.

„Viel öfter, als mir lieb ist."

„Sobald wir verheiratet sind, werde ich nicht mehr zulassen, dass diese furchtbaren Fertiggerichte auf den Tisch kommen. Ich bin eine gute Köchin."

Bruce hielt mitten in der Bewegung zwischen Kaffeebüchse und Kanne inne, drehte sich aber nicht um. „Wie viele Fertiggerichte kann ich in der Zwischenzeit denn noch kaufen?"

„Ich würde sagen, so viele, dass du bis Heiligabend damit auskommst. Ich würde gern gegen fünf Uhr heiraten. Bei Kerzenlicht."

„Es tut mir leid, Olivia, aber du weißt so gut wie ich, dass eine Hochzeit bei den LeBlancs stets eine große Sache ist, ob sie nun als solche geplant wurde oder nicht.“ Myriam LeBlanc trat einen Schritt zurück und betrachtete ihre Tochter. „Exquisit.“

„Onkel Dennis hat mich in der Halle angesehen. Er wollte von mir wissen, ob er gleich damit anfangen solle, eine Wiege zu zimmern. Jeder, aber auch jeder der zweihundertfünfzig Anwesenden da draußen scheint zu glauben, ich sei schwanger, weil Bruce und ich in solcher Eile heiraten.“

Myriam schüttelte missbilligend den Kopf. „Das werden sie schon noch mitbekommen. Außerdem würde nur Etiennes Seite der Familie auf einen solchen Gedanken kommen. Meine würde das nicht wagen!“

„Und woher weiß man, wer zu welcher Seite gehört?“ Olivia trat vor den Spiegel. Das Bild, das sie darin erblickte, zeigte ihr eine unschuldige junge Frau, die in dem keuschen Weiß ihres Kleides so jungfräulich wirkte, dass niemand es anzunehmen wagen konnte, sie heirate aus einem anderen Grund als wahrer Liebe. Aber ihr Spiegelbild zeigte ihr nicht die junge Frau, die sich fragte, ob sie nicht doch einen großen Fehler beging. „Das Kleid ist wundervoll, Mama. Vielen Dank.“

„Dafür musst du dich bei Mrs Broussard bedanken. Sie hat es für dich ausgewählt.“

Olivia lächelte, und die hinreißende Braut im Spiegel lächelte zurück. Dann strich sie sich über den Rock und drehte sich bewundernd hin und her. Sie hoffte, ihr Anblick würde ihr die Kraft verleihen, den unglaublich langen Weg zum Altar zurücklegen zu können.

Das Kleid aus schwerem Satin war im Prinzessstil gearbeitet und hatte außer den langen satingefütterten Puffärmeln aus Spitze keine weiteren Verzierungen. Olivia hatte sich dazu entschlossen, ihr Haar offen und zurückgekämmt zu tragen. Von der Stirn her fielen ihr die Haare in einer Fülle von Locken über den Kopf. Diese Frisur passte zum eleganten, altertümlichen Schnitt des Gewandes und zu dem Kranz aus weißen Rosenknospen, den sie über einem kurzen Spitzenschleier trug.

Auch ihr Brautstrauß bestand aus weißen Rosen, weißer Iris und kontrastierenden Orangenblüten. Olivia hoffte, er sei groß genug, um das Zittern ihrer Hände darunter zu verbergen.

„Was sagte Miss Hopkins, als sie das Kleid sah?“

Olivia steckte einen Augenblick lang die Nase in die Blüten und versuchte, sich zur Ruhe zu zwingen. „Sie meinte, ich würde die schönste

Braut der ganzen Welt sein. Sie sah viel erholter aus, Mama. Ich kann es kaum glauben, wie schnell sie wieder Kräfte gesammelt hat. Es heißt sogar, man würde sie mit einer Pflegerin nach Haus entlassen."

„Ich wünschte, sie hätte kommen können."

„Ich glaube kaum, dass sie das gewollt hätte. Sie ist über meine Heirat nicht sehr beglückt."

„Hat sie dir das gesagt?"

„Andeutungsweise bei meinem ersten Besuch. Sie findet, der Beruf gehe vor. Deshalb hat sie nicht geheiratet, auch wenn sie sich später oft deswegen einsam gefühlt hat. Aber sie hätte es mir jetzt auch gar nicht deutlicher sagen müssen, denn sie hat so eine Art an sich, förmlich durch einen hindurchzusehen, wenn man nicht das tut, was sie von jemandem erwartet. Dafür war sie wohl zu viele Jahre als Nanny tätig."

„Wenigstens geht es ihr gut genug, um dich mit einem solchen Blick zu bedenken."

Olivia lächelte. „Sie bat mich, ihr Bruce vorzustellen."

„Hat sie deine Wahl gebilligt?"

„Er hat sie um den Finger gewickelt. Dann hat sie von ihm wissen wollen, warum er nicht warten könne, mich zu heiraten."

Myriam schüttelte kichernd den Kopf. „Sie ist kratzbürstig genug, um eine LeBlanc sein zu können."

„Bruce erklärte ihr, auf ein Vergnügen warten zu müssen sei nicht sein Fall."

„Das hat er doch nicht wirklich gesagt!"

„Mary meinte, sie wäre sehr gern sein Kindermädchen gewesen. Dann hätte sie ihm schon das eine oder andere beigebracht."

„Und Bruce redet noch mit dir?"

„Er hat die ganze Fahrt zurück nach New Orleans gelacht. Er fand sie köstlich."

Durch die geschlossenen Türen drang der Klang der Orgel.

Olivia schloss ganz fest die Augen. „Ich kann das nicht durchstehen. Heirate du Bruce, Mama. Immerhin hat er dich zuerst gefragt."

„Morgen früh sieht die Welt wieder besser aus."

Olivia riss die Augen auf. „Vielleicht lebe ich dann nicht mehr. Weißt du was, du stellst dich hinten an die Kirchentür und rufst ‚Feuer'! Ich verschwinde dann vorn heraus."

„Dein Großvater hat mich den ganzen Weg nach vorn stützen müssen. Dann gab er mich an Etienne, und Etienne hielt mich aufrecht. Dein Papa und Bruce werden mit dir das Gleiche machen."

„Mary hatte recht. Ich hätte nicht heiraten sollen."

„Mary wollte nur, dass du dich so wie sie verhältst. Aber du musst du selbst sein. Bruce liebt dich. Er wird ein guter Ehemann sein."

„Er wird ein guter Ehemann sein", wiederholte Olivia, weil ihr das die einzige Bemerkung ihrer Mutter zu sein schien, die sie als wahr empfand.

Jemand klopfte an die Tür. „Wir warten auf dich, Myriam", rief Etienne.

„Mach alles so, wie Father Henley es dir gesagt hat", riet Myriam ihrer Tochter. Sie schniefte und drückte Olivia an ihre Brust. „Wenn ich dich das nächste Mal in die Arme schließe, bist du eine verheiratete Frau."

Olivia wartete, bis ihre Mutter gegangen war, dann drehte sie sich zum Spiegel zurück. Wer war die junge Frau, die sie darin erblickte? Eines war sicher – wer immer sie auch war, sie stand vor einer Veränderung. Olivia hoffte nur, dass diese Veränderung zum Guten war.

Bruce schüttelte viele Hände und murmelte wie benommen seinen Dank. Er hatte sich noch immer nicht ganz mit der Tatsache abgefunden, ein verheirateter Mann zu sein. Aber alle Leute in dieser informellen Reihe von Gratulanten schienen es zu glauben, und er selbst erinnerte sich auch deutlich daran, vor Father Henley „Ich will" gesagt zu haben. Und außerdem stand der Beweis unübersehbar neben ihm: Olivia in ihrem weißen Brautkleid, die sich ebenso wie er bei den Gästen bedankte.

Es gab reichlich zu essen, und der Champagner floss in Strömen, und obwohl am nächsten Tag Weihnachten war, feierten die Leute bis kurz nach sieben.

Olivia hatte sich gerade mit Lenny und Cherry unterhalten, als sie Bruces Arm um ihre Taille spürte. „Wir sollten fahren. Du müsstest dich jetzt selbst sehen können. Du siehst aus wie ein Lamm, das zur Schlachtbank geführt werden soll. Ich verspreche dir, so schlimm wird es heute Nacht nicht werden." Bruce sprach sehr leise, und seine geflüsterten, heiseren Worte waren nur für Olivias Ohren bestimmt. „Vielleicht gefällt es dir sogar", setzte er hinzu.

„Ich muss sehr dumm auf dich wirken."

Bruce merkte, dass sein scherzhafter Ton Olivias Nervosität nur noch vergrößert hatte. Er versuchte, sie wieder zu beruhigen. „Du siehst wunderschön aus, so süß und begehrenswert." Er nahm eine ihrer Hände und küsste sie. „Du siehst ganz wie eine Frau aus, der ich soeben versprochen habe, ein Leben lang für sie zu sorgen und ihr die Treue zu halten, bis dass der Tod uns scheidet."

„Dir ist doch klar, dass ich erst vierundzwanzig bin. Das kann sehr lange dauern, bis der Tod uns scheidet."

„Für Gewissensbisse ist es jetzt zu spät, Olivia." Bruce hob ihr Kinn mit einer Fingerspitze an. „Machst du dir wegen der kommenden Nacht Gedanken? Es tut mir leid, dass ich dich aufgezogen habe. Wir können warten, bis du dich etwas von den Anstrengungen der Hochzeit erholt hast. Wir werden eine ganze Woche allein sein, und ein ganzes Leben lang danach. Kein Grund zur Eile. Wirf jetzt deinen Brautstrauß und lass uns von hier fortgehen", sagte Bruce dann, weil er ihr Schweigen als Antwort nahm.

Es war Mimi Broussard, die den Strauß auffing, und rasch zupfte sie die Blüten heraus und reichte sie ihren Schwestern, bis nichts mehr von dem Gebinde übrig war.

Anschließend schlüpften Bruce und Olivia durch die Hintertür und sahen sich einer kleinen, fröhlichen Gruppe von Gratulanten gegenüber, die mit ihrem Verschwinden gerechnet hatten. Unter einem Regen von Reiskörnern rannten sie beide zu Bruces Auto und fuhren unter dem ohrenbetäubenden Lärm der an die Stoßstange gebundenen Blechbüchsen davon.

7. KAPITEL

Bist du froh, dass es vorbei ist?", fragte Bruce Olivia, nachdem sie weit genug vom Haus entfernt waren.

„Ja. Und du?"

„Ich werde nie vergessen, wie schön du aussahst, als du das Kirchenschiff hinaufgeschritten kamst. Ich bin froh, dass wir Fotos davon haben."

„Jemand muss diesen Gang extra noch um einige Hundert Meter verlängert haben, nur für diese Hochzeit." Olivia fühlte sich durch Bruces Lachen ermutigt. „Ich war davon überzeugt, man würde den Hochzeitsmarsch mindestens sechsmal spielen müssen, bis ich endlich vor dem Altar ankam."

„Du hast sehr ernst gewirkt."

„Ich habe ein Stoßgebet nach dem anderen zum Himmel geschickt." Olivia lächelte und merkte, dass sie sich entspannte. Nach den Anstrengungen des Hochzeitsempfanges fand sie vielleicht ihr inneres Gleichgewicht und ihr Selbstvertrauen wieder.

„Ich bin froh, dass wir nicht weit fahren müssen." Bruce griff nach Olivias Hand und legte sie auf sein Knie.

„Wie weit ist es denn?"

Bruce bog langsam vom Highway auf eine zweispurige Asphaltstraße ab. „Den Ort hat dein Vater vorgeschlagen "

„Erzähl mir nur nicht, dass wir unsere Flitterwochen auf einem Fischerboot verbringen werden!"

„So ungefähr. Du wirst es in einigen Minuten selbst sehen."

Das Ziel ihrer Flitterwochen waren die renovierten Sklavenunterkünfte einer alten, am Ufer des Bayou Teche gelegenen Plantage. Sie hatten sich beide entschlossen, in Louisiana zu bleiben, da Bruce in einer Woche wieder zurück in die Kanzlei musste. Aber Olivia hatte nicht damit gerechnet, dass Bruce einen so romantischen passenden Ort ausfindig machen würde.

Im Innern angekommen, schlenderte sie durch die drei bequem eingerichteten Räume und bewunderte die aus Zypressenholz gefertigte Zimmerdecke und das schlichte, aber geschmackvolle Mobiliar. Durch die Fensterscheiben sah man auf das mondbeschienene Wasser und dicke knorrige Stämme von immergrünen Eichen. Spanisches Moos rankte von Zweig zu Zweig und wirkte wie die zarten Spitzenmuster in Olivias Hochzeitsschleier.

„Gefällt es dir?“, fragte Bruce und trat hinter Olivia.

„Es ist wundervoll hier.“ Olivia drehte sich um und schlang die Arme um Bruces Nacken. „Woher wusstest du das? Es ist einzigartig.“

„Ich schenke dir den Mondschein auf den Wassern eines Bayou, wann immer ich kann.“ Er legte die Hände um ihre Taille. „Ist dir kalt?“

Olivia fröstelte, aber es war ihr nicht einmal selbst aufgefallen. „Im Kamin brennt ein kleines Feuer.“

Bruce nickte. „Ich hatte die Verwalter der Plantage darum gebeten. Ich werde Holz nachlegen. Warum ziehst du dich in der Zwischenzeit nicht um?“

Umziehen – in was? Am liebsten hätte Olivia Bruce gebeten, das Feuer zu vergessen. Sie konnten sich beide ins Bett kuscheln und ihre eigene Hitze erzeugen. Sie ließ die Arme sinken, drehte sich um und ging in das Schlafzimmer, wohin Bruce bereits das Gepäck gebracht hatte. Dann schloss sie hinter sich die Tür. Olivia blieb mitten im Raum stehen und sah an sich herunter. Sie fand ihre Figur höchst unzulänglich, weil sie, wie sie meinte, auch noch zugenommen hatte. Wann war das passiert? Was würde Bruce sagen, wenn er sie zum ersten Mal nackt sah? Wahrscheinlich hatte er noch nie eine Frau mit solchen Brüsten gesehen. Und ihre Hüften? Vielleicht waren sie zum Kinderkriegen vorzüglich geeignet, aber wie sollte sie Bruce das erklären?

Olivia duschte sich rasch und schwor sich, in der nächsten Woche nichts zu essen. Vielleicht ging sie nicht gerade wie ein Mannequin in ihre Flitterwochen, aber wenn sie sehr auf ihre Linie achtete, konnte sie vielleicht als solches daraus hervorgehen.

„Olivia?“

„Ich komme sofort“, rief sie und trocknete sich ab.

Einen Augenblick später öffnete sie die Tür und betrat in einem langen, glänzend weißen Morgenmantel, dessen Gürtel sie fest über ihrem Nachthemd verknotet hatte, das Wohnzimmer. Es betonte ihre Hüften und die Brüste, von denen Bruce seit Wochen geträumt hatte, und er musste zweimal schlucken, um sicher zu sein, ruhig sprechen zu können.

„Du siehst genauso hinreißend aus wie in deinem Hochzeitskleid. Warum setzt du dich nicht vor das Feuer, während ich dusche. Es wärmt den Raum ganz schön an.“ Dann wandte er sich ab und ging schnell ins Schlafzimmer.

Als er wenig später zu Olivia zurückkam, saß sie mit über den Knien gekreuzten Armen vor dem flackernden Kaminfeuer. Er stellte sich vor, wie sie auf dem dicken Teppich ausgestreckt und nur vom Schein der Flammen bekleidet aussehen würde. Er malte sich aus, dann neben ihr, auf ihr zu liegen und in ihr zu sein. Er träumte davon, wie sie sich um ihn schloss und vor Entzücken aufschrie.

Bruce überlegte ernsthaft, ob er nicht erst noch eine kalte Dusche brauchte.

Doch dann streckte er ihr die Arme entgegen. „Komm ins Bett, Olivia."

Zögernd stand sie auf. Mit wenigen Schritten war Bruce bei ihr, hob sie hoch und trug sie ins Schlafzimmer zum Bett. Behutsam löste er den Gürtel ihres Morgenmantels und half ihr, ihn abzulegen. Zärtlich rieb er ihre nackten Arme, um sie zu erwärmen.

Olivia legte sich lächelnd in die Kissen zurück und streckte Bruce die Arme entgegen, um ihn zu sich herunterzuziehen.

„Nicht so schnell, mein Augenstern", sagte er warnend. „Oder wir sind fertig, ehe wir angefangen haben."

„Das ist mir gleich. Ich kann es kaum erwarten."

Bruce lachte vergnügt auf, aber er verweigerte ihr den Kuss. „Mir ist es nicht gleich." Er strich ihr die Haare aus dem Gesicht und gab ihr einen keuschen Kuss auf die Stirn. „Ich möchte alles ganz langsam genießen. Das erste Mal, dass ich dich ausziehe. Das erste Mal, dass ich dich nackt im Mondschein sehe. Das erste Mal, dass ich deinen Körper mit meinen Lippen erfühlen kann. Das erste Mal, dass du mein wirst …"

„Ich weiß nicht, ob ich das alles überstehen werde", meinte sie atemlos.

Bruce lachte noch einmal und senkte den Mund an ihr Ohr. Zart tastete er mit der Zunge dessen Umrisse ab. „Du zitterst ja."

„Glaub mir, ich friere nicht." Zaghaft hob Olivia Bruces Schlafanzugjacke etwas an und streichelte ihm den Rücken.

„Wirklich nicht? Woran liegt es dann?" Bruce ließ die Lippen über Olivias Hals und ihre Wangen gleiten und vermied es noch immer, ihren Mund zu berühren. Er küsste ihre Wangen, die Nase und ihre Augenlider, ehe er sein Zungenspiel am anderen Ohr fortsetzte.

Olivia stöhnte und drückte ihre Hüften gegen Bruce, während sie die Fingerspitzen in seine warme Haut drückte. Bruce wanderte mit dem Mund tiefer, zum Ansatz ihres Halses, zum Schlüsselbein und zu den schwellenden Rundungen ihrer Brüste, die von dem tiefen Ausschnitt ihres Nachthemdes nicht bedeckt wurden. „Hast du das angezogen, um mich verrückt zu machen?", murmelte er. „Es ist gerade so viel bedeckt, dass ich mich nicht fragen muss, was es verhüllt, und so wenig, um mich an etwas anderes denken zu lassen."

Er strich ihr mit einer Hand über die Schulter und schob einen Träger des Nachthemdes herunter, sodass der Ansatz der einen Brust frei dalag. Dann erkundete er mit seinen Lippen jede Stelle ihrer nackten Haut. Olivia drehte sich etwas, bis der Träger noch weiter heruntergerutscht und nur noch die Spitze ihrer Brust zugedeckt war. Bruce schloss die Lippen darum und sog durch den Stoff hindurch daran.

Olivia bäumte sich auf und stöhnte vor Erregung. Sie drückte die Hände gegen Bruces Brust; sie wusste nicht, ob sie ihn fortschieben oder festhalten wollte. Aber es war auch nicht wichtig, denn Bruce schob bereits den anderen Träger über Olivias Schulter. Dann lagen ihre Brüste schutzlos da, und sie wusste, dass Bruce sie anschaute. Olivia schloss die Augen.

„Du bist schöner als jeder Traum." Sanft umschloss er ihre Brüste mit den Händen und hob sie an, um sie im Schein des Mondes gebührend zu bewundern. „Absolut perfekt."

Auf dieses Erlebnis hatte Olivia lange warten müssen, auf die vollkommene Erfüllung ihres innigen Beisammenseins. Sie fühlte sich, als würde ein Wirbelsturm der Gefühle sie mit sich fortreißen, und sie ließ sich willenlos treiben, um jede Stelle ihres Körpers an diesem Vergnügen teilhaben zu lassen. Es konnte nicht schöner sein. Genauso hatte sie es sich erträumt. Sie bot Bruce ihre Lippen und ihren Körper und wusste, sie bot sich selbst ihm dar.

Bruce richtete sich auf, zog die Schlafanzugjacke aus und warf sie hinter sich zu Boden.

Olivia öffnete die Augen und sah an Bruces zusammengekniffenen Lippen und dem dunklen aufgewühlten Glanz seiner Augen, wie sehr er sich zurückhielt. Sie streckte ihm die Arme entgegen und zog ihn wieder auf sich herunter. Mit zitternden Händen streichelte sie seinen Rücken, strich ihm mit Fingerspitzen über die straffen Muskeln und fuhr ihm mit den Fingernägeln über das Rückgrat. Sein wohliges Stöhnen erregte sie noch mehr.

Olivias unschuldige Zärtlichkeiten brachten Bruces Blut mehr als alles andere in Wallung. Er barst vor Verlangen und schob Olivias Nachthemd immer tiefer, bis nichts mehr ihre beiden Körper trennte als seine Schlafanzughosen und gleich darauf hatte er sich auch davon befreit.

Seine Lippen suchten Olivias Ohr und glitten dann über ihren Hals, während er ihre Brüste streichelte. Olivia liebkoste seinen Rücken und erkundete ihn so lange, bis Bruce kein Fremder mehr, sondern der Mann für sie war, nach dem sie sich gesehnt hatte – der Mann, der sie so zärtlich liebte, dass sie den Verstand zu verlieren schien.

Zögernd spreizte sie auffordernd die Beine auseinander. Bruce ließ sich zur Seite gleiten und legte sich neben Olivia. „Noch nicht. Noch nicht gleich." Er sprach heiser, als quäle ihn jedes Wort. Er war selbst überrascht, sich reden zu hören. Dann glitt sein Blick über Olivia, über ihre vollen Brüste, die silbrig weiß und rosig im Mondlicht schimmerten, über ihre schmale Taille, die Hüften, die ihren Körper so vollendet machten, und ihre langen, schlanken Beine. Olivia gehörte ihm.

„Ich könnte ein paar Pfunde abnehmen", meinte sie.

„Olivia!" Bruce lachte, stöhnte und legte sich auf sie. „Nicht ein Pfund, kein einziges Pfund." Er küsste sie wild, und mit einem erstickten Laut schlang sie die Beine um ihn und erwiderte seinen Kuss. Sie spürte seine suchenden Hände auf ihrer Haut, ihren Schenkeln – und fühlte, wie sie den Weg zwischen ihre Beine fanden.

Olivia war wie betäubt, keines Gedankens mehr fähig. Sie nahm nichts anderes mehr wahr als Bruce und seine Leidenschaft und ihr eigenes keuchendes Stöhnen.

Und dann drang er in sie ein. Der kurze Moment des Schmerzes verging unter seinen heiser geflüsterten Liebesworten. Olivia schien es, als würden ihre eigenen Gefühle über ihr zusammenschlagen. Sie wurde eins mit diesem Mann und wusste, dass ihn zu heiraten doch kein Fehler gewesen war.

„Fröhliche Weihnachten!"

Olivia wandte den Kopf und sah ihren Mann an. Vor noch gar nicht langer Zeit hatte der Mond den Raum erhellt, und jetzt flutete das Sonnenlicht herein.

„Fröhliche Weihnachten, Schlafmütze." Bruce beugte sich über Olivia und küsste sie.

„Fröhliche Weihnachten." Sie streckte die Hand aus und strich ihm das Haar aus der Stirn. „Wie spät ist es?"

„Spät genug für einen Weihnachtsengel, aus dem Bett zu steigen."

„Und wenn dieser Engel den Tag lieber im Bett verbringen möchte?"

„So spricht kein Engel. Als Nächstes sagst du mir, dass ich den Tag mit dir im Bett verbringen soll."

„Ich möchte, dass du den ganzen Tag bei mir im Bett bleibst.“

„Nach dem Frühstück.“ Bruce lächelte sie an, und sein Lächeln war so herzlich und zufrieden, dass Olivia am liebsten vergnügt vor sich hin gesummt hätte.

Zum Frühstück gab es Croissants, frisches Obst und Kaffee. Bruce servierte das Frühstück auf dem Tischchen im Bett, während Olivia duschte.

Sie fühlte sich verwöhnt und verführerisch weiblich, als sie sich neben Bruce ins Bett setzte und ihn mit kleinen Stücken geschälter Orange und Bananenscheibchen fütterte. Während sie noch geschlafen hatte, hatte Bruce sich bereits geduscht und rasiert, und mit seinen vom Liebesspiel noch zerrauften Haaren fand Olivia ihn nun aufregender als je zuvor.

„Es ist wirklich Weihnachten, nicht wahr?“ Olivia seufzte, mit sich und der Welt zufrieden, wohlig auf. „Weihnachten war immer mein Lieblingsfest.“

„Wenn dieses Weihnachten ein Musterbeispiel sein sollte, dann wird es wohl in Zukunft auch für mich das Lieblingsfest werden.“

Olivia musste Bruce nicht erst fragen, wie die Weihnachtsfeste seiner Kindheit ausgesehen hatten. Ohne eigene Familie mussten sie trüb gewesen sein. „Nächstes Jahr verleben wir es mit meinen Eltern“, sagte sie entschlossen. „Jeder muss einmal Weihnachten bei den LeBlancs mitgemacht haben.“

„Das würde ich gern.“ Bruce nahm ihre Hand und drückte ihr einen raschen Kuss darauf. „Aber wenn du mit deinem Frühstück fertig bist, wird es Zeit, an einem Terrill-Weihnachtsfest teilzunehmen, im Stil von Bruce und Olivia.“

„Ich glaube, das wird mir gefallen.“

Weil Bruce darauf bestand, zog Olivia sich einen dicken Pullover und Jeans an und ging dann zu ihm ins Wohnzimmer. „Also, wie sieht das Programm aus?“, fragte sie und tat, als wolle sie sich die Ärmel aufrollen. „Aber für ein richtiges Weihnachten vermisse ich das eine oder andere.“

„Einen Baum! Den müssen wir gleich noch aufstellen.“

„Bruce, wie reizend!“ Olivia warf sich in seine Arme. „Ich liebe dich.“

„Mein Augenstern.“ Er umarmte sie. „Ich freue mich, darüber.“

In diesem Augenblick war Olivia davon überzeugt, dass kein anderes Wort aus Bruces Mund ihr hätte süßer in den Ohren klingen können.

Bruce hatte nicht gescherzt, der Weihnachtsbaum stand tatsächlich draußen vor der Tür, und zwar in einem kleinen Kiefernwäldchen. Sie konnten aus Dutzenden von Bäumen auswählen und fanden schließlich einen, der klein genug war, um ihn ins Haus zu bekommen, und groß genug, um den ganzen Weihnachtsschmuck zu tragen. Bruce hatte vom Verwalter einen Christbaumständer, Kugeln und Kerzen bekommen und auch die Erlaubnis, einen Baum zu schlagen. Unter Olivias amüsierter Aufsicht stellte er den Baum in der Zimmerecke vor der Eingangstür auf und dekorierte ihn mit Kugeln, Lametta, Zapfen und elektrischen Kerzen.

„Na bitte“, sagte Olivia und stemmte die Hände in die Seiten. „Geschafft. Wo ist jetzt mein Weihnachtsgeschenk?“

„Dein Weihnachtsgeschenk? Ich bin dein Weihnachtsgeschenk. Wo ist mein Weihnachtsgeschenk?“ Bruce trat hinter Olivia und schlang die Arme um ihre Taille.

„Das hast du schon heute Morgen bekommen. Hast du das vergessen?“

Olivia drehte sich in seinen Armen um. „Kein Umtausch, keine Auszahlung. Selbst wenn es dir nicht gefällt, musst du es nun behalten.“

„Ich nehme an, ich werde es ertragen können.“ Bruce zog ein schmales Päckchen aus seiner Hemdtasche und reichte es Olivia. „Frohe Weihnachten!“

Sie zog ihn zum Christbaum hinüber, setzte sich mit Bruce unter die strahlenden Lichter und packte das Geschenk aus. In der kleinen viereckigen Schachtel lag ein von winzigen Diamanten eingefasster Smaragdring.

„Wir hatten keine richtige Verlobung. Ich wollte dir immer einen Ring kaufen, aber wir hatten nie die Zeit, zusammen einen aussuchen zu gehen. Hoffentlich gefällt er dir.“

„Er ist schön, ganz wundervoll.“ Olivia streckte ihre Hand aus und ließ sich von Bruce den Ring neben ihren schlichten Goldreif aufstecken. „Ich finde ihn hinreißend.“

„Er steht dir. Smaragde haben ein warmes Licht. Ich fand, ein Diamant passte nicht zu dir. Diamanten reflektieren das Licht nur und haben kein eigenes Feuer.“

Olivia war zutiefst bewegt. Offensichtlich hatte Bruce sich Gedanken über den Ring gemacht.

Auch sie hatte lange über ein Geschenk für ihn nachgedacht. Es war längst nicht so extravagant, aber sie meinte, es würde ihm trotzdem gefallen. „Warte hier“, sagte sie und drückte seine Hand.

Einige Augenblicke später kam Olivia mit einem großen Umschlag in der Hand zurück. Sie hielt ihn Bruce hin, setzte sich dann zu seinen Füßen und sah ihn erwartungsvoll an.

Bruce zog eine Ahnentafel aus dem Umschlag. „Folly of Cornwall Castle?“

„So ist er im Zuchtbuch eingetragen. Es ist ein Irish Setter. Sein Vater, Crosby of County Cork, ist internationaler Champion, und seine Mutter, Scarlet of Cornwall Castle, ist Siegerin von Louisiana.“

„Ein kleiner Hund!“ Bruce starrte auf das Dokument und fragte sich, ob Olivia wirklich begriff, was sie soeben getan hatte.

Sie klatschte aufgeregt in die Hände. „Bruce, er ist der niedlichste kleine Hund, den ich je gesehen habe. Die Züchter sind mit Cherry und Lenny befreundet, und so konnte ich ihn mir aus dem Wurf aussuchen. Er wird bald drei Monate alt, und wir können ihn eine Woche nach unserer Rückkehr dort abholen.“

Bruce wusste nicht, was er sagen sollte.

„Sag bloß nicht, du magst keine Irish Setter.“ Als Bruce immer noch kein Wort von sich gab, sprach Olivia schnell weiter. „Aber wenn es so ist, macht es auch nichts. Der Züchter versteht natürlich, dass du die letzte Entscheidung hast. Wenn du den Hund nicht magst, dann können wir auch eine andere Rasse kaufen oder ganz etwas anderes.“ Sie verstummte.

Bruces Lächeln war wärmer als die Sonne Louisianas im August. Endlich fand er die Sprache wieder. „Natürlich will ich ihn haben. Warum denn etwas anderes, Olivia?“ Leise lachend zog er sie auf seinen Schoß. „Es ist nur, dass ich mir seit Ewigkeiten einen Hund gewünscht habe. Schon als Kind wollte ich einen besitzen, aber ich habe nie einen bekommen. Als ich dann erwachsen war und mir selbst einen hätte kaufen können, war ich zu beschäftigt, um mich richtig um ihn kümmern zu können. Mir ist, als würde man mir meinen Herzenswunsch erfüllen wollen, und weil ich schon so daran gewöhnt bin, dass es nicht klappt, habe ich fast vergessen, Ja dazu zu sagen.“

„Dann sag Ja.“

„Ja. Und nochmals ja.“

„Er hat große braune Augen, Bruce, und eine kleine feuchte Nase, und sein Schwänzchen wackelt dauernd hin und her. Ich werde Lucy und Trey schrecklich vermissen. Also muss ich etwas haben, mit dem ich mich beschäftigen kann, bis ich mich daran gewöhnt habe, nur Hausfrau zu sein."

„Du kannst dich um mich kümmern."

Olivia spürte, dass diese Bemerkung nur halb im Scherz gemeint war. Bruce würde diese Seite seiner Ehe zu genießen wissen – das selbst gekochte Essen, die saubere Wohnung, die Ehefrau, die mit seinem Lieblingsdrink in der Hand abends nach der Arbeit auf ihn wartete. Alles das würde sie auch gern für ihn tun.

„Dass ich mich um dich kümmern werde, versteht sich doch von selbst", versicherte Olivia ihm. „Aber wenn du schlau bist, dann heuerst du mich auch als Hundesitter an."

„Eine Hunde-Nanny …" Er nickte. „Und wofür kann ich dich sonst noch anheuern?"

Olivia lächelte verführerisch. „Dein Essen zu kochen und deine Wohnung sauber zu halten."

„Und die Fenster? Putzt du Fenster?"

„Nie. Aber nach diesem einwöchigen Training könnte ich vielleicht über hinreichend Erfahrungen verfügen, dir nachts das Bett zu wärmen."

„Vergiss das einwöchige Training. Du hast schon jetzt genügend Erfahrungen."

Olivia legte beide Hände um sein Gesicht und senkte die Augen. „Schon jetzt?" Sie zögerte. „So schnell?"

„Wenn nicht noch eher."

„Und muss es dein Bett sein?"

„Was schwebte dir sonst vor?"

„Nun, du scheinst eine Vorliebe für erstmalige Dinge zu haben. Und das ist unser erster Weihnachtsbaum." Sie beugte sich vor und gab Bruce einen Kuss.

Er vergrub seine Finger in ihrem Haar und zog Olivia sacht auf den Teppich herunter. „Ich bin ganz dafür, eine Weihnachtstradition einzuführen."

Später lag Bruce befriedigt neben Olivia auf dem Teppich und sah ihr beim Schlafen zu. Er hatte aus dem Schlafzimmer eine Decke geholt und sie über Olivia gebreitet.

Im Schlaf sah Olivia wie ein jungfräuliches Schneewittchen aus. Natürlich wusste Bruce, wie weit diese Annahme von der Wahrheit entfernt war. Ihre Reaktionen hatten nichts Jungfräuliches mehr an sich. Er hatte mit ihren stürmischen Liebesbekundungen, dem fast völligen

Verlust jeglicher Hemmungen nicht gerechnet. Zwar hatte er gewusst, dass Olivia gern schenkte, aber er hatte nicht zu hoffen gewagt, dass sie sich so wohl dabei fühlte, wenn sie sich ganz verschenkte.

Behutsam strich er ihr über das Haar. Die schwarzen Locken fielen ihr über die Wange und lagen ausgebreitet auf dem Teppich und auf Bruces Arm. Im Schlaf kuschelte sich Olivia noch enger an Bruce, als suchte sie seine Wärme.

Olivia hatte ihm das schönste Weihnachtsfest seines Lebens bereitet. Sie seufzte auf und öffnete flatternd die Lider. „Ich liebe dich“, murmelte sie, schläfrig lächelnd, ehe ihr die Augen wieder zufielen.

Etwas ganz Neues fing an, die Leere in Bruce auszufüllen.

„Mach dir keine Sorgen! Ich bin mit solchen Straßen groß geworden!“ Olivia warf einen Blick auf Bruce und unterdrückte ein Lächeln. Sein bleiches Gesicht veranlasste sie, die Geschwindigkeit seines BMW auf ein vernünftigeres Tempo zu drosseln.

„Mario Andretti, rutsch auf meinen Platz.“ Bruce sah, wie die Nadel des Tachometers langsam nach links fiel. „Und du hast den Eindruck eines süßen, scheuen kleinen Wesens erweckt; da habe ich mich offenbar schwer getäuscht.“

„Ich bin eine gute Fahrerin. Es ist nur, dass ich … dass ich …“

„Gern rase?“, half Bruce ihr nach. „Wie eine Verrückte? Oder wie ein Angeber?“

Olivia ignorierte ihn. „Dies Auto ist wunderbar. Mein Toyota gerät bei großen Geschwindigkeiten ins Stottern.“

„Ein Glück, dass es japanische Autos gibt. Sobald wir morgen zurück sind, tausche ich dieses Auto um.“ Er sah noch einmal auf den Tacho. „Gegen ein Pferd.“

„Ich will nicht zurück. Ich finde es hier wundervoll.“

Olivia streckte die Hand aus, um Bruce auf das Knie zu klopfen, aber er legte ihre Hand sofort wieder auf das Lenkrad. „Eine Hand ist zu wenig, mein Augenstern. Und behalte bitte auch den Blick auf der Straße.“

„Du solltest wissen, dass ich noch nie einen Unfall hatte.“

„Es gibt immer ein erstes Mal. Du wirst schon sehen, ob ich noch einmal vorschlage, dass du fahren sollst.“

Olivia bog auf die zur Plantage führende Straße ein und bremste den Wagen mit quietschenden Reifen vor ihrer Hütte ab.

Bruce stieg aus und ging zur Fahrerseite, aber Olivia wartete bereits auf ihn.

„Lass uns zum Bayou hinuntergehen." Sie streckte Bruce die Hand hin.

„Falls meine Knie mich noch tragen können."

„Es waren wunderbare Flitterwochen."

Bruce drückte Olivias Hand, und sie erwiderte heftig seinen Händedruck.

Am Ufer des Bayou setzte sie sich neben Bruce und lehnte den Kopf an seine Schulter. Vor ihnen floss träge das trübe Wasser dahin und reflektierte das einfallende Licht zum Winterhimmel. Olivia seufzte bedauernd, dass ihre Flitterwochen schon so gut wie beendet waren. „Ich glaube, wir sollten jedes Jahr hierherkommen."

„Mit Kindern wird es längst nicht mehr so romantisch sein."

Olivia versuchte sich vorzustellen, wie es sein würde, eigene Kinder zu haben. „Ich würde gern wissen, wie unsere Kinder aussehen."

„Wie du, hoffe ich."

„Ich hatte gehofft, sie kämen mehr nach dir."

„Dann eines nach jedem von uns."

„Willst du schon bald welche haben?" Olivia massierte Bruces Rücken mit großen, kreisenden Bewegungen. Das war etwas, das ihm gefiel, wie sie mittlerweile gelernt hatte.

Bruce dachte über ihre Frage nach. Eigentlich wollte er sofort Kinder haben, doch er spürte Olivias Widerstreben, sich schon jetzt so zu binden. Zunächst brauchten sie einfach mehr Zeit füreinander.

„Nun", sagte er und versuchte, seine Gefühle auszudrücken, „Ich wünsche mir schon seit Langem Kinder, aber auch dich habe ich mir schon eine lange Zeit gewünscht."

„Sieben Wochen sind keine lange Zeit", scherzte sie. „Und das heißt, du wolltest mich sogar schon vom ersten Augenblick unserer Begegnung an."

„Ich habe dich viel länger als das haben wollen. Ich habe auf dich gewartet, seit ich alt genug war, an Frauen zu denken."

Olivia lächelte glücklich.

„Ich möchte Kinder mit dir haben. Aber ich bin froh, dass wir nichts überstürzen wollen."

Bruce legte den Arm um Olivias Taille. „Außerdem brauchen wir mehr Platz, um sie großziehen zu können. Nach unserer Rückkehr sollten wir uns gleich nach einem eigenen Haus umsehen."

Olivia war durch diese Ansicht ehrlich überrascht. Sie hatte einfach angenommen, sie würden auch weiterhin in dem Apartment am Bayou St. John leben. „Ein Haus, Bruce? Welcher Art? Und wo?"

„Es besteht kein Grund zur Eile. Aber ich möchte gern, dass du dich mit der engeren Wahl befasst, falls es dir Spaß macht."

Olivia schwieg eine Zeit lang. Es gab so viel, was sie über den Mann an ihrer Seite nicht wusste.

Bruce merkte, dass er Olivia viel zu wenig über sich erzählt hatte. „Ich habe vor einigen Jahren nach dem Tod meiner Mutter Geld geerbt. Um den Preis für das Haus musst du dir keine Sorgen machen."

Olivia wusste, dass Bruces Mutter tot war. Das hatte Bruce ihr erzählt, als Olivia sie zur Hochzeit hatte einladen wollen. Jetzt bohrte sie vorsichtig weiter, um mehr über ihn in Erfahrung zu bringen.

„Wenn deine Mutter begütert war, warum hast du dann bei Pflegeeltern gelebt? Warum hat sie nicht einfach jemanden angestellt, der auf dich aufpasste?"

Bruce berichtete ihr die Geschichte in knappen Worten. „Sie war Besitzerin einer Bar, und über die Jahre vergrößerte sie sich, bis sie eine ganze Kette davon besaß. Erst nach ihrem Tod stellte sich heraus, dass sie ein beträchtliches Vermögen angesammelt hatte. Sie war Tag und Nacht in einer ihrer Bars und hatte deshalb keine Zeit für ein Kind. Zuerst stellte sie Leute ein, die auf mich aufzupassen hatten, Leute, die sie in der Bar kennengelernt hatte. Einer davon hat mich verprügelt, und ein Nachbar rief die Polizei. Die Behörden schalteten sich ein und wiesen meine Mutter an, entweder selbst zu Haus zu bleiben oder sich um eine erstklassige Aufsichtsperson zu bemühen."

Olivia war schockiert. Sie war froh, der Frau, die Bruce so vernachlässigt hatte, niemals in die Augen sehen zu müssen. „Hat sie dann versucht, eine bessere Lösung zu finden?"

„Ich weiß nicht, wie sehr sie sich bemüht hat. Aber die nächste von ihr engagierte Person trank."

Olivia atmete tief durch.

„Schließlich wurde ich zu Pflegeeltern gebracht, und dort blieb ich bis zu meinem achtzehnten Lebensjahr."

„Du hast deine Mutter doch gelegentlich gesehen, nicht wahr?" Olivia versuchte, so gelassen wie Bruce zu sprechen, aber ihr war, als risse sie jemand in kleine Stücke.

„Manchmal. Sie machte sich fein und kam hin und wieder zu Besuch. Sie brachte mir kostspielige Geschenke, die alle anderen Kinder im Haus dazu brachten, mich zu hassen. Dann schrie sie meine Pflegemutter an und schwor, mich wieder zurückzuholen. Kaum war sie weg, war ich wochenlang ganz aufgeregt, weil ich Angst hatte, sie könnte wieder die Vormundschaft bekommen, und gleichzeitig auch, weil ich fürchtete, es könnte ihr misslingen. Ich hatte ständig Angst, schon wieder mein Zuhause wechseln zu müssen."

Bruces Lebensgeschichte war noch schlimmer, als Olivia sie sich vorgestellt hatte. „Hattest du als Erwachsener Kontakt zu deiner Mutter?", fragte sie nach einer Weile, als sie überzeugt war, ruhig sprechen zu können.

Bruce schüttelte den Kopf. „Ich bin ihr so weit wie möglich aus dem Weg gegangen. Sie hatte ihre Arbeit. Mich brauchte sie nicht, und zu diesem Zeitpunkt brauchte ich sie gewiss nicht mehr. Ich hatte sie gut ein Jahr lang nicht mehr gesehen, als sie starb."

„Und dein Vater?"

„Er war schon über alle Berge, ehe ich geboren wurde. Irgendein Stammgast aus ihrer Bar, nehme ich an."

„Ich bin froh, dass wir jetzt eine Familie sind", sagte sie schlicht, weil weitere Worte wie Mitleid geklungen hätten, und sie wusste, dass Bruce das nicht gern hören würde.

Sein Dank für ihr Taktgefühl lag in seinem Ton. „Ich auch."

Olivia versuchte sich einzureden, dass nach New Orleans zurückzufahren nichts anderes sei, als einen Bayou gegen den anderen einzutauschen. Bruce und sie verließen die geheimnisvolle moosbehangene Pracht des Bayou Teche früh am Morgen und erreichten ihr am Bayou St. John gelegenes Apartment am frühen Nachmittag.

„Zurück im trauten Heim!", rief Bruce zur Begrüßung aus.

Olivia fragte sich, wie lange es dauern würde, bis das Apartment für sie beide ein Heim geworden sei. Es war genügend Platz für zwei vorhanden, aber die Wohnung trug doch Bruces Stempel, obgleich er nicht sehr ausgeprägt war.

Überraschenderweise fuhr Bruce an der Eingangstür vorbei, nahm Olivia bei der Hand und zog sie durch den Hof zum Wasser. „Ich will sehen, wie es den Enten geht."

So hatte Olivia ihn am liebsten – offen, jungenhaft und enthusiastisch. Sie betrachtete ihn, während sein Blick über den Bayou glitt. „Ich sehe sie nicht."

Olivia suchte mit Bruce und hielt sich vor dem glitzernden Wasser die Hand über die Augen. „Sind sie das nicht?“ Sie wies auf einen winzigen, sich weit unten auf dem Wasser bewegenden Punkt.

„Dort in der Mitte?“ Bruce strengte seine Augen an. „Ja. Ich glaube, du hast recht.“

„Wir werden Folly beibringen müssen, nicht hinter ihnen herzujagen, damit du dich nicht von mir scheiden lässt.“ Olivia hakte Bruce unter.

„Entfremdung wegen Zuneigung zu Enten. Ich glaube, so steht es irgendwie im Gesetzbuch.“

„Falls nicht, werden wir dich in ein Amt wählen, und du kannst es darin verankern lassen.“

Bruce lächelte Olivia zu. „Nachdem das jetzt geklärt ist – über welche Türschwelle würdest du dich am liebsten tragen lassen? Die vordere oder die hintere?“

8. KAPITEL

Der Frühling zog am Bayou St. John ein, und mit ihm erblühten die Azaleen, die sich erwärmende Luft war voller Düfte und Frische, und zweimal am Tag erschien jetzt eine ganze Entenfamilie, die sich von Bruce und Olivia füttern ließ.

Wie von selbst hatte Olivia ihren Tagesrhythmus gefunden, der sie zufrieden machte – jedenfalls die meiste Zeit hindurch. Den größten Teil des Vormittags verwendete sie darauf, das Apartment in ein wohnliches Heim zu verwandeln. Sie erstand Möbel, strich die Wände, Türen und Fensterrahmen und versicherte Bruce dabei ständig, sie würde damit nur ihre Fähigkeiten für das zu kaufende Haus ausprobieren.

Je weiter das Apartment jedoch zu einem Zuhause wurde, desto weniger Zeit fand sie, sich mit einem Makler auf die Suche nach einem passenden Objekt zu machen. Olivia hatte keine Eile, in ein größeres Haus umzuziehen. Sie wusste die Intimität ihres gemütlichen Heimes zu schätzen, und je intimer sie es mit Bruce hatte, desto lieber war es ihr.

An den Nachmittagen, an denen sie weder umräumte noch dem Haus einen neuen Anstrich verlieh, besuchte sie Cherry und die Kinder. Statt eines neuen Kindermädchens hatte Cherry sich für eine Halbtagskraft entschieden und ließ Trey und Lucy außerdem zur Vorschule gehen. Olivia holte die beiden oft dort ab und nahm sie mit zu sich, wo sie in den Beeten buddelten oder mit Folly spielten, dem das Umgraben von Beeten den gleichen Spaß machte.

Bruce schien unglaublich glücklich. Für ihn war das Eheleben nichts weiter als verlängerte Flitterwochen. Olivia ertappte ihn dabei, wie er sie manchmal grundlos anlächelte. Wenn sie sich mitten in einem banalen Satz zu ihm umdrehte, lächelte Bruce sie an, als wäre sie die witzigste Person der Welt. Diese Gelegenheiten hatte sie besonders gern, und sie liebte die Nächte in seinen Armen und die Morgen mit ihm am Frühstückstisch.

Andererseits gab es Dinge, die sie weniger liebte.

Eines davon war die Stille.

Niemand außer Olivia und Bruce betrat oder verließ das Apartment am Bayou St. John, und die Broussard-Kinder waren nur gelegentlich da. Obwohl sie Folly zu erziehen versuchte, freute sie sich doch über sein Gebell.

Olivia konnte die allein verbrachten Abende nicht ausstehen. Wenn sie daher vorausplanen konnte und wusste, dass Bruce nicht zum Abendessen zu Haus sein würde, fuhr sie oft nach Baton Rouge, um Mary zu besuchen, die ihre Ärzte überredet hatte, sie wieder in ihre Wohnung zurückkehren zu lassen.

Mary war wieder guter Dinge, und sie sprachen über die Schule und über gemeinsame Bekannte. Mary holte Olivias Ansichten darüber ein, wie man das Schulungsprogramm verbessern könne, gerade so, als ob sie ewig leben würde, um die Gedanken in die Tat umzusetzen.

Olivias einziges Problem war, dass sie zu viel Zeit für sich hatte.

Olivia sah sich in der kleinen Wohnung um und fragte sich, was sie noch tun könne, um die Zeit verrinnen zu lassen. Es gab kaum eine Stelle, die sie an diesem Morgen nicht schon geputzt und gesäubert hatte. Sogar Folly benahm sich ausnahmsweise vorbildlich, und Olivia war nicht genötigt, ihn ständig zu ermahnen. Sie musste auch nicht kochen, weil Bruce sie am Abend zuvor, nachdem er wieder einmal nicht pünktlich zum Essen gekommen und alles kalt geworden war, zum Essen im Restaurant eingeladen hatte, wohl um sein schlechtes Gewissen zu beruhigen. Und da es außerdem regnete, konnte Olivia auch nicht im Garten arbeiten, das Vogelhäuschen mit Futter nachfüllen oder ihren Patio schrubben.

Olivia wusste, es würde alles besser sein, wenn sie und Bruce Kinder hätten. Manchmal fragte sie sich insgeheim, ob sie nicht sofort schwanger werden solle. Wie sie wusste, würde Bruce nichts dagegen haben, im Gegenteil. Olivia war sich recht sicher, er habe sich nur entschlossen zu warten, weil er meinte, es sei für sie besser.

Sie wünschte sich Kinder von Bruce, aber sie wollte sie nicht haben, nur um die Zeit anzufüllen. Sie musste auf andere Weise mit ihrem neuen Leben ins Reine kommen. Zum ersten Mal begriff sie, was Mary mit Erwachsenwerden gemeint hatte.

Bis Bruce nach Hause kam, platzte Olivia schier vor unterdrückter Vitalität. Sie ärgerte sich beinahe sogar über die Zeit, die er brauchte, um sich zum Ausgehen umzuziehen.

Nachdem sie dann in dem mit maritimen Gegenständen dekorierten Restaurant in Snug Harbor, einem am Rande des Französischen Viertels gelegenen Jazzclubs, Platz genommen hatten, bestellten sie sich Riesen-Hamburger, Folienkartoffeln mit Sauercreme, Schinken und Cheddar-Käse.

Olivia versuchte, über alles das zu reden, wozu sie bei Bruces hektischem Tagesablauf nicht gekommen waren. Da die Kapelle erst später auftrat und wegen des Regens das Lokal nur mäßig besetzt war, konnten sie sich ungestört unterhalten. Sie flirteten und genossen es, zusammen zu sein.

Olivia hatte ihren Hamburger erst zur Hälfte aufgegessen, als ihr auffiel, dass sie nicht mehr wusste, was sie Bruce noch erzählen sollte. Follys Dummheiten hatte sie ihm schon in allen Einzelheiten geschildert, ihm auch ihre Pläne für den Garten mitgeteilt und Bruces Meinung über die Vorhänge für das Esszimmer eingeholt. Außerdem hatte sie ihm wortwörtlich ihr letztes Gespräch mit Mary wiedergegeben, und nun blieb nichts mehr zu sagen, jedenfalls nichts, was sie hätte sagen können. Bruce würde bestimmt nichts über die Langeweile hören wollen, die Olivia zu bekämpfen suchte.

Auch Bruce schien der Gesprächsstoff ausgegangen zu sein. Olivia hatte ihn zu dem Fall, an dem er gerade arbeitete, befragt, aber er hatte ihn nur knapp geschildert, als wäre er der Annahme, Olivia würde das nicht begreifen oder, falls sie es doch tat, es würde sie nicht interessieren. Sein Beruf nahm ihn so in Anspruch, dass Olivia nicht wusste, worüber sie mit Bruce außerdem noch sprechen könnte.

„Wir brauchen ein Hobby, etwas, das wir gemeinsam machen können", sagte sie, nachdem die Kellnerin ihren halb vollen Teller abgeräumt hatte.

„Ich dachte, wir hätten ein Hobby, das uns beiden Spaß macht." Bruce zog lüstern und unzweideutig die Augenbrauen hoch.

„Etwas, das wir außerhalb des Bettes machen können."

Bruce überraschte Olivias ernster Ton. „Welche Art von Hobby?"

Sie zuckte die Schultern. „Ich weiß nicht. Etwas, das wir beide mögen." Plötzlich sah sie auf, weil der neue Gedanke sie zu beunruhigen schien. „Was magst du eigentlich, Bruce?"

Sollte Bruce sich je gefragt haben, ob eine nach einer stürmischen Romanze geschlossene Ehe nicht auch ihre Fallstricke habe, dann bekam er jetzt die Antwort. Sie hatten beide nicht einmal Zeit gefunden, sich mit den Interessen des anderen zu beschäftigen. Mittlerweile kannte Bruce zwar jede Stelle von Olivias Körper, aber in bestimmter Hinsicht waren sie sich noch immer fremd.

„Ich bin nicht schwer zufriedenzustellen", meinte er. „Aber das ist nicht der Punkt, auf den es ankommt, nicht wahr?"

Olivia wusste nicht, auf welchen Punkt es ankam. Sie wusste nur, dass sie ihrem Mann am Tisch gegenübersaß und sie sich nichts mehr zu erzählen hatten. Sie begann, Furcht zu empfinden, und fragte sich eine Sekunde lang, ob sie die nächsten fünfzig Jahre damit zubringen würden, ein Gesprächsthema zu suchen.

„Hey, übertreibst du das nicht etwas?“ Bruce griff über den Tisch nach ihrer Hand, um Olivia zu beruhigen. Ihre Gedanken waren ihr deutlich ins Gesicht geschrieben. „Wir gewöhnen uns doch erst aneinander, mein Augenstern. Eine solche Anpassungszeit gibt es in jeder Ehe. Es braucht Zeit, um eine Beziehung richtig aufzubauen.“

Fünfzig Jahre angestrengten Schweigens! Olivia fragte sich, woher diese plötzliche Furcht gekommen sein mochte. Sie bedauerte doch nicht etwa, geheiratet zu haben? Und was dachte Bruce? Fragte er sich etwa, warum er diese langweilige, ungesprächige Person geheiratet habe, die ihm gegenübersaß?

„Olivia!“

Sein scharfer Ton ließ sie aufblicken. „Du hast wenigstens einen interessanten Beruf“, sagte sie schließlich. „Du bist jemand, Bruce. Wie lange willst du dir mein Gerede über Vorhänge, Farbmuster und Follys Unfug noch anhören?“

„Immer“, antwortete Bruce ohne Zögern.

„Es muss doch auch etwas anderes geben“, sagte Olivia kopfschüttelnd.

Da offenbar nichts Olivia beruhigen konnte, versuchte Bruce eine andere Taktik. „Nimm zum Beispiel dieses Monogramm auf deinem Pullover.“

Olivia sah auf das gestickte L auf ihrer Brust und deckte es dann mit beiden Händen zu. Sie spürte, wie ihre Wangen genauso rot wurden wie ihr Pullover.

Bruce lachte über ihre verstörte Geste. „Lass nur, ich gehe zum Gericht und lasse meinen Namen ändern, falls du diesen Pullover behalten möchtest.“

„Ich will dich behalten, Bruce.“

„Das wirst du. Wir werden miteinander alt werden, und wir werden etwas finden, das uns zusammen Spaß macht.“

„Weißt du, was mir am meisten gefällt? Einfach so mit dir wie jetzt zusammen zu sein. Wir Nannys nannten das immer die ‚Elternstunde‘, wenn ein Elternteil die Zeit mit einem Kind verbrachte.“

„Ich werde mehr Zeit finden, die ich so mit dir verbringen kann“, versprach Bruce ihr.

Olivia folgte Bruce zum Wagen. Sie war froh, dass sie miteinander gesprochen hatten, aber sie war auch skeptisch, ob es zu einer Änderung führen würde. Bruce war zu sehr mit seiner Karriere beschäftigt, die ihm viel bedeutete. Sicher, sie würden Gemeinsamkeiten entwickeln, aber wie viele Dinge sie auch finden mochten, ihr würde immer zu viel Zeit verbleiben, in der sie sich mit sich selbst beschäftigen musste.

Bruce war nicht zu Haus, als der unvermeidliche Anruf kam. Seit jenem Abend vor zwei Wochen, als sie zusammen essen gegangen waren, hatte er fast jeden Abend bis spät in die Nacht gearbeitet. Auch an den Wochenenden hatte er keine freie Zeit gehabt. Der Fall, mit dem er gerade beschäftigt war, kam zum Abschluss.

Als Bruce nach Hause kam, wartete Olivia auf dem Sofa sitzend auf ihn, aber diesmal war sie nicht, wie es sonst oft geschehen war, eingeschlafen. Außer einer Lampe war alles finster, doch in ihrem schwachen Schein konnte Bruce die Tränenspuren auf Olivias Wangen erkennen. Einen Augenblick lang dachte er, sie sei schließlich doch von Selbstmitleid über die Art, wie ihr Mann sie behandelte, befallen worden. Sein Schuldgefühl saß ihm wie ein bitterer Kloß in der Kehle, und er hatte Mühe, klar zu sprechen.

„Es tut mir leid." Bruce hockte sich neben Olivia und strich ihr über die Wange. „Ich verspreche dir, nach der nächsten Woche wie ein normaler Ehemann nach Haus zu kommen."

„Mary ist tot."

Bruce schlang die Arme um Olivia und zog ihren Kopf an seine Brust. „Das tut mir leid."

Olivia wischte sich die Tränen aus den Augen. „Dabei schien es ihr so gut zu gehen. Aber plötzlich verschlimmerte sich ihr Zustand, und sie starb auf dem Weg ins Krankenhaus. Erst gestern bin ich noch bei ihr gewesen."

Olivia versuchte, sich das gestrige Gespräch in Erinnerung zu rufen. Sie hatte an Marys Bett gesessen und mit ihr über die Schule gesprochen. Olivia hatte Marys Hand genommen und sie zum Abschied an ihre Wange gedrückt. Mary mochte keine Gefühlsausbrüche, aber sie hatte sich mit größter Anstrengung zur Seite geneigt, Olivia geküsst und ihr eine gute Fahrt gewünscht. Kein gute Fahrt nach Hause zurück, nein, nur eine gute Fahrt. Mary hatte ihr „Leb wohl" gewünscht, aber Olivia hatte es nicht als letzten Abschied erkannt.

Sie schlang die Arme um Bruces Taille und war ihm für sein Verständnis dankbar. „Es war ihr Anwalt, der mich angerufen hat. Mary will kein großes Begräbnis, nur eine Erinnerungsfeier in der Schule, wo auch ihre Urne eingebettet werden soll. Er hat mich am Montag in sein Büro gebeten, um die Einzelheiten zu besprechen. Er meinte, Mary habe mich auch in ihrem Testament erwähnt."

Bruce strich Olivia über das Haar. „Ich werde mir den Vormittag freinehmen und mit dir fahren."

Ihr Protest klang halbherzig. „Dazu hast du nicht die Zeit."

„Ich werde immer Zeit haben, wenn du mich brauchst, mein Augenstern. Außerdem bin ich jetzt dein Anwalt, also sollte ich auch dort sein. Ihr konntet euch beide glücklich schätzen, ein solches Verhältnis zueinander gehabt zu haben."

„Ich werde sie sehr vermissen", sagte Olivia mit einem neuen Tränenausbruch.

„Lass uns ins Bett gehen. Ich werde dich festhalten, und du kannst dich richtig ausweinen."

Olivia fragte sich, was sie ohne Bruces Trost wohl gemacht hätte. Wie hatte Mary all diese Jahre allein leben können?

„Ich freue mich, Sie kennenzulernen, Mrs Terrill. Miss Hopkins hat stets nur in den höchsten Tönen über Sie gesprochen. Und ich bin froh, dass Sie, Mr Terrill, mitkommen konnten." Der kahlköpfige Mann im zerknitterten blauen Anzug schüttelte ihnen die Hände und bat sie dann in sein Arbeitszimmer. Tom Milton, der Anwalt, setzte sich hinter seinen Schreibtisch, nachdem Bruce und Olivia Platz genommen hatte. „Ich werde sofort zur Sache kommen, weil ich weiß, dass Ihnen noch eine lange Rückfahrt nach New Orleans bevorsteht."

„Nicht, wenn Olivia fährt", sagte Bruce leise.

„Verzeihung?"

„Ich sagte, die Strecke kommt einem gar nicht so lang vor, wenn Olivia am Steuer sitzt", meinte Bruce mit einem trockenen Lächeln.

„Nun, hoffentlich haben Sie recht, junger Mann, denn Mrs Terrill wird die Fahrt noch oft zu machen haben, falls sie die Bedingungen von Mary Hopkins' Testament annimmt."

Olivia zog die Augenbrauen zusammen. „Ich verstehe nicht ganz."

„Miss Hopkins hat Ihnen, Mrs Terrill, die Hopkins-Kinderschwestern-Akademie hinterlassen."

Bruce setzte sich etwas aufrechter hin.

„Die Akademie?“ Die Nachricht war ein solcher Schock für Olivia, dass sie ihn erst verarbeiten musste. Warum sollte Mary ihr die Akademie hinterlassen haben? „Sie sagten mir am Telefon, ich würde in Marys Testament erwähnt. Ich dachte, Mary habe mir eine Brosche oder eine Halskette vererbt.“

Der alte Mann setzte sich etwas entspannter zurecht. „Miss Hopkins hat mich vorgewarnt, dass Sie diesen Gesichtsausdruck bekommen würden. Die Schule gehört jetzt Ihnen.“

Jetzt begriff Olivia, warum Mary so oft in den letzten Tagen ihre Meinung hatte hören wollen. Sie hatte versucht, Olivia an den Gedanken zu gewöhnen, die Akademie selbst zu leiten. Olivia entsann sich, wie angetan Mary von ihren Vorschlägen gewesen war. Mary musste gefühlt haben, dass sie ihr Lebenswerk in tüchtige Hände gab.

Olivia richtete sich etwas auf.

„Können Sie uns mitteilen, welchen Wert die Akademie darstellt?“, fragte Bruce mit eigenartig ruhiger Stimme.

„Nicht auf Heller und Pfennig. Aber der Grundbesitz allein ist schon ein Vermögen wert. Dazu kommt das potenzielle Einkommen in der Zukunft. Ich muss Ihnen nicht erst sagen, wie hoch angesehen diese Institution ist. Falls Mrs Terrill sie veräußern wollte, könnte man mit ziemlicher Sicherheit sagen, dass sie, nach Abzug der Steuern, wenigstens eine Million übrig behielte. Wahrscheinlich eher mehr.“ Der Anwalt schwieg, zog ein Taschentuch heraus und fuhr sich erst über die Stirn und dann über den kahlen Schädel.

„Aber Mrs Terrill kann sie nicht verkaufen“, fuhr er fort, nachdem er das Taschentuch wieder eingesteckt hatte. „Wenigstens nicht vor Jahresfrist. In ihrem Testament hat Miss Hopkins eine Klausel eingefügt, dass, falls Mrs Terrill die Akademie vor Ende eines Jahres verkauft, der Erlös an einen Stipendiatenfonds für Kinderschwestern fällt.“

„Ich begreife nicht ganz.“ Olivia schüttelte langsam den Kopf und bemühte sich, hinter den Sinn von Mr Miltons Erklärung zu kommen.

„Es ist wirklich ganz einfach“, erläuterte der Anwalt. „Um ohne jede Bedingung in den Besitz der Akademie zu kommen, Mrs Terrill, müssen Sie die Akademie vom Tage, an dem Sie diese Klausel formell akzeptieren, ein volles Jahr lang in eigener Person leiten. Danach können Sie, wenn das Ihr Wille ist, das Institut veräußern und mit dem Erlös machen, was Sie möchten.“

Olivia starrte Bruce an. Er starrte zurück, aber sein Blick hatte sich verfinstert. „Wenn Sie gestatten, würde ich gern Einblick in das Testament nehmen", sagte er an Mr Milton gewandt.

Der alte Mann nickte und reichte es ihm über den Schreibtisch. „Es enthält Legate für einige andere Menschen, die Miss Hopkins nahestanden, und außerdem für den von mir erwähnten Stipendiatenfonds. Wie Sie selbst ersehen können, fallen alle anderen, nicht spezifizierten Dinge zu ihrer eigenen Verfügung an, Mrs Terrill."

„Hatte sie denn gar keine Familienangehörigen?" Olivia riss ihre Gedanken zusammen, während Bruce den Letzten Willen überflog.

„Keinen einzigen. Dieses Testament ist gültig. Es wird nicht angefochten werden, falls Sie das beunruhigt haben sollte."

Olivia lächelte traurig. „Das hatte ich nicht befürchtet, Mr Milton. Es hat mich nur beunruhigt, dass Mary in all diesen Jahren so allein gewesen ist."

Zum ersten Mal lächelte der Anwalt. „Sie hatte ihre Studentinnen."

Bruce reichte Mr Milton das Dokument zurück. „Wirklich sehr ordentlich."

Der Anwalt nickte. „Danke."

„Und die Begräbnisfeier?", fragte Olivia.

„Ich fürchte, das war nur ein Vorwand, um Sie hierher zu bekommen, damit ich Ihnen das alles erläutern konnte, ohne am Telefon darüber sprechen zu müssen", antwortete Mr Milton verlegen. „Die Feier ist für Freitag vorgesehen, und Miss Hopkins hat bereits über alle Einzelheiten selbst verfügt."

Mr Milton sah Bruce an, der aufgestanden war und Olivia die Hand hinhielt. „Wann kann ich mit einer Antwort hinsichtlich der Testamentsklausel rechnen?"

Olivia erhob sich und sah Bruce hilflos an.

„Wir werden uns in der nächsten Woche mit Ihnen in Verbindung setzen", sagte Bruce entschlossen. „In der Zwischenzeit wird die Schule, wie im Testament vorgesehen, von einem Lehrergremium geleitet?"

„Ganz recht."

„Ich werde Ihnen meine Entscheidung am Freitag nach der Feier mitteilen", sagte Olivia und war überrascht, dass ihre Stimme trotz der Fülle von Gedanken, die ihr durch den Kopf gingen, so sicher klang. „Spätestens."

Bruce und Mr Milton sahen sie an.

„Das Gremium kann sich gut eine oder zwei Wochen lang behelfen, aber die Akademie braucht eine feste Leitung. Ich werde nicht zulassen, dass dieser Zustand sich in die Länge zieht“, meinte Olivia abschließend.

Mr Milton nickte zustimmend. „Genau so hätte Miss Hopkins es sich gewünscht.“

„Ich weiß.“ Olivia lächelte schwach, drehte sich um und verließ das Büro des Anwaltes.

Draußen auf dem Parkplatz hatte Olivia nichts dagegen, dass Bruce sich ans Steuer setzte. Zum ersten Mal war sie nicht in der Verfassung, selbst zu fahren. Sie schwiegen beide, bis Baton Rouge weit hinter ihnen lag.

„Das ist eine der geschicktesten Erpressungen, die mir je untergekommen ist“, sagte Bruce schließlich.

„Ich kann es einfach nicht begreifen.“ Olivia war ganz in Gedanken gewesen und hatte auf die vorbeifliegende Marschlandschaft gestarrt. Jetzt wandte sie Bruce ihr Gesicht zu. „Warum sollte mir Mary die Schule überlassen und noch darauf bestehen, dass ich sie leite?“

„Das ist allzu offensichtlich.“

Olivia war über Bruces Ton überrascht. Er klang eindeutig verärgert. „Für mich ist es nicht so offensichtlich.“

„Soll ich es dir dann erklären? Miss Hopkins wollte unsere Ehe zerstören.“

Zum zweiten Mal an diesem Tag war Olivia schockiert.

„Wir wissen beide, Mary wollte nicht, dass du mich heiratest“, fuhr Bruce fort. „Das hast du mir selbst erzählt. Jetzt versucht sie noch aus dem Grab, deine Meinung zu ändern. Falls du das Testament akzeptierst, wirst du in Baton Rouge und ich in New Orleans sein. Mary wusste, welche Belastung das für uns bedeuten würde.“

„Meinst du nicht, du übertreibst ein bisschen?“, sagte Olivia und legte ihm die Hand auf den Arm. „Mary wollte nicht, dass ich überhaupt jemanden heirate, aber sie mochte dich. Vielleicht hat sie mir die Akademie hinterlassen, weil sie einfach glaubte, ich würde sie gut leiten können.“

„Was weißt du schon davon, wie man ein solches Institut zu führen hat?“

Sein verächtlicher Ton brachte Olivia zum Schweigen. Sie ließ die Hand in den Schoß sinken und wandte sich wieder dem Fenster zu.

„Ich wollte dich nicht kränken", sprach Bruce weiter. „Was ich meinte, war, dass du noch jung bist. Du besitzt keinerlei geschäftliche Erfahrungen."

„Ich war, ehe ich die Akademie besuchte, als Chefsekretärin tätig", erinnerte Olivia ihn. „Und während meiner Studienzeit habe ich eng mit Mary zusammengearbeitet. Ich bin überzeugt, das hat ihre Entscheidung beeinflusst."

„Du bist reizend und vertrauensselig und bemerkenswert naiv. Du bist längst nicht so aggressiv, wie du es sein müsstest."

„Wie gut, dass ich nicht aggressiv bin", sagte Olivia mit einem Anflug von Ärger. „Mir scheint, ich bin mit einem Mann verheiratet, der für uns beide aggressiv genug ist."

Bruce atmete tief durch und versuchte, sich zu beruhigen. Er ärgerte sich über Marys Manipulation, aber er wusste, dass hinter diesem Ärger eine tief verborgene Furcht lag. Er spürte, wie sie an ihm nagte und an die Oberfläche zu dringen versuchte. „Hör zu, Olivia, ich will dir nicht wehtun. Aber ich bin wirklich absolut in der Lage, für uns beide zu sorgen, und unser erstes Ehejahr ist wichtig. Ich will es nicht von dir getrennt verbringen."

„Wir verbringen es bereits getrennt."

Bruce verlor nun vollends die Beherrschung. „Ich habe mich schon gefragt, wie lange du brauchen würdest, um mir das unter die Nase zu halten!"

Olivia begriff Bruces Verärgerung nicht. Man hatte ihr soeben ein riesiges Geschenk gemacht, und nicht der geringste Teil davon war Marys Vertrauen, dass Olivia Marys Lebenswerk fortführen und vor allem gut fortführen könne. Bruce benahm sich, als hätte Mary nicht nur einen Irrtum begangen, sondern ihn höchstpersönlich angegriffen.

„Bruce, du bist keinen Abend zu Haus", sagte Olivia gelassen. „Ich weiß, du willst das ändern, aber selbst wenn sich die Situation etwas bessern sollte, wirst du immer noch zu wenig bei mir sein können. Ich bin gern mit dir verheiratet." Sie bemühte sich um einen scherzhaften Ton. „Ich koche gern für dich und wasche deine Sachen, und ich erziehe auch gern deinen Hund. Aber manchmal wünschte ich mir, mehr zu tun zu haben, über mehr mit dir reden zu können, wenn wir uns sehen."

„Sobald wir Kinder haben, wirst du mehr zu tun bekommen."

Olivia sah ihn wieder an. „Mir ist es für Kinder noch zu früh. Ich will sie

nicht einfach deshalb haben, nur um meine leeren Stunden anzufüllen."
„Es ist doch komisch, dass du früher nie darüber geredet hast."
Olivia berührte Bruce ein weiteres Mal am Arm und versuchte, ihren folgenden Worten einen weichen Klang zu geben. „Du bist nicht oft zu Haus, Bruce. Und wenn du daheim bist, möchte ich deine Zeit nicht mit Klagen verschwenden. Ich habe mich nicht nach einer Stelle umgesehen, sondern versucht, meine Zeit sinnvoll zu verbringen. Aber ich fühle mich einsam."

Sofort war es mit Bruces Verärgerung vorbei. „Es tut mir leid, wenn du dich einsam gefühlt hast", sagte er zerknirscht. „Du weißt, ich versuche, mir nicht zu viel Arbeit aufzuhalsen."

„Es ist nicht deine Aufgabe, mich zu unterhalten. Natürlich möchte ich mehr Zeit mit dir verbringen, und ich hoffe, das wird gehen. Aber ich glaube, ich brauche ein eigenes Leben und eigene Interessen. Du sollst dir keine Gedanken über mich machen müssen."

Bruce dachte an Meg Sherwood. Er hatte gemeint, Megs Verlangen nach einer eigenen, sich von Drews unterscheidenden Identität zu verstehen. Irgendwie passte das zu Meg, aber nicht zu Olivia. Olivia war seine Frau.

„Du klingst, als hättest du deine Entscheidung längst getroffen", sagte er kühl.

„Bruce", sagte Olivia, „warum streiten wir uns? Ich brauche deine Unterstützung und Hilfe."

„Meine Unterstützung und Hilfe, um deine Entscheidung fällen zu können? Oder meine Unterstützung und Hilfe, um mit dieser Entscheidung leben zu können, nachdem du sie längst gefällt hast?"

Olivia saß eine Weile stumm neben Bruce und sah ihm beim Fahren zu. Nichts tat so weh wie die Erkenntnis, dass Bruce nicht an ihren Erfolg glaubte. Er wollte sie zu Haus sehen – obgleich er selbst dort selten war –, weil er meinte, sie passe nur dort am besten hin. Nie hatte Olivia sich vorstellen können, einen so schwierigen, verantwortungsvollen Posten auszufüllen.

Ihr einziger Wunsch war gewesen, zu heiraten und Kinder zu bekommen. Doch nun, bei dieser unglaublichen Chance, wollte sie an sich selbst glauben können. Sie wollte sich beweisen, dass Mary recht gehabt hatte. Die Erkenntnis, dass Bruce nicht an Olivia glaubte, zerstörte das wenige Selbstbewusstsein, das sie besaß.

„Ich weiß nicht, was ich tun soll", sagte sie endlich. „Ich fühle mich nicht qualifiziert genug, aber wie kann ich eine solche Gelegenheit zurückweisen? Es ist doch nur für ein Jahr, Bruce. Danach kann ich alles verkaufen."

„Bedeutet dir das Geld so viel? Selbst bei dem, was ich in der Praxis verdiene?"

Olivia vermochte es nicht zu fassen, dass Bruce so spöttisch mit einer Million Dollar umging. Diesen Bruce kannte sie nicht. Sie hatte ihn noch nie so kalt und feindselig erlebt. Olivia beschloss, ihm gegenüber ehrlich zu sein, auch wenn es schmerzte.

„Es liegt nicht nur am Geld. Es geht vielmehr darum, dass Mary mich in dieser Stellung sehen wollte. Kannst du das begreifen? Sie hatte Vertrauen in meine Fähigkeiten. Niemals in meinem Leben hat jemand meine Möglichkeiten so hoch eingeschätzt. In der Schule bekam ich gute Noten, aber dort hat sich niemand um meine weiteren Begabungen gekümmert. Ich war nur die kleine Olivia LeBlanc, eine gute Studentin, und man konnte mich leicht in der Menge übersehen. Als es Zeit für mich wurde, ans College zu denken, hielt ich es nicht für möglich, je ein Stipendium zu bekommen. Meine Eltern hätten mich aufs College schicken können, aber sosehr sie mich auch liebten, sahen sie die Notwendigkeit dazu nicht, weil sie meinten, ich würde ohnehin heiraten. Mary war der einzige Mensch, der mir in meinem Leben begegnet ist, der mehr in mir gesehen hat. Mary glaubte daran, ich könne die Akademie leiten, und ich will beweisen, dass sie nicht umsonst an mich geglaubt hat."

„Mary ist tot."

Olivias Augen füllten sich mit Tränen. „Ich weiß."

Bruce schämte sich über seine eigene Grausamkeit. „Es tut mir leid", sagte er knapp. „Lass uns das später ausdiskutieren, nachdem du mehr Abstand dazu gewonnen hast."

Einen Augenblick lang fragte Olivia sich, ob hinter Bruces Widerspenstigkeit mehr als nur der Ärger über Marys Ränkeschmiederei oder sein mangelndes Vertrauen in Olivias Fähigkeiten, eine so schwierige Aufgabe zu meistern, stecken mochte. Fürchtete er tatsächlich, ihre Ehe könne darunter leiden? Hatte er etwa Angst, Olivia zu verlieren?

„Es ist nur für ein Jahr, nicht länger. Ich will nur beweisen, dass ich dazu fähig bin." Es klang bittend.

„Wie ich mich auch entscheiden werde", antwortete Olivia, „es wird unser Verhältnis nicht ändern. Für mich wirst du immer an erster Stelle stehen, gleichgültig, was ich sonst noch machen werde."

Bruce nickte nicht, lächelte nicht und sagte kein einziges Wort. Er fuhr einfach regungslos weiter, bis sie vor ihrem Haus am Bayou St. John eintrafen. Dann setzte er Olivia dort ab und machte sich, ohne sich auch nur mit einem Kuss auf die Wange von ihr zu verabschieden, sofort auf den Weg in sein Büro.

9. KAPITEL

Der Wecker piepte. Mit einer Bewegung, die ihr mittlerweile schon in Fleisch und Blut übergegangen war, stellte Olivia ihn ab und setzte sich auf die Bettkante. Jeder Wochentag begann auf die gleiche Weise, und das seit nunmehr sechs Wochen. Sie musste nicht mehr darüber nachdenken, was sie als Nächstes tun könnte. Olivia stand vorsichtig auf, um Bruce nicht zu wecken, nahm ihre am Abend vorher zurechtgelegten Sachen und ging ins Badezimmer.

In diesen sechs Wochen hatte sie fünf Pfund an Gewicht verloren. Sie rechnete sogar damit, noch weitere zehn Pfund abzunehmen, sodass sie sich dann Sorgen machen könnte, zu schlank zu werden. Es wäre eine willkommene Abwechslung. Auch ihre Frisur war anders. Sie trug das Haar kürzer, gerade noch bis auf die Schultern, und an den Seiten zum Gesicht hin kurz geschnitten.

Nachdem sie geduscht hatte, föhnte sie sich die Haare und zog sich eines ihrer neuen Sommerkostüme an, die sie in der letzten Woche gekauft hatte. Der März hatte mit einem ungewöhnlichen Kälteeinbruch begonnen, aber jetzt fing es an, wärmer zu werden.

Olivia hatte ihre Garderobe sorgfältig ausgesucht. Sie musste bequem, aber auch ihrer Stellung angepasst sein, und so hatte sie sich für farbenfrohe, leichte Kostüme entschieden, die ihrer schlanker werdenden Figur schmeichelten und zu ihrem frischen Teint passten.

Mehr und mehr hatte Olivia sich an die unter ihren Augen liegenden Schatten gewöhnt. Sie war ständig müde. Um ihren Tagesablauf bewältigen zu können, der sie drei oder vier Stunden für die Hin- und Rückfahrt kostete, acht Stunden Dienst in der Akademie einschloss und dessen restliche Zeit für ihre Rolle als Gattin und Hausfrau benötigt wurde, war Olivia gezwungen gewesen, etwas kurz zu halten: ihren Schlaf.

Auch dieser Morgen unterschied sich in nichts von den anderen. Die Wohnung war aufgeräumt, und Folly hatte seine überschüssigen Energien – und auch größtenteils Olivias – ausgetobt, ehe sie zurück ins Schlafzimmer ging, um Bruce wach zu küssen. Er lag quer im Wasserbett und nahm fast die ganze Breite ein. Er war nackt, und Olivia hätte liebend gern ihre Hände über seinen Körper gleiten lassen und Bruce um eine Wiederholung der Aktivitäten der vergangenen Nacht gebeten, aber dazu war jetzt nicht die Zeit. Auch wenn Olivia morgens zu beschäftigt für die Liebe war, abends war sie es nicht.

„Wach auf", sagte Olivia, während sie sich neben Bruce hinkniete und das Bett sacht zum Schwanken brachte. Sie streichelte seinen Rücken und küsste seinen Hals.

Bruce drehte sich um und zog Olivia auf sich herunter. Nachdem sie auf ihm lag, zerwühlte er ihr mit beiden Händen ihre sorgfältig gekämmten Haare. „Guten Morgen." Er nahm ihr Gesicht in die Hände und küsste es. „Heh, dich kenn ich von gestern Abend. Bist du nicht die Lady, die ..."

„Pssst." Olivia küsste ihn auf den Mund, dann auf die Wangen, auf die Stirn und auf das Kinn, ehe sie ihn wieder auf die Lippen küsste.

Bruce hielt Olivia fest, als sie sich loszumachen versuchte. „Bleib eine Minute hier und lass uns schmusen", bat er sie. „Ich vermisse es, an deiner Seite aufzuwachen."

„Wir werden beide zu spät kommen."

Sie kuschelte sich an ihn und freute sich, dass Bruce zugegeben hatte, sie zu vermissen. Irgendwie würde sie diese Minuten schon wieder aufholen.

Bruce spürte, dass Olivia sich entspannte, und nahm sie bequemer in den Arm. Er fragte sich, ob er es je müde sein würde, sie so nah bei sich zu halten. Für zwei Menschen, die aus eher praktischen Erwägungen geheiratet hatten, gab es wachsende Genüsse, die er nicht erwartet hatte.

Eigentlich hätte der erste Ansturm körperlichen Interesses längst abgeflaut sein sollen, doch stattdessen war er größer geworden. Sobald Olivia die Akademie verkauft haben würde, würde ihre Beziehung so gut wie perfekt sein.

Bruce strich Olivia die Haare hinter das Ohr und knabberte sanft am Ohrläppchen. Sosehr es ihm auch widerstrebte, aber sie mussten sich beide auf den Weg machen.

„Welche Pläne hast du für heute, mein Augenstern? Hast du einen schweren Tag vor dir?"

Olivia drehte den Kopf zur Seite, als wolle sie Bruces zarter Liebkosung entgehen, aber sie sagte nichts.

„Olivia?"

Als Antwort bekam er nur einen neuen Seufzer zu hören. Olivia war eingeschlafen. Bruce hielt sie fest im Arm und dachte darüber nach, wie müde ein Mensch sein musste, der nach drei Sekunden schon eingeschlummert war.

„Olivia?", sagte er etwas lauter.

Sie regte sich. Schließlich richtete sich Olivia auf und brachte ihre Kleidung in Ordnung.

Bruce fand, es sei besser, die offensichtlichen Dinge nicht beim Namen zu nennen.

Er zwang sich zu lächeln, als wäre nichts vorgefallen. „Heute Morgen siehst du sehr hübsch aus. Dieses Kostüm gefällt mir."

„Wirklich?" Schläfrig drehte sich Olivia vor ihm hin und her und schlug dabei ihre Jacke auf, um Bruce die weiße Spitzenbluse sehen zu lassen.

„Sehr schön. Und nun zeig mir, was du darunter hast."

„Das bekommst du heute Abend zu sehen", versprach sie ihm. War sie wirklich eingeschlafen? Olivia vermochte kaum zu fassen, dass sie sich so hatte gehen lassen. War es Bruce aufgefallen? Sie lächelte forciert, als wäre nichts geschehen, und rückte ihren Rock zurecht. „Möchtest du zum Frühstück Eierkuchen haben?"

„Das klingt großartig", sagte Bruce zweifelnd, „aber ich möchte dir keine Umstände machen."

„Nichts, was ich für dich machen kann, bereitet mir Umstände." Sie blies ihm mit den Lippen einen Kuss zu, ehe sie in die Küche ging, um den Teig anzurühren.

Bruce erschien am Frühstückstisch in dem Augenblick, wo der letzte der Eierkuchen vom Grill kam. Olivia stellte die Eierkuchen zusammen mit Orangensaft und frisch gebackenem Schinken vor ihn hin. „Der Kaffee ist in einer Minute fertig."

„Wo ist dein Frühstück?"

Olivia sah auf ihren leeren Teller. „Ich werde einen Eierkuchen essen, Bruce, das reicht."

„Du wirst noch zu einem Strich abmagern. Ich möchte dich ..."

„Dicker?", half Olivia ihm nach.

„Fülliger."

„Du bist über die fünf Pfund, die ich abgenommen habe, nicht sehr unglücklich." Sie strich sich eine hauchdünne Scheibe Butter auf ihren Eierkuchen und tat nicht einmal Honig darauf.

„Das machte dich besonders liebenswert."

Die Wahl seiner Worte überraschte Olivia. Das Wort „Liebe" stand normalerweise nicht in Bruces Vokabular. Sie fühlte eine innere Wärme in sich aufsteigen.

„Heute sind wir auf den Tag drei Monate verheiratet", sagte sie und griff über den Tisch nach Bruces Hand.

Er toastete ihr mit seinem Orangensaft zu. „Auf die nächsten drei."
Olivia lachte. „Welchen Romantiker habe ich da geheiratet!"
Bruce lächelte sie an. „Du solltest jetzt losfahren. Wenn du dich nicht gleich auf den Weg machst, kommst du noch zu spät, selbst bei deinem Fahrstil."
„Ich darf mich verspäten. Wer hätte schon den Nerv, sich darüber zu beschweren?"
Bruce musste über Olivias neue unbekümmerte Art lachen. „Ich werde mich beschweren, weil du dann nur länger dort bleibst, um jede verpasste Sekunde wieder aufzuholen."
Olivia stand auf. „Wir sind schon viel zu lange verheiratet. Du kennst mich zu gut."
Ihre Blicke trafen sich, und Olivia war erstaunt, wie ernst Bruce sie anschaute. Sie ging um den Tisch und gab Bruce einen Kuss, der alles das ausdrückte, wozu sie nicht die Worte fand.

„Zum Abschluss muss ich feststellen, dass wir von einer ansteigenden Zahl von Absolventinnen preiswerterer und schneller ausbildender Schulen Konkurrenz bekommen, wobei wir hier gleichzeitig zweimal so viele Anfragen nach unseren Kinderschwestern haben."
Olivia nahm wieder auf ihrem am Kopfende des Konferenztisches stehenden Stuhl Platz und sah sich in der Runde der Frauen und Männer um, die noch vor nicht allzu langer Zeit ihre Lehrer gewesen und jetzt ihre Angestellten waren. Es fiel ihr immer noch schwer zu glauben, auch nur einer von ihnen könne sie ernst nehmen, aber die Wahrheit ließ sich nicht übersehen. In den sechs Wochen ihrer Zeit als Leiterin der Akademie hatte sie die Unterstützung des Lehrkörpers gewonnen und war auf dem besten Wege, von ihnen anerkannt zu werden.
„Über zwei Dutzend neuer Schulungszentren für Kinderschwestern", sagte der Psychologielehrer kopfschüttelnd. „Wenn man bedenkt, dass die Hopkins-Akademie einst fast allein den amerikanischen Markt beherrschte."
„Das ist ein gutes Zeichen", erinnerte Olivia ihre Zuhörer. „Wenn diese Schulungszentren gut sind, dann hebt sich die Qualität der Erziehung eines jeden Kindes beträchtlich. Das Einzige, worüber wir uns Gedanken zu machen haben, ist der Anteil unserer Auszubildenden. Wir bilden hier Kindermädchen für die ganz Reichen aus. Unsere Schülerinnen haben eine zweimal längere Ausbildung als die

meisten der anderen Institute und zahlen zweimal so viel Schulgeld. Nach der Prüfung bekommen sie dann ein doppelt so hohes Gehalt und dementsprechende Vorteile, aber für einige unserer potenziellen Schülerinnen liegt dieses Entgelt viel zu weit in der Zukunft, um eine Rolle zu spielen.“

„Ich weiß nicht, aber der Gedanke, dass wir nur die Elite versorgen, behagt mir nicht“, sagte die Lehrerin für Kinderheilkunde nachdenklich.

„Kinder reicher Eltern müssen entsprechend erzogen werden“, meinte die halbtags unterrichtende Lehrerin für Ernährungswissenschaft. „Unsere Nannys sind geschult, mit den Problemen wohlhabender Leute fertigzuwerden. Hätten unsere Schwestern nicht eine so hoch qualifizierte Ausbildung, gäbe es eine Lücke, die niemand besser ausfüllen könnte als unser Institut.“

„Ich habe darüber nachgedacht, ob wir zwei Fliegen mit einer Klappe schlagen können“, sagte Olivia, nachdem die Diskussion etwas abgeklungen war. „Wir könnten doch ein Einjahresprogramm neben dem zweijährigen einführen. Das zweite Schuljahr wäre dann eine Art Fortbildungsjahr für diejenigen, die weitergehen möchten. Die Schülerinnen des Einjahreskurses bekämen nach der Prüfung eine andere Uniform und ein anderes Diplom. Wir könnten sie ermutigen, wieder für eine weitere Ausbildung zu uns zurückzukommen, nachdem sie Gelegenheit hatten, sich das zusätzlich erforderliche Schulgeld zu verdienen. Wollen sie das nicht, dann wären sie immer noch von uns erstklassig geschulte Fachkräfte.“

Wie erwartet, fand Olivias Vorschlag das allgemeine Interesse. Jedem der Beteiligten war daran gelegen, die Anzahl der an der Schule Studierenden zu heben, aber niemand war gewillt, dafür ein sinkendes Ausbildungsniveau in Kauf zu nehmen. Olivia hörte den hin und her wogenden Meinungen zu. Am Ende der Konferenz blieb sie an der Tür stehen und verabschiedete sich mit einem freundlichen Händedruck von den Teilnehmern.

Es würde noch mehrere solcher Konferenzen geben, bis man zu einer Entscheidung gelangte, aber wenigstens war der Stein ins Rollen gebracht.

Bruce bremste den BMW heftig ab und wartete, bis ein Kind aus der Nachbarschaft sich seinen Ball geholt hatte, der auf die Straße gerollt war. Das Treiben auf dem Bancroft Drive zeigte, dass bald Sommer war. Halbwüchsige Jungen in schillernden Surfshorts und T-Shirts spielten auf dem Bürgersteig Soccer, jemand wusch sein Auto, und einer der Nachbarn mähte seinen Rasen.

In seinem eigenen Hof mischte sich der Duft der Magnolienblüten und des Jasmins mit einem verführerischen, aus dem Küchenfenster strömenden Geruch. Bruce blieb vor der Eingangstür seiner Wohnung am Bayou St. John stehen und fragte sich, was Mrs Minn wohl heute Abend gekocht habe. Was es auch sein mochte, es duftete, als habe sie einen Schnellkurs für Gourmet-Küche absolviert. Bruce hatte in den fünf Wochen, die Mrs Minn bei ihnen als Haushälterin arbeitete, längst bemerkt, dass sie jedes Rezept ruinierte, sobald es mehr als zwei Zutaten verlangte.

Eigentlich hätte Mrs Minn an diesem Abend gar nicht hier sein sollen. Es war Freitag, und dann gab es, nach Olivias Rückkehr aus Baton Rouge, stets eine Pizza. Olivia kam frühestens um halb sieben zurück, meistens jedoch gegen sieben Uhr, wenn starker Verkehr herrschte. Bruce steckte den Schlüssel ins Schloss und öffnete die Tür. „Mrs Minn?"

„Mit dir habe ich nicht so zeitig gerechnet!" Olivia erschien im Rahmen der Küchentür und blies Bruce mit den Lippen einen Kuss zu. Dann verschwand sie wieder.

Bruce sah auf seine Uhr. Nein, kein Irrtum, es war erst Viertel nach fünf, und außerdem hatte Olivias Wagen nicht in der Auffahrt gestanden. „Was machst du denn schon zu Haus?", rief er.

„Du musst in die Küche kommen. Wenn ich hier weggehe, brennt mir alles an."

Bruce folgte dem unmissverständlichen Duft von Meeresfrüchten. „Du solltest doch eigentlich erst in einer Stunde hier sein."

„Ich kann ja gehen", scherzte Olivia und strahlte Bruce an.

„Wag es ja nicht." Bruce trat hinter sie, legte zärtlich die Arme um ihre Taille und sah Olivia interessiert an, während sie in einer dicken Soße rührte.

„Eigentlich bist auch du zu früh dran", sagte Olivia und lehnte sich in seine Arme zurück. „Du hast mir die Überraschung verdorben."

„Ich bin überrascht."

„Aber nicht so sehr. Eigentlich wollte ich dich in einem Sari empfangen."

„In einem Sari?" Er drückte Olivia enger an sich.

Olivia stellte die Flamme unter der Pfanne kleiner, drehte sich in

Bruces Armen um und legte die Arme auf seine Schultern. „Meine Sekretärin Loretta hat ein Buch gelesen, in dem steht, wenn man das Interesse seines Mannes wachhalten will, sollte man ihn jeden Abend an der Tür in einer anderen Verkleidung begrüßen."

„Kauf das Buch." Bruce küsste sie zärtlich auf den Mund.

„Das werde ich. Sobald man ein dazu passendes zweites geschrieben hat."

„Ein dazu passendes?"

„Nur für Männer." Olivia kniff ihn in die Nase und wandte sich wieder ihrer Soße zu.

Bruce lachte auf. „Jetzt erklär mir, warum du schon hier bist."

„Ich habe dein Auto nicht gesehen."

„Ich habe es am Ende des Blocks geparkt. Ich habe sogar Folly mitgenommen und bei Loretta gelassen, damit sein Bellen dich nicht vorwarnt. Siehst du, was du zunichtegemacht hast?"

„Hoffentlich doch nicht das Dinner, oder?" Bruce nahm Olivia den Löffel aus der Hand und kostete, was ein Meisterwerk zu werden versprach. „Wunderbar. Was ist das?"

„Gedünstete Langusten."

„Haben wir etwas zu feiern?"

„Nein."

„Hast du etwas verbrochen und nun ein schlechtes Gewissen?"

„Nein!" Olivia nahm Bruce den Löffel weg, als er zum zweiten Mal kosten wollte.

„Weshalb dann?"

„Weil ich dich liebe."

Bruce blieb ganz still hinter Olivia stehen. Nach einem Augenblick legte er Olivia sanft die Hände auf die Schultern. „Womit habe ich dich bloß verdient, mein Augenstern?"

„Es muss etwas Wundervolles gewesen sein, das du getan hast", sagte sie nach einer kurzen Überlegung.

„Was es auch war, ich bin froh, dass ich es getan habe."

„Würdest du dann noch etwas für mich tun, bitte?"

„Ich habe so das Gefühl, in eine Falle zu tappen."

„Rührst du das bitte für mich weiter? Kosten verboten!"

„Wohin willst du?"

„Mich umziehen."

Olivia ließ ihn mit einem Kuss auf die Wange und dem Löffel in der Hand stehen.

Im Schlafzimmer zog sie das T-Shirt und die Jeans aus und holte ihre neueste Erwerbung aus dem Schrank. Dann wickelte sie den kostbaren geschmeidigen Seidenstoff um sich und strich ihn glatt. Bestimmt würde sie Bruce damit gefallen. Sie legte den größten Wert darauf, ihm zu gefallen. Wenn sie schon nicht seine Liebe besaß, dann wollte sie wenigstens sein erotisches Interesse wachhalten, auch wenn es sie ein kleines Vermögen und einen Nachmittag Abwesenheit vom Institut kostete.

An manchen Tagen fragte Olivia sich, ob sie noch mehr für Bruce aufgeben könne. Er und sie waren viel zu oft getrennt. Sosehr sie auch unter ihrer neuen Verantwortung aufblühte, sosehr sie auch ihre Arbeit liebte, fühlte Olivia sich doch schuldbewusst, sie ohne Bruces völliges Einverständnis übernommen zu haben. Er hatte eine junge, unschuldige, mütterlich veranlagte Frau geheiratet, welche die Erfüllung seiner Träume zu sein schien, und nun wachte er jeden Morgen neben einer Karrierefrau auf, die ihren Terminkalender auf den Kopf stellen musste, nur um für ihn Zeit zu haben.

Manchmal allerdings fragte Olivia sich auch, ob alles anders gekommen wäre, hätte sie Marys Testament abgelehnt. Hätte ihre beständige Anwesenheit daheim dann wirklich etwas verändert? Würde sich nach dem Februar, wenn sie die Akademie und ihre dortige Position widerstrebend aufgab, etwas ändern? Olivia war zu der Erkenntnis gekommen, dass Bruce ihr immer noch irgendwie fremd war, gleichgültig wie oft sie sich auch liebten, miteinander sprachen oder ihr tägliches Leben teilten. Bruce war immer eine Armeslänge von ihr entfernt und in dem, worauf es wirklich ankam, irgendwie isoliert.

Mehr als alles andere wollte Olivia das ändern. Sie wollte ihn streicheln und wissen, dass er tatsächlich innerlich davon berührt war. Aber sie wusste nicht, ob sie Bruce verändern konnte, selbst wenn sie jede Sekunde des Tages für ihn da war. Für den Augenblick konnte sie ihn nur bei jeder Gelegenheit mit ihrer Zuneigung überschütten und hoffen, dass er ihr so eines Tages näherkäme.

„Ich habe den Ofen ausgestellt, und der Reis sieht aus, als sei er so weit …“ Bruce blieb in der Tür stehen und pfiff anerkennend durch die Zähne. „Donnerwetter! Du müsstest dich selbst sehen!“

„Du siehst mich schon für zwei an.“ Olivia steckte sich den zweiten Onyx-Ohrring fest und ließ die Arme sinken. „Gefällt es dir?“

Ob es ihm gefiel? Olivia hatte offenbar keine Ahnung, wie sehr ihr Anblick in der prachtvollen, farbenfreudigen und ihre Figur umschmeichelnden Seide ihm das Blut erhitzte. „Du hast doch nicht vor, das für jemand anderen außer mir zu tragen, oder?"

„Doch, für den Postboten, den Mann vom Elektrizitätswerk, den Milchmann …"

„In New Orleans wird keine Milch an die Haustür gebracht."

„Zu dumm!" Olivia schnippte mit den Fingern.

„Du bist hinreißend."

Olivia ging mit aufreizendem Hüftschwung auf Bruce zu. „Rate mal."

„Was denn?"

Sie drehte sich um und zeigte ihm ihre eine verführerisch entblößte Schulter. „Das Beste kommt erst noch."

„Hoffentlich erkältest du dich nicht."

„Deine Miene war es mir wert."

„Woher willst du wissen, was ich für ein Gesicht mache?"

„Wir sind fast fünf Monate verheiratet." Olivia sah über die Schulter zurück. „Na bitte, ich hatte recht."

„Wie lange können sich die Langusten halten?"

Sie streckte ihm die Zunge heraus. „Nicht zu lange."

„Wenn du das wieder anziehst, bestellen wir uns beim nächsten Mal lieber eine Pizza."

„Macht der Sari mich nicht schlank?" Olivia vergaß ihre aufreizende Pose, wirbelte herum und klatschte in die Hände. „Ich habe fünfzehn Pfund abgenommen."

Bruce war aufgefallen, dass Olivia schlanker geworden war, aber er hatte nicht begriffen, was es für sie bedeutete. Ihre Figur hatte ebenmäßige Proportionen, war aber irgendwie fester, straffer geworden. Zwar waren Olivias Rundungen immer noch üppig, aber ohne das überflüssige Gewicht hatte sie einen atemberaubenden Körper bekommen.

Durch das Abnehmen sah sie auch im Gesicht reifer aus. Ihre rosigen Wangen waren schmaler, ihre Augen wirkten größer und ihr Mund sinnlicher und nicht mehr so kindlich. Dieses Gesicht, umgeben von dem schimmernden tiefschwarzen Haar, konnte man nicht so leicht vergessen.

„Wie hast du das fertiggebracht?" Bruce strich Olivia mit den Fingerspitzen über die nackte Schulter.

„Wenn du lieb zu mir bist, werde ich es dir eines Tages erklären." Olivia hakte sich bei Bruce ein. „Aber ich sterbe vor Hunger, und ich möchte, dass du mir von deinem heutigen Tag erzählst."

Bruce sann über die Art, wie dieser Teil ihrer Ehe sich seit einigen Monaten verändert hatte, nach. Für Olivia war die Ehe etwas anderes, als was er selbst sich wünschte oder erwartet hatte. An den meisten Abenden fand er nur eine kratzbürstige Haushälterin vor und nicht die Frau, die er zu halten geschworen hatte, bis der Tod sie schied. Ihm waren die Stunden, die sie beide getrennt waren, zuwider, Stunden, in denen er auf die von Olivia so freigiebig verschenkte Liebe verzichten musste. Wenn er sich aber von seiner inneren Ablehnung befreien konnte, merkte er, wie viel mehr sie jetzt an Gemeinsamkeiten teilten als noch zu Beginn ihrer Ehe.

Warum hatte er eigentlich daran gezweifelt, Olivia könnte Verständnis für seine Arbeit aufbringen? Sie besaß eine Auffassungsgabe, die sofort den Kern der Sache verstand, ohne all die kleinen Einzelheiten begreifen zu müssen. Mittlerweile begrüßte er Olivias Ansichten zu seinen Fällen, und manchmal war er sogar angenehm überrascht, welche neuen Gesichtspunkte sie bemerkte, die ihm entgangen waren. Er hatte jetzt nicht mehr nur den Wunsch, Olivia zu berühren und ihren Liebreiz auszukosten, nein, jetzt unterhielt er sich gern mit ihr und trachtete danach, ihr von seiner Arbeit zu berichten.

Olivias Tätigkeit ließ ihre Ehe zu etwas anderem werden, als Bruce erwartet hatte. Doch in Augenblicken wie diesem gestand er sich ein, dass „anders“ nicht unbedingt „schlechter“ bedeuten musste.

Sie füllten sich ihre Teller in der Küche und trugen sie zum Essen in den Hof hinaus.

Bruce genoss die frische Abendluft, die zarten Frühlingsdüfte und das von der anderen Seite des Bayou herüberdringende Lachen. Er nahm Olivias Hand.

„Einen Hof wie diesen musst du auch auf deine Liste setzen.“

„Welche Liste?“

„Die Liste der Dinge, die wir von unserem neuen Haus erwarten.“

Olivia aß von ihrem Salat, ohne sich zu äußern.

Aber Bruce wollte das Thema nicht fallen lassen. „Ich habe gestern selbst mit dem Makler gesprochen. Er sagt, er habe einige neue Häuser, die wir uns anschauen sollten. Wenn du möchtest, könnten wir das morgen tun.“ Er lehnte sich zurück und sah Olivia über sein Weinglas an.

„Morgen nicht. Ich habe zu viel zu erledigen. Ich muss zur Bank, zur Wäscherei und einkaufen.“

Das Gefühl, mit sich und der Welt im Einklang zu sein, fing an, Bruce zu verlassen. „Du willst gar kein Haus, nicht wahr?"

Sie sah ihm direkt in die Augen. „Noch weniger möchte ich mich streiten."

„Wir streiten nicht."

Olivia stocherte in ihrem Essen herum und versuchte, ihre Gefühle in richtige Worte zu fassen. „Es wäre einfach etwas viel", sagte sie schließlich, „denn ein Umzug ist eine strapaziöse Angelegenheit."

„Wir könnten es für den Sommer einplanen. Vielleicht für August, wenn der Unterricht in der Akademie beendet ist. Dann hast du doch einige Wochen frei, oder?"

„Nicht so viele, wie du vielleicht denkst. Es kann sein, dass wir im nächsten Jahr große Veränderungen in der Schule einführen. Bis August werde ich mittendrin in den Vorbereitungsarbeiten stecken."

Bruce sah sie weiterhin an. „Hältst du es für klug, irgendwelche Veränderungen vorzunehmen? Sollte darüber nicht der neue Besitzer befinden? Ich bin der Meinung, du solltest alles beim Alten lassen, bis du verkaufen kannst."

„Und wir zanken uns doch." Olivia legte ihre Gabel hin und faltete die Hände. „Wir zanken uns stets, wenn wir von der Zukunft sprechen."

Bruce spürte, dass sie im Begriff waren, den Rahmen ihrer üblichen Unterhaltungen zu sprengen. Sie konnten sich stundenlang über ihre tägliche Routine unterhalten, aber die Zukunft schien, wie Olivia es richtig erkannte hatte, ein unerwünschtes Thema zu sein. „Weißt du, weshalb wir darüber streiten?", fragte er.

„Unsere Ansichten unterscheiden sich, nehme ich an."

„Vielleicht sollten wir einmal offen über unsere Ansichten sprechen", sagte Bruce nicht sehr begeistert.

„Ich weiß nicht, ob wir das können. Ich weiß nicht, ob ich in Worte fassen kann, was ich geschehen sehe."

„Schieß los, und versuche es."

Olivia nahm einen Schluck aus ihrem Weinglas und drehte dann nachdenklich den Stiel ihres Glases zwischen den Fingern hin und her, während sie darüber nachdachte, wie sie am geschicktesten anfangen sollte.

„Nun, ich denke, unsere Ehe leidet an den verschiedenen Erwartungen, die wir von ihr haben. Ich glaube, du möchtest, dass sie nach deinen Wunschvorstellungen verläuft, und ich bin zufrieden, so wie sie ist."

Olivia stellte ihr Glas hin. Mit ernstem Gesicht beugte sie sich vor und stützte die Ellbogen auf den Tisch und den Kopf in die Hände. „Ich bin so, wie es läuft, glücklich, Bruce. Ich liebe unser Leben. Sicher, manchmal wünsche ich mir, wir könnten öfter zusammen sein. Ich wünschte, keiner von uns beiden hätte zu arbeiten, und wir könnten Stunden damit zubringen, uns ein Haus auszusuchen, die Wände zu tapezieren und zu streichen. Aber im Moment können wir das nicht. Reicht es nicht, dass wir uns beide haben? Dass es Augenblicke wie diesen gibt?"

„Ich weiß nicht, wie du es fertigbringst, den Kauf eines Hauses wie eine Nebensache erscheinen zu lassen. Ich möchte ein Haus für uns beide haben, Olivia."

„Gegen den Kauf eines Hauses ist an sich überhaupt nichts einzuwenden, Bruce, aber im Augenblick kann ich mir nicht noch mehr Arbeit aufhalsen."

„Ab nächsten Februar wirst du eine Menge Zeit zu deiner Verfügung haben."

Olivia fragte sich, ob seine Behauptung nicht eher als Frage zu verstehen gewesen war. Spürte Bruce ihren wachsenden Unwillen, ihre Bande mit der Hopkins-Akademie zu trennen? Sie hätte ihn gern beruhigt, aber sie konnte es nicht, weil sie sich selbst noch nicht über alles im Klaren war. „Nicht unbedingt", wich sie aus. „Es wird einige Zeit brauchen, die Schule zu veräußern."

„Besonders, wenn du einschneidende Veränderungen vornimmst." Bruce trank sein Weinglas mit einem Schluck aus.

Olivia fiel die Veränderung an Bruce auf. Sein ausgeglichenes Lächeln war verschwunden. Sie vermied es stets, über ihre Pläne für die Akademie zu sprechen, weil sie wusste, dass Bruce sie als Hinterlist empfand. Wenn sie ihm jetzt ihre Pläne erklären könnte, würde er vielleicht begreifen, dass sie ihn damit nicht hintergehen wollte, sondern dass sie nur die Weiterentwicklung ihrer wachsenden Führungsqualitäten in Anspruch nahm. Vielleicht würde er einsehen, was es ihr bedeutete, als Schulleiterin tätig zu sein.

Olivia atmete tief durch. „Kann ich dir sagen, was ich denke? Ich will es schon seit Langem, aber ich habe immer befürchtet, du könntest es nicht begreifen."

Wider Willen und trotz seiner Verärgerung bewunderte Bruce Olivia. Normalerweise war sie kein hinterlistiger Mensch, aber sie war auch nicht so naiv, um den Augenblick zur Lösung eines Problems zu verpassen. Sie versuchte, sich seiner Unterstützung zu vergewissern, indem sie jetzt seine Meinung einholte.

Olivia missdeutete sein Mienenspiel nicht, aber sie merkte auch, wie viel Mühe es Bruce kostete, sich zu beherrschen. Sie streckte die Hand über den Tisch aus und nahm Bruces Hand. „Wir sind Liebende, keine Feinde. Ich brauche dich an meiner Seite."

Bruce gab den Kampf auf. „Dann erzähl mir, was du vorhast."

„Du kennst die Akademie gut genug, um zu wissen, dass wir ein zweijähriges Schulprogramm haben."

Mehr als das wusste Bruce allerdings nicht. Er hatte sich absichtlich nicht mit der Schule befasst, die ihm seine Frau von zu Haus und von ihm fernhielt. Bis zum Verkauf würde die Akademie einen Großteil von Olivias Leben beanspruchen. Sie brauchte einen Mann, der das begriff und ihr mit der gleichen Begeisterung zuhörte, wie sie ihm stets zuhörte.

„Soweit ich informiert bin, ist es das beste Kindermädchen-Institut des ganzes Landes", sagte er und versuchte, seine Vorurteile zu vergessen.

„Das älteste", korrigierte ihn Olivia, „und wir hoffen, auch das beste zu sein. Wie dem auch sei, unser Kursus läuft über zwei Jahre und ist sehr teuer …" Olivia unterbrach sich. Als sie sah, dass Bruce ihr aufmerksam zuhörte, erzählte sie ihm von ihren Plänen. Sie erzählte ihm, wie sie die Ausbildung für die Studentinnen erschwinglicher machen wollte, sie erzählte von dem Einjahreskurs und dem neuen Ausbildungsprogramm, das sie zusammen mit ihren Kollegen konzipiert hatten. Sie erzählte ihm auch, wie sie das ehrgeizige Programm finanzieren wollten.

Bruce wollte Einzelheiten erfahren, und Olivia ging begeistert auf seine Bitte ein. Sie war entzückt, dass er noch immer ihre Hand hielt und sich weiter mit ihr unterhielt. Es war ein herrliches Gefühl, auf diese Weise ihre Gedanken mit Bruce zu teilen.

Bruce war nie klar geworden, wie stark sich Olivia in ihrer Arbeit engagierte. Doch jetzt ließ er sich von ihrer Begeisterung, mit der sie von den geplanten Projekten erzählte, anstecken. Er bezwang seine Furcht, ihre Begeisterung könne es verhindern, im gegebenen Augenblick die Bande mit der Hopkins-Akademie zu lösen. Olivia hatte ihm versprochen, dort nur ein Jahr zu arbeiten. Er hatte kein Recht, ihre Worte anzuzweifeln.

„Steht hinter der Einführung des Einjahreskurses mehr als nur der Wunsch, zusätzliche Schülerinnen zu werben?"

Olivia war begeistert, dass Bruce das Problem verstand. Zwischen ihnen bestand tatsächlich eine gute Kommunikation. „Allerdings."

„Du willst mehr Kindermädchen ausbilden, weil du hoffst, dass, wenn mehr Frauen deine Schulung durchlaufen, du die erzieherischen Qualitäten anheben kannst, weil einige dieser Frauen selbst eines Tages zu Müttern werden."

„Frauen und Männer!", sagte sie stolz. „Ich habe gerade der Bewerbung eines jungen Mannes zugestimmt. Je mehr Leute dazu erzogen werden, Kinder richtig aufzuziehen, desto besser wird die Welt funktionieren."

„Vom Babysitter zum Retter der Welt!"

Olivia erwiderte Bruces Lächeln, weil sie ihm die sanfte Ironie nicht übel nahm. Sie wusste, er hatte Verständnis für ihre Begeisterung. „Vielleicht klingt das pathetisch, aber ich glaube daran, dass eine gute Kindheit einen großen Unterschied macht."

„Ich bin der Erste, der dir dabei zustimmt."

Olivia drückte Bruces Hand.

„Welche weiteren Veränderungen hast du noch vor?"

„Wir haben unserem Kursprogramm einen ganz neuen Teil hinzugefügt, den persönlichkeitsfördernden. Die Akademie hat sich nie um die Kinderschwestern selbst bemüht. Jetzt konzentrieren wir uns auf den Menschen, der in der Uniform steckt. Wir bieten unter anderem ein tägliches Aerobic-Training an."

Wie hatte Bruce sich nur wundern können, dass Mary Olivia auserwählt hatte, nach ihrem Tod die Schule zu leiten? Die Antwort lag deutlich auf der Hand. Mary hatte Olivia ausgesucht, weil sie genau der richtige Mensch für diese Stellung war. Olivia war bestens dazu geeignet, den Übergang zwischen Mary und der zukünftigen Leitung des Institutes zu gewährleisten. Nicht nur, dass Olivia das Institut im Augenblick hervorragend vertrat, sie würde auch ihre Nachfolgerin besonders sorgfältig auswählen.

Bruce wollte Olivia bei sich daheim sehen. Er wollte sie ständig um sich wissen, aber wie konnte er ihr seine Unterstützung versagen, wenn sie ihr offensichtlich so viel bedeutete? Ihre Wangen glühten, nur weil er sich die Zeit genommen hatte, ihr zuzuhören – weil sie mit ihm über etwas sprechen konnte, das große Bedeutung für sie besaß. In den wenigen letzten Minuten war etwas ungemein Wichtiges zwischen ihnen beiden geschehen. Er wusste zwar nicht, wie er es ausdrücken sollte, aber es hatte etwas mit Anteilnahme und der Fähigkeit zu geben zu tun, und damit, in der Lage zu sein, seine eigenen Bedürfnisse endlich einmal hinter ihre zu stellen. Es war ein schönes Gefühl.

„Das klingt alles großartig“, sagte er und bemühte sich, die ihm ungewohnten Empfindungen in seine Stimme zu legen. „Hat dein Abmagerungsprogramm irgendetwas mit dem persönlichkeitsfördernden Teil eures Schulungsprogramms zu tun?“

Olivia blickte auf einen auf dem Tisch liegenden Krümel. Bruce konnte sie tatsächlich leicht durchschauen. „Wir haben im März mit der Aerobic-Klasse angefangen. Ich fand, es sei meine Pflicht, daran teilzunehmen. Siehst du, wie gut das gewirkt hat?“

Bruce stand auf und hielt Olivia die Hand hin.

Bruce hatte nie einen solchen Drang verspürt, mit Olivia zu schlafen. Er wollte sie im Arm halten und ihren Körper mit ihr teilen, so wie er ihren Sinn mit ihr geteilt hatte. Aber er wollte sie auch festhalten, sie niederhalten und zurückhalten. Er wollte sie an ihre Verpflichtungen ihm gegenüber erinnern. Er begann, auf das Haus zuzugehen, doch Olivia blieb stehen.

„Du hast mir nichts über deinen heutigen Tag erzählt. Nur ich habe die ganze Zeit gesprochen.“

„Ich werde dir alles darüber etwas später berichten.“

„Wir haben das Dessert noch nicht gegessen.“

„Wir werden gleich mein Lieblingsdessert haben.“

„Und was passiert mit dem Nusskuchen?“

„Den können wir später essen.“

„Wie viel später?“

Bruce ließ Olivias Hand sinken und verschränkte die Arme vor der Brust. Olivia wollte sich nicht führen lassen. Es war eigenartig, wie schnell sich die Dinge in einer Ehe ändern konnten. „Sag du es.“

„Sehr viel später“, meinte Olivia entschlossen.

„Hast du vor, diesen Selbstbewusstseinskursus höchstpersönlich abzuhalten?“

„Vielleicht“, antwortete sie und hakte sich bei ihm unter. „Im Moment fühle ich mich, als könnte ich einfach alles.“

Bruce umarmte sie, so fest er konnte, und starrte versonnen auf das dunkle Wasser des Bayou.

10. KAPITEL

Der Wechsel der Jahreszeiten machte sich in New Orleans nicht sehr bemerkbar, aber im Juni war es unübersehbar, dass es Sommer geworden war. Der Duft der Magnolienblüten hing nicht mehr in der Luft, die flauschigen Entenküken besaßen jetzt richtige Federn und Folly lag meistens mit vor Hitze heraushängender Zunge im Schatten des kleinen, im Hof wachsenden Bäumchens. Und Bruce wurde immer ungeduldiger, das Haus zu kaufen.

Der Juni hatte auch die Einladung zum jährlichen Dinner der Anwaltskammer mit sich gebracht. An diesem Morgen wartete Olivia draußen vor dem vertrauten Haus im Garden District und hoffte, Cherry möge daheim sein.

Es war ein eigenartiges Gefühl, bei den Broussards zu klingeln. Nachdem sie geschellt hatte, erinnerte sich Olivia all der Male, wo sie Lucy auf der Hüfte balanciert hatte, während sie mit einer Hand die Tür aufschloss und mit der anderen Trey davon abzuhalten trachtete, dauernd gegen die Säulen der Vorderveranda zu treten. Jetzt besaß sie keinen Schlüssel mehr. Sie gehörte nicht mehr zur Familie. Sie war Olivia – eine Freundin, Gattin eines Kollegen von Lenny und eine einst verehrte Kinderschwester. Wenn alle Nannys, die an der Hopkins-Akademie lernten, nach ihrer ersten Anstellung so viele glückliche Erinnerungen hätten wie Olivia, dann wäre das Institut in dem Punkt ein Erfolg, auf den es am meisten ankam.

„Olivia?" Cherry öffnete die Tür und umarmte Olivia herzlich. „Was führt Sie zu mir? Ich dachte, Sie wären heute in Baton Rouge?"

„Ich schwänze." Olivia nahm ihre Einkaufstüte und folgte Cherry ins Haus. „Ich will nur einen Moment bleiben, weil ich weiß, wie beschäftigt Sie immer sind. Aber ich brauche Ihren Rat."

„Aber nicht doch. Sie bleiben zum Essen." Cherry senkte ihre Stimme zu einem verschwörerischen Flüstern. „Heute Nachmittag ist keines der Kinder zu Haus. Ich bin ganz allein hier. Ich würde mich gern mit einem erwachsenen Menschen unterhalten."

„Und ich gern mit einer Freundin plaudern."

„Dann kommen Sie mit, und helfen Sie mir beim Lunch. Sie müssen die Sandwiches nicht einmal mehr zu kleinen Sternen ausstechen. Wissen Sie, dass Trey mich immer noch dazu zwingt, weil er sich sonst zu essen weigert? Sie haben ihn restlos verzogen."

„Heute sind es kleine Sterne, und wenn er dreißig ist, muss es Kaviar und Entenfilet sein."

Cherry lachte, während sie Olivia durch die Zimmerflucht zur Küche voranging – dem modernsten Raum im ganzen Haus, in dem sich glänzender, fleckenloser Stahl und graue Kacheln mit eichenen Holzvertäfelungen und lachsfarben gehaltenen Wänden abwechselten.

Olivia nahm auf einem Stuhl an der Kücheninsel Platz und wartete darauf, dass Cherry ihr den Belag für die Sandwiches herüberreichte. Sie begann, Tomaten zu schneiden.

„Worüber wollten Sie meinen Rat einholen?" Cherry legte einen Kopf Salat und einen Block Käse neben die Tomaten.

„Über ein Kleid, das ich für das Dinner der Anwaltskammer heute Abend gekauft habe." Olivia sah auf und schnitt ein Gesicht. „Seit Jahren kaufe ich mir meine eigene Garderobe. Ich weiß, was mir steht und was nicht. Aber dann ging ich in diese Boutique in der St. Charles Street und war wie gelähmt. Ich dachte ständig daran, wie wichtig dieser Anlass ist und wie großartig ich aussehen will, und plötzlich konnte ich mich nicht entscheiden."

„Offensichtlich haben Sie das doch, weil Sie etwas erstanden haben."

„Wissen Sie, wie ich meine Entscheidung gefällt habe?" Olivia geriet in Verlegenheit, das einzugestehen, aber sie wusste, die Geschichte würde Cherry gefallen. „Ich nahm einfach alles, was in meiner Größe vorhanden war, und probierte es an. Dann habe ich die passenden vier Kleider auf einen Haufen gelegt, meine Augen geschlossen, sie durcheinandergebracht und eines herausgegriffen."

Cherry brach in Lachen aus.

„Und ich glaube, ich habe auch noch das erwischt, was mir am wenigsten gefiel", beendete Olivia ihre Schilderung. „Aber bis dahin war ich viel zu verwirrt, als dass es mir etwas ausgemacht hätte."

Während Cherry zum Kühlschrank ging, lachte sie noch immer. „Schinken oder Roastbiest?"

Olivia musste über Treys Bezeichnung für sein mittags bevorzugtes Lieblingsfleisch lachen. „Roastbiest, falls es von Grinch geschnitten wurde."

„Der Delikatessenhändler hat es geschnitten."

„Dann ist es genauso gut."

Cherry stellte das Roastbeef neben Olivia hin und begann, Scheiben französischen Brotes mit Mayonnaise zu bestreichen. „Falls das

Kleid schrecklich ist, gehe ich mit Ihnen hin, und wir tauschen es um. Sie können die anderen anziehen, und ich werde Ihnen sagen, welches Sie kaufen sollen. Ich finde es wundervoll, das Geld anderer Leute auszugeben."

„Das wäre prima."

„Weshalb ist dieses Kleid eigentlich von so großer Bedeutung?" Cherry reichte Olivia ein Stück französischen Brotes und nahm sich selbst eine Scheibe. Dann belegten sie sich ihre Sandwiches.

„Ich will einfach nett aussehen."

„Nett? Vorher sagten Sie ‚großartig'. Welches von beidem trifft zu?"

„Großartig", korrigierte sich Olivia.

Cherry war immer noch neugierig. „Und weshalb muss es für dieses Dinner so großartig sein? Ich warne Sie, es wird einer der langweiligsten Anlässe sein, denen Sie in dieser Woche beigewohnt haben, wenn nicht im ganzen Jahr."

„Ich kenne noch nicht sehr viele von Bruces Kollegen. Ich will einfach einen guten Eindruck machen. Hier, setzen Sie sich, und lassen Sie mich den Tee holen."

Olivia ging an den Kühlschrank und füllte die Gläser mit Eisstückchen, während Cherry eine auf der Anrichte liegende Zitrone in Scheibchen teilte. „Ich kann mir nicht vorstellen, dass Sie einen anderen Eindruck als diesen machen könnten", machte Cherry ihr das Kompliment. „Dazu brauchen Sie kein perfektes Kleid."

Olivia beschloss, Cherry gegenüber ehrlich zu sein. Sie würde Verständnis aufbringen. „Bruce hat eine Kollegin, die ich heute Abend in den Schatten stellen möchte."

„Ich hatte mich schon gefragt, ob Kate Parsons etwas damit zu tun haben könnte."

Olivia war froh, dass sie keine weiteren Erklärungen abgeben musste. „Bin ich albern?"

„Falls Sie meinen, Sie müssten Bruce beweisen, so schön wie Kate zu sein, dann können Sie es vergessen. Der Mann hat ja nur Augen für Sie. Wenn Sie das alles aber für sich selbst machen, um sich und sonst niemandem etwas zu beweisen, dann finde ich es nicht albern. Es ist weiblich und menschlich." Sie warf spielerisch den Rest der Zitrone in die Luft und fing sie wieder auf. „Es ist wundervoll!"

„Ich frage mich, ob Bruce Kate geliebt hat?", sagte Olivia und sah Cherry an. „Er sagt, er habe sich getrennt, aber ich weiß, er wollte sie heiraten."

„Welche Rolle spielt das heute noch?“ Cherry war sichtlich irritiert. „Er liebt Kate nicht mehr. Er liebt Sie.“

Genau das war der Punkt. Bruce liebte Olivia nicht, aber das konnte sie Cherry gegenüber nicht zugeben. Ihr Stolz verbot es ihr. „Ich nehme an, jede Ehefrau denkt über die Frauen in der Vergangenheit ihres Mannes nach.“

„Ich habe keinen von den beiden so gut gekannt, um ihre Beziehung richtig beurteilen zu können“, sagte Cherry nach einer Weile. „Mir kam Bruce allerdings immer sehr distanziert, so …“ Sie suchte nach den passenden Worten. „… so beziehungslos vor.“

Olivia wusste, dass ein Unterschied darin bestand, ob man für jemanden gut war oder von diesem Jemand geliebt wurde. Sie liebte Bruce von Tag zu Tag mehr, obwohl sie mehr und mehr Dinge an ihm entdeckte, die nicht gerade perfekt waren. Sie hatte sich einst in einen Ritter in glänzender Rüstung verliebt, aber jetzt liebte sie Bruce so, wie er wirklich war. Sie konnte ihm seine Fehler verzeihen, weil sie seine Stärken kannte. Sie konnte es ihm sogar nachsehen, dass er ihre Liebe nicht erwiderte.

„Ich nehme an, ich werde es nie wissen.“ Olivia aß das letzte Stückchen ihres Sandwiches auf. „Vielleicht ist das auch ganz gut so.“

Das Kleid wurde in die Boutique zurückgetragen, und Olivia fand mit Cherrys Hilfe ein anderes, hübscheres. Sie hätte es kaum selbst ausgesucht, doch als sie es anhatte und sah, wie sie darin wirkte, wusste sie, wie richtig es gewesen war, Cherry um Hilfe zu bitten.

Zu Haus wusch sie sich die Haare und föhnte sie so, dass die Locken ihr in weichen Wellen das Gesicht umschmeichelten. Olivia benutzte selten Make-up, aber an diesem Tag schminkte sie sich das Gesicht so, dass ihre Augen und ihr rosiger Teint besonders zur Wirkung kamen.

Als Bruce aus der Kanzlei kam, war Olivia bereits umgezogen und hatte seinen Smoking für ihn auf das Bett ausgebreitet. Bruce warf nur einen einzigen Blick auf Olivia und stieß einen langen, anerkennenden Pfiff aus.

„Hinreißend.“

„Findest du?“ Olivia entsann sich des Abends, an dem sie ihm den verführerischen Sari vorgeführt hatte. Sie drehte sich langsam vor Bruce im Kreis, damit er ihren Anblick von allen Seiten genießen konnte. Das aus weißer Crêpe de Chine gefertigte Kleid verlief in diagonal gearbeiteten Falten von den Schultern bis zur Taille, wo es von einem von Rheinkieseln und Staubperlen glitzernden Gürtel gerafft zusammengehalten wurde. Der bodenlange fließende Rock hatte einen Seitenschlitz, der beim Gehen einen Blick auf ihr Bein freigab.

Olivia hätte sich nicht selbst für Weiß entschieden, weil sie an diesem Abend nicht unbedingt wie eine unschuldige Debütantin aussehen wollte. Doch Cherry hatte sie dazu überredet, dieses Kleid anzuprobieren, und kaum umschmeichelte es ihren Körper, da hatte es auch nichts Unschuldiges mehr an sich. Als einzigen Schmuck trug Olivia passende Perlenohrringe, und die Wirkung war einfach überwältigend.

Bruce versuchte, sich daran zu erinnern, wie Olivia bei ihrer ersten Begegnung ausgesehen hatte. War das noch dieselbe Frau, die ein grünes Sweatshirt und durchnässte Jeans trug? Wie war es möglich, dass sie sich in diesen wenigen Monaten so verändern konnte? Wo war seine entzückend schüchterne junge Braut geblieben?

Mit einem gezwungenen Lachen versuchte er, seine Bestürzung zu überspielen. „Du hättest mich wissen lassen sollen, was du anziehst. Ich hätte einen Leibwächter einstellen sollen."

„Lässt es zu viel erkennen? Ich kann mich noch umziehen."

Das Eigenartige war, dass das Kleid nicht zu viel enthüllte, sondern nur ihr neu gefundenes Selbstbewusstsein unterstrich.

Bruce hatte das deutliche Gefühl, Olivia zu verlieren.

„Das Kleid ist wunderbar. Du könntest nicht schöner aussehen." Bruce wandte sich von ihr ab und begann sich anzuziehen.

„Wegen heute Abend bin ich leicht nervös. Ich habe zwar einige deiner Freunde anlässlich unserer Hochzeit kennengelernt, bin ihnen seither aber nie mehr begegnet." Olivia schlang die Arme um Bruces Taille und rieb ihre Wange an seinem bloßen Rücken. „Du lässt mich doch nicht allein, nicht wahr?"

„Ich garantiere dir, du wirst bestimmt nicht allein bleiben. Wenn ich auch nur einen Schritt von deiner Seite weiche, sind sofort drei andere Männer da, die meinen Platz einnehmen wollen."

„Ich will keine drei anderen Männer. Ich will dich." Eine Sekunde lang drückte sie Bruce fester an sich und trat dann zurück, damit er sich zu Ende anziehen konnte. „Soll ich uns einen Drink machen, bis du fertig bist?"

Olivia mixte in der Küche eine Weinschorle und summte vor sich hin, während sie die Eisstückchen hinzufügte. Der Blick, mit dem Bruce sie vorhin angesehen hatte, reichte aus, um ihr zu sagen, wie beeindruckt er gewesen war. Im Stillen fragte sie sich, wie lange es dauern würde, bis seine Meinung für sie nicht mehr diese Bedeutung haben würde. Hoffentlich niemals, dachte sie.

Als Bruce umgezogen aus dem Schlafzimmer kam, um sich von Olivia bei den Manschettenknöpfen helfen zu lassen, gefiel er ihr über alle Maßen. Er sah in dem schwarzen Smoking einfach wunderbar aus. Sein Haar wirkte dunkler und seine Augen blauer. Sein gefälteltes Hemd ließ die Schultern breiter und die Taille schmaler wirken. Er sah auf eine zurückhaltende Art elegant und dadurch sehr begehrenswert aus.

„Diese Manschettenknöpfe sind hübsch“, sagte Olivia, während sie eine Hemdenmanschette zusammennahm und den gravierten Goldknopf befestigte. „Woher hast du sie?“

Bruce zögerte einen Augenblick zu lange, und Olivia sah auf. Er war sichtlich verlegen. „Kate?“, fragte sie leise.

Bruce nickte. „Bis zu deiner Frage hatte ich das längst vergessen.“

„Sie hat einen ausgezeichneten Geschmack.“ Olivia steckte den zweiten Manschettenknopf fest und war bemüht, sich ihren Kummer nicht anmerken zu lassen.

Insgeheim verwünschte Bruce seine Achtlosigkeit. Kate war so sehr aus seinem Leben verschwunden, dass er keinen Gedanken mehr an diese Manschettenknöpfe verschwendet hatte. Zum ersten Mal wurde ihm bewusst, dass auch Kate an diesem Abend dem Dinner beiwohnen würde.

Plötzlich erkannte er, warum Olivia dieses Kleid gewählt hatte. Ein Gefühl der Wärme für Olivia ergriff ihn. Die Erkenntnis, dass sie wegen Kate Parsons beunruhigt, ja sogar vielleicht eifersüchtig war, hatte doch etwas Schönes an sich. Bruce war erleichtert, vergnügt und sogar ein bisschen stolz auf sich selbst.

„Kate hat einen ausgezeichneten Geschmack“, sagte er und lächelte leicht. Er streichelte Olivia sanft am Kinn und hob ihr Gesicht etwas an, um ihr direkt in die Augen sehen zu können. „Ihr Geschmack war wirklich sehr gut, aber sie wäre nie auf den Gedanken gekommen, mir den Hund zu schenken, den ich mir schon immer gewünscht habe. Sie wäre auch nie eher nach Haus gekommen, nur um für mich zu kochen, oder sich ein Kleid zu kaufen, einfach nur, um mir zu gefallen.“ Bruce lächelte, als Olivia eine leichte Röte in die Wangen stieg. „Sie war nie wie du, Olivia.“

Olivia wusste, ihre Augen würden sie verraten. „Hast du sie geliebt, Bruce?“

Er schüttelte den Kopf und machte ein ernstes Gesicht. „Nein. Ich habe sie nicht geliebt. Und ich vermisse sie nicht und will sie auch nicht mehr. Jetzt habe ich die einzige Frau auf der Welt, die ich haben will, und so soll es auch bleiben."

Olivia lehnte die Wange an seine Hemdbrust und fühlte sich geborgen. „Danke."

„Was soll ich nur mit dir machen, mein Augenstern? In der einen Minute bist du so wunderbar, so zuversichtlich, dass ich das Gefühl habe, du brauchst mich überhaupt nicht mehr, und in der nächsten bist du ein Häufchen Unsicherheit. Manchmal denke ich, ich kenne dich gar nicht mehr." Er drückte Olivia an sich und war überrascht, dass er seine Gedanken überhaupt ausgesprochen hatte.

Auch Olivia war überrascht. Bruce sprach nie über seine Gefühle. „Vielleicht müssen wir noch eine Menge lernen." Sie hielt ihn fester. „Vielleicht ist das eine der wunderbaren Seiten einer Ehe. Wir lernen uns immer besser kennen und freuen uns über das, was wir gegenseitig an uns entdecken."

Bruce war nicht so davon überzeugt, ob er noch andere Dinge an Olivia entdecken wollte. Die Entdeckung, dass man ihr einen Besitz vererbt hatte, der ein Vermögen wert war, war schon schwierig genug zu verkraften gewesen. Doch die Entdeckung, dass sie die Akademie nun auch selbst leiten wollte und sich tatsächlich als ausgezeichnete Führungskraft herausstellte, war noch viel schlimmer.

Er war auch nicht davon überzeugt, es sei gut, wenn Olivia noch mehr an ihm selbst entdeckte. Es konnte sonst nämlich gut der Tag kommen, an dem sie feststellte, wie sehr Bruce sie brauchte. Und diese Macht über sich wollte er niemals jemandem einräumen.

„Wir sollten uns auf den Weg machen", sagte er schließlich. „Ich will dich endlich herumzeigen können."

„Ich bin so weit." Olivia drückte ihn noch einmal herzlich an sich. „Jetzt freue ich mich sogar auf den Abend."

Die Fahrt dauerte eine Viertelstunde. Das Dinner der Anwaltskammer fand stets im selben Hotel im Französischen Viertel statt. Die Empfangshalle erstrahlte im Glanz der Kristallleuchter, deren Licht sich auf der Mahagonivertäfelung, dem weichen burgunderfarbenen Teppich und den weiß-goldenen Tapeten widerspiegelte. Bei ihrer Ankunft war der Saal, in dem eine Jazzcombo aufspielte, bereits zum Bersten voll.

Im Meer der schwarz-weiß gekleideten Herren leuchteten die Roben der Damen wie farbenfrohe Tupfer auf. Bruce stellte Olivia seinen Freunden und deren Gattinnen vor, und sie versuchte, sich trotz des Lärms der klagenden Saxofone und der schmetternden Trompeten die Namen zu merken. Freundlich plaudernd und Grüße austauschend bahnte sich Bruce, mit Olivia an seiner Seite, den Weg über das volle Parkett zur Bar.

„Nur ein Tonicwater, bitte“, sagte Olivia zu Bruce und ließ ihren Blick in die Runde schweifen.

Der Raum war so voll, dass sie kein einziges, ihr aus der Kanzlei bekanntes Gesicht entdecken konnte. Bruce nickte, kämpfte sich durch die vielen Leute zur Bar vor und bestellte für Olivia und sich, während sie wartend neben ihm stehen blieb.

In nicht allzu großer Entfernung bemerkte Olivia dann die in ein Gespräch vertieften Broussards und Sherwoods, und als Bruce sich wieder zu ihr umdrehte, gab sie ihm ein Zeichen, dorthin zu kommen. Die Combo machte eine Pause, und in dem einsetzenden Gesprächslärm und Gelächter ging Olivia zu der Gruppe hinüber.

„Sie sehen wundervoll aus!“ Cherry beugte sich zu Olivia vor und küsste sie auf die Wange, und die anderen taten es ihr gleich. „Ich wusste, das Kleid würde Ihnen ausgezeichnet stehen.“

Olivia erzählte den Sherwoods und Lenny Broussard eine verkürzte Version der Umstände des Kleiderkaufes vom Nachmittag.

Meg, die ein schlichtes schwarzes Kleid trug, ihr braunes Haar praktisch kurz geschnitten hatte und damit aussah, als würde sie sich nie Gedanken über ihr Aussehen machen, nickte verständnisvoll. „Ich entsinne mich noch gut an das erste Mal, als ich Drew als seine Frau zu einem wichtigen Anlass begleitete. Er hatte gerade sein Examen gemacht, und wir waren knapp bei Kasse. Ich konnte mir kein neues Kleid leisten. Also kaufte ich mir den Stoff und schneiderte es mir selbst. Erst beim Aperitif merkte ich dann, dass ich vergessen hatte, die Nadeln an einigen sehr wichtigen Stellen herauszuziehen.“

„Das reibe ich ihr immer noch bei jeder passenden Gelegenheit unter die Nase“, fügte Drew amüsiert hinzu.

„Rechne nicht damit, dass so etwas noch einmal passiert“, schoss Meg zurück. „Wir wissen alle, was für ein unerträglicher Miesmacher du sein kannst.“

„So geht das öfter bei ihnen“, meinte Cherry, nachdem sich das allgemeine Grinsen gelegt hatte.

Die Menge begann, sich zum Essen und für die Tischreden in den Speisesaal zu begeben. Bruce nahm Olivias Arm, aber Meg hielt sie am anderen fest. „Da ist jemand, den Sie unbedingt kennenlernen müssen“, sagte sie mit Nachdruck. „Wahrscheinlich wird sie gleich nach dem Essen gehen. Wenn Sie sie also jetzt nicht treffen, werden Sie dazu keine Gelegenheit mehr haben. Die Männer können uns Plätze reservieren.“

„Dann geh.“ Bruce sah Olivia und Meg hinterher, die sich ihren Weg durch die Anwesenden bahnten.

„Hast du Angst, Meg könne einen schlechten Einfluss auf Olivia haben?“, fragte Drew grinsend.

„Ich bezweifle, dass Meg ihr irgendetwas sagen kann, woran sie nicht schon selbst gedacht hat“, antwortete Bruce trocken.

Olivia lernte Megs Freundin kennen und unterhielt sich einen Augenblick lang mit ihr. Anschließend stellte Meg sie mehreren anderen Damen vor, die offensichtlich alle viel Respekt und Zuneigung für Meg empfanden.

Olivia begriff, dass durch die viele Arbeit, die sie sich selbst aufhalste, sie sich der Gesellschaft der Frauen entfremdet hatte, Frauen, die ebenso wie sie ihren eigenen Weg suchten. Insgeheim nahm sie sich vor, diese Situation zu ändern.

Die letzte der Frauen, der Olivia an diesem Abend vorgestellt wurde, war Kate Parsons.

„Hallo, Olivia.“ Kate blieb zwischen Olivia und dem Eingang zum großen Speisesaal stehen, als lege sie es absichtlich auf eine Konfrontation an.

Olivia lächelte. „Hallo, Kate. Welch bezauberndes Kleid.“ Sie warf einen bewundernden Blick über die kunstvollen Perlenstickereien auf dem schwarzsilbernen Kleid. Kate sah darin gleichzeitig sexy und auf eine kühle Art unnahbar aus. Bei ihrer natürlichen Schönheit war das eine Kombination, die jeden Mann erregen musste.

Kate lächelte kalt wie ein Eisblock zurück. „Die Ehe mit Bruce scheint Ihnen zu bekommen, Olivia. Er weiß, wie man eine Frau glücklich zu machen hat, nicht wahr?“

„Er weiß, wie er mich glücklich machen kann. Für jemand anderen kann ich nicht sprechen.“ Olivia wartete darauf, dass Kate zur Seite trat, aber Kate gab den Weg noch nicht frei.

„Er hat auch mich glücklich gemacht. Jedenfalls eine Zeit lang“, erwiderte sie mit einem provozierenden Lächeln.

Meg atmete hörbar ein, als würde sie gleich etwas Unpassendes sagen. „Ich glaube, wir gehen besser zu unseren Plätzen, sonst sind sie gleich besetzt“, sagte sie nervös.

Olivia legte Meg die Hand auf den Arm, um sie zum Schweigen zu bringen. Dann richtete sie den Blick wieder auf Kate. „Eines Tages werden sicher auch Sie feststellen, wie viel Sie in Ihrem Leben verpasst haben, aber dann wird es zu spät sein, noch etwas daran ändern zu wollen.“

Meg zog Olivia ungeduldig am Arm weiter. „Nett, Sie getroffen zu haben, Kate.“

Nur an Kates vor Zorn funkelnden Augen war zu bemerken, wie sehr sie sich ärgerte. Die beiden Frauen gingen an ihr vorbei in den Bankettsaal.

„Ich hoffe, sie hat mich begriffen“, sagte Olivia, als sie einige Schritte fort waren.

Meg lächelte beifällig. „Weiß Bruce, wie glücklich er sich schätzen darf?“

„Mich bekommen oder Kate verloren zu haben?“

„Beides!“

„Ich weiß es nicht“, antwortete Olivia ehrlich überzeugt.

11. KAPITEL

Eine Woche nach dem Dinner der Anwaltskammer arrangierte Olivia mit einigen letzten Handgriffen das für die Eingangshalle der Hopkins-Akademie bestimmte Blumenarrangement. An diesem Abend fand die Examensabschlusszeremonie für zwanzig Teilnehmerinnen statt, und entsprechend Mary Hopkins' eiserner Tradition hatte alles perfekt über die Bühne zu gehen. Ihre Sekretärin Loretta half ihr bei den Vorbereitungen.

„Sie werden vor der Zeremonie doch nicht wieder nach New Orleans zurückfahren, oder?" Loretta legte die goldgeprägten Diplome ordentlich neben ein Körbchen mit Anstecknadeln des Institutes, die an ihren kastanienbraunen Blazern zu tragen sich die frisch gebackenen Absolventinnen nach diesem Abend das Recht erworben hatten.

„Nein. Ich habe Bruce gebeten herzukommen, falls es ihm möglich ist. Jetzt wo Marys persönliche Dinge nicht mehr in ihrem Apartment sind, kann ich es benutzen. So könnten wir heute Abend hierbleiben und morgen zurückfahren."

„Wenn ich Sie wäre", fuhr Loretta fort, „würde ich es überhaupt für solche Anlässe behalten. Das erspart Ihnen die Hin- und Herfahrerei."

„Ich weiß noch nicht, was ich mit dem Apartment machen werde", meinte Olivia. „Es ist nur eine weitere der Entscheidungen, die ich zu treffen habe."

„Welche Entscheidungen hast du zu treffen, mein Augenstern?"

Olivia sah von dem Blumengebinde hoch und erblickte Bruce, der in der offenen Tür stand. „Oh, hallo!" Sie steckte eine letzte Nelke in den Strauß und ging auf Bruce zu, um ihn zu begrüßen.

Bruce betrachtete Olivia prüfend, als sie auf ihn zukam. Sie strahlte Grazie, Geschmack und Selbstsicherheit aus. In diesem Raum, in diesem Gebäude war sie die Verantwortliche, die Leiterin der Hopkins-Kinderschwester-Akademie. Es schien kaum angebracht, ihr einen Kuss zu geben. Aber er tat es trotzdem.

„Du bist früh hier." Olivia strich ihm das Haar aus der Stirn und wünschte sich insgeheim, sie könnte die zwischen ihnen beiden bestehenden Probleme auch so leicht fortwischen. „Ich hatte nicht vor sieben mit dir gerechnet, wenn überhaupt."

„Ich habe eher freimachen können. Denke daran, dass ich dir sagte, ich würde mir weniger Arbeit aufhalsen. Genau das mache ich nun.

Bis du das hier verkauft haben wirst, werde ich ganz normale Arbeitszeiten haben."

Bis das hier alles verkauft sein würde! Olivia wandte sich ab und rückte die Stühle gerade, die längst wie mit einer Schnur ausgerichtet dastanden. „Hast du schon etwas gegessen?"

„Ein Sandwich verspeist." Olivia schien etwas auf dem Herzen zu haben. Bruce sah es ihrer Haltung an und der Art, wie sie seinem Blick auswich. „Hast du schon zu Abend gegessen?"

„Ich wollte mir in ein paar Minuten etwas herrichten."

„Ich werde das, was noch gemacht werden muss, erledigen", bot Loretta an, nachdem sie Bruce begrüßt hatte.

Olivia akzeptierte dankbar Lorettas Vorschlag. Wenige Augenblicke später schloss sie die Tür zum Apartment auf.

„Mach es dir bequem. Ich bereite uns etwas zu essen vor." Sie ging in die Küche, holte Käse aus dem Kühlschrank und schnitt das Brot, um Sandwiches zu toasten, während Bruce sich im Apartment umsah.

Nach seinem Rundgang kam Bruce in die Küche, lehnte sich gegen den Türrahmen und sah Olivia bei der Arbeit zu. „Das Apartment ist sehr nett. Hast du schon daran gedacht, es zu vermieten?"

„Bis jetzt habe ich noch keine Entscheidung getroffen."

„Vielleicht ist das gut so. Denn wenn du es vermieten solltest, müsstest du den Mietvertrag für ein Jahr garantieren, und das könnte sich für den neuen Besitzer der Akademie als Problem herausstellen."

„Da hast du recht."

Bruce konnte den wenig begeisterten Ton Olivias nicht überhören. Irgendetwas bedrückte sie tatsächlich. „Was ist denn los?"

Am liebsten hätte Olivia die Wahrheit herausgeschrien, um endlich ihre Gedanken aussprechen zu können, aber sie war nicht sicher, dass dies der richtige Augenblick sei. „Ich bin müde."

Bruce spürte, dass sie etwas vor ihm verbarg. „Du hast nicht genügend Ruhe. Jedes Mal, wenn ich hier bin, fällt mir auf, wie anstrengend die Fahrt zweimal am Tag für dich sein muss."

„Es strengt an", gab Olivia zu, „aber die Sache ist es wert."

„Du wirst eine reiche Frau sein, wenn alles hinter dir liegt."

„Das habe ich damit nicht gemeint." Olivia legte die Brotscheiben in den Toaster.

„Was hast du dann gemeint?"

„Mir ist es das persönlich wert."

Olivia stellte den Toaster ab, verschränkte die Arme vor der Brust und drehte sich zu Bruce um. Sie fragte sich, ob sie deshalb die Arme vor die Brust genommen habe, weil sie sich vor Bruce schützen müsse, oder ob sie nur versuchen wollte, ihre Gefühle in sich zurückzuhalten.

„Ich habe so viel über mich selbst gelernt und über andere Menschen. Es war aufregend und herausfordernd, aber ich bin zufrieden. Ich wünschte ..." Olivia verstummte.

„Was wünschst du?"

„Ich wünschte, du könntest mich begreifen." Sie drehte sich wieder zum Herd um.

„Ich begreife dich", sagte Bruce ruhig. „Diese Monate waren sehr wichtig für dich. Du bist reifer geworden. Ich mag die Frau, die aus dir geworden ist."

Olivia wusste, dass Bruce sich bemühte, ihr sein Verständnis zu zeigen. Das Problem war nur, dass er nicht wusste, wie viel Verständnis sie benötigte. Olivia wollte die Hopkins-Akademie behalten. Sie wollte auf unabsehbare Zeit deren Vorstand sein. Jeder Tag, jede von ihr bewältigte Krise, jedes geplante Vorhaben hatten Olivia dieser Entscheidung, mit der sie ihre Ehe gefährdete, näher gebracht.

„Olivia?"

Olivia legte die Toastscheiben in ein Brotkörbchen. „Was wäre, wenn ich die Akademie nicht abgäbe, Bruce?"

Die Antwort war so offenkundig, dass es Bruce überraschte, Olivia diese Frage überhaupt stellen zu hören. „Dann wäre unsere Ehe in Gefahr."

„Das klingt wie ein Ultimatum", sagte Olivia und wandte sich von ihm ab, um ihr Gesicht vor ihm zu verbergen.

„Olivia, sieh mich an."

Olivia drehte sich langsam um, und Bruce sah, dass Tränen in ihren Augen schimmerten. Furcht und Zorn stiegen in ihm zugleich auf. „Das war doch nicht nur eine hypothetische Frage, oder?"

Olivia merkte, dass Bruce schließlich begriffen hatte. Sie hatte sich nach seinem Verständnis gesehnt, aber nicht auf diese Weise. „Ich will die Akademie nicht verkaufen, Bruce."

„Tatsächlich?"

Sein Sarkasmus tat ihr mehr weh als ein böses Wort. Olivia spürte, wie ihr eine Träne über die Wange rollte. Einen Moment lang hatte sie gemeint, Bruce endlich ihre Situation klargemacht zu haben. Sicher, er hatte sich einfühlsam gezeigt, aber der Weg zu echtem Verständnis war noch sehr weit.

„Können wir nicht versuchen, einen Kompromiss zu finden?“, bat sie ihn leise. „Ich bin für jeden vernünftigen Vorschlag zu haben. Ich kann für uns noch jemanden als Hilfe einstellen, meine Arbeitszeit hier verkürzen und mehr daheim arbeiten. Wir könnten in der Nähe ein Haus kaufen.“

„Und du würdest unsere Kinder ständig mit dir herumschleppen, so wie du das mit Folly machst? Oder eine Kinderschwester für sie einstellen? Fürwahr, du hast ja wirklich die beste Auswahl hier, nicht wahr?“

„Bruce, ich …“

„Nein“, unterbrach er sie, „lass mich ausreden. Es ist ja nicht zu fassen. Du willst eine Nanny für unsere Kinder anstellen, weil du zur Arbeit musst. Du und ich könnten unsere Terminpläne abstimmen, damit wir uns gelegentlich sehen. Was die Nanny nicht bewältigen kann, wird die Haushälterin machen. Und Ferien würden auch eingeplant, nicht wahr? Wir würden unser schlechtes Gewissen, nicht genügend Zeit für unsere Kinder gehabt zu haben, mit dem Kauf wundervoller, teurer Spielsachen beruhigen. Und dann, irgendwann bist du so weit, dass du einen Psychiater zu Rate ziehst, warum du dich so einsam, so leer fühlst. Ich könnte eine Affäre haben. Wenn das nicht helfen sollte, könnten wir ja die Rollen tauschen …“

„Das reicht!“ Olivia hielt sich die Hände über die Ohren. „Hör auf, Bruce!“

Er ging auf sie zu und riss ihr die Arme zur Seite. „Schwebt dir das für uns beide vor? Das ist nicht das, was ich will; das war es nicht, als ich dich zur Frau genommen habe.“

„Ich wollte eine Partnerschaft“, sagte Olivia. „Ich möchte, dass auch du mir etwas gibst. Ich möchte, dass wir Kompromisse miteinander eingehen. Ich wünschte mir, du würdest mich genügend lieben, um deinerseits nur das Beste für mich – wie für dich – zu wollen.“

„Du kannst nicht mitten im Spiel die Regeln ändern und von mir erwarten, dass ich einfach weiterspiele. Ich gebe dir das, wozu ich fähig bin, aber du träumst vom Unmöglichen“, gab er bitter zurück.

Olivia fühlte sich, als hätte Bruce sie ins Gesicht geschlagen. „Was kannst du mir dann geben?“, fragte sie mit erstickter Stimme.

„Ich kann dir geben, worüber eine Menge Frauen ihren Männern dankbar wären – meine Anteilnahme, meine Aufmerksamkeit, meine Treue.“

„Solange ich die festgesetzten Regeln einhalte?“

Bruce ließ Olivias Hände los.

Olivia versuchte es ein letztes Mal. „Siehst du nicht, wie wenig großherzig du bist? Dass du die Entscheidung für mich fällst?"

„Nein." Bruce trat einen Schritt zurück, ohne Olivia aus den Augen zu lassen. „Nein, Olivia, die letzte Entscheidung bleibt dir überlassen."

„Dann werde ich die Akademie behalten." Olivia streckte die Hände aus, um Bruce zu berühren, aber ihr wurde plötzlich klar, dass ihre Worte diese Geste jetzt unmöglich machten. Sie ließ die Hände wieder sinken. „Ich werde sie behalten, aber ich gebe dir sonst alles, was du von mir haben möchtest. Jede Lösung dieses Problems wird mir recht sein. Mir ist es gleich, wie lang meine Anfahrt sein wird, ich werde meine Anwesenheit hier auf ein Minimum beschränken und jede Hilfskraft für uns einstellen, die ich mir leisten kann. Und ich werde dich nie, niemals, an zweite Stelle stellen."

„Und wie viel ist dieses Versprechen wert?" Bruce lachte rau auf. „So viel, wie das, welches du machtest, als du die Akademie nur so lange führen wolltest, bis Marys Testamentsklausel erfüllt war?"

„Menschen ändern sich. Ich habe mich verändert. Ich habe nicht erkannt ..."

„Was hast du nicht erkannt? Dass du etwas Wichtigeres finden könntest als unsere Ehe? Denn genau diese Wahl hast du eben getroffen, mein Augenstern."

Olivia zuckte unter dem Ton, mit dem er ihren Kosenamen aussprach, zusammen. Doch Bruce ignorierte ihre Reaktion und sprach weiter.

„Behalte die Akademie, und verlier mich. Beides kannst du nicht haben." Bruce hob die Hände, um Olivias Einwände abzuwehren. „Ich habe mein ganzes Leben lang mit den leeren Versprechungen von Frauen zubringen müssen. Ich dachte, du wenigstens seist anders."

„Ich bin nicht deine Mutter. Ich bin aber auch nicht Kate!", sagte sie flehend.

„Ich sehe nur die Frau, der ihre eigene Bestätigung wichtiger ist als ihre Ehe!"

„Das ist nicht wahr! Begreifst du nicht, wie viel besser unsere Ehe heute ist? Wenn ich glücklich bin, habe ich dir auch mehr zu geben."

„Ich habe dich geheiratet, weil ich gemeinsam mit dir etwas aufbauen wollte. Ich wünschte mir ein Zuhause, eine Familie. Ich wollte – und will – keine Frau haben, die mir weniger als das zu geben bereit ist."

„Dann hast du mich aus den falschen Gründen geheiratet", sagte Olivia niedergeschlagen. „Du hast mich nicht zur Frau genommen, weil du mich liebtest, oder weil du mit mir verwachsen wolltest. In Wirklichkeit hast du nicht einmal mich geheiratet. Du hast einen Traum geheiratet. Die wirkliche Olivia LeBlanc ist aus Fleisch und Blut, und damit wirst du nicht fertig."

„Die wirkliche Olivia LeBlanc", warf Bruce ein, „ist eine ehrgeizige, rücksichtslose Egoistin. Zum Teufel, ich hätte bei Kate bleiben sollen! Bei ihr wusste ich wenigstens, woran ich war. Du beherrschst die Kunst, dich selbst zu verbergen, viel besser, als sie es jemals konnte."

„Falls ich je etwas verborgen habe, dann nur, weil du es so wolltest." Olivias Stimme zitterte. „Du hast nie so viel Interesse aufgebracht, um wissen zu wollen, was wirklich in mir vorging."

„Das stimmt."

Kaum hatte Bruce die Worte gesagt, wusste er, wie falsch sie waren. Selbst jetzt, da ihre Beziehung an einem seidenen Faden hing, wollte er Olivia nicht so wehtun, wie es gerade geschehen war. Sie war bei seiner Bemerkung sichtlich blass geworden, und die Tränen strömten ihr aus den Augen. Bruce wandte sich ab, weil er den von ihm angerichteten Schaden nicht miterleben wollte. Weil er sich nichts daraus machen wollte.

„Hallo, Fremder." Kate Parsons stand in der Tür zu Bruces Büro und hielt einen burgunderroten Aktenkoffer in der Hand, der die gleiche Farbe wie ihre Schuhe hatte.

Seit dem Abend vor sechs Wochen, an dem Bruce sie anlässlich des Diners der Anwaltskammer gesehen und sie ihm kühl zugenickt hatte, waren sie sich nicht mehr begegnet.

Heute sah sie viel liebenswürdiger aus, jedenfalls viel umgänglicher, als die Verhandlungen über den Atkinson-Scheidungsfall hätten erwarten lassen. Bruce stand auf und wies auf einen vor dem Schreibtisch stehenden Sessel.

„Wie geht es dir, Kate?"

„So gut wie es einem geht, der zu viel arbeitet und trotzdem über zu viel ungenützte Zeit verfügt." Kate setzte sich und zog sich ihren kniekurzen Rock über den langen, schlanken Beinen glatt.

Sie waren viel zu lange ein Paar gewesen, als dass Bruce die sanfte Andeutung entgangen wäre, die sowohl in Kates Worten als auch in der Art lag, wie sie eines der wohlgeformten Beine über das andere schlug und sich bequem hinsetzte. Offenbar hatte Kate davon gehört, dass er und Olivia nicht mehr länger zusammenlebten, und das schon seit einem Monat.

„Ich dachte, Frank kümmere sich um deine ungenützte Zeit."

Kate zuckte die Schultern. „Frank ist mein Chef."

Bruce nahm ebenfalls Platz und suchte in seinen Unterlagen, bis er das benötigte Dokument gefunden hatte. „Du hättest nicht selbst herkommen müssen. Ich hätte dir die Unterlagen auch ins Büro schicken lassen. Dein Mandant hat nur einige davon zu unterzeichnen."

Kate überflog die Dokumente und nickte. „Alles bestens." Dann verschloss sie sie in ihrem Aktenkoffer, lehnte sich zurück und sah Bruce nachdenklich an. „Du siehst müde aus."

„Im Gegensatz zu dir habe ich keine freie Zeit zur Verfügung gehabt."

Kate lächelte ihr elegantes, arrogantes Lächeln. „Hast du sie denn jetzt? Es ist halb sechs. Wir könnten essen gehen."

„Weshalb?"

„Um über alte Zeiten zu plaudern."

„Unsere alten Zeiten sind es kaum wert, dass man ein Wort darüber verliert."

Kate sah ihm in die Augen, und Bruce meinte, ein Flackern in ihnen zu entdecken. „Einige davon waren schon erinnerungswürdig", entgegnete Kate ruhig.

Bruce fühlte sich einsam. Er erhob sich. „Wohin möchtest du gehen?"

Sie zuckte die Schultern. „Was hältst du von der Bruchbude in der Royal Street, wo es diese fantastische Gumboschotensuppe gibt?"

Sie ließen beide ihre Wagen in der nahe gelegenen Garage stehen und gingen zu Fuß in das Französische Viertel. Im Lokal setzten sie sich in eine kleine Nische, bestellten ihre Suppe und einen Drink.

„Ich bin gern mit dir hierhergekommen", sagte Kate und griff nach einem Stück frischen Brotes.

„Das ist komisch. Ich habe immer angenommen, dieses Lokal sei immer meine Wahl gewesen."

„Ich habe dich das nur denken lassen." Sie bot ihm ein Stück Brot an, das er annahm.

Eine Weile aßen sie schweigend, bis Kate wieder das Wort ergriff. „Wie geht es Olivia?"

„Ich habe mich schon gefragt, wie lange es dauern würde, bis du mir diese Frage stellst."

„Wie lange wirst du für die Antwort brauchen?"

Bruce lächelte mit schmalen Lippen. Wie sollte er ihr eine Antwort geben, wenn er sie selbst nicht kannte? Er hatte Olivia seit einem Monat nicht mehr gesehen noch etwas von ihr gehört. Zwar wusste er, dass sie in Baton Rouge war und es ihr gut ging – wenigstens hatte er das in einem Telefonat mit Myriam erfahren. Was Olivia für ihn fühlte und wie sie über ihre Ehe dachte, war ein großes Geheimnis für ihn. Manchmal tat er so, als ob ihm das alles gar nichts ausmache.

„Olivia hat mich vor einem Monat verlassen", sagte Bruce schließlich. „Doch das wusstest du bestimmt schon."

Kate nickte. „Hat es dich ebenso überrascht wie mich? In meinen Augen schien sie ein Bis-dass-der-Tod-euch-scheidet-Typ zu sein."

Am liebsten hätte Bruce aufgelacht. Von allen Menschen hätte Kate am besten wissen müssen, wie wenig Anstrengung nötig war, um diesen Eindruck zu hinterlassen. „Olivia war nicht die, die sie zu sein schien."

„Dann war sie auch nicht anders als wir anderen, hmm?"

Bruce hätte es nicht besser ausdrücken können.

„Also auch nur ein menschliches Lebewesen", stellte Kate fest. „Ich wette, das war ein Schock für dich." Sie ließ Bruce nicht aus den Augen. „Du hast es nie fertigbringen können, eine Frau mit erkennbaren Schwächen zu akzeptieren, nicht wahr?"

„Du meinst, so kleine Schwächen wie Lügen und die Vorspiegelung, etwas zu sein, was man nicht ist? Nein, damit habe ich in der Tat meine Probleme, Kate."

„Du hast bestimmt ein Problem. Du bringst eine Frau in die untragbarsten Situationen, weil du unvernünftige Anforderungen an sie stellst."

Bruce lehnte sich zurück und nahm einen Schluck aus einem Bierglas, das die Kellnerin kurz vorher gebracht hatte. „Das ist kaum zu fassen! Du verteidigst Olivia!"

Kate machte eine abwertende Geste. „Ach, zum Kuckuck mit Olivia! Ich verteidige lediglich mich selbst. Dazu hatte ich bislang ja nie die Gelegenheit."

„Darauf kann ich auch jetzt verzichten."

„Im Gegenteil, vielleicht brauchst du es jetzt mehr denn je."

Mit einer spöttischen Geste prostete Bruce ihr zu.

„Als wir zusammen waren“, sagte Kate, „hatte ich immer das Gefühl, dir etwas vorspiegeln zu müssen. Ich konnte nie ich selbst sein, weil ich wusste, wenn ich mich so gäbe, dann würdest du in Windeseile die Flucht suchen.“

Als die Kellnerin die Suppe servierte, lehnte Kate sich zurück. Dann beugte sie sich wieder vor. „Wir sind zwei Jahre zusammen gewesen. In dieser ganzen Zeit hast du mich nicht ein einziges Mal wissen lassen, was in dir vorgeht.“

Bruce hatte nie miterlebt, dass Kate gefühlsduselig wurde, aber jetzt war sie es. „Ich wollte dich heiraten“, sagte er schließlich. „Du wusstest es.“

Mit einer neuen abwertenden Geste tat Kate seine Bemerkung ab. „Wen interessiert das? Du wolltest eine Zimmergenossin, eine Partnerin, um perfekte Kinder in die Welt zu setzen. Selbst wenn du mir unsterbliche Liebe geschworen hättest, wären wir nicht zusammengeblieben, weil unsere Bedürfnisse zu verschieden sind.“

Bruce hatte nie einen Gedanken daran verschwendet, dass auch er im Unrecht gewesen sein mochte. Kates Lügen und ihre Machenschaften waren so augenfällig gewesen, dass er niemals über seine eigene Rolle in dieser Angelegenheit nachgedacht hatte.

Kate schien seine Gedanken erraten zu haben. „Einen Teil unserer Probleme kannst du dir zuschreiben, Herr Anwalt. Ich bin willens, meinen Teil der Schuld zu akzeptieren, aber ich warte schon lange darauf, dir sagen zu können, dass auch du einen Teil Schuld hattest.“

Sie widmeten sich schweigend ihrer Gumbosuppe.

Das Essen und die Unterhaltung wurden bei einer Tasse Kaffee beendet.

„Willst du deine Ehe retten, oder betrachtest du dich wieder als freier Mann?“ Kate leerte ihre Tasse und beobachtete Bruce, als wollte sie seine Antwort sorgfältig abwägen.

„Ich betrachte mich immer noch als verheiratet.“

Kate zuckte die Schultern. „Das ist sehr bedauerlich.“

Bruce war die Frage hinter der Frage nicht entgangen. Er setzte seine Kaffeetasse ab. „Was zwischen dir und mir war, ist zu Ende.“

Kate war eine schöne Frau, die einmal eine große Rolle in seinem Leben gespielt hatte. Überrascht stellte er fest, dass die verhüllte Andeutung, gemeinsam die Nacht zu verbringen, ihn überhaupt nicht erregte. Es gab nur eine Frau, mit der er schlafen wollte.

12. KAPITEL

Das Apartment am Bayou St. John wirkte leer, obgleich Olivia bei ihrem Weggang nichts weiter als ihre Garderobe mitgenommen hatte. Auch Follys Anwesenheit war keine große Hilfe, denn der Hund erinnerte Bruce nur an die Träume, die er einst gehabt hatte.

Das Essen mit Kate hatte ihm manches klar werden lassen, aber nicht dazu geführt, dass er sich weniger einsam vorkam. Wenn er Folly abends ausgeführt und ein Bier getrunken hatte, setzte er sich in den Hof. Die Enten kamen nicht mehr um Futter betteln, weil er sie viel zu lange vernachlässigt hatte. Er hatte vergessen, Körner einzukaufen, weil Olivia sich stets darum gekümmert hatte. Jetzt ging er mit einer Handvoll Brotkrümel und suchte nach den Enten. Das Wasser des Bayou lag still vor ihm, und kein Lüftchen regte sich. Kein Hauch kräuselte die schimmernde Oberfläche. Bruce fragte sich, ob die Enten wohl nordwärts gezogen sein mochten.

Auch Bruce wäre am liebsten irgendwohin geflogen. Das Problem war nur, dass er auch seine Gedanken mit sich nehmen musste. Seine Gefühle und seine Gedanken konnte er nicht hinter sich lassen.

Follys fröhliches Bellen unterbrach Bruce in seinen Überlegungen. Der Hund nahm sich jetzt, wo er die meiste Zeit des Tages sich selbst überlassen war, alle möglichen Freiheiten heraus. Bruce rechnete damit, dass die Besitzer des Hauses sich doch einmal über Follys Betragen beschweren würden. Wahrscheinlich musste er dann ein neues Zuhause für sich und den Hund finden. Das Apartment am Bayou St. John barg ohnehin zu viele Erinnerungen.

„Bruce?“

Er drehte sich um und suchte den Hof mit den Augen ab, aber er wusste auch so, wen er dort sehen würde. Olivia stand im Patio, und nur das schwache Licht aus dem Wohnzimmer beleuchtete sie etwas. Selbst wenn er blind oder es stockfinster gewesen wäre, hätte er immer noch gewusst, dass Olivia dort stand.

„Was machst du hier?“

Sie kam auf Bruce zu, und er erfreute sich an dem grazilen Schwung ihrer Hüften. „Ich habe hier gewohnt.“

„Ganz recht.“ Hatte ihre Stimme schon immer so süß, so melodisch geklungen? Bruce konnte sich nicht erinnern.

„Ich bin hier, weil ich einen Anwalt benötige.“

Bruce war schon oft in seinen Hoffnungen getäuscht worden, aber das Gefühl, das ihn jetzt so verwirrend überfiel, konnte nichts anderes als wieder erwachende Hoffnung sein. Ihm versagte die Stimme, weil er Angst davor hatte, etwas Falsches zu sagen.

„Ich brauche einen guten Anwalt", fuhr Olivia fort. „Die Sache könnte sich als kompliziert herausstellen. Weißt du, ich will die Hopkins-Kinderschwestern-Akademie jemand anderem überschreiben. Ich brauche dich, damit du ein entsprechendes Dokument aufsetzt."

„Warum?", fragte er mit halb erstickter Stimme.

„Weil mir scheint, dass die Übergabe der Akademie an diese Person die einzige Lösung für meine Probleme ist."

Am liebsten hätte Olivia Bruce berührt, denn in dem vergangenen Monat hatte sie von nichts anderem geträumt. Aber erst musste sie sicher sein, dass Bruce alles das begreifen würde, was sie ihm zu sagen hatte.

„Wer ist diese Person?"

„Mein Mann."

Bruce drehte sich wieder zum Wasser hin. Das Mondlicht schimmerte auf seiner ruhigen Oberfläche. Auch er war wie ein stilles Wasser. Nichts vermochte, durch seine Oberfläche zu dringen, um die darunter liegenden Geheimnisse zu lüften. Auch Kate war ein solches stilles Wasser. Aber Olivia? Olivia war ganz anders. Olivia war erdverbunden und hatte ein sonniges Gemüt. Bruce wunderte sich, dass er je etwas anderes hatte von ihr annehmen können.

„Und warum möchtest du die Akademie deinem Mann überschreiben?", fragte er schließlich.

Einen Augenblick lang zögerte Olivia. Hoffentlich waren all das Vertrauen und der Mut, die sie aufbringen musste, um diesen Schritt zu tun, nicht umsonst gewesen. Seit Wochen wurde die Leere in ihr immer größer, wenn sie an Bruces letzte Worte dachte. Er machte sich nichts aus ihr. Sie war nichts anderes als ein Mensch, den er gefühllos für eine ihm zugedachte Rolle auserwählt hatte.

Eines Morgens war Olivia dann erwacht und hatte mit den Lippen leise Bruces Namen geformt. Die Erinnerungen an all die wundervollen Dinge, die er in den zusammen verlebten Monaten für sie getan hatte, kamen zurück und verscheuchten seine Worte, die er nur deshalb gesagt hatte, weil er selbst verletzt war. Und plötzlich hatte sie endlich etwas begriffen, das Bruce noch nicht einmal selbst wusste.

Bruce liebte sie. Er hatte sie zur Frau genommen, weil sie die Richtige für ihn war. Sie war die richtige Frau für ihn, von Anfang an, weil sie ihn geliebt hatte. Vielleicht würde er nie fähig sein, ihr seine Liebe zu gestehen. Aber Olivia wusste, dass es so war.

„Ich möchte meinem Mann die Akademie deshalb überschreiben", sagte sie entschlossen, „weil ich darauf vertraue, dass er nur das Beste für uns beide entscheiden wird. Falls er aus ehrlicher Überzeugung glauben sollte, unsere Ehe könne nicht halten, wenn ich weiterhin als Vorstand tätig bin, dann wird er die Schule verkaufen. Wenn er aber begreifen sollte, dass die Akademie nur einen kleinen Teil meines Lebens ausfüllt im Vergleich zu dem, welchen ich ihm einräume, dann wird er sie nicht veräußern. So oder so, es ist dann an ihm, die Entscheidung zu fällen."

Bruce blieb schweigsam.

„Wirst du das Dokument aufsetzen?"

Was sollte er nur antworten?

„Ich bin vorhin schon einmal hier gewesen, aber du warst nicht zu Hause." Olivia wunderte sich, warum sie so redete, als wäre nichts geschehen. Sie hatte gerade ihr Herz ausgeschüttet, und Bruce sah sie nicht einmal an.

Endlich brach er sein Schweigen. „Ich war zum Essen", sagte er gezwungen. „Mit Kate."

Olivia trat traurig einen Schritt im Hof zurück und spürte plötzlich Folly, der ihr um die Beine strich.

„Warum hast du mir nicht schon vor Monaten gesagt, dass du dich mit dem Gedanken getragen hast, die Akademie zu behalten?" Bruce wunderte sich, warum er Olivia gerade jetzt diese Frage stellte. Spielte das wirklich noch eine Rolle?

Olivia seufzte wehmütig. „Eine lange Zeit hindurch fürchtete ich mich zu sehr, um darüber nachzudenken. Ich fürchtete, du könntest mich verlassen."

Bruce starrte weiter auf das Wasser. „Und nun hast du dich entschlossen, mir die Entscheidung zu überlassen?"

„Ich habe herausgefunden", sagte Olivia leise, „dass mir nichts so wichtig ist wie du, Bruce. Ich weiß nicht, warum wir keinen Kompromiss eingehen konnten. Ich weiß nicht, warum sich keine Lösung des Problems finden ließ. Aber eines weiß ich – ich kann das für dich tun, weil ich dich viel zu sehr liebe, um es zu unterlassen."

„Wo willst du dann hin?"

„Wenn du neuerdings wieder mit Kate zum Essen gehst, ist für mich kein Platz mehr in deinem Leben."

„Wir haben zusammen gegessen, damit Kate Gelegenheit fand, mir all das an den Kopf zu werfen, was falsch mit mir ist. Das war das erste und das letzte Mal."

Olivia hätte Bruce Glauben geschenkt, wenn sie in seinen Armen gelegen hätte. Doch die kalte Leere, die sie im Herzen fühlte, wurde auch nicht durch seine Worte aufgehoben, nicht, wenn er sie dabei offensichtlich nicht ansehen konnte.

„Ich will dich. Berührt dich das?", fragte sie. Als keine Antwort kam, brach ihr fast die Stimme. „Berührt dich überhaupt etwas? War dir eigentlich aufgefallen, dass ich nicht mehr da war?"

Olivia schloss entmutigt die Augen. „Sag mir bitte nur, ob du tun wirst, worum ich dich gebeten habe, und dann werde ich gehen. Lass mich hier nicht voller Hoffnung dastehen. Das habe ich nicht verdient."

Bruce fragte sich, ob ihn seine früheren Erlebnisse so abgestumpft hatten, dass er die Liebe nicht erkannte, wenn er sie direkt vor Augen hatte. „Olivia!" Mit drei Schritten war er bei ihr und riss sie stürmisch in die Arme. „Verlass mich nie wieder! Hörst du? Niemals!"

Tränen der Erleichterung liefen Olivia über das Gesicht. Sie schmiegte sich an Bruces Brust. Jetzt waren sie wieder vereint, zwei Teile, die man auseinandergerissen hatte. Er war das Einzige, wonach sie sich je gesehnt hatte.

„Ich habe dich so sehr vermisst", flüsterte sie, weil sie Angst hatte, laute Worte könnten ihre Glückseligkeit stören.

„Warum bist du dann so lange fortgeblieben?"

Eigentlich hatte Olivia gehofft, Bruce möge einsehen, dass sie recht gehabt hatte, und von sich aus zu ihr kommen. Doch das wollte sie ihm jetzt nicht sagen. So sagte sie ihm nur die halbe Wahrheit. „Ich brauchte die Zeit, um herausfinden zu können, was wirklich für mich von Bedeutung ist. Was ich über die Akademie gesagt habe, meinte ich auch so. Sie gehört jetzt dir, und du triffst bis Februar deine Entscheidung."

Bruce fragte sich, wie viel Zeit er wohl benötigt hätte, um den Schritt auf Olivia zuzumachen. Sie war zuerst zu ihm gekommen, aber damit hatte er rechnen können. Olivia würde immer als Erste zu ihm kommen, nicht aus Schwäche, sondern aus der Kraft ihrer Liebe zu ihm. Und er würde wohl immer etwas abwartend sein und sie prüfen wollen. Aber das Schlimmste war ausgestanden, weil Bruce eine elementare Sache begriffen hatte.

Eine wundervolle, unmögliche elementare Sache.

„Ich liebe dich." Er streichelte bei diesen Worten Olivias Rücken. „Ich liebe dich."

Bruce vergrub das Gesicht in Olivias Haaren. Eines Tages würde er ihr sagen, wie viel sie ihn gelehrt hatte. Jetzt endlich erkannte er die Liebe – ihre und seine. Und jetzt, da sie ihm die Augen geöffnet hatte, würde er die Liebe auch überall erkennen können.

Olivia drückte ihr tränenfeuchtes Gesicht an seine Brust.

Bruce wusste, was sie für ihn hatte aufgeben wollen. Er versuchte, sie noch enger an sich zu drücken. „Pst, mein Augenstern, weine nicht." Er küsste sie aufs Haar, dann ihre Stirn und ihre nassen Augenlider.

„Du wirst zu weinen aufhören müssen, sonst hörst du nicht, was ich sagen will."

„Ich werde keinerlei Dokumente für dich aufsetzen, Olivia."

Er verschloss ihr den Mund mit einem Kuss. „Ich will, dass du die Akademie behältst, aber ich will nicht mehr, dass du einen so langen Anfahrtsweg hast. Die Kanzlei will eine Filiale in Baton Rouge eröffnen, und wenn ich will, kann ich die Leitung übernehmen. Wir haben dort bereits zahlreiche Mandanten, und Lenny meint, es sei ein günstiger Zeitpunkt, um uns dort niederzulassen."

Vor Überraschung riss Olivia die Augen auf. „Lenny?", sagte sie leise. „Du hast schon mit Lenny darüber gesprochen? Ehe ich zurückgekommen bin?"

„Ich glaube, ich wäre auch bald zu dir gekommen", sagte Bruce mit einem reuigen Blick. „Vielleicht hätte ich Monate gebraucht, aber ich wäre zu dir gekommen." Er schwieg einen Augenblick. „Das Büro in Baton Rouge war meine Idee. Tief in meinem Innersten habe ich geglaubt, es könne der Start zu einer Versöhnung werden."

„Wir müssten beide nicht mehr so lange ins Büro fahren?" Olivia berührte seine Wange. „Du würdest meinetwegen von hier fortziehen?"

„Ich möchte dort ein Haus kaufen und mich niederlassen. Würde dir das gefallen?"

Sie legte die Finger auf Bruces Lippen. „Ich möchte es, Bruce. Wir brauchen Zeit füreinander. Und wenn wir Kinder haben, möchte ich so viel Zeit wie möglich bei ihnen sein. Ich kann sie sogar mit mir in die Schule nehmen. Marys Apartment gibt ein wunderbares Büro ab, und ich kann auf die beste Kinderpflege zurückgreifen, falls ich einmal nicht da sein sollte."

Bruce küsste lächelnd ihre Fingerspitzen. „Eine Schule voller Kinderschwestern hat ihre Vorteile." Er strich ihr das Haar aus der Stirn. „Aber, Olivia, mit den Kindern sollten wir noch etwas warten. Ich werde nicht mehr darauf bestehen, dass du mir deine Liebe beweist. Ich fühle es." Er legte die Hand auf das Herz. „Hier drinnen."

Ein Lächeln lag auf Olivias Lippen, aber ihre Augen schimmerten wieder feucht. Sie verschränkte die Hand mit Bruces und zog sie an ihren Bauch. „Wenn ich mich nicht irre, dann wächst meine Liebe zu dir hier, in meinem Schoß, und weil ich es so wollte."

Bruce strahlte, als er die Schönheit der Frau bewunderte, die nun vielleicht sogar ein Kind von ihm unter ihrem Herzen trug. Olivia hatte ihm – und würde ihm – alles geben, wonach er sich gesehnt hatte. Jetzt würde er sein Leben lang versuchen, es ihr gleichzutun.

„Aus den richtigen Gründen", flüsterte er.

„Die richtigen Gründe?"

„Liebe, Gemeinsamkeit, Geben und Nehmen. Warum habe ich so lange gebraucht, um das zu begreifen?"

Olivia zog seinen Kopf zu sich und gab ihm einen langen, wundervollen Kuss. Liebe, Gemeinsamkeit, Geben und Nehmen … Sie hatten noch ein ganzes Leben vor sich, um das, was sie jetzt gelernt hatten, miteinander auszukosten.

– ENDE –

Carol Grace

Küsse – heiß wie die Sonne Siziliens

Roman

Aus dem Amerikanischen von
Bettina von Bülow

mtb

1. KAPITEL

Isabel Morrison hatte sich verfahren. Auf der Suche nach den Weinbergen Monte Verde kurvte sie nun seit Stunden über staubige Straßen. Hier draußen auf dem Land gab es überhaupt keine Hinweisschilder, und der kleine Fiat, den sie gemietet hatte, war weder mit GPS noch mit einer Klimaanlage ausgestattet. Sie schmolz förmlich in der Septemberhitze. Natürlich hatte sie gelesen, dass es in Sizilien heiß war, aber von dieser Hitze hatte niemand etwas gesagt.

Kein Wunder, dass sie keinen Menschen traf, den sie nach dem Weg hätte fragen können. In dieser Mittagssonne liefen nur ein paar streunende Hunde und Engländer herum und genau eine Amerikanerin, die weit weg von zu Hause nach ihrem Stück des amerikanischen Traums suchte. Alles, was Isabel sich wünschte, was sie sich je ersehnt hatte, war ein eigenes Heim.

Das Haus sollte – wenn sie es denn je finden würde – der Ort für einen Neubeginn sein. Ein Ort, an dem sie endlich Wurzeln schlagen konnte, wo niemand wusste, welche Fehler sie in der Vergangenheit gemacht hatte. Ein Ort, wo sie ihren Lebensunterhalt verdienen konnte, denn auf diesem Weingut, dem Erbe eines Onkels, den sie niemals kennengelernt hatte, wollte sie Wein anbauen und verkaufen.

Als Baby war sie in Decken gehüllt in einem Korb und auf den Stufen eines Waisenhauses abgelegt worden. Auf einem Zettel, der am Korb befestigt war, wurden die barmherzigen Schwestern gebeten, sich um das Kind zu kümmern. Was diese nach bestem Wissen und Gewissen getan hatten. Von einem Onkel hatte sie nichts gewusst. Geschweige denn von seinem Leben in Sizilien oder von seinen Motiven, ihr ein Weingut zu hinterlassen. Aber anscheinend hatte er sich um sie gesorgt und ihr etwas vererbt. Und was für ein Erbe! Ein Haus für sie allein. Und nicht nur das, sondern obendrein noch Weinberge.

Sie hatte sich so gut es ging vorbereitet, bevor sie Amerika verließ: ein Dutzend Italienführer gelesen, Italienischunterricht genommen und einen Schnellkurs in Weinanbau belegt. Es gab ihr Sicherheit, wenn sie gut vorbereitet war und sich auf sich selbst verlassen konnte. Naivität und Vertrauensseligkeit hatten einmal dazu geführt, dass ihr Herz gebrochen wurde. Das sollte niemals wieder passieren.

Wenn sie jetzt nur endlich diese alte Villa und die wahrscheinlich arg vernachlässigten Weinberge Monte Verde finden würde, wäre sie im Geschäft. Sie würde sich einrichten, Reben anbauen und den Dessertwein Amarado produzieren, für den die Gegend früher berühmt gewesen war.

Nach der Karte, die der Anwalt, Signor Delfino, ihr gegeben hatte, sollte es gleich hier ... da drüben ... müsste es sein.

„Ich kenne jemanden, der Sie nächste Woche hinbringen kann“, hatte er angeboten.

„Haben Sie vielen Dank, aber ich kann nicht bis nächste Woche warten“, hatte sie geantwortet. Nächste Woche? Ihr ganzes Leben lang hatte sie auf einen Ort gewartet, der ihr Zuhause sein würde, da konnte keiner von ihr erwarten, sich noch einen Tag länger zu gedulden. Im Stillen hatte sie sich gefragt, ob er Zeit schinden wollte, denn er hatte versucht, sie zum Verkauf zu überreden, noch bevor sie das Gut gesehen hatte.

„Ich bin verpflichtet, Sie davon in Kenntnis zu setzen“, hatte er gesagt, „dass der Besitz sich infolge von Vernachlässigung in einem desolaten Zustand befindet. Wenn Sie meinen Rat annehmen wollen ...“ Er hatte sich vernehmlich geräuspert. „Verkaufen Sie das Anwesen an eine der eingesessenen Familien, eine, die Ihnen ein großzügiges Angebot macht. Ich kann die Details des Geschäfts für Sie abwickeln.“

Die Art, wie er das gesagt hatte, ließ darauf schließen, dass sie verrückt wäre, das Angebot abzulehnen.

„Richten Sie der betreffenden Familie bitte aus, dass ich ihr Interesse zu schätzen weiß, aber der Besitz steht nicht zum Verkauf.“ Egal wie viel sie bieten mochten, sie würde nicht verkaufen und herzlichen Dank, sie würde den Weg allein finden.

Auf der einen Seite der Straße rauschte ein Bach, gesäumt von Eukalyptusbäumen, auf der anderen Seite erstreckten sich goldene Weizenfelder und lange Reihen von Weinstöcken, an denen schwer die Trauben hingen. In der Luft lag ein würziger Duft: das Aroma der Eukalyptusbäume gemischt mit dem Geruch von Heu, das in der Sonne trocknet. Wenn sie nur wüsste, wie sie zu der Azienda gelangen sollte.

Ja, es war glühend heiß, und die Luft staubtrocken. Ja, sie hatte sich verfahren. Aber darüber hinaus war sie nervös, und trotz ihrer Vorbereitung fürchtete sie sich angesichts der Herausforderung, Trauben zu einem qualitativ hochwertigen Wein zu verarbeiten, den sie an anspruchsvolle Kunden verkaufen konnte. Eins nach dem anderen, beruhigte sie sich selbst. Vielleicht gab es auf dem Weingut ja einen freundlichen alten Verwalter, der sie unter seine Fittiche nahm und sie in die Geheimnisse des Berufs einweihte. ‚Dein Onkel hat mir erzählt, dass er dir das Gut vererben will', würde er sagen. ‚Du solltest die Familientradition fortführen … Lass mich dir am Anfang helfen.'

Isabel musste unwillkürlich lächeln, während sie sich diese Szene ausmalte. Die Flucht in Fantasiewelten war immer ihr Weg gewesen, mit den Widrigkeiten des Lebens umzugehen, zum großen Leidwesen ihrer Lehrer und Pflegeeltern, die ihr ständig vorhielten, eine Träumerin zu sein. Es war aber ihr Mittel, der unwirklichen Realität zu entkommen.

Als sie die Schule in Hard Knocks abschloss, hatte sie eine Lektion gründlich gelernt: Es ist lebenswichtig, den Notausgang zu kennen, wenn die Schwierigkeiten zu übermächtig werden. Ein anderer Überlebenstrick bestand darin, mit großem Selbstvertrauen und Selbstsicherheit aufzutreten, besonders wenn sie sich klein und schwach fühlte.

Gerade als sie dachte, es sei an der Zeit umzukehren und zurück in das kleine Dorf Villarmosa zu fahren und sich dort genauer zu erkundigen, entdeckte sie einen Mann in einem Weinberg. Haargenau die Sorte Mann, die sie für die Feldarbeit anheuern musste. Denn selbst wenn es einen freundlichen Menschen gäbe, der sie in der Anfangszeit unterstützte, bräuchte sie doch Arbeiter. Der Mann vor ihr war stark, groß, muskulös und offensichtlich an harte Arbeit gewöhnt. Als Einheimischer wusste er gewiss, wo ihr Weingut lag.

Sie war so erfreut, dass sie mit aller Kraft in die Bremse stieg und in einer Staubwolke zum Halten kam.

Isabel griff nach der Karte, stieg aus dem Auto aus und ging auf die Reihe im Weinberg zu, wo er unbeweglich stand und ihr entgegenstarrte, als hätte noch nie ein Fremder einen Fuß auf dieses Land gesetzt. Was es ihr leichter machte, ihn ebenfalls anzustarren. Sie blickte auf seine ausgeprägte Nase, die aussah, als wäre sie schon einige Male gebrochen gewesen. Sie blickte in seine Augen, die in dem sonnengebräunten Gesicht unglaublich blau strahlten.

Dann wanderte ihr Blick tiefer. Er trug kein Hemd, und seine Jeans saßen auf den Hüften. Sehr umsichtig bei diesem Klima. Und ausgesprochen sexy. Sie schluckte und versuchte, ihren Blick von seiner breiten Brust loszureißen. Vergeblich. Der Schweiß brach ihr auf der Stirn aus, und das Atmen fiel ihr schwer. Vielleicht war *dies* ihr Besitz. Womöglich arbeitete er schon für sie, und sie würde mit seiner Hilfe im Herbst Wein machen. Nein, so viel Glück auf einmal war äußerst unwahrscheinlich.

„Hallo!“, rief sie, als sie schließlich wieder gleichmäßig atmete. „*Ciao, signore. Per favore, dove e la Villa Monte Verde?*“ Immerhin ein vollständiger Satz. Vielleicht war die Grammatik nicht ganz perfekt, bestimmt verriet ihr Akzent, dass sie eine Touristin war, aber sie war stolz auf sich, weil sie es versucht hatte. Als sie gestern den Anwalt auf Italienisch angesprochen hatte, war der jedoch direkt ins Englische gewechselt.

Dieser Mann sprach bestimmt nur Italienisch, und so musste sie wohl oder übel ihre Sprachkenntnisse erproben. Sie fragte sich, ob alle Arbeiter so umwerfend aussahen. Egal! Sie hatte zugegriffen, als sich ihr die Chance bot, nach Sizilien zu gehen, weil sie einen Neuanfang wagen und Liebesbeziehungen vermeiden wollte, gleichgültig, wie attraktiv die Männer hier waren. In einer neuen Umgebung, mit einer steinernen Mauer um ihr Herz und einem ausgeklügelten Warnsystem war sie offen für neue Herausforderungen. Sie war durchaus bereit, auf ihrem Weg Fehler zu machen, solange es nicht diegleichen Fehler waren, die sie in ihrer Vergangenheit begangen hatte.

Der Mann hob die Augenbrauen und schaute sie prüfend an. Sein Blick ließ ihr Herz schneller schlagen. Auf dem Flughafen hatte sie einen ersten Eindruck vom Chic der Italienerinnen bekommen, die allesamt so scheinbar mühelos elegant wirkten. Im Vergleich zu ihnen musste sie in ihrer verknitterten Bluse und dem schlichten Jeansrock, den sie auf die Schnelle aus dem Koffer gezogen hatte, richtig schäbig aussehen. Wenn er es denn überhaupt bemerkte.

Sein Blick fiel jetzt auf ihren Mietwagen, der auf der Straße geparkt war. Sie stand direkt vor einem alten Holzzaun, nahe genug, um den feindseligen Ausdruck zu erkennen, der auf einmal in diesen unglaublich blauen Augen lag. Sie hatte geglaubt, die Menschen seien freundlich hier. Offensichtlich ein Irrtum.

Er sagte kein Wort. Hatte er ihr Italienisch nicht verstanden? Oder wurde das Weingut hier anders genannt? „Die Azienda Agricola Spendora?“, fragte sie hoffnungsvoll.

„Sie sind sicher die Amerikanerin, die gestern angekommen ist“, antwortete er in einem nahezu perfekten Englisch. Seine tiefe Stimme, die die Spur eines verführerischen Akzents trug, war klangvoll und tief. Ein einfacher Arbeiter war er schon mal nicht.

Dass sie die Luft angehalten hatte, merkte Isabel erst, als sie langsam und beinahe hörbar ausatmete. „Wie haben Sie das nur erraten?“, sagte sie leichthin. „Ich vermute, mein Italienisch ist noch verbesserungswürdig."

Er zuckte mit den Schultern, als sei es ihm tatsächlich völlig egal, ob sie nun ein Wesen aus einem fremden Universum war oder ein grammatikalisch fehlerfreies Italienisch sprach. „Was kann ich für Sie tun, Miss?" Die Frage war höflich, sein Ton aber kühl, mit einem fast feindseligen Anklang.

Auch gut. Sie musste nicht mit jedem Arbeiter Freundschaft schließen, dem sie hier begegnete. Obwohl er fließend Englisch sprach, war er wahrscheinlich überarbeitet und unterbezahlt, dazu müde und durstig. Vielleicht konnte sie ihn abwerben, auch wenn er bereits irgendwo anders unterschrieben hatte. Einen guten Arbeiter, der zudem Englisch sprach, würde sie brauchen können.

„Mein Name ist Isabel Morrison, und ich suche mein Weingut, die Azienda Spendora." Sie konnte sich eines kleinen Anflugs von Stolz nicht erwehren, der sich in ihre Stimme eingeschlichen hatte. *Mein Weingut* klang einfach gut.

„Ich fahre Sie hin. Allein werden Sie es niemals finden", sagte er. Bevor sie protestieren konnte, griff er nach einem Hemd, das an einem Ast gehangen hatte, und zog es über. Wie oft hatte man ihr eingebläut, nie, niemals zu einem Fremden ins Auto zu steigen? Und dieser Mann hier gehörte zu der Sorte von Fremden, die die Warnlampen bei ihr aufleuchten ließen. Sprachlich zu gewandt, viel zu selbstsicher und allzu beflissen, sie Gott weiß wohin zu chauffieren.

„Danke, wirklich freundlich, aber ich finde es schon selbst. Ich habe eine Straßenkarte", sagte sie und hasste die leichte Nervosität, die ihrer Stimme anzuhören war.

„Haben Sie Angst vor mir?", fragte er, und seine ganze Erscheinung – die Größe von über einem Meter achtzig, die breiten Schultern, die blauen Augen – schien sie herauszufordern: Gib deine Angst zu oder vergiss sie.

„Nein", antwortete sie ein wenig zu schnell, während eine innere Stimme ihr zuflüsterte: Nun, vielleicht ein bisschen.

„Ich bin Dario Montessori, und ich lebe hier ganz in der Nähe. Um genau zu sein, dies sind meine Weinberge." Er deutete mit dem Arm auf die Felder und Rebstöcke hinter sich. „Im Umkreis von einigen Meilen kenne ich hier jeden, und jeder kennt mich. Kommen Sie. Vielleicht kann ich Sie mit ein paar Nachbarn bekannt machen."

„Jetzt?"

„Warum nicht? *Nessun tempo gradisce il presente*, wie wir in Italien sagen. Warten Sie hier. Ich hole mein Auto, und dann können wir los."

Das war ein Befehl und Widerspruch nicht geduldet. Davon abgesehen wollte sie tatsächlich ihre neuen Nachbarn kennenlernen. Es wäre dumm, diese Gelegenheit nicht zu ergreifen. Schließlich war es ihr ein Anliegen, sich in das dörfliche Leben zu integrieren. Da konnte es nichts Besseres geben als eine kleine Rundtour mit einem Einheimischen. Also wartete sie einige Minuten, bis er um den Hügel herum in einem rot-schwarzen Kabrio mit Ledersitzen vorfuhr. Einhunderttausend Jahresgehalt waren für diesen Wagen schon nötig. Wer war dieser Mann wirklich? Warum machte er sich diese Umstände?

„Falls Sie vorhaben, mich zu kidnappen", warnte sie ihn ganz tapfer, nachdem sie eingestiegen waren, „vergessen Sie es, denn ich habe keine reichen Verwandten, die Lösegeld zahlen könnten."

Er warf einen Blick in ihre Richtung, der eindeutig besagte, dass das eben das Absurdeste war, was er je gehört hatte. „Ich habe mein ganzes Leben hier verbracht, und ich glaube nicht, dass es hier in der Gegend in den letzten hundert Jahren eine Entführung gegeben hat. Entspannen Sie sich. Und was die Azienda angeht, kann ich Sie nur vorwarnen. Ich glaube, wenn Sie den Zustand sehen, in dem sie sich befindet, werden Sie an mich verkaufen wollen."

„Merkwürdig", sagte sie nachdenklich, „Sie sind schon die zweite Person, die ich treffe, die meinen Besitz kaufen will. Erst gestern …"

„Das war auch ich", unterbrach er sie und bog in eine holprige, schmutzige Straße ein. „Ihr Anwalt hat in dieser Sache meine Familie vertreten."

„Die Familie, die den größten Grundbesitz in der Region hat? Die Familie, die den preisgekrönten Marsala herstellt und in die ganze Welt exportiert?"

Er nickte.

„Dann wissen Sie ja bereits, dass ich nicht verkaufe."

„Sie haben das Haus noch nicht gesehen", sagte er tonlos.

„Ich habe mir online ein Foto angesehen. Es sieht schön aus."

„Ha", schnaubte Dario und schüttelte angesichts ihrer Ignoranz den Kopf.

Er versuchte also auch, sie zu entmutigen. Auf dem Foto, das sie sich angeschaut hatte, sah das Haus klein aus. Es lag auf einem hügeligen Gelände, machte jedoch mit dem kleinen Olivenhain und den Weinreben einen lauschigen Eindruck.

„Das Foto wurde vor ein paar Jahren aufgenommen, als das Haus im Besitz meiner Familie war. Antonio hat es verkommen lassen."

Isabel sträubte sich gegen die Kritik an ihrem Onkel, auch wenn er sie womöglich verdient gehabt hätte. Ihr als Mitglied der Familie stand es zu, ihn dafür zu tadeln, dass er den Verfall zugelassen hatte, aber diesem Mann räumte sie das Recht nicht ein. Zumindest nicht in ihrer Gegenwart. „Vielleicht hatte er seine Gründe", schlug sie vor.

Der eisige Blick, mit dem er sie bedachte, sagte deutlicher als alle Worte, dass es keinen einzigen guten Grund gab.

„Kannten Sie ihn näher?"

„Er lebte zurückgezogen. Aber hier in der Gegend kennt jeder jeden."

„Ich verstehe." Dabei verstand sie nichts. Was hatte ihren Onkel nur bewogen, nach Sizilien zu ziehen?

„Er hat einen Dreckstall hinterlassen."

„Dann putze ich ihn eben", beharrte sie. „Harte Arbeit macht mir nichts aus. Ich kann Wände anstreichen und Reparaturen selbst vornehmen. Habe ich früher schon gemacht." Als der Vermieter ihrer Wohnung in San Francisco sich einmal weigerte, notwendige Instandsetzungen durchführen zu lassen, hatte sie einiges eigenhändig repariert. Hier würde sie den zusätzlichen Anreiz haben, dass sie an ihrem Eigentum arbeitete.

Er hob die Augenbrauen. Offensichtlich war er von ihrer Bestimmtheit überrascht. Dabei hatte er gerade nur eine winzige Kostprobe bekommen. Jahrelang war sie, nachdem sie das Waisenhaus verlassen hatte, immer wieder für ihre Sturheit und Willensstärke gemaßregelt worden.

„Isabel ist ein sehr starrköpfiges Kind", darüber waren sich die Sozialarbeiterinnen einig. Sie wurde von Familie zu Familie geschoben, eine Pflegestelle wechselte die nächste ab. Kein Wunder, dass niemand dieses rothaarige starrsinnige Mädchen haben wollte. Kein Wunder, dass ihr jüngere, süßere und gehorsamere Kinder vorgezogen wurden. Keiner wollte ein Kind adoptieren, in dessen psychologischem Bericht die Worte „starr" und „unbeweglich" vorkamen.

Es war verletzend, übergangen zu werden, groß und schlaksig dazustehen, ein ums andere Mal die eingehenden Begutachtungen der adoptionswilligen Eltern auszuhalten und jedes Mal zurückgewiesen zu werden. Aber sie kam stets darüber hinweg. Selbst als sie schließlich wegen ihres Alters als „nicht mehr vermittelbar" eingestuft wurde, machte sie das nur noch entschlossener, schnell erwachsen zu werden und auf eigenen Füßen zu stehen. Das war ihre Chance. Sie würde es ihnen zeigen.

„Kennen Sie sich mit dem Weinanbau aus?“

„Ein bisschen was weiß ich, aber ich muss noch einiges lernen“, gab sie zu.

„Wissen Sie, wie man eine Pumpe in Gang bringt, wie man Felder bewässert oder die Pflanzen vor Frost schützt? Wissen Sie eigentlich, wie schwer es ist, vulkanischen Boden zu bestellen? Haben Sie den Atem und das Geld, vielleicht Jahre auf die erste Weinernte zu warten?“ Sie hatte das Gefühl, dass er diese Befragung fast zu genießen schien. Der Ausdruck in seinen Augen und die erhobene Stimme verrieten ihn.

Was ihr aber wirklich auf die Nerven ging, war seine Art zu unterstellen, alles hier ginge weit über ihren Horizont und sie sei absolut nicht befähigt, auch nur den Versuch zu unternehmen, in *sein* Handwerk einzusteigen.

„Oder sind Sie nur in die Idee verliebt, Wein anzubauen“, fuhr Dario fort, „und abzufüllen?“

Als der Wagen durch ein Schlagloch holperte, wurde sie fast von ihrem Sitz katapultiert. „Jahre? Ich kann keine Jahre warten. Ich muss Wein anbauen und meinen Lebensunterhalt damit verdienen. Und ganz bestimmt ist es möglich. Ich werde mir Unterstützung holen. Aber wenn es so mühsam ist, Wein auf dem Gut anzubauen, warum wollen Sie es dann kaufen?“

„Es ist schwer, selbst für uns. Aber wir verfügen über die nötige Erfahrung. Und historisch gesehen ist es unser Land. War es Jahrhunderte lang. So wie Jahrhunderte lang sizilianischer Wein ausschließlich ins Ausland verkauft und mit anderen Weinsorten gemischt wurde. Doch inzwischen bekommen wir von den Weltmärkten die Beachtung, die wir verdienen. Zahlreiche Generationen der Montessoris haben auf diesem Land Wein angebaut, bevor wir vor einigen Jahren gezwungen waren, an Ihren Onkel zu verkaufen.“

„Gezwungen?“

„Das ist eine lange Geschichte, die Sie nichts angeht. Wir hatten einen Einbruch der Verkaufszahlen und anschließend finanzielle Schwierigkeiten, die uns genötigt haben, Land zu verkaufen. Das Familienunternehmen hat sich erholt, und jetzt wollen wir das Land zurück. Es gehört zu uns. Welchen Unterschied macht es für Sie? Sie haben das Gut noch nie gesehen, Sie haben nie dort gelebt oder das Land bestellt. Sie haben dort keine Picknicks veranstaltet, nie die Trauben direkt vom Weinstock gegessen und sind nie im Teich geschwommen. Für Sie bedeutet es nichts."

Ein Teich? Sie besaß einen Teich? Sie würde Fische darin aussetzen, im kühlen Wasser schwimmen und die Vögel beobachten, die morgens am Ufer tranken. Jetzt war sie sich sicher, dass sie niemals aufgeben würde. Isabel setzte sich ganz aufrecht in den ledernen Schalensitz. „Sie täuschen sich. Es bedeutet eine Menge für mich. Es ist meine Chance, etwas Neues zu beginnen. Ich werde mein Geld mit dem Land verdienen, das mein Onkel mir hinterlassen hat."

„Ihr Onkel hat keine einzige Weintraube dort angebaut."

„Was nicht heißt, dass ich es nicht kann. Ich habe das Anwesen noch nicht gesehen, aber es gehört mir, und ich habe fest vor, auf der Azienda Spendora zu leben und meine Zelte dort aufzuschlagen. Es ist mein Recht, mich dort niederzulassen und einen Neuanfang zu machen. Jeder verdient diese Chance."

Er schüttelte den Kopf, so, als wäre sie so dumm wie naiv. Sie hatte schon Schlimmeres über sich gehört. „Ich habe keine Ahnung, was Sie vorher gearbeitet haben", sagte er. „Aber wenn Sie einen Neuanfang machen wollen, warum kaufen Sie dann nicht ein Hotel, gründen eine Zeitung oder eröffnen ein Café? Das alles wäre für einen Neuling besser als ausgerechnet der Weinanbau. Wein braucht Zeit und Geduld und ein Händchen für den Boden."

„Ich weiß Ihren Rat zu schätzen", antwortete sie und besann sich dabei ihrer guten Erziehung. Sein offener Zynismus war unverschämt. „Sie können mir glauben, wenn ich sage, dass ich bereit bin, alle Mühen auf mich zu nehmen, um zum Erfolg zu gelangen."

Als ob sie gar nichts gesagt hätte, fuhr er fort, mit einer Dampfwalze über ihre Zukunftspläne zu rollen. „Wollen Sie noch einen guten Rat?"

Noch ehe sie höflich ablehnen konnte, redete er schon weiter. „Suchen Sie sich einen Job. Es ist leichter, sich seinen Lebensunterhalt auf diese Weise zu verdienen als mit dem Weinanbau. Lassen Sie sich irgendwo anders nieder. Wissen Sie, ich könnte Sie jetzt zu irgendeinem Anwesen fahren, und Sie würden den Unterschied nicht merken."

Der Schrecken fuhr ihr in die Glieder. „Machen Sie das gerade?"

Er wandte sich zu ihr um, als ob sie ihn gerade des kaltblütigen Mordes bezichtigt hätte. Wortlos deutete er am Straßenrand auf ein verwittertes Holzschild und las laut vor: „Azienda Spendora."

Vor Erleichterung seufzte sie laut auf. Sie war nicht das Opfer einer Entführung. Er machte keinen Narren aus ihr, indem er sie zu einem anderen Weingut fuhr. Sie war angekommen. Das hier gehörte alles ihr. Ein Traum wurde gerade wahr. Oder ein Albtraum. In dem Augenblick, als sie vor dem Haus hielten, wusste sie, was er meinte.

Einzelne Dachziegel fehlten, und durch den fleckigen Zement der Hauswand zogen sich Risse. Sie stieg aus dem Auto aus und unterdrückte eine Welle der Enttäuschung. Gleichgültig, was sie empfand, sie wollte nicht, dass er ihre Frustration über den kläglichen Zustand des Hauses sah. Er würde es nur als Zeichen der Schwäche interpretieren und aufs Neue alles daran setzen, sie zum Verkauf zu überreden.

„Sie brauchen nicht zu warten“, sagte sie stattdessen. „Ich schaue mich nur ein bisschen um und finde später schon eine Mitfahrgelegenheit für die Rückfahrt.“

„Eine Mitfahrgelegenheit?“, fragte er ungläubig. „Das ist eine Privatstraße. Seit Monaten ist hier niemand entlanggefahren, nicht seit dem Tod Ihres Onkels.“

„Gab es eine Beerdigung?“

„Selbstverständlich. Für was halten Sie uns, für Wilde? Die ganze Stadt war da.“

Nur sie hatte nicht an der Beisetzung ihres Onkels teilgenommen. Er hätte den versteckten Vorwurf genauso gut laut aussprechen können. Offensichtlich dachte er, sie habe keinen Sinn für familiäre Bande. Vielleicht dachte er auch, sie sei die Wilde.

„Ich wusste nichts von seiner Existenz, bis ich den Brief vom Anwalt bekam.“ Sie holte tief Luft. „Machen Sie sich keine Gedanken um mich. Ich laufe zu Fuß zurück.“

Er taxierte sie mit einem kalten, abschätzigen Blick, so als überlegte er, ob er glauben sollte, dass sie ihren Onkel nicht gekannt hatte. Ganz genau betrachtete er ihren kurzen Rock, ihre weiße Bluse und die Riemchensandaletten. Isabel hatte geglaubt, sie seien perfekt für einen heißen Sommertag in Sizilien. Für eine meilenweite Wanderung über eine schlechte, staubige Straße waren sie jedenfalls denkbar ungeeignet. Nun gut, dann war sie eben völlig unpassend angezogen. Sie war nun einmal keine Italienerin und befand sich nicht auf heimischem Terrain. Warum ließ er sie sich nicht einfach allein umschauen?

„Ich hänge hier ein bisschen rum“, sagte Dario. „Es wird nicht lange dauern, bis Sie merken, dass dies nicht der richtige Ort für Sie ist.“

Der Mann machte sie mit seinem Pessimismus noch irre. Sie wünschte wirklich, er würde gehen. Lieber liefe sie barfuß über heiße Kohlen, als zu wissen, dass er darauf wartete, dass sie Einsicht zeigte und ihr Erbe aufgab.

Sie drehte sich um und sah ihn an. „Rumhängen? Wo haben Sie um Himmels willen Englisch gelernt?“

„Von einem Privatlehrer“, antwortete er mit seinem unglaublich sexy italienischen Akzent. „Mein Vater wollte, dass alle sechs Kinder Englisch lernen, denn als zukünftige Winzer und Weinexporteure sollten wir uns im internationalen Geschäft bewegen können. Bernhard hat uns alle Slangausdrücke und Flüche beigebracht, die er kannte. Sind mir schon sehr nützlich gewesen.“

„Kann ich mir vorstellen“, murmelte sie, insgeheim überrascht von dieser ausführlichen Antwort. Monsieur hatte sich herabgelassen, mehr als zehn Worte am Stück an sie zu richten. Wie lange würde sie brauchen, um die italienische Alltagssprache zu beherrschen und in dieser Sprache fluchen zu können? Der Unterschied zwischen seiner privilegierten Herkunft mit Hauslehrern und einem großen Familienverband und dem Leben, das sie als Kind geführt hatte, war mehr als irritierend. Sie fragte sich, ob er sich seines Glückes bewusst war. Wahrscheinlich nahm er seine Familie als selbstverständlich hin. Die meisten Leute taten das.

Anstatt zu warten, folgte er ihr auf die Veranda, stieg vorsichtig über durchgefaulte Dielenbretter und öffnete die Haustür, die quietschend aufschwang. Als Isabel ihm ins Haus folgen wollte und ein riesiges Spinnennetz ihr Gesicht berührte, stieß sie einen Schrei aus und zuckte so schnell zurück, dass sie fast gegen ihn gefallen wäre. Er legte seine großen Hände auf ihre Schultern – damit sie das Gleichgewicht wiederfand oder um sie auf Abstand zu halten? Sie kämpfte gegen die Versuchung, sich für einen Moment gegen ihn zu lehnen und sich auszuruhen. Aber Isabel Morrison würde sich außer auf sich selbst auf niemanden mehr verlassen, nicht einmal für einen Augenblick. Also straffte sie die Schultern und bewegte sich vorwärts.

Mehr zu sich selbst als zu ihm gewandt, sagte sie: „Es war nur eine Spinne.“ Vielleicht würde er ja draußen warten und sie allein das Haus erkunden lassen? Es war unmöglich, mit ihm in einem Raum zu sein und ihn zu ignorieren. Mit seiner imposanten, maskulinen Gestalt, seinem unmäßigen Selbstvertrauen, dem grüblerischen Ausdruck in seinen blauen Augen und dieser Art, Englisch zu sprechen, die allem, was er sagte, eine neue Bedeutung verlieh, nahm er so viel Raum ein, dass sie sich nicht auf das Haus konzentrieren konnte. Dabei war sie sich absolut sicher: Gleichgültig, wie beschädigt es war, gleichgültig, wie viel er ihr dafür bot, dieses Haus gehörte ihr und sie würde daran festhalten.

Sie gingen einen Flur entlang und traten durch eine Hintertür hinaus in den Garten. Hier befand sich der Teich, auf dem Wasserrosen blühten. Isabel beugte sich hinunter und tauchte ihren Arm in das kühle Wasser ein.

„Zur Bewässerung“, sagte er.

„Oder zum Schwimmen.“ Sie sah Gartenmöbel vor sich, ein gestreiftes Sonnensegel und sich selbst, wie sie an einem heißen Sommertag ein erfrischendes Bad in ihrem eigenen Teich nahm.

Er lehnte sich an die Hausmauer und beobachtete sie. War er aufgebracht, weil sie Freude an ihrem eigenen kleinen See hatte? Oder erinnerte er sich einfach nur an Sommernachmittage, an denen er mit seinen Geschwistern hier gebadet hatte, und bedauerte, dass es nie wieder dazu kommen würde? Wenn sie den Ausdruck seiner Augen sah, zweifelte sie daran, ob er überhaupt zu Erinnerungen fähig war. Was trieb diesen Mann um? Waren es tatsächlich nur ihre Person und der Umstand, dass der Besitz ihr gehörte?

Sein dunkles Haar war zurückgekämmt, Stirn und Jochbein traten wie aus Stein gemeißelt hervor. Auf den ersten Blick mochte er wie ein einfacher Arbeiter gewirkt haben, jetzt, aus der Nähe, sah man ihm den aristokratischen Grundeigentümer an. Ein Mann, der es gewöhnt war, das zu bekommen, was er wollte. Sein Unmut über sie stand ihm ins Gesicht geschrieben.

„Ich würde den Arm aus dem Teich nehmen“, sagte er knapp. „Es sei denn, Sie fürchten sich nicht vor Wasserschlangen.“

Wie der Blitz zog sie ihren Arm aus dem Wasser und trocknete die Hände am Rock ab. Spinnen, Schlangen, was noch?

„Seit Jahren hat sich niemand mehr darum gekümmert. Ihr Onkel …“

„Ja, ja, mein Onkel hat alles vernachlässigt. Ich weiß inzwischen, warum Sie verkaufen mussten, aber warum hat er das Weingut gekauft?“

„Vielleicht dachte er, er könnte Kapital daraus schlagen und ein Vermögen mit Wein machen. Viele Leute haben die Vorstellung, dass es leicht und sehr profitabel ist, Trauben anzubauen und Wein daraus zu keltern.“ Er schaute sie geradewegs an. Es gab keinen Raum für

Zweifel, wen er damit meinte. „Das ist eine Illusion. Außenstehende können oft kaum den Unterschied zwischen der Burgunder- und der Grecanico-Traube, die hier seit Jahrhunderten angebaut wird, erkennen. Geschweige denn, dass sie wüssten, wann der richtige Zeitpunkt für die Ernte der Amarado-Traube gekommen ist. Es ist harte Arbeit und erfordert Spezialwissen."

„Daran zweifle ich nicht, aber ..."

„Ich weiß, Sie scheuen harte Arbeit nicht. Glauben Sie mir, es liegt ein Haufen davon vor Ihnen."

Sie wollte ihm sagen, dass er sich nicht vorstellen konnte, wie viel dieser Flecken Erde ihr bedeutete, egal, in welchem Zustand. Sie wollte ihn auch fragen, wie und wann denn diese besonderen Dessertweintrauben geerntet werden mussten, aber das würde nur seinen Verdacht bestärken, dass sie genauso war wie ihr Onkel – beide ahnungslose, unverbesserliche Träumer. Vielleicht war sie sogar blauäugiger, als er es gewesen war.

„Beim ersten Frost hat er die Reben erfrieren lassen und kam jammernd und schutzsuchend ins Tal hinunter. Er ging nie mehr wieder zurück." Angewidert schüttelte er den Kopf.

„Er war völlig fremd hier. Was haben Sie erwartet?"

„Ich habe erwartet, dass er vor seinem Tod an uns verkauft. Doch er war genauso stur wie Sie. Aber ich will dieses Land zurück. Zurück in die Hände von jemandem, der die Erde liebt, den Boden, das Land, auf dem die Reben gewachsen sind. Ist das so schwer zu verstehen?"

Sie richtete sich zu ihrer vollen Größe auf und stemmte die Hände in die Hüften. „Ein bisschen Zutrauen könnten Sie in mich setzen. Ich habe nicht das nächste Flugzeug genommen, nachdem ich das Testament gesehen habe. Ich habe meine Hausaufgaben gemacht. Ich bin bereit, den Boden ebenso sehr zu schätzen wie irgendjemand anders auch. Selbst so wie Sie. Und ich habe Ihre Verwandten nicht beleidigt. Sie hingegen haben an meinem Onkel kein gutes Haar gelassen."

„Bitte, nur zu, legen Sie los. Wenn Sie meine Familie kennenlernen, werden Sie sehen, dass mein jüngerer Bruder zum Beispiel völlig unreif ist. Meine Großmutter hoffnungslos altmodisch. Mein Großvater ist stur und eigenwillig, aber er arbeitet hart. Vor vielen Jahren hat er die Weinstöcke hier gepflanzt und gepflegt, er hat eigenhändig die Trauben geerntet und den Wein gekeltert. Und nun sind sie erfroren. Ich trage die Verantwortung für ihren Verlust. Ich schulde es ihm und der ganzen Familie, dass ich sie zurückbekomme."

Isabel verstand nicht, warum er die Verantwortung übernahm oder warum er seinen Angehörigen etwas schuldete, wenn es doch ein Familienunternehmen war, aber sie hörte sehr deutlich den scharfen Unterton in seiner Stimme. Er verfolgte nicht nur zielstrebig seine Interessen, sondern hatte zudem den ganzen Clan hinter sich. Sie war eindeutig in der Minderheit. Doch letztlich war es egal. Sie hielt die notarielle Besitzurkunde in ihren Händen. Nicht die anderen. Ja, es tat ihr leid für seinen Großvater, aber ausnahmsweise ging sie hier vor.

Schließlich konnten sie sie nicht zwingen zu verkaufen – es sei denn, ihr Wein würde so miserabel werden, dass sie ihn nicht verkaufen konnte. Oder es sei denn, es stimmte, was er über die Wartezeit von einigen Jahren gesagt hatte, die es brauchte, bis man Profit erzielte. Oder aber es passierte irgendetwas anderes Unvorhergesehenes. Trotz der glühenden Mittagshitze lief ihr ein Kälteschauer über die Arme. War es ein Riesenfehler gewesen, herzukommen? Wenn sie zurückdachte, hatten sich alle Überraschungen in ihrem Leben bislang immer als schlechte Wendungen erwiesen. Alle, bis auf diese Erbschaft, die sie als Zeichen dafür wertete, dass sich das Blatt endlich zu ihren Gunsten gewendet hatte.

Ihr fiel auf, dass Dario in seiner Liste der Verwandten keine Ehefrau erwähnt hatte. Was nichts heißen musste. Ein Mann, der so aussah wie er, blieb bestimmt nicht lange allein. Aber welche Frau würde die Bitterkeit klaglos hinnehmen, die sie in seiner Stimme gehört hatte, oder diese Besessenheit, die keinen Raum für etwas anderes ließ? Ob er wohl in mir die gleichen Charakterzüge erkennt? fragte sich Isabel. Nein, verbittert war sie gewiss nicht, entschlossen hingegen sehr. Er sollte ihr eigentlich das kleine Stück Land nicht neiden, wo er doch das halbe Tal besaß.

Sie würde gern seine Familie kennenlernen, schließlich waren es ihre Nachbarn, und sie wollte zur Gemeinschaft gehören. Aber wahrscheinlich hassten sie sie jetzt schon, da sie sich weigerte ihnen das Land zu verkaufen. Trotz allem beneidete sie ihn. Was würde sie nicht alles geben für eine große Familie, in der man sich ärgerte und gegenseitig nicht mit Kritik sparte, aber gleichwohl sich von Herzen liebte.

„Was denkt Ihre Familie über Sie?", fragte sie geradeheraus. Vielleicht war sie ja die einzige Person, die ihn als schwierigen Menschen wahrnahm. Was sie stark bezweifelte. Nicht mit diesem kantigen Kiefer, den eiskalten blauen Augen und der Kinnpartie, die auf Eigensinn und Sturheit hindeutete. Oder verwandelte er sich zu Hause plötzlich in einen gehorsamen, liebenswerten Enkelsohn und toleranten Bruder? Kaum vorzustellen.

„Meine Verwandten finden mich kalt, skrupellos und hartherzig. Sie sagen, ich sei anders als sie, weil mir die sizilianische Leichtigkeit abgehe. Ich bin ihnen nicht entspannt genug. Zu entschlossen, zu getrieben, verrannt. Wenn etwas schiefläuft, zucke ich nicht einfach mit den Schultern und setze darauf, dass morgen alles besser wird. Ich *mache* es besser. Darum …“ Er hielt mitten im Satz inne, wandte aber seinen Blick nicht von ihr ab, als ob er ihr auf diese Weise klarmachen wollte, dass sie gegen einen Gegner wie ihn nicht die Spur einer Chance hatte. Sie konnte sich seine nächsten Worte schon ausmalen: *Darum wird dieses Land wieder in meinen Besitz übergehen.*

„Ihre Familie liebt Sie trotzdem, nicht wahr?“ Hoffentlich klang sie nicht so skeptisch, wie ihre Einschätzung tatsächlich war.

Er antwortete nicht. Sie unterbrach das Schweigen nach einem kurzen Moment. „Sie haben großes Glück. Ich habe meine Eltern niemals kennengelernt. Keine Großeltern, kein Zuhause, keine Familie. Ich war ein Waisenkind.“ Sie sagte das beiläufig, so als wäre der Umstand, Waise zu sein, nicht bedeutsamer als braune Augen zu haben oder Linkshänderin zu sein. Sie hasste es, beim Mitleid auf der Empfängerseite zu stehen. Aber wie sehr hatte sie die Kinder beneidet, die geborgen in einer Familie und einem Haus lebten, ganz besonders diejenigen, deren Großmütter noch da waren! Von Omas, die kochten und selber duftendes Brot backten, die Schürzen trugen und auf deren Schoß man sich einkuscheln konnte, hatte sie nur in Kinderbüchern gelesen oder von anderen Kindern erzählt bekommen. Aus Erfahrung kannte sie sie bestimmt nicht. „Ich bin bei verschiedenen Pflegeeltern aufgewachsen.“

Er schaute irritiert, sagte aber nichts. Sie begann sich unwohl zu fühlen, weil sie so viel über ihre Herkunft erzählte, die nun wirklich niemanden interessierte. Vielleicht redete sie ohne Unterlass, weil er keine Vorstellung davon hatte, wie ernst es ihr war.

„Nun gut, ist nicht wichtig. Sie sagten, mein Onkel hat hier nie als Winzer gearbeitet?“

„Er war gar nicht sehr lange auf dem Gut. Fiel vom Himmel oder aus Amerika oder sonst woher, kam in die Gegend, kaufte das Weingut, verließ es bald wieder und starb kurz darauf. Niemand wusste Genaueres über ihn. Woher er wirklich kam, warum er überhaupt hier war. Manche Leute haben behauptet, er sei auf der Flucht vor dem kalifornischen Gesetz. Wer weiß? Zumindest war offensichtlich, dass er keinen Schimmer vom Weinanbau hatte. Was für eine Verschwendung der Reben. Jede Flasche, die hier in den Kellern lagert, hat meine Familie gekeltert."

Dario ging mit ihr in die Küche, von wo aus Steinstufen in den Weinkeller führten. Ein altertümlicher Herd stand auf die Seite gekippt mitten im Raum. Alles verströmte Einsamkeit und Kälte. Es würde eine Heidenarbeit werden, aus diesem Haus ein schönes Heim zu machen, aber sie würde es schaffen. Isabel entdeckte eine alte hölzerne Eistruhe und einen Ofen, dessen Tür offen stand. Nicht ganz ihre Traumküche. Aber mit Potenzial.

Der Ort machte den Eindruck, als habe es jemand sehr eilig gehabt, hier wegzukommen. Würde Dario ihr nicht ständig auf den Fersen folgen, hätte sie sich einen Moment Zeit genommen und ihres Onkels gedacht, der die Freundlichkeit besessen hatte, sie in seinem Testament zu bedenken. Aber in Darios Anwesenheit wollte sie sich keine Blöße geben. Sie tat so, als würde der deprimierende Zustand des Hauses sie nicht berühren.

„Ein bisschen Putzmittel wird nicht schaden", sagte sie betont sachlich. Das perfekte Haus gab es schließlich nicht.

„Hier fehlt noch viel mehr", fügte er an. „Fließendes Wasser zum Beispiel, Elektrizität und eine Heizung."

„Heizung brauche ich nicht, nicht in diesem Klima."

„Werden Sie doch brauchen. Wenn Sie denn bleiben."

„Ich werde bleiben."

Als er hätte er ihren Auftritt bestellt, rannte in diesem Augenblick eine fette Ratte unter dem Spülstein hervor. Isabel schrie und sprang auf einen alten hölzernen Küchenstuhl.

Sie sah, wie er nickte, als wäre er dieses unberechenbare Verhalten von Frauen gewöhnt. In seinen Augen war sie nur eine von vielen überforderten Frauen, unfähig, sich in schwierigen Umständen zurechtzufinden. War es so ungewöhnlich, dass sie sich vor Ratten fürchtete? Es bedeutete doch nicht automatisch, dass sie ein Mensch mit Mängeln und Defiziten war.

Nach einer Pause sagte Dario: „Ich dachte, dass Sie den Keller sehen wollen." Er streckte ihr eine Hand entgegen, um ihr vom Stuhl herunterzuhelfen. Er mochte sie geringschätzen und ihre Anwesenheit missbilligen, aber sie musste zugeben, dass er Manieren hatte.

Isabel atmete tief durch. „Sehr gern." Eine Ratte würde sie nicht von ihrem Ziel abbringen. Genauso wenig wie ein zielstrebiger, offensiver Italiener, egal wie blendend er aussah, wie blau seine Augen waren oder wie unwiderstehlich sein Akzent. Er machte sich keine Vorstellung, wie viele Leute behauptet hatten, sie sei völlig verrückt, ihren Job aufzugeben und nach Sizilien zu reisen. Alle ihre Freunde und Bekannten hatten ihr geraten, das Weingut ungesehen zu verkaufen, ein Haus in Kalifornien zu erwerben und ihren Job zu behalten.

Das wäre wahrscheinlich die vernünftige Variante gewesen. Aber einmal in ihrem Leben wollte sie nicht vernünftig sein. Sie brauchte eine Veränderung. Sie wollte weg von all den Leuten, die miterlebt hatten, welchen Narren sie aus sich gemacht hatte. Eine Veränderung, die sie dazu zwang, sich stärker auf sich selbst zu verlassen, ein Ziel, das ihr Kraft für neue Herausforderungen gab. Weg von ihrer Vergangenheit und ihren Freunden, die sie mit Mitgefühl und einem Verständnis behandelten, das sie nicht wollte. Sie war fünftausend Meilen geflogen, und nichts und niemand würde sie von ihrem Ziel abhalten. Und außerdem würde sie ihr Herz, das gerade wieder geheilt war, nie mehr verschenken.

Dieser Mann ahnte nicht, wie beschämend es wäre aufzugeben. Nach Hause fliegen und zugeben zu müssen, dass sie wieder einen Fehler gemacht hatte. Wenn sie denn ein Zuhause hätte, was nicht der Fall war. Es bräuchte schon mehr als eine Ratte in der Küche, mehr als ein Loch im Dach und mehr als einen feindseligen Nachbarn. Weit mehr.

Sie nahm seine Hand an, stieg gemessen vom Stuhl herab und ging dann so würdevoll wie möglich die Stufen hinunter in den klammen dunklen Keller. Wieder war Dario direkt hinter ihr, sein warmer Atem streifte ihren Nacken. Sie hätte das Gewölbe lieber allein erkundet und vielleicht einen verborgenen Schatz gefunden, so etwas wie einen alten, unglaublich wertvollen Wein.

Holzregale standen an allen Wänden, darin lagen, Reihe um Reihe, staubige Flaschen. Wie sollte sie erkennen, welcher Wein noch genießbar war?

Dario zog eine Flasche aus dem Regal und hielt sie hoch, sodass sie vom schwachen Licht erhellt war, das durch ein schmales, verstaubtes Fenster fiel. „1992", sagte er. „Ein Bianco Soave, den mein Großvater gekeltert hat. Mit Wachs verschlossen. Ein ausgezeichneter Jahrgang, goldprämiert." Er deutete auf das Siegel am Etikett.

„Gibt es häufig auch schwächere Jahrgänge?"

„Leider ja. Mit den Trauben ist es wie mit dem Leben. Manche Jahre vergisst man am besten.“ Er schaute sie nicht an, und sie hatte das Gefühl, dass er mehr mit sich selbst als mit ihr sprach. Selbst in diesem feuchten halbdunklen Keller konnte sie am Ausdruck seiner Augen erkennen, dass es nicht nur eine philosophische Augenblicksstimmung war. Er sprach von etwas, das ihm zugestoßen war, und was immer es sein mochte, er hatte es nicht vergessen. Sie hätte ihn gern gefragt, wie er, unterstützt von einer großen Familie und umgeben von vielen Hektar fruchtbarer Weinreben, auch nur ein einziges schlechtes Jahr haben konnte. Wie schlecht konnte es schon sein? Schlecht genug womöglich, um die Azienda verkaufen zu müssen, aber es konnte bei Weitem nicht so übel gewesen sein wie ihr vergangenes.

„Trockenheit oder Pilzbefall?“ Sie hatte gelesen, dass das eine wie das andere den Wein vernichten konnte.

„Beides“, lautete die knappe, abweisende Antwort.

Er schien nicht weiter darüber sprechen zu wollen, und Isabel vermutete, dass etwas Persönlicheres hinter den Verlusten stand. Wenn dem so war, würde sie die Details nie erfahren. Jedenfalls nicht von ihm.

Dass er nicht über sich sprechen mochte, konnte sie gut nachvollziehen. Das letzte Jahr war ein Albtraum für sie gewesen, das schlimmste Jahr ihres Lebens. Sie hatte alles daran gesetzt, ihre Scham und ihren Kummer vor der Welt zu verstecken.

Dann kam der Brief vom Anwalt, und ihr Leben nahm einen anderen Kurs. Es war eine der leichtesten Entscheidungen ihres Lebens gewesen, nach Sizilien zu reisen, um ihr Erbe anzutreten. Dieses Jahr würde ein gutes werden. Sie würde alles dafür tun. Und irgendwann würde sie für ihren eigenen Wein einen Preis bekommen. Isabel lächelte, als sie sich die goldenen Etiketten, die sie selbst entwerfen wollte, auf den Flaschen vorstellte.

Sie warf einen Seitenblick auf Dario. Er schaute sie an, als wüsste er, dass sie einen Traum träumte, der niemals Wirklichkeit werden würde. Würde er wohl! Er wartete doch nur darauf, dass sie aufgab. Aufgeben? Am ersten Tag? Da kannte er sie schlecht.

Nach einem langen Moment der Stille brach er das Schweigen. „Noch nicht entmutigt?“

Sie schüttelte den Kopf. „Natürlich nicht. Der Wein gehört Ihnen.“ Sie wies auf die Flaschenregale entlang der Wände hin. „Nehmen Sie die Flaschen mit.“

„Rein rechtlich gehört er Ihnen“, sagte er kühl. „Aber ich bin neugierig, ob dieser hier gekippt ist.“

Mit einem Messer, das an der Wand hing, brach er das Wachs auf und zog dann den Korken. Dann legte er den Kopf in den Nacken und hielt den Flaschenhals an den Mund. Fasziniert beobachtete sie seine Schluckbewegungen, während er den Wein trank. Als hätte er gemerkt, wie durstig sie war, reichte er ihr die Flasche. Seine Finger berührten ihre Hand, und augenblicklich hatte sie Gänsehaut auf den Armen. Sie fröstelte in diesem kühlen, feuchten Keller. Das war der Grund, nicht dieser große, dominante sizilianische Fremde.

„Probieren Sie“, befahl er. „Sagen Sie mir, was Sie von dem Wein halten.“ Sie wusste, was er dachte. Natürlich besaß sie nicht den ausgebildeten Geschmack eines Kenners. Warum fragte er also?

Sie legte ihre Lippen dorthin, wo seine eben noch gewesen waren, und schmeckte gleichzeitig ihn und den Wein. Ein wohliges Gefühl durchströmte sie – war es wegen dieses indirekten Kontaktes mit seinen Lippen, oder war es der starke alte Wein? Wie unfair von Dario, sie so in Verlegenheit zu bringen und zu testen, ob sie sich mit Wein auskannte.

Die Art, wie er mit verschränkten Armen dastand, nervte sie. In dem schmalen Raum war er ihr viel zu nah, und selbst in diesem Dämmerlicht funkelten seine Augen voller Selbstvertrauen. Ihr fiel nichts Originelles als Antwort ein.

„*Ciao*“, hörte man eine Stimme von oben. „*Chiunque nel paese?*“

„Mein Bruder“, murmelte er. Dann fluchte er auf Italienisch. Zumindest klang es wie ein Fluch.

So viel zur engen Bindung unter italienischen Brüdern, dachte Isabel, als er an ihr vorbei zur Treppe stürmte.

2. KAPITEL

Dario ließ die unbequeme amerikanische Erbin im Keller stehen und nahm auf der Treppe zwei Stufen auf einmal. Genau das brauchte er jetzt: dass sein Bruder ausgerechnet in dem Moment störte, wo er endlich Fortschritte machte. Zumindest glaubte er das. Isabel war schwierig einzuschätzen, zumal sie darauf beharrte, keineswegs entmutigt zu sein. Aber keine Frau, die bei klarem Verstand war, würde sich auf so ein aussichtsloses Unterfangen einlassen. Die meisten Frauen, die er kannte, wünschten sich ein schönes Haus, Land, Geld, Vergnügen und solche Dinge mehr.

Die Frau, mit der er alle anderen verglich, war seine ehemalige Verlobte Magdalena. Sie hatte ihm unmissverständlich klargemacht, dass das Leben, das er ihr bieten konnte, ihr nicht genügte. Ganz bestimmt würde diese Amerikanerin früher oder später einsehen, dass dieser heruntergewirtschaftete Betrieb nichts für sie war, egal wie aussichtsreich eine ferne Zukunft sein mochte. Sie würde dahin zurückrennen, woher sie gekommen war, und dort gehörte sie auch hin.

„Was machst du hier?“, fragte er Cosmo, der ihm auf dem Hof entgegenkam. Seinen Wagen hatte er direkt vor dem Haus abgestellt.

„Delfino hat mir erzählt, dass diese Amerikanerin wahrscheinlich hier ist. Ich wollte Hallo sagen und sie im Namen der Familie begrüßen.“

„Bist du völlig verrückt geworden? Dario war von der Unreife seines Bruders und dessen Mangel an gesundem Menschenverstand wie vor den Kopf geschlagen. „Du willst die Frau begrüßen, die sich weigert, den Besitz an uns zurückzuverkaufen? Die Frau, wegen der sich Nonnos letzter Lebenstraum nicht verwirklicht?“

„Nonnos Traum oder deiner?“

Dario überhörte die Frage. Er wusste, was sein Bruder dachte. Er wusste, was die ganze Familie über ihn dachte. Sie glaubten, er sei besessen von dem Gedanken, das Land zurückzubekommen, das sie längst abgeschrieben hatten. Vielleicht war er das. Aber vielleicht sollte er das auch sein. Denn es war sein Fehler gewesen, der dazu geführt hatte, dass sie das Land verkaufen mussten. Nun lag es in seiner Verantwortung, es wiederzugewinnen. Die Sache war vollkommen klar. Warum konnten sie das nicht verstehen?

„Was wolltest du machen, ihr Blumen bringen und den roten Teppich ausrollen?“, fragte Dario stattdessen.

„Natürlich nicht. Aber um ehrlich zu sein, Dario, dir liegt von allen am meisten daran, dass das Gut wieder in unseren Besitz gelangt. Gib es doch endlich auf.“

Es stimmte, was Cosmo sagte. Niemand in der Familie ahnte auch nur, wie wichtig das Thema für ihn war. Er gab sich selbst die Schuld für das, was passiert war. Und er würde damit nicht aufhören, bis er den Besitz wieder sein Eigen nennen konnte, ebenso wie den prämierten Wein. Erst dann, und nur dann, konnte er die Vergangenheit auf sich beruhen lassen. Aber bis dahin …

„Es ist vorbei“, sagte Cosmo jetzt. „Zeit, darüber hinwegzukommen. Hör auf, dir Selbstvorwürfe zu machen.“

„Du hast leicht reden. Du weißt, dass es mein Fehler war.“

„Vergiss es endlich.“ Cosmo klang aufrichtig. „Zeit, dass du die Geschichte hinter dir lässt. Wir haben genügend Weinberge. Überlass diesen jemand anderem. Ich bin eigentlich vorbeigekommen, um mich zu vergewissern, ob die neue Besitzerin wirklich so schön ist, wie man sagt.“

Dario schüttelte den Kopf. „Da bist du falsch informiert. Wer setzt nur solche Gerüchte in die Welt? Sie sieht kein bisschen gut aus.“ Was stimmte. Ihr Mund war zu groß und ihre Nase zu klein. Ihr Haar hatte die Farbe von Kupfer, das in der Sonne glänzte, aber das war sicherlich das Schönste an ihr.

„Okay, sie ist nicht schön. Wie ist sie denn?“

„So aus dem Stegreif würde ich sagen, sie ist stur, stolz, unbeirrt und naiv. Und übertrieben selbstsicher. Hat keine Idee, was es heißt, Wein anzubauen. Sobald sie einsieht, dass dieser Ort nichts für sie ist, wird sie ihr Bündel schnüren. Im Augenblick ist sie noch unschlüssig.“ Diese letzte Bemerkung entsprang wohl eher seinem Wunschdenken. „Wenn du jetzt hierbleibst, sagst du womöglich etwas Falsches, und sie sitzt auf ewig auf ihrem Gut. Es ist ihr gegenüber unfair, sie zu ermutigen.“

„Sie ermutigen? Ich wollte sie nur mal sehen und Hallo sagen.“

„Nicht heute.“

Sein Bruder war keineswegs einverstanden, aber nach einem erregten Wortwechsel fuhr er schließlich los, und Dario atmete erleichtert auf. Es war egal, wie die Frau aussah, sie war neu in der Gegend, sie war eine Herausforderung, und er traute seinem Bruder nicht zu, der Versuchung zu widerstehen. Für einen Moment hatte sie ihm wirklich leidgetan: Als sie von ihrer Kindheit erzählte, hatte er kurz sein Ziel aus den Augen verloren, das darin bestand, sie vom Offensichtlichen zu überzeugen. Dies hier war kein Platz für eine Anfängerin, schon gar nicht für eine alleinstehende Frau, eine Fremde noch dazu, die nichts vom Weinanbau verstand. Es war wirklich in ihrem eigenen Interesse, dass sie entweder ein anderes Haus auf Sizilien fand oder nach Amerika zurückflog. Er wollte nur ihr Bestes – und das seiner Familie natürlich.

Und da sollte sein Bruder nicht ins Spiel kommen. Cosmo war ein Frauenheld, ein Playboy, der gern seinen Spaß hatte. Mit anderen Worten, ein echter Sizilianer. Eine Fremde in der Stadt, ein frisches Gesicht und ein paar Kurven an den richtigen Stellen brachten ihn in Schwung. Außerdem hatte er Charme und konnte jede Frau um seinen Finger wickeln. Aber das waren nicht die Charaktereigenschaften, die heute gebraucht wurden.

Dario hatte aus schmerzlicher Erfahrung gelernt, was sein Bruder nicht wusste oder nicht glauben wollte. Dass Frauen Meister der Täuschung waren. Nur selten waren sie das, was sie zu sein schienen. Schön oder nicht, sie vermochten sich unschuldig oder verletzlich zu geben, in Wahrheit waren sie hart wie polierter Marmor, mit eisernem Willen, selbstbezogen und zu Lüge und Betrug fähig.

Als Isabel aus der Küche heraustrat, eine Flasche Wein unter dem Arm und ein wenig Schmutz auf der Wange, wusste Dario, wie sein Bruder dagestanden hätte: mit offenem Mund und gebannt von der Natürlichkeit dieser Amerikanerin, geblendet von ihrem roten Haar und der blassen Haut. Nein, schön war sie nicht, aber sie war auf eine Weise attraktiv, wie Dario sie nie zuvor gesehen hatte. Eine gewisse Frische umgab sie, und sie strahlte vor Stolz auf ihren neuen Besitz – die Azienda.

Gut, dass sein Bruder gefahren war. Er konnte sich bildlich ausmalen, wie er sich an sie herangemacht hätte. Ihr Italienischstunden angeboten hätte, Sightseeing und Gott weiß was noch. Was er selbst genauso gemacht hätte, bevor er Magdalena getroffen hatte. Und als er seine Augen öffnete, steckte ein Messer in seinem Rücken.

Die Amerikanerin war das neue Mädchen in der Stadt, und um ihren vollen Mund und ihren Körper lag ein verführerischer Reiz, der nicht zu leugnen war. Dario hätte schon blind sein müssen, um ihre langen, wohlgeformten Beine nicht zu bemerken. Ihre Augen waren von einem warmen Braun, und wenn sie überrascht wurde, weiteten sich diese Rehaugen ganz entzückend. Wenn sie lächelte, was selten geschah, zuckten ihre Mundwinkel leicht. Ja, sein Bruder wäre vom ersten Moment an verloren gewesen und hätte dem Eindringling den roten Teppich ausgerollt.

Dario hingegen ließ sich von einem hübschen Gesicht nicht einwickeln, egal wie unschuldig es aussah, selbst dann nicht, wenn es umspielt wurde von Haar in der Farbe des Herbstlaubs. Er hatte sich einmal verbrannt. Nie mehr wieder. Es war zwar schon mehr als ein Jahr vergangen, seitdem er den Fehler gemacht hatte, Magdalena zu vertrauen, doch es schmerzte ihn noch immer.

Seine Art, die richtige Art, mit der Erbin umzugehen, bestand darin, Distanz zu wahren. Er würde ihr die schlimmsten Seiten der Azienda zeigen und dann ein großzügiges Angebot in den Ring werfen. Auf lange Sicht wäre sein Weg der freundlichere – besser jedenfalls als die Hände in den Schoß zu legen und in Ruhe abzuwarten, bis sie ihren Kampf verloren gab und ihre Niederlage eingestehen musste.

„Mein Bruder war eben hier."

„Wie schade, ich hätte ihn gern kennengelernt", sagte sie. „Warum ist er nicht geblieben?"

„Er hatte noch eine Verabredung", antwortete Dario. „Vielleicht ein anderes Mal."

„Ich habe noch eine Flasche Wein gefunden, die ich gern probieren möchte." Isabel hielt zwei Gläser in die Höhe. „Möchten Sie auch?"

Bot sie ihm gerade seinen eigenen Wein an? Er biss die Zähne zusammen, um nicht vor aufgestauter Wut zu explodieren. Ja, der Wein gehörte ihr, aber trotzdem. Am liebsten hätte er gegen die Wand geschlagen, um seine Irritation darüber herauszulassen, dass sie hier die Gastgeberin spielte. Sogar mit dem Schmutzfleck auf der Wange und dem Staub am Rock sah sie noch wie die Besitzerin des Anwesens aus. An ihrem Gesicht konnte er ablesen, dass sie das berauschende Gefühl des Besitzens empfand. Und wenn dieses Szenario sich verstärkte, würde sie niemals gehen wollen, gleichgültig, wie schwer der Job sich gestalten würde. Er war gezwungen, so schnell wie möglich Plan B zu starten.

„Ich kenne mich mit Wein nicht so gut aus, wie Sie das tun, aber mir scheint, dieser hier ist auch schön gealtert, was meinen Sie?", fragte sie ihn, nachdem sie beide gekostet hatten.

„Nicht schlecht", antwortete er und stellte sein Glas auf einem Mauervorsprung ab. „Wenn ich mich recht erinnere, haben wir für diesen Jahrgang eine Bronzemedaille gewonnen."

„Sie haben anscheinend viele Auszeichnungen bekommen."

„Ja, haben wir. Aber manche Wettbewerbe sind bedeutender als andere. In ein paar Wochen findet der Gran Concorso Siciliano del Vini statt. Dieses Jahr wollen wir Gold gewinnen."

Er wollte den Mund nicht zu voll nehmen oder allzu selbstsicher scheinen, aber dieses Jahr würde das seiner Familie werden. Sie würden die Goldmedaille gewinnen und die Azienda zurückholen. Er wusste es. Er spürte es. Wenn er mit Adleraugen das Land, die Weinstöcke und das Einkeltern überwachte, würden sie gewinnen und den besten Dessertwein in den Fässern haben, den sizilianischer Boden hervorzubringen vermochte.

Ja, er war stolz auf den Wein seiner Familie und stolz auf die Auszeichnungen, die sie errungen hatten. Es gab keinen Grund, ihr das zu verheimlichen. Er wandte sich zu Isabel. „Sie haben jetzt alles gesehen. Zeit zu fahren."

„Ich war noch nicht im ersten Stock."

Was sollte er sagen? Sie werden es nicht mögen? So, wie er sie inzwischen einschätzte, wäre das eine Garantie dafür, dass sie es dann umso schöner finden würde. Das Schlafzimmer, das von der Küche abging und in dem früher die Dienstboten geschlafen hatten, hatte sie noch gar nicht gesehen, und er würde es ihr ganz gewiss nicht zeigen. Stattdessen stieg er die enge Treppe nach oben, Isabel folgte dicht hinter ihm. Dann standen sie in dem kleinen Raum mit dem Eisenbett und der schmalen, durchhängenden Matratze. Und zur Krönung: einem gähnenden Loch in der Decke.

„Hier sind einige größere Arbeiten nötig", sagte er. Als könnte sie das nicht selbst sehen. Niemand, der noch alle fünf Sinne beisammen hatte, würde einem Loch im Dach etwas Positives abgewinnen. Sie schon.

„Warum?", fragte sie. „Solange es nicht regnet, ist es nachts bestimmt wunderbar, den Sternenhimmel zu betrachten."

Er seufzte leise. Es wäre sinnlos, ihr zu sagen, dass die Fledermäuse hereinflogen. Wahrscheinlich würde sie sie herzlich willkommen heißen. Noch nie hatte er so eine Frau wie sie getroffen. Auf ganz Sizilien gab es keine Frau, die es akzeptieren würde, unter solchen Umständen zu leben. Was war mit ihr los? War sie wirklich so tüchtig oder nur stur und unrealistisch?

„Ich weiß, dass hier viel gemacht werden muss", sagte sie mit einer Spur von Trotz in der Stimme. „Ich weiß, dass es hier kein fließendes

Wasser gibt und keinen elektrischen Strom, aber wie gesagt, ich fürchte mich nicht davor loszulegen und zu schuften. Und ich möchte jemanden anstellen, der mir hilft."

„Das wird nicht leicht", antwortete Dario. Was stimmte. Alle arbeitsfähigen Männer waren in den Weinbergen beschäftigt. „Im Augenblick sind alle mit der Ernte zugange."

„Dabei fällt mir ein, dass ich gern noch die Weinberge sehen würde."

„Natürlich." Das, dachte Dario, könnte die Sache beschleunigen. Sie würde sehen, wie verdorrt die Weinstöcke waren.

Sie stiegen die Treppe wieder hinunter und traten hinaus in das heiße Sonnenlicht. Dario führte sie die Wege zwischen den alten Stöcken hindurch. Er ging hinter ihr her und bemerkte, wie verlockend ihre Hüften bei jedem Schritt hin- und herschwangen; er sah, wie feine Schweißperlen sich in ihrem Nacken sammelten, und bewunderte wider Willen ihr rotgoldenes Haar, das sie zurückgebunden hatte und das in der Sonne glänzte. Aber seine Bewunderung glich dem Gefühl, das er vor einem Gemälde von Tizian empfand: kühle Distanz. Diese Haltung verlor er schlagartig, als er sie sich als halb entkleidetes Modell des venezianischen Malers vorstellte.

Er verspürte ganz überraschend Lust, die ihn wie eine heiße Welle durchlief. Seitdem seine Affäre mit Magdalena so desaströs geendet hatte, war er gegen weibliche Reize immun gewesen. Ob seine Libido wieder erwacht und wohlauf war? Vielleicht hatte schon das Wissen genügt, dass er endlich genesen war und sich wieder um sein Leben und die Weinberge kümmerte. Dann schadete auch ein Seitenblick auf eine Frau mit rotgoldenem Haar nichts, jedenfalls solange sie nicht lange blieb. Alles, was er vom Leben erwartete, war die Rückkehr zu dem Zustand, wie er einmal gewesen war – vor der Dürre, dem Pilzbefall, vor Magdalena. Fast hatte er es geschafft. Er spürte eine neue Energie in sich, ein Gefühl der Hoffnung und sein Ziel so nahe wie die Weinstöcke links und rechts des Pfads.

Dario konzentrierte sich jetzt bewusst auf den Wein. Er pflückte und kostete hier und da eine Traube an einem der wenigen Rebstöcke, die nicht erfroren waren – sehr viel sicherer als die Frau zu beobachten. Eine echte Überraschung war der Zuckergehalt der Trauben. Genau richtig für den hervorragenden Dessertwein, für den sie berühmt waren. Doch daraus konnte nur etwas werden, falls diese Frau Vernunft annahm und ihm das Feld überlassen würde. Wenn er die Sache in die Hand nahm, konnten sie in absehbarer Zeit wieder zurück an der Spitze sein.

Es war eine Sache gewesen, als er herausfand, dass Magdalena ihn betrog. Zehnmal schlimmer war es gewesen, dass er darüber den Kopf verloren und den Wein vernachlässigt hatte. Eine wertvolle Lektion hatte er immerhin gelernt: Egal wie groß die Versuchung war, er würde nie wieder einer Frau verfallen. Seine Familie glaubte ihm nicht. Sie nahmen an, dass seine Zurückgezogenheit im letzten Jahr nur eine Phase war.

Sollte seine Familie ihn doch besessen nennen. Ihm war es gleichgültig. Besser so als nachlässig. Er vergrub sich in Arbeit. Es war seine Entscheidung und seine Verpflichtung. Jemand musste sich um den Wein und die Angelegenheiten der Familie kümmern. Sein Vater war in Palermo beschäftigt, sein Großvater krank. Also war er dieser Jemand. Sollten seine Schwestern ihm doch vorschlagen, er solle ausgehen und eine neue Freundin finden. Es würde nicht passieren. Jetzt nicht. Niemals.

Isabel, die ebenfalls gekostet hatte, leckte sich über die Lippen. Selbst als unerfahrene Anfängerin, die nicht darin geübt war, den Geschmack der Trauben direkt vom Stock zu beurteilen, war sie vollkommen überrascht von deren Süße. Vorfreude und Aufregung ergriffen sie. Dies waren besondere Trauben. Sie hatte von diesen zuckersüßen Trauben gelesen, es gab sie an alten Weinstöcken – ihren Weinstöcken.

Sie drehte sich zu Dario um. „Sie sind ausgezeichnet“, sagte sie. „Sind das die Trauben, aus denen der berühmte Amarado-Dessertwein gemacht wird?“

Er zögerte. Wusste er es nicht, oder wollte er es ihr nicht sagen? Schließlich nickte er.

Sie begriff, dass er nicht wollte, dass sie es erfuhr. Er wollte sie entmutigen und dazu bringen abzureisen. Und natürlich vorher an ihn zu verkaufen. Es tat ihm leid, dass sie selbst über die hochwertigen Trauben gestolpert war, die den Frost überlebt hatten. Und offensichtlich waren es mehr als erwartet. Sie konnte es an seinem Mund ablesen, der fest zusammengepresst war, und an den Falten in seiner Stirn. Die Qualität der Trauben war das Letzte, was er ihr vermitteln wollte.

„Ich habe diesen Wein schon mal probiert. Er ist sehr wohlschmeckend. Nachdem ich ein paar Recherchen über die Azienda Spendora angestellt hatte, habe ich einige Flaschen eines alten Amarados bei einem gut sortierten Weinhändler aufgetrieben. Er ist sehr teuer in den Staaten" – wenn man ihn überhaupt bekommt, fügte sie in Gedanken an. „Ein Wein der gehobenen Kategorie. Man kann richtig Geld damit machen."

„Ich würde nicht darauf zählen."

Sie warf ihm einen Blick zu. Er wusste es. Er musste wissen, wie wertvoll dieser Wein war. „Kein Wunder, dass Sie dieses Land so dringend zurückkaufen möchten. Es ist wegen des Amarados. Ich glaube es nicht. Das alles gehört mir, und ich werde diesen wunderbaren Dessertwein machen. Ich kann es schaffen. Ich weiß es. Ich kann Geld damit verdienen. Von dem Land leben und es all diesen Pessimisten zeigen."

Der Ausdruck in seinem Gesicht ließ sie verstummen. Was hatte sie gesagt, dass er sie auf diese Weise anstarrte? Ein Nerv in seiner Schläfe zuckte. Prahlte sie so furchtbar? Oder war er nur so wütend, weil die Weinstöcke ihr gehörten und nicht ihm? „Sie haben mir nichts von diesen Trauben erzählt."

„Sie haben mich nicht danach gefragt", antwortete er knapp. „Bleiben Sie auf dem Teppich. Es braucht schon mehr, als die Trauben zu pflücken und zu fermentieren, um daraus einen anständigen Amarado zu machen."

„Sie glauben nicht, dass ich es schaffe. Sie glauben nicht, dass ich die Kenntnisse habe, die man braucht."

„Und, haben Sie sie?"

Eine Welle der Unsicherheit traf sie plötzlich mit aller Macht. Wieso glaubte sie, in einem Markt bestehen zu können, in dem ihre Konkurrenten seit Jahrzehnten erfolgreich agierten? Vielleicht träumte sie. Vielleicht war sie allzu vertrauensselig. Er hatte recht. Leicht würde es gewiss nicht werden.

„Ja, es wird mir gelingen", beharrte sie. „Warum auch nicht?" Sie war stolz darauf, wie selbstsicher sie klang, während in ihrem Kopf eine kleine Stimme fragte, wer sie wohl glaube zu sein. Wie kam sie dazu, zu meinen, als Außenseiter mithalten zu können?

„Warum nicht? Weil Sie unmöglich Ihre Trauben allein ernten können. Sie besitzen mehrere Hektar mit Weinstöcken. Das ist ein Knochenjob, und man muss wissen, was man tut. So wollen Sie nicht schuften. Das ist keine Arbeit für Frauen."

Keine Arbeit für Frauen? Sie runzelte die Stirn und verkniff sich eine Bemerkung der Art: *Selbst als Sizilianer könnten Sie schon mal etwas von Gleichberechtigung, gleicher Bezahlung und gleichen Möglichkeiten gehört haben.*

Es machte den Anschein, als hätte er kein Wort von dem gehört, was sie zuvor gesagt hatte. Hatte sie nicht deutlich gemacht, dass sie nicht lockerlassen und aus diesen Trauben den Wein herstellen würde, für den sie schließlich berühmt waren? Und wenn sie sie selbst einzeln mit der Hand pflücken musste.

„Sie können die ganze Ernte ruinieren, wenn Sie es selbst machen oder ungelernte Arbeiter es machen lassen. Sie sollten sich hier ein paar Tage Ferien gönnen und dann dorthin zurückgehen, wo Sie hingehören." Er nahm sie beim Arm und zog sie halbwegs zu dem Fahrweg, wo der Wagen geparkt stand.

„Ich *bin* da, wo ich hingehöre", sagte sie und entwand sich seinem Griff, bevor sie in den Wagen stieg. Ihr Gesicht glühte. Schweißtropfen rannen von ihren Schläfen.

Er setzte sich hinters Steuer und fuhr so schnell, dass der Fahrtwind ihr das Haar ins Gesicht wehte. „Das ist mein Land", erinnerte sie ihn. „Mir ist egal, wie schwer es wird. Ich werde dafür sorgen, dass diese Trauben geerntet werden, und ich werde meinen eigenen Wein daraus herstellen, und wenn ich alles selbst machen muss. Was ich nicht glaube. Ich habe keine Ahnung, mit welcher Sorte Frauen Sie normalerweise umgehen oder welche Leistung Sie in der Regel von ihnen erwarten. Ich bin kein empfindsames Mädchen, das zu Hause sitzt, strickt und darauf wartet, dass ein Mann kommt, der sich um alles kümmert. Und ich bin keine Touristin. Ich bin hier, um zu arbeiten, und ich bin hier, um zu bleiben."

„Fein", antwortete er nach einer Weile, die er brauchte, um diese Ansage zu verdauen. „Bleiben Sie in Sizilien. Aber bleiben Sie woanders. Ich bin bereit, Ihnen ein großzügiges Angebot zu machen. Nehmen Sie das Geld, und kaufen Sie sich ein Haus mit Garten. Irgendetwas, das Sie allein bewältigen können."

„Ich bin an keinem anderen Haus interessiert. Ich bleibe hier auf *meinem* Land und in *meinem* Haus. Mein Onkel wollte, dass ich es bekomme, nicht Sie. Die Azienda Spendora steht nicht zum Verkauf."

„Sie haben unser Angebot noch nicht gehört."

„Das brauche ich nicht."

„Schauen Sie", sagte er, bremste, drehte den Kopf zu ihr hin und schaute ihr direkt in die Augen. „Ich schlage Ihnen einen Deal vor. Ich fahre mit Ihnen übers Land, und wir besichtigen die Immobilien in der Umgebung, die zum Verkauf stehen. Wenn Sie nicht finden, was Sie mögen, nichts, das sich mit der Azienda vergleichen ließe, dann gebe ich auf. Dann höre ich auf, Sie zu nerven. Dann unterstütze ich Sie sogar bei der Suche nach guten Arbeitskräften."

„Und wenn ich dieser nutzlosen Rundfahrt nicht zustimme? Weil ich Ihnen jetzt schon sagen kann ..."

„Wenn Sie nicht einverstanden sind und sich starrsinnig zeigen, dann verspreche ich Ihnen, dass die Dinge nicht einfach werden für Sie. Sie haben keine Vorstellung davon, wie schwierig es ist, Arbeiter zu bekommen, und Sie werden auch nicht viele Freunde finden."

Sie erbleichte, versuchte seinen Blick zu erwidern, doch ihre Unterlippe zitterte. Okay, sie würde ihr Pokerface aufsetzen, aber es war ihm schließlich doch gelungen, in ihre Selbstgewissheit eine tiefe Delle zu drücken. Er hatte ihr gedroht. Er war wirklich von Verzweiflung getrieben. Aber längst nicht so sehr wie sie.

„Einverstanden", sagte sie. „Ich komme mit Ihnen, aber ich warne Sie ..."

Er schaute beinahe amüsiert. Was für verteufelt starke Nerven sie hatte, ihn zu warnen, nachdem er sie gerade bedroht hatte. Mit der Handfläche nach vorn hielt er eine Hand hoch. „Keine Warnungen, keine Bedingungen. Ich hole Sie morgen früh um acht Uhr ab."

„Warten Sie", sagte sie. „Ich habe meine Nachbarn noch nicht kennengelernt. Sie sagten ..."

„Morgen ist ein neuer Tag", erwiderte er, ohne sich jedoch zu entschuldigen oder irgendwelche Versprechungen zu machen. Sie hatte das Gefühl, als ob er das niemals täte.

Sie waren bei ihrem Mietwagen angekommen. Entsetzt sah sie, dass einer der Reifen platt war.

Am nächsten Morgen war Isabel drauf und dran, die Verabredung abzusagen. Hätte sie Darios Telefonnummer gehabt, hätte sie das vielleicht auch getan. Sie wählte sorgsam ihre Caprihosen und ein Tanktop, zog sich dann noch einmal um, entschied sich dieses Mal für ein luftiges Nichts von einem Kleid, doch nachdem sie sich im hohen Spiegel ihres Hotelzimmers betrachtet hatte, zog sie ihre Jeans und ein T-Shirt an. Danach wieder ihre Caprihosen.

Als ob es einen Unterschied machte. Der Mann hatte sie gestern kaum angesehen, und wenn er in ihre Richtung schaute, dann sah er keinen lebendigen Menschen vor sich, der nur das beanspruchte, was ihm zustand, geschweige denn eine verärgerte, müde und vom Jetlag geplagte Touristin. Er sah nur ein Hindernis, das ihm im Weg stand.

Wenn sie nur an gestern dachte, als er ihren platten Reifen repariert hatte. Zu Beginn hatte er sie angeschaut, als hätte sie das mit Absicht gemacht, um ihn zu ärgern. Wortlos hatte er sein Hemd ausgezogen und den Kofferraum ihres Wagens geöffnet, um den Wagenheber und den Ersatzreifen rauszuholen …

Isabel bemühte sich, seinen nackten Oberkörper nicht anzustarren – leider vergeblich. Der Anblick dieses muskulösen Brustkorbs ließ ihre Knie schwach werden. Doch da ihr Automobilklub in Italien keinen Service anbot, blieb ihr nichts anderes übrig, als ihm bei der Reparatur ihres Reifen zuzuschauen. Sie hoffte nur, dass er nicht annahm, dass sie ihn dafür bezahlte, indem sie ihm das Weingut verkaufte.

Während er den Wagenheber am Chassis ansetzte, betrachtete sie ihn näher. Er hockte dicht vor dem Rad, und feine Schweißtropfen bedeckten seine breiten Schultern, als er begann, den Wagen hochzuheben. Er murmelte etwas, das sie nicht verstand. Wahrscheinlich so etwas wie: „Verdammte hilfsbedürftige Amerikanerin".

Sie kniete sich neben ihn. Den Rock hatte sie an einer Seite hochgeschoben, sodass ihre nackten Knie den heißen Asphalt berührten. Schließlich wollte sie es lernen, damit sie eines Tages selbst einen Reifen wechseln konnte. Während sie dort kniete, war sie sich der männlichen Ausstrahlung allzu bewusst, die von seinem halb nackten Körper ausging. Allein die Nähe zu ihm erweckte in ihr das Gefühl, innerlich zu schmelzen. Oder lag es nur an der Außentemperatur?

Er reichte ihr vier kleine Metallteile, die er irgendwo herausgenommen hatte, und dabei streifte seine Handfläche ihre Finger. Er duftete nach reifen Trauben und der heißen italienischen Sonne. Sie glaubte, ohnmächtig zu werden. Kein Wunder, es war weit über die Mittagszeit, und sie hatte seit Stunden nichts gegessen, nur ein halbes Glas Wein zu sich genommen. Vielleicht fühlte sie sich deshalb so schwindelig.

Als er den Ersatzreifen aufgezogen hatte, bedankte sie sich mit einem *Grazie* und einem Lächeln.

Er lächelte nicht zurück. Was sie auch nicht erwartet hatte. Wenn er ihr gegenüber jemals so etwas wie guten Willen empfunden hatte, so war dieser jetzt aufgebraucht. Nachdem er ihren Reifen gewechselt hatte, konnte sie sich kaum noch beschweren. Er mochte der Besitzer großer Ländereien sein, doch war er sich nicht zu fein, eine schmutzige Mechanikerarbeit zu machen. Dafür bewunderte sie ihn. Manch anderer hätte die Werkstatt angerufen und das Auto abschleppen lassen.

Hätte sie ihn nur gestern schon gebeten, die Besichtigungstour zu vergessen. Aber es wäre sinnlos gewesen, er hatte sich seine Meinung gebildet. Nun, das hatte sie auch.

3. KAPITEL

Nachdem sie am nächsten Morgen auf der sonnenbesprenkelten Veranda des hübschen Hotel Cairoli einen leckeren Cappuccino und ein paar ofenwarme süße Frühstücksbrötchen zu sich genommen hatte, befahl Isabel sich selbst, sich zu entspannen. Sollte er ihr doch die Landschaft zeigen. Er würde schnell merken, dass er keine Chance auf eine Meinungsänderung bei ihr hatte. Sie konnte den Vormittag als eine Gelegenheit betrachten, etwas vom Land kennenzulernen – und das in Gesellschaft eines attraktiven Italieners, der sich hier bestens auskannte. Es machte nichts, dass dieser gut aussehende Mann auch nur im Entferntesten irgendetwas an ihr attraktiv fand – und schon gar nicht ihr Persönlichkeit. Das war sein Problem, nicht ihres.

Als Dario vor dem Hotel vorfuhr, hatte sie sich beinahe davon überzeugt, ihn einfach nur als ihren Fahrer zu betrachten. Doch dann sah sie, wie alle Köpfe sich drehten, als er in seinem schnittigen Wagen vorfuhr und mit Schwung ausstieg. Er trug eine helle Cargohose und eine teures Poloshirt in der Farbe seiner Augen, das die kräftigen Oberarmmuskeln betonte.

Bevor sie aufstehen konnte, um ihn zu begrüßen, war er über die Veranda gekommen, als wäre hier alles sein Besitz, und hatte an ihrem Tisch Platz genommen. Die Kellnerin eilte herbei, um ihm einen Kaffee zu bringen. Sie strahlte ihn an, als ob er ihr seit Jahren vermisster Geliebter wäre. Es schien, als wüsste jeder hier im Hotel, wer er war, und kaum einer ließ es sich nehmen, ihn beflissen mit Handschlag oder mit Umarmung zu begrüßen – als hätten sie ihn alle seit Jahren nicht gesehen.

Es war offensichtlich, dass er nicht nur zu einer großen Familie gehörte, sondern auch Teil einer Gemeinschaft war. Isabel spürte einen Stich von Neid. Wie lange würde es dauern, bis sie sich so fühlen konnte? Sie hatte nicht die Zeit, über zwanzig Generationen lang zu warten.

„Genießen Sie Ihren Aufenthalt hier?“, fragte er, und der Blick seiner blauen Augen lag auf Isabel, als sähe er außer ihr niemanden auf der Veranda. Seine Aufmerksamkeit schmeichelte ihr oder hätte ihr vielmehr geschmeichelt, hätte sie nicht gewusst, dass andere Motive ihn bewegten. Entweder hatte er sich zu einer Umstellung seiner Taktik entschlossen oder aber entschieden, den Tag zu genießen und sein allzu offensichtliches Motiv zu vergessen. Da sie ihn schon ein wenig kannte, vermutete sie, dass es das erstere war.

„Ja, sehr." Aber ich habe vor, heute oder morgen aus dem Hotel auszuziehen."

„Warum denn? Was stimmt nicht?" Er hob fragend die Brauen.

„Nichts, die Leute sind nett, und die Betten äußerst bequem. Aber ich bin nicht herkommen, um mich in Luxushotels zu amüsieren, wo ich doch ein wunderbares eigenes Haus besitze." Sie spürte, dass sie errötete. Sie beide wussten, dass es nicht „wunderbar" war, und so wappnete sie sich schon gegen seine Antwort.

„Ah", sagte er. Doch das war alles. Keine Bemerkung über fehlendes Wasser, Heizung oder Elektrizität. Was ihre Bedenken nur verstärkte. Es war viel leichter, tapfer zu sein, wenn man jemanden von seiner Kraft überzeugen wollte. Ohne einen Sparringspartner fühlte sie sich seltsam schwach.

Er leerte seine Tasse und fragte: „Fertig?" Dann stand er auf und zog ihr höflich den Stuhl zurück. Sie hatte das Gefühl, das gesamte Hotelpersonal stand da und gaffte ihnen hinterher, als ob er ein Filmstar am Set wäre. Zugegeben: Er sah besser aus als jeder Filmstar, den sie jemals gesehen hatte.

Hob seine Aufmerksamkeit ihr gegenüber ihren Status in der Gemeinschaft, der sie so gern angehören wollte? Entweder schüttelten die Leute aus der Hotelterrasse die Köpfe, weil sie sie für ein Dummchen hielten, das zu einem sizilianischen Playboy – der obendrein wahrscheinlich verheiratet war – ins Auto stieg, oder aber sie feuerten sie an, weil sie der Meinung waren, es wäre verrückt, nicht mit dem attraktivsten Mann weit und breit einen freien Tag zu verbringen.

Letztlich war es egal, dies war keine romantische Verabredung. Er war nicht an ihr interessiert und sie nicht an ihm. Er zeigte ihr die Gegend, weil er glaubte, auf diese Weise sein eigenes Ziel erreichen zu können. Aus dem gleichen Grund verbrachte sie den Tag mit ihm: um zu bekommen, was sie wollte.

Sie lehnte sich in das weiche Lederpolster zurück und ließ sich die Sonne ins Gesicht scheinen. Da er in Gedanken versunken schien, hatte sie auch nicht das Gefühl, Konversation machen zu müssen. Er hatte darauf bestanden, ihr Immobilien zu zeigen, er hatte nicht gesagt, dass er sich dabei gut unterhalten würde.

Isabel schaute nach draußen und versuchte, die verschiedenen Bäume zu bestimmen, an denen sie vorbeifuhren. Alles war ihr recht, um sich von diesem Mann abzulenken, sie wollte nicht mehr über ihn nachdenken, nicht mehr seine Hände auf dem Lenkrad bewundern, seine gebräunten Arme und die Art, wie er fuhr. Auf den Wiesen der Hügel grasten die Tiere der umliegenden Höfe. Es war eine friedliche, ländliche Szenerie, wie sie die meisten Touristen nie zu sehen bekamen. Sie ermahnte sich, sich zu entspannen und, so lange es ging, die Fahrt zu genießen. Morgen, übermorgen und jeden Tag danach würde sie in den Weinbergen arbeiten.

Als sie sein Profil aus dem Augenwinkel heraus betrachtete, fand sie ihn genauso attraktiv wie von vorn. Wenn er nicht verheiratet war, so stellte sich die Frage, warum nicht. Lag es an seinem mürrischen Wesen, oder reservierte er diese Seite seines Charakters nur für sie persönlich?

Er deutete auf ein Dorf, das auf einem Hügel lag. „Casale“, sagte er schließlich, „eine Ortschaft, die im Lauf der Jahrhunderte immer wieder von neuen Eindringlingen erobert wurde.“

„Dann bin ich also nicht die erste Ausländerin, die hier Ansprüche auf Land stellt“, konterte Isabel.

„Keineswegs. Aber Sie sollten wissen, dass Sizilianer zähe Typen sind. Es mag anfangs so scheinen, als gäben wir klein bei, doch wir bewegen uns mit der Strömung. Zuweilen scheinen wir geschlagen, doch das ist nur vorübergehend. Seit vielen Jahrhunderten sind wir hier, und es gab gute und schlechte Zeiten. Immer beansprucht jemand etwas, das wir haben – unser Land, unsere Ernten und unser Klima. In sechstausend Jahren sind die Griechen, die Römer, die Araber, die Franzosen und die Spanier hierhergekommen. Sie alle haben ihre Spuren hinterlassen. Aber irgendwann sind sie auch wieder abgezogen. Wir sind geblieben. Wir bleiben für immer.“

Isabel ließ sich Zeit, das Gehörte zu verarbeiten. Nicht nur die Geschichtslektion, sondern auch die Tatsache, dass er sich die Mühe machte, ihr etwas über Sizilien beizubringen. „Natürlich bleiben Sie für immer hier. Sie sind Italiener, Sie gehören hierher.“

„Ich bin Sizilianer“, entgegnete er mit Nachdruck. „Die Italiener waren nur zufällig die letzte Kolonialmacht, die hergekommen ist, um uns unser Hab und Gut wegzunehmen.“ Sie wusste, was er dachte. Ob Italiener oder Amerikaner, sie gehörte der gleichen Kategorie an wie die anderen Eroberer.

„Da hinten gibt es eine ziemlich interessante römische Villa, die 1950 entdeckt und ausgegraben wurde. Sie sollten sie sich anschauen.“

„Warum? Ist sie zu verkaufen?“

Sein Mundwinkel zuckte kurz, so, als ob er eventuell lächeln könnte. Das wäre das erste Mal. Er schüttelte den Kopf. „Seien Sie unbesorgt. Ich habe nicht vergessen, warum wir hier sind. Sie ebenso wenig, das freut mich." Er bog in eine schmale Seitenstraße ein. Die antike Villa war für Besucher geöffnet, aber heute waren nur wenige da.

„Diese Villen waren mehr als nur schlichte Ferienhäuser für wohlhabende Römer", erklärte Dario während der Besichtigungstour. Es gab zahlreiche Nebengebäude, die Platz für die Familie, die Dienstboten und sogar für Werkstätten boten. Der Besitzer und der engere Familienkreis lebten in diesem Fünfzehnzimmergebäude mit Fußbodenzentralheizung und Mosaikfußböden.

„So wie in Ihrem Haus?"

„Meins? Ich lebe allein im Torhäuschen auf dem Anwesen meiner Familie. Es ist vergleichsweise einfach. Keine Mosaiken oder üppig gestaltete Fassade, wie Sie sie hier sehen. Selbst die Vorderseiten der Ställe und der Gebäude für die Dienstboten sind mit Steinverzierungen ausgestaltet. Die Römer wollten mit ihren Häusern ein Statement abgeben, sie wollten die Welt wissen lassen, dass sie reich und mächtig waren. „Unsere Familie ...", er hielt inne, als wäre er kurz davor, ein Familiengeheimnis preiszugeben, „unsere Familie ist nicht so."

Oh, ist sie nicht? Am liebsten hätte sie gelacht. Warum brauchten sie dann ihr Land? Warum reichte es ihnen dann nicht, die größten Landbesitzer im weiten Umkreis zu sein?

Er lebte allein, hatte er gesagt. Sie hätte ihn gern gefragt, was er seiner Familie über sie erzählt hatte. Vielleicht gar nichts. Warum war sein Bruder gestern weggefahren, bevor sie die Gelegenheit hatte, ihn kennenzulernen? Schützte Dario sie oder seinen Bruder? War sie am Ende so unbedeutend, dass es nicht die Mühe lohnte, sie vorzustellen? *Sieh zu, dass sie verkauft, hatten sie wohl gesagt. Wir wollen sie nicht sehen. Gib uns Bescheid, wenn der Vertrag unterzeichnet ist, dann können wir feiern.*

Isabel blieb stehen, um ein gut erhaltenes Wandmosaik zu betrachten, das Delfine zeigte, die neben einer Vase und einer zentralen Rosette angeordnet waren.

„Selbst die Römer liebten Delfine", murmelte sie.

„Warum auch nicht? Sie sind intelligent, akrobatisch, und es scheint, als mögen sie die Menschen. Wenn Sie mit der Fähre übersetzen, werden Sie in der Straße von Messina Delfine sehen können."

Isabel versteifte sich. „Wieso nehmen Sie an, dass ich abreise? Das werde ich nicht tun. Ich bleibe." Was musste sie eigentlich tun, um ihm zu beweisen, dass sie felsenfest entschlossen war? Und warum musste sie das eigentlich tun?

„Wollen wir gehen?", fragte er, ohne ihre Frage zu beantworten. Vielleicht spürte er ihre Frustration. Vielleicht genoss er es sogar, sie zu provozieren und ihre Reaktion zu sehen. Womöglich setzte er darauf, dass sie irgendwann zu erschöpft war, um zu kämpfen. Da täuschte er sich. Ihr Herz war verhärtet und ihre Willenskraft intakt. Darin hatte sie jahrelange Übung.

Selbst als sie an die Küste kamen, wo die weißen Sandstrände traumhaft mit dem klaren blauen Meer kontrastierten, geriet sie nicht eine Minute ins Schwanken. Direkt oberhalb des Strands besichtigten sie ein Cottage, das zum Verkauf angeboten wurde. Vom Balkon aus hatte man einen schönen Blick in den Garten, und die Aussicht von der Steinveranda war einfach atemberaubend.

In der Luft lag der Duft von Lilien und Wildkräutern. Der Unterschied zu ihrem eigenen heruntergekommenen Haus hätte größer nicht sein können, und das wusste er. In ein solches Haus hier konnte man einziehen und würde sich niemals Gedanken um ein Loch im Dach machen müssen. Sie stellte sich reife aromatische Flaschentomaten vor, die im sonnigen Garten wachsen würden, in der Küche würde eine Sauce mit köstlichen Kräutern auf dem Herd simmern. Einen Augenblick lang spürte sie eine heftige Sehnsucht nach diesem Leben und allem, was dazugehörte.

Es gab einmal eine Zeit, da hatte sie sich Liebe gewünscht, aber das war vorbei. Es war verrückt, sich eine Familie zu wünschen, mit der sie ihr Leben teilen konnte. Sie hatte es versucht, und es hatte nicht funktioniert. Jedes Mal, wenn sie als Kind das Gefühl gehabt hatte, die richtige Familie gefunden zu haben, war sie weggeschickt worden. Als sie erwachsen war und sich in einen Mann verliebte, glaubte sie, ihr Leben würde eine Wendung nehmen. Ihr Fehler. Den sie nicht noch einmal begehen würde. Sie war wieder auf sich selbst gestellt und würde es immer bleiben. Jetzt mehr denn je.

„Wieviel kostet es?"

„Machen Sie sich darüber keine Sorgen. Sagen wir es so: Es käme gut hin."

„Aber wie würde ich meinen Lebensunterhalt verdienen?"

Darauf hatte er keine Antwort. Sie wusste, was er dachte. Dass sie vom Weinanbau gewiss auch nicht leben konnte. Doch sie würde es ihm zeigen. Sie würde Wein keltern und ihn verkaufen, und wenn es das Letzte war, was sie in ihrem Leben tat.

Stattdessen schaute er auf seine Armbanduhr, offensichtlich ein Schweizer Sammlerstück mit verschiedenen Zifferblättern, durch die hindurch man die feine Präzisionsmechanik sehen konnte. Wie typisch für ihn, eine Uhr zu tragen, die zu seinem Auto passte – teuer, luxuriös und technisch mit allen Finessen ausgestattet. Er hatte niemals in seinem Leben erfahren, was es bedeutete, Geld zu brauchen. Bis auf die eine Panne, als die Familie gezwungen war, ihrem Onkel das Weingut zu verkaufen. Bislang hatte Isabel noch nicht verstanden, wie es dazu gekommen war. Was war wirklich passiert?

„Zeit fürs Mittagessen", sagte er und verbarg meisterhaft seine Enttäuschung – wenn er denn enttäuscht war – über ihre Reaktion. „Sie sehen hungrig aus." Falls er glaubte, dass ein Lunch in einem teuren Restaurant sie umstimmen würde, war er falsch gewickelt. Was nicht hieß, dass sie nicht hungrig war und fasziniert, als er eine halbe Stunde später vor der antiken römischen Stadtmauer von Pallena den Wagen auf einen Parkplatz fuhr.

Sie erinnerte sich daran, dass dies alles seine Idee gewesen war. Er mochte ihr so viele historische Stätten zeigen und so viele Luxusmittagessen auffahren, wie er wollte, sie würde nicht verkaufen.

„Dies ist eins meiner Lieblingsrestaurants", sagte er, als sie wenig später durch einen alten Torbogen hindurch und einige Stufen hinunter zu einer schmalen Gasse, die in die Altstadt führte, gingen. „Ich hoffe, Sie mögen es."

Wie sollte man es nicht mögen? Man betrat das Restaurant durch eine Tür in der mittelalterlichen Mauer, ging durch eine große Eingangshalle in den ersten Stock und stand dann in einem weitläufigen, belebten Raum.

„Das hier war früher einmal ein gotischer Palast", erklärte Dario und deutete zu den hohen gemauerten Wänden und den anmutigen Schwungbögen über ihnen. Jetzt, um kurz vor zwei, war das Restaurant voller Menschen – hauptsächlich Sizilianer –, die sich lebhaft unterhielten, aßen, tranken oder entspannt vor einem Glas Limoncello oder einer Tasse Espresso saßen.

Der Duft von gebratenem Fleisch und köchelnden Saucen erfüllte die Luft. Isabel hatte noch gar nicht bemerkt, wie hungrig sie wirklich war, bis sie Dario an einem kleinen Ecktisch gegenübersaß und die Menükarte vor sich hatte.

Sie hatte keine Ahnung, was sie bestellen sollte. Nahm man mittags ein vollständiges Menü, oder waren ein Salat und ein Nudelgericht angemessen? Sie war erleichtert, als er für sie beide das Essen und den Wein bestellte.

Dario war neugierig, wie Isabel den Wein finden würde, den er bestellt hatte. Es war sein persönlicher Lieblingswein. Wie er sie inzwischen kannte, würde sie ein Urteil äußern, ob er ihre Einschätzung nun teilte oder nicht.

Als der Wein serviert wurde, nahm er einen Schluck und nickte zum Zeichen seines Einverständnisses. Isabel sah das Montessori-Etikett.

„Ihr eigener Wein", bemerkte sie. „Stört es Sie nicht, dass Sie dafür bezahlen müssen?"

„Nicht im Geringsten. Ich bin froh, dass sie ihn hier anbieten. Es ist ein 97er Benolvio, auf den mein Großvater ganz besonders stolz war."

Ihm fiel auf, dass sie den Wein langsam trank. Aber würde sie die feinen Geschmacksnuancen ausmachen können? Wie könnte sie?

„Äußerst angenehm", sagte Isabel. „Hat er jemals Preise gewonnen?"

„Nein, aber der Wein hätte es verdient. Am Ende könnten wir noch eine Weinkennerin aus Ihnen machen."

Überrascht rief sie: „War das ein Kompliment?"

„Er zuckte nur die Schultern. Er hatte sie nicht hergebracht, um ihren Weingeschmack zu testen. Ihm war nicht wirklich klar, warum er das getan hatte. Nun, zum einen kannten nur wenige Touristen dieses Lokal, zum anderen hatte er das Restaurant ausgesucht, weil er oft zusammen mit Magdalena hier gegessen hatte und er nun hoffte, seine Dämonen zu vertreiben. Er wollte sich selbst beweisen, dass er das Essen und die Atmosphäre genießen konnte, ohne an seine frühere Geliebte zu denken.

Während Isabel sich im Raum umsah, betrachtete er sie. Sie war keine solche Schönheit wie Magdalena. Doch er war längst nicht der einzige Mann, der sie beobachtete. Vielleicht lag es daran, dass sie Amerikanerin war, vielleicht an ihrem Haar, das einem Aufstand der Farbe in diesem gedämpften Restaurant gleichkam. Einige Köpfe drehten sich nach ihr um, manches Augenpaar schaute hin, während sie ihren Wein trank und die Atmosphäre in sich aufsog.

Wenn er es doch nur schaffen könnte, dass sie sich entspannte und ihre Verteidigungslinien aufgab, dann wäre sie in der Lage wahrzunehmen, was jeder wusste – die Azienda war kein Ort für sie. Er rechnete es ihr hoch an, dass sie den festen Willen hatte, das Weingut in Betrieb zu nehmen. Gegen eine anständige Portion Ehrgeiz war nichts einzuwenden. Aber sie würde dort keine Woche durchhalten. Egal wie viel Mumm sie hatte, jemand würde sie vor den Fledermäusen retten müssen, die nachts in ihr Schlafzimmer geflogen kamen, und vor den Wildschweinen, die Erde aufwühlten. Und wer außer ihm kam für den Job des Retters infrage?

Vielleicht war es der Wein, oder aber es lag an dem weichen Licht der Wandleuchter, von seiner Tischseite jedenfalls sah es so aus, als wäre sie ein wenig gelöster. Ihre Schultern waren nicht mehr wie zum Appell gestrafft, ihre Wangen hatten eine gesunde Röte, und ihr Blick schweifte aufmerksam und interessiert durch den Raum. Unter Umständen brauchte sie nur ein bisschen Zeit, um sich an den Gedanken zu gewöhnen, die Azienda aufzugeben. Ihm blieb nur, zu hoffen.

Sein Blick war weiterhin auf sie geheftet, er betrachtete sie eingehend, stellte sich vor, was in ihr vorging. Er war froh, dass er sie hergebracht hatte, denn sie sollte außer dem heruntergekommenen Gut noch etwas von Sizilien sehen. Auf diese Weise könnte sie die Insel mit schönen Erinnerungen verlassen und hätte nicht das Gefühl des Scheiterns. Da er wusste, wie es sich anfühlte, wünschte er es niemandem. Sie würde mit einer Tasche voller Geld nach Hause fahren und tun können, was immer sie wollte. Oder auch hierbleiben und ein Häuschen kaufen, das keine Grundsanierung nötig hatte.

Es gab ihm Mut, dass sie nicht mehr krampfhaft auf der Hut zu sein schien. Nicht nur, weil es sein Vorhaben einfacher machte. Sie erweckte die ganze Zeit den Eindruck, als sei sie auf das Schlimmste gefasst. Was war in ihrem Leben passiert, das sie gelehrt hatte, immer wachsam zu sein?

„Was haben Sie gemacht, bevor Sie Kalifornien verlassen haben?“, fragte er. Eigentlich hatte er vorgehabt, nur höfliche Konversation zu betreiben, doch nun ertappte er sich dabei, dass er Neugierde verspürte.

Sie setzte ihr Glas ab. „Ich war Grafikerin.“

Er blickte auf ihre Hand, die auf dem Tisch lag, und bemerkte die anmutige Form ihrer Finger. Mit diesen zarten Händen konnte er sie sich gut vor einer Staffelei vorstellen. „Sind Sie Künstlerin?“

„In gewisser Hinsicht. Ich bin keine Malerin oder Bildhauerin. Ich gestalte Bilder für Kunden, die ihre Produkte besser verkaufen wollen.“

„Spüren Sie nicht den Wunsch, zu malen oder für sich selbst zu zeichnen?"

„Dafür bin ich nicht gut genug."

„Warum zeichnen Sie nicht Weintrauben, statt sie anzubauen? Ich garantiere Ihnen, es wäre einfacher."

„Ich habe darüber nachgedacht, beides zu tun. Ich will meine eigenen Weinetiketten entwerfen." Sie nahm die Flasche aus dem Kühler, der am Tischrand stand, und betrachtete das Etikett. „Schauen Sie sich das an. Dies hier sagt nichts über Ihren Wein aus. Und obendrein ist es altmodisch. Sie brauchen etwas, das Ihrem Kunden eine Botschaft vermittelt. Etwas Frisches, Neues. Das hier ist alt."

„So wie der Wein."

„Es würde einen Riesenunterschied für die Wahrnehmung der Kunden machen. Ich könnte etwas Neues für Sie entwerfen, wenn Sie möchten."

„Danke, nein. Das ist das Montessori-Etikett. Das kennen die Leute. Daran sind sie gewöhnt. Und danach suchen sie, wenn sie einen guten Wein wollen. Darf ich Sie daran erinnern, dass Sie nichts über unseren Wein und unsere Tradition wissen?"

„Das vielleicht nicht, aber ich weiß, welche Etiketten und Labels laufen und was sich verkauft. Sie beugte sich über den Tisch, und ihre Augen strahlten in einer Intensität, die er vorher nicht an ihr wahrgenommen hatte. Sie war jetzt ganz ernsthaft darum bemüht, ihre Kenntnisse mit ihm zu teilen. Er musste zugeben, dass sie Selbstvertrauen besaß.

„Wie sind Ihre Verkäufe?"

„Gut", lautete seine brüske Antwort. Niemals würde er ihr gegenüber einräumen, dass die Zahlen besser sein könnten. Warum das Risiko eingehen, das Label verändern und die Tradition unterbrechen – alles nur aus der schwachen Hoffnung heraus, Steigerungen zu erzielen? Eine Goldmedaille würde ihren Umsatz erhöhen, nichts anderes.

„Dann behalten Sie eben Ihr Etikett", sagte sie, „aber wenn ich meinen Wein in Flaschen abfülle …"

Er spürte einen kalten Luftzug, so, als ob ein eisiger Hauch über ihren Tisch gefegt wäre. Sie hatte gesagt „wenn", nicht „falls". Sie war eine Träumerin, und Träumer, das wusste er, waren nicht leicht davon zu überzeugen, von ihrem einmal eingeschlagenen Weg abzuweichen. Also zurück zu den praktischen Fragen. Wenn er heute kein

Haus fand, das ihr gefiel, musste er ihr bei der Traubenernte helfen. Das hatte er versprochen. Besser also, er tat schnell ein unwiderstehliches Objekt auf.

Sie war mitten im Satz unterbrochen worden, als der Kellner die Vorspeisen brachte, die Dario bestellt hatte: Gnocchi in Gorgonzola- und Pistaziensauce. Tief atmete sie das Aroma der reichhaltigen Sauce ein. Sie nahm einen Bissen und nickte langsam. Zumindest wusste sie also gutes Essen zu schätzen. Vielleicht sogar guten Wein, wenngleich er das bezweifelte.

Nachdem der Kellner ihnen einen Salat aus sonnengereiften Tomaten mit fruchtigem Olivenöl und frischem Basilikum serviert hatte, trat Angelo, der Besitzer des Restaurants, an ihren Tisch, um Dario Guten Tag zu sagen, den er lange nicht mehr als Gast hatte begrüßen dürfen.

Dario stellte die beiden einander vor. Was hätte er auch sonst tun sollen? Nach der Art und Weise, in der Angelo sie anblickte, war zu schließen, dass er sie auf seiner Skala weit oben einstufte, vor allem, wenn er sie mit den Schönheitsköniginnen verglich, in deren Begleitung er sonst hierherkam.

Der Gastwirt fragte Isabel charmant, wie ihr Sizilien gefalle.

„Es ist wunderschön. Gerade lerne ich etwas von der faszinierenden Geschichte der Insel."

„Dario kann Ihnen mehr erzählen als jeder Reiseführer", antwortete Angelo mit einem anerkennenden Lächeln. „Er kennt sich überall aus. Mit Wein und Essen ebenso wie mit Geschichte. Ja, ich glaube, Sie sind in guten Händen. Vielleicht halten Sie ihn ja ein wenig von der Arbeit ab. Gebrauchen könnte er es." Mit diesen Worten verabschiedete er sich und wandte sich anderen Gästen zu.

„Er ist sehr freundlich", bemerkte Isabel. „Stimmt es, dass Sie zu hart arbeiten?"

„In unserem Geschäft kann man gar nicht hart genug arbeiten. Wir haben durch die Dürre einige Verluste erlitten, und anschließend erlitten die Pflanzen einen Pilzbefall. Dann erkrankte auch noch mein Großvater. Offen gesprochen, ich habe keine andere Wahl, als hart zu arbeiten. Ich trage die Verantwortung, und wir sind mitten in der Ernte. Jeder im Weinbau arbeitet viel." Niemand hat allerdings einen so guten Grund für harte Arbeit wie ich, dachte Dario. Keiner außer ihm musste seine Tage mit schwerer körperlicher Arbeit und die Nächte vor dem Computerbildschirm mit Zahlenkolonnen und Verkaufsstatistiken füllen. Und das alles, um Fehler der Vergangenheit zu korrigieren und um zu vergessen. Hauptsächlich, um zu vergessen.

„Haben Sie nicht gesagt, echte Sizilianer seien unbeschwert?"

„Ja, meistens jedenfalls. Ich bin anders."

Auf eine seltsame Art empfand Dario es als Erleichterung, mit jemandem zusammen zu sein, der nicht sein ganzes Leben hier verbracht hatte, der nicht jedes Geheimnis kannte und nicht die Vergangenheit aller Nachbarn. Es vermittelte ihm – wenn auch nur kurz – ein Gefühl des Abstands von seiner Arbeit, seiner Familie, der Vergangenheit und dem Druck, den er sich selbst auferlegt hatte.

Diese Frau ihm gegenüber mit ihrem rotgoldenen Haar und ihrer lässigen amerikanischen Kleidung war eine Fremde. Ein unbeschriebenes Blatt. Sie hatte noch nie in ihrem Leben römische Ruinen gesehen, niemals Capellini Timballo gegessen oder Nero d'avola probiert. Er wollte sie nicht mögen, aber wider Willen bewunderte er sie dafür, dass sie all das zum ersten Mal erlebte. Sie hatte bemerkenswerte Augen, die aufleuchteten, wenn sie antike Gemäuer sah oder einen herausragenden Wein kostete.

„Sie stellen eine Menge Fragen, erzählen aber wenig von sich", sagte er.

„Da gibt es nicht viel zu erzählen. Wie Sie ja schon wissen, habe ich keine Familie, außer meinem Onkel, der verstorben ist. Ich habe meinen Job aufgegeben, um hierherzukommen. Ich fühle mich schuldig, wenn im Augenblick alle Leute im Weingeschäft hart arbeiten müssen und ich Sie von Ihren Weinbergen abhalte. Sie müssen sicherlich auch dort sein. Vielleicht sollten wir aufbrechen."

Er schüttelte seinen Kopf. „Ich arbeitete hart, damit meine Familie gut leben kann, aber selbst ich lebe nicht, um zu arbeiten. Aber lassen sie uns über Sie sprechen. Sie haben Ihren Job hinter sich gelassen, sonst noch etwas?"

„Eine Mietwohnung. Einige Freunde."

„Keinen festen Freund?" Ein Freund würde die Chance, dass sie zurückginge, deutlich erhöhen.

„Nein, keiner", antwortete sie schroff, aber eine vielsagende Röte überzog ihre Wangen. Da gab es etwas, das sie nicht erzählen wollte. Damit kannte er sich aus. Obgleich er ihre Privatsphäre respektierte, trieb ihn die Neugierde zu seiner nächsten Bemerkung.

„Ich bin überrascht."

„Dass ich unabhängig bin?"

„Darüber, dass jemand in ihrem Alter allein lebt. Was ist los mit den amerikanischen Männern?“

„Die meisten sind verheiratet. Was für mich völlig okay ist, da ich ohnehin lieber allein lebe.“ Sie blickte nach unten auf den Tisch, anscheinend in die Betrachtung des Silberbestecks vertieft. Warum wurde er trotz ihrer glatten Erklärungen das Gefühl nicht los, dass dieses Thema schmerzhaft für sie war? Oder sie war tatsächlich vom Besteck fasziniert. Was immer es gewesen sein mochte, sie fasste sich rasch wieder und schaute ihn ruhig an. „Ich könnte Sie das Gleiche fragen. Wenn Sie noch unverheiratet sind, warum? Was ist los mit den italienischen Frauen?“

Er schluckte ein bitteres Lachen hinunter. „Oh, das ist ein Thema für sich. Italienische Frauen sind laut und eigensinnig. Sie werden verstehen, wovon ich spreche, wenn Sie die erste kennenlernen. Sie haben die Macht, und sie bestimmen über die Familie. Meine Mutter kann das bestätigen. Sie und mein Vater halten sich zurzeit in Palermo auf, weil sie dort geschäftlich zu tun haben. Also hat meine Großmutter das Steuer übernommen, während mein Großvater noch rekonvaleszent ist.“

Er unterbrach seine Ausführung über Frauen, als der Kellner an den Tisch trat und ihnen ein noch brodelnd heißes Gericht aus dem Ofen servierte. Pasta alla Norma, ein Auflauf aus Auberginen, Tomaten und Ricotta.

Sie genossen das Essen, plauderten über Sizilien, und zum Abschluss bedeutete Dario dem Kellner, ihnen zwei Cannoli und Kaffee zu bringen. Er wollte, dass sie angenehme Erinnerungen an Rundreisen und köstliches Essen im Gepäck hatte, wenn sie wieder in die Vereinigten Staaten zurückflog. Und keine Erinnerungen an kalte Nächte mit Fledermäusen und erfrorenen Reben. Das war das Mindeste, was er im Tausch gegen sein Land tun konnte.

„Sind Sie sicher, dass wir dafür Zeit haben?“

„Natürlich. Jeder verdient ab und an einen freien Tag. Wenn es nötig ist, arbeiten wir hart, aber hier nimmt sich jeder immer Zeit zum Essen. Danach schauen wir uns noch einige Immobilien an, von denen ich denke, dass sie Ihnen gefallen werden.“

Sie öffnete den Mund, um zu protestieren, dann schloss sie ihn, weil sie verstand, so hoffte Dario, dass es keinen Sinn hatte zu argumentieren. Sie bestand nicht darauf, dass sie keine Verwendung für ein Haus mit einem soliden Dach und einer sauberen Küche hätte. Doch ihm war klar, dass sie darauf bestehen würde. Er wusste, dass sie stur war wie ein sizilianischer Esel und sich erst einmal gegen jede Erwägung eines anderen Anwesens sträuben würde. Aber er war genauso stur.

In der Zwischenzeit betrachtete er sie in aller Ruhe, während sie die cremige Ricottafüllung aus dem süßen Teig schleckte. Ein kleiner Teigkrümel klebte in ihrem Mundwinkel, und am liebsten hätte er sich über den Tisch gebeugt und ihn sanft weggewischt. Doch bevor er eine Bewegung machen konnte, leckte sie sich über die Lippen, und er spürte, wie sein Puls sich beschleunigte. Was war los mit ihm? Vielleicht hatte seine Familie doch recht und er arbeitete wirklich zu hart. Seit Magdalena ihn vor über einem Jahr sitzen gelassen hatte, hatte er keine einzige Frau auch nur ernsthaft angeschaut, geschweige denn eine in sein Lieblingsrestaurant zum Lunch eingeladen. Das war los mit ihm.

4. KAPITEL

Auf dem Rückweg nach Villarmosa zeigte Dario Isabel einige kleine Villen, die allesamt sehr schön waren. Alle hatten intakte Dächer, hübsche Gärten oder schattige Innenhöfe.

Isabel sagte ihrem Fremdenführer äußerst höflich, doch bestimmt, dass sie an keinem der Objekte interessiert war.

„Nicht interessiert?" Seine Stimme hörte sich ungläubig an. Offenbar glaubt er, ich sei eine grobschlächtige, ungebildete Amerikanerin, die keine Achtung vor Lebensart hat und Kultur nicht wertzuschätzen weiß, vermutete Isabel. Aber nach einigen weiteren Häusern gab er auf und fuhr sie ins Hotel zurück. Gegen ihren Willen fühlte sie sich ein wenig wie die Siegerin. Sie hatte all seinen Bemühungen widerstanden, und nun schuldete er ihr etwas.

Vor dem Hotel war er ihr noch beim Aussteigen behilflich, machte aber Anstalten, sofort loszufahren.

„Ich glaube, wir hatten einen Deal", rief sie ihm nach. Überrascht drehte er sich zu ihr um. Hatte er ihre Abmachung wirklich vergessen? Nein, ein so ausgefuchster Geschäftsmann wie er würde einen Deal nicht vergessen. Er hatte wohl darauf gehofft, sie habe es vergessen.

„Sie sagten, wenn ich nichts finde, was mir gefällt, unterstützen Sie mich dabei, Erntehelfer zu finden."

„Ich sehe zu, was sich tun lässt." Mit diesen Worten stieg er ins Auto und fuhr los.

Sollte er nicht zurückkommen, müsste sie sich auf eigene Faust auf die Suche machen, in ihrem gebrochenen Italienisch um Arbeiter betteln und obendrein Gefahr laufen, eine Bande von Dieben und Knastbrüdern zu engagieren. Sie brauchte seine Hilfe. Dringend. Niedergeschlagen ging Isabel in ihr Zimmer.

Sie hasste das Gefühl, hilfsbedürftig zu sein. Abhängig von einem anderen Menschen. Es erinnerte sie an das leere Gefühl in der Magengrube, das sie ständig quälte, als sie damals von einem Haus ins nächste zog. Von einer Familie zur anderen. Kein Ort, den sie als Zuhause hätte bezeichnen können. Niemanden, der für sie da war. Keiner, der sich um sie sorgte.

In Kalifornien hatte sie geglaubt, dass die Dinge hier anders liegen würden. Ihr eigenes Haus, ihr eigener Betrieb. Ihre eigene Verantwortung. Kein Vermieter, kein Chef. Stattdessen war sie nun noch verletzlicher als jemals zuvor.

Sie war zu unruhig, um in ihrem Hotelzimmer herumzusitzen, die Kassetten Italienisch für Anfänger zu hören und die Ratgeber für den Weinanbau zu lesen. Die ganzen Kapitel über Hefebakterien und Tankfermentation machten sie noch unsicherer und nervös, was die Zukunft anging.

Schnell duschte sie, zog sich um, steckte das Wörterbuch in einen Leinenbeutel, hängte sich ihre Kamera um und machte sich auf in den Ort, um sich dort ein wenig umzuschauen. In Kalifornien hingen in den Dörfern im Weinbaugebiet die Tagelöhner immer an einer Ecke herum und warteten auf Arbeit. Warum sollte es hier anders sein? Die Straße führte vom Hotel aus etwa eine halbe Meile bergabwärts und war gesäumt von Zitronen- und Mandelbäumen. Die Sonne stand schon tief, die Luft war wunderbar kühl.

Villarmosa war eine kleine Stadt. Rund um den Platz in der Ortsmitte fand man alles, was man fürs tägliche Leben brauchte. Sie schlenderte zu der mittelalterlichen Kirche, ging am Postamt vorbei, an einer Autowerkstatt und an einer Handvoll Geschäfte. Unter ihnen auch ein Gemüsehändler, vor dessen Tür Körbe mit verlockendem Obst standen. Nirgendwo im Städtchen entdeckte sie Menschen, die aussahen, als hielten sie Ausschau nach Arbeit.

Das erste Geschäft, das sie betrat, war ein hell erleuchteter Lebensmittelladen, dessen Auslagen ihr das Wasser im Mund zusammenlaufen ließ. Obwohl sie üppig zu Mittag gegessen hatte, konnte sie diesem Angebot unmöglich widerstehen.

Die Luft duftete intensiv nach den verschiedenen Köstlichkeiten – geräuchertes Fleisch und aromatische Käsesorten. Als sie näher an die Theke trat, spürte sie die Blicke der anderen Kunden. Natürlich verriet ihre Kamera sie als Touristin, aber auch ohne Kamera hätte jeder gewusst, wer sie war: die Erbin aus Amerika. Sie lächelte zaghaft.

Als sie an der Reihe war, deutete sie auf den Schinken, die Salami und zwei Sorten Käse, danach noch auf eine Schachtel mit kleinen schwarzen Oliven. Sie sprach sogar einige sorgfältig ausgesuchte italienische Worte. Sie war stolz auf sich selbst: Ihr erster Ausflug in die Stadt war geglückt.

Zurück auf der schmalen Straße ging sie hinter einer schwarz gekleideten alten Dame her. Die Frau trug ein volles Einkaufsnetz. Plötzlich riss das Netz, und ein Dutzend Pfirsiche und ein Glas Honig rollten über den Gehsteig.

Die Frau stieß einen schrillen Schrei aus.

Isabel hob die leicht eingedrückten Pfirsiche und das Honigglas, das heil geblieben war, von den glatten Steinplatten auf, legte alles in ihren Beutel und gab diesen der alten Frau, die sie dankbar anlächelte. „Herzlichen Dank. Sie sind sehr freundlich“, sagte sie auf Italienisch.

„*Prego*“, antwortete Isabel.

Noch ehe sie etwas hinzufügen konnte, winkte die Frau den Fahrer eines schweren schwarzen Wagens heran. Der Chauffeur stieg aus und half der alten Dame auf den Rücksitz. Isabel stand unbeweglich da und schaute zu, wie das Auto, die Frau und ihr Beutel mit dem Wörterbuch davonfuhren. Vielleicht würde sie sie noch einmal wiedersehen, womöglich aber auch nicht. Nicht so schlimm, den Verlust eines Wörterbuchs konnte sie verschmerzen. Ihr kleines Portemonnaie steckte in ihrer Hosentasche.

Als sie zurück im Hotel war, beschloss sie, das Abendessen heute nicht im Speisesaal einzunehmen. Sie rief den Zimmerservice an und bat darum, dass das Menü auf ihr Zimmer gebracht wurde. Sie hatte heute Abend keine Lust darauf, als einziger Gast allein an einem Tisch zwischen all den Paaren und Familien zu sitzen.

Allein der Gedanke, „Einen Tisch für eine Person“ oder „Ich esse allein“, sagen zu müssen, machte sie traurig. Warum sollte sie sich den mitleidigen Blicken fröhlicher und geselliger Restaurantgäste aussetzen? Das konnte sie heute nicht ertragen, nicht nach diesem Tag. Obwohl sie die Besichtigungsfahrt und das wunderbare Essen genossen hatte, hatte sie die ganze Zeit gefürchtet, auch nur eine Minute ihr Schutzschild fallen zu lassen. Sie fürchtete, Dario würde die Situation sofort zu seinem Vorteil wenden und ihr ein Angebot unterbreiten, dem sie nicht widerstehen konnte.

Hier in ihrem Zimmer konnte sie sich entspannen und ihr Privatstudium unregelmäßiger italienischer Verben und des Weinanbaus wieder aufnehmen.

Zuerst aber nahm sie in der klauenfüßigen Wanne ein ausgedehntes heißes Bad, verteilte genüsslich mit einem Schwamm den duftenden Seifenschaum und ließ die Anspannung, die die Wortgefechte mit ihrem Fremdenführer verursacht hatten, langsam von sich abgleiten. Sie hatte ihren Sizilien-Reiseführer mit in die Wanne genommen und las nun ein Kapitel über „Flora und Fauna“. Was sie da las, überraschte und verärgerte sie so sehr, dass sie das Buch beinahe ins Wasser gefeuert hätte.

In diesem Augenblick klopfte es an die Tür. War das schon das Abendessen? Sie war so versunken gewesen, dass sie die Zeit vergessen hatte. Vielleicht war sie sogar ein wenig eingenickt, denn ihre innere Uhr lief noch nach kalifornischer Zeit. „Einen Moment“, rief sie auf Italienisch, bevor sie aus der Wanne stieg. Sie schlüpfte in den weichen Frotteemantel, den das Hotel für seine Gäste bereithielt, wickelte ein Handtuch um ihr nasses Haar und ging zur Tür, um dem Zimmermädchen das Tablett abzunehmen.

Doch statt einer Hotelangestellten stand Dario Montessori vor ihr. Er trug eine Lederjacke, ein weißes Hemd, perfekt sitzende Jeans und braune Lederslipper. Was sie trotz des Schocks, ihn vor sich zu sehen, in Sekundenschnelle in allen Einzelheiten wahrnahm. Es war leichter und sicherer, seine teure Kleidung zu mustern, als in sein markantes Gesicht zu schauen.

„Was tun Sie hier?“, fragte sie harsch und zog den Schalkragen des Bademantels zusammen.

„Ich wollte Ihnen Ihren Beutel und das Wörterbuch zurückbringen“, antwortete er, während sein Blick auf ihrem Dekolleté lag. „Meine Großmutter hat mir erzählt, dass Sie ihre Pfirsiche und ihren Honig gerettet haben. Sie lässt ihren Dank ausrichten.“

„Ihre Großmutter? Ich hatte keine Ahnung. Aber woher wusste sie …?“

„Dass Sie das waren? Wusste sie nicht. Aber Ihr Name steht im Wörterbuch.“

„Oh“, stammelte Isabel, während sie versuchte, mit einer Hand die Vorderseite des Bademantels zusammenzuhalten und mit der anderen Hand den Frotteeturban auf ihrem Kopf zu stützen.

Sie bat ihn nicht herein, aber Dario trat auch so einfach ins Zimmer. „Ich habe ein paar Neuigkeiten für Sie, was die Arbeiter angeht“, sagte er und nahm ein schmales ledergebundenes Notizbuch aus seiner Jackentasche. Dass sie nicht für Besuch gekleidet war, störte ihn offensichtlich überhaupt nicht. Typisch, dass er ausschließlich seine Absichten verfolgte.

Zielstrebig ging er an dem Bett vorbei, über das eine lichtgrüne Tagesdecke gezogen war, umrundete den antiken Schreibtisch und setzte sich an den runden Tisch am Fenster, wo er einige Papiere ausbreitete.

Isabel blieb nichts anderes übrig, als sich dazuzusetzen, so als hätten sie einen Geschäftstermin, was ja der Fall war. Bis auf den Umstand, dass sie nur spärlich bekleidet war und kein bisschen vorbereitet.

Wenn er es darauf abgesehen hatte, sie zu überrumpeln und irgendein ausgeklügeltes Komplott zu starten, dann hatte er sich den richtigen Zeitpunkt ausgesucht. Ihr Gehirn war wie in Watte gepackt. Doch ihre Entschlossenheit unumstößlich.

Sie setzte sich stocksteif und aufrecht auf dem weich gepolsterten Stuhl hin und richtete ihre ganze Aufmerksamkeit auf das, was Dario sagte, während sie gleichzeitig spürte, wie ihre Haut nach dem Bad prickelte und wie wenig Abstand zwischen ihnen beiden war. Sie fühlte sich gebannt von der männlichen Ausstrahlung, die von ihm ausging. Doch sie musste die Situation meistern, wie sie war. Jeder Anlauf, sich anzukleiden, würde sie wie ein kompletter Idiot dastehen lassen. Wenn es ihn nicht störte, dass sie nichts als einen Morgenmantel trug, warum sollte es sie dann stören? Lange würde er bestimmt nicht bleiben.

„Ich habe Arbeiter für Ihre Weinberge gefunden." Er schob ihr eine Liste mit Namen über den Tisch zu.

„Gut", sagte sie. Die Namen verschwammen zu einem Farbklecks. „Wer sind sie?"

„Erfahrene Leute. Männer, die sich auf der Azienda auskennen. Sie werden morgen früh um acht Uhr da sein."

„Prima." Sie seufzte vor Erleichterung. Dieses Problem konnte sie wenigstens schon mal von ihrer Liste streichen. „Wie viel bekommen sie?"

„Das hängt von ihrem Job ab. Einige arbeiten an der Traubenpresse, andere am Fermentationskessel. Es sind gute Leute, aber Sie müssen trotz allem ein Auge auf sie haben, sonst nutzen sie Sie aus."

„Aber wo … wie …?"

„Die Maschinen stehen im Schuppen. Soweit ich weiß, funktioniert noch alles, zumindest gerade so eben."

„Ich habe keinen Schuppen gesehen."

„Weil Sie nicht danach geschaut haben. Er steht hinter dem kleinen Olivenhain."

„Oh ja, natürlich."

„Die Männer erwarten Bares auf die Hand. Ich habe Ihnen hier eine Liste mit den üblichen Stundenlöhnen für jeden Mann aufgeschrieben. Haben Sie schon ein Bankkonto eröffnet?"

Sie schüttelte den Kopf. Er hatte gewiss den Eindruck, dass sie völlig unvorbereitet auf den Betrieb eines Weingutes war. Oder auf die Herstellung von Wein. Oder auf einen Reifenwechsel. Aber sie war lernfähig. Und sie würde lernen.

Es klopfte dezent.

Dieses Mal stand das Zimmermädchen mit dem Abendessen vor der Tür. Sie betrat den Raum und stellte das Tablett auf dem Tisch ab. Es schien ein Dinner für zwei Personen zu sein. Hatte jemand vom Personal gesehen, dass Dario sie besuchen kam, und angenommen, sie würden ein intimes Abendessen für zwei erwarten? Oder hatte Dario ihnen gesagt, er bliebe zum Essen? Ein Dinner mit der Frau, die er am meisten von allen loswerden wollte? Die Frau, mit der er schon gefrühstückt und zu Mittag gegessen hatte? Kaum anzunehmen.

„Bleiben Sie zum Essen?"

„Sieht so aus."

Das ganze Szenario war vollkommen surreal. War das wirklich Isabel Morrison, die in nichts als einem Bademantel mit dem reichsten und bestaussehenden Mann Siziliens zu Abend aß? Wahrscheinlich dinierte er so gut wie jeden Abend mit halb bekleideten Damen in deren Hotelzimmern. Das Beste, was sie machen konnte, war, halbwegs so entspannt zu wirken wie er.

Sie konnte sich jetzt unmöglich noch umziehen, das hätte die Aufmerksamkeit nur auf das Thema gelenkt, doch sie ging zumindest ins Badezimmer, nahm das Handtuch ab und kämmte sich die inzwischen fast trockenen Haare.

Dario sah auf, als sie wieder an den Tisch trat. Ihr Haar umgab ihren Kopf wie eine rötliche Wolke. Er schwenkte den Wein in seinem Glas, um seinen Blick von ihren nackten Beinen abzulenken – und vor allem sich selbst von der Tatsache, dass der Schalkragen ihres Bademantels für Momente verlockend offen stand, sodass er einen Blick auf ihren zarten Brustansatz werfen konnte.

Vielleicht hätte er nicht auf diese Weise in ihre Privatsphäre eindringen und sich obendrein noch selbst zum Abendessen einladen sollen. Erst jetzt wurde ihm gewahr, wie bizarr diese Situation in Wahrheit war. Es war schon eine Weile her, dass er mit einer Frau in ihrem Hotelzimmer zu Abend gegessen hatte. Und das erste Mal mit einer rothaarigen Amerikanerin im Bademantel. Er hatte nicht damit gerechnet, dass sie ihn so sehr von seinen Pflichten ablenken würde – was sie definitiv tat.

Diese Situation hier bot gewisse Vorteile gegenüber den teuren Restaurants, in denen er sonst speiste und wo er sie mit hingenommen hätte, wenn er sie hätte ausführen wollen. Und er musste sich eingestehen, dass kein Abendkleid, das sie zum Dinner getragen hätte, so sexy wie dieser Bademantel gewirkt hätte, der zwar fast ihren gesamten Körper verhüllte, aber der Fantasie allen Spielraum ließ.

„Sie servieren einen ganz anständigen Wein hier", sagte Dario jetzt, während er für einen Moment den Blick von ihr abwandte. Eigentlich hatte er nicht zum Essen bleiben, sondern ihr nur den Beutel mit dem Wörterbuch zurückgeben wollen, ihr dafür danken wollen, dass sie seiner Großmutter geholfen hatte, und ihr sagen wollen, dass er Arbeiter angeheuert hatte. Aber als er sie mit dem Handtuch sah, wie ein Turban um den Kopf – ein Anblick wie aus einem orientalischen Harem –, da war es um seine Vernunft geschehen.

Vielleicht lag es am verführerischen Duft ihrer Seife, der sie umhüllte, die eine so sonderbare Wirkung auf ihn ausübte, oder womöglich verlor er einfach den Verstand. Er hatte sich selbst ermahnt, sofort dieses Zimmer zu verlassen, bevor er etwas Dummes tat, doch die Stimme in seinem Kopf war nicht besonders laut oder drängend. Also ignorierte er sie und ermahnte sich, sich zu entspannen.

An einer Sache gab es nichts zu deuteln: Isabel sah so gar nicht nach der Feindin aus, die sie schließlich war. Stattdessen sah sie anziehend aus, weich und sehr feminin. Genau die Art von Frau, die ein Mann in die Arme schließen wollte und mit der er sich auf das große Bett sinken lassen wollte. Die Art von Frau, deren Haut so weich und einladend wirkte, dass man sie berühren und schmecken wollte. Wenn sie nicht die gewesen wäre, die sie war, und er nicht der, der er war, wäre er in Versuchung geraten.

Tatsache war, er war in Versuchung geraten.

Also blieb er zum Essen. Zwischen den einzelnen Bissen gestattete er sich, sie verstohlen anzuschauen. Die Speisen sahen köstlich aus und schmeckten wahrscheinlich auch wunderbar, aber es gelang ihm nicht, das Essen in der Weise zu schätzen, wie er es wahrscheinlich getan hätte, wenn sie eine sechzigjährige Matrone gewesen wäre. Was er gehofft hatte, als er das erste Mal von einer Erbin erfahren hatte.

Es war spät. Er war hungrig. Das Kalbfleisch war zart, und die Soße köstlich. Zu Hause am Tisch der Familie würden sich alle Gespräche nur um die Ernte drehen, was nach einer Weile langweilig werden konnte. Allerdings hatte er seine Familie in der letzten Zeit gemieden. Was zum einen daran lag, dass seine Schwestern ihm laufend ihre unverheirateten Freundinnen vorstellten, obwohl er ihnen schon häufig erklärt hatte, warum er nicht interessiert war. Aber sie gaben die Hoffnung nicht auf und probierten es ein ums andere Mal. Zum anderen konnten sie einfach nicht begreifen, dass die harte Arbeit sein Weg war, mit den Fehlern der Vergangenheit klarzukommen. Also gab er es schließlich auf, sich zu erklären, und mied ihre Gesellschaft. Hingegen schien die Erbin ihn förmlich anzuziehen: Eine Fremde in der Stadt, selbst eine Frau, die er hier nicht haben wollte, die aber seine Hilfe brauchte, war wie ein unvermuteter Adrenalinstoß.

Denn diese Frau, die nichts über Wein, über seine Familie oder deren Probleme wusste, vermittelte ihm das Gefühl, in einer anderen Welt zu sein. Das erste Mal seit Monaten fühlte er sich angeregt, erfrischt und herausgefordert.

Doch irgendwann würde sie wieder gehen. Wenn sie einsah, wie hart die Arbeit wirklich war und dass es nicht funktionieren würde, würde sie einsehen, dass sie nicht zur Winzerin geboren war, ihren Besitz an ihn verkaufen und dorthin zurückgehen, wohin sie gehörte. Ohne Groll, ohne Wut.

„Ich weiß nicht, wie es dazu gekommen ist", unterbrach Isabel seinen Gedankengang und deutete auf das Essen.

„Hatten Sie das Dinner aufs Zimmer bestellt?"

„Ja, aber nur für mich. Ich hatte ja keine Ahnung …"

Er hob die Schultern. „Ich habe an der Rezeption nach Ihrer Zimmernummer gefragt, vielleicht haben sie angenommen …"

„Ich verstehe", sagte sie. Doch sie sah immer noch irritiert aus. Vielleicht glaubte sie, er habe den Zimmerservice angewiesen, für zwei Personen zu servieren. Das hätte er getan, wenn er gewusst hätte, dass sie frisch aus dem Bad gestiegen war und nach aromatischen blumigen Kräutern duftete. Was war schlimm daran, ab und an mit einer attraktiven Frau den Abend zu verbringen? Keine Bindungen. Keine Verpflichtungen. Einfach nur ein Dinner. Genauer gesagt, ein Geschäftsessen. So häufig kam das bei ihm nicht vor. Nicht mehr. Nicht seit Magdalena.

„Das Essen ist hier im Hotel sehr schmackhaft." Als ob das ein ausreichend guter Grund wäre zu bleiben. Abrupt wechselte er das Thema. „Warum wollen Sie auf die Azienda ziehen? Keine heißen Bäder, kein flauschiger Bademantel. Keine delikaten Soßen."

„Ich habe es Ihnen gesagt – sie ist mein Zuhause, und ich habe vor, dort zu leben. Ich bin nicht nach Sizilien gekommen, um in einem Hotel zu wohnen, egal wie komfortabel es ist."

„In Ihrem Haus kann man auch nicht wirklich gut kochen." Das war die Untertreibung des Jahres.

Sie schaute sich im Zimmer um. „Ich werde die Annehmlichkeiten hier vermissen, aber ich brauche sie nicht zum Leben. Ich glaube, neben dem Teich ist eine Feuerstelle. Ich werde eben picknicken und über dem offenen Feuer kochen."

Er ging nicht darauf ein und wechselte das Thema. „Meine Großmutter ist Ihnen sehr dankbar. Sie möchte Sie gern morgen Abend zum Essen einladen."

„Weiß sie, wer ich bin?"

„Ich habe es ihr gesagt." Er hielt einen Augenblick lang inne. „Sie erwähnten, dass Sie gern Ihre Nachbarn kennenlernen würden. Das ist Ihre Chance. Kommen Sie?"

„Ja, also, ich … gern. Danken Sie ihr bitte für die Einladung."

Sie schenkte sich Wein ein und goss auch ihm nach. Plötzlich war sie die Gastgeberin geworden. Vor einigen Minuten hätte er noch geschworen, dass sie nichts lieber wollte, als ihn loszuwerden. Was sie wahrscheinlich immer noch wollte, aber nun war sie höflich.

„Sie erwähnten, die Geschichte, wie Sie die Azienda verloren haben, sei lang", sagte sie jetzt. „Was ist passiert?"

5. KAPITEL

Isabel ahnte schon, dass er ihre Frage nicht gern beantwortete, egal wie viel Wein er getrunken haben würde. Aber irgendetwas war passiert, und da sie als Nachbarn miteinander leben würden, wollte sie es wissen. Sie hielt den Atem an und wartete, während er einen Schluck trank.

Schließlich setzte er das Glas wieder ab. „Es ist keine besonders interessante Geschichte. Aber wenn Sie sie hören wollen, bitte. Vor zwei Jahren war ich mit einer Frau verlobt. Es war – wie soll ich sagen – wie ein Wirbelwind in meinem Leben. Wir reisten von einem Ende der Insel zum anderen. Magdalena war Miss Sizilien und hatte Repräsentationspflichten auf vielen Veranstaltungen. Ich muss gestehen, dass ich über dem Vergnügen meine Arbeit vergaß. Ich vernachlässigte die Weinstöcke in einem Moment, als sie am meisten meine Aufmerksamkeit gebraucht hätten – während der Trockenperiode. Die geschwächten Pflanzen erlitten dann noch einen Pilzbefall."

Plötzlich hielt er inne. „Ich rede zu viel. Suche nach Entschuldigungen für mich selbst. Versuche zu erklären, wo es nichts zu erklären oder zu entschuldigen gibt. Der Rest der Familie arbeitete rund um die Uhr und versuchte die Ernte zu retten, nur ich war unterwegs und vergnügte mich. Das Resultat war ein Fiasko. Eine Schande. Die Arbeiter waren nicht bezahlt worden, und wir mussten schnell Geld auftreiben. Also haben wir die Azienda an Ihren Onkel verkauft. Im Nachhinein kann ich mir mein Handeln nicht erklären, aber ich werde alles tun, dass so etwas nie wieder vorkommen wird." Er sagte dies mit solchem Nachdruck, dass sie keinen Zweifel an seiner Aufrichtigkeit hegte.

Abrupt stand er auf und schaute auf sie hinunter. „Da haben Sie es. Ich habe zu viel geredet und Sie wahrscheinlich gelangweilt. Jetzt muss ich gehen. Es ist spät, und Sie haben einen harten Tag vor sich."

„Ich freue mich darauf", antwortete Isabel, während ihr tausend Fragen durch den Kopf gingen. Was meinte er damit, dass so etwas nie wieder vorkommen würde? Den Verkauf des Landes oder die Verlobung? Was war mit der Schönheitskönigin Magdalena geschehen? Wo war sie jetzt? Wer von beiden hatte die Verlobung gelöst?

Sie platzte fast vor Neugierde, doch er hatte ihr wahrscheinlich schon weit mehr erzählt, als er vorgehabt hatte. Also sagte sie: „Mein erster Tag in meinem neuen Leben als Winzerin. Und übrigens, sollten Sie jemals Lust verspüren, in meinem Teich zu schwimmen, Sie sind herzlich eingeladen. Es gibt nämlich keine Wasserschlangen auf Sizilien."

„Ist das so?" In seinen Augen blitzte etwas auf, das man als Anerkennung für ihr Wissen über die Flora und Fauna deuten konnte. „Dann viel Glück morgen." Er schaute sie an, als ob er etwas sagen oder tun wollte, also wartete sie. Und wartete. Die Spannung wuchs. Ihre Wangen brannten. Die Zimmertemperatur musste um zehn Grad gestiegen sein. Sein Blick hielt den ihren fest, und sie konnte ihm nicht ausweichen. Sie hatte das merkwürdige Gefühl, dass er etwas Unbedachtes tun würde, wie zum Beispiel sie zu küssen. Völlig lächerlich. Er mochte sie noch nicht einmal. Nach einer Ewigkeit, wie es ihr schien, straffte er sich und wandte sich zum Gehen.

„Danke fürs Abendessen", sagte er beinahe schroff, bevor er die Tür öffnete. Dann war er gegangen.

Isabel schloss die Tür hinter ihm. Was war los mit ihm? Was war mit ihr los, dass sie sich eingebildet hatte, er würde sie küssen? Vielleicht war es in Sizilien üblich, dass man die Gastgeberin zum Abschied küsste? Ein Kuss hätte absolut nichts bedeutet. Aber er hatte es nicht gemacht. Sie war nicht enttäuscht. Sie war erleichtert. Oder doch nicht?

Am nächsten Tag konnte sie alles Glück gebrauchen, das sie abbekam, viel war das leider nicht. Als Erstes ging sie zur Bank, die noch nicht geöffnet hatte, also fuhr sie sofort zur Azienda. Dort traf sie den Vorarbeiter, der gerade aus dem Weinkeller die Treppen hinaufstieg, sodass sie ihn insgeheim verdächtigte, sich an ihrer Weinsammlung vergriffen zu haben. Aber wenigstens war er freundlich, was man von dem Rest der Mannschaft nicht behaupten konnte. Die Männer schauten alle so mürrisch und finster drein, dass man glauben mochte, sie hätten gerade ihren besten Freund zu Grabe getragen.

Wenn sie wenigstens mit ihnen hätte reden können. Doch jedes Mal, wenn sie ihre italienischen Brocken ausprobierte, sahen sie sie verständnislos an. Aber auch ohne eine gemeinsame Sprache verstand sie, dass der alte Anhänger, den sie in der Scheune gefunden hatten, einen platten Reifen hatte, und ohne den Anhänger konnten sie die gepflückten Trauben nicht aus dem Weinberg fahren.

Die Männer drückten ihr den Reifen in die Hand und erwarteten offensichtlich, dass sie ihn reparierte. Oder reparieren ließ. Glücklicherweise hatte sie zugeschaut, als Dario ihren Reifen wechselte. Im Schuppen fand sie einen alten Ersatzreifen, dann nahm sie das Werkzeug aus ihrem Kofferraum. Einen der Arbeiter stellte sie kurzerhand an, damit er ihr half, den Reifen zu halten, und ersetzte den platten Reifen.

Womöglich bildete sie es sich ein, aber sie hatte das Gefühl, dass die Arbeiter ein bisschen beeindruckt waren. Doch das war ihr egal. Für sie zählte nur, dass sie es allein geschafft hatte. Sie empfand noch einen gewissen Stolz, während sie schon wieder im Auto saß, um ins Städtchen zu fahren. Sie brauchten Diesel.

Das Triumphgefühl hielt nicht lange an. Ein Blick in den Rückspiegel verriet ihr, dass die Männer froh waren über die mangelnde Arbeit. Einige standen in ihrer Auffahrt herum, andere lehnten sich an Bäume, manche lagen entspannt auf dem Boden, als ob sie bereits einen langen Tag hinter sich hätten.

An der kleinen Tankstelle orderte sie eine Propangasflasche und einen Kanister Diesel. Sie ging ungeduldig auf und ab, während sie wartete, und blieb überrascht sehen, als Dario in seinem Cabrio vorfuhr.

„Läuft alles gut?“, begrüßte er sie.

„Danke“, antwortete sie knapp. *Niemals Ängstlichkeit zeigen. Immer Zuversicht ausstrahlen. Verlass dich nur auf dich selbst.* Die Lektionen hatte sie längst gelernt. „Bis auf ein paar kleine Pannen.“

„Und welche?“

„Oh, zum Beispiel platte Reifen.“

„Und?“

„Ich habe den Ersatzreifen gefunden und ihn ausgewechselt.“ Sie verkniff sich ein kleines Lächeln, als sie sah, dass er überrascht die Brauen hob. Das hatte er ihr nicht zugetraut. „Ich habe Ihnen zugeschaut. Erinnern Sie sich?“

„Gut. Sie lernen schnell.“

Sie blinzelte. War das ein Kompliment?

„Sind die Männer alle gekommen?“

„Ja, aber sie haben nichts zu tun, während ich hier die Besorgungen mache.“

„Nichts zu tun? Wie wäre es mit Trauben pflücken und sie in die Körbe legen?“

Sie biss die Zähne aufeinander. Warum hatte sie nicht daran gedacht? Weil sie nicht wusste, dass Körbe da waren. Sie hatte vielleicht einen Reifen gewechselt, aber es gab viel mehr zu tun. Viel, viel mehr.

„Ja, natürlich“, sagte sie. „Das machen sie ja jetzt auch.“ Sie glaubte nicht, dass die Männer irgendetwas taten, aber das wollte sie Dario nicht sagen. Sie wollte nicht, dass er glaubte, es gäbe auch nur ein Problem auf dieser Welt, dass sie nicht allein lösen konnte.

„Ich fahre vorbei und sehe nach, was los ist", bot er an.

„Sie brauchen nicht extra rauszufahren. Ich habe alles unter Kontrolle." Er sollte sich nicht so verhalten, als hätte er das Recht, ihren Job zu übernehmen. Es war ihr Weingut, und wenn sie Hilfe brauchte, würde sie sie von jemand anders bekommen. Von einem Menschen, der nichts zu gewinnen hatte, wenn sie versagte. „Ich fahre jetzt zur Bank und dann direkt zurück in die Berge", fügte sie hinzu.

„Sie waren also noch nicht dort?"

„Doch. Aber es war noch nicht geöffnet."

Er schüttelte den Kopf, so als könnte er nicht glauben, dass sie zu doof war, um die Öffnungszeiten einer Provinzbank in einem fremden Land zu kennen. Sie hätte ihn zu gern in Amerika gesehen, ohne Sprachkenntnisse, wie er eine Mannschaft anheuerte, in ein baufälliges Haus zog und ein neues Geschäft gründete. Was für ein befriedigendes Szenario ... schon eine kleine Delle in seiner Selbstsicherheit, die fast an Arroganz grenzte, würde ihr Befinden deutlich verbessern. Nur zu wissen, dass sie nicht die Einzige war, die Fehler machte.

„Wenn Sie schon in der Stadt sind, wäre es vielleicht äußerst ratsam, mit der Elektrizitätsgesellschaft zu verhandeln. Das heißt, wenn Sie überhaupt Strom wollen. Wenn ja, muss eine neue Leitung verlegt werden. Und nehmen Sie Propangas mit, damit Sie Ihren Herd benutzen können."

„Auf die Flasche warte ich gerade. Strom brauche ich noch nicht. Eine Zeit lang werde ich mit Kerzen klarkommen."

„Und ohne fließendes Wasser? Sie brauchen Diesel für die Maschine, die das Wasser aus dem Brunnen in den Tank pumpt."

„Das weiß ich schon. Ich bekomme gerade welchen. Und um den Strom kümmere ich mich demnächst."

„Nur wenn Sie vorhaben, wirklich dort zu leben."

„Ja, das habe ich."

Der Tankwart kam mit dem Propangas und dem Diesel auf sie zu, und als Isabel sich wieder umdrehte, war Dario weg. Dann fuhr sie zur Bank. Dort gab es keine Probleme. Die Filiale hatte geöffnet, und im Handumdrehen war ihr neues Konto eröffnet.

Als sie zurück zur Azienda kam, bewegten sich die Arbeiter gemächlich zwischen den Reihen der Weinstöcke auf und ab. Sie ernteten die Trauben und legten sie in Körbe. So weit waren sie also schon selbst gekommen. Wenn sie aber in diesem Zeitlupentempo weiterarbeiteten, würde es Wochen dauern, bis sie die Ernte eingebracht hatten. Sie blätterte in ihrem Wörterbuch und suchte sich ein paar Befehle zusammen, damit sie die Männer anweisen konnte, schneller und besser zu arbeiten.

Als sie den schweren Propangaszylinder aus dem Kofferraum ihres Autos heben wollte, tauchte auf einmal einer der Männer neben ihr auf. Sie mochten sie nicht respektieren und kein Wort von ihr verstehen, aber Ritterlichkeit war in Sizilien noch nicht ausgestorben. Sie deutete zum Haus, und er trug den Zylinder in die Küche, wo er ihn neben dem Herd abstellte, der immer noch schräg zur Seite geneigt stand. Sie bat den Mann mit Gesten, eine Seite des gusseisernen Herds anzuheben, während sie ein Stück Holz unter das Bein schob. Nun stand der Herd einigermaßen gerade, und der Arbeiter verließ das Haus.

Schritt für Schritt folgte sie der Anleitung auf dem Etikett der Flasche, und als sie es geschafft hatte, das Gas anzuschließen, fühlte sie sich großartig. Jetzt konnte sie kochen. Jetzt konnte sie alles tun.

Isabel drehte das Gas ab und ging hinaus zu den Männern. Sie griff sich ein Messer und einen Korb und begann, mit den Arbeitern zusammen Weintrauben zu ernten – ein wenig in der Hoffnung, ihnen in Bezug auf Geschwindigkeit ein Beispiel zu geben. Und tatsächlich gab sie ihnen ein Beispiel, wenn auch ein anderes. Sie schnitt sich in den Finger und musste eine ihrer wertvollen Flaschen mit Trinkwasser aufmachen, um die Wunde auszuwaschen.

Als es Mittag wurde, unterbrachen alle Männer ihre Arbeit, holten große Laibe Brot hervor, Käsestücke, Fleischscheiben und Weinflaschen. Sie saßen unter einer alten Eiche und breiteten ihr Essen aus, als unternähmen sie ein Picknick auf dem Lande. Isabel hatte nicht daran gedacht, sich ein Lunchpaket zu packen oder etwas zu essen zu kaufen. Zwar verfügte sie jetzt über einen funktionierenden Herd, hatte aber keine Lebensmittel, um zu kochen.

Sie war verschwitzt, müde und hungrig. Sie sehnte sich nach einem erfrischenden Bad im Teich, doch sie hatte keinen Badeanzug dabei, und mit all den Fremden hier fühlte sie sich gehemmt. Als sie Dario vorfahren sah, seufzte sie. Da sie seine Ratschläge und Tipps nicht wollte, pflückte sie weiter und tat so, als habe sie ihn nicht gesehen.

Er stieg aus und kam auf dem staubigen Pfad zwischen den Weinstöcken auf sie zu, wie sie aus dem Augenwinkel wahrnahm.

„Hungrig?“, fragte er.

So kühl wie eben möglich sah sie ihn an. „Nicht sehr“, log sie, während ihr Magen lautstark protestierte. „Ich habe zu viel zu tun, um eine Essenspause zu machen.“ *Und ich habe nichts zu essen.*

„Wenigstens sollten Sie etwas trinken. Und langsamer machen. Sie sind nicht an die Hitze gewöhnt. Sie sehen müde aus.“

Nichts macht einen müder, als wenn jemand sagt, man sähe müde aus. Plötzlich fühlte sich Isabel vollkommen erschöpft.

„Ich habe an einem Hofladen angehalten und etwas zu essen geholt. Machen Sie eine Pause.“ Es klang eher nach einem Befehl als nach einem Vorschlag, und auf Befehle hatte sie noch nie besonders gut reagiert. Hätte ihr Rücken nicht so wehgetan und es hinter ihrer Stirn nicht so schmerzhaft gepocht, hätte sie ihm wahrscheinlich gesagt, er solle doch sein Essen nehmen und sie in Ruhe ernten lassen. So wischte sie sich die Hände an ihrer Hose ab und folgte ihm zu seinem Auto, wo er eine große Schachtel vom Beifahrersitz nahm und dann voraus zu dem übergrünten Sitzplatz hinter dem Haus ging, wo sich auch die alte Feuerstelle befand.

Die Schachtel stellte er auf dem verwitterten Picknicktisch im Schatten eines alten Baumes ab. Danach goss er sprudelndes Wasser in echte Gläser. Keine Pappbecher für den sizilianischen Aristokraten.

Isabel nahm Platz und trank in großen Schlucken das gut gekühlte Getränk. „Köstlich“, murmelte sie. Dabei hatte sie Köstlichkeiten, die Dario gerade auspackte, noch nicht einmal probiert. Es gab gegrilltes Zitronenhähnchen, mariniert in Olivenöl und Rosmarin, in Würfel geschnittenen Provolone und frischen Mozzarella mit Basilikum. Kleine Tomaten lagen auf dem Tisch, die noch warm waren von der Gartensonne. Daneben stellte Dario eine Schüssel mit gegrillten süßen Paprika und ein Schälchen Pesto. Den Schluss bildete ein knuspriges Ciabatta-Brot, das noch ofenwarm duftete.

„Wo haben Sie das alles her?“, fragte Isabel und brach sich ein Stück Brot ab.

„Hier und dort. Neben dem Hofladen war ich noch in der Bäckerei und im Lebensmittelladen. Es lag alles auf meinem Weg.“

„Das wäre doch nicht nötig gewesen. Aber ich bin trotzdem froh. Ich habe nicht bemerkt, wie hungrig ich bin. Vielen Dank.“

Er saß ihr an dem schmalen Tisch gegenüber, doch sie vermochte seine Miene nicht zu deuten. Halb lag Neugierde in dem attraktiven Gesicht, halb wirkte er wie der Gutsherr, dessen Pflicht es war, die Bedürftigen zu nähren. Oder mästete er nur die Gans, bevor er sie zum

Schlachter brachte? Ganz gewiss hat er nicht seine Meinung geändert, dachte Isabel. Er wünschte sie immer noch weit weg.

„Nachdem Sie Ihr Abendessen gestern mit mir geteilt haben, schulde ich Ihnen etwas."

„Ach das", murmelte sie, als hätte sie die Angelegenheit schon vergessen. Als ob sie auch nur einen Moment des gestrigen Abends hätte vergessen können. Nachdem er gegangen war, hatte sie im Bett gelegen und sich die Szene immer wieder vergegenwärtigt. Was war ihm wohl durch den Kopf gegangen? Sie wusste, was sie gedacht hatte. Sie wollte, dass er sie küsste. Nur um herauszufinden, wie es sich anfühlte, von einem sizilianischen Macho geküsst zu werden. Mehr nicht. Heute am hellen Tag war sie wieder bei Verstand und froh, dass es nicht dazu gekommen war. Zu ihrer ohnehin schwierigen Situation brauchte sie nicht noch zusätzliche Komplikationen.

„Ja, das. Entschuldigen Sie, dass ich einfach so hereingeplatzt bin."

Sie zuckte mit den Schultern. Was sollte sie darauf sagen? *Selbst Ihre Gesellschaft war mir lieber als gar keine? Ich habe eine Seite an Ihnen entdeckt, die mich überrascht hat? Dass Sie sich so sehr einer Frau hingegeben haben, dass Sie Ihre Arbeit vernachlässigten. Sie muss eine besondere Frau gewesen sein. Warum denke ich in der Vergangenheitsform an sie? Wahrscheinlich sitzt sie im Torhaus und wartet mit offenen Armen auf Sie.*

„Wo essen Sie normalerweise mittags?", fragte sie beiläufig und nahm einen Schluck vom kühlen Weißwein, den er ihr eingeschenkt hatte.

„Manchmal mit den Arbeitern auf dem Feld", sagte er. „Oder ich fahre nach Hause."

„Und Sie essen mit Ihrer Familie?" Isabel hielt den Atem an, während sie auf die Antwort wartete.

„Nein."

Was hieß das? Einfach nein?

„Meine Familie macht jeden Tag so ein Theater um das Essen. Egal, wie viel Arbeit draußen wartet. Sie wollen plaudern. Meine Schwestern lieben es, in meinem Privatleben herumzuschnüffeln und kluge Ratschläge zu geben. So etwas wie eine Intimsphäre gibt es in Sizilien nicht. Aber ich habe keine Zeit für diese familiären Zusammenkünfte."

„Ich bin sehr dankbar, dass Sie Zeit für mich haben, das muss ich sagen. Ich war hungrig und neidisch auf das Mittagessen der Arbeiter. Als Sie eben hier aufgetaucht sind, habe ich mir gerade ehrlich leidgetan.

Alles schmeckt ganz wunderbar. Köstlich." Mit einer Gabel spießte sie ein Stück reifer, saftiger Melone auf. „Wie sieht es heute Abend aus? Da können Sie sich wohl nicht drücken und sind genötigt, sich beim Abendessen mit Ihrer Familie zu unterhalten."

„Meine Großmutter erwartet Ihretwegen, dass ich dabei bin. Und niemand widerspricht Nonna."

Also war es nicht sein Wunsch. Er folgte nur den Anweisungen seiner Familie.

„Vielleicht hätte ich Ihrer Großmutter besser nicht helfen sollen."

„Ein Abendessen mit meiner Familie ist ein kulturelles Ereignis, das Sie nicht versäumen sollten. Ich verspreche Ihnen, dass alle freundlich zu Ihnen sein werden – freundlicher jedenfalls, als ich es war. Und Sie werden erleben, was sizilianische Gastfreundschaft heißt. Jetzt muss ich aber gehen. Weintrauben und noch mehr Weintrauben. Wir haben nur eine so kurze Zeit für die Ernte."

Isabel stand sofort auf. Sie fühlte sich schuldig, dass sie im Schatten gesessen, gegessen, Wein getrunken und darüber beinahe ihre Probleme vergessen hatte – von denen eines jetzt gerade vor ihr stand. Ein anderes war ihr Haus, das buchstäblich um sie herum zusammenfiel. Und dann gab es ja noch die Weinstöcke und ihre Arbeiter. Aber es fühlte sich so gut an, zusammen mit dem bestaussehenden Mann von Sizilien, oder womöglich von ganz Italien, eine Pause zu machen, ihren Magen mit köstlichem Essen und ihren Geist mit Geschichten und Meinungen füllen zu lassen. Ein Reiseführer vermittelte nur nackte Fakten. Ein Sizilianer mit unglaublich blauen strahlenden Augen, breiten Schultern und einem markanten Kinn ließ jedes Detail über das Land ihrer Wahl faszinierend und bedeutsam werden.

Er ließ ihr das restliche Essen, den Wein und das Wasser da.

„Sie müssen das Essen kühl stellen. Ich lasse Ihnen Eis liefern", sagte er zum Abschied. „Wahrscheinlich wurde der alte Eisschrank seit Jahren nicht benutzt, aber für ein paar Tage wird es gehen."

„Danke schön." Warum war er so nett? Es musste die sizilianische Gastfreundschaft sein, die über seine Abneigung gegen sie siegte.

Auf dem Weg zu seinem Auto sprach Dario noch mit ihren Arbeitern, die wieder an die Traubenernte gegangen waren. Er wollte sichergehen, dass sie Isabel nicht übervorteilten, nur weil sie Ausländerin war und nicht wusste, was sie von ihnen erwarten durfte und musste. Es beruhigte ihn, zu sehen, dass die Männer Isabel Respekt entgegenbrachten –

ihre Versuche, italienisch mit ihnen zu sprechen und ihre Bereitschaft, mit ihnen gemeinsam zu arbeiten, hatten die Leute beeindruckt.

Gegen seinen Willen empfand er ebenfalls Hochachtung. Keine Frau, die er kannte, würde selbst Weintrauben ernten, allein die Propangasflasche anschließen, einen Reifen wechseln oder in einer Ruine von Haus leben wollen. Vielleicht, nur vielleicht, würde ihr gelingen, was ihrem Onkel nicht geglückt war. Inzwischen wusste er, dass sie eine außergewöhnliche Frau war. Womöglich war es für ihn jetzt die beste Strategie, ihr mit Arbeitern, Eis, Ratschlägen und Essen unter die Arme zu greifen. Im Augenblick war es einfach nicht Erfolg versprechend, sie mit Druck zum Verkauf der Azienda zu bewegen. Während er langsam zu seinem Wagen ging, dachte er an den bevorstehenden Abend. Mit Isabel als Gast würden sich alle vorbildlich verhalten. Eigentlich freute er sich sogar darauf, seine Familie, die er so lange gemieden hatte, wiederzusehen. Er hatte seine Nichten und Neffen schon vermisst, aber die Arbeit war immer ein guter Grund gewesen, um sich so rar wie möglich zu machen.

Die Familie liebte vergnügliche Gesellschaften. Sie würde sich freuen, Isabel kennenzulernen, und sie herzlich willkommen heißen. Schließlich bedauerte keiner zutiefst den Verlust der Azienda. Sie akzeptierten den Verkauf als Teil des Auf und Ab, das normal war im Geschäftsleben.

Er fragte sich, was wohl geschehen wäre, wenn er heute nicht mit dem Lunch bei Isabel vorbeigeschaut hätte. Hätte sie bis zum Umfallen weitergearbeitet? So wie er sie kannte, wäre genau das passiert. Sie war so fest entschlossen, unter Beweis zu stellen, dass sie alles allein schaffte. Aber er mochte nicht einfach danebenstehen und zusehen, wie sie vor Hunger ohnmächtig wurde oder in der Hitze dehydrierte.

Langsam machte er sich in Richtung seiner eigenen Weinpresse auf, und während er an den langen Reihen von Weinstöcken vorbeifuhr, an denen die reifen Trauben hingen, dachte er wieder an Isabel. Womöglich hatte sie diesen Besitz doch verdient. Was für ein revolutionärer Gedanke – doch er wurde ihn nicht mehr los.

Am Ende dieses Arbeitstages war Isabels Rücken trotz der Mittagspause steif, ihre Finger waren taub, ihr Nacken und die Arme sonnenverbrannt, und sie hatte nur wenige Körbe gefüllt. Natürlich konnte sie nicht mit den erfahrenen Pflückern, die nach dem Gespräch mit Dario mehr Eifer an den Tag gelegt hatten, mithalten. Aber versuchen wollte sie es wenigstens. Sie musste ihnen zeigen, dass sie nicht die verwöhnte amerikanische Erbin war, für die sie sie hielten. Um Punkt fünf Uhr ließen die Männer alles fallen und erwarteten ihr Geld. Sobald sie sie bezahlt hatte, sprangen alle auf die Ladefläche eines Kleinlasters, und weg waren sie, um ihren Lohn in der Stadt auszugeben.

Als jetzt das Eis angeliefert wurde, fühlte sie eine Welle der Dankbarkeit gegenüber Dario. Er hätte das alles nicht für sie tun müssen. Sie trank noch eine Flasche Wasser im Stehen, dann fuhr sie ins Hotel zurück.

Sie hatte keine Ahnung, wann und wo sie zum Abendessen erwartet wurde oder wer außer Dario und seiner Großmutter anwesend sein würde. Doch sie hoffte, dass es eine große Gesellschaft würde, dann wäre sie seiner Gegenwart nicht so intensiv ausgesetzt. Dass sie sich heute Mittag an einem Tisch gegenüber gesessen, getrunken und gegessen hatten, während ihre Knie von Zeit zu Zeit gegeneinanderstießen, hatte ihr für heute vollauf genügt. Sie fühlte sich in seiner Gegenwart unwohl, denn sie begriff nicht, warum er ihr half, wo es doch seinen ureigenen Interessen zuwiderlief.

Er war zu groß, zu stark, zu sizilianisch, zu selbstbewusst und natürlich viel zu gut aussehend. Wie sollte eine Frau ihm widerstehen? Er und Miss Sizilien waren wahrscheinlich ein umwerfendes Paar gewesen.

Heute Abend wollte Isabel einen guten Eindruck machen. Nicht weil es Darios Verwandte waren, sondern einflussreiche Landbesitzer, die seit Generationen hier lebten. Und sie waren ihre Nachbarn. Aus dem Koffer zog sie das einzige Kleid, das sie dabeihatte, ein blau-grünes Baumwollkleid mit Spaghettiträgern und einem schmal geschnittenen Rock. Ob das angemessen war? Ihre Nerven gingen mit ihr durch. Das lag an der Müdigkeit, den Sorgen und – an ihm. Dafür, dass sie ihn meiden wollte und er umgekehrt ebenso keinen Wert auf ihre Gegenwart legte, sahen sie sich viel zu häufig.

Dario fuhr um sieben Uhr ins Hotel, um Isabel abzuholen. Die Sonne stand schon tief am Himmel, und die Luft hatte sich ein bisschen abgekühlt. An der Rezeption bat er den Portier, Signorina Morrison anzurufen und ihr auszurichten, dass Dario Montessori in der Bar auf sie wartete.

Was hatte ihn getrieben, ihr heute das Mittagessen zu bringen? überlegte er, als er in einem Sessel Platz nahm. Nun, die Sizilianer hatten ihre Feinde noch nie hungern lassen, seien sie nun die Phönizier, die Vandalen, Normannen oder amerikanische Erbinnen.

In diesem Augenblick schaute er auf und sah Isabel, die eben die Bar betrat. Sie sah atemberaubend aus. Das völlige Gegenteil zum Nachmittag, als er sie mit erhitztem Gesicht, feuchtem Haar und verschwitzt zwischen den Weinstöcken getroffen hatte. Heute Abend sah sie aus, als wäre sie frisch einem amerikanischen Spielfilm entstiegen. Das türkisfarbene Kleid setzte ihr feurig rotes Haar erst richtig in Szene. Niemals hatte er eine erstaunlichere Verwandlung gesehen: von der zerzausten, erschöpften Arbeiterin im Weinberg zur glamourösen Dame. Ihre Blicke trafen sich und hielten einander für einen Moment fest. Die Stimmen in der Bar verstummten.

Er hatte vorgehabt, eine größtmögliche Distanz zu ihr zu wahren und sie einzig für ihre Entschlusskraft als Unternehmerin zu bewundern, doch in diesem Augenblick lösten sich seine Vorhaben in Luft auf. Er bewunderte sie für das, was sie jetzt war – eine blendende Erscheinung in einem Raum voller attraktiver Italienerinnen. Alle Gäste in der Bar drehten sich nach ihr um.

Er stand auf und ging zu ihr. „Fertig?“, fragte er nur, bevor er sie hinaus zu seinem Auto begleitete.

„Der Hotelbesitzer ist sehr nett“, erzählte Isabel, als sie im Wagen saßen. „Er hat mich darüber aufgeklärt, dass ich meine Trauben segnen lassen muss. Das gehört wohl dazu.“

„Das stimmt.“ Wenn die Trauben den Segen empfangen hätten, gab es kein Zurück mehr. Dann wäre sie Feuer und Flamme, sie würde Respekt genießen und sich ihren Platz in der Gemeinschaft erobern. Und nie mehr abreisen, egal was passierte. Vielleicht war es an der Zeit, die Tatsachen anzuerkennen und auf den Zug aufzuspringen, bevor er den Bahnhof ohne ihn verließ.

Während er durch das Abendlicht fuhr, bemerkte er den zarten Jasminduft. Gerade wenn es am klügsten war, Abstand von ihr zu halten, fühlte er sich von ihr angezogen. Wo früher sein Herz gewesen war, empfand er nur noch einen andauernden Schmerz. Jedes Mal, wenn er tief einatmete, jedes Mal, wenn er mitten in der Nacht erwachte und an seinen kolossalen Fehler dachte, spürte er den Schmerz in seiner Brust, und er hatte nicht geglaubt, dass diese Pein jemals wieder verschwinden würde.

Die rothaarige Amerikanerin stellte genau die unbedeutende Ablenkung dar, die er benötigte. Nichts von Belang. Von Zeit zu Zeit brauchte jeder mal eine Abwechslung. Und ob er nun mit ihr stritt, ihr Essen brachte oder sie für ihre Entschlusskraft bewunderte, Isabel war in jedem Fall eine Abwechslung von seinem Leben, das nur aus Arbeit, Arbeit und Arbeit bestand. Eine Abwechslung, ja, das war's. Kein Grund zur Sorge.

„Ich freue mich, dass Sie ein gutes Gespräch mit dem Besitzer hatten", nahm er den Faden wieder auf. „In der Hotelbar trifft sich so ziemlich jeder aus der Gegend hier. Nicht zuletzt deshalb habe ich Ihnen so dringend empfohlen, dort zu wohnen."

„Der Punkt geht an Sie." Sie schenkte ihm ein Lächeln. „Ich habe eine Menge Neuigkeiten erfahren."

Er fragte sich, was genau sie gehört haben mochte. Gerüchte verbreiteten sich schnell in einer Kleinstadt. Er war froh, dass er ihr schon seine Geschichte erzählt hatte und sie sie nicht über Dritte hörte. Normalerweise hasste er es, über die Fehler seiner Vergangenheit zu sprechen. Aber gestern Abend war es anders gewesen. Vielleicht war es der Wein gewesen, vielleicht der lange unterdrückte Wunsch, diese Geschichte aus seinem Innern hervorzuholen. Eigentlich wünschte er sich nichts sehnlicher, als dieses Kapitel aus seinem Leben zu vergessen, aber bislang steckte sie ihm wie ein Knochen im Hals.

„Ich habe nichts gegen das Hotel", sagte Isabel jetzt. „Doch wie Sie wissen, stecke ich mitten in einem schwierigen Prozess, und ich sollte vierundzwanzig Stunden am Tag und sieben Tage die Woche auf der Azienda sein."

„Bleiben Sie nicht über Nacht dort. Abgesehen von dem nicht vorhandenen fließenden Wasser und dem Strom, stellen die Wildschweine eine echte Bedrohung dar."

Ihre Augen weiteten sich. Dann drehte sie sich zu ihm und bedachte ihn mit einem skeptischen Blick. „Ist das schlimmer als die Giftschlangen im Teich?"

„Viel schlimmer", antwortete er, ohne sich für seine Schwindelei mit den Schlangen zu entschuldigen. „Die Schwarzkittel fallen nachts in Rudeln in die Weinberge ein und entwurzeln die Weinstöcke."

„Ein Grund mehr, dort zu übernachten. Dann kann ich sie verjagen.

„Gute Idee." Offensichtlich glaubte sie ihm nach der Schlangengeschichte nicht mehr. Trotzdem wollte er, dass sie gewarnt war, falls sie vorhatte, nach Einbruch der Nacht auf der Azienda zu bleiben. „Und wie genau möchten Sie das machen?"

„Wie machen Sie es?"

„Ich benutze eine Schrotflinte.“

Isabel presste die Lippen zusammen, denn sie wollte ihm nicht sagen, dass er nach der Schlangennummer seine Glaubwürdigkeit verloren hatte. Außerdem hatte sie keine Lust, sich von ihm einschüchtern zu lassen, wenn auch der Gedanke an eine Horde Wildschweine, die wühlend durch ihre Weinberge streifte, ihr Gänsehaut auf den Armen verursachte. Sie wusste, dass sie niemals ein Tier erschießen konnte. *Wie groß waren denn diese verdammten Wildschweine?*

„Aha. Nun, dann scheint es mir umso dringlicher, dass ich aus dem Hotel ausziehe. Was könnte ich denn tun, wenn sie kommen, solange niemand auf dem Gut wohnt und sie verscheuchen kann?“

„Einen Nachtwächter anheuern vielleicht?“, schlug er vor.

„Oh nein, ich werde nicht mein Geld für einen Job ausgeben, den ich auch selbst machen kann. Sie sind nur nicht daran gewöhnt, dass eine Frau ein Wildschwein verjagt.“

„Das ist wohl wahr, daran bin ich nicht gewöhnt. Ich freue mich schon auf den Anblick – Sie Auge in Auge mit dem wilden Eber. Ich zweifle nicht daran, dass die Wildschweine um ihr Leben rennen werden.“

„Ich weiß Ihr Vertrauen in meine Fähigkeiten zu schätzen“, antwortete sie mit demgleichen sarkastischen Unterton, den er auch angeschlagen hatte. Er glaubte nicht, dass sie ein Wildschwein verjagen konnte. Das tat sie ebenso wenig, aber sie würde es niemals vor ihm zugeben. Zumindest würde sie es versuchen, wenn es darauf ankam. Die Weinstöcke musste sie schützen, egal wie.

Sie wollte das Thema nicht weiter verfolgen und fragte: „Sind alle Ihre Freunde im Weingeschäft?“

„Mehr oder weniger“, antwortete er. „Sind alle Ihre Freunde im Design-Business?“

„Nein, ganz und gar nicht. Aber ich selbst bin es ja auch nicht mehr. Ich bin inzwischen im Weingeschäft.“

„Ich dachte, Sie wollten ein neues Etikett für Ihren Wein entwerfen?“

„Das will ich auch immer noch. Ich designe auch für Sie ein neues, wenn Sie Ihre Meinung ändern.“

„Dann fangen Sie an.“

„Wirklich? Sie wollen mir eine Chance geben? Ich weiß nicht, ob Ihnen gefällt, was ich mache, aber nach allem, was Sie für mich getan haben, schulde ich es Ihnen.“

Sie hatte keine Ahnung, warum sich seine Einstellung geändert hatte, aber sie war froh, dass es so war. In ihrem Kopf begannen die Ideen für ein neues, verlockendes Montessori-Weinlabel zu sprühen. In ihren Fingern juckte es, und sie hätte gern Bleistift und Papier gehabt.

Als sie das Städtchen hinter sich gelassen hatten, fragte sie noch einmal nach: „Versuchen Sie mir mit den Wildschweinen Angst einzujagen? Oder sind sie wirklich eine Gefahr?"

„Das sind sie wirklich. Nicht jede Nacht, nicht jeden Sommer. Aber es ist mehr als gerechtfertigt, Sie zu warnen. Die Tiere werden ziemlich groß, und sie haben keine natürlichen Feinde. Sie fressen alles, was sie finden, und besonders gern die Wurzeln der Weinstöcke."

„Und was ist mit Menschen?"

„Sie lieben Menschen, besonders junge, frisch eingetroffene Amerikanerinnen."

Isabel schnappte nach Luft, und er schenkte ihr ein kleines, reumütiges Lächeln. Er nahm sie auf den Arm! Das war ein gutes Zeichen. Und völlig unerwartet. Unter Umständen gehörte er doch zur menschlichen Spezies. Als sie sich vorhin in der Bar getroffen hatten, hatten die funkelnden Blicke, die er ihr zugeworfen hatte, ein heißes Gefühl auf ihrer Haut und ein Prickeln in ihrem Bauch verursacht. Sie war sich nicht sicher, wie sie diese Blicke deuten sollte.

„Sie werden es nicht glauben, aber ich beginne den Gedanken zu erwägen, dass Sie alles mitbringen, was man braucht, um es auf der Azienda zu schaffen, trotz der Wildschweine, der Fledermäuse und des Lochs im Dach."

„Wirklich?" Sie konnte es nicht fassen. Ein Gefühl der Wärme durchflutete ihre nackten Schultern und stieg über den Hals in ihr Gesicht auf.

„Verstehen Sie mich nicht falsch, mein Ziel ist es nach wie vor, das Land wieder im Besitz meiner Familie zu sehen. Aber ich bin bereit, Sie bei der Bekämpfung der Pflanzenschädlinge zu unterstützen, denn die Pflege der Weinstöcke ist wichtig für mich. Ich sehe, dass Sie diesen Ort ebenso sehr mögen, wie ich das tue. Aber Sie brauchen unbedingt ein Telefon, damit Sie mich anrufen können, wenn etwas schiefläuft. Für den Fall, dass Ihr Handy mal nicht funktioniert."

„Das ist sehr großzügig", sagte sie. „Aber das kann ich nicht annehmen. Sie haben schon genug für mich getan."

„Ich möchte, dass Sie eines wissen: Ich bin Ihnen gegenüber ehrlich gewesen, in allem, was ich gesagt habe. Ich weiß eben nicht alles.

Ich dachte wirklich, dass es in dem Teich Giftschlangen gibt. Ich habe mich geirrt. Nicht das erste Mal. Schwimmen Sie also ruhig darin rum."

„Das werde ich", versicherte sie ihm. „Sobald ich mir einen Badeanzug gekauft habe." Es war ein gutes Gefühl zu wissen, dass sie sich seinen Respekt erworben hatte.

„Was ist mit Ihnen? Haben Sie sich niemals geirrt?"

„Ich? Oh doch. Ich habe mit einigen Dingen sehr, sehr falschgelegen." Sie presste die Lippen fest zusammen. Sie hatte den ganzen weiten Weg zurückgelegt, um von der Vergangenheit loszukommen. Warum sollte sie jetzt darüber sprechen? Doch anstatt zu schweigen, merkte sie, dass sie nicht mehr aufhören konnte, nachdem sie einmal angefangen hatte. „Ich habe jemandem vertraut, dem ich mein Vertrauen besser nicht geschenkt hätte. Nach allem, was ich in meiner Kindheit erlebt habe – die Enttäuschungen, die wechselnden Pflegefamilien, die zerstörten Hoffnungen –, habe ich mich dem Glauben hingegeben, es gäbe jemanden, der mich liebt." Ihre Stimme zitterte, Isabel hielt inne und holte tief Luft. Sie wünschte, sie wäre mit dem Teil über die Liebe nicht herausgeplatzt.

„Es ist jetzt nicht mehr wichtig", behauptete sie. Das war eine Lüge. Es war immer noch von Bedeutung. Sollte es nicht sein, war es aber. „Ich habe meine Lektion gelernt. Ich werde denselben Fehler nicht noch einmal machen. Aber diese Erfahrung hat dazu geführt, dass ich hierhergekommen bin und ein neues Leben beginne. Das Erbe kam, als ich es am meisten gebraucht habe. Ein Geschenk des Himmels. Glauben Sie an Wunder?"

„Nein", lautete Darios knappe Antwort.

„Ich auch nicht. Aber wenn das kein Wunder war, was ist dann eins?"

Dario bog jetzt von der Hauptstraße auf einen schmalen Weg ein, der von Zypressen gesäumt war und vor einem wunderschönen weiß verputzten Haus endete. Es war wie auf einem Werbeposter für Sizilienreisen, und es nahm ihr den Atem. Niemals hatte sie ein so schönes, einladendes Haus gesehen. Der Duft reich tragender Orangen- und Zitronenbäume hing in der Luft. Die Schatten der blauen Stunde tauchten alles in weiches Licht.

6. KAPITEL

Es war mehr als ein Haus. Es war ein Anwesen mit Gärten, Innenhöfen, Nebengebäuden und einem traumhaften Haupthaus. Isabel hatte geahnt, dass es ansehnlich sein würde. Sie hatte nicht geahnt, dass es ein Traumhaus aus der Zeitschrift „Die schönsten italienischen Landhäuser" sein würde und alles hatte, was eine italienische Villa haben sollte, einschließlich eines Hunds und der Kinder, die jauchzten, als hätten sie ihren Onkel Dario seit Jahren nicht mehr gesehen.

Sie warfen sich auf ihn, und einen der kleinen Jungen hob er auf seine Schultern. Zwei andere ergriffen seine Beine und versuchten, daran hängen zu bleiben. Isabel starrte verblüfft diesen Mann an, dem sie jederzeit das Label „meidet tunlichst Kinder und Tiere" angeheftet hätte. Wie sehr sie sich getäuscht hatte! Sein warmes, tiefes Lachen ließ sie benommen zurück. Dario, Kinder und Haustiere.

Eine kleine hübsche Frau in einem einfachen, aber schön gefertigten blauen Baumwollkleid und Sandaletten mit Lederriemchen unterbrach Dario und die Kinder.

„Dario", rief sie und umarmte ihren Bruder. „Dass du gekommen bist."

„Natürlich bin ich da", antwortete er fröhlich. „Nonnas Befehl."

Er drehte sich um und winkte Isabel. „Isabel Morrison. Das ist meine Schwester Lucia."

„Willkommen auf El Encanto", sagte Lucia.

In der Zwischenzeit waren die Bitten der Kinder lauter geworden. Dario entschuldigte sich, und er und die Kinder entfernten sich über den Rasen.

Lucia sah ihrem Bruder nach. „Ich bin froh, dass Sie die Einladung angenommen haben. Und ich kann kaum glauben, dass Dario auch gekommen ist."

„Aber ich dachte …"

„Sie dachten, dass wir jeden Abend alle zusammen wie eine große glückliche italienische Familie zusammen essen? Manche von uns, ja, aber Dario ist den Familienzusammenkünften seit … seit Langem ferngeblieben. Wir haben Ihnen zu danken, dass Sie ihn heute mitgebracht haben."

„Herzlichen Dank für die Einladung. Das Haus ist wunderschön."

„Es ist schon alt und seit vielen Generationen in Familienbesitz.

Kommen Sie, ich führe Sie herum. Sie müssen Dario bitte entschuldigen, meine Kinder sind so froh, dass er hier ist. In letzter Zeit haben sie nicht viel von ihrem Onkel gehabt."

„Ich verstehe, dass die Ernte für alle viel Arbeit bedeutet."

„Wir sind alle viel beschäftigt", antwortete Lucia und runzelte leicht die Stirn. „Aber Zeit für die Familie sollte man trotzdem haben. Wir anderen zumindest finden diese Zeit."

Isabel wusste nicht, was sie darauf antworten sollte, doch glücklicherweise sprach Darios Schwester weiter. „Die Kinder vermissen ihn am meisten. Er war schon immer ihr Lieblingsonkel. Haben Sie Kinder?"

„Nein. Ich bin nicht verheiratet." Warum glaubten nur alle Italiener, eine Frau ihres Alters müsste verheiratet sein?

„Ach so. Die Kinder haben Dario zum neuen Tennisplatz entführt und werden ihn zu ein, zwei Spielen überreden wollen." Lucia führte Isabel durch die schwere Eingangstür aus Eichenholz ins Innere des Hauses. Durch die Halle, die mit ihrem glänzend gefliesten Boden, den komfortablen Sofas und antiken Möbelstücken einen einladenden Eindruck machte, gelangten sie in die Küche. Auf einem Fußbänkchen stehend, damit sie an den Herd heranreichte, war die alte Dame, die Isabel ja schon kannte, gerade damit beschäftigt, in einem Topf mit Soße zu rühren. Sie schaute auf und lächelte strahlend.

„*Ciao. Benvenuto.*"

„*Grazie.* Danke für die Einladung", antwortete Isabel.

Signora Montessori stieß einen Schwall italienischer Worte aus, die sie an ihre Tochter richtete, während Isabel die Küche bewunderte, die in Rot gekachelt war. Von der Decke hingen Kupferkessel und Pfannen.

„Sie sagt, sie hofft, dass Ihnen das sizilianische Essen schmecken wird."

„Ganz gewiss wird es das. Kocht Ihre Mutter hier im Haus?"

„Oh nein, wir haben eine Köchin, die seit vielen Jahren für uns arbeitet. Aber Mutter überwacht alles in der Küche, das Füllen der Würste, das Ausrollen des Pastateigs und die Käseherstellung. Mein Großvater hält nämlich Ziegen, und wir stellen eigenen Käse her. Und wenn wir einen besonderen Gast haben, so wie Sie heute Abend, stellt meine Mutter sich auch selbst in die Küche, um sicherzugehen, dass alles gelingt. Meine Familie und ich sind einmal in der Woche hier zum Essen, und wir lieben diese Treffen. Dario kam auch immer – bevor er zum Workaholic wurde."

„Was für ein schönes Ritual!“, murmelte Isabel und ignorierte den Teil über Dario und seine Arbeitsgewohnheiten. Sie wusste, wenn sie eine Großmutter und eine große Familie hätte, wäre sie mindestens einmal die Woche da. Aber sie hatte auch nicht die Trockenheit, die Pilzkrankheit der Reben, den Verkauf der Azienda und persönliche Probleme wie eine aufgelöste Verlobung hinter sich. Vielleicht brauchte Dario eine Auszeit von der Familie.

„Kommen Sie“, lud Lucia ihren Gast ein. „Ich zeige Ihnen den Garten. Nonna ist besonders stolz auf ihre römischen Bohnen, die Auberginen, Feigen, Zucchini und die italienischen Paprikaschoten. Nur die Rosen sind Nonnos Lieblinge. Vor seinem Herzanfall hat er ihnen seine gesamte Energie und Aufmerksamkeit geschenkt. Beinahe haben sie den Platz der Trauben in seinem Leben eingenommen. Aber nur beinahe. Es tut mir leid, dass Sie ihn heute nicht kennenlernen werden. Er isst auf seinem Zimmer. Er hat sich heute ein wenig übernommen und braucht Ruhe.“

„Sein Wissen über Wein muss immens sein. Ihr Montessori Cabernet und Ihr Merlot sind ja berühmt. Dario hat mir erzählt, dass er besonders auf einen stolz ist – war es ein Benolvio? Wir haben ihn in einem Restaurant getrunken.“

Lucia sah sie verblüfft an. „In welchem war das?“

„Ich kann mich nicht an den Namen erinnern, ich glaube, es war früher ein alter Palast.“

Lucia nickte. „Das Palazzo, ja, ein wundervolles Restaurant und ein ganz besonderer Ort. Ich freue mich, dass er Sie dorthin mitgenommen hat. Uns erzählt Dario immer, er habe überhaupt keine Freizeit.“

„Es war auch eher ein Geschäftsessen, wissen Sie“, sagte Isabel und hoffte inständig, dass sie nichts Falsches gesagt hatte. „Ich kann von ihm so viel über den Anbau und das Winzern lernen.“ Von Darios Seite war ihr gemeinsamer Lunch ganz sicher ein Geschäftsessen gewesen. Sie spürte, dass es jetzt an der Zeit war, Lucia zu sagen, wer sie wirklich war. „Ich bin nämlich auch im Weingeschäft. Ich habe die Azienda von meinem Onkel geerbt.“

„Oh“, sagte Lucia nur und brach eine der betäubend duftenden Rosenblüten ab. „Sie sind das also.“

„Ja, ich bin das.“ Was hatte Lucia über sie gehört? Dass sie unvernünftig war? Dass sie den Besitz nicht verdiente?

Lucia warf Isabel einen langen Blick zu, dann lächelte sie und sagte: „*Benvenuto in Sicilia.*“

„*Grazie*", antwortete Isabel und lächelte ebenfalls. Sie war erleichtert über Lucias Reaktion, die so ganz anders war als die ihres Bruders am Tag ihrer Ankunft. Lucia verhielt sich ihr gegenüber so herzlich, wie sie es bei jedem anderen Neuankömmling getan hätte.

„Wie haben Sie Dario kennengelernt?"

„Er hat mir am ersten Tag nicht nur den Weg gezeigt, sondern war so freundlich, mich selbst zur Azienda zu fahren." Nicht dass ihr das Wort „freundlich" zum damaligen Zeitpunkt eingefallen wäre.

„Ich verstehe", sagte Lucia nachdenklich. „Wie nett!"

In diesem Augenblick trat eine Frau in Schürze nach draußen und schlug einen Gong an. Sie wechselte ein paar Worte mit Lucia, die sich an Isabel wandte. „Das Dinner ist fertig."

Der Gong schien gut zu funktionieren. Aus allen Richtungen kamen Kinder und Erwachsene herbei und strömten ins Haus. Unter ihnen auch Dario, der neben seiner Großmutter ging und in einer ernsthaften Unterhaltung mit ihr begriffen schien. Sie waren ein bemerkenswertes Paar, die schmale, schwarz gekleidete alte Dame und ihr attraktiver, athletisch gebauter Enkelsohn. Die Art, wie sie zu ihm sprach, ließ allerdings eher auf eine Belehrung als eine Unterhaltung schließen. Isabel hätte einiges darum gegeben, das Gespräch zu verstehen. Jeder, der die Autorität besaß, Dario etwas sagen zu können, war eine Person, mit der man rechnen musste.

Bevor er sich setzte, begrüßte Dario seine Brüder und Schwestern, deren Ehemänner und -frauen, und alle schienen erfreut und überrascht, ihn zu sehen. Sie umarmten und küssten ihn auf beide Wangen und bestürmten ihn mit Fragen, die er aber alle abwehrte, indem er ihnen Isabel als die neue Besitzerin der Azienda vorstellte – sollte jemand die Neuigkeit noch nicht gehört haben. Dann nahm er am Tisch, der im Freien unter einem Baum gedeckt war, gegenüber von Isabel Platz.

Die Blicke, die über den Tisch flogen, waren eindeutig. Alle hatten von ihr gehört, und nun wollte jeder sie mit eigenen Augen betrachten. Es hatten sich zwischen fünfzehn und zwanzig Leute eingefunden, und Isabel fiel es schwer, sich zu merken, wer Maria war und wer Anna, welches Mädchen Francesca hieß und welches Angela.

Alle sprachen in schnellem Italienisch durcheinander, während eine Angestellte Schalen mit einer leichten Cremesuppe servierte. Isabel probierte nur ein wenig und war überzeugt, im Himmel angekommen zu sein.

„Mögen Sie die Suppe?“, fragte Dario von der anderen Seite des Tisches.

„Sie ist wundervoll. Was ist das?“

„*Maccu*, eine sizilianische Spezialität. Sie wird aus unseren selbst gezogenen Bohnen gemacht. Großmutter wollte ein ganz besonderes Essen für Sie zubereiten.“

„Sagen Sie ihr bitte, wie sehr ich mich freue. Ich bin so dankbar, bei Ihrem Familienessen dabei sein zu dürfen. Im Hotel zu essen ist doch etwas ganz anderes.“

„Obwohl das Essen im Cairolo nicht schlecht ist“, meinte Dario zu Isabel. „Ihr Kalbfleisch in Madeira ist nachgerade ausgezeichnet. Und es gibt sogar Zimmerservice.“

Der wissende Blick, mit dem er sie bedachte, verriet ihr, dass er das intime Abendessen auf ihrem Zimmer nicht vergessen hatte. Auch nicht die Tatsache, dass er sie nicht geküsst hatte. Sie hoffte, dass seine Familie jetzt nicht glaubte, sie habe ihn zu diesem Dinner für zwei eingeladen. Irgendwie erweckte er auf beunruhigende Weise den Anschein, als könnte er einfach durch ihre Kleider hindurch bis in ihre Seele schauen.

Sie fröstelte in der warmen Luft und konzentrierte sich auf die Suppe, die vor ihr stand. Hatte irgendjemand diese beiläufigen Flirtversuche von ihm bemerkt? Oder verstand sie alles falsch, und dies war kein Flirten in sizilianischer Manier, sondern – es war … etwas anderes. Oder erwarteten die anderen dieses Verhalten von ihm?

„Nonna hat uns erzählt, dass Sie ihr gestern geholfen haben. Ich fürchte, die Einkaufsmöglichkeiten hier sind recht beschränkt“, warf Angela jetzt ein.

„Überhaupt nicht. Ich habe herrlichen Schinken und wunderbaren Käse gekauft. Und die Früchte und das Gemüse, die wir heute zum Lunch hatten, waren köstlich“, fügte sie an Dario gewandt hinzu.

Seine Schwestern tauschten Blicke aus. Vielleicht hätte sie nichts über ihr gemeinsames Mittagessen sagen sollen. Wahrscheinlich kamen sie jetzt auf den abwegigen Gedanken, dass sie und ihr Bruder viel Zeit miteinander verbrachten. Es geht nur ums Geschäft, hätte sie am liebsten gesagt. Doch tat es das wirklich?

„Ich meine, weil meine Küche noch nicht eingerichtet ist, hat Dario mir etwas zu essen vorbeigebracht. Ich glaube nicht, dass ich ohne das Picknick den Tag überstanden hätte“, erklärte sie ein wenig stammelnd und spürte, dass ihre Wangen heiß wurden, während sie versuchte, das gemeinsame Mittagessen herunterzuspielen.

„Mögen Sie die Azienda?“, fragte seine Schwester Caterina höflich.

„Sehr. Man muss viel Arbeit reinstecken, aber das Gut hat Potenzial.“

Wieder wurden vielsagende Blicke rund um den Tisch getauscht. Was hatten sie erwartet? Eine verwöhnte Erbin, die so entmutigt war, dass sie auf dem Absatz umdrehte und nach Amerika zurückflog?

Dario sagte nichts, sondern nahm sich eine tüchtige Portion von der *Caponata*, einer klassischen Mischung aus Auberginen, Kapern und Oliven, die nach der Suppe serviert worden war.

Seine Großmutter schaute in der Runde umher. Ihre Familie war ungewöhnlich ruhig. „Ist alles in Ordnung?“

„Es schmeckt köstlich“, versicherte Dario ihr. Er stand auf und schenkte allen am Tisch aus einer Karaffe Wein nach. „Isabel ist sehr an Geschichte interessiert. Und Sizilien ist der perfekte Ort, um die Vergangenheit zu studieren, da wir seit sechstausend Jahren von praktisch jedem kolonialisiert wurden, der übers Mittelmeer gesegelt kam. Ich habe ihr die Ruinen von Casale gezeigt, da wir ohnehin in der Nähe waren.“

„Ich dachte, du seiest zu beschäftigt für Rundfahrten“, sagte sein Bruder Cosmo vom anderen Ende des Tisches. „Nun verstehen wir endlich den Grund, warum du auf einmal in deinem engen Terminkalender für jemanden Zeit findest, allerdings nicht für deine liebe Familie.“ Er warf einen bewundernden Blick in Isabels Richtung.

Dario, der inzwischen wieder auf seinem Platz saß, goss sich vorsichtig etwas von dem fruchtigen Olivenöl in eine kleine Schale. „Aber niemals zu beschäftigt, um einem Fremden unser Land zu zeigen.“

Als sie aufschaute, bemerkte Isabel, dass Dario sie ansah. Seine blauen Augen waren tief und unergründlich wie das Meer. Falls er versuchte, ihr eine Botschaft zu senden, hatte sie keine Ahnung, welche. Alles, was sie wusste, war, dass sein intensiver Blick ein Prickeln auf ihren Armen und ein seltsames leeres Gefühl in ihrem Kopf verursachte, so als ob ihr Gehirn ohne sie in die Ferien gefahren wäre. Sie konnte nicht klar denken. Sich kaum konzentrieren. Sie war froh, dass alle Erwachsenen Englisch sprachen, denn es war schon schwer genug, in ihrer eigenen Sprache möglichst das Richtige zu sagen.

Nach dem Hauptgang, zu dem knusprig gebratene Rotbarben, dazu Rosmarinkartoffeln und Paprikagemüse gereicht wurden, begannen die Kinder, unruhig zu werden. Allmählich war es in dem Innenhof und im Garten vollends dunkel geworden. Als die Kleinen endlich aufstehen durften, zogen sie Dario von seinem Stuhl hoch. „Die Kinder wollen die neue Flutlichtanlage auf dem Tennisplatz ausprobieren." Er drehte sich zu Isabel um. „Spielen Sie?"

„Nicht sehr gut."

„Dann bekommen Sie von uns eine Unterrichtsstunde", sagte er. „Kommen Sie doch mit."

Im Gänsemarsch gingen sie durch den Garten, vorbei an einem kleinen Olivenhain und einem Swimmingpool mit Unterwasserbeleuchtung. Schließlich erreichten sie den angestrahlten Tenniscourt, von hoch aufragenden Zypressen umstanden.

Einer der Jungen reichte Isabel einen Schläger.

„Er will dein Partner sein", erklärte Dario. „Alle wollen sie das."

„Besser, Sie sagen ihnen, dass ich nicht besonders gut spiele."

„Das ist ihnen egal. Mein Neffe sagt, dass Sie hübsch sind. Und ich bin mir sicher, dass Sie das schon öfter gehört haben."

Sie hoffte, dass er in der Dunkelheit nicht sehen konnte, wie sie errötete. „Noch häufiger höre ich, dass ich stur bin."

„Das überrascht mich nicht. Sind Sie deshalb noch nie verheiratet gewesen?"

„Nein", sagte sie und schlug den ersten Ball auf den Boden. „Ich glaube, diese Diskussion hatten wir schon. Vielleicht will ich einfach lieber allein leben, genauso wie Sie. Und zu Ihrer Information: Ich war verlobt, aber es ging schief. Warum sind Sie so an meinem Privatleben interessiert?"

„Die meisten sizilianischen Frauen Ihres Alters sind verheiratet."

„In Amerika heiraten die Frauen spät und manchmal gar nicht. Frauen können tun und lassen, was sie wollen. Allein oder mit einem Partner leben. Heirat gehört nicht unbedingt zum Glück dazu." *Wenn ich das wirklich glaube, warum habe ich dann diesen fürchterlichen Fehler gemacht und mich auf eine überstürzte Verlobung eingelassen?* „Vielleicht hängen Sie einem etwas traditionelleren Verständnis von Heirat und Familie an?"

„Ich nicht. Ich weiß, dass die Dinge nicht immer funktionieren. Aber meine Schwestern sind alle glücklich verheiratet und haben Kinder, und zweifellos wird Cosmo auch eines Tages seine Frau finden. Also bleibe ich übrig."

„Sie meinen, Sie haben den Gedanken zu heiraten ganz aufgegeben?"

„Eine Hochzeit steht nicht in meinen Sternen. Heute haben Sie Familienleben in Bestform gesehen. Kein Zank, keine Streitereien. Alle waren entspannt und haben den Abend genossen. Wir sind gute Gastgeber und Sie ein guter Gast. Wir haben versucht, Ihnen zu zeigen, wie herrlich das Familienleben auf Sizilien sein kann. Und das kann es in der Tat. Doch wenn die Verwandten zu persönlich werden, kann es auf die Nerven gehen. ‚Gib nicht auf, Dario', so hört sich das dann beispielsweise an. ‚Denk an das Benvolio-Mädchen, sie sucht einen Ehemann. Und was ist mit Maria Del Popolo? Oder Angelina Spano oder …' Was ich meine: In unserer kleinen Welt ist jeder in das Leben des anderen verstrickt, ob er nun möchte oder nicht."

„Für jemanden, der gar keine Familie hat, klingt das nicht so schlecht."

Isabel war erleichtert, als sie das Thema Heirat und Familie beendeten, und das Tennisspiel begann. Zuerst gab es aber noch einige Wortwechsel darüber, wer auf welcher Seite spielen sollte. Dario wiederholte noch einmal für Isabel, dass alle Kinder mit ihr in einem Team sein wollten.

„Ich dachte, Sie seien ihr Lieblingsonkel."

„Das bin ich auch, aber Sie sind das neue Mädchen in der Stadt. Damit kann ich nicht konkurrieren." Ein angedeutetes Lächeln lag auf seinen Lippen.

Sie wusste nicht, was sie darauf erwidern sollte. Schon der Anflug seines Lächelns gab ihr das Gefühl, als habe ihr jemand den Teppich unter den Füßen weggezogen, wenn auf dem Tennisplatz denn Teppiche ausgelegen hätten.

Obwohl sie lange nicht gespielt hatte, gelangen ihr einige ordentliche Passierschläge. Die Kinder applaudierten, und Dario schaute recht überrascht, wenn ihr ein guter Return gelang. Das nächste Mal jedoch schlug er mit einer solchen Kraft zurück, dass sie keine Chance zur Annahme hatte. Wenn sie vorher an seinem konkurrenzbetonten Wesen gezweifelt hatte, dann wurde sie heute eines Besseren belehrt. Vielleicht sah Dario sie genauso. Sie verlor nicht gern, weder auf dem Tennisplatz noch in den Weinbergen.

Als sie das Spiel mit Unentschieden beendeten, gingen Isabel und Dario hinter den Kindern her zum Haus zurück. „Sie spielen nicht schlecht. Wo haben Sie es gelernt?"

„Auf der Highschool, aber ich habe nie regelmäßigen Unterricht bekommen."

„Sind Sie häufig umzogen?“

„Sehr oft. Ich musste immer dorthin, wo gerade eine Pflegefamilie frei war, die mich aufnehmen wollte.“

„Das muss sehr schwierig gewesen sein.“

„Ach nein, es ging. Es war interessant, all die unterschiedlichen Familien kennenzulernen, neue Schulen zu erkunden und neue Freunde zu finden.“ Der letzte Teil war gelogen. Es war so anstrengend gewesen, jedes Schuljahr andere Freunde zu finden, dass sie irgendwann aufgehört hatte, es zu versuchen. Sie verbrachte ihre freie Zeit lieber in der Schulbücherei und lernte, denn sie wusste, dass sie ein Stipendium bekommen musste, wenn sie aufs College wollte. „Ich nehme an, Sie haben Ihr ganzes Leben hier gelebt.“

„Ich habe ein paar Sommer in Sportcamps verbracht, einmal sogar nur zum Tennisspielen, auch wenn man das meinem Spiel heute Abend nicht angemerkt hat. Dann habe ich in Mailand Wirtschaftswissenschaften studiert. Aber ich war mir immer sicher, dass ich dort nicht für immer leben mochte. Mein Zuhause ist hier.“

„Familiäre Bande sind auch in Amerika sehr wichtig, ich habe eben nur zufällig keine. Dadurch ist es für mich ein bisschen einfacher, auf der anderen Seite des Ozeans meine Zelte aufzuschlagen.“ Was nicht hieß, dass sie nicht neidisch auf ihn war. Wer wäre das nicht? Doch immerhin besaß sie ein Haus und ein Weingut, und er würde von ihr keine Klagen zu hören bekommen.

Als sie an der Villa ankamen, waren die meisten Fenster hell und anheimelnd erleuchtet. Isabel vermisste das Gefühl, Teil einer Familie und eines Hauses zu sein, noch stärker als sonst. Rasch blinzelte sie eine Träne weg, froh, dass die Dunkelheit sie vor neugierigen Blicken schützte. Sie wollte auf keinen Fall, dass Dario auch nur eine Spur von Traurigkeit oder Neid an ihr bemerkte. Sie war so oft als Heulsuse beschimpft worden, bis sie irgendwann gelernt hatte, ihre Gefühle zu kontrollieren. Gleichgültig, wie schlimm Beschimpfungen je gewesen waren, sie hatte nie irgendjemandem die Genugtuung gegeben, sie weinen zu sehen.

Sie ging ins Haus hinein, um sich bei Darios Großmutter zu bedanken und sich zu verabschieden. Die alte Dame saß in der Küche in einem Schaukelstuhl und unterhielt sich mit einer Frau, die wohl die Köchin war. Isabel sagte in ihrem besten, wenn auch stockenden Italienisch, wie köstlich das Essen gewesen war, wie schön sie das Haus fand und wie sehr sie den Garten bewunderte. Die Hausherrin umarmte sie und sagte etwas, das klang wie: „Kommen Sie bald wieder. Ich hoffe, mein Enkel behandelt Sie gut“. Oder hatte sie es falsch verstanden, und es bedeutete etwas völlig anderes? Doch das Lächeln auf dem kleinen runden Gesicht der alten Sizilianerin war unmissverständlich voller Wärme und Freundlichkeit.

Als Darios Schwestern mit Kaffeetassen die Küche betraten, dankte Isabel auch ihnen für die Gastfreundschaft. Auf ihr herzliches Drängen hin nahm Isabel auf einem Hocker am Küchentresen Platz.

„Ich habe den Abend sehr genossen“, sagte sie. „Ich hoffe, dass ich Sie das nächste Mal auf die Azienda einladen kann.“

„Wollen Sie damit sagen, dass Sie dort bleiben möchten?“

„Ja, selbstverständlich.“

„Allein?“

Isabel nickte. Sie hoffte, dass ihr nicht noch eine Lektion in Sachen wilde Tiere bevorstand. „Ich lebe allein, seit ich achtzehn Jahre alt bin. Keine neue Situation also. Mit der Ausnahme, dass ich jetzt ein Haus für mich habe. Ich weiß, es ist in einem schlechten Zustand, aber ich habe vor, eine gründliche Renovierung durchzuführen. Viel Arbeit“, sagte sie lächelnd. „Aber zuerst kommt natürlich die Ernte.“

„Herzlich willkommen im Kreis der sizilianischen Winzer“, sagten alle im Chor und hoben lachend in einem spontanen Toast ihre Kaffeetassen.

Isabel fühlte eine Welle der Dankbarkeit. Diese Frauen kannten sie kaum und hießen sie trotzdem mit so großer Herzlichkeit willkommen, dass sie einen Kloß im Hals hinunterschlucken musste.

„Ich war mir unsicher, wie Sie meine Erbschaft einschätzen würden, schließlich ist es einmal Ihr Land gewesen. Ich wusste also nicht, was ich heute Abend zu erwarten hatte. Ich bin eine Außenseiterin. Mein Onkel hat nicht sehr viel auf seinem Land getan. Sie hätten guten Grund, sich darüber zu beklagen, dass ich hier einfach so reinplatze …“

„Hat Dario Ihnen das erzählt?“, fragte Lucia, die die Hände in die Hüften gestemmt und die Stirn in Falten gelegt hatte.

„Nun ja …“

„Wir haben Ihrem Onkel das Land verkauft, und jetzt gehört es Ihnen“, sagte Francesca. „Es steht Ihnen zu. Dario mag da anderer Ansicht sein …“

„Wegen allem, was passiert ist“, warf Maria ein. „Er hat sein Herz an diese … schreckliche Frau verloren! Und sie …“

„Lass uns nicht von ihr sprechen“, unterbrach Francesca sie und verzog den Mund. „Für uns ist sie tot. Dario hat sein Herz verloren, ja, und das Land ebenso. Na und? Es ist vorbei. Niemand beschuldigt ihn. Schließlich ist er Sizilianer. Wir verlieben uns, geben alles, und wenn es ein Fehler war, dann war es eben so! Er wird darüber hinwegkommen. Vielleicht nicht heute oder morgen, aber irgendwann.“

Lucia wandte sich an ihre Schwestern und verkündete: „Dario hat Isabel zum Mittagessen ins Palazzo mitgenommen. Dorthin hat er immer Magdalena mitgenommen. Das ist ein gutes Zeichen. Vielleicht kommt er wirklich über sie hinweg. Zudem hat er Isabel heute hierher gebracht.“ Ihre Schwestern nickten einmütig.

„Ich glaube, es war die Idee Ihrer Großmutter“, sagte Isabel.

„Das ist egal. Ich habe das Gefühl, dass Sie ihm guttun“, sagte Lucia mit einem Lächeln. „Er konnte eine Ablenkung gut gebrauchen. Was ist mit Ihnen? Sind Sie zu Hause in den USA mit jemandem verlobt?“

„Ich war es, aber ... es hat nicht funktioniert. Es funktioniert nie, wenn der Mensch, mit dem man verlobt ist, bereits mit jemand anderem verheiratet ist. Als ich am Tiefpunkt angelangt war und eine Veränderung in meinem Leben brauchte, habe ich den Brief des Anwalts bekommen.“

Lucia klatschte in die Hände. „Ein Wunder!“, rief sie.

Isabel strahlte. „Genau.“

„Dario kann Sie bei allen Problemen unterstützen“, warf Francesca ein. „Er kennt sich mit Amarado-Wein wirklich gut aus.“

„Er hat mir schon weit mehr geholfen, als ich erwarten durfte“, sagte Isabel. „Vor allem, wenn ich seine Gefühle für die Azienda bedenke.“

„Er leidet nicht an dem Verlust der Azienda“, erklärte Maria. „Sondern an dem, was Magdalena ihm angetan hat.“ Sie schaute Isabel mit einem hoffnungsvollen Lächeln an. „Vielleicht können Sie ihm helfen zu vergessen.“

Isabel brachte es nicht übers Herz, ihr zu sagen, dass das sehr unwahrscheinlich sei. Sie befand sich nicht in der Position, jemandem zu helfen, zu vergessen. Sie war fremd und allein in diesem Land und litt noch immer an den frischen Wunden ihres Selbstbetrugs. Sie war der letzte Mensch, der einem anderen helfen konnte.

Sie war gerade dabei, sich zu verabschieden und allen für einen angenehmen, unvergesslichen Abend zu danken, als Lucia die Zeremonie der Segnung der Trauben erwähnte.

„Ihre erste Ernte auf der Azienda. Sie müssen sie segnen lassen."
„Wir sprechen mit Pater Guiseppi."
Draußen auf der Terrasse sprach Dario mit seinen Brüdern und Schwägern. Als Isabel auftauchte, verstummten die Gespräche. Die Männer traten auf sie zu, um ihr entweder die Hand zu schütteln oder sie auf die Wangen zu küssen.
„Was für einen Eindruck haben Sie von ihnen?", fragte Dario, als sie ins Auto einstiegen. „Sie können mit ihrer Art einschüchternd sein."
„Sie sind sehr nett. Wirklich sehr nett. Ich wusste überhaupt nicht, was mich erwartet, doch sie sind wundervoll. Warmherziger und freundlicher hätte der Empfang nicht sein können."
„Meine Familie hat Sie auch wirklich gemocht. Sie sind beeindruckt von Ihrem Versuch, Italienisch zu sprechen, von Ihrer Freundlichkeit und natürlich von Ihrer Haarfarbe. ‚Wie ein Sonnenuntergang', hat mein Schwager gesagt."
Sie fühlte die Röte in ihren Wangen aufsteigen. Eigentlich sollte sie die Stimmung jetzt nicht zerstören, aber sie musste es wissen. „Ich frage mich, ob sie mich mochten, weil ich nicht Magdalena bin."
Dario fuhr vor seinem eigenen Haus vor. Mit einer Vollbremsung hielt er an und drehte sich zu Isabel. Sie hielt seinem Blick nur widerwillig stand. Es tat ihr schon leid, dass sie gefragt hatte.
„Es stimmt, meine Familie hat sie nicht leiden können", sagte er schroff.
„Sie glaubt, dass diese Frau Sie verletzt hat." Nervös blickte sie durch die Windschutzscheibe in die dunkle Nacht.
„Das ist nicht wahr", antwortete er nach einer langen Pause. „Ich war enttäuscht, nicht verletzt. Verletzt wird man nur, wenn man die Verletzung auch zulässt, wenn man seinen Schutzschild sinken lässt. In meinem Fall war es meine eigene Schuld, nicht ihre. Ich habe mich geirrt. Ich hätte wissen müssen, dass Magdalena nicht die richtige Frau für mich war. Allen anderen war das klar, nur ich war blind für das Offensichtliche. Ich wollte kein gewöhnliches Mädchen – und davon war sie weiß Gott weit entfernt." Die Ironie in seiner Stimme war beißend, und Isabel konnte nur ahnen, was er meinte, denn sie wusste ja, dass Magdalena Schönheitskönigin gewesen war und von allen wie eine Herrscherin behandelt wurde. „Ich war habgierig. Ich wollte eine besondere, eine außergewöhnliche Frau, aber sie wollte mehr, als ich ihr geben konnte. Ich erwarte nicht, dass Sie mich verstehen", fügte Dario jetzt ruhiger an. „Sie kommen aus einer ganz anderen Welt."

„Aber ich verstehe sehr wohl. Ich war noch viel blöder als Sie. Ich habe mich in meinen Chef verliebt. Er war verheiratet und hegte keinerlei Absichten, seine Frau zu verlassen. Ich war nicht die Erste, mit der er während seiner Ehe ein Verhältnis hatte. Jeder wusste das, nur ich nicht."

„Warum hat es Ihnen keiner gesagt?"

„Niemand wusste etwas von unserer Affäre. Es gab eine strikte Regel im Büro – keine Liebesgeschichten zwischen Kollegen. Also haben wir uns versteckt und sind niemals zusammen ausgegangen. Am Anfang war es aufregend, und ich fühlte mich von seiner Aufmerksamkeit geschmeichelt. Ich war ein Niemand, eine von vielen Grafikerinnen in einer großen Firma. Er war ein hohes Tier, reich und mächtig. Ich dachte … Ich weiß nicht, was ich dachte …"

„Sie dachten, dass er Sie liebt", sagte Dario. Das war etwas, das er verstand. „War es nicht so?"

Sie nickte. „Zumindest hat er das gesagt. Und ich habe ihm geglaubt. Besonders, als er sich heimlich mit mir verlobte und von Scheidung sprach. Ich war so dumm, so unendlich dumm. Was ist nur falsch mit mir?"

„Nichts ist falsch mit Ihnen." Er nahm ihre Hand und hielt sie zwischen seinen Händen. Zu gern hätte er diesen reichen, mächtigen Typen getroffen, der sie angelogen hatte, und ihm die Meinung gesagt. „Sie hatten zu viel Vertrauen, das ist alles", versicherte er ihr. „Manchmal braucht es ein Schockerlebnis, um Dinge im Leben zu ändern. Man lernt, mit Enttäuschungen umzugehen, wenn man sich weiterentwickelt. Es ist wichtig zu wissen, dass so etwas nie wieder passieren wird und man nie mehr seinen Schutzschild sinken lässt."

„Ja, das macht man hinterher nicht mehr", sagte sie leise. „Haben Sie sich wieder erholt?"

„Es geht mir gut", sagte er lässig. Er wollte nicht, dass sie glaubte, er litte immer noch. Oder hätte jemals gelitten. „Eines jedenfalls ist gewiss: Verlieben werde ich mich nicht mehr. Nicht nach dieser Geschichte."

Sie entzog ihm ihre Hand. Er stieg aus und kam um den Wagen herum, um ihr die Tür zu öffnen.

„Genug der Vergangenheit", sagte er und schlug die Autotür hinter Isabel zu, als könne er damit auch die Erinnerung wegschließen. „Es ist vorbei. Kommen Sie herein. Ich bin gespannt darauf, wie Sie mein Haus finden." Dario wollte einen Themenwechsel und die Vergangenheit für eine Weile vergessen. Seine wie auch ihre. Er wollte Isabel in einer anderen Umgebung sehen, in seinem Haus, ohne Familie um sie herum. Seit Magdalena war keine Frau hier gewesen. Abfällig hatte sie sein Heim „ländlich“ und „inakzeptabel als Lebensort“ bezeichnet. Wenn es irgendeine Frau gab, die das genaue Gegenteil der verwöhnten Städterin war, mit der er verlobt gewesen war, dann war es diese bodenständige Amerikanerin. Er wollte wissen, was Isabel über sein Haus dachte. Ihre Miene verriet immer, was sie dachte. Wenn sie die Einrichtung und die Atmosphäre rustikal fand, dann würde er es sofort von ihrem Gesicht ablesen können.

Er führte sie in sein Arbeitszimmer, schaltete das Licht an und beobachtete sie unauffällig. Sie stand einfach da, nahm alles in sich auf, angefangen bei seinem Schreibtisch, der überladen war mit Papierstapeln und Akten, bis zu den weich gepolsterten Stühlen und dem niedrigen Couchtisch, auf dem sich die Fachmagazine stapelten.

Isabel schaute sich um. Den Boden bedeckte teilweise ein handgewebter Teppich mit geometrischem Muster. Der Raum war großzügig geschnitten, dabei aber behaglich. Der Duft von Leder und Holz lag in der Luft.

Dario öffnete die Fenster. Eine kühle Abendbrise strömte ins Zimmer. Von irgendwoher erklang Musik. Eine Frau sang eine Arie. Auch wenn sie die Worte nicht verstehen konnte, begriff Isabel das Gefühl in der Musik, das ihr so vertraut war, das sie tief berührte.

„Ist das aus einer Oper?“, fragte sie.

„Puccini. Mögen Sie es?“

„Es ist wunderschön. Aber es klingt so traurig.“

„Es ist traurig. Ihr Liebhaber hat sie verlassen.“

„Langsam beginne ich zu glauben, dass echte Sizilianer sehr emotionale Menschen sind.“

„Wir sind auch stolz und laut und impulsiv und leidenschaftlich.“ Seine Augen verrieten ihr, dass diese Eigenschaften alle auf ihn zutrafen. Aber sie versuchte, vernünftig zu sein. Leidenschaft und überschäumende Gefühle hatten ihr nichts als Ärger gebracht.

„Was für ein wunderbares Haus Sie haben“, sagte sie und löste ihren Blick von ihm, um die grob behauenen Deckenbalken und die breiten Bodendielen zu betrachten.

„Seit ich vor zwei Jahren hier eingezogen bin, habe ich nicht viel gemacht. Ein paar Wände habe ich rausnehmen lassen, damit die Räume größer werden.“

Das Zimmer mit seinen farbenfrohen Teppichen und den Ledersofas spiegelte seine Persönlichkeit und sein Land wider. Die körperliche Nähe zu ihm verunsicherte sie. Sie war sich seiner männlichen Ausstrahlung allzu bewusst, und spürte in jedem Moment die Stärke seines Willens. Sie ging quer durch den Raum und schaute sich einige gerahmte Fotografien an, die auf einer Kommode standen. Auf einem Bild sah man Rebstöcke, Menschen mit Weingläsern und in der Mitte einen Priester im Habit.

„Zeigt das eine Segnung der Trauben?"

„Das Bild ist einige Jahre alt, aber ja, das war an dem Tag."

„Ich schätze, ich werde das Thema auch angehen müssen, denn ich möchte die Erwartungen der Leute erfüllen."

„Was die Leute erwarten, ist eine Party, zu der alle aus dem Dorf eingeladen sind", erklärte Dario. „Der Priester segnet die Trauben, und danach beginnt die große Sause. Alle stoßen auf Sie und die Ernte an."

Sie seufzte. „Wie soll ich das schaffen? Ich glaube nicht, dass ich auch noch eine Party organisieren kann."

„Sie riskieren eine schlechte Ernte, wenn Sie das nicht tun", sagte er. „Es ist keine komplizierte Geschichte. Ich helfe Ihnen dabei."

„Würden Sie das für mich tun?"

Er machte einen Schritt auf sie zu, und ein Blick in sein Gesicht ließ ihre Knie weich werden. Diesen Ausdruck hatte sie auch gestern Abend in seinen Augen gesehen, als sie dachte, er würde sie gleich küssen.

Er lächelte. Ein träges Lächeln, das sich ganz langsam bis zu seinen strahlend blauen Augen ausbreitete. Ihr Herz hämmerte, und heiß pulsierte ihr das Blut durch die Adern. Wenn er sie jetzt berührte …

Der Klang der Puccini-Arie wurde lauter. Was die Worte bedeuteten, wusste sie nicht, aber sie erkannte reine Leidenschaft, wenn sie sie hörte und wenn sie sie spürte. Die Sehnsucht in der Arie passte zum Begehren in ihrem Herzen. Das Begehren zu umarmen und umarmt zu werden. Zu küssen und geküsst zu werden. Nichts sonst.

Dieses Mal würde er sie küssen. Sie wusste es.

7. KAPITEL

Als er sich zu ihr hinunterbeugte und seine Lippen die ihren berührten, war Isabel bereit. Um die Wahrheit zu sagen, sie hatte sich nach diesem Kuss gesehnt, seit sie Dario das erste Mal gesehen hatte und noch annahm, er sei ein einfacher Arbeiter im Weinberg. Sein Kuss war so hitzig und fordernd, dass sie glaubte, zu verglühen. Sie spürte seine Arme um ihren Körper. Seine starken, muskulösen Schenkel pressten sich gegen ihre. Sie stöhnte leise, sie wollte mehr. Ihr Herz schlug rasend, und sie küsste ihn ebenso leidenschaftlich.

Er stöhnte auf und schob sie ein paar Schritte zurück zur Wand, wo sie sich gegen die glatten Steine lehnen konnte – all das, ohne den Kuss zu unterbrechen, ja, sie intensivierten ihn sogar. Dann änderte sich der Rhythmus des Kusses, zusammen mit der Musik, die jetzt in ein dramatisches Forte wechselte.

Plötzlich hielt er inne, schob Isabel auf Armeslänge von sich und schaute sie an, als sähe er sie zum ersten Mal. Der kühle, skeptische Ausdruck war aus seinen Augen verschwunden. Stattdessen brannte in ihnen das Feuer des Begehrens. Er sagte kein Wort, doch die Frage war klar: Willst du das ebenso sehr wie ich?

Das wollte sie. Sie brauchte es, spürte das starke Bedürfnis, begehrenswert zu sein, und sei es nur für diesen Moment. Sie zögerte nicht, legte ihm die Arme um den Nacken und gab ihm mit heißen, fiebrigen Küssen die Antwort auf seine unausgesprochene Frage.

Ja, dachte sie, ja, als er ihr die Träger ihres Kleides über die Schultern schob. Sie fühlte sich mit jeder Faser ihres Körpers lebendig. Mehr als das, seit Langem fühlte sie sich zum ersten Mal wieder feminin und attraktiv. Es war ein berauschendes Gefühl. Einerseits erschreckte es sie, andererseits wünschte sie sich, dass es nie mehr aufhörte.

Dario war anders als alle Männer, die sie bislang kennengelernt hatte. Er war Sizilianer, leidenschaftlich, stolz und impulsiv. Er war männlich, stark und bodenständig. Ein Mann, an den man sich anlehnen konnte. Doch sie würde sich nicht anlehnen – und von allen Männern dieser Erde gewiss nicht an ihn. Sie flirteten nur ein wenig. War daran etwas Falsches?

Ihr Atem ging in kurzen Stößen. Ihre Wangen brannten. Durch den dünnen Stoff des Kleides hindurch umrundete er sanft mit einem Finger die Konturen ihrer Brust. Sie mochte sich kaum vorstellen, wie es sich anfühlen würde, wenn sie erst das Kleid abstreifte und auf den Boden fallen ließ … Sie wollte nicht, dass er aufhörte. Dieses Gefühl sollte für immer andauern.

Ganz tief in einer Ecke ihres Bewusstseins wusste Isabel, dass sie aufhören musste. Mit zitternden Fingern zog sie die Träger wieder zurecht, legte ihm die Hände auf die Schultern und schob ihn von sich. Sie holte tief Luft, versuchte, ruhig und vernünftig zu werden.

„Ich glaube … ich gehe besser nach Hause“, sagte sie, wobei sie vergaß, dass sie gar kein Zuhause hatte. Noch nicht hatte. „Ich fürchte, ich habe für einen Moment den Kopf verloren.“ Selbst in ihren Ohren klang die Entschuldigung mehr als lahm.

„Kein Grund, sich zu entschuldigen“, antwortete Dario. „Ich schätze, es war Zeit, dass das passierte.“ Seine Stimme klang so tief und leise, dass sie Mühe hatte, ihn zu verstehen. „Du bist eine sehr attraktive Frau, und ich habe der Versuchung bis heute widerstanden, auch wenn es nicht einfach war. Schieb es auf die Nacht, den Wein, das Kleid oder auf mich.“

Sie schüttelte den Kopf. „Es war mein Fehler. Ich hätte es besser wissen sollen. Jetzt muss ich aber gehen.“

„Setz dich einen Moment hin.“

Noch erschüttert von der aufwühlenden Begegnung, sank sie in einen der Ledersessel, die vor dem Kamin standen. Dario stand an den Kaminsims gelehnt, und Isabel hätte viele Penny für seine Gedanken gegeben. Sie versuchte, sich nicht anmerken zu lassen, wie sehr seine Küsse sie berührt hatten. Aber hatten sie auch ihm etwas bedeutetet? Sie verschränkte ihre Finger und wartete. Nach einer langen Pause sagte er schließlich:

„Ich muss mich entschuldigen.“

„Bitte, nicht. Ich habe mir gewünscht, dass du mich küsst.“

Der Anflug eines Lächelns huschte über sein Gesicht und ließ ihn noch umwerfender als sonst aussehen. Er lehnte sich nach vorn und konzentrierte den Blick seiner blauen Augen ganz auf sie. „Nicht wegen der Küsse. Ich will mich dafür entschuldigen, dass ich dich zum Verkauf drängen wollte, wo es doch ganz offensichtlich war, dass du die stärkeren Rechte an diesem Land hast. Und das Wichtigste: Du willst das Beste für dieses Weingut. Wenn du irgendwelche Hilfe dabei brauchst, kannst du auf mich zählen. Ich habe mich lange Zeit von meinen Freunden zurückgezogen. Ich wollte ihr Mitleid nicht und schon gar nicht ihre Verachtung. Dann kamst du. Du hattest keine

Ahnung von alldem, du hast mich genötigt zu handeln. Am Anfang hatte ich nichts anderes im Sinn, als dich zu entmutigen. Ich habe es mir einfach gemacht und voreilig angenommen, du seiest nur eine Abstauberin, eine Goldgräberin, die aus dem Pech meiner Familie ihre Vorteile ziehen will."

„Deshalb die Schlangen."

„Schlangen, Mäuse, Fledermäuse, Wildschweine ... was immer nötig war. Es war nicht alles gelogen. Aber ich habe dich unterschätzt." Er lächelte sie schief an und ging dann zum Sideboard, nahm eine Flasche mit einer bernsteinfarbenen Flüssigkeit heraus und goss jedem zwei Fingerbreit in die Gläser ein. Eines gab er ihr und stieß mit ihr an.

„Auf deinen Onkel", sagte er, „dass er dir das Weingut hinterlassen hat."

„Auf dich. Für das Essen, das Eis und die Arbeiter." *Und die Küsse. Oh, die hinreißenden, erregenden Küsse.* „Was hätte ich nur ohne dich gemacht?"

Sie nippte an dem alten Whisky und genoss das reiche Aroma und die Wärme, die er in ihr hervorrief.

„Du wärst auch allein zurechtgekommen. Du brauchst mich nicht. Du hast mehr Entschlusskraft als jeder andere Mensch, den ich kenne."

Seine Worte wärmten zusammen mit dem Scotch ihr Herz. „Ich habe das Gefühl, dass ich auch alle Kraft brauche, die ich aufbringen kann. Bisher habe ich noch keine einzige Nacht auf der Azienda verbracht und keine Wildschweine vertrieben – die es offenbar wirklich gibt. Vielleicht solltest du dein Lob aufsparen, bis es so weit ist."

Er zuckte mit den Schultern. „Okay."

Die Brise, die vom offenen Fenster hereinströmte, hatte ihr erhitztes Gesicht abgekühlt, die Musik war zu Ende, nun musste sie gehen. Sie stand auf. Er unternahm nichts, um sie aufzuhalten, griff nach seinen Autoschlüsseln, und sie verließen das Haus.

Auf dem Weg zum Hotel beschloss sie, die Dinge klarzustellen: „Ich muss dir sagen, dass ich nach der Erfahrung, die hinter mir liegt, mich nicht unbedingt Gelegenheitsflirts hingebe."

„Das habe ich niemals angenommen", antwortete er kühl. „Dass ich dich geküsst habe, entsprang einer spontanen Laune. Wie ich dir schon sagte: Es ist ein typisch sizilianischer Fehler. Es hatte etwas zu tun mit der Art, wie du heute Abend aussiehst, wie du Tennis spielst. Mit der Art, wie du mir beim Reifenwechsel zuschaust. Wie du eine Melone isst und wie du Weißwein trinkst. All diese Dinge führten dazu, dass ich dich küssen wollte. Und natürlich hat es mit der Art zu tun, in der du dein Kinn nach vorn reckst, wenn du wütend bist. Es war ein Impuls, nichts weiter. Zumindest von meiner Seite, für dich kann ich die Frage nicht beantworten.“ Er warf ihr einen Blick zu, der besagte, dass er sich durchaus der Tatsache bewusst war, dass die Küsse nicht einseitig gewesen waren. „Ich habe keine andere Entschuldigung. Es wird nicht wieder vorkommen, es sei denn, du möchtest es.“

Was konnte sie darauf sagen, was nicht verzweifelt klang? Natürlich wollte sie es. Aber selbstverständlich würde sie diese Tatsache bestreiten. Was erwartete er? Sie hatte noch nie einen Mann mit mehr Sexappeal kennengelernt. Er strahlte Hitze aus und maskuline Stärke. Das hatte sie noch nie erlebt, und sie hätte aus Stein sein müssen, um darauf nicht zu reagieren.

8. KAPITEL

Auf dem Rückweg vom Hotel fuhr Dario so schnell es ging die kurvenreiche Straße zum Anwesen seiner Familie hinaus. Er wollte Isabel Morrison aus seinen Gedanken verbannen, doch den Geschmack ihrer Lippen auf seinem Mund konnte er nicht wegwischen, noch gelang es ihm, das erregende Gefühl, als ihr Körper sich gegen ihn presste, oder die Erinnerung an ihre weiche, seidige Haut zu verdrängen.

Auch wenn er ihr und sich selbst zugesagt hatte, dass das nicht wieder vorkommen würde, und auch wenn er wusste, dass es tatsächlich besser so wäre, sehnte er sich schon jetzt nach einer Wiederholung. Sie erregte ihn, forderte ihn heraus und provozierte ihn. Das erste Mal seit einem Jahr fühlte er sich wieder lebendig. Sie mochte vielleicht keinen beiläufigen Flirt suchen, aber er begann darüber nachzudenken, ob das nicht genau das Richtige für ihn wäre.

Wahrscheinlich blieb sie in Sizilien, mit diesem Umstand fand er sich allmählich ab. Sie arbeiteten in derselben Branche. Er hatte ihr seine Hilfe angeboten. Sie würden sich kaum aus dem Weg gehen können, selbst wenn sie das wollten, und er hatte das nicht vor. Solange sie nichts anderes von ihm erwartete als seine Unterstützung in den Weinbergen. Die konnte er ihr geben. Alles andere – Versprechen oder Bindungen – stand außer Diskussion. Aber eine Affäre war etwas anderes, bedeutete etwas Unverbindliches, zeitlich Begrenztes. Sie waren beide jung und ungebunden. Es könnte für sie beide gut sein.

Zum ersten Mal seit Monaten fiel Dario in einen angenehmen Schlaf. Es quälten ihn keine bösen Erinnerungen an Magdalena, sondern Bilder von Isabel geisterten durch sein Unterbewusstsein. Isabel, die mit schwingenden Hüften durch die Weinberge lief, mit schimmerndem Haar, das wie Kupfer im Sonnenlicht glänzte.

Am nächsten Tag sah Isabel weder Dario noch ein anderes Mitglied der Familie. Das hatte sie auch nicht erwartet, aber einige Fragen gingen ihr unablässig im Kopf herum: Würde er sich verhalten, als wäre nichts geschehen? Was würde sie selbst tun? Was bedeutete der Abend? War es der Beginn einer Affäre oder das Ende ihrer Streitereien? Oder beides?

Die halbe Nacht hatte sie über diesen Fragen wach gelegen. Wieder und wieder erinnerte sie sich an das Gefühl seiner Küsse auf ihren

Lippen. Aber nach seiner Beschreibung – impulsiv, spontan und unbedacht – würde so etwas wahrscheinlich nicht mehr vorkommen. Sie wusste, es war falsch, doch sie wollte mehr. Wie viel mehr, das war ihr nicht klar, denn für eine neue Beziehung war sie nicht bereit. Noch einmal würde sie sich ihr Herz nicht brechen lassen. Und schließlich war sie nicht nach Sizilien gekommen, um eine Affäre zu beginnen, schon gar nicht mit dem reichsten, attraktivsten, aber leider unerreichbarsten Mann der Region.

Tagsüber arbeitete sie in den Weinbergen, pflückte selbst Trauben und überwachte die Arbeiter, mit einem Ohr lauschte sie jedoch immer auf das Motorengeräusch seines Wagens. Schaute zur Auffahrt und versuchte sich nicht niedergeschlagen zu fühlen, als er nicht auftauchte mit Essen, Getränken und guten Ratschlägen. Und heißen, prickelnden Küssen, die es mit einem glühenden sizilianischen Sommernachmittag aufnehmen konnten.

Am späten Nachmittag kehrte sie, von Unruhe erfüllt, ins Hotel zurück. Nach langen Überlegungen traf sie die Entscheidung, nicht länger hierzubleiben, gleichgültig, wie sehr sie ein heißes Bad und ein weiches Bett liebte. Sie aß früh zu Abend und genoss noch einmal den herrlich knackigen Salat und die *Pasta arrabiata*. Sie war der einzige Gast im Speisesaal, denn die meisten Italiener aßen nicht vor zehn Uhr.

Sie checkte aus, bevor es dunkel wurde und sie die Nerven verlor. Ohne einen Blick zurück auf das charmante Hotel Cairoli zu werfen, fuhr sie resolut zurück zur Azienda. Die Sonne ging langsam unter und tauchte die Felder zu beiden Seiten der Straße in goldenes Licht.

Nachdem sie ihre Küche im Licht der Gaslaterne, die einer der Arbeiter ihr vorbeigebracht hatte, geputzt hatte, kletterte sie müde, zerschlagen und einsam die Stufen nach oben in ihr Schlafzimmer. Sie, die ihr ganzes Leben allein verbracht hatte, fühlte sich einsamer als jemals zuvor.

Sie bezog das Bett mit den Laken, die sie besorgt hatte, und sank erschöpft darauf nieder. Zu müde und zu unruhig, um einzuschlafen, betrachtete sie durch das Loch im Dach die Sterne. So romantisch, wie sie sich das vorgestellt hatte, war es nicht. Eigentlich war es ein wenig beängstigend, allein im Dunkeln zu liegen. Fremde, bedrohliche Geräusche drangen von draußen herein. Doch nichts, nicht einmal marodierende Wildschweine, würde sie dazu bringen, jemandem ihre Ängste einzugestehen, besonders nicht Dario. Wusste er inzwischen, dass sie nicht mehr im Hotel wohnte? Ob er an sie dachte?

Sie hätte ihre Schlaflosigkeit auf das Bett oder das fremde Haus schieben können. Aber wahrscheinlich gelang es ihr einfach nicht, das Gedankenkarussell abzuschalten. Darios Küsse hatten etwas tief in ihr geweckt, etwas, das sie vor langer Zeit zu Grabe getragen zu haben glaubte. Als sie endlich einschlief, fielen schwarze Wildschweine in ihre Träume ein.

Jeden Tag aufs Neue sagte sich Isabel, dass ihr Job und ihr Leben einfacher werden würden – auch ohne Darios Hilfe. Schließlich konnte er nicht immer dann auftauchen, wenn sie Unterstützung brauchte. Als aber einige Tage vergangen waren, ohne dass er vorbeigekommen war oder sie ihn zufällig in der Stadt getroffen hatte, fragte sie sich, bei welcher Gelegenheit sie ihm wohl wieder begegnen würde. Vor allem nachts, wenn sie in ihrem wackeligen Bett lag und ihr Vorhaben, die Azienda zu bewirtschaften und ausgezeichneten Wein herzustellen, sich als riesiger, unüberwindlicher Berg vor ihr auftürmte. Nacht für Nacht hielten Gedanken und Befürchtungen sie wach. Doch in einer Nacht war es etwas anderes als ihre Sorgen, das sie wach hielt. Draußen fand ein merkwürdiger Lärm statt: ein tiefes Grummeln und Grunzen. Schließlich sprang sie aus dem Bett und trat zum offenen Fenster, von dem aus sie die Weinstöcke sehen konnte.

Mit ihrer starken Taschenlampe leuchtete sie in die Dunkelheit hinein, und da waren sie! Beim Anblick der großen braunen Tiere mit den kurzen Beinen und den schweren Köpfen, die quer durch ihren Weinberg stapften, fuhr sie auf und stieß sich den Kopf am Fensterrahmen.

Ihr Instinkt riet ihr, das Fenster zu schließen, zurück ins Bett zu kriechen und die Weinreben der Zerstörung zu überlassen. Wie sollte sie auch allein einer Horde wilder Eindringlinge Einhalt gebieten? Da gingen sie hin, ihre zukünftigen Weine. Sie hatte kein Gewehr, keine Männer, nicht die geringste Möglichkeit, die Biester zu verjagen.

„Haut ab!“, schrie sie vom Fenster aus. „Weg mit euch! Zieht Leine! Das sind meine Rebstöcke!“ Ihre Stimme zitterte. Die finstere Nacht verschlang ihr Rufen.

Über dem Lärmen der Tiere hörte sie auf einmal ein Motorengeräusch. Ein paar Minuten später blendete sie der Strahl einer Taschenlampe, die vom Hof unten auf sie gerichtet wurde. Sie blinzelte und sah Dario, der nach oben schaute. Eine Schrotflinte hing über seiner Schulter. Noch nie im Leben hatte sie sich so erleichtert gefühlt.

„Was tust du denn hier?“, rief sie hinunter, als ob sie das nicht genau wüsste.

„Ich habe gehört, die Wildschweine wären heute Nacht unterwegs. Da dachte ich, ich schaue vorbei und verjage sie.“

„Ich bin gleich unten.“

Barfuß rannte sie die schmale Stiege hinunter und weiter in den Weinberg. Sie traf Dario an der ersten Rebenreihe.

Sie war so froh, ihn zu sehen, dass sie sich zwingen musste, sich nicht an seine Brust zu werfen, um in seinen Armen zu liegen. Er war so groß, so stark und Vertrauen einflößend. Er machte den Eindruck, als könne er mit jedem Notfall fertigwerden.

„Lass uns gehen“, sagte er und ging voraus. Isabel fühlte sich wie auf einer Safari, als sie ihm auf dem schmalen Pfad folgte. Ihr Herz klopfte zum Zerspringen. Ihr Mund war trocken. Es war beängstigend und aufregend zugleich. Dario schoss eine Schrotsalve auf die Eindringlinge, die Tiere stoben in alle Richtungen, doch andere traten dafür aus dem Dunkel hervor.

Dario erklärte ihr, dass die Kugeln zwar vom borstigen Fell der Tiere abprallten, sie aber trotzdem schmerzten. Je mehr er schoss, desto schneller rannten die Wildschweine weg. Nach einer sehr langen Stunde waren endlich alle verschwunden, und der Weinberg lag wieder auf unheimliche Weise ruhig da. Es war vorbei. Isabels Knie und Hände zitterten, obwohl sie nichts getan hatte, außer zu schauen und sich an die Wildschweine heranzupirschen.

„Ich hoffe, das passiert nicht jede Nacht“, sagt sie mit dünner Stimme. „Vielen Dank. Du hast mich gerettet. Vielleicht haben sie nicht so furchtbar viel Schaden angerichtet.“ Es war noch zu dunkel, um zu sehen, wie viele Weinstöcke entwurzelt worden waren.

„Ich denke, wir haben sie rechtzeitig gestört.“

Er hatte *wir* gesagt, obwohl sie nur nutzlos hinter ihm gestanden hatte.

„Ich brauche auch so ein Gewehr“, sagte sie. „Und ich muss lernen zu schießen.“

„Heute nicht mehr“, antwortete er und betrachtete auf einmal eingehend ihr Nachthemd. Isabel errötete leicht. Sie hatte fast vergessen, dass sie ein langes baumwollenes Nachthemd trug.

Die ersten Strahlen der aufgehenden Sonne kamen gerade über die Hügelkuppe. Impulsiv griff sie nach seinen Armen, zog Dario näher zu sich heran und küsste ihn. Ihre Küsse waren gefärbt von

Erleichterung und Dankbarkeit und von etwas anderem, das sie nicht benennen wollte.

Er zog sie fester an sich, sodass ihr Körper eng gegen seinen gepresst wurde. Gefühle wallten in ihr auf, doch sie erinnerte sich selbst daran, dass sie bestimmt nicht dabei war, sich in ihn zu verlieben. Das war keine Liebe. Es war Lust. Begehren. Alles Mögliche, aber nicht Liebe. Niemals wieder würde sie einen Mann lieben. Was hier gerade passierte, war gar nicht so schwierig zu verstehen: Zum ersten Mal seit einem Jahr hatte sie wieder Spaß. Sie wollte keine ernsthafte Beziehung, genauso wenig wie er. Eine Affäre. Eine Affäre, an die man sich erinnern konnte, wenn der Winter kam und es keine Trauben mehr zu pflücken gab und somit auch keine Gründe, Dario zu treffen.

Seine Küsse und der Blick seiner Augen gaben ihr das Gefühl, die tapferste und schönste Frau der Welt zu sein.

Schließlich war er es, der den Kuss beendete. Sein Atem ging schwer, und sein Blick war nicht zu deuten. „Besser, du legst dich jetzt hin und schläfst ein wenig."

„Schlafen?" Sie schaute sich um. Schlaf war das Letzte, was sie im Augenblick wollte. Sie war voller Energie. „Es ist Morgen. Möchtest du einen Kaffee?" Sie bemerkte sein Erstaunen. „Komm mit."

Die Luft war kühl, und ein zarter Nebelschleier lag noch zwischen den Reben, als sie zum Haus gingen. In der Küche zündete sie den Herd mit dem Gasanzünder an. Mit einem Blick nahm er den neuen Propangaszylinder und den alten, aber sauber geschrubbten Topf auf dem Herd wahr. „Du warst fleißig." Sie genoss die Bewunderung in seiner Stimme.

Er ging hinaus und setzte sich an den Tisch, an dem sie neulich den Lunch eingenommen hatten.

Als sie zwei Tassen Pulverkaffee auf einem alten Tablett nach hinten in den Garten balancierte, empfand Isabel mehr Stolz, als wenn sie im Palace Hotel in San Francisco den Tee in feinem Chinaporzellan serviert hätte. Dario schaute sie so unverwandt an, dass sie beinahe das Tablett fallen gelassen hätte.

„Es ist nur Kaffee", sagte sie bescheiden. „Nächstes Mal backe ich Brot. Der Ofen funktioniert ja gut."

Er trank einen Schluck. „Nicht schlecht", sagte er mit einem kleinen Lächeln, das ihr Herz schmelzen ließ. Der Kaffee war heiß und stark und belebend. Sie fühlte sich bereit für einen neuen Arbeitstag.

Dario fuhr langsam die Straße zur Stadt hinunter. Er hatte getan, was getan werden musste, was jeder hier für seine Nachbarn getan hätte, nämlich die Wildschweine zu vertreiben. Aber Isabel war nicht irgendeine Nachbarin. Sie war wie ein Magnet, und einer magnetischen Anziehungskraft konnte man kaum widerstehen. Einige Tage lang hatte er sich gewehrt, ohne dass sie deshalb aus seinem Kopf verschwunden gewesen wäre. Am Ende hatte er nachgegeben und war zu ihr gefahren. Nun wusste er, dass er nicht mehr wegbleiben konnte.

Es lag nicht nur daran, wie sie in ihrem türkisfarbenen Kleid oder in dem Nachthemd ausgesehen hatte. Es war nicht nur die Tatsache, dass sie ihm in den Weinbergen auf den Fersen gefolgt war, als er die Wildschweine vertrieben hatte, anstatt oben am Fenster stehen zu bleiben, wie jede andere Frau es getan hätte. Es war ihre Entschlossenheit im Angesicht von Widerständen und der Umstand, dass er sie mit diesen Hindernissen nicht allein lassen konnte. Eigentlich waren es all diese Dinge zusammen genommen. Und noch etwas darüber hinaus. Etwas, das er sich weigerte zu analysieren.

Am darauffolgenden Abend fuhr Dario wieder zur Azienda. Es sei sehr wahrscheinlich, so versicherte er sich und Isabel, dass die Wildschweine zurückkämen. Was auch stimmte, alle Winzer der Gegend schoben Wache. Es war nur vernünftig, gewappnet zu sein. Er war so sehr gewappnet, dass er Steaks, Kartoffeln und eine Flasche Chianti mitgebracht hatte.

Das Lächeln, das Isabel ihm schenkte, ließ ihn bedauern, dass er einige Tage ferngeblieben war. Er hätte hier bei ihr sein können und die Wärme dieses Lächelns spüren können.

Sie kochten draußen auf der Feuerstelle. Im Schuppen fanden sie ausreichend trockenes Brennholz. Sie aßen auch im Freien an dem verwitterten Eichenholztisch und redeten über die Ernte und die Trauben. Dann fragte er sie nach ihrem Leben in Kalifornien.

„Kalifornien klingt wie das Paradies. Warum bist du fortgegangen? Ich weiß schon, dass ein Wunder geschah und du ein Weingut geerbt hast. Aber was hat dich in Wahrheit bewogen? War es dein Chef? Der, der dich belogen hat?"

Isabel drehte ihr Weinglas zwischen den Fingern, bevor sie antwortete.

„Ja, Ich war für eine Veränderung offen, nachdem ich gefeuert worden bin, weil ich die Firmenregeln verletzt hatte: keine Rendezvous zwischen Kollegen, und schon gar nicht mit dem Boss."

„Du bist rausgeflogen? Ich dachte, niemand wusste davon."
„Das habe ich auch gedacht."
„Was ist mit ihm passiert?"
„Nichts. Er arbeitet noch da."
„Aber er hat die Regeln auch gebrochen."
„Ich weiß, was du denkst. Dass es unfair ist. Aber wenn ich eins gelernt habe, dann, dass das Leben nicht fair ist. War es fair, dass meine Eltern gestorben sind? War es fair, dass meine Pflegeeltern mich ablehnten? Aber mein Blatt wendete sich, als mein Onkel mich als Erbin einsetzte. War es fair, dass er mir das Gut vermacht und es nicht an dich verkauft hat? Ich weiß es nicht, aber ich werde mich nicht beschweren, über gar nichts." Sie verschränkte die Arme vor ihrer Brust, als wollte sie sich vor einem möglichen Angriff schützen.

Er lehnte sich über den Tisch und schob sanft eine Strähne ihres rotgoldenen Haars von ihrer Wange zurück.

„Ich habe keine Entschuldigung für das, was zwischen mir und meinem Chef passierte. Jahrelang hatte ich mir geschworen, niemandem zu glauben und niemandem zu vertrauen. Dann habe ich alles vergessen und einen riesigen Fehler gemacht. Ich habe geglaubt, dass ich nie darüber hinwegkommen würde."

„Bist du aber", insistierte er. „Du stehst wieder auf den Füßen. Du hast Verstand und Energie, und du kannst wirklich hart arbeiten." *Und du bist schön, couragiert und strahlend.*

Sie errötete bei diesem Kompliment, er sah, wie sich ihre Wangen mit einem zarten Schimmer überzogen. Isabel bildete die erstaunlichste Mischung aus Bescheidenheit und Selbstvertrauen. Schon der Gedanke, dass jemand sie verletzt hatte, erfüllte ihn mit Wut.

Er wollte sie in die Arme nehmen und ihr ins Ohr flüstern, dass er ihr immer helfen würde, dass sie nie wieder allein sein würde. Aber das konnte er nicht sagen. Solche Versprechen vermochte er nicht mehr zu geben, weder ihr noch irgendwem sonst.

„Als Nächstes steht an, dass du Italienisch lernst."

„Ich weiß. Ich spüre jeden Tag, wie schwierig das Leben zu meistern ist, wenn man die Sprache nicht spricht. Ich kann noch nicht einmal die Zeitung lesen."

Einen Augenblick später war sie mit dem Tagesanzeiger von gestern zurück. Zusammen übersetzten sie einen Artikel. Manchmal musste er über ihre Aussprache lachen. Kurz fürchtete er, ihre Gefühle verletzt zu haben, aber sie fiel in sein Lachen ein. Was für eine Frau! Er wusste zwar, dass sie verletzt und sehr verletzlich war, doch heute Abend machte sie einen glücklichen und entspannten Eindruck. Und wie sexy sie war mit ihren zerzausten Haaren und dem leicht von der Sonne gebräunten Gesicht. Halt es in nachbarschaftlichen Bahnen, sagte er zu sich selbst. *Zumindest bis du dir sicher bist, dass sie zu mehr bereit ist.*

„Ich denke, den Fortgeschrittenenkurs kannst du ab morgen belegen."

„Morgen können wir darüber reden, aber bevor ich Italienisch lerne, brauche ich erst einmal fließendes Wasser. Ich habe Motoröl und Diesel für die Pumpe, aber ich …" Sie beendete den Satz nicht.

„Dann schauen wir uns das gute Stück doch an." Die Reparatur der Pumpe gab ihm eine gute Gelegenheit aus ihrer Nähe wegzukommen. Es war seinem Geisteszustand entschieden zuträglicher, eine altmodische Pumpe in Gang zu bringen, als sich vorzustellen, Isabel die ganze Nacht in den Armen zu halten.

Zwei Stunden lang schufteten sie gemeinsam, um die alte Maschine in Bewegung zu bringen. Aber irgendwann waren sie so weit: Sie ließen die Pumpe ansaugen, und Isabel hörte das herrliche Geräusch von gurgelndem Wasser in den Leitungen. Wenige Momente später sah sie, dass sich der Wassertank zu füllen begann.

„Ich glaube, du kannst duschen!", verkündete Dario.

Eine Dusche brauchte sie jetzt auch dringend, so verschwitzt und schmutzig, wie sie war. Sobald Dario gefahren war. Wozu er aber keine Anstalten machte. Er meinte, die Wildschweine könnten wiederkommen.

„Du kannst es nicht riskieren, deine Weinstöcke zu verlieren."

Bevor sie einwenden konnte, dass es auf der Azienda nirgends Platz zum Schlafen für ihn gab, sagte er, es gebe ja den Raum hinter der Küche, den sie noch nie betreten hatte. Dort stehe ein Bett, in dem er gut schlafen würde.

Zu diesem Zeitpunkt hatte Isabel keine Energie mehr für Diskussionen, und warum eigentlich sollte sie den Mann, der sie mit Essen und Wasser versorgte, wegschicken, was sie obendrein gar nicht ernsthaft wollte? Und sie fühlte sich sicherer in seiner Gegenwart. Nicht nur sicherer, sondern auch glücklicher.

Er versprach ihr, morgen noch einen Durchlauferhitzer anzubringen, aber sie beschloss, dass auch eine kalte Dusche sich sicher wunderbar anfühlen würde, und ging in das kleine Bad. Als sie fertig war, wickelte sie sich in ein Handtuch und rief vom oberen Treppensatz hinunter: „Du bist dran!"

Er stand unten am Fuß der Treppe und blickte zu ihr hinauf. Sie hielt den Atem an. Beide schwiegen, ihre Blicke hielten einander fest. Ich sollte jetzt in mein Zimmer gehen, dachte sie, doch ihre Füße wollten ihr nicht gehorchen. Ihre Haut prickelte vom kalten Wasser, sein glühender Blick hingegen gab ihr das Gefühl, in Flammen zu stehen.

Es wäre ein himmlisches Gefühl, wenn er nun hinaufkäme und sie in seine Arme schließen würde. Doch der Himmel an seiner Seite war nicht für sie reserviert. Das wusste sie. Aber sie hatte ein Haus und ein neues Leben – mehr, als sie je erwartet hatte. Mehr sollte sie sich nicht wünschen. Ihre Aufgabe war es, auf eigenen Füßen zu stehen. Es war nichts Falsches daran, Hilfe anzunehmen, doch zählen sollte man nicht darauf. Nichts Falsches war auch an ein paar Küssen. Solange es dabei blieb. Sie war stolz auf ihre Selbstkontrolle. Schließlich entspannte sie sich, drehte sich um, ging in ihr Schlafzimmer und betrachtete durch das Loch im Dach die Sterne, während er duschte. Sie bemühte sich, über die Milchstraße und Sternenkonstellationen nachzudenken, doch stattdessen wanderten ihre Gedanken zu Dario. Sie stellte sich vor, wie das Wasser über seinen Körper lief. Kein Wunder, dass sie nicht einschlafen konnte.

Später lag Dario in dem früheren Dienstbotenkämmerchen auf dem Bett. Seine Gedanken drehten sich um Isabel. Ob sie an ihn dachte? Warum hielten sie sich eigentlich zurück, wenn sie doch gegenseitig diese Anziehung empfanden? Sie waren jung und hatten ganz normale Leidenschaften, die allzu lange verdrängt worden waren. Sie waren beide Erwachsene mit realistischen Erwartungen – also keinen.

Irgendwann wurde er zu unruhig, um im Bett liegen zu bleiben. Er zog seine Jeans an und ging in die Küche, um etwas kaltes Mineralwasser zu trinken. Als er Schritte auf der Treppe vernahm, stellte er die Flasche ab und lehnte sich gegen den Küchenschrank.

Zum zweiten Mal sah er Isabel im Nachthemd. Es war so durchsichtig, dass er ihre Brüste, ihren Bauch und ihre langen Beine im Licht des Mondes sehen konnte, der durch das Fenster schien. Er griff nach einer Stuhllehne, um sein Gleichgewicht zu halten. Jetzt stand sie an der Tür und blinzelte vor Überraschung. Alles in ihm sehnte sich nach ihr, aber seine Stimme blieb ruhig. „Kannst du auch nicht schlafen?"

„Ich bin nur durstig", flüsterte sie. „Was ist mit dir? Das Bett ist bestimmt die Hölle."

„Es ist nicht das Bett, das mich nicht schlafen lässt. Du bist es. Ich habe über dich nachgedacht. Du bist gut für mich. Du hast die Mauer eingerissen, hinter der ich mich versteckt hatte."

„Was hat Magdalena dir angetan?", fragte Isabel weich.

Dario atmete tief ein. Es war der Moment gekommen, ein für alle Mal mit der Vergangenheit abzuschließen. Er zog einen Stuhl hervor und setzte sich rittlings darauf. „Ich habe dir schon erzählt, dass ich die Weinreben vernachlässigte, als ich Magdalena kennenlernte und mit ihr über die Insel tourte. Aber ich habe mich mit der Aussicht getröstet, dass wir bald ohnehin verheiratet sein und uns dann gemeinsam um den Betrieb kümmern würden. Doch das war ganz und gar nicht die Zukunft, die Magdalena sich ausmalte. Für sie war Sizilien der letzte Außenposten der Zivilisation – völlig undenkbar, hier zu leben. Als ihr Jahr als Schönheitskönigin vorbei war, ist sie Knall auf Fall mit meinem Cousin Georgio nach Mailand gegangen. Sie hat einen kompletten Narren aus mir gemacht." Er vergrub den Kopf in seinen Händen. „Manchmal fühle ich mich immer noch so, als wäre es erst gestern passiert."

„Es tut mir so leid", sagte Isabel vorsichtig. „Ich glaube, ich weiß, wie du dich gefühlt hast."

Er hob den Kopf und blickte in weite Ferne. „Es war wie ein Vulkanausbruch, und ich wurde unter der heißen Asche begraben. Als ob alle Farben verblasst wären, die ganze Welt spielte sich nur noch in Schwarz-Weiß ab. Hauptsächlich schwarz. Mir ist nichts anderes als Arbeit eingefallen, um weiterzuleben. Ich war wie erfroren. Man hätte bei mir eine Operation am offenen Herzen durchführen können, ohne dass ich eine Narkose gebraucht hätte." Er lachte bitter auf. „Vielleicht ist genau das passiert. Sie haben mich aufgemacht, mein Herz angeschaut und festgestellt, dass es entzweigebrochen ist. Sie haben die Köpfe geschüttelt, denn die Diagnose war klar: keine Aussicht auf Heilung."

„Oh Dario." In ihren Augen sah er Mitgefühl und Verständnis, aber kein Mitleid. Wenn jemand ihn verstehen konnte, dann war es Isabel.

„Ich habe es überlebt. Die Farbe ist in die Welt zurückgekehrt. Der Himmel wurde wieder blau. Ich bin älter und weiser geworden."

Ein paar Minuten saßen sie schweigend da, dann berührte sie sanft seine Wange, so zart wie eine Feder. Isabel stand auf und nahm seine Hand. Er brauchte nicht zu fragen, was das zu bedeuten hatte, denn es stand in ihrem Gesicht geschrieben. Sie wollte ihn ebenso sehr, wie er sie begehrte. Sie beide wussten, was jetzt passieren würde. Und sie stiegen Hand in Hand die enge Treppe hinauf ins Schlafzimmer mit dem schmalen Bett, das nur für einen Menschen gedacht war. Gedacht für einen, aber genau richtig für zwei, die auf diesen Augenblick gewartet hatten, seit sie sich das erste Mal auf der staubigen Straße begegnet waren.

Als die Sterne langsam zu verblassen begannen und der Himmel heller wurde, lagen sie aneinandergeschmiegt da, die Beine verschränkt und die Arme um den Körper des anderen geschlungen. Isabel fühlte sich glücklicher als je zuvor in ihrem Leben, sie betrachtete sein Gesicht und erlebte in Gedanken noch einmal die köstliche, leidenschaftliche Liebesnacht mit Dario. Unter dem funkelnden Sternenzelt hatte sie den besten Sex ihres Lebens gehabt. Und gen Himmel gewandt, sprach sie ihr Gebet: *Bitte mach, dass ich mich nicht in ihn verliebe.*

Aber es war zu spät.

9. KAPITEL

Am nächsten Morgen erwartete Isabel ihre Arbeiter nicht, denn es war Samstag.

Als sie einen Wagen die Auffahrt hinauffahren hörten, wachten sie beide auf. Dario stützte sich schlaftrunken auf einen Ellbogen und küsste Isabel zärtlich.

Wenn sie geglaubt hatte, die letzte Nacht sei ein Traum gewesen, dann wusste sie jetzt, dass alles wirklich gewesen war. „Dieses Bett ist ein bisschen schmal", sagte sie.

Er grinste. „Mir kam es gerade richtig vor. Auch wenn du das nächste Mal herzlich eingeladen bist, mein Bett auszuprobieren."

Es würde also ein nächstes Mal geben. Sie erwiderte sein Lächeln, aber dann erinnerte sie sich.

„Jemand ist hier", flüsterte sie, als ob derjenige sie hören könnte. Ein Überbleibsel aus alten Tagen, als ihre Affäre vor der Welt geheim gehalten werden musste. „Ich gehe rasch nachsehen, wer da ist." Sie zog sich ihren Morgenmantel über und ging die Treppe hinunter.

Auf den Stufen vor der Haustür stand Darios Schwester Lucia mit einem Korb in den Händen. „Ich habe erfahren, dass du aus dem Hotel ausgezogen bist. Und ich dachte mir, dass du vielleicht Essen brauchst. Aber ist das Auto da drüben nicht Darios Wagen?"

Isabel fühlte eine Panikwelle in sich aufsteigen. Was, wenn sie herausfände, dass Dario bei ihr übernachtet hatte?

„Du brauchst mir nichts zu erklären", sagte Lucia mit einem kleinen wissenden Lächeln, denn sie hatte eins und eins zusammengezählt. „Ich bin schon wieder weg. Was ich dir noch sagen wollte: Ich habe mit dem Priester gesprochen. Wenn es dir passt, kann er die Segnung vornehmen." Und mit einem schelmischen Lachen fügte sie hinzu: „Er führt auch andere Zeremonien durch … Hochzeiten zum Beispiel."

Isabel hoffte nur, dass Dario sie nicht hörte. „Danke. Ein Samstag passt gut. Für die Segnung meine ich", fügte sie noch hastig hinzu.

Lucias Blick wanderte über Isabels Schulter hinweg zum Haus.

„Lucia, was machst du hier?", fragte Dario. Isabel wirbelte herum. Ausgerechnet jetzt musste er auftauchen, wo seine Schwester gerade gehen wollte. Doch er klang kein bisschen ungehalten, so als ob er in einer prekären Lage angetroffen worden wäre. Nur überrascht. Ein Blick auf seinen nackten Oberkörper, seine hüfttiefe Jeans und sein ungekämmtes Haar muss Lucia genügen, um zu wissen, dass er gerade aufgestanden ist und ohne jeden Zweifel die Nacht mit mir verbracht hat, dachte Isabel. Er schien sich nicht darum zu scheren, was andere dachten.

„Lucia hat uns etwas zu essen gebracht", sagte sie strahlend. Alles, woran sie denken konnte, waren seine leicht verschleierten sexy Augen.

„Danke dir", sagte Dario lässig zu seiner Schwester.

Darios lockere Haltung entspannte auch Isabel und so bot sie Lucia einen Kaffee an.

Doch Lucia musste los und verabschiedete sich herzlich.

„Was wird sie nur denken?", fragte Isabel, immer noch ein wenig beklommen, als sie fort war.

„Sie denkt, dass wir eine Affäre haben."

„Haben wir eine?" Während sie auf seine Antwort wartete, hämmerte ihr Herz so laut, dass sie befürchtete, Dario könnte es hören.

„Haben wir keine?", antwortete er mit einem hinreißenden Lächeln, das ihre Haut kribbeln ließ.

Er zog sie zu sich heran, küsste ihren Hals, ihre Wange, die Augenlider und schließlich ihren Mund. „Was spricht gegen eine Affäre?", fragte er fast übermütig, bevor er sie losließ. „Wenn ich die letzte Nacht als Hinweis dafür werten darf, dass wir uns recht gut verstehen."

Sie errötete. Ja, sie passten wunderbar zusammen.

„Und wir sind beide frei von anderweitigen Verpflichtungen", fuhr er fort.

„Und jeder kann tun und lassen, was er will. Keine Zwänge." Ihre Stimme klang fest. „Keine Versprechungen, keine Erwartungen." Sie sagte das mindestens so sehr für sich selbst wie für ihn. Über die Regeln musste man sich verständigen, ob sie ihr nun gefielen oder nicht.

Er nickte feierlich, legte seinen Arm um sie, und sie gingen hinein.

Nach einem Frühstück, das aus den köstlichen frischen *Cornetti* bestand, die Lucia mitgebracht hatte, und mehreren Tassen Kaffee, ging Dario hinaus zu den Weinstöcken. Die Sonne schien auf ein heruntergekommenes Haus und auf Reihen vernachlässigter Weinstöcke, und die Welt war ihm nie besser erschienen. Isabel war schön, wunderbar, liebenswert und großzügig, und für den Augenblick gehörte sie ihm allein. Es war gut, dass sie eine Vereinbarung getroffen hatten. Nichts Ernsthaftes. Ihre Affäre war ein Teil des Heilungsprozesses. Wenn er Isabel in den Armen hielt, war der glücklichste Mann der Welt. Trotzdem hatten sie gute Gründe, nicht den Kopf zu verlieren. Er wollte nicht mehr lieben, und sie hatte ebenfalls mit der Liebe abgeschlossen. Außerdem lag eine Menge Arbeit vor ihnen.

Nach einem langen, heißen Tag im Weinberg freuten sie sich über die Sachen, die Lucia mitgebracht hatte: hausgemachte Nudeln, Pesto und frische Tomaten, Parmesankäse und Salami. Doch vor dem Essen nahm jeder von ihnen eine erfrischende Dusche. Zuerst wollte Dario draußen warten, bis sie fertig war, doch dann änderte er seine Meinung. Das Rauschen des Wassers und die Vorstellung, wie Isabel nackt unter der Dusche stand, hatten eine starke Wirkung auf ihn. Es würde enorm viel Wasser sparen, wenn sie zusammen unter der Dusche stünden. Während er die Stufen hinaufsprang, fragte er sich, wo Dario, der Workaholic, abgeblieben war. Er hatte sich geändert seit ihrer Ankunft, so viel stand fest. Er klopfte an die Badezimmertür und trat ein. Schnell streifte er seine Kleidung ab und trat zu ihr unter die Dusche.

„Das ist mehr, als ich erwartet hatte", sagte sie, als sie später gemeinsam die Treppe hinuntergingen. „Kaltes Wasser hätte mich schon glücklich gemacht, aber heißes Wasser ist die reine Glückseligkeit", sagte sie, als sie sich draußen in die Abendsonne setzten.

Glückseligkeit war es, die sie ausstrahlte. Glückseligkeit war es, die er empfand. Dario konnte den Blick nicht von ihrem Gesicht und ihrem schimmernden kupferfarbenen Haar abwenden.

Die Tage vergingen. Lange, sonnige Tage, gefolgt von milden, sternenklaren Nächten in ihrem schmalen Bett. Isabel strich die Küche und nähte Vorhänge fürs Schlafzimmer. Dario arbeitete vormittags auf seinem eigenen Weingut und fuhr mittags zu einer ausgedehnten Siesta zu ihr. „Das ist eine sizilianische Tradition", erklärte er ihr. Es war ebenfalls eine sizilianische Tradition, sich an langen Sommertagen nachmittags zu lieben. Danach ging es zurück an die Arbeit.

Abends kam er beladen mit Vorräten wieder auf die Azienda. Sie kochten zusammen, aßen zusammen, redeten, lachten und küssten sich, fielen müde zusammen ins Bett, doch niemals zu erschöpft, um ihre Beziehung auf eine neue Stufe der Intimität zu heben. Nun, solange sie beide die Regeln kannten …

Dario fühlte sich zuweilen, als stünde er hoch oben auf dem Dach der Welt. Er fragte sich, wie lange diese Stimmung wohl anhalten mochte. Eine Woche verging, zwei, und er fühlte sich immer noch wie auf Wolken schwebend. Die warnende Stimme in seinem Kopf wurde mit jedem Tag leiser.

So glücklich er auch im Moment war, er wusste, dass diese Beziehung nicht halten würde. Sie hatten ein Ziel – das Weingut für die Segnung vorzubereiten. Danach würde sich etwas ändern. Denn dann würde er wieder richtig bei sich zu Hause wohnen oder … Sie hätte dann Strom, Wasser und Telefon und bräuchte ihn nicht mehr. Was gut war. Zumindest hatte er die ganze Zeit über so gedacht. Inzwischen fragte er sich, inwieweit er es vermissen würde, nicht gebraucht zu werden, nicht mehr Teil ihres Alltags zu sein.

Jetzt aber saßen sie zum Abendessen an dem alten Esstisch draußen. Eine leichte Brise war aufgekommen und vertrieb die Hitze des Tages.

„Morgen lade ich dich zum Abendessen ins Hotel ein", sagte er. „Du hast so hart gearbeitet, du brauchst mal eine Abwechslung."

„Das ist doch nicht nötig", protestierte sie.

„Aber ich möchte dich ausführen. Du ziehst dein türkisfarbenes Kleid an. Ich möchte, dass jeder sieht, dass ich mit der wunderschönen amerikanischen Winzerin zum Dinner ausgehe."

10. KAPITEL

Als Isabel am nächsten Abend duschte, schoss ihr ein Gedanke durch den Kopf: Sie hatten heute ein echte Verabredung. Ihre Affäre war eine Sache, aber dies war ein Rendezvous. Seit Jahren hatte sie keines mehr gehabt.

Er wollte sie ausführen. Er wollte, dass Leute sie zusammen sahen. All das war so neu, so wunderbar anders als ihre letzte Beziehung. Sie fühlte sich begehrt und angenommen … aber nicht geliebt. Wenn er sie lieben würde, hätte sie es längst gespürt. Seine Worte hallten in ihrem Kopf: Es wird nicht wieder passieren. Sie verstand das. Sie fühlte das Gleiche. Und darüber hinaus wurde die Liebe ja allgemein überbewertet.

Sie nahmen in der Hotelbar einen Aperitif. Dario bestellte Bellinis – gepresste weiße Pfirsiche auf Champagner – und stellte Isabel einigen Freunden vor.

Als sie anschließend im Speisesaal saßen, blickte Isabel sich um. „Es ist so viel geschehen, seit ich hier angekommen bin. Ich fühle wie eine andere Person. Ich bin dir zu großem Dank verpflichtet. Du hast mich zur Azienda gebracht und mir geholfen, mich dort zu Hause zu fühlen."

Er schüttelte den Kopf. „Das hast du dir allein zu verdanken." Er erhob sein Glas. „Auf die Zukunft. Aber ich glaube, wir müssen noch die Vergangenheit vollends zu Grabe tragen. Du hast mir noch nicht alles erzählt."

Sie wusste, dass es an der Zeit war, mit ihrer Geschichte abzuschließen, egal wie schmerzhaft es war. Doch während des köstlichen Essens brachte sie es nicht über sich, die Stimmung zu verderben.

Erst als sie, zurück in ihrem Haus, gemeinsam in trautem Einvernehmen auf der breiten Schaukel saßen, die er ihr als Geschenk mitgebracht hatte, und den Sternenhimmel betrachteten, gab Isabel sich einen Ruck. Erzähl es ihm, erzähl es ihm, flüsterte die Stimme in ihrem Kopf. *Einfacher wird es nicht mehr.*

Sie atmete tief ein. „Also gut. Du hast gefragt. Seine Frau hat es herausgefunden. Ich weiß nicht, wie. Aber eines Tages platzte sie in sein Büro. Ich war zufällig auch dort, weil wir gerade etwas zu besprechen hatten. Sie war außer sich vor Wut. Sie schrie und beschimpfte mich. Ich versuchte ihr zu sagen, dass ich genauso schockiert war wie sie. Ich hatte keine Ahnung gehabt, dass Neil verheiratet war. Am nächsten

Tag hatte ich fünfzehn Minuten, um meine Sachen zusammenzupacken und das Gebäude zu verlassen. Ich fühlte mich erniedrigt, und ich war wütend. Warum ich? dachte ich. Vor allem, als ich erfuhr, dass ihm nicht gekündigt wurde. Er bekam noch nicht einmal eine Abmahnung. Im Gegenteil, er wurde befördert.“

Die Erinnerung an die erlittene Demütigung und die Scham machten ihr das Atmen schwer. Sie holte tief Luft. „Eine Woche später ging ich zu ihm, um mein Zeugnis abzuholen. Ich dachte, ein gutes Zeugnis sei das Mindeste, was er für mich tun konnte. Aber er lehnte ab. Er behandelte mich so, als hätte ich ihn verführt, als ob alles meine Schuld gewesen wäre. Irgendwann begann ich zu glauben, dass er recht hatte. Monatelang suchte ich vergeblich nach einem Job, ich mied meine Freunde und versank tiefer und tiefer in Depressionen. Als ich von dem Erbe erfuhr, veränderte sich mein Leben. Ich hatte eine Aufgabe, ein Ziel.“

Dario legte ihr den Arm um die Schulter und zog sie fest an sich.

„Du fragst dich sicher, wie ich so jemanden lieben konnte. Aber er hat mir nicht nur gesagt, ich sei eine herausragende Designerin, sondern obendrein hübsch und er liebe mich. Niemand hat mich je in meinem Leben so behandelt. Noch nie hatte mich jemand geliebt.“

„So bist du nach Sizilien gekommen.“

„Dank meines Onkels.“

„Aber es tut immer noch weh.“ Es war keine Frage, sondern eher eine Feststellung.

Sie wandte sich ihm zu, um ihn anzusehen. In seinen Augen lag tiefes Verständnis. „Ja. Nein. Nicht mehr so sehr.“ *Nicht, seit du in mein Leben getreten bist.* „Ich habe jetzt so viele andere Dinge zu tun. Die Trauben, die Weinlese, die Segnung, das Haus.“ *Und du.*

Und dann brach Isabel eine ihrer eisernen Regeln: Sie begann zu weinen. Nach all diesen Jahren der Zurückweisung, all den verletzten Gefühlen, den Beschimpfungen und all den schlaflosen Nächten, in denen sie die Tränen zurückgehalten hatte. Und als sie einmal angefangen hatte, konnte sie nicht mehr aufhören. Die Tränen eines ganzen Lebens rannen aus ihren Augen auf seine Schulter und seine Brust und durchweichten sein schönes weißes Hemd.

Als sie sich eine Ewigkeit später endlich ausgeweint hatte, lag sie erschöpft auf seinem Schoß und blickte zu den Sternen. Wieder sprach sie leise ihr Abendgebet. *Bitte, lieber Gott, mach, dass ich mich nicht noch einmal verliebe.*

Der Samstag der Segnung war wiederum ein strahlender sonniger Tag. Isabel stand auf der Anhöhe ihres Weinberges, schaute über die Felder, und ihr Herz klopfte in Vorfreude auf das bevorstehende Ereignis. Dario trat hinter sie und legte die Arme um sie. „Aufgeregt?"

„Und ein bisschen besorgt. Was, wenn der Priester den Termin vergisst? Was mache ich, wenn der Wein aus den Kellervorräten nicht gut genug ist? Und wenn das Essen nicht reicht?" *Wenn ich mich in dich verliebt habe, du mich jedoch nicht liebst?* Das war ihre größte Angst und ständiger Albtraum. Nach diesen wunderbaren gemeinsamen Wochen – in denen sie zusammen gegessen und geschlafen und alles für die Segnung vorbereitet hatten – war heute der Tag der Entscheidung? Nähme Dario am Ende dieses Tages seine Sachen und ginge nach Hause? Oder würde er ihr die Worte sagen, die sie so gern hören würde? *Ich liebe dich, Isabel. Ich will mein Leben mit dir verbringen.*

Er drehte sie in seinen Armen zu sich herum und legte die Finger auf ihre Lippen. „Es wird ein perfekter Tag, du wirst sehen. Das ist nicht das Ende, das ist ein Anfang."

Sie nickte. Warum wollte sie nur so viel mehr als einen perfekten Tag? Sie wollte Dario. Warum nur konnte sie sich nicht mit dem bescheiden, was sie hatte? Es fiel ihr schwer, es sich selbst einzugestehen, aber sie hatte einen schrecklichen Fehler gemacht. Sie hatte sich in Dario verliebt. Wann war das passiert? Wann auch immer, sie musste darüber hinwegkommen. Es sei denn, er hegte diegleichen Gefühle. Heute würde sie ihm ihre Liebe gestehen. Wie sollte sie sonst in Erfahrung bringen, was er empfand? Wenn er sie nicht liebte, warum war er in ihr Haus gezogen, hatte sie mit Essen versorgt, ihr geholfen, sie geküsst und geliebt und die Welt sehen lassen, dass sie ein Paar waren?

Es war höchste Zeit für sie, die Wahrheit herauszufinden, wenn sie noch eine Chance haben wollte, ohne ein gebrochenes Herz davonzukommen.

Es war an der Zeit, zum Haus zu gehen, denn langsam begannen die Gäste einzutrudeln, alle in ihrem besten Sonntagsstaat. Die Verwandten von Dario waren gekommen, auch sein Großvater im Rollstuhl.

Der Priester stellte sich an den Rand der kleinen Lichtung, blickte die versammelte Gemeinde an und begann den kurzen feierlichen Gottesdienst. Als er einen Korb mit Amarado-Trauben segnete, empfand Isabel einen so starken Ansturm von Gefühlen, dass sie beinahe ohnmächtig wurde. Es war alles so schön. So bittersüß. Der Beginn ihres neuen Lebens als Winzerin – und das Ende ihrer Zeit mit Dario?

Nach der Zeremonie sah sie ihn im ernsten Gespräch mit seinen Geschwistern. Als seine Schwester ihm eine Hand auf die Schulter legte, spürte Isabel sofort, dass etwas passiert sein musste.

Und schon trat Dario zu ihr. „Ich muss wegfahren", sagte er. „Es gibt ein Problem mit den Hafenarbeitern in Palermo. Sie streiken. Unser Wein liegt seit zwei Wochen auf den Kais und wird nicht verschifft. Es ist mein Fehler. Meine Familie dachte, sie könnte es allein in den Griff bekommen. Sie wollten mich nicht stören."

Isabel fröstelte trotz der Hitze. Sie hatte das schreckliche Gefühl, dass die Geschichte sich wiederholte.

„Ich fahre heute noch nach Palermo." Er blickte in die Runde der fröhlich feiernden Gesellschaft, mit den Gedanken war er schon weit fort.

„Ich werde dich vermissen", sagte sie weich. Jetzt war nicht der Moment, ihm zu sagen, dass sie ihn liebte.

„In ungefähr einer Woche bin ich wieder da. Aber du kommst inzwischen auch gut allein zurecht. Du bist stark. Du schaffst das."

Vielleicht schaffe ich es, aber ich brauche dich jeden Tag tausendmal, dachte sie. Was er in Wahrheit sagte, war: Auf Wiedersehen. Niemals würde es so sein wie vorher. Er ging, ohne ihr einen Abschiedskuss zu geben. Während sie sich verliebt hatte, hatte er in ihr nur eine Nachbarin gesehen, die seine Hilfe brauchte. Die Wahrheit traf sie wie ein schweres Eichenfass. Wieder einmal hatte sie sich zum Narren gemacht.

Als alle Gäste gegangen waren und die Sonne sich anschickte, hinter den Hügeln zu versinken, kehrte Ruhe ein auf der Azienda. Isabel fühlte sich auf einmal so schwach und müde, als wäre sie einen Marathon gelaufen und hätte nicht nur eine Party veranstaltet.

Zum ersten Mal seit Langem war sie allein. Sie war verwöhnt worden und hatte sich an den Luxus seiner Anwesenheit gewöhnt. Irgendwann stand sie auf und ging in ihr Haus, ihr kaltes, leeres, einsames Haus.

Während der nächsten Woche kümmerte sich Isabel um den Wein, sie renovierte und erledigte ihre Einkäufe. Doch ihr fehlte der Appetit, und jede Nacht lag sie wach. Das Leben auf der Azienda erschien ihr nicht mehr schön. Ohne Dario war es fad und uninteressant.

In der Woche darauf unterhielt sie sich mit keinem Menschen außer mit ihren Arbeitern, und diese Gespräche waren durch ihren beschränkten Wortschatz meist sehr begrenzt. Sie hätte gern gewusst, was Dario in Palermo machte, aber um das zu erfahren, hätte sie ihn auf seinem Handy anrufen müssen, und das wollte sie nicht. Sie hatte schließlich auch ihren Stolz. Immerhin hätte er sich ja auch einmal bei ihr melden können. Eines Nachmittags traf sie dann aber Lucia auf dem Marktplatz, die sie warmherzig begrüßte.

„Wie geht es Dario?", fragte Isabel, nachdem sie ein wenig geplaudert hatten. Manchmal musste man eben auch seinen letzten Rest von Stolz vergessen.

„Er ist immer noch in Palermo. Die Verhandlungen gestalten sich schwierig. Keiner weiß, wie lange es dauern wird. Cosmo kümmert sich in der Zwischenzeit hier um die Geschäfte. Eine gute Gelegenheit für ihn, aus dem Schatten seines großen Bruders herauszutreten."

Isabel fühlte sich regelrecht krank. Seine Familie hielt er auf dem Laufenden, sie hingegen hatte er nicht ein einziges Mal angerufen.

„Bist du okay?", fragte Lucia. „Du siehst ein wenig blass aus."

Isabel brachte ein schwaches Lächeln zustande. „Mir geht's gut."

Lucia schien zu erraten, dass Isabel litt. „Weißt du, ich hatte gehofft, dass Dario und du ..."

„Wir sind nur Freunde, das ist alles."

„Das ist schade", erwiderte Lucia vorsichtig. „Du hast ihm gutgetan. Ich verstehe nicht, was passiert ist."

Isabel verstand vollkommen. Er hatte denselben Fehler zweimal gemacht, nur mit dem Unterschied, dass er Magdalena geliebt hatte.

Sie musste sich zusammenreißen und aufhören, Tag und Nacht über ihn nachzudenken. Nun hieß es, Entscheidungen zu treffen, die gut waren für sie selbst und ihr Leben. Schwere Entscheidungen.

Dario war erschöpft. Seit er in Palermo angekommen war, hatte er nonstop gearbeitet. Die Zeit war wie im Flug vorbeigegangen, seit er von zu Hause weggefahren war. Zu Hause. Wo war das? Wenn er darüber nachdachte, fielen ihm als Erstes die Azienda und Isabel ein.

Er gab sich Mühe, nicht über Isabel nachzudenken, doch er konnte das Bild ihres Gesichts nicht abschütteln, ihre Miene, als er ihr sagte, dass er abreisen würde. Sie hatte versucht zu lächeln, doch ihre Lippen hatten gezittert. Er hatte fest angenommen, dass er keine Alternative hatte, als nach Palermo zu fahren. Er war davon ausgegangen, dass niemand außer ihm selbst die Situation bewältigen könnte, doch sein Schwager war bereits einen Abend vor ihm in der Stadt eingetroffen – voller Energie und frischer Ideen. Vielleicht täuschte er sich. Er hatte geglaubt, niemand könne die Ernte überwachen, aber Cosmo schlug sich sehr gut. Womöglich hatte seine Familie recht, und er war ein Kontrollfreak, der nicht loslassen konnte. Es war Zeit, nach Hause zu fahren. Und er wusste, wo das war. Die Azienda. Dort, wo Isabel war. Er brauchte sie. Ohne sie fühlte er sich nicht als ganzer Mensch, ohne sie würde er nie mehr glücklich sein.

Isabel fand die Antwort. Sie musste abreisen. Die Azienda war ihr Zuhause, ihre erste und einzige Heimat, doch die Vorstellung, hier ohne Dario zu leben, war unerträglich. Sie würde es wieder aushalten können, allein zu sein, aber nicht hier. Er hatte es unmöglich für sie gemacht zu bleiben.

Sie fuhr zu Darios Haus und schaute durch die Fenster. Sie erinnerte sich an den Abend, als er sie das erste Mal geküsst hatte. Heute erklang keine Musik. Die Fenster waren geschlossen. Isabel schob eine Notiz unter der Haustür durch. Irgendwie war sie froh, dass er jetzt nicht da war, denn er hätte bestimmt versucht, sie zum Bleiben zu überreden. Alle Gründe, die dafür sprachen, dass sie blieb, hätte er angeführt, alle bis auf den einen, den sie gern gehört hätte. Er vermisste sie nicht, er liebte sie nicht. Als er von der Feier wegmusste, hatte er noch nicht einmal einen betrübten Eindruck gemacht, im Gegenteil, die neue Herausforderung hatte seine Augen zum Leuchten gebracht. Warum nur hatte sie nicht sofort verstanden, was das bedeutete?

Eine Stunde lang saß Isabel noch in ihrem Wagen und wog ab: fahren oder bleiben. Die Frage zerriss sie beinahe.

Dario kehrte in dieser Nacht aus Palermo zurück. Er musste Isabel sofort sehen. Er hatte geglaubt, sie nicht zu brauchen, hatte Angst gehabt, noch einmal den Kopf zu verlieren und seine Arbeit über alles andere gestellt. Aber er hatte herausgefunden, was wirklich wichtig war. Wichtiger als das Land oder die Ernte oder sonst irgendetwas. *Sie* war wichtiger. Er fuhr direkt zur Azienda, doch Isabel war nicht da. Irritiert und beunruhigt fuhr er zu seinem eigenen Haus.

Als er den Zettel auf dem Fußboden liegen sah, ließ er seinen Koffer fallen, hob ihn auf und begann zu lesen. Sein Puls raste, und die Worte verschwammen vor seinen Augen.

„… kann ich nicht länger bleiben … zu schwierig … Ich verstehe … die Azienda ganz dir …“ Dario zerknüllte das Blatt in seiner Faust und warf die Papierkugel quer durchs Zimmer. Was war los mit ihr?

Warum reiste sie ab? Hatte sie seine Hilfe gebraucht, als er in Palermo war? Sie hatte doch kein einziges Mal angerufen. Die Nachricht war voller Erklärungen, aber nicht eine fand er einleuchtend.

Er befand sich in einem Schockzustand. Lange Minuten stand er einfach so da und versuchte, sich die Tatsache vor Augen zu führen, dass Isabel weg war. Sie würde nicht da sein, um mit ihm ein Abendessen zu teilen, das er draußen auf der Feuerstelle zubereitet hatte. Sie würde nicht da sein, um mit ihm zusammen zu duschen, und später ihre Arme nicht mehr um ihn legen, damit er nicht aus dem schmalen Bett fiel. Dass er sie verpasst hatte, verursachte einen dumpfen Schmerz in seinem Herzen. Dabei hatte er doch geglaubt, dass sein Herz in eine dicke Mauer einbetoniert sei. So schnell er konnte, rannte er zu seinem Wagen und fuhr zum Flughafen. Er, der einsame Wolf, raste über die Autobahn, um eine Frau zu überzeugen, ihr Leben mit ihm zu verbringen. Für immer.

Die Angestellte am Ticketschalter checkte wieder und wieder die Flüge in die USA. Nichts, heute nichts. Vielleicht *domani* … morgen? Was soll ich nur machen? dachte Isabel verzweifelt. Zur Azienda zurückfahren ging nicht, dort würde sie ihren Entschluss nur zum hundertsten Mal überdenken. Sie ging in die Cafeteria und bestellte sich einen Cappuccino. Wäre Dario hier, würde er sicherlich darauf bestehen, dass sie auch ein Eis probierte.

Aber er war nicht hier. Er arbeitete in Palermo, er wollte es nicht anders. Und wenn es kein Notfall im Familienbetrieb gewesen wäre, dann wäre es irgendetwas anderes gewesen, das zu ihrer Trennung führte.

„*Ciao, signorina*“, sagte eine Stimme, die sie unter Tausenden sofort erkannt hätte.

Sie wirbelte auf ihrem Stuhl herum und starrte ihn an.

„Was machst du hier?“

Dario sah aus, als hätte er seit Tagen nicht geschlafen, trotzdem war er immer noch umwerfend attraktiv. „Dasselbe könnte ich dich fragen. Was machst du hier?“

„Ich werde nach Kalifornien zurückfliegen.“

„Warum?“

„Ich habe dir eine Nachricht geschrieben.“

„Ja, die habe ich bekommen, aber ich will es von dir hören. Aus deinem Mund. Ich dachte, dir gefällt es hier.“

„Ja. Aber ich kann nicht bleiben." Sie schloss fest die Lider, um nicht zu weinen. „Ich dachte, ich würde es allein schaffen, aber als du fort warst, habe ich gemerkt, dass es ohne dich nicht geht."

„Du hättest warten können, bis ich wieder zurück bin, und mir es dann persönlich sagen können. Ich dachte, ich würde dir etwas bedeuten. Warum hast du nicht angerufen? Ich habe nichts von dir gehört."

Sie öffnete die Augen. „Du hast mich nicht angerufen. Wenn ich nicht zufällig deine Schwester getroffen hätte, hätte ich nicht einmal gewusst, ob du noch lebst."

„Das tut mir leid. Ich hätte mich melden sollen. Die Arbeit hat mich überrannt, aber das ist keine Entschuldigung. Ich habe über dich nachgedacht. Ich habe dich vermisst." Er schaute ihr tief in die Augen, so tief, dass sie befürchtete, er könnte den wahren Grund für ihre Abreise dort sehen.

Isabel blinzelte eine Träne weg. Da waren sie, die Worte, nach denen sie sich gesehnt hatte.

„Ich habe dich auch vermisst", sagte sie sanft.

„Endlich habe ich verstanden, dass ich nicht unersetzlich bin. Keine ganz leichte Erkenntnis, dass die anderen einen nicht brauchen und man nicht so wichtig ist, wie man dachte. Selbst du hast entschieden, dass du mich nicht brauchst."

„Das ist nicht wahr", platzte Isabel heraus. „Ich fahre weg, weil ich dich viel zu sehr brauche." Nun war der Augenblick gekommen, ihm zu sagen, was sie empfand. Dann konnte sie in der Gewissheit abreisen, aufrichtig ihm gegenüber gewesen zu sein. Sie holte tief Luft. „Ich … ich weiß, wir beide wollten nur eine gute Zeit haben, ein Sommerflirt, keine Verbindlichkeiten, aber irgendwie habe ich mich – gegen alle Spielregeln und gegen meinen Vorsatz – in dich verliebt, Dario. Sag jetzt bitte nichts. Ich erwarte nicht, dass du mich auch liebst, ich weiß, wie du fühlst."

Er fasste nach ihrer Hand und hielt sie fest. „Ich habe geglaubt, dass ich nie wieder lieben würde, das stimmt. Ich hatte mich damit abgefunden, allein zu bleiben. Aber dann kamst du und hast mein Leben verändert. Ich werde niemals den Tag vergessen, als du in diesen lächerlichen Sandaletten daherkamst und entschlossen warst, das Gut allein zu führen. Ich habe darauf gewartet, dass du scheiterst. Aber du bist immer wieder auf die Füße gekommen. Jemanden wie dich habe ich noch nie getroffen. Ich hätte nicht gedacht, dass irgendjemand es schaffen könnte."

„Das tue ich auch nicht."

„Doch, du kannst es", sagte er und drückte ihre Hand. „Aber du brauchst es nicht allein zu schaffen. Ich werde immer für dich da sein. Ich möchte die Azienda mit dir leiten. Ich liebe dich, Isabel. Ich will dich heiraten. Ich möchte, dass unsere Kinder auf der Azienda aufwachsen."

Isabel legte den Kopf zur Seite, wie um besser zu sehen, denn mit ihrem Gehör schien etwas nicht zu stimmen. Sie hatte gerade gemeint, Dario sagen zu hören, er liebe sie.

Nach einer langen Pause begann er wieder zu sprechen. „Wenn du natürlich anders empfindest ... wenn du ernsthaft entschlossen bist, dieses Flugzeug zu nehmen ..."

„Nein. Nein. Ich will hier bei dir bleiben. Ich bin hierhergekommen, um mein Erbe anzutreten und mich selbst zu finden. Aber erst du hast mir den Mut gegeben, Dinge zu tun, zu denen mir die Courage fehlte. Ich liebe dich, Dario. Ich habe dich vom ersten Moment an geliebt, als ich dich im Weinberg sah. Ich habe dich sogar geliebt, als du versucht hast, mir ein anderes Haus aufzuschwatzen. Du wolltest nur, dass ich den leichteren Weg nehme."

„Ich gestehe, ich wollte auch die Azienda. Aber jetzt habe ich etwas viel Besseres bekommen. Dich. Ach, meine starrköpfige Isabel, mein Liebling." Er führte ihre Hand an seine Lippen und küsste ihre Finger. „Weine nicht. Ich liebe dich. Ich kann dir kein leichtes Leben versprechen, aber doch eines, das bestimmt nicht langweilig wird." Dario trat noch näher zu ihr. „Lass uns nach Hause fahren", sagte er und zog sie an sich. „Es gibt Trauben zu ernten, Wein zu keltern und eine Hochzeit zu planen."

Isabel schlang die Arme um ihn, küsste ihn und vergaß alle Flüge nach Amerika.

EPILOG

An einem sonnigen Oktobertag war die kleine Kirche von Villarmosa bis auf den letzten Platz gefüllt mit den Gästen des Hochzeitspaares Dario Montessori und seiner amerikanischen Braut Isabel Morrison. Keiner, der sie in den vergangenen Wochen zusammen gesehen hatte, konnte noch den geringsten Zweifel daran hegen, dass die beiden füreinander bestimmt waren. Sie waren das perfekte Paar und strahlten nur so vor Glück. Und inzwischen behauptete auch jeder, er habe es gewusst, bevor die beiden Glücklichen es geahnt hatten – besonders die Mitglieder der Familie Montessori.

Er war reich, stark, groß und umwerfend gut aussehend in seinem schwarzen Anzug. Sie war schön, klug und trug ein elfenbeinfarbenes Seidenkleid, das in herrlichem Kontrast zu ihrem glänzend goldroten Haar stand, der Farbe des sizilianischen Sonnenuntergangs.

Sie legten ihr Eheversprechen in Italienisch und in Englisch ab, dann küssten sie sich, während alle Frauen in der Kirche sich die Tränen aus den Augenwinkeln tupften, und alle Männer verlegen grinsten. Dario Montessori hatte endlich die richtige Frau gefunden.

Der Empfang fand auf der Azienda statt, wo schon die Umbauarbeiten begonnen hatten. Das Haus würde einen großzügigen Erweiterungsbau bekommen und auch einen Raum für Weinverköstigungen. Die weiß gedeckten und mit Blumen geschmückten Tische standen draußen unter den Bäumen, ein Streichquartett spielte italienische Liebeslieder.

Nachdem Dario auf seine Braut das Glas erhoben hatte, nahm er sie beiseite. „Signora Montessori, ich habe Ihnen Ihr Hochzeitsgeschenk noch gar nicht gegeben.“ Er fasste in seine Hosentasche und zog eine schwarze samtbezogene Schachtel heraus, die er ihr überreichte.

Ein kleiner Bilderrahmen lag darin, das Foto zeigte einen Mann mit roten Haaren. „Dein Onkel“, sagte er. „Ich habe das Foto im Archiv der Lokalzeitung gefunden. Ich bin sicher, er wäre stolz auf dich. Und ich verdanke ihm mein ganzes Glück.“

„Hab vielen Dank“, antwortete Isabel. „Jetzt weiß ich, wie mein einziger Verwandter aussah, ohne ihn wäre ich niemals hergekommen.“

Er erhob sein Champagnerglas. „Auf Onkel Antonio!“

Sie stieß lachend mit ihm an.

„Bislang dein einziger Verwandter. Ab heute hast du Dutzende.“ Sie schauten beide zur Gesellschaft der Gäste hinüber, darunter selbstverständlich die gesamte Familie Montessori. „Im Archiv habe ich übrigens einen Bericht über Onkel Antonios Umsiedlung von Amerika nach Sizilien gefunden." Er betrachtete die rotgoldenen Haarsträhnen, die das Gesicht seiner Braut umrahmten. „Ich glaube, ich sehe eine Familienähnlichkeit."

„Du meinst die Haarfarbe. Ich hoffe, du bist auf rotblonde Kinder vorbereitet."

„Je mehr, desto besser", sagte er und hielt sie so fest umschlungen, dass sie sein Herz spüren konnte, das im gleichen Rhythmus wie ihres schlug. „Das hier ist ein großartiger Ort für Kinder. Apropos, ist es nicht Zeit, dass wir in die Flitterwochen aufbrechen?"

Isabel schaute über die Weinstöcke, das Haus und das Gerüst für den neuen Anbau. Ihr Haus. Ihr gemeinsames Zuhause. Ein wunderbarer Ort zum Leben. Ein traumhaft schöner Platz, um Kinder groß werden zu sehen. Ein Traum war wahr geworden. Wenn sie aus ihren Flitterwochen in Florenz wieder hier wären, würden sie zunächst zu Dario ziehen, bis die Renovierung auf der Azienda abgeschlossen sein würde.

„Ich habe auch für dich ein Geschenk." Aus dem bestickten Spitzenmieder ihres Brautkleids zog sie einen zierlichen goldenen Schlüssel. „Der Schlüssel zu meinem Herzen."

Dario presste den Schlüssel an seine Lippen und steckte ihn dann in die Tasche. Er dankte dem Schicksal, das ihm Isabel geschickt hatte – sein Leben und seine Liebe.

– ENDE –

Julie Cohen

Eine rasante Affäre

Roman

Aus dem Amerikanischen von
Christian Trautmann

mtb

1. KAPITEL

Er saß schon so lange, dass er das Gefühl hatte, sein Hintern würde allmählich taub.

Nick verlagerte sein Gewicht, streckte die Beine aus und machte es sich etwas bequemer. Neben den quietschenden Fahrstühlen hing eine Uhr. Ihr Ticken zerrte an seinen Nerven. Es war nicht einmal das monotone Geräusch, das ihn störte, denn an Geräusche war er von zu Hause gewöhnt – an das Rauschen des Ozeans, das Rascheln der Blätter an den Bäumen und an das Zwitschern der Vögel. Aber dieses Ticken war die präzise Messung vergehender Zeit. Jedes Ticken war eine weitere Sekunde, die er auf die mysteriöse Miss Drake warten musste – und auf die Antworten, die er schon lange hören wollte.

Es war schon über zwei Stunden her, seit er mit dem livrierten Portier unten in der schicken Lobby gesprochen hatte.

Wenn der Verkehr, der Lärm, die Häuser und der Gestank ihn nicht daran erinnert hätten, dass er in New York war, hätte es spätestens dieser Kerl getan. Nirgendwo sonst auf der Welt könnte jemand, dessen Job es war, Leute willkommen zu heißen, dermaßen feindselig sein. Kaum hatte er das Gebäude betreten, musterte der Portier ihn mit finsterem Blick.

Natürlich hatte er ihn ignoriert und war geradewegs zu den Fahrstühlen gegangen.

„Kann ich Ihnen helfen, Sir?", erkundigte der Portier sich in herablassendem Ton.

„Nein. Ich weiß, wohin ich will." Nick betrachtete das bronzene Fahrstuhlgitter.

„Sie werden wohl eine Weile bleiben, nicht wahr?"

Er antwortete nicht und hoffte, der Mann würde einfach verschwinden, wenn er ihm keine Beachtung schenkte.

Leider hatte er kein Glück. „Das ist ein sehr großer Rucksack", sagte der Portier hinter ihm.

Der große Zeiger über dem Fahrstuhl kroch langsam auf der Anzeige vom zehnten Stockwerk hinunter zum Erdgeschoss.

„Welches Apartment wollen Sie denn besuchen? Oder ziehen Sie ein?"

Der sarkastische Ton veranlasste Nick schließlich doch, sich umzudrehen. Er war gut einen Kopf größer als der Portier, und er wusste, dass er nach Ärger aussah. Der Mann wirkte trotzdem völlig unbeeindruckt.

„Dreiundvierzig“, antwortete er unwillig. „Ich will zu Miss Drake.“
Jetzt stutzte der andere. „Miss Drake?“
Ihm fehlte die Geduld, sich zu wiederholen, zumal seine Auskunft eindeutig gewesen war.
„Sie werden Miss Drake nicht antreffen“, sagte der Portier. Etwas in seiner Stimme veranlasste Nick, ihn anzusehen. Seine Lippen bebten, und die Augen traten ihm praktisch aus dem Kopf. Er sah beinah so aus, als wäre er den Tränen nahe.
Der Fahrstuhl klingelte. „Ich werde warten.“ Nick schob das Gitter auf und betrat die Kabine.
„Da werden Sie lange warten können“, meinte der Portier.
Er drückte einfach den Knopf für den vierten Stock, und die Türen schlossen sich.
Inzwischen musste er zerknirscht einräumen, dass der Portier recht gehabt hatte. Er rieb sich die müden Augen und dachte über seine Möglichkeiten nach.
Er hatte genug Verpflegung, um mehrere Tage durchzuhalten. Aber er bezweifelte, dass der Portier ihn eine Toilette in diesem Gebäude benutzen lassen würde. Und bei seinem Pech würde die Person, auf die er wartete, garantiert genau dann zurückkommen, während er in Manhattan auf der Suche nach einer öffentlichen Toilette wäre.
Nick schloss die Augen. Er würde nirgendwohin gehen. Er würde durchhalten. Er war gut im Warten. Schließlich wartete er schon sechzehn Jahre auf diesen Tag.
Wenn nur das Ticken dieser verdammten Uhr nicht wäre!
Der Fahrstuhl klingelte, und Nick öffnete die Augen. Ohne seinen Platz auf dem Boden vor der Tür von Nummer dreiundvierzig zu verlassen, sah er zu den Fahrstühlen.
Würde er ihn überhaupt erkennen? Waren seine Erinnerungen klar? Das Aussehen eines Menschen konnte sich innerhalb von sechzehn Jahren stark verändern.
Das bronzene Gitter glitt auf, und eine Frau verließ den Fahrstuhl. Sie kam in seine Richtung. Nick war eigenartigerweise sowohl enttäuscht als auch erleichtert.
Sie war mittelgroß, in den Zwanzigern, ihr kurzes blondes Haar hatte sie hinter die Ohren gesteckt. Er wusste nicht viel über Miss Drake, nur dass sie teures Briefpapier mit aufgeprägter Adresse benutzte. Und dass sie in einer Eckwohnung in einem der exklusivsten Gebäude in der Upper Westside Manhattans wohnte. Doch das konnte

sie unmöglich sein. Miss Drake würde keine schlecht sitzende alte Lederjacke tragen und schon gar keinen Rock, bei dem selbst er erkannte, wie sehr er aus der Mode war. Von den zerschlissenen Turnschuhen ganz zu schweigen.

Er nahm an, die Frau arbeitete als Putzfrau oder als Babysitterin. Bevor er den Blick abwenden konnte, nickte sie ihm leicht zur Begrüßung zu. Sie lächelte nicht und hielt den Kopf erhoben. Nick erwiderte den Gruß und richtete seinen Blick auf die Wand gegenüber. Es war besser, sich die Haushaltshilfen der Nachbarn nicht zum Feind zu machen.

„Sieht aus, als könnten Sie ein Kissen gebrauchen“, bemerkte sie. Ihre Stimme war erstaunlich tief und kehlig.

„Geht schon. Dieser Fußboden ist weitaus bequemer als ein felsiger Berggipfel“, entgegnete er lächelnd.

„Dafür ist die Aussicht nicht so gut.“

Sie ging an ihm vorbei und machte einen Bogen um seine ausgestreckten Beine. Er trug Wanderstiefel. Nick registrierte ihre trainierten, wohlgeformten nackten Waden, die unter dem hässlichen Rock hervorschauten. Sie war keine dieser eleganten Frauen von Manhattans Schickeria, aber tolle Beine hatte sie trotzdem.

„So schlecht ist sie nun auch wieder nicht“, sagte er.

Sie lachte, und er hörte das Klimpern von Schlüsseln. Nick schaute auf und sah, wie sie einen Schlüssel in das Türschloss von Apartment dreiundvierzig schob.

Im Nu war er auf den Beinen. „Miss Drake?“

Ihr Lächeln verschwand, und sie zog den Schlüssel wieder aus dem Schloss. „Ja?“

„Mein Name ist Nick Giroux – na ja, eigentlich Nicholas“, stellte er sich vor.

„Aha.“ Sie kniff die blauen Augen zusammen, doch schien sie mit seinem Namen nichts anfangen zu können.

„Ich bin Eric Giroux’ Sohn.“

Die blonde Frau musterte ihn. „Wie schön für Sie. Entschuldigen Sie mich, ich würde jetzt gern hineingehen.“ Sie schob den Schlüssel wieder ins Türschloss.

Nick trat mit festem Blick auf sie zu, wie er es bei einem gefährlichen Tier tun würde, dem er zeigen musste, wer der Boss war. Die Frau wich nicht zurück. Die Hand auf dem Türknauf, hielt sie seinem Blick stand.

„Wo ist mein Vater?“, verlangte er zu erfahren.

Und sie hatte geglaubt, der Tag könnte nicht noch seltsamer werden. Zoe unterdrückte ein Kopfschütteln. Sie war angesichts des großen, gut aussehenden und sehr aufgebrachten Mannes vor der Tür sowohl zur Flucht als auch zum Kampf bereit.

Er maß etwa eins fünfundachtzig, ein einziges Muskelpaket. Ungefähr neunzig Kilo, schätzte sie. Seine Hände sahen aus, als könnte er sie damit glatt zerquetschen. Und er war schnell.

Trotzdem würde sie es wohl mit ihm aufnehmen können.

Andererseits wirkte er ein wenig verrückt, und gegen Verrückte zu kämpfen war schwieriger.

„Ich habe keine Ahnung, wo Ihr Vater ist“, sagte sie freundlich. „Verlieren Sie den öfter?“

„Sehr witzig“, sagte er, aber er lachte nicht. Das war auch gut so, denn mit dem Lächeln, das er anfangs gezeigt hatte, sah er noch besser aus. Eine Ablenkung konnte sie allerdings nicht gebrauchen – er könnte schließlich ein irrer Killer mit einem Vaterkomplex sein.

Sie fuhr im gleichen freundlichen Ton fort: „Tut mir leid, aber ich kann Ihnen nicht weiterhelfen. Wenn ich etwas verliere, fange ich meistens dort an zu suchen, wo ich es zuletzt gesehen habe. Allerdings weiß ich nicht, ob das auch bei verschwundenen Personen funktioniert.“

Seine Miene verriet, wie wütend er war. Sie hatte schon häufiger mit aggressiven Menschen zu tun gehabt. In New York gab es reichlich davon, und die meisten schienen früher oder später ihren Weg zu kreuzen. Zwar lag ein Funkeln in seinen braunen Augen, und seine Lippen waren zu einer schmalen Linie zusammengepresst, aber er würde ihr nichts tun. Das konnte sie an seiner Haltung und den Lachfältchen um seinen Mund erkennen. Er mochte stark sein, aber er war nicht gewalttätig. Sie hätte darauf gewettet, dass er auch nicht oft wütend wurde.

Bis jetzt war sie ruhig geblieben – soweit das angesichts dessen, was sie in der Wohnung ihrer Großtante erledigen musste, möglich war. Doch als ihr klar wurde, dass er genau ihr Typ war – groß, dunkelhaarig, beherrscht –, bekam sie Herzklopfen.

Dieser Mann war vielleicht nicht gefährlich im herkömmlichen Sinn. Doch er war gefährlich für sie.

„Hören Sie“, sagte er. „Ich warte hier schon ziemlich lange, und ich habe eine weite Reise hinter mir, auf der Suche nach meinem Vater. Machen Sie sich ruhig lustig über mich, aber ich werde ihn schon finden.“

„He, ich mache mich nicht über Sie lustig. Viel Glück. Ich hoffe, Sie finden ihn, wenn es Ihnen so wichtig ist.“ Sie drehte den Türknauf.

„Hat mich gefreut, Sie kennenzulernen, aber jetzt habe ich etwas zu erledigen, auf das ich nicht besonders scharf bin."

Er legte eine Hand auf ihre, die noch immer auf dem Türknauf ruhte. Sie spürte seine Wärme und die Kraft seiner Finger, und ihre Kehle war plötzlich wie zugeschnürt. Heißes Verlangen durchflutete sie.

Verdammt!

„Ihr Name ist Drake, richtig?"

Seine Stimme war jetzt leise und vertraulich. Er war noch immer wütend, schien sich aber im Griff zu haben. Sie versuchte zu antworten, konnte es jedoch nicht. Stattdessen nickte sie.

Er kam noch näher, sodass sie seinen Duft wahrnahm. Er hatte sich seit einigen Tagen nicht rasiert und vermutlich wenig geschlafen. Aus der Nähe wirkte sein Gesicht müde.

„Miss Drake, Sie brauchen ihn nicht zu decken. Er hat mir geschrieben. Das bedeutet, er will, dass ich ihn finde. Lassen Sie mich rein und mit ihm reden."

Lassen Sie mich rein, dachte Zoe und musste sich ein Grinsen verkneifen. Er meinte in die Wohnung, doch ihr fielen bei diesen Worten ganz andere Dinge ein, die mehr mit ihrem Körper, ihrem Leben, ihrer Seele zu tun hatten.

„Sie glauben, Ihr Vater ist in diesem Apartment?", fragte sie.

„Ja."

Nun, möglich war alles. Das ganze Footballteam der New York Giants könnte rein theoretisch in der Wohnung sein. Sie war seit Wochen nicht mehr bei Xenia gewesen.

„Haben Sie geklopft?", wollte sie wissen.

„Es hat niemand aufgemacht. Deshalb habe ich auf Sie gewartet."

„Sie glauben also, in dieser Wohnung ist ein Mann, der nicht aufmacht?" Diese Vorstellung war ein wenig unheimlich. Noch unheimlicher als dieser Kerl, der vor der Tür wartete.

„Deshalb möchte ich hinein."

„Hören Sie", begann sie und nahm eine entschlossene Haltung an. „Ich kann wirklich nicht …"

„Bitte."

Das ließ sie innehalten, denn aus seinem Ton sprachen Sehnsucht und Trauer. Dieser Mann, der behauptete, Nick zu heißen, vermisste seinen Vater. Er wollte ihn zurückhaben.

Damit verbanden sie und ihn die gleichen Gefühle, wenn auch aus völlig unterschiedlichen Gründen und für völlig verschiedene Menschen.

Sie sehnte sich plötzlich heftig nach ihrer Großtante Xenia. Aber die war für immer fort.

Sie drehte den Türknauf unter seiner Hand und stieß die Tür auf. „Nur zu", sagte sie. „Schauen Sie sich um."

Er ließ ihre Hand los und war schon in der Wohnung.

„Manieren sind das", murmelte sie, als er an ihr vorbeistürmte. Aber sie konnte es ihm nicht allzu übel nehmen. Er hatte es eben eilig. Sogar seinen riesigen Rucksack hatte er auf dem Flur stehen lassen. Außerdem könnte sie durchaus Unterstützung gebrauchen, falls sich wirklich jemand in der Wohnung aufhalten sollte.

Moment mal, dachte sie verwirrt. *Vor drei Minuten hast du diesen Mann noch für einen Psychokiller gehalten, und jetzt ist er Unterstützung?*

Was soll's, dachte sie. Heute waren ihr schon eigenartigere Dinge widerfahren. Zumindest lenkte dies sie von dem eigentlichen Grund ihres Besuchs in der Wohnung ab, daher folgte sie ihm einfach und machte die Tür hinter sich zu.

Er marschierte bereits den Flur entlang und gab ihr so die Gelegenheit, ihn von hinten zu betrachten – breite Schultern, schmale Taille, knackiger Po. Sein braunes Haar ringelte sich auf dem Hemdkragen. Zoe lehnte sich an den Türrahmen zum Wohnzimmer und beobachtete, wie er sich darin umschaute.

Es war ein großer Raum mit Fenstern, die vom Boden bis zur Decke reichten, und er enthielt so viele Möbel und Wandschirme, dass man auf den ersten Blick nicht sicher sein konnte, ob sich außer ihnen beiden jemand darin befand. Er schaute in die Leseecke hinter dem chinesischen Wandschirm aus Seide, hinter die hohen Ohrensessel, in sämtliche Ecken und sogar kurz hinter die schweren Samtvorhänge.

Amüsiert stellte sie fest, dass er dabei die Sammlung von Daumenschrauben an der Wand und die Kettensäge in der Glasvitrine auf dem Sideboard offenbar gar nicht bemerkte.

„Versteckt Ihr Vater sich für gewöhnlich hinter Vorhängen?"

Er schenkte ihr keine Beachtung und öffnete stattdessen die Tür zur Bibliothek. Zoe folgte ihm weiter bis ins Arbeitszimmer. Anschließend wartete sie, bis er die große geflieste Küche durchsucht hatte. Zum Schluss nahm er sich die Schlafzimmer vor.

„Wenn Sie mir verraten, wie Ihr Dad aussieht, kann ich Ihnen helfen", sagte sie.

„Etwas über einen Meter achtzig groß“, erklärte er, während er eine Schranktür öffnete und wieder schloss. „Braunes Haar, braune Augen, achtundvierzig Jahre alt.“

„Sie meinen, er sieht aus wie Sie, nur älter.“ Sie gab vor nachzudenken. „Und er liebt es offenbar, sich in Kleiderschränken zu verstecken.“

Der Mann, der sich Nick nannte, drehte sich um, verschränkte die Arme vor seiner beeindruckend breiten Brust und betrachtete sie von oben bis unten. Allerdings verweilte sein Blick weder auf ihrem Gesicht noch auf ihrem Körper länger, also war das Interesse wohl einseitig. Was für eine Überraschung, dachte sie voller Sarkasmus. „Ich habe Ihren Vater nicht unter meiner Kleidung versteckt.“

Er reagierte nicht auf den Scherz. „Ich versuche gerade herauszufinden, wie weit ich Ihnen trauen kann.“

„He, Sie waren derjenige, der draußen vor der Tür saß und verdächtig aussah“, konterte sie.

„Aber Sie haben eine Kettensäge in Ihrem Wohnzimmer.“

Er hatte die Vitrine also doch bemerkt. „Na ja, eine Frau sollte sich zu schützen wissen.“ Sie lächelte; er erwiderte ihr Lächeln nicht. „Wann haben Sie Ihren Vater zum letzten Mal gesehen?“

„Vor sechzehn Jahren.“

„Und wie kommen Sie darauf, dass er in diesem Apartment ist?“

„Weil es seine letzte bekannte Adresse ist.“

Zoe war verblüfft, obwohl Xenia viele Besucher gehabt haben musste, darunter auch männliche. Nur weil sie nie geheiratet hatte, hieß das nicht, dass sie Männer nicht mochte. Und wenn der Vater so attraktiv war wie sein Sohn, konnte sie es ihrer Großtante kaum verdenken, wenn sie ihn eine Weile bei sich hatte wohnen lassen.

„Ist er Ihr Liebhaber?“, fragte Nick Giroux.

Jetzt war Zoe wirklich perplex. „Was? Ihr Vater? Nein!“

Er betrachtete sie immer noch eingehender. „Sie sind doch nicht etwa seine Tochter, oder? Sind wir miteinander verwandt?“

Zoe lachte. Als ob sie und dieser attraktive Typ miteinander verwandt sein könnten. „Mein Vater ist Michael Drake, und er lebt in Fairfield, New Jersey. Ich hätte nichts dagegen, wenn er gelegentlich verschollen wäre.“

„Was haben Sie mit meinem Vater zu tun?“

„Gar nichts. Ich habe Ihnen bereits gesagt, dass ich ihn nicht kenne.“

„Nein, haben Sie nicht. Sie sagten, Sie wüssten nicht, wo er ist.“

Sie überlegte. Er hatte recht. „Ich kenne ihn jedenfalls nicht.“

Er wirkte verärgert, wandte sich ab und legte die Hand auf den Türknauf zu Xenias Schlafzimmer.

„Wenn Sie Ihren Vater seit sechzehn Jahren nicht gesehen haben, woher kennen Sie dann seine letzte bekannte Adresse?“, fragte sie und dachte daran, weshalb sie gekommen war. Sie wollte nicht tun, was sie tun musste, denn es würde ihr die Endgültigkeit dessen, was geschehen war, zu schmerzlich vor Augen führen.

Nick griff in die Innentasche seiner wetterfesten Jacke, zu der er passenderweise eine wetterfeste Hose und wasserdichte Stiefel trug. Er pflegte einen eigenen Stil, das war ihr sympathisch – der raue Naturbursche kam selten vor in New York City. Allerdings würde dieser Mann selbst in einem Plastiksack noch sexy aussehen.

Er reichte ihr einen zerknitterten cremefarbenen Umschlag, den sie sofort erkannte. Seit sie lesen konnte, hatte sie zu jedem Geburtstag Briefe in solchen Umschlägen erhalten, geschrieben auf edlem Briefpapier mit aufgeprägter Absenderadresse. Obwohl sie mitten in Xenias Wohnung standen, war dieser Umschlag eine beinah intime Erinnerung an ihre Großtante.

„Xenia kannte ihn“, sagte sie mehr zu sich selbst.

Nick, der ihr den Umschlag geben wollte, hielt inne. „Xenia? Wer ist Xenia?“

„Meine Großtante. Ihr gehört dieses Apartment.“

Gehörte, verbesserte sie sich im Stillen.

„Sie wohnen gar nicht hier?“

Zoe deutete auf ihre zu große Lederjacke, den hässlichen Rock und die zerschlissenen Turnschuhe – die einzige schwarze Kleidung, die sie besaß, abgesehen von einem hautengen Gymnastikanzug. „Sehe ich aus, als könnte ich mir so eine Wohnung leisten?“

„Warum haben Sie behauptet, es sei Ihre?“

„Das habe ich nicht“, erwiderte sie, froh, dass sie sich diesmal besser an die Unterhaltung erinnerte als er. „Ich habe einen Schlüssel, weshalb Sie es einfach annahmen.“

„Warum haben Sie einen Schlüssel?“

Ah, das war die entscheidende Frage.

„Xenia ist vor drei Tagen gestorben“, erklärte sie. „Ich bin hier, um die Kleidungsstücke herauszusuchen, in denen sie beerdigt werden soll. Ich bekam heute Morgen aus heiterem Himmel einen Anruf vom Bestatter, der mir mitteilte, sie habe mich dazu ernannt, alles für sie zu arrangieren.“

„Oh.“ Seine Züge wurden unvermittelt sanfter. „Mein herzliches Beileid.“

Plötzlich verspürte Zoe den Wunsch, sich in seine Arme zu werfen, das Gesicht an seine Brust zu schmiegen und ihn zu bitten, sie kurz festzuhalten. Sie wusste schon gar nicht mehr, wann sie zuletzt jemand in den Arm genommen hatte. Oder wann sie sich zuletzt danach gesehnt hatte.

Du lieber Himmel, jetzt suchte sie schon nach Gründen, diesen Mann anzufassen.

„Danke. Immerhin ist es ganz lustig, einem Fremden dabei zuzusehen, wie er die Wohnung meiner Großtante durchwühlt.“

Nick deutete mit dem Kopf zur letzten noch nicht geöffneten Tür. „Ist das das Schlafzimmer Ihrer Tante?“ Seine Stimme war so sanft wie seine Miene.

Er war also groß, dunkelhaarig, attraktiv und auch noch nett. Zoe lächelte und verschränkte die Arme vor der Brust, in der ihr Herz heftig pochte. „Glauben Sie, Ihr Dad ist da drin?“

„Es gibt nur einen Weg, das herauszufinden“, sagte der wundervolle Fremde und öffnete die Tür.

2. KAPITEL

Das Bett war riesig, die Bettwäsche aus Seide. Nicks Vater befand sich nicht in dem Raum mit den teuren hellen Möbeln, der Seidentapete, den Quasten und Troddeln und Spiegeln. Zoe stellte erleichtert fest, dass es noch genauso aussah wie bei ihrem letzten Besuch. Sie wusste nicht, was sie erwartet hatte. Ein Schild auf dem Bett mit der Aufschrift: Sorry, bin tot?

Sie hatte Leere erwartet, aber diese Wohnung wirkte nirgends leer; jeder Winkel erinnerte an Xenia, auch wenn sie nicht mehr da war. Vielleicht brauchte eine Wohnung eine Weile, bis sie begriff, dass ihr Bewohner gestorben war. Und wenn dieser Bewohner jemand wie Xenia war, dauerte es wahrscheinlich noch länger.

Zoe bemerkte, dass Nick neben ihr stand und keine Anstalten machte, das Schlafzimmer zu betreten.

„Wollen Sie den Kleiderschrank nicht durchsuchen?", fragte sie.

„Warum steht im Schlafzimmer Ihrer Großtante eine Bärenfalle?"

Die Falle stand auf einem Tisch am Fußende des Bettes und wie die Kettensäge im Wohnzimmer in einer Glasvitrine. Die glänzenden, gut geölten Eisenzähne klafften wie immer auseinander.

„Tja, wie ich schon sagte, eine Frau muss sich irgendwie zu schützen wissen." Sie betrat das Zimmer und sah sich zu ihm um, da er ihr nicht folgte. Sein Blick ließ sie erröten. Falls er einen Annäherungsversuch starten sollte, würde sie die Bärenfalle ganz bestimmt nicht gegen ihn einsetzen.

Aber er wollte gar nicht flirten. Was sie in seinen Blicken las, war Neugier, kein Verlangen. Daher verzichtete sie auf eine weitere schlagfertige Äußerung und zuckte mit den Schultern. „Xenia hat sie schon lange. Ich weiß nicht, woher."

Jetzt erst betrat er das Zimmer. „Sie sagten, Sie wollten ein paar Kleidungsstücke für sie holen?"

„Ja, und es dauert nicht lange. Sie können im Wohnzimmer warten, wenn Sie wollen, oder in der Küche. Sie dürfen sich auch gern Kaffee kochen. Sie sehen nämlich aus, als könnten Sie welchen vertragen."

„Nein, ich bleibe lieber hier. Sie können wahrscheinlich ein bisschen Gesellschaft gebrauchen. Es ist sicher nicht leicht, die Sachen Ihrer Großtante durchzusehen."

Sie wollte nicht, dass er nett war, doch gleichzeitig tat es erstaunlich gut.

Das sanfte Lächeln erschien wieder auf seinem Gesicht.

Zoe nahm sich zusammen. „Wie Sie wollen“, sagte sie und betrat den begehbaren Kleiderschrank.

Die Kleidung roch nach Xenias würzigem, exotischem Parfüm. Sie atmete tief ein.

Bitte beerdigt mich in meinem schwarzen Gaultierkleid mit den Pailletten, hatte Xenia in ihrer Beerdigungsverfügung geschrieben. Außerdem wollte sie den Silberfuchs und die schwarzen Schuhe von Vuitton tragen. Zoe schob etliche Kleiderbügel zur Seite und fragte sich, wie sie das Kleid erkennen sollte. Ihre Großtante schien eine Million davon zu besitzen, und sie wäre nicht einmal in der Lage, eines von Gaultier zu erkennen, wenn der Designer ihr damit ins Gesicht schlüge.

Aber sie erinnerte sich an die grüne Jacke, die ihr vor der Nase baumelte. Die hatte Xenia getragen, als sie sie das letzte Mal besucht hatte. Sie schob sie zur Seite und suchte mit Tränen in den Augen weiter.

„Lassen Sie eigentlich immer fremde Männer in Ihre Wohnung?“

Erschrocken stellte sie fest, dass Nick ihr in den Schrank gefolgt war und am Pfeiler lehnte.

„Ich habe Ihnen doch schon erklärt, dass es nicht meine Wohnung ist.“

„Es ist trotzdem dumm. Ich hätte sonst wer sein können.“

„Wollen Sie meine Selbstverteidigungskünste auf die Probe stellen?“

Er hob kapitulierend die Hände. „Ich wollte Sie nur auf das Risiko aufmerksam machen.“

„Und ich sage Ihnen: Hören Sie auf, mich zu kritisieren.“

Er hielt sich die Hand vor den Mund, als hätte sie ihn erschreckt, doch seine Augen funkelten belustigt. Sie kehrte ihm wieder den Rücken zu und setzte ihre Suche fort.

Es dauerte einige Minuten, bis sie ihre Trauer wieder im Griff hatte. Ihre Hand landete auf etwas Weichem, Glattem, und ohne hinzusehen, wusste sie, dass es sich um den Umhang aus Silberfuchspelz handelte.

„Fuchs?“, fragte er.

„Komisch, ich hätte Sie nicht für einen Modeexperten gehalten, Nick.“ Sie nahm das Kleidungsstück von der Stange.

„Bin ich auch nicht, aber ich habe solche Pelze in freier Wildbahn gesehen.“

„Bärenfallen, Kettensägen, Fuchspelz. Xenia war vieles, aber nie politisch korrekt."

Das Gaultier-Kleid hing neben dem Umhang. Zoe nahm es ebenfalls von der Kleiderstange. Selbst am Kleiderbügel sah es winzig aus. Xenia war wie die meisten Drake-Frauen anmutig, elegant und schön gewesen, bis in ihre Siebziger. Eine Beschreibung, die auf sie, Zoe Drake, definitiv nicht zutraf.

„Standen Sie und Ihre Großtante sich nahe?"

Zoe ging mit dem Kleid und dem Pelz an ihm vorbei und legte beides auf das Bett. „Nein, nicht im herkömmlichen Sinn. Wir haben uns nicht alles anvertraut. Eigentlich kannte ich sie gar nicht richtig. Ich durfte bei ihr übernachten, wenn ich irgendwo unterkommen musste."

Warum erzählte sie das einem Fremden?

„Ich habe keine Ahnung, wie ich ihre Schuhe finden soll", setzte sie hinzu und drehte sich wieder zum Kleiderschrank um, wobei sie versuchte, Nick nicht anzusehen.

„Sie haben sie geliebt."

Ärgerlich schob Zoe sich an diesem großen, starken Kerl vorbei, der viel zu viel Platz im Türrahmen einnahm, und bückte sich, um nach den Schuhen zu suchen. Xenia besaß Hunderte Kleider, aber Schuhe waren noch viel mehr da, ein Gutteil davon in Schwarz.

„Wie ich schon sagte, ich kannte sie eigentlich gar nicht richtig." Sie nahm ein Paar mit unmöglich spitzen Absätzen, betrachtete das Label und stellte sie wieder hin.

„Das muss ja nicht heißen, dass Sie sie nicht geliebt haben."

Die Hand schon auf dem nächsten Paar Pumps, sah sie zu ihm auf. „Hören Sie, ich glaube, da sind noch ein paar Küchenschränke, in denen Sie noch nicht nach Ihrem Vater gesucht haben. Erledigen Sie das doch jetzt. Oder halten Sie einfach den Mund."

Er stieß sich vom Türrahmen ab und kam zu ihr in den begehbaren Kleiderschrank, der ihr plötzlich zu eng vorkam, obwohl er riesig war. Dieser Mann stellte eine echte Versuchung dar.

Er ging neben ihr in die Hocke.

„Wonach suchen Sie?"

„Nach Schuhen."

„Das habe ich mir schon gedacht. Was für Schuhe?"

„Ich brauche keine Hilfe, vielen Dank."

Er ließ nicht locker. „Was für Schuhe?"

Zoe seufzte. Sie sah ein, dass sie vermutlich schneller wieder aus diesem Schrank herauskämen, wenn sie ihn bei der Suche helfen ließe. Dann hätte sie ihre Hormone auch besser im Griff. „Schwarze hochhackige Vuittons."

„Wie sehen schwarze hochhackige Vuittons denn aus?"

„Schwarz und hochhackig."

Er musterte die Schuhregale. „Die sehen alle aus, als würde man sich mit ihnen den Hals brechen."

„Wem sagen Sie das!" Sie untersuchte das nächste Paar und stellte es wieder hin.

„Andererseits sehen solche Schuhe sehr sexy aus, wenn eine Frau gute Beine hat."

Bei diesen Worten rieselte ihr ein Schauer über den Rücken, doch sie rief sich sofort zur Ordnung. Natürlich meinte er das nur theoretisch. „Wenn man Größe sechsunddreißig hat vielleicht." Sie nahm irgendein Paar und schaute nach dem Label: Louis Vuitton. Schwarz waren sie auch, mit hohen, spitzen Absätzen.

„Und welche Größe haben Sie?"

„Einundvierzig." Sie stand auf. „Gefunden."

Nick richtete sich ebenfalls auf. „Frauen gehen auf solchen Absätzen?"

„Glücklicherweise muss Xenia sich deswegen keine Sorgen machen." Auf dem Weg aus dem Schrank schnappte sie sich einen Kleidersack und packte ein, was sie zusammengesucht hatte.

„Ihre Großtante hatte einen interessanten Geschmack."

„Sie war in jeder Hinsicht interessant."

„Was glauben Sie, woher sie meinen Vater kannte?"

„Ich weiß es wirklich nicht, Nick."

„Wie heißen Sie eigentlich?"

Sie hielt inne. „Warum?"

„Weil Sie meinen Namen kennen."

Sie zog den Reißverschluss des Kleidersacks zu und dachte an einen weiteren Grund, weshalb sie ihm ihren Namen nennen sollte – sie hatte gerade die ihr aufgetragene Aufgabe erledigt, ohne eine Träne zu vergießen. Und das hatte sie ihm zu verdanken.

„Zoe Drake."

„Hallo, Zoe Drake." Nick hielt ihr die Hand hin, ein freundliches, gewinnendes Lächeln auf den vollkommenen Lippen.

Wie wohlerzogen, dachte sie. Sein Händedruck war fest und sanft zugleich.

„Ich bin hier fertig. Kaffee?“

Er verzog leicht das Gesicht. „Ehrlich gesagt würde ich gern das Badezimmer benutzen. Ich habe ziemlich lange draußen auf dem Flur gewartet und bereits überlegt, ob ich eine meiner Wasserflaschen nehmen soll.“

Sie lachte. „Gehen Sie nur.“

Nachdem er sich auf den Weg zur Gästetoilette gemacht hatte, hängte sie den Kleidersack neben die Eingangstür. Dann zog sie ihre Lederjacke aus und ging in die Küche. Zu Hause kochte sie nie Kaffee. Warum auch, wenn der griechische Delikatessenladen nebenan ihn viel besser zubereitete? Aber wenn sie bei Xenia übernachtete, hatte ihre Großtante ihr stets welchen gekocht und ihr morgens eine Tasse ans Bett gebracht.

Als sich der Duft von frisch aufgebrühtem Kaffee in der Küche ausbreitete, dachte Zoe daran, dass sie sich eigentlich einsam und traurig fühlen sollte, weil sie nie wieder für Xenia Kaffee kochen würde. Stattdessen war es, als hätte Nick ihre Traurigkeit betäubt. Sie hatte sich davor gefürchtet, in Xenias Schrank herumzusuchen, und er hatte sie zum Lachen gebracht.

Moment mal, dachte sie plötzlich. *Kaum hat dieser Kerl sich Zugang zur Wohnung meiner Großtante verschafft, drängt er sich auch schon in mein Privatleben. Und ich bin darüber auch noch froh?*

Sie schenkte Kaffee in zwei Becher und beschloss, Nick hinauszuwerfen, wenn er ausgetrunken hatte. Denn wenn sie es nicht tat, würde sie womöglich noch eine Dummheit begehen.

Nick wusch sich Gesicht und Hände im Marmorwaschbecken und trocknete sich mit einem flauschigen weißen Handtuch ab. Nach der zehnstündigen Fahrt und den Stunden des Wartens im Hausflur taten Seife und heißes Wasser gut.

Im Flur stieg ihm der Duft frischen Kaffees in die Nase; er folgte ihm in die Küche, wo Zoe am Tisch saß, zwei Becher vor sich. „Es gibt keine Milch“, erklärte sie. „Xenia nimmt keine.“ Sie runzelte die Stirn. „Nahm keine.“

„Ich mag ihn schwarz.“ Er setzte sich ihr gegenüber und trank einen Schluck. Dann umfasste er den Becher mit beiden Händen und lehnte sich zurück.

Sie hatte ihre Jacke ausgezogen. Ihr schwarzes T-Shirt betonte ihre fabelhafte Figur. Sie war wohlproportioniert, hatte volle Brüste, einen flachen Bauch und trainierte Armmuskeln.

Eigentlich hatte er eine Schwäche für den zierlichen, femininen Typ. Zoe war weder zierlich noch allzu feminin. Doch ihre Gestik und Mimik waren lebhaft und faszinierend. Und ihre Bewegungen strahlten eine natürliche Anmut aus. Ihr Lächeln war strahlend. Sie gefiel ihm.

Jetzt lächelte sie allerdings nicht, sondern machte eher ein finsteres Gesicht.

„Was ist los?“

„Ach, nichts weiter. Ich muss bloß ein Begräbnis organisieren. Und dann ist da noch dieser Kerl, der auf der Suche nach seinem Vater in Xenias Apartment eingedrungen ist.“

Offenbar war sie verärgert, doch er ging darüber hinweg. Ärger war immer noch besser, als wenn die Trauer über ihre Großtante sie niedergedrückt hätte.

„Na dann. Und ich dachte schon, Sie wären sauer auf mich.“ Er trank einen weiteren Schluck Kaffee. „Also, Zoe, was denken Sie? Hat Ihre Großtante meinen Vater jemals erwähnt? Glauben Sie, er wohnt vielleicht noch hier?“

Ihre blauen Augen funkelten. „Sie können wohl an gar nichts anderes denken, was?“

„Als ich zehn war, ging er auf einen Jagdausflug und kehrte nie mehr zurück“, sagte er. „Meine Mutter glaubte, er hätte einen Unfall gehabt. Sie war außer sich. Meine Schwester und ich gingen weiter zur Schule und versuchten so zu tun, als wäre alles in Ordnung, während meine Mutter zu Hause saß und wartete. Zwei Tage nachdem mein Vater hätte nach Hause kommen sollen, erhielt sie einen Anruf. Ich weiß noch, dass ich gerade ‚Bugs Bunny‘ im Fernsehen sah, als das Telefon klingelte.“

Zoes Miene war schon nicht mehr ganz so finster. „Wer war es?“

„Meine Mutter dachte, es sei die Polizei, die ihr mitteilen wollte, dass mein Vater tot ist. Ich habe sie noch nie so verängstigt erlebt, weder vorher noch nachher.“

Beim Erzählen der Geschichte empfand er wieder jene Beschützerinstinkte, die ihn als Zehnjährigen veranlassten, den Fernseher auszumachen und zu seiner Mutter zu gehen, um ihre Hand zu halten.

„Mein Dad war am Telefon“, fuhr er fort. „Ich konnte seine Stimme erkennen, aber ich verstand nicht, was er sagte. Als meine Mutter schließlich auflegte, erklärte sie mir, mein Vater sei nicht bei der Jagd verletzt worden. Es gehe ihm gut, aber er sei nun fort und wir würden ihn für eine Weile nicht mehr sehen. Einen Monat danach packte sie seine Sachen zusammen und brachte sie auf den Dachboden.“

„Und bis zu diesem Brief haben Sie nichts mehr von ihm gehört?"

„Ich glaube, er schickte meiner Mutter hin und wieder Geld. Allerdings nie viel. Sie zeigte mir nie den Absender und verbrannte die Umschläge, bevor ich sie in die Hände bekommen konnte. Vermutlich wusste sie, dass ich mich sonst auf die Suche nach ihm gemacht hätte."

„Offenbar hat sie recht behalten."

„Meine Mutter hat meistens recht", bestätigte Nick. „Nur war ich damals zu jung. Seit ich sechzehn war, kamen keine Briefe mehr."

„Befürchteten Sie, er sei tot?"

„Wäre er tot gewesen, hätte er eine Entschuldigung gehabt." Er spürte einen Schmerz in den Händen und stellte fest, dass er sie zu Fäusten geballt hatte.

Zoe räusperte sich und stand auf. „Tja, es war nett, mit Ihnen zu plaudern, Nick, aber jetzt muss ich nach Hause. Ich habe noch ein paar Dinge zu erledigen, und Sie wollen sicher die Stadt nach Ihrem Dad durchkämmen. Haben Sie Ihren Kaffee ausgetrunken?" Sie streckte die Hand nach seinem Becher aus.

Nick rührte sich nicht. Er spreizte die Finger und betrachtete seine Handflächen, auf denen sich rote Halbmonde abzeichneten, wo seine Nägel sich ins Fleisch gebohrt hatten.

„Ich werde nirgendwohin gehen", erklärte er ruhig. „Ich bleibe hier."

„Was?"

Zoe starrte Nick an. Er war immer noch groß und gut aussehend, nur entpuppte er sich nun auch noch als prinzipientreu, verletzlich und leidenschaftlich. Was ihn noch anziehender machte.

Und genau deshalb durfte sie nicht länger mit ihm zusammen sein. Sie musste ihn unbedingt loswerden.

Er rieb seine Handflächen an den Oberschenkeln. „Ich bleibe hier. Wissen Sie mit Sicherheit, dass mein Vater nicht hier wohnt?"

„Haben Sie hier irgendwelche Anzeichen dafür entdeckt?"

„Nichts Eindeutiges, aber das heißt nichts. Wissen Sie genau, dass Ihre Großtante mit niemandem zusammenwohnte?"

„Jedenfalls war nie jemand da, wenn ich hier übernachtete."

„Und wann war das zuletzt?", wollte Nick wissen.

„Vor ungefähr fünf Wochen." Sie hatte eine Doppelschicht gearbeitet und einen Abendkurs gegeben, weshalb sie zu müde gewesen war, um noch quer durch die Stadt zu ihrer Wohnung zu fahren. Sie hatte

Xenia angerufen, die daraufhin ihren Schlüssel beim Portier hinterlegte. Als sie in die Wohnung kam, lag Xenia schon im Bett, und sie hatte sie schlafen lassen.

Wenn sie gewusst hätte, dass es eine der letzten Gelegenheiten war, die ihnen zusammen blieb, hätte sie sie geweckt.

„Der Brief, den ich von meinem Vater bekommen habe, trägt das Datum von vor acht Tagen", sagte Nick. „Dreiundzwanzigster April."

„Sie haben acht Tage gewartet, bevor Sie Ihr Zelt vor Xenias Tür aufgeschlagen haben? Anscheinend sind Sie doch nicht so besessen, wie ich dachte."

„Ich erhielt ihn erst gestern, nachdem ich von einem Aufenthalt auf einer kleinen Insel vor der Küste Maines zurückkehrte, wo ich Vogelpopulationen beobachtet habe."

„Aha, Sie wollen mir also zu verstehen geben, er könnte seit meinem letzten Besuch hier eingezogen sein. Na schön. Aber Ihr Dad ist nicht hier, und Xenia ist tot. Sie können also getrost eine andere Spur verfolgen."

„Ich habe keine anderen Spuren. Es wäre durchaus möglich, dass er nur irgendwo etwas einkaufen gegangen ist. Ich werde jedenfalls hier auf ihn warten." Er verschränkte erneut die Arme vor der Brust, lehnte sich zurück und streckte die Beine aus, als würde er sich nie mehr von der Stelle rühren.

„Aber ich habe noch Dinge zu erledigen", protestierte Zoe. „Ich muss nach Hause."

„Gehen Sie nur."

„Ich kann Sie ja wohl schlecht hier allein lassen!"

„Haben Sie Angst, ich könnte mich einsam fühlen? Das ist sehr nett, aber ich verbringe viel Zeit allein, Sie brauchen sich meinetwegen keine Sorgen zu machen."

Zoe schlug sich auf die Oberschenkel. „Nein! Ich meinte, ich kann Sie hier nicht allein in Xenias Wohnung lassen. Ich kenne Sie doch gar nicht."

„Sie haben mir immerhin so weit vertraut, dass Sie mich hereingelassen haben."

„Schon, aber das war …"

Was? Ein Fehler? Angesichts seiner Sturheit und des überheblichen Grinsens musste die Antwort „ja" lauten.

„Ich kann Sie nicht hier in der Wohnung allein lassen", wiederholte sie.

„Bleiben Sie. Das soll mir auch recht sein."

„Aber ..." War dieser Mensch vernünftigen Argumenten nicht zugänglich? „Ich muss Xenias Kleider zum Bestatter bringen."

Nick runzelte die Stirn. „Tut mir leid, wenn ich unhöflich bin ..."

„Das sind Sie allerdings", unterbrach sie ihn, doch er ließ sich nicht beirren.

„... aber Ihre Großtante Xenia besitzt ein riesiges Apartment in einer der teuersten Gegenden von New York. Ich wette, ihre Beerdigung wird keine billige Angelegenheit."

Zoe erinnerte sich an die Anweisungen ihrer Großtante, die sie am Nachmittag gelesen hatte: Die Kirche im Zentrum Manhattans war zu reservieren, ein Ballsaal im Hotel zu buchen, teurer Champagner und edler Whiskey zu bestellen. „Was hat das damit zu tun?"

Nick nahm den Hörer des Telefons an der Küchenwand ab, ohne dass er dazu aufstehen musste, und hielt ihn ihr hin. „Der Bestatter bekommt viel Geld. Er soll jemanden herschicken, der die Sachen abholt."

Sie schüttelte den Kopf. „Nick, ich will nicht hierbleiben. Ich wohne hier nicht. All meine Sachen sind in der Bronx. Warum können Sie nicht einfach ...?"

„Ich werde nicht gehen. Tut mir leid, wenn Ihnen das Unannehmlichkeiten bereitet, aber es ist meine einzige Chance."

Sie nahm ihm den Hörer aus der Hand. „Na schön, dann werde ich eben die Polizei anrufen."

„Sehr witzig. Ich dachte, Sie können sich selbst helfen."

Damit traf er eine empfindliche Seite.

„Für mich zählt nur, meinen Vater zu finden", fuhr er fort, „und dafür werde ich alles tun. Es tut mir leid, wenn ich Ihnen dadurch das Leben schwer mache, aber ich kann jetzt nicht verschwinden, ohne ein paar Antworten zu bekommen."

Er hielt ihrem Blick stand und schien es wirklich ernst zu meinen.

Es klingelte an der Tür.

Nick und Zoe schauten gleichzeitig in die Richtung, dann sahen sie sich an.

„Erwarten Sie jemanden?", fragte er.

„Nicht dass ich wüsste."

Gemeinsam gingen sie zur Wohnungstür. Nick war einen Tick schneller als Zoe und hatte die Hand bereits auf dem Türknauf.

„Nein", sagte sie. „Das ist die Wohnung meiner Großtante." Er zögerte, und einen Moment lang glaubte sie, er würde nicht zurückweichen. Aber dann nickte er und ließ den Türknauf los.

Sie spürte förmlich seine Anspannung, die sich auch auf sie übertrug. Bis jetzt hatte sie sich nicht vorstellen können, dass Nicks Vater bei Xenia gewohnt hatte. Allerdings gab es vieles, was sie nicht über ihre Tante wusste, daher war alles möglich. Xenia war ein unabhängiger Mensch gewesen, der seine Freiheit liebte, genau wie sie, sodass ein Lebenspartner und Mitbewohner nicht recht ins Bild passte.

„Werden Sie ihn erkennen?“, fragte sie flüsternd.

„Ich weiß nicht“, gestand Nick.

Zoe holte tief Luft und öffnete die Tür. Vor ihr stand Ralph, der Portier.

„Hallo, Ralph, was gibt's?“

„Hallo, Zoe.“ Er wirkte unsicher, was ungewöhnlich war, da er normalerweise ein neugieriger Kerl war. „Ich habe Sie gar nicht nach oben fahren sehen.“

„Sie waren wohl hinten, als ich kam. Ich wollte Sie nicht bemühen, da ich einen eigenen Schlüssel besitze.“ Und weil ihr nicht nach Beileidsbekundungen zumute gewesen war. Deshalb hatte sie vor dem Eingang zum Gebäude gewartet, bis er ihr den Rücken zugedreht hatte, dann war sie zu den Fahrstühlen geeilt.

„Oh, ach so. Na, ich wollte nur mal nachsehen … da war dieser Typ, der behauptete, er sei auf der Suche nach Miss Drake …“

Nick zeigte sich. Er war ihr so nah, dass sie seine Wärme spüren konnte.

„Ich habe sie gefunden“, informierte er Ralph.

Der Portier wirkte perplex. „Oh … ich … ich dachte, Sie meinten …“

„Meinte er auch“, sagte Zoe. „Aber da meine Großtante gestorben ist, nahm er mit mir vorlieb.“

Ralph musterte sie beide misstrauisch. „Und es ist alles in Ordnung? Kann ich Ihnen irgendwie helfen?“

„Nein danke“, sagte Zoe bestimmt und wollte die Tür schließen, doch Ralph hob eine Hand.

„Sein Rucksack steht noch auf dem Gang, deshalb habe ich mich gefragt …“, er senkte die Stimme und näherte sein Gesicht Zoes, „… ob Sie ihn freiwillig in die Wohnung gelassen haben.“

Zoe wusste nicht, was er schützen wollte – sie oder Xenias Eigentum. „Ich tue stets nur das, was ich tun will, Ralph. Es ist also alles in bester Ordnung. Trotzdem danke für Ihre Besorgnis.“

Hinter ihr meldete sich erneut Nick zu Wort. „Und danke, dass Sie mich an meinen Rucksack erinnert haben.“ Er trat auf den Gang hinaus.

Für den Bruchteil einer Sekunde streifte er sie dabei, und dieser kurze Körperkontakt weckte eine heftige und ebenso hoffnungslose Begierde in Zoe. Ihr Magen zog sich zusammen, ihre Brustspitzen wurden fest und ihre Knie weich. Als er zurückkam, drückte er sich im Vorbeigehen noch enger an sie, weil der Rucksack so viel Platz brauchte. Nick streifte ihre Hüfte, und mit dem Unterarm berührte er ihre Brust.

Zoes Lippen teilten sich, und fast hätte sie gestöhnt. Einen verstörenden Moment lang stellte sie sich vor, wie Nick ihren nackten Körper streifte und sie leidenschaftlich küsste. Sie war sicher, es würde alles übertreffen, was sie jemals empfunden hatte.

Benommen tadelte sie sich dafür, dass sie die Gelegenheit verpasst hatte, einfach die Tür zuzuschlagen, als er seinen Rucksack holte. Daran mussten ihre Hormone schuld sein.

Außerdem könnte sie Ralph um Hilfe bitten, der noch immer misstrauisch aussah.

Aber sie tat es nicht.

„Wiedersehen, Ralph“, sagte sie und machte die Tür zu.

Nick war schon ins Wohnzimmer gegangen. Als sie ihm folgte, saß er auf der Couch und kramte in seinem Rucksack. Es war ein sehr großer Rucksack, gepflegt, aber mit Abnutzungsspuren.

„Reisen Sie mit Ihrem Hausstand auf dem Rücken?“, fragte sie und überlegte, ob sie sich lieber in einen der Sessel setzen sollte, um sicherheitshalber Abstand zu ihm zu halten. Allerdings war sie noch nie auf Nummer sicher gegangen, daher setzte sie sich neben ihn.

„Genau wie eine Schildkröte“, erwiderte er, zog einen Reißverschluss auf und nahm einen dunkelgrauen Pullover heraus. Dann zog er seine wetterfeste Jacke aus.

Darunter trug er ein weißes T-Shirt, das seine breiten Schultern und die muskulöse Brust betonte. Seine Arme waren ebenfalls muskulös und gebräunt. Zoe bekam einen trockenen Mund und schluckte.

„Ich wusste nicht, wie lange ich unterwegs sein würde, deshalb wollte ich auf alles vorbereitet sein.“ Nick schien nicht zu bemerken, dass sie auf seine Brust starrte.

„Sie wären ein guter Pfadfinder“, meinte sie, ohne genau zu wissen, was sie sagte, da er seine Jacke zusammenrollte und dabei auf wundervolle Weise die Bewegungen seiner Muskeln und Sehnen zu beobachten waren.

„Ich war tatsächlich ein guter Pfadfinder. Eagle Scout. Und Sie? Waren Sie auch Pfadfinderin?"

Zoe schaute an sich hinunter und stellte fest, dass ihre Brustspitzen sich deutlich unter ihrem T-Shirt abzeichneten. Sie wandte den Blick ab, damit ihre Erregung nicht noch deutlicher sichtbar wurde.

„Nein. Meine Mutter zwang mich einmal, mit meiner älteren Schwester Jade zu einem Wichteltreffen zu gehen, und ich schüttete dem Anführer der Wichtel absichtlich Milch auf den Pullover."

Nick lachte, und dieses tiefe, warme Lachen war mindestens so erotisch wie der Anblick seiner muskulösen Brust. Zoe setzte sich auf die äußerste Ecke der Couch und schlang die Arme um die Knie, um ihre Hände ruhig zu halten. „Was haben Sie noch alles darin? Ein Zelt? Einen Campingkocher?"

„Ja", bestätigte er.

„Was hatten Sie vor? Im Central Park zu campieren?"

„Warum nicht?"

Zoe gab einen verächtlichen Laut von sich. „Na, dann brauchen Sie ja nicht hierzubleiben. Sie können sich im Park ausbreiten, und ich rufe Sie einfach vom Fenster aus, sobald Ihr Dad hier aufkreuzt."

„Warum wollen Sie mich unbedingt loswerden?"

„Ich kenne Sie überhaupt nicht. Ihr Rucksack könnte voller Messer sein, mit denen Sie mich in kleine Stücke schneiden. Und anschließend stehlen sie die Wertsachen meiner Großtante."

Zum Glück war sie eine gute Lügnerin, denn auf keinen Fall wollte sie ihm den wahren Grund verraten – dass sie Angst davor hatte, ihn zu sehr zu mögen, wenn er noch länger bliebe.

Andererseits wäre das vielleicht eine gute Methode, ihn zu vertreiben. Er würde sie für verrückt halten, womit er wahrscheinlich gar nicht so falschläge.

„Ich habe vorhin zu bedenken gegeben, dass ich gefährlich sein könnte. Aber Sie haben gesagt, ich soll den Mund halten." Er öffnete ein weiteres Fach in seinem Rucksack und fing an, darin herumzuwühlen.

„Außerdem kann ich nicht hierbleiben", sagte sie.

„Ach." Er sah auf. „Haben Sie ein Date oder so etwas?"

Zoe Drake und ein Date am Sonntagabend? Fast hätte sie laut gelacht. „Ich arbeite abends meistens."

„Heute auch?"

„Nein“, gab sie zu.

„Das ist gut. Ich kann ein wenig Gesellschaft gebrauchen. Abgesehen von Ihrem Freund Ralph und einigen Kassierern in den Mautstationen unterwegs habe ich seit anderthalb Wochen mit keinem Menschen mehr geredet.“ Er lächelte.

Seine Zähne waren weiß und gleichmäßig, und sie schmolz dahin.

„Ach, und das soll mich davon überzeugen, dass Sie kein Psychokiller sind?“

„Ich bin keiner.“ Nick hielt ihr etwas hin, das in Aluminiumfolie gewickelt war. „Möchten Sie etwas zu essen?“

Kaum hatte er die Frage ausgesprochen, fing ihr Magen an zu knurren. Sie hatte das Gefühl, vor Hunger umzukommen. Sie war um sechs aufgestanden und hatte eine Neun-Stunden-Schicht gearbeitet. Mehr als ein Schinkensandwich hatte sie zwischendurch nicht gegessen. Anschließend war sie joggen gewesen, um einen klaren Kopf zu bekommen, und danach war sie zum Bestatter gefahren.

„Was ist das?“, wollte sie wissen.

„Ein Proteinriegel.“

Sie verzog das Gesicht. „Ich bin zwar hungrig, aber so hungrig nun auch wieder nicht.“

Er zuckte mit den Schultern und wickelte die Folie ab. „Ich kann Ihnen auch etwas anderes anbieten.“ Er biss von dem Riegel ab, und obwohl das Zeug selbst auf die Entfernung unappetitlich roch, knurrte ihr Magen erneut.

„Was haben Sie denn sonst noch?“

„Fertigsuppe in Pulverform, vakuumverpackten Eintopf und Nudeln, Studentenfutter und jede Menge Nüsse.“

„Wie konnten Sie bei dieser Ernährung so groß werden?“

Er lachte. „Ich bin eilig aufgebrochen und habe mitgenommen, was ich von meinem zweiwöchigen Aufenthalt auf Cranberry Island noch übrig hatte. Ich kann ziemlich gut auf einem Campingkocher kochen, wenn ich die richtigen Zutaten habe. Meinen Sie, wir finden etwas in der Küche Ihrer Großtante?“

„Nein. Xenia hat nie gekocht. Aber ich verrate Ihnen, was es hier gibt.“ Zoe sprang auf und ging zu einem Beistelltisch, auf dem ein schnurloses Telefon lag. Sie hielt Zettel von Restaurants mit Lieferservice hoch. „Wir haben die freie Auswahl. Wir müssen uns nur entscheiden, ob wir chinesisch, italienisch, türkisch, indisch, japanisch oder amerikanisch essen wollen.“

Nick zerknüllte das Einwickelpapier seines Proteinriegels. „Ich habe schon seit Wochen keine Pizza mehr gehabt."

„Schade, die Nummer einer Pizzeria ist nicht dabei." Zoe fing an zu wählen. „Zum Glück habe ich die im Kopf. Mit Peperoni?"

„Und Pilzen. Ich zahle, also bestellen Sie eine extragroße."

„Wenn Sie bezahlen, bestelle ich gleich zwei." Sie tippte die Nummer ein und gab die Bestellung auf. Erst hinterher wurde ihr klar, dass sie nun gezwungen war, den Abend mit Nick in dieser Wohnung zu verbringen.

Nun, da es unvermeidlich war, konnte sie es ebenso gut genießen.

Nur nicht zu sehr.

3. KAPITEL

Nick schwenkte nachdenklich die dunkelrote Flüssigkeit in seinem Glas. „Der Wein ist gut, was?"

„Zu gut, um ihn zur Pizza zu trinken." Zoe nahm einen Schluck und angelte sich, ohne zu fragen, das letzte Stück aus der Schachtel.

Sie aß mehr als jede Frau, die er kannte, ohne jeden Bissen mit Sorgen über die vielen Kalorien oder mit Schwüren einzuleiten, gleich eine Diät zu beginnen. Sie aß einfach mit Genuss.

Auch er trank noch einen Schluck von dem teuren Wein, den Zoe aus der Sammlung ihrer Großtante gewählt hatte. „Wie ist Xenia eigentlich zu ihrem Geld gekommen?", fragte er.

„Ich weiß es nicht. Niemand weiß es."

„Niemand?"

„Na ja, sie wird es gewusst haben, aber ansonsten kenne ich niemanden. Sie hat es nicht geerbt, denn meine Vorfahren gehörten alle zur Mittelschicht. Meine Eltern rätseln ständig. Sie sind in ihrer Meinung gespalten. Der eine glaubt, das Geld sei von einem aristokratischen Liebhaber, der andere vermutet, dass sie heimlich irgendwo ein erfolgreiches Bordell geführt hat."

„Eine Bordellwirtin?"

„Meine Eltern urteilen oft sehr hart. Sie haben wenig Fantasie und verstehen das Leben jenseits ihrer kleinen Vorortsiedlung in New Jersey kaum." Sie klappte den Rest des Pizzastücks zusammen und biss ab. „Ich glaube, dass die Herkunft des Vermögens viel interessanter ist."

Erst jetzt schien sie zu bemerken, dass nichts mehr zu essen übrig war. Prompt hielt sie ihm das angebissene Stück hin. „Haben Sie noch Hunger? Möchten Sie noch etwas?"

Nick lächelte. Auch das war erfrischend – nachdem sie den Versuch aufgegeben hatte, ihn hinauszuwerfen, behandelte sie ihn, als würde sie ihn schon seit Jahren kennen. „Nein danke. Was glauben Sie, womit sie ihr Geld verdient hat?"

„Ich habe keine Ahnung, aber es wird sicher abenteuerlich gewesen sein. Xenia machte, was sie wollte, und war immer aktiv."

Er hörte Stolz aus ihrer Stimme, keine Traurigkeit, und darüber war er froh. Sie hatte sich auch gut gehalten, als kurz nach dem Pizzalieferanten der Mitarbeiter des Bestattungsinstitutes aufgetaucht war.

Einen Moment lang hatte sie angesichts seines schwarzen Anzugs und der düsteren Miene so ausgesehen, als würde sie in Tränen ausbrechen. Aber dann hatte sie ein freundliches Gesicht gemacht und dem Mann den Wäschesack mit der Designerkleidung überreicht. Anschließend hatte sie den teuren Wein geöffnet.

„Sie wären gern wie Xenia, nicht wahr?", fragte er.

„Ich möchte so sein, wie ich bin", entgegnete sie und schob sich das restliche Stück Pizza in den Mund.

„Und was sind Sie? Etwa auch unglaublich reich?"

Sie schluckte den Bissen hinunter. „Ich fahre Taxi." Sie nahm einen Schluck Wein. „Und ich gebe Sportkurse."

„Tatsächlich?" Er erinnerte sich an den Anblick ihrer Beine und schaute noch einmal genauer hin. Ja, sie machte einen durchtrainierten Eindruck, und ihre Bewegungen waren selbstsicher. Sie wirkte wie jemand, der seine Muskeln häufig benutzte.

„Ja, tatsächlich. Was ist mit Ihnen? Kriegen Sie Geld dafür, dass Sie Vögel auf irgendwelchen Inseln zählen, oder ist das bloß ein exzentrisches Hobby?"

„Ich werde dafür bezahlt. Ich bin Park Ranger."

Sie ließ ihr Weinglas sinken. „Park Ranger."

„Ja."

„Bestimmt spezialisiert auf Naturschutz."

„Ja."

„Ein Mann mit Prinzipien und Grundsätzen", murmelte sie. „Du liebe Zeit."

„Wie bitte?"

„Nichts." Sie gönnte sich einen weiteren ausgiebigen Schluck Wein. „Wo genau arbeiten Sie denn?"

„In Maine. Hauptsächlich bin ich im Acadia National Park auf Mount Desert Island stationiert, aber ich arbeite gelegentlich auch auf den umliegenden Inseln, die ebenfalls zum Nationalpark gehören."

„Ein einsamer, Vögel zählender Ranger." Sie leerte ihr Glas. „Sie müssen wohl bald wieder zurück in den Park, was?"

„Ich habe eine Woche frei. Jetzt ist keine Hochsaison."

„Sie haben vor, eine ganze Woche hierzubleiben?"

„Kommt drauf an, wie lange ich brauche, um meinen Vater zu finden. Wenn ich will, kann ich noch länger freibekommen. Mir steht noch Urlaub zu."

„Haben Sie keine Angst, dass die freie Wildbahn ohne Sie bedroht ist?"

„Doch, aber die Suche nach meinem Vater ist jetzt wichtiger."

„Na fabelhaft. Ich bin also eine Woche lang mit einem Park Ranger in einer Wohnung gefangen." Zoe griff nach der Flasche und schenkte sich noch mehr Wein ein.

„Ich hoffe, dass ich meinen Vater schneller finde."

„Sie hoffen, dass er heute Abend noch hier auftaucht", korrigierte sie ihn. „Tja, das hoffe ich auch. Was werden Sie tun, falls er nicht aufkreuzt?"

Nick hielt die Flasche hoch. Auch vom Wein hatte sie den Rest bekommen.

„An diese Möglichkeit denke ich nicht", sagte er, nahm ihr das Glas aus der Hand, trank daraus und reichte es ihr zurück.

Statt es wieder an sich zu nehmen, sah sie ihn nur mit großen Augen an. Ihre sinnlichen Lippen waren geöffnet, die Wangen leicht gerötet.

Einen Moment glaubte er, die Situation falsch gedeutet und sich zu viel herausgenommen zu haben. Aber sie tadelte ihn nicht und sah auch nicht verärgert aus. Sie sah ihn einfach nur an.

„Vielleicht sollte ich das Glas austrinken", meinte er. „Sie sehen aus, als wäre Ihnen der Wein zu Kopf gestiegen."

„Ja", sagte sie. „Der Wein." Sie sprach die Worte leise und langsam aus und biss sich anschließend auf die Unterlippe. Dann schloss sie die Augen und schüttelte den Kopf, als würde sie mit aller Kraft einen Entschluss fassen. Sie rutschte zur Sofakante und stand auf.

„Ich glaube, Sie haben recht. Ich sollte lieber zu Bett gehen." Sie machte einen Schritt und blieb mit dem Fuß an der Teppichkante hängen.

Im Nu war Nick auf den Beinen und fing sie auf. Sie war leichter, als er erwartet hatte, und schmiegte sich willenlos an ihn. Er hatte recht gehabt, es war zu viel Wein für sie gewesen. Sie sah ihn an, offenbar geschockt von dem Beinahe-Sturz.

„Nick", murmelte sie, ehe sie wieder Halt fand und sich von ihm löste. Sie nahm sich sichtlich zusammen und meinte: „Ich werde im Gästezimmer schlafen, weil ich dort immer übernachtet habe." Sie klang jetzt überhaupt nicht mehr betrunken. „Sie können den Abstellraum haben. Einverstanden?"

„Ich wollte eigentlich lieber hier auf der Couch schlafen. Ich habe einen Schlafsack dabei. Es wäre besser, wenn ich in der Nähe der Tür bliebe, falls mein Vater im Lauf der Nacht zurückkommt." Er hielt sich die Hand vor den Mund, da er gähnen musste.

„Ganz wie Sie wollen. Gute Nacht." Sie nahm die Pizzaschachtel und die Weinflasche und verließ das Zimmer ohne einen Blick zurück. Eine Minute später hörte er, wie sie die Tür des Gästezimmers zuzog.

Manche Menschen vergessen ihre Probleme im Schlaf. Sie wachen in herrlicher Ahnungslosigkeit auf und schaffen es sogar bis zum Morgenkaffee, bevor sie sich an die demütigenden Dinge erinnern, die sie am Abend zuvor getan haben.

Zoe war das leider noch nie passiert. Noch ehe sie die Augen öffnete, dachte sie peinlich berührt: Um ein Haar hätte ich mich einem Kerl an den Hals geworfen, der nicht das geringste Interesse an mir hat!

Der nächste Gedanke, der unmittelbar auf den ersten folgte, lautete: Ich frage mich, ob er heute Morgen so gut aussieht wie gestern Abend.

Sie schlug die Decke zurück, stand auf und zog ihr T-Shirt und ihren hässlichen Rock an. Kaum hatte sie die Schlafzimmertür geöffnet, stieg ihr Kaffeeduft in die Nase. Nick musste also schon auf sein. Sie verzichtete auf einen Besuch im Badezimmer, um sich den Anblick ihres verschlafenen Gesichts im Spiegel zu ersparen. Nick war es völlig egal, wie sie aussah.

Doch als sie ihn am Küchentresen lehnen sah in Jeans und einem Red-Sox-T-Shirt, das seinen vollkommenen Körper umschmiegte, wäre sie fast wieder umgedreht, um sich schnell noch die Zähne zu putzen. Aber er entdeckte sie und begrüßte sie mit einem Lächeln.

„Gut geschlafen?", erkundigte er sich ein wenig amüsiert.

Er wollte ihr einen Becher aus dem Schrank holen, doch sie war schneller und schenkte sich selbst Kaffee ein.

„Haben wir einen kleinen Kater?"

Sie ignorierte seine Frage und schaute sich demonstrativ in der Küche um. „Ich kann Ihren Vater nirgendwo entdecken. Ist er heute Nacht doch nicht aufgekreuzt?"

„Vielleicht kommt er später. Ich habe Zeit. Schließlich warte ich schon sehr lange auf das Wiedersehen mit ihm."

Zoe hatte den Becher schon halb zum Mund geführt, doch nun knallte sie ihn auf die Arbeitsfläche, wobei ihr der heiße Kaffee fast auf die Hand geschwappt wäre. „Na, so was. Ist Ihnen vielleicht mal in den Sinn gekommen, dass ich keine Zeit habe? Dass ich gern zur

Normalität zurückkehren würde, statt Ihren Babysitter zu spielen, während Sie es sich in der Wohnung meiner verstorbenen Großtante gemütlich machen?"

Nick nahm einen Lappen aus der Spüle und wischte den verschütteten Kaffee auf. Zoe schnappte ihm den Lappen weg.

„Das beantwortet wohl meine Frage", meinte er. „Sie haben eindeutig einen Kater."

„Ich war gestern Abend nicht betrunken."

„Wenn es kein Kater ist, warum sind Sie dann heute Morgen so gereizt?"

Weil ich Sie schrecklich attraktiv finde und Ihnen nichts weiter einfällt, als eine Bemerkung über mein zerknittertes Aussehen zu machen, dachte sie. Sie öffnete einen Schrank, fand aber nur Champagnergläser und Eiswürfelschalen. „In dieser Wohnung gibt es nichts zu essen, und ich brauche unbedingt ein Frühstück."

„Ich verstehe. Der niedrige Blutzuckerspiegel macht Sie gereizt. Ich habe noch ein paar Proteinriegel und den Instanteintopf in meinem Rucksack, wenn Sie möchten."

Zoe nahm eine Packung aus dem Schrank, auf der „Lapsang Souchong Tea" stand. „Da esse ich lieber das hier", erklärte sie, öffnete die Packung und wich vor dem durchdringenden Geruch und dem Anblick der schwarzen Blätter zurück.

„Was frühstücken Sie denn für gewöhnlich, wenn Sie hier übernachten?", erkundigte Nick sich.

„Normalerweise hole ich mir etwas vom Delikatessenladen unten."

„Gut, machen wir das."

Zoe warf den Lappen in die Spüle und trank frustriert einen Schluck Kaffee. „Das geht nicht, schon vergessen? Sie wollten hierbleiben, für den Fall, dass Ihr Vater auftaucht, und damit ich Sie nicht aussperre. Und ich will die Wohnung nicht verlassen, damit Sie nicht die gesamten Antiquitäten meiner Großtante stehlen. Wir sitzen also hier fest, bis Sie zur Vernunft kommen und aufgeben."

„Ich werde gehen."

Zoe war perplex. „Was?"

„Ich werde zum Delikatessenladen gehen und uns etwas zum Frühstück holen."

„Und wenn Ihr Vater in der Zwischenzeit kommt?"

„Ich bin sicher, Sie können ihn aufhalten."

„Woher wollen Sie wissen, dass ich Sie wieder hereinlasse?"

„Ich vertraue Ihnen."

„Warum?", wollte sie wissen und stellte langsam ihren Kaffeebecher ab.

„Ich weiß nicht. Angesichts unserer Situation müssen wir einander vertrauen. Auch wenn Sie es nicht für möglich halten, dass mein Vater etwas mit Ihrer Großtante zu tun hat, wissen Sie doch, wie wichtig mir die Sache ist. Und ich glaube, Sie sind nicht der Typ, der sich den Bedürfnissen anderer einfach in den Weg stellt, auch wenn Sie morgens schlechte Laune haben."

„Wie kommen Sie darauf? Immerhin war ich nicht gerade übermäßig freundlich zu Ihnen."

„Ich sehe, mit wie viel Respekt und Achtung Sie von Xenia sprechen. Deshalb glaube ich, dass Sie Verständnis für meinen Wunsch haben, meinen Vater wiederzusehen."

„Na, so was. Respektvoll hat mich noch niemand genannt. Vorlaut und nervig schon. Respektvoll und vertrauenswürdig eher nicht."

„Es gibt für alles ein erstes Mal."

Zoe setzte sich und strich sich durch das zerzauste Haar. „Ich nehme einen Pumpernickel-Bagel mit Frischkäse und dazu einen Orangensaft."

Nick lächelte und ging. Zoe schaute ihm noch lange hinterher.

Vielleicht hatte sie tatsächlich einen kleinen Kater gehabt, denn nach dem Bagel und einer Dusche fühlte sie sich viel besser. Sie zog ihren hässlichen Rock wieder an und kehrte ins Wohnzimmer zurück, wo Nick auf der Couch neben seinem bereits gepackten Rucksack saß und die Kettensäge in der Glasvitrine betrachtete.

Diesmal setzte sie sich in einen der Sessel. Nick mochte ihr ja genug vertrauen, um das Apartment zu verlassen, aber sie selbst hatte wenig Vertrauen in sich, sobald sie sich in seiner Nähe aufhielt.

„Was steht denn für heute auf dem Plan? Weiteres intensives Warten auf Ihren Vater?"

„Ich habe gerade über die Kettensäge und die Bärenfalle nachgedacht", erklärte er. „Die passen nicht recht nach New York City."

„Sie meinen, da könnte es eine Verbindung zu Ihrem Dad geben?"

„Nun, er besaß eine Kettensäge, aber das trifft auf die meisten Leute in Maine zu, die mit Holz heizen. Seine war allerdings nicht so gut wie diese."

„Vielleicht hat er Karriere gemacht", gab Zoe zu bedenken.

„Er schickte meiner Mutter nie mehr als zwanzig oder dreißig Dollar." Nick klang ein wenig verbittert. „Aber natürlich, er könnte es zu etwas gebracht haben."

„Xenia hat die Kettensäge seit mindestens fünf Jahren", sagte sie. „Wenn es seine ist, müssten sie schon seit Längerem eine Bekanntschaft pflegen. Aber darauf würde ich nicht wetten. Wie ich Xenia kenne, könnte sie ebenso gut angefangen haben, mit Kettensägen zu jonglieren."

Ein Lächeln huschte über sein Gesicht. „Würde sie das machen?"

„Sie starb beim Skateboardfahren. Sie war vierundsiebzig Jahre alt und hatte gerade angefangen, Unterricht zu nehmen."

Nick lachte, und obwohl sie über Xenias Tod sprachen, stimmte Zoe in sein Lachen ein.

„Sie hätte sich einen solchen Tod gewünscht", sagte sie. „Sie stürzte bei dem Versuch, mit dem Skateboard einen Sprung auszuführen, und schlug mit dem Kopf auf den Gehsteig. Im Krankenhaus erzählte man mir, sie sei auf der Stelle tot gewesen."

„Wir hatten einen Ranger im Ruhestand, der genauso war. Am Morgen seines achtzigsten Geburtstags stieg er auf den Cadillac Mountain. Oben auf dem Gipfel, als die Sonne am Horizont aufstieg, bekam er einen Herzinfarkt. Er war der erste Mensch in Nordamerika, der an diesem Tag den Sonnenaufgang sah, und gleichzeitig war es das Letzte, was er sah."

Nick streckte die Beine aus und betrachtete nachdenklich seine Stiefelspitzen. „Wenn ich mir aussuchen könnte, wo ich sterben möchte, dann würde ich mich für die Isle au Haut vor der Küste Maines in der Dämmerung eines Sommertages entscheiden. Die tagaktiven Tiere gehen schlafen, die nachtaktiven erwachen, und über dem Atlantik geht der Mond auf."

Wie er es schilderte, konnte Zoe sich das gut vorstellen, auch wenn sie sich in einem Apartment in New York befanden. Immer wieder steckte er sie mit seinen Ideen und Hoffnungen an.

„Und Sie?", fragte er. „Wo würden Sie gern sterben?"

Auf dem Höhepunkt der Lust, während ich dich tief in mir spüre und du meinen Namen in mein Ohr flüsterst, dachte sie und hätte sich dafür beinah selbst geohrfeigt.

Gab es nicht irgendeine Pille oder eine Lotion, die man gegen aufkommende Lüsternheit nehmen konnte?

„Mir wäre jeder Ort recht, Hauptsache nicht in der Gosse“, sagte sie heiter. „Obwohl ich im Lauf der Jahre in einigen hübschen Gossen gewesen bin. Wie dem auch sei, Sie haben meine Frage nicht beantwortet: Wie sehen Ihre Pläne für heute aus?“

„Der nächste logische Schritt wäre die Suche nach irgendwelchen Spuren von ihm in der Wohnung Ihrer Großtante. Wir sollten ihren Schreibtisch durchsehen, ihre Briefe und Rechnungen. Möglicherweise stoßen wir irgendwo auf seinen Namen.“

Sein Vorschlag machte sie wütend. Wie hatte sie nur glauben können, er hätte Prinzipien?

„Nein“, erklärte sie umgehend. „Xenia hat sehr viel Wert auf Privatsphäre gelegt. Sie stellte mir keine Fragen und ich ihr nicht. Ich werde jetzt nicht anfangen, in ihren Sachen herumzuschnüffeln, nur weil sie tot ist. Und wenn Sie denken, ich würde es Ihnen, einem Fremden, gestatten, dann …“

„Schon gut“, unterbrach Nick sie.

Zoe hielt inne. „Was?“

„Ich kann Ihre Argumente nachvollziehen. Sie haben vollkommen recht. Ich werde mir einen anderen Weg einfallen lassen, um eine Verbindung zwischen Xenia und meinem Dad zu finden.“

Sie war perplex. „Haben Sie nicht gesagt, Sie würden alles tun, um Ihren Vater zu finden?“

„Anscheinend stimmt das nicht ganz, sonst hätte ich letzte Nacht das Arbeitszimmer durchsucht, während Sie schliefen.“

Sie wurde misstrauisch. Teilte er ihr gerade indirekt mit, dass er genau das getan hatte? Stritt er sich nur deshalb nicht mit ihr, weil er längst gefunden hatte, was er suchte?

Nein, die Großstadt hatte sie übermäßig misstrauisch gemacht. Ihr Instinkt sagte ihr, dass sie diesem Mann vertrauen konnte.

„Na schön“, sagte sie schließlich. „Danke.“

Er nickte. „Klar. Also, wie sehen Ihre Pläne für heute aus?“

„Als ich aufwachte, nahm ich mir vor, Sie irgendwie aus der Wohnung zu vertreiben. Notfalls wollte ich mit dem Besteck nach Ihnen werfen.“

„Aber die Dinge haben sich geändert“, stellte er fest.

„Ja, die Dinge haben sich geändert.“ Allerdings weniger, als er vielleicht glaubte. Die Tatsache, dass sie einander vertrauten, machte es nur noch dringender, ihn so rasch wie möglich loszuwerden. Und dieses Ziel konnte sie am ehesten erreichen, wenn sie ihm dabei half, seinen Vater zu finden.

„Ich habe in einer halben Stunde einen Termin mit Xenias Anwalt“, sagte sie. „Er wird das Testament verlesen. Vermutlich ist es besser, Sie kommen mit, für den Fall, dass Ihr Dad darin erwähnt wird.“

Nick horchte auf. „Das ist eine ausgezeichnete Idee. Danke.“ Er stand auf, öffnete den Reißverschluss seines Rucksacks und nahm ein blaues Kleidungsstück heraus. Im nächsten Moment zog er sein T-Shirt aus.

Zoe schnappte nach Luft. Nicks nackte Brust war ein spektakulärer Anblick, den sie so schnell nicht wieder vergessen würde. Seine Schultern waren breit, seine Haut über den trainierten Muskeln gebräunt. Ein schmaler Streifen dunkler Härchen führte von seinem Nabel abwärts und verschwand im Bund der Jeans.

„Du lieber Himmel“, murmelte sie, wandte sich ab, betrachtete die Daumenschrauben an der Wand und dachte an Folter. „Was wird das, eine Stripshow?“

„Ich wollte mir für den Besuch in einer Anwaltskanzlei etwas Besseres anziehen“, erklärte Nick.

Sie riskierte einen Blick. Er hatte sich ein langärmeliges Hemd angezogen und war dabei, es zuzuknöpfen. Zoe dachte noch immer an seine nackte Brust.

Wahrscheinlich würde sie für den Rest ihres Lebens daran denken.

Nick rollte sein T-Shirt zusammen, verstaute es im Rucksack und holte eine Hose hervor. Zoe sprang auf.

„Ich muss noch einen Anruf erledigen“, rief sie und floh aus dem Zimmer.

4. KAPITEL

Wie halten Sie das nur aus?"

Zoe hörte auf, Nicks sexy Gang zu beobachten, und schaute sich um. Taxis hupten, Straßenhändler priesen ihre Ware an, die Obdachlosen murmelten vor sich hin, aus den Gullys stieg Dampf auf. Es war alles wie immer.

„Was meinen Sie?"

„Na alles." Nick machte eine Geste, die die ganze Umgebung einschloss. „Den Gestank zum Beispiel."

Zoe schnupperte. „Es riecht nach Hotdogs, Beton, Benzin und Parfüm. Was ist daran auszusetzen?"

„Das ist keine frische Luft, das sind Ausdünstungen. Haben Sie nicht das Gefühl, dass Ihre Lunge bei jedem Atemzug verklebt?" Er verzog angewidert das Gesicht.

„New Yorker lieben das. Ist Ihnen die Stadt etwa zu groß, Eagle Scout?"

„Ich fühle mich wie auf einem anderen Planeten." Er zeigte zu den grünen Bäumen und dem Gras im Central Park auf der anderen Straßenseite. „Damit kann ich etwas anfangen." Auf die Hochhäuser deutend, sagte er: „Aber das ist erdrückend. So viele Mauern. Wie kann man hier das Gefühl haben, draußen zu sein?"

„Der Verkehr ist lauter. Daran merkt man, dass man draußen ist. Kommen Sie, die Kanzlei befindet sich gleich dort drüben."

Sie wandten sich vom Central Park ab, und Nick warf einen letzten Blick über die Schulter auf die Bäume, die sie hinter sich ließen. „Sind Sie hier geboren?"

„Nein, in Jersey."

„Sie sind also freiwillig hierhergezogen."

„Sobald ich achtzehn war", antwortete sie.

„Warum?"

Zoe drehte den silbernen Ring an ihrem Daumen. Sie hatte ihn nur wenige Blocks entfernt im Rinnstein gefunden und trug ihn seitdem zur Erinnerung an alles, was sie in New York gefunden hatte.

„Weil man hier man selbst sein kann", sagte sie. „Niemanden kümmert es, was man macht."

„Das ist gut?" Nick wich zwei Männern aus, die mitten auf dem Gehsteig einen lautstarken Streit in einer fremden Sprache austrugen, ohne sich um irgendwen zu kümmern.

„Sehr.“

„Aber wie kann man das Gefühl haben, anderen etwas zu bedeuten, wenn jeder so sehr mit seinem eigenen Leben beschäftigt ist?“

„Warum sollte man das Gefühl haben wollen, irgendwem etwas zu bedeuten?“ Sie sah ihn nicht an, spürte aber, dass er ihr einen scharfen Seitenblick zuwarf. „Hier ist die Kanzlei“, verkündete sie und stieg die Eingangsstufen hinauf, bevor Nick ihr noch weitere Fragen stellen konnte. Sie hatte keine Ahnung, wie aus einer einfachen Frage über die Luftverschmutzung in New York plötzlich eine Unterhaltung über ihre Lebensphilosophie hatte werden können. Sie konnte sich jetzt nicht damit beschäftigen, da sie sich um andere Dinge kümmern musste.

Zwei davon standen in der Lobby und warteten auf den Fahrstuhl, der sie zur Anwaltskanzlei Hopper, Stein und Feinberg bringen würde.

Zoe stellte sich hinter die beiden eleganten blonden Frauen und sagte: „Yo, Schwestern.“

Jade und Cindy drehten sich anmutig um. Im Gegensatz zu ihr, die ihre zerschlissenen Turnschuhe anhatte, trugen sie hochhackige Pumps. Wie alle Drake-Frauen, mit Ausnahme von Zoe, waren sie zierlich und sehr feminin. Jade, ihre älteste Schwester, war modisch konservativ im Stil der jungen Vollzeitmütter gekleidet, Cindy trug ein raffiniertes Designer-Kostüm, das zu ihrem Job als PR-Chefin passte.

„Zoe“, begrüßte Jade sie und umarmte sie flüchtig. Ihre jüngere Schwester umarmte sie auch, nur brüsker, wie es sich für eine erfolgreiche Geschäftsfrau gehörte.

„Es ist eine Ewigkeit her“, meinte Jade in ihrem typischen süßlichen Ton. „Wann kommst du uns endlich einmal in Fairfield besuchen? Kelsey und Justin würden ihre Tante gern einmal wiedersehen.“

„Beim nächsten Mal, wenn ich mit dem Taxi eine Tour in die Richtung habe“, log Zoe.

Sie merkte genau, wann Nick zu der Gruppe trat, denn erstens spürte sie seine Nähe körperlich, und zweitens registrierte sie die Blicke ihrer Schwestern.

Jade mochte zwar glücklich verheiratet und Mutter zweier Kinder sein, während Cindy die Hälfte der männlichen Bevölkerung New Yorks zu Füßen lag, aber den Anblick eines besonderen Exemplars der Gattung Mann wussten sie beide zu schätzen.

„Jade, Cindy, das ist Nick“, stellte sie ihn vor und brachte ihre Schwestern damit zum Strahlen.

Nick wirkte ein bisschen geblendet und schüttelte ihnen die Hand.

Zoe stellte ihm ihre Schwestern vor und fragte dann: „Ist Di schon oben?“

Jade und Cindy wussten für gewöhnlich, wo sich ihre zweitälteste Schwester aufhielt, da sie permanent über Handy in Kontakt standen.

„Sie ist oben mit Mom und Dad“, antwortete Cindy, ohne den Blick von Nicks attraktivem Gesicht abzuwenden.

Der Fahrstuhl kam, und Zoe widerstand dem Impuls, sich bei Nick unterzuhaken. Das wäre zu besitzergreifend gewesen und vor ihren Schwestern ohnehin unglaubwürdig. Sie merkte, dass Cindy und Jade sie am liebsten auf der Stelle nach ihm ausgefragt hätten, sich jedoch beherrschten. Jade setzte ein feierliches Gesicht auf, passend zur Verlesung des Testaments der Großtante, und Cindy würde nicht gegen die Etikette verstoßen, wenn Jade es nicht zuerst tat.

„Arme Tante Xenia“, sagte sie stattdessen.

„Ich weiß nicht“, meinte Zoe gereizt, denn Cindy hatte in den letzten fünf Jahren höchstens ein paar Stunden mit Xenia verbracht. „Beim Skateboardfahren draufzugehen ist ein klasse Abgang. Ich wette, sie war zufrieden damit.“

„Zoe“, meinte Jade tadelnd, mehr der Form halber. Zoe wusste, dass nichts, was sie sagte, ihre Schwester noch schockieren konnte.

„Im Ernst“, meinte Zoe. „Sie lacht sich bestimmt schlapp im Himmel. Nick und ich haben uns erst vorhin darüber unterhalten, nicht wahr, Nick?“ Sie merkte selbst, dass ihr Ton so besitzergreifend war wie die Geste, auf die sie verzichtet hatte.

„Ja, das haben wir, und es scheint mir wirklich keine schlechte Art zu gehen“, sagte er leutselig, was sie noch mehr ärgerte, da ihre Schwestern gegen seine Worte keinen Einwand erhoben und es so aussah, als bräuchte sie seine Unterstützung. Was natürlich nicht zutraf.

Sie nahm sich vor, ihn gar nichts mehr zu fragen. Ihre Familie würde es zu gern sehen, wenn sie auf einen Mann angewiesen wäre.

Der Fahrstuhl hielt, und sie betraten einen mit einem dicken Teppich ausgelegten Flur, der zur Kanzlei führte. Nick hielt ihnen die glänzende Tür auf, als hätte er sein Leben lang Frauen Türen aufgehalten, was vermutlich der Fall war – er hatte etwas von einem Ritter in schimmernder Rüstung. Jade und Cindy gingen an ihm vorbei, als hätten Männer ihnen schon ihr ganzes Leben lang Türen aufgehalten, was natürlich auch der Fall war. Zoe folgte ihnen, die Hände in die Seiten gestemmt.

Ihre Mutter, ihr Vater und ihre Schwester Di saßen in Ledersesseln im Wartezimmer. Sie standen auf, als sie vier hereinkamen, und es kam zu den üblichen Umarmungen. Zoe ließ sie über sich ergehen.

„Oh Jade, du siehst umwerfend aus“, verkündete ihre Mutter und befühlte die Kaschmirstrickjacke ihrer Tochter, ehe sie sich mit einem strahlenden Lächeln an Cindy wandte. „Und dieses Kostüm ist bezaubernd, Cynthia. Zoe, wie schön, dich in einem Rock zu sehen.“

Zoe entging der Subtext nicht: Eigentlich haben wir dich in einer zerrissenen alten Jeans erwartet, aber dieser Rock ist auch nicht viel besser.

„Den habe ich vom Flohmarkt“, erwiderte sie. „Drei Dollar. Können wir jetzt reingehen und uns diese Testamentseröffnung anhören?“

„Wer ist dein Freund, Cindy?“, wollte Michael Drake von seiner jüngsten Tochter wissen.

Cindy fühlte sich sichtlich geschmeichelt. „Oh Dad, das ist nicht …“

„Mr Drake, Mrs Drake“, meldete Nick sich zu Wort und schüttelte Zoes Eltern die Hand. „Mein Name ist Nicholas Giroux. Zoe hat mich mitgenommen, weil ich wissen möchte, ob ich aus Miss Drakes Testament irgendetwas über meine Familie erfahre.“

Ihr Vater wandte sich mit fragendem Blick an Zoe. „Glaubst du, deine Tante Xenia hatte etwas mit der Familie dieses jungen Mannes zu tun?“

„Wir sollten uns ruhig eingestehen, dass wir alle keine Ahnung haben, was sie so trieb“, antwortete sie. „Es gibt Hinweise, dass sie möglicherweise Nicks Vater gekannt hat. Nick wohnt zurzeit mit mir in ihrer Wohnung.“ Das brachte ihr erstaunte Blicke von sämtlichen Familienmitgliedern ein.

In diesem Moment kam ein rundlicher Mann in einem teuer aussehenden Anzug zu ihnen. „Mr und Mrs Drake? Jade, Diana, Zoe, Cynthia? Wenn Sie bitte eintreten möchten.“

Mr Feinberg schüttelte allen, einschließlich Nick, die Hand, während sie sein getäfeltes Büro betraten. Er hatte genügend gepolsterte Stühle bereitgestellt. Zwei blieben sogar frei. Aus irgendeinem Grund schien der Anwalt nervös zu sein.

„Ich habe Kopien des Testaments für Sie angefertigt“, verkündete er und teilte schmale Ordner aus. „Es ist nicht sehr kompliziert und lässt sich rasch zusammenfassen. Selbstverständlich benötigen wir eine gerichtliche Testamentsbestätigung, besonders bei einem beachtlichen Vermögen wie dem von Miss Drake. Aber ich glaube, ihre Wünsche sind sehr klar."

Er setzte sich hinter seinen glänzenden Schreibtisch und räusperte sich. „Wenn Sie jetzt bitte Ihre Unterlagen aufschlagen wollen ..."

Alle kamen der Aufforderung nach, nur Zoe zögerte und betrachtete den Deckel ihres Ordners. Er war blau. Abgesehen von den Anweisungen für die Beerdigung war das die letzte Botschaft, die ihre Großtante ihr hinterlassen hatte.

Sie hatte es nicht eilig, sie zu lesen.

Neben ihr sog Nick, der den Ordner auf der letzten Seite aufgeschlagen hatte, hörbar die Luft ein. Er hielt ihn ihr so hin, dass sie lesen konnte, und zeigte auf das Datum unter Xenias kraftvoller, mit schwarzer Tinte geschriebener Unterschrift. „Dreiundzwanzigster April", sagte er.

„Und?"

Das war noch nicht lange her. Die Vorstellung, dass Xenia möglicherweise nur wenige Tage vor dem Skateboardunfall eine Vorahnung ihres Todes gehabt hatte, war unheimlich.

„Es ist das Datum des Poststempels auf dem Brief meines Vaters", sagte er.

Sie sahen sich an.

„Nun", sagte Mr Feinberg und räusperte sich erneut, „wie ich bereits erwähnte, sind die Wünsche von Miss Drake klar. Wir können daher die juristischen Formulierungen überspringen und gleich Seite zwei aufschlagen, wo Miss Drake die Summe von zehntausend Dollar ihrem Neffen Michael Drake hinterlässt. Des Weiteren verfügt sie, dass jeweils zehntausend Dollar für jede ihrer bereits geborenen Urgroßnichten und auch für die Urgroßneffen in Wertpapieren angelegt werden. Zusätzliche fünfzigtausend sollen zur Seite gelegt werden für die noch nicht geborenen Kinder."

Jade und Di tuschelten miteinander. Zoe wusste genau, worüber sie sprachen. Zehntausend Dollar pro Kind waren nicht schlecht, plus Geld für ungeborene Kinder. Aber hunderttausend Dollar waren für Xenia nicht mehr als ein symbolischer Betrag. Sämtliche ihrer lebenden Verwandten waren hier in diesem Raum, und keiner außer Zoes Vater hatte bisher direkt etwas erhalten.

Ein wenig Schadenfreude konnte Zoe sich nicht verkneifen. Wahrscheinlich hatte Xenia ihr Testament auf eine Weise formuliert, die den

Rest der Familie ärgern würde. Sie hatte sich nie bemüht, es irgendwem aus der Familie recht zu machen.

„Wenn Sie Seite drei aufschlagen", fuhr Mr Feinberg fort, „werden Sie den wichtigsten Teil des Testaments sehen. Darin vermacht Miss Drake ihr restliches Vermögen aus Immobilien, Geld und Beteiligungen ihrer Großnichte Zoe Drake."

Zoe sah verblüfft den Anwalt an.

„Es handelt sich um ein beträchtliches Vermögen", erklärte der. „Sie werden auch zur Testamentsvollstreckerin ernannt, daher werden wir die einzelnen Punkte gemeinsam durchgehen müssen. Es ist zwar auch noch die gerichtliche Testamentsbestätigung abzuwarten, aber ich kann Ihnen sagen, dass sich das Vermögen alles in allem auf etwa fünfzig Millionen Dollar beläuft."

Zoe vermutete zwar, dass alle um sie herum anfingen zu reden, doch hörte sie nichts außer einem Rauschen. Ihr wurde zugleich kalt und heiß. Sie stand auf und verließ den Raum, ging den Flur entlang und die Treppe hinunter.

Das Büro lag im zwölften Stock, daher brannten ihre Muskeln, als sie unten ankam. Doch außer Atem war sie nicht. Sie stieß die Eingangstür auf und lief hinaus auf die Straße. Sie wollte schwitzen, sich verausgaben, und so fing sie an zu rennen.

Als sie eine Hand auf ihrer Schulter spürte, wirbelte sie herum.

Es war Nick.

„Zoe, ist alles in Ordnung mit Ihnen?"

In seinen braunen Augen las sie Besorgnis. Sie bemerkte, dass er noch den blauen Ordner mit Xenias Testament in der Hand hielt.

„Mit mir?", fragte sie. „Mir geht es bestens. Haben Sie den Mann nicht gehört? Ich bin Millionärin."

Und dann brach sie in Tränen aus.

Nick legte Zoe den Arm um die Schultern und führte sie über die belebte Straße in den Central Park, wo sie sich in Ruhe unterhalten konnten.

„Das war eine Überraschung, was?", meinte er.

„Was für eine Untertreibung!" Sie wischte sich die Tränen ab, die noch immer liefen.

„Es tut mir leid, dass Sie Ihre Großtante verloren haben."

„Warum hat sie mir denn das Geld hinterlassen?" Sie sah ihn groß an.

„Wem hätte sie es sonst hinterlassen sollen? Sie haben mir erzählt, sie hat dem Rest der Familie nicht nahegestanden."

„Aber warum ausgerechnet mir? Ich kannte sie doch auch gar nicht richtig. Sie hat mir nicht einmal verraten, womit sie ihr Geld verdiente."

„Offenbar hat sie es niemandem verraten."

„Es ist so viel. Warum ich?"

Nick strich ihr das Haar aus dem Gesicht. Es war seidig und beinah so warm wie ihre Haut. „Weil sie Ihnen vertraut hat."

„Aber warum?" Sie schlug die Hände vors Gesicht. Ihre Schultern bebten.

Nick streichelte ihr den Rücken, während sie weinte. „Manchmal vertrauen wir Menschen einfach", erklärte er, obwohl er nicht sicher war, ob sie ihm zuhörte. „Ihre Großtante muss Sie für diejenige gehalten haben, die ihr Vermögen verdient hat. Und so, wie Sie heute Morgen Xenias persönliche Dinge vor mir verteidigt haben, würde ich sagen, dass sie recht hatte."

Zoe ließ die Hände sinken, atmete tief durch und befreite sich aus seiner Umarmung. „Ich kann es nicht fassen, dass ich in Ihrem Beisein weine."

„Macht doch nichts. Ich kann gut auf weinende Frauen eingehen. Meine Schwester weinte viel, als wir noch Kinder waren."

„Na, was für ein Glück für mich, dass ich einen Experten für weinende Frauen getroffen habe", meinte sie spöttisch und wischte sich die letzten Tränen ab.

„So meinte ich das nicht."

„Wie denn sonst? Dass Sie froh sind, zeigen zu können, was für ein netter Kerl Sie sind, indem Sie die arme kleine Erbin trösten, die über ihre Erbschaft von fünfzig Millionen Dollar ganz aufgebracht ist? Was werden Sie als Nächstes tun? Mir ein Eis mit einer Kirsche drauf kaufen?"

„Zoe, ich wollte doch bloß mit Ihnen reden."

„Na schön, Sie sind tatsächlich ein netter Kerl", fuhr sie ihn an. „Und vernünftig noch dazu. Du lieber Himmel, Sie müssen ja ein tolles Leben führen, besonders bei all den Frauen, die Sie in den Arm nehmen können. Aber ich komme sehr gut allein zurecht."

Mit diesen Worten drehte sie sich um und rannte in ihren Turnschuhen davon.

Als Nick diesmal im Flur wartete, war er schon nicht mehr so geduldig.

Er saß mit dem Rücken an die Wand gelehnt da, die Arme vor der Brust verschränkt, und klopfte mit dem Fuß auf den Teppichboden. Zoe war jetzt seit drei Stunden fort, und sein Rucksack mit seiner Brieftasche befand sich in der Wohnung ihrer Großtante.

Er hatte Zoe laufen lassen, weil er dachte, sie würde sich abreagieren und dann zurückkommen. Nachdem er anderthalb Stunden im Park auf sie gewartet hatte, war er zur Wohnung zurückgekehrt, wo er seither wartete.

Der Fahrstuhl hielt, und Zoe trat heraus. Nick stand auf und ging ihr entgegen.

„Hören Sie", begann er, hielt jedoch inne, da sie verändert wirkte.

Sie trug eine ausgewaschene Jeans, die knapp auf ihrer Hüfte saß und aussah, als wäre sie extra für sie angefertigt worden, dazu ein enges pinkfarbenes T-Shirt und eine knappe braune Lederjacke.

Dies war Kleidung, die zu ihr passte und die sie für gewöhnlich zu tragen schien. Kleidung, die ihre sexy Figur betonte.

Nick schluckte seine Beschwerde darüber, dass sie ihn einfach hatte stehen lassen, hinunter. „Hallo", sagte er stattdessen. „Sie sehen toll aus."

Sie trug eine große Segeltuchreisetasche über der Schulter und einen Koffer in einer Hand. Nachdem sie beides auf den Boden gestellt hatte, kratzte sie sich im Nacken. Es sah aus, als fühlte sie sich unwohl.

„Ich hasse es, wenn Leute mich weinen sehen", sagte sie. „Deshalb bin ich wütend geworden."

„Akzeptiert."

„Ich hasse es außerdem, herablassend behandelt zu werden."

„Das war nicht meine Absicht", versicherte er ihr.

„Na schön, ich nehme Ihre Entschuldigung an."

Nick musste lächeln. „Ich glaube nicht, dass ich mich entschuldigt habe."

„Na ja, Sie sahen aus, als täte es Ihnen leid." Sie hielt ihm die Hand hin. „Frieden?"

„Frieden."

Beim ersten Mal war ihm entgangen, wie fest ihr Händedruck war, wie warm und glatt ihre Haut sich anfühlte.

„Sie warten hier draußen also immer noch auf Ihren Dad", neckte sie ihn.

„Eigentlich habe ich auf Sie gewartet, denn meine Sachen, einschließlich meines Geldes, sind noch in der Wohnung."

„Aha. Ich wette, Sie haben Hunger."

„Das auch."

„Dann denken Sie beim nächsten Mal lieber daran, bevor Sie mich wütend machen", sagte sie, zwinkerte ihm dabei jedoch zu. „Ich habe ein paar Lebensmittel eingekauft, damit wir uns etwas zu essen machen können."

„Gut." Er rührte sich nicht. „Sind Sie noch aus einem anderen Grund zurückgekommen als dem, eine Entschuldigung von mir zu hören?"

Sie zuckte mit den Schultern. „Ich habe auf dem Weg zu meiner Wohnung in der Bronx nachgedacht. Ich werde mir eine Weile freinehmen müssen, um Xenias Beerdigung zu organisieren. Da kann ich Ihnen ebenso gut bei der Suche nach Ihrem Vater helfen. Und es wird einfacher sein, Xenias Papiere gründlich durchzuforsten, wenn ich hier wohne." Sie zog die Wohnungsschlüssel aus der Jacke.

„Heute Morgen waren Sie noch der Ansicht, Xenias Papiere seien ihre Privatsache."

„Das war, bevor sie mir alles hinterlassen hat. Jetzt denke ich anders darüber."

„Danke", sagte er und wurde mit einem Lächeln belohnt.

„Keine Ursache. Einer von uns kann ruhig von dieser Erbschaftsgeschichte profitieren."

„Abgesehen von den fünfzig Millionen?"

„Xenia wusste genau, dass ich ihr Geld nicht will", meinte sie leise. „Und ich will es noch immer nicht."

„Vielleicht hat sie es Ihnen gerade deswegen hinterlassen."

„Ich wünschte, sie hätte es nicht getan. Wie dem auch sei, vom Reden werden Sie nicht satt."

„Da haben Sie recht." Er hob ihre Reisetasche auf und gab angesichts des überraschenden Gewichts einen erstaunten Laut von sich. „Was haben Sie da drin? Ziegelsteine?"

„Hanteln. Damit trainiere ich." Sie nahm ihm die Tasche aus der Hand. „Die kann ich selbst tragen." Während sie die Tür aufschloss, sagte sie: „Übrigens bin ich neugierig, wie meine Familie auf die Nachricht, dass ich fünfzig Millionen Dollar geerbt habe, reagiert hat. Erzählen Sie es mir, ich habe nämlich nicht hingesehen."

„Sie waren ziemlich überrascht."

Das war schwer untertrieben. Den Drakes waren beinah die Augen aus dem Kopf getreten.

Zoe lachte und betrat die Wohnung. „Ja, das glaube ich. Wahrscheinlich rechnen sie damit, dass ich alles in Las Vegas durchbringe. Wenn ich es mir recht überlege, könnte ich sie damit ganz schön ärgern."

Nick folgte ihr in die Küche. „Um fünfzig Millionen Dollar in Las Vegas zu verlieren, müsste man sich ziemlich viel Mühe geben."

„Stimmt auch wieder. Vielleicht sollte ich mir etwas weniger Anstrengendes einfallen lassen." Sie fing an, ihre Einkäufe auszupacken. „Haben Sie ihre Gesichter bemerkt, als sie annahmen, dass ich mit Ihnen zusammenwohne?"

„Ja, habe ich. Warum haben Sie ihnen nicht die ganze Wahrheit gesagt?"

„Wenn ich ihre schlimmsten Befürchtungen bestätige, sind sie wenigstens nicht enttäuscht", antwortete Zoe und hielt eine Packung Spaghetti hoch. „Sind Nudeln in Ordnung?"

„Irgendwie hätte ich nicht gedacht, dass mein erstes Essen mit einer Multimillionärin aus Spaghetti bestehen würde."

„Man kann zwar unerwartet reich werden, aber deswegen bleibt man doch derselbe Mensch", konterte sie, nahm einen Salatkopf und eine Tomate aus der Tüte und warf ihm beides zu. „Zur Belohnung für Ihre Entschuldigung dürfen Sie auch den Salat zubereiten. Xenias Schreibtisch sehen wir uns nach dem Abendessen an."

Zoe holte Töpfe und Pfannen aus den Küchenschränken. Während sie sich bückte, konnte Nick nicht anders, als ihren sexy Po anzustarren.

„Was werden Sie tun, wenn Sie Ihren Dad wiedersehen?", fragte sie.

Er setzte sich rasch, damit sie seine beginnende Erektion nicht bemerkte. „Ich will ihn fragen, warum er einfach fortgegangen ist. Und dann will ich ihm sagen, was er uns damit angetan hat. Meine Schwester zum Beispiel war sehr lange überzeugt davon, dass er gegangen ist, weil sie ihm nicht gut genug war." Er erinnerte sich noch genau an seine Wut, als Kitty ihm das tränenreich nach einem Schulball erzählt hatte. „Sie hat sehr lange mit dem Gefühl gelebt, niemals erfolgreich sein zu können. Wohl auch deshalb hat sie schon eine Scheidung hinter sich."

„Will sie ihren Dad auch wiedersehen?"

„Ich habe sie angerufen, um ihr zu sagen, dass ich hierherfahre, und sie hatte keine Einwände. Allerdings sagt sie, sie sei darüber hinweg. Sie hat wieder geheiratet und ist glücklich. Ich glaube, sie ist der Ansicht, dass die Liebe alles überwinden kann."

Mit raschen, geschickten Bewegungen öffnete sie eine Dose Tomaten. „Finden Sie das auch?"

„Ich glaube, diese Liebe müsste dann schon etwas sehr Besonderes sein."

„Da haben Sie vermutlich recht." Sie reichte ihm ein Messer. „Machen Sie sich endlich an die Arbeit, Pfadfinder? Ich dachte, Sie sind hungrig."

5. KAPITEL

Zoe ließ die Wohnungstür absichtlich laut ins Schloss fallen. Sie hoffte inständig, dass Nick vollständig angezogen war. Er machte sie auch so schon nervös genug. Sie hatten am Abend zuvor gemeinsam Xenias Papiere durchgesehen. Doch das hatte sie auch nicht allzu sehr abgelenkt, da sich nichts Aufregendes darunter befand und schon gar kein Hinweis auf Nicks Vater.

„Hallo! Ich bin wieder da!", rief sie und betrat das Wohnzimmer. Nick saß auf der Couch und las Zeitung. Sie stellte ihre Taschen ab, ließ sich in einen Sessel fallen und streckte die Beine aus. Trotz der Turnschuhe taten ihr die Füße weh. Sie war den ganzen Tag unterwegs gewesen, um alles für die Beerdigung zu organisieren. „Haben Sie Ihren Vater gefunden?"

„Nein. Ich habe mich umgehört, aber niemand scheint ihn gesehen oder von ihm gehört zu haben. Wenn er morgen nicht bei der Beerdigung Ihrer Tante auftaucht, weiß ich auch nicht weiter."

Wenn er nicht weiterweiß, wird er gehen, dachte sie. Und das war auch besser so.

Warum war sie dann plötzlich enttäuscht?

„Für die Beerdigung ist alles vorbereitet", erklärte sie. „Nur eines ist ärgerlich: Ich habe die falschen Schuhe herausgesucht." Sie zog eine Fotokopie aus einer Tasche ihrer Jeans. „Anscheinend hätten die Pumps in einem Karton sein müssen."

Nick ließ die Zeitung sinken und sah sie an. Sie hatte am Abend zuvor mehrmals registriert, wie er sie auf diese Weise betrachtete – zuerst ihr Gesicht, dann ließ er den Blick über ihren Körper gleiten. Wenn ich der Typ wäre, der sich unrealistische Hoffnungen macht, dachte sie, würde ich glatt annehmen, er sei interessiert. Aber allein die Tatsache, dass er sich in ihrer Gegenwart an- und auszog, bewies, dass er sie als Frau gar nicht wahrnahm.

Wahrscheinlich sah er sie nur deshalb auf diese Weise an, weil er sich fragte, weshalb sie nicht so war wie ihre Schwestern.

„Xenia hätte eine meiner Schwestern bitten sollen, ihre Sachen herauszusuchen. Die kennen sich mit der Mode aus."

„Ich vermute eher, dass es Ihrer Großtante um etwas anderes ging und sie Sie deshalb ausgewählt hat."

„Ich habe Ihnen schon einmal gesagt, Sie sollen nicht herablassend sein", fuhr sie ihn an. „Sie haben doch überhaupt keine Ahnung, warum meine Großtante mich ausgewählt hat. Wenn familiäre Zusammenhänge Sie dermaßen interessieren, sollten Sie sich lieber mit der Frage beschäftigen, warum Ihr Vater die Familie verlassen hat."

Erst jetzt fiel ihr ein großer Karton auf dem Tisch auf. Ein Rascheln darin ließ sie innehalten.

„Was ist das?", wollte sie wissen.

Nick wirkte plötzlich angespannt. „Ich weiß, weshalb mein Vater uns verlassen hat", sagte er. „Er war ein Feigling, der es vorzog, dass sein zehnjähriger Sohn sich um die Familie kümmert. Sie dagegen sind erwachsen, und ich kann mir vorstellen, dass Ihre Großtante gute Gründe hatte, Ihnen zu vertrauen. Sie können wütend werden, so viel Sie wollen, aber es ist nun einmal nicht meine Schuld, dass sie Ihnen ihr Geld hinterlassen hat und Sie sich deswegen schuldig fühlen."

Einen Moment lang sah sie ihn nur an. Offenbar war er ebenso wenig bereit, sich etwas gefallen zu lassen, wie sie. „Reden Sie einfach nicht von oben herab mit mir."

„Das würde ich bei Ihrem Temperament gar nicht wagen", erwiderte er. „Ich habe nur gesagt, was ich denke. Außerdem haben Sie mit dem Thema angefangen."

Aus dem Karton kam ein Gurren. In Nicks Augen lag ein eigenartiges Funkeln, sodass sie froh war, ihren Blick auf den Karton richten zu können.

„Was haben Sie da angeschleppt?"

„Machen Sie es auf, und schauen Sie nach. Aber vorsichtig."

Behutsam hob sie den Deckel und spähte hinein. Sie sah wachsame Augen, einen Schnabel und einen graugrün gefiederten Hals. „Eine Taube", stellte sie überrascht und zugleich angewidert fest. Bei genauerem Hinsehen erkannte sie, dass die Füße des Tiers bandagiert waren. „Sie haben Tierarzt bei einer Taube gespielt?"

„Sie hat Abszesse, die ich behandelt habe." Nick trat zu ihr. „Es war sehr schwierig, sie einzufangen. Ich habe schon Kormorane leichter bekommen. New York muss die Tiere ängstlich machen."

„Nick, warum retten Sie eine Taube? Sie sind die reinste Plage; es gibt Millionen von ihnen."

„Sie finden, ich sollte einer Taube nicht helfen, weil sie eine Plage ist?"

„Ja! Wir reden hier nicht über irgendeine gefährdete Tierart auf irgendeiner Insel."

„Na schön.“ Er streifte sich ein Paar Handschuhe über, die neben dem Karton lagen. „Dann töte ich sie.“ Er griff in den Karton.

„Nein!“

Er hielt inne. „Sie ist eine Plage. Warum soll ich sie nicht töten?“

„Weil ...“ Zoe fand keinen rechten Grund. „Tun Sie es einfach nicht.“

„Hören Sie“, erklärte er mit ruhiger Stimme, „ich werde ein Tier nicht leiden lassen, ganz egal was für eines. Ich kann es heilen oder töten. Was soll ich Ihrer Ansicht nach tun?“

Zoe musste zugeben, dass er ebenso entschlossen war wie sie. Nur ging es diesmal um ein Leben.

„Warum sind Sie so verdammt verantwortungsbewusst?“, fragte sie unwillig.

„Warum leugnen Sie, dass Sie es auch sein können?“, entgegnete er.

Sie sah ein, dass es einfacher war, nachzugeben, als seine Frage zu beantworten. Wenn seine einzige Option darin bestand, entweder zu heilen oder zu töten, würde er sie ohnehin nicht verstehen.

„Lassen Sie sie bloß nicht auf den Teppich kacken“, sagte sie deshalb und wandte sich ab.

„Danke“, sagte er, als sie schon fast zur Tür hinaus war.

Der Karton war riesig. Kein Wunder, dass Zoe ihn beim ersten Mal nicht beachtet hatte, schließlich hatte sie nach Schuhen gesucht, und dieser war groß genug, um einen Fernseher zu enthalten. „Louis Vuitton” stand in großen schwarzen Buchstaben darauf, es war der einzige Karton mit solcher Aufschrift. Zoe schleppte ihn ins Schlafzimmer.

„Es hört sich an, als würden Sie hier Möbel verrücken“, bemerkte Nick, der im Türrahmen lehnte.

„Anscheinend ist das der Schuhkarton“, sagte sie und versuchte das Klebeband zu lösen.

„Hier.“

Nick kam zu ihr und reichte ihr sein Schweizer Messer. Sie schnitt das Band durch und öffnete den Deckel. Oben lag ein Paar Schuhe, dazu ein cremefarbener Umschlag, auf dem ihr Name in Xenias Schrift stand. Sie legte beides beiseite und warf einen weiteren Blick in den Karton.

Er war voller Bücher. Sie nahm jeweils zwei zugleich heraus und legte sie auf den Teppich. Alle mit ähnlichen Schutzumschlägen mit einem stilisierten Foto auf schwarzem Hintergrund und dem Namen des Autors in blutroten Großbuchstaben. Sie hatte diese Bücher schon in Buchhandlungen gesehen. „Ich werd nicht mehr."

Nick setzte sich neben sie. „Ihre Großtante war Xander Dark", stellte er staunend fest.

Zoe fing an zu lachen und konnte nicht mehr aufhören, bis sie Bauchschmerzen bekam. „Xenia", meinte sie nach Luft schnappend, „war eine der berühmtesten Horror-Schriftstellerinnen Amerikas."

Nick nahm eins der Bücher in die Hand. Der Titel lautete: Wenn du in den Wald gehst …

„Jetzt weiß ich auch, warum sie eine Bärenfalle besaß", sagte er. Auf dem Umschlag prangte das Foto einer Bärenfalle.

„Und eine Kettensäge", ergänzte Zoe und deutete auf das Cover von „Kettenreaktion".

Nick schlug den hinteren Klappentext auf. „‚Xander Dark ist die Bestsellerautorin von über dreißig packenden Horrorromanen'", las er vor. „Kein Foto, keine biografischen Informationen, nichts. Hat sie das wirklich vor allen geheim gehalten?"

„Zumindest vor mir und der Familie." Zoe schüttelte bewundernd den Kopf. „Was für eine Frau!"

„Sie hat sich einige Mühe gegeben, um das Geheimnis zu wahren. Nicht einmal in ihren Bücherregalen steht ein Horrorroman."

„Trotzdem wollte sie, dass ich es herausfinde." Zoe öffnete vorsichtig den Umschlag, zog ein einzelnes Blatt Papier heraus und las.

Meine liebe Zoe,
ich wette, Du wärst nie darauf gekommen, dass Deine alte Großtante die „Meisterin des Mordes und der Monster" ist.
Zwei Dinge musst Du für mich tun, Liebes, danach kannst Du machen, was Du willst, wie Du es immer so bewundernswert tust. Ich möchte, dass Du die Bärenfalle meiner Agentin Gabriella Hernandez zukommen lässt und die Daumenschraubensammlung meinem Verleger Hector Banner. Die beiden werden diese Geschenke passend finden. Gabriella, Hector und Saul Feinberg sind übrigens die einzigen Menschen, die die wahre Identität von Xander Dark kennen.
Mein Geheimnis und meine übrigen Besitztümer gehören Dir – mach damit, was Du willst. Genieße es, mein kostbares Mädchen.
Du und ich, wir sind vom gleichen Schlag.
Mit all meiner Liebe
Xenia

Zum zweiten Mal innerhalb von zwei Tagen stiegen ihr die Tränen in die Augen.

Du und ich, wir sind vom gleichen Schlag.

Das waren sie nicht. Ihre Großtante war glamourös gewesen, erfolgreich, talentiert, schön und intelligent. Trotzdem war es wundervoll, dass Xenia wenigstens für die Zeit, die sie gebraucht hatte, um diesen Satz niederzuschreiben, eine Ähnlichkeit zwischen ihnen gesehen hatte.

Eine Träne tropfte auf den Brief, und sie sprang auf. Sie wollte nicht schon wieder in Nicks Gegenwart weinen. Als sie sich verstohlen umsah, stellte sie fest, dass er das Zimmer verlassen und die Tür hinter sich geschlossen hatte.

„Sieh mal einer an. Ein Mann, der bügeln kann."

Nick sah vom Bügelbrett auf, das er in der Küche aufgestellt hatte. Vorsichtig stellte er das Bügeleisen hin. Das Ding war heiß, und wenn er es festhielt, während er Zoe betrachtete, würde er sich verbrennen.

„Wow", sagte er leicht benommen. „Sie sehen umwerfend aus."

Sie trug einen schwarzen Rock, aber nicht den alten vom Flohmarkt. Dieser war eng anliegend, endete knapp über ihren Knien und zeigte ihre langen Beine, die durch ihre hochhackigen Schuhe besonders gut zur Geltung kamen. Alles andere an ihr war ebenso verlockend, da sie ein enges schwarzes Top trug und eine figurbetonende schwarze Samtjacke.

„Waren Sie einkaufen?", erkundigte er sich.

„Ich dachte, wenn Xenia Gaultier trägt, sollte ich mich auch ein bisschen in Schale werfen."

„Das ist Ihnen gelungen." Er zog sein T-Shirt aus, um sich das Hemd anzuziehen, das er gerade gebügelt hatte.

Zoe bekam einen Hustenanfall. Nick ging zu ihr und klopfte ihr auf den Rücken. „Alles in Ordnung?"

„Bestens", meinte sie keuchend und hielt sich die Hand vor den Mund. „Nur ein Kratzen im Hals." Sie wandte sich ab und stützte sich mit beiden Händen auf den Küchentresen.

„Das ist schon das zweite Hemd, das ich heute bügle."

„Lassen Sie mich raten", meinte sie, nahm eine Schale aus einem Schrank und schüttete Cornflakes hinein. „Das andere war voller Vogelkacke."

„Die Taube ist in dieser Hinsicht tatsächlich großzügig. Aber ich schlage mich lieber mit diesem Vogel herum als mit einem verletzten Stinktier." Er begann sein Hemd zuzuknöpfen. „Es geht ihr übrigens besser."

„Da bin ich aber erleichtert. Mir ist nämlich nicht nach mehr als einer Beerdigung zumute." Sie trug ihr Frühstück zum Tisch und setzte sich. „Ist Ihnen eigentlich aufgefallen, dass der Brief, den Xenia an mich geschrieben hat, dasselbe Datum trägt wie ihr Testament, nämlich das vom dreiundzwanzigsten April?"

„Das ist auch das Datum des Poststempels auf dem Brief meines Vaters." Nick setzte sich ihr gegenüber. „Was könnte es da Ihrer Meinung nach für eine Verbindung geben? Glauben Sie, dass die beiden an dem Tag zusammen waren? Glauben Sie, dass mein Vater etwas mit ihrem Testament zu tun hat? Es ist schließlich erst vor Kurzem aufgesetzt worden."

„Möglicherweise. Andererseits würde ich auch ein Testament aufsetzen, wenn ich mit vierundsiebzig anfinge, Skateboard zu fahren. Nein, ich habe eher daran gedacht, dass es vielleicht ein Hinweis darauf ist, dass Ihr Vater bei der Beerdigung auftaucht. Sind Sie bereit, ihn zu treffen?"

„Ich bin seit sechzehn Jahren bereit." Er merkte selbst, dass er grimmig klang.

Zoe stand auf. „Nun, es sieht so aus, als hätten wir alle einen glücklichen Familientag vor uns. Sind Sie fertig? Ich möchte gern ein paar Minuten früher dort sein, um sicherzugehen, dass alles so läuft, wie Xenia es sich gewünscht hat."

„Ich muss mir nur noch eine Krawatte umbinden."

„Und ich muss noch Zähne putzen. Wir treffen uns in fünf Minuten an der Tür."

Als sie aufbrachen, bemerkte er, dass sie ein wenig Lippenstift aufgetragen hatte, der ihren Mund noch sinnlicher machte.

Er bot ihr seinen Arm an. „Gehen wir, Miss Drake?"

Für einen kurzen Moment glaubte er, sie würde sich bei ihm unterhaken, was ihm ein Vergnügen gewesen wäre, aber dann sah sie ihn spöttisch an. „Ich kann auf hohen Absätzen laufen. Ich bin kein hoffnungsloser Fall als Frau."

„Nein, Sie sind sehr toll als Frau."

Unten in der Lobby trafen sie Ralph, der einen Anzug trug statt seiner Uniform. Als Zoe ihm ein fröhliches „Bis später!" zurief, nickte er mit feierlicher Miene.

„Er trauert um Xenia“, erklärte Zoe leise auf dem Weg nach draußen. „Er mochte sie sehr. Leider hat er keine Vertretung für heute gefunden, aber er kommt in seiner Mittagspause für eine halbe Stunde zur Beerdigung.“ Zoe hob den Arm und winkte ein Taxi heran. Die Fensterscheibe glitt hinunter, und aus dem Innern des Wagens war ein anerkennender Pfiff zu hören.

Nick schaute in den Wagen, dessen Fahrer Zoe lüstern musterte. „He, Kumpel, es ist nicht nötig …“

Zoe schob Nick zur Seite und lehnte sich in das offene Fenster. „Hallo, José, wie läuft es so?“

„Du siehst echt heiß aus!“ Der Fahrer leckte sich den Zeigefinger und drückte ihn auf eine imaginäre Oberfläche, wobei er ein Zischen imitierte.

Sie lachte und stieg hinten ein. Nick folgte ihr und sagte sich, dass es ihn nicht weiter stören sollte, wenn ihr Freund sie angaffte. Es störte ihn trotzdem. Er hatte vergessen, dass sie ihren Lebensunterhalt als Taxifahrerin verdiente.

„Du willst zur Beerdigung deiner Großtante, richtig?“, meinte José und fädelte sich in den Verkehr ein. „Ich muss den Jungs unbedingt über Funk sagen, dass du einen Rock trägst.“

„Das werde ich mir ewig anhören müssen“, wandte sie sich an Nick.

„Werden Sie weiter Taxi fahren?“, fragte er leise, für den Fall, dass sie es ihren Kollegen noch nicht erzählt hatte.

„Selbstverständlich.“

„Obwohl Sie jetzt fünfzig Millionen Dollar schwer sind? Gefällt Ihnen der Job so gut?“

„Ich liebe ihn nicht gerade, aber es ist nun mal mein Job. Ich will nicht für den Rest meines Lebens von meiner Großtante abhängig sein.“

„Aber sie hat Ihnen ihr Vermögen vermacht, weil sie wollte, dass Sie es bekommen. Das bedeutet doch nicht, dass Sie von ihr abhängig sind.“

„Wie würden Sie es denn sonst nennen, wenn ich aufhöre zu arbeiten und anfange, von dem Geld zu leben, das sie verdient hat?“, konterte sie.

„Was werden Sie dann anfangen mit all dem Geld? Es auf einem Bankkonto lagern? Und werden Sie in Xenias Apartment wohnen?“

„Nein“, sagte sie sofort. „Das gehört ihr. Und was ich mit dem Geld mache, weiß ich noch nicht. Darüber habe ich mir noch keine Gedanken gemacht.“

„Wir sind da, Süße“, verkündete José und hielt vor der größten Kirche, die Nick je gesehen hatte. Obwohl ein Baugerüst das Gebäude teilweise verdeckte, konnte er den Eingang mit den gemeißelten Figuren und den filigranen gotischen Bögen sehen.

Nick bedankte sich für die Fahrt und hielt dem Fahrer eine Zehndollarnote hin.

„Oh nein, es sind doch nur ein paar Blocks, dafür berechne ich Zoe nichts“, erklärte José.

Zoe lehnte sich erneut in den Wagen. „Sei nicht blöd. Du brauchst das Geld genauso wie wir alle. Hier, nimm es, sonst trete ich dir in den Hintern.“ Sie hielt ihm ihren eigenen Zehner hin, den er schließlich annahm.

„Ich wollte das Taxi bezahlen“, sagte Nick auf dem Weg zum Eingang der Kirche.

„Wie Sie schon ganz richtig bemerkten, ich bin Multimillionärin“, entgegnete sie fröhlich, während sie die Stufen zum Haupteingang hinaufstieg.

Sie verstand es wirklich, auf hohen Absätzen zu gehen. Ihr Hüftschwung war das Aufregendste, was er je gesehen hatte, besonders da sie es unbewusst tat. Er sehnte sich danach, seine Hände auf diese Hüften legen zu dürfen und die Bewegungen zu fühlen.

Stattdessen schob er die Hände in die Hosentaschen. Sie befanden sich in einer Kirche, und es ging um eine Beerdigung. Nicht der richtige Zeitpunkt für lüsterne Gedanken.

Die Zeremonie und die Beisetzung auf dem Friedhof hatten eine gefühlte Ewigkeit gedauert. Jetzt nippte Nick an seinem Whiskey und sah sich unter den Trauergästen um. Er musste sich eingestehen, dass sein Vater wohl nicht mehr auftauchen würde.

Nicht zum ersten Mal an diesem Nachmittag suchte sein Blick Zoe, die sich mit einigen Leuten unterhielt und über etwas lachte. Wann immer er sie zufällig hörte, sprach sie mit einem strahlenden Gesicht von ihrer Großtante. Für manche Leute mochte diese Beerdigung ein trauriger Anlass sein, aber nicht für Zoe. Sie schien entschlossen, Xenias Leben zu feiern, statt ihr Ableben zu betrauern.

Nick musste lächeln, und das wirkte entspannender als der Whiskey. Er durchquerte den Ballsaal des Luxushotels, in dem die Trauerfeier stattfand, und ging zu dem Tisch, auf dem die leeren Gläser abgestellt wurden. Als er sein noch fast volles Glas hinstellte, hörte er eine leise Frauenstimme.

„Ja, aber warum lacht sie so viel?"

„Würdest du das nicht, wenn du plötzlich fünfzig Millionen Dollar hättest?"

Nick drehte sich um. Zwei Frauen standen hinter einem großen Blumenarrangement, sodass er ihre Gesichter nicht sehen konnte. Er nahm an, dass sie ihn ebenfalls nicht sahen. An ihren Kleidern erkannte er jedoch, dass es sich um Zoes Schwestern handelte.

„Sei nicht so schrecklich, Cindy."

„Bin ich nicht; es ist die Wahrheit. Sieh sie dir doch an, Di. Sie benimmt sich, als wäre sie auf einer Party und nicht auf einer Beerdigung. So fröhlich war sie nicht einmal bei deiner Hochzeit."

„Da hast du recht."

„Ich will damit doch bloß sagen, dass sie schon vorher von ihrer Erbschaft wusste. Warum sonst hing sie ständig bei Xenia herum? Warum sonst hat sie die Beerdigung organisiert? Ich wünschte nur, sie hätte uns die Wahrheit gesagt, statt so überrascht zu tun. Das ist typisch Zoe."

Nick konnte sich nicht mehr beherrschen und ging um das Blumenarrangement herum, um die beiden überraschten Frauen zur Rede zu stellen. „Sie sind unfair Ihrer Schwester gegenüber", erklärte er. „Ihre Großtante hat Zoe gebeten, sich um die Beerdigung zu kümmern. Und das Geld ist ihr egal. Sie wird nicht einmal das Taxifahren aufgeben. Ich bin ein Außenstehender, und selbst ich konnte nach zehn Minuten sehen, wie sehr Zoe ihre Großtante geliebt hat. Sie sind ihre Schwestern. Geben Sie ihr eine Chance."

Di wirkte perplex und schien etwas erwidern zu wollen, doch bevor sie etwas sagen konnte, schloss sich eine Hand fest um Nicks Handgelenk, und er wurde von den beiden Frauen weggezerrt.

Es war Zoe, deren Lächeln definitiv verschwunden war. „Entschuldigt uns", sagte sie grimmig zu ihren Schwestern und zog Nick hinter sich her.

Er ließ sich aus dem Saal hinaus auf einen Flur führen, wo sie ihn losließ und ihn wütend ansah.

„Was sollte das?"

„Ich habe dich nur verteidigt", erklärte er ihr.

„Ich brauche dich nicht zu meiner Verteidigung."

In ihrer Rage merkten sie beide nicht, dass sie sich plötzlich duzten.

„Du hast nicht gehört, was deine Schwestern über dich gesagt haben."

„Es spielt überhaupt keine Rolle, was sie gesagt haben!" Sie schrie ihn beinah an. „Ich brauche deine Hilfe nicht, und ich will sie nicht! Ich bin kein bemitleidenswertes Tier, das du retten musst! Ich komme sehr gut allein zurecht."

„Das weiß ich", versuchte er, sie zu beschwichtigen, „aber ich konnte nicht einfach schweigen. Die beiden gehören zu deiner Familie und sollten dich unterstützen …"

„Wie oft muss ich dir noch erklären, dass es mir egal ist?" Ihre Wut und der Schmerz, der sich in ihren Augen widerspiegelte, erzählten eine andere Geschichte.

Nick sah nur eine Möglichkeit, um sie wieder zu beruhigen, daher legte er eine Hand an ihr Gesicht und eine auf ihre Hüfte. Dann küsste er Zoe.

Ihre Lippen waren warm und weich. Sie gab einen erstickten Laut von sich und öffnete den Mund ein wenig. Nick war nicht sicher, ob das eine Einladung war, er fasste es einfach als solche auf und lockte sie in ein erotisches Spiel mit seiner Zunge. Er spürte ihre vollen Brüste und ihre Hüfte. Zoes Duft war wundervoll und betörend.

Sein Verlangen nahm zu, und als sie ihm eine Hand auf die Brust legte, hätte er beinah laut aufgestöhnt. Gleich würde sie sein Hemd aufknöpfen …

Stattdessen schob sie ihn jedoch von sich. „Lass mich los", sagte sie mit rauer, erstickter Stimme.

Er gehorchte, und sie wich stolpernd zurück. „Zoe …"

Sie wischte sich mit dem Handrücken über den Mund, als wollte sie den Kuss ungeschehen machen. „Ich brauche dein Mitleid nicht", sagte sie und lief an ihm vorbei zur Tür.

6. KAPITEL

Zoe gab es nur ungern zu, aber was Nick über New York gesagt hatte, traf zu. Es war laut.

Sie saß auf der Bettkante und band ihre Turnschuhe zu. Ihre Augen brannten, ihr tat alles weh, und ihr Hals fühlte sich kratzig an. Außerdem wusste sie, dass sie sich etwas vormachte.

Sie hatte nicht deshalb schlecht geschlafen, weil es in ihrer Wohnung in der Bronx lauter war als in Xenias Apartment in Manhattan. Sie lebte seit Jahren mit dem Lärm. Nein, nicht der hatte sie wach gehalten, sondern die Gedanken an Nick.

Für einen kurzen Moment schloss sie die Augen und genoss die Erinnerung. Er hatte die Arme um sie gelegt, sehnsüchtig hatte sie sich an ihn geschmiegt, während er sie auf atemberaubende Weise geküsst und ein glühendes Verlangen in ihr geweckt hatte.

Unwillkürlich fuhr sie sich mit der Zungenspitze über die Lippen, als könnte sie seinen Kuss immer noch schmecken. Das war natürlich nicht der Fall, dafür war die Erinnerung umso intensiver.

Es war besser gewesen, als sie es sich vorgestellt hatte.

Angewidert von sich selbst, machte sie die Augen wieder auf.

Nein, es war nicht besser gewesen, als sie es sich vorgestellt hatte. Denn in ihrer Vorstellung küsste er sie, weil er sie begehrte und ihr nicht widerstehen konnte, nicht weil er sich für einen Ritter in schimmernder Rüstung hielt, der zu ihrer Rettung herbeieilte.

Trotzdem erwachte die Sehnsucht von Neuem, als sie an ihn dachte. Er hatte einsam gewirkt unter den vielen Menschen auf der Beerdigung.

Es war gut, dass sie an diesem Morgen zwei Aerobic-Kurse hintereinander gab, denn dabei konnte sie sich gut abreagieren. Vielleicht würde sie hinterher ein paar Stunden schlafen können, ohne von Erinnerungen an den besten Kuss, den sie je bekommen hatte, gequält zu werden.

Auf dem Weg vom Schlafzimmer ins Wohnzimmer stellte sie fest, dass sich ihre Brustspitzen unter ihrem Top abzeichneten. Auch dafür gab sie Nick die Schuld. Ärgerlich zog sie ein Sweatshirt an.

Noch während sie sich anzog, klopfte es an der Wohnungstür. Auf dem Weg dorthin trat Zoe auf etwas, das seitlich wegrutschte, wodurch sie sich den Knöchel verdrehte. Sie schrie vor Schmerz auf. Es kam jedoch nur ein heiseres Krächzen heraus.

Zoe setzte sich auf den Fußboden und zog ihr Sweatshirt herunter. Sie stellte fest, dass sie aus Versehen auf einen ihrer hochhackigen Schuhe getreten war. Ihrem Knöchel war nichts passiert, der Schmerz ließ schon wieder nach.

Es klopfte erneut.

„Einen Moment", wollte sie rufen, nur kam nichts heraus.

Verdammt. Sie hatte ihre Stimme verloren. Und das an einem Tag, an dem sie zwei Kurse abhalten musste.

Sie rappelte sich auf und überlegte, dass sie den Unterricht absagen musste, was sie wurmte, weil sie sich darauf gefreut hatte. Außerdem würde die Leitung des Gemeindezentrums so schnell keine Vertretung finden. Sie versuchte zu husten, aber das half nicht. Sie hatte schon während der Beerdigung ein Kratzen im Hals gespürt. Trotzdem hatte sie mit allen möglichen Leuten gesprochen. Es passierte ihr öfter, dass die Stimme wegblieb, wenn sie sich erkältete. Es war, als würde ihr Körper sie ihrer besten Verteidigung berauben.

Sie hoffte, dass Nick sich angesteckt hatte.

Jemand klopfte beharrlich weiter an ihre Tür. Verärgert machte sie auf.

Vor ihr stand Nick.

Wie war es möglich, dass er mit jedem Tag besser aussah? Sein Haar war nass und ringelte sich, an seinem Kinn sprossen frische Bartstoppeln, und er duftete nach Regen. Zoe nahm sich zusammen und versuchte die Tür wieder zu schließen.

Er schob einen Fuß hinein und drängte sich mit der Schulter zwischen Türrahmen und Tür. „Zoe, bitte lass mich rein."

„Wie hast du mich gefunden?", flüsterte sie mit zusammengebissenen Zähnen. Sie war nach der Beerdigung zu ihrem Apartment gefahren, da sie wusste, Ralph würde Nick in Xenias Wohnung lassen. Sie hatte gedacht, dass er mit etwas Glück vielleicht seinen Vater gefunden und inzwischen seine Sachen gepackt hatte, um wieder aus ihrem Leben zu verschwinden.

„Wenn ich ein Tier im Wald aufspüren kann, kann ich dich auch in der Bronx finden", sagte er. „Darf ich reinkommen?"

Sie stemmte sich gegen die Tür, doch er war zu stark. Schließlich verdrehte sie die Augen und ließ ihn ein. Xenias Wohnung war groß; Zoes klein. Nick schien sie mit seinen breiten Schultern auszufüllen.

„Hör zu", begann er, „ich bemitleide dich nicht. Das würde mir nicht im Traum einfallen. Ich wollte dich nicht wütend machen, aber es tut mir weder leid, dass ich dich geküsst habe, noch, dass ich dich vor deinen Schwestern verteidigt habe."

Wo ist dein weißes Ross, edler Ritter, wollte sie spöttisch erwidern, aber es kam wieder nur ein Krächzen heraus.

„Ich wollte dir gleich folgen, aber dann dachte ich, du brauchst vielleicht ein bisschen Zeit für dich, um dich zu beruhigen. Deshalb wartete ich in Xenias Wohnung auf dich. Ich habe die ganze Nacht auf der Couch gesessen und gehofft, dass du kommst. Ich weiß, dass du erwachsen bist und in New York lebst, aber ich habe mir trotzdem Sorgen gemacht. Du kannst froh sein, dass ich nicht um drei Uhr morgens hier aufgetaucht bin, um zu sehen, ob es dir gut geht." Er hielt inne. „Warum unterbrichst du mich nicht?"

Sie machte den Mund auf, und heraus kam ein Krächzen.

Er wirkte ein wenig belustigt. „Hast du deine Stimme verloren?"

Zoe nickte zerknirscht.

„Ha!" Er lachte. „Zoe Drake hat ihre Stimme verloren und kann mir nicht sagen, dass ich den Mund halten soll!" Er ließ sich auf die Couch fallen. „Ich glaube, heute ist mein Glückstag."

Zoe starrte ihn wütend an, die Hände in die Hüften gestemmt. Sie marschierte in die Küche und holte einen Stift und eine Weißwandtafel, die sie für ihre Notizen benutzte. Sie wischte ihre letzte Einkaufsliste mit dem Ärmel weg, schrieb etwas auf die Tafel und hielt sie hoch.

„Du gehst mir unglaublich auf die Nerven", las Nick vor und lachte erneut. „Heißt das, du hast dich seit gestern noch nicht beruhigt?"

Sie wischte die Worte weg und schrieb ihre Antwort hin. „Nein."

„Na fein. Du sollst jedenfalls wissen, dass ich dich geküsst habe, weil ich mich zu dir hingezogen fühle. Das ist die Wahrheit."

Er begehrte sie ebenso wie sie ihn. Zoe sah sich bereits bei ihm auf der Couch, wie sie ihm mit den Fingern durch das feuchte Haar strich und ihn stürmisch küsste. Sie sah, wie sie ihm das T-Shirt auszog und seine nackte Brust aus der Nähe betrachtete.

„Außerdem sahst du aus, als könntest du dringend einen Kuss gebrauchen", fügte er hinzu.

Ihr Tagtraum erlosch schlagartig, denn seine Worte erinnerten sie daran, wie leicht es ihm in ihrer Gegenwart gefallen war, sich auszuziehen, ohne sie als Frau wahrzunehmen. Und dann war da noch die Taube. Nein, er spielte nur einfach gern den Retter.

„Um ehrlich zu sein, ich würde es gern wieder tun", gestand er. „Aber nur, falls du interessiert bist."

Sie schrieb ihre Antwort auf die Tafel.

„Na schön, Loverboy, wenn du so scharf darauf bist, mir zu helfen, kannst du etwas für mich tun“, las Nick und runzelte die Stirn.

„Gern“, sagte er.

Sein Ton war sinnlich und ließ sie an Schlafzimmer, Schweiß und Liebkosungen denken.

„Gut“, schrieb sie. „Gehen wir. Uns bleibt nicht viel Zeit, und du brauchst ein Paar Turnschuhe.“

Nick schaute zu, wie Zoe eine bunte Plastikbox vor ihn auf den Boden des Fitnessstudios stellte.

„Was ist das?“, fragte er.

„Ein Tritt“, erklärte sie, indem sie die Worte lautlos mit den Lippen formte. Sie demonstrierte ihm, wie man rauf- und wieder runterstieg.

„Was soll ich damit machen?“

Sie deutete auf das Blatt mit den Anweisungen, die sie ihm in der U-Bahn auf dem Weg nach Manhattan und während er sich für den Kurs umzog aufgeschrieben hatte.

Der erste Kurs ist Steppaerobic, der zweite ein Fitnesskurs. Du musst einfach nur die Übungen machen, die ich mache, und wenn ich dir zunicke, rufst du das, was ich dir aufgeschrieben habe, damit alle wissen, was als Nächstes kommt.

„Das nennst du Sport? Auf eine kleine Kiste springen und wieder hinunterhüpfen?“

Sie sah ihn an. In ihren Augen lag ein Funkeln, das nichts Gutes ahnen ließ. Es war erstaunlich, wie sie ohne Worte kommunizieren konnte.

Außerdem konnte sie, wann immer sie es wollte, ihren Körper sprechen lassen. Ihre Sporthose betonte ihre perfekten Hüften. Ihre Beine waren nackt, und sie trug ein enges ärmelloses Top. Dieses Outfit überließ nicht viel der Fantasie.

Er trug ein T-Shirt und Shorts, und wenn er Zoe noch länger beobachtete, würde seine Erregung für sämtliche Teilnehmer des Kurses, die nach und nach den Raum betraten, sichtbar werden. Daher richtete er den Blick lieber auf die Plastikbox, die er mit dem Fuß herumschob.

„Ich nehme an, man braucht diese Plastikboxen, weil es in New York keine Berge gibt, auf die man klettern, oder Bäume, die man fällen kann“, bemerkte er, um sich abzulenken.

Zoe gab einen verächtlichen Laut von sich und kramte in einer Kiste mit CDs. Die Kursteilnehmerinnen sahen alle ziemlich fit aus, auch wenn keine mit Zoe mithalten konnte. Alle begrüßten sie und musterten ihn.

Es störte ihn nicht, in einem Raum voller Frauen zu sein. Er mochte Frauen. Trotzdem war er froh, auch ein paar Männer zu sehen. Er selbst war nie ein großer Turner gewesen; sogar im Winter war er lieber draußen, wo er Ski fuhr oder in Schneeschuhen wanderte. In einem Raum wie diesem, einer Art Tanzstudio mit Spiegelwänden und einer Fensterfront mit Blick auf Manhattan, war er noch nie gewesen.

Zoe signalisierte den Beginn der Trainingseinheit, indem sie die Musik einschaltete – ein schnelles Tanzstück – und ihren Platz vor den Kursteilnehmern einnahm. Alle fingen an, auf der Stelle zu laufen.

Nicks Platz war ebenfalls vorn, allerdings diagonal vor Zoe, damit er einerseits sie sehen und andererseits den Kursteilnehmern Anweisungen geben konnte. Auch er begann, auf der Stelle zu joggen. Er bezweifelte, dass es einen großen Trainingseffekt haben würde, aber da er schon einmal da war, konnte er auch das Beste daraus machen. Er war schon eine Weile in der Stadt, und seine Muskeln konnten Bewegung gebrauchen.

Wenn er Glück hatte, würden ihm die Übungen helfen, weniger unter der quälenden Sehnsucht zu leiden. In jedem neuen Outfit gefiel Zoe ihm besser, mal abgesehen davon, dass er sie sich sehr oft völlig unbekleidet vorstellte.

Sie nickte ihm zu, und er las von dem Blatt ab, das er in der Hand hielt. „Zwanzig Grundübungen, rechter Fuß“, verkündete er, worauf die Teilnehmer anfingen, auf die Kiste und wieder hinunterzusteigen.

Was für eine komische Art zu trainieren. In der Stadt gab es unzählige Wolkenkratzer, deren Treppen man auf und ablaufen konnte.

Die Übungen wechselten, und Nick kam es wie eine Ewigkeit vor, bis das Tempo allmählich nachließ und er zu den Dehnübungen überleiten konnte. Zu dem Zeitpunkt brannten seine Muskeln bereits.

Zoe streckte eines ihrer langen Beine aus und beide Arme nach hinten, sodass sie ihm praktisch ihre Brüste darbot. Ihre Brustspitzen zeichneten sich unter dem Top und dem Sport-BH deutlich ab. Sie schien viel weniger zu schwitzen als er, doch ihr Gesicht und ihr Hals glänzten. Nick malte sich aus, wie es wäre, den salzigen Geschmack ihrer Haut zu kosten.

Das Ende der CD und der Applaus der Kursteilnehmer signalisierten ihm, dass die Stunde um war. Er wischte sich mit dem Saum seines T-Shirts den Schweiß von der Stirn und war insgeheim erleichtert.

„Wie hat Ihnen das gefallen?", fragte eine männliche Stimme mit ausgeprägtem New Yorker Akzent.

Nick ließ den Saum seines T-Shirts sinken. „Es war die Hölle", antwortete er dem Fragesteller, einem der Männer, denen er zu Beginn des Kurses solidarisch zugenickt hatte.

Der Mann lachte. „Ja, Zoe ist toll, nicht wahr? Sind Sie an diese Art Training nicht gewöhnt?"

„Ich bin an überhaupt nichts in New York gewöhnt."

„Was für Sport treiben Sie denn sonst?"

„Jagen und Felsbrocken stemmen, solche Sachen." Er füllte einen Becher mit Wasser aus dem Spender und leerte ihn in einem Zug.

„Haben Sie Lust, mit mir Kaffee trinken zu gehen?", fragte der Mann.

Nick, der gerade seinen zweiten Pappbecher leerte, merkte erst jetzt, dass sein Gegenüber ihn nicht nur kumpelhaft musterte.

„Danke, aber ich bin nicht lange in der Stadt", sagte er.

„Fragen kann man ja mal. Bis dann."

Nick sah ihm hinterher, gleichzeitig kam eine der Frauen, eine Brünette, auf ihn zu. „Da Sie Carl einen Korb gegeben haben", meinte sie lächelnd, „wollen Sie vielleicht mit mir Kaffee trinken gehen."

„Ah, danke, aber wie ich Carl bereits sagte …"

„… sind Sie nicht lange in der Stadt." Die Brünette warf Zoe einen wissenden Blick zu. „Verstehe. Viel Spaß noch."

Nick atmete auf, und Zoe kam zu ihm geschlendert, ein übermütiges Grinsen im Gesicht. Die Übungen hatten sie kein bisschen geschafft.

„New York ist verrückt", meinte er. „Ich habe noch nie zwei Dates innerhalb von zwei Minuten abgelehnt."

Sie reichte ihm amüsiert ein weiteres Blatt Papier. Dann nahm sie ein Hantelpaar aus einem Karton am Boden und gab es ihm. „Drei Minuten bis zum nächsten Kurs", flüsterte sie und ging zu ihren CDs.

Nick setzte sich auf die Plastikbox, wischte sich erneut das Gesicht ab und wünschte, er wäre im Wald.

„Das war's, Leute."

Zoe hörte die Erleichterung in Nicks Stimme und beobachtete verstohlen, wie er seine Gymnastikmatte zusammenrollte und die Hanteln wegbrachte.

Er war sehr gut in Form. Seine Sporthose gewährte einen Blick auf seine muskulösen Oberschenkel, sein T-Shirt mit dem tiefen

V-Ausschnitt war durchgeschwitzt. Sie verstaute ihre CDs und musste lächeln. Das Training hatte ihm sichtlich keinen Spaß gemacht, aber er hatte durchgehalten und sich nicht beklagt.

Nachdem sich der letzte Kursteilnehmer verabschiedet hatte, waren sie und Nick allein. Plötzlich kam ihr der Raum wärmer und kleiner vor.

„Tja, das war toll." Nick kam näher. Zoe kniete am Boden und zog den Reißverschluss ihrer Sporttasche zu. Nach dem Sport fühlte sie sich immer gut und sexy. In Nicks Gegenwart war das nicht ungefährlich.

„Du hast es gehasst", flüsterte sie heiser.

Er lachte. „Na ja, es ist etwas völlig anderes als das, was ich normalerweise mache. Aber alles ist anders in New York." Er stand jetzt vor ihr, sodass sich seine muskulösen, leicht behaarten Waden in ihrem Blickfeld befanden. Unwillkürlich dachte sie daran, wie knapp seine Hose war, und fing an, unnötigerweise am CD-Player herumzuspielen, um nicht hinsehen zu müssen.

„Wir müssen miteinander reden", sagte er.

Sie sah auf und deutete auf ihren Hals.

„Na schön, ich muss reden, und du musst zuhören. Ich bin nämlich verzweifelt. Wir haben unser Gespräch von heute Morgen nicht beendet. Darüber, warum ich dich geküsst habe und wie sehr ich mich zu dir hingezogen fühle."

Ihr Herzschlag hatte sich nach dem Sport beruhigt, jetzt beschleunigte er sich wieder.

Sie richtete sich auf und winkte ab. Da sie nun stand, war sie ihm noch näher. Nah genug, um ihn zu berühren.

„Bedeutet das, du fühlst dich nicht zu mir hingezogen? Oder glaubst du mir nicht, dass ich mich zu dir hingezogen fühle?"

Wie sollte sie denn darauf ohne Stimme antworten? Sie schluckte.

„Lass es mich einfacher ausdrücken: Fühlst du dich zu mir hingezogen?"

Gütiger Himmel, er war so nah, dass sie keinen klaren Gedanken mehr fassen konnte. Sie wich einen Schritt zurück und merkte, wie sie mit dem Rücken gegen die Spiegelwand stieß. Nick machte einen Schritt auf sie zu. Seine Miene war ernst, seine Augen waren dunkel, sein Blick war tief.

Sie sollte eine kluge Antwort haben. Sie sollte sich selbst schützen.

Aber das konnte sie nicht.

Zoe befeuchtete sich die Lippen und stellte sich vor, wie seine Haut schmecken würde.

„Das ist die Antwort, die ich mir erhofft habe“, sagte Nick mit sanfter Stimme, stützte sich mit beiden Händen links und rechts von ihr an der Spiegelwand ab und küsste Zoe.

Der Mund dieses Mannes war so vollkommen, so perfekt wie alles an ihm.

Sie erwiderte den Kuss voller Leidenschaft. Nick gab einen überraschten, lustvollen Laut von sich, der sie noch stärker beflügelte. Ihre Zunge umspielte seine, selbstvergessen ließ sie sich in den Augenblick fallen und glitt über seine Zähne.

Halt suchend presste sie die Hände auf den Spiegel hinter ihr. Sie sehnte sich danach, Nick zu berühren, nicht nur mit den Lippen. Sie wollte ihn streicheln und sich an ihn schmiegen. Doch der Kuss allein war schon so überwältigend und wundervoll, sanft und stürmisch zugleich.

Als Nick sich schließlich von ihr löste, waren sie beide ein wenig außer Atem.

„Glaubst du mir jetzt, dass ich mich zu dir hingezogen fühle?“, fragte er.

Sie zögerte mit der Antwort.

„Und bevor du einen Scherz darüber machst, dass ich eben erst aus der Wildnis komme und dringend eine Frau brauche, lass mich dich daran erinnern, dass ich mich in der größten Stadt Amerikas befinde und gerade einem Mann und einer Frau einen Korb gegeben habe. Du bist es, die ich will.“

Sie hatte davon geträumt, dass er diese Worte zu ihr sagte. Sie sah in seine dunklen Augen und versuchte herauszufinden, ob er die Wahrheit sagte. Er hatte sie nicht von Anfang an begehrt, so viel stand für sie fest. Sie hatte sich sofort zu ihm hingezogen gefühlt. Vielleicht waren diese Gefühle bei ihm erst allmählich gewachsen. Waren sie dadurch weniger echt?

„Während deines Aerobic-Kurses bin ich ständig vom Tritt abgerutscht, weil ich mich so sehr darauf konzentriert habe, dich nicht anzusehen. Es hätte mich zu heftig erregt, und diese Hose verbirgt nicht viel.“

Sie schaute nach unten und sah, wie erregt er war. Es war nicht zu übersehen. Unwillkürlich malte sie sich aus, wie hart und warm er sich in ihrer Hand anfühlen würde.

Sie verdrängte ihre Zweifel. Er wollte sie und damit basta. Und sie wollte ihn, wie sie nie zuvor jemanden begehrt hatte.

Schwer atmend legte sie die Hände auf seine Brust, befühlte das feuchte T-Shirt über den harten Muskeln und nahm das Pochen seines Herzens wahr. Sie wollte seine warme nackte Haut spüren, die Hand an seinem Bauch hinuntergleiten lassen, durch die feinen seidigen Härchen um seinen Bauchnabel streichen und von dort tiefer … Doch Nick schloss sie in die Arme und drückte sie an sich, um sie erneut hungrig zu küssen. Diesmal ließ er seine Hände in fieberhafter Eile über ihren Körper gleiten – über ihre Hüften, die Taille, ihren Rücken, durch ihr Haar und schließlich zu ihren Brüsten. Zoe presste die Finger an seine Schultern und drängte sich ihm entgegen. Sie spürte seine Erektion. Nick stöhnte.

„Zoe, du bist so sexy", murmelte er heiser, während er eine ihrer Brüste aufreizend berührte und die feste Spitze mit dem Daumen rieb. Verlangend küsste er sie auf die Wangen und den Hals. Sie lehnte seufzend den Kopf zurück. Als sie seine Zunge auf ihrer Haut spürte, erschauerte Zoe.

„Du bist wunderschön", flüsterte er, und während er sie leidenschaftlich verwöhnte, hatte sie nicht den geringsten Zweifel daran, wie ernst er es meinte. Ja, sie fühlte sich schön. Es war ein Glühen, ein Verlangen, stärker und unmittelbarer als alles, was sie jemals empfunden hatte.

Plötzlich begriff sie, wie gefährlich das alles war, und hielt unvermittelt inne. Wie lange hatte sie sich danach gesehnt, diese Dinge zu empfinden? Wenn sie sich dazu hinreißen ließe, mit Nick zu schlafen, würde sie ihm gehören, ganz und gar.

Sie zog ihre Hände unter seinem T-Shirt hervor und legte sie ihm auf die Schultern, um ihn sanft von sich zu schieben.

„Stopp", meinte sie keuchend und war keineswegs überrascht, dass ihre Stimme in diesem Moment wieder zurückkehrte.

Der Moment, in dem sie beschloss, alles zunichtezumachen.

Nick wich nicht zurück. Sie war stark, aber ihm hatte sie nichts entgegenzusetzen. Er drängte sie nach wie vor gegen die Spiegelwand, sodass Zoe jeden seiner tiefen Atemzüge spürte. Immerhin hob er den Kopf und sah sie an.

„Wie bitte?"

Seine Pupillen waren geweitet, seine Miene besorgt, seine Lippen feucht und wundervoll. Sie wollte sein Gesicht mit beiden Händen umfassen, seine Bartstoppeln spüren und ihn küssen.

Stattdessen stemmte sie sich erneut gegen ihn. „Hör auf, Nick“, befahl sie mit rauer Stimme.

„Was ist denn los?“

„Ich …“ Ich will mich nicht in dich verlieben, dachte sie. Aber das konnte sie nicht laut aussprechen. „Hast du diesen beiden nicht vorhin gesagt, du würdest bald wieder abreisen?“

„Ja, aber doch nur, weil ich nicht an ihnen interessiert war. An dir bin ich interessiert.“

„Trotzdem wirst du fortgehen.“

Seine Miene verhärtete sich. Das war ihre Chance, sich vor unnötigem Schmerz zu schützen. „Na ja, du hasst New York. Du wirst nicht länger hierbleiben als nötig, oder?“

Er schien etwas sagen zu wollen, überlegte es sich jedoch anders.

„Ist es nicht das, was dir an deinem Vater zuwider ist?“, setzte sie nach. „Dass er fortgegangen ist?“

Nick wich zurück. Er kniff die Augen zusammen und ballte die Hände zu Fäusten. „Wenn du so denkst, lass uns zu Xenias Wohnung fahren, damit ich meine Sachen packen kann.“

Auf dem Weg zur Tür schnappte er sich den Pappbecher, aus dem er getrunken hatte, und schleuderte ihn in den Papierkorb.

Zoe warf einen Blick in den Spiegel. Sie hatte sich gegen die vom Kondenswasser feuchte Fläche gedrückt, der Abdruck ihres Körpers verschwand langsam.

„Wirst du die Taube mitnehmen?“, fragte Zoe. Sie lehnte am Türrahmen und tat so, als wäre es ihr gleichgültig, dass Nick fortging und dass sie ihn verletzt hatte.

„Keine Sorge“, erwiderte er hart. „Ich werde sie dir schon abnehmen. Du wirst nicht gezwungen sein, für irgendjemanden die Verantwortung zu übernehmen.“

Damit durchschaute er sie so gut, dass sie verblüfft war. „Verrate mir, was es mit deinem Verantwortungsbewusstsein auf sich hat“, bat sie. „Es interessiert mich wirklich. Du bist nach New York gekommen, um deinem Vater die Vernachlässigung seiner Pflichten vorzuhalten. Und du dachtest dir, wenn du schon mal hier bist, könntest du ruhig ein bisschen Sex mit mir haben, was? Nur um zu zeigen, was für ein aufrichtiger, fürsorglicher Kerl du bist.“

Er hielt mit dem Packen inne. „Anfangs hatte ich mir vorgenommen, dich nicht anzurühren“, erklärte er mit leiser Stimme. „Ich habe keine Affären oder One-Night-Stands. Ich habe mich sehr lange von Frauen ferngehalten, weil ich beruflich oft wochenlang unterwegs bin. Ich werde mich nicht binden und dann einfach gehen."

Der leidenschaftliche Unterton berührte sie tief.

„Aber ich wollte dich", fuhr er fort. „Hätte ich nur mit dir schlafen wollen, hätte ich widerstehen können. Doch das allein ist es nicht. Du kannst es bestreiten, aber tief in dir sehnst du dich nach menschlichem Kontakt mehr als nach allem anderen. Und das zieht mich unwiderstehlich an."

Zoe wäre beinah zurückgetaumelt.

Gütiger Himmel, sie hatte recht gehabt. Er wusste genau, wie es in ihr aussah.

Sie zwang sich zu einem Lächeln. „Bringt man euch das zusammen mit Erster Hilfe bei den Pfadfindern bei?"

Er verstaute seinen Kulturbeutel im Rucksack und zog mit knappen, entschlossenen Bewegungen die Reißverschlüsse zu.

„Ich hätte dich nicht anrühren sollen. Ich habe dir nichts anzubieten und werde fortgehen. Trotzdem bin ich nicht wie mein Vater."

„Nein, das bist du nicht", räumte sie ein. „Dazu bist du viel zu verantwortungsbewusst. Aber warum musst du mit allem, was du tust, beweisen, dass du nicht so bist wie er? Es sei denn, tief in deinem Innern glaubst du doch an eine Ähnlichkeit zwischen dir und ihm."

Ein Funkeln trat in seine Augen. „Reden wir doch mal über deine Familie, Zoe. Denn du hast meinen Vater noch nicht getroffen, ich aber deinen. Und deine Mutter. Deine Eltern lieben dich. Sie können es vielleicht nicht richtig zeigen, aber so ist es. Doch du verhältst dich ihnen gegenüber ständig abweisend." Er zog schwungvoll den Rucksack auf seinen Rücken. „Du hast es also gerade nötig, über die Familie zu reden."

Wir streiten über alles, nur nicht über unsere Gefühle füreinander, dachte sie. Aber das machte nichts, denn sie hatte nicht vor, ihn jemals wissen zu lassen, was sie für ihn empfand.

„Komisch", erwiderte sie, „warst du nicht wütend auf meine Familie, weil sie sich mir gegenüber nicht fair verhält? Aber vielleicht war das ja auch nur ein willkommener Vorwand, weil du mal wieder den edlen Ritter spielen und mich verteidigen wolltest. Damit du mit einem Kuss aus Dankbarkeit belohnt wirst."

„Zoe, ich habe dich geküsst, weil ich es wollte. Ich will es noch immer, auch wenn du mit aller Macht versuchst, mich wütend zu machen." Er ging zur Tür, wo sie nach wie vor am Türrahmen lehnte und den Weg blockierte. „Wirst du mich vorbeilassen, oder muss ich dich wieder küssen?"

Während sie so dicht vor ihm stand, erinnerte Zoe sich unwillkürlich daran, wie er sich im Fitnessraum an sie gepresst hatte. Wenn sie ihn erneut berührte, in der Nähe eines Bettes, würde sie nicht mehr aufhören können, bis sie beide nackt, befriedigt und erschöpft wären.

Sie trat zur Seite, und er ging an ihr vorbei.

Zoe folgte ihm, sie konnte nicht anders. Sie gingen ins Wohnzimmer, wo er behutsam den Karton mit der Taube hochhob und sich unter den Arm klemmte. Er hatte Luftlöcher hineingebohrt und mit Draht eine Trinkflasche an der Seite befestigt.

„Tja", sagte er, als sie vor der Wohnungstür standen. „Danke für alles. Danke für deine Hilfe bei der Suche nach meinem Vater. Pass auf dich auf."

Sie nickte, unfähig, ihm ins Gesicht zu sehen. Er hob die Hand, als wollte er Zoe berühren, ließ die Hand jedoch wieder sinken. Dann öffnete er die Tür und war draußen.

Ja, auf sich aufpassen konnte sie gut. Genau das tat sie jetzt.

Kaum war die Tür hinter ihm zugefallen, fühlte Zoe sich elend und traurig.

Sie lief zum Wohnzimmerfenster, das zur Straße hin lag, sodass sie ihn sehen würde, wenn er das Gebäude verließ. Zoe hatte keine Ahnung, was sie damit bezweckte, sie wusste nur, dass sie ihn noch ein letztes Mal sehen wollte.

Ihr Handy in der Sporttasche, die noch an ihrer Schulter hing, klingelte. Sie griff hinein, ohne den Blick von der Straße abzuwenden. Einen verrückten Moment lang glaubte sie, es sei Nick, bis ihr einfiel, dass sie ihm nie ihre Nummer gegeben hatte.

Sie warf nur einen kurzen Blick auf das Display, bevor sie wieder hinunter auf die Straße sah. Es war Xenias Anwalt. Ihr war jetzt absolut nicht danach, mit ihm zu sprechen. Andererseits wäre ein wenig Ablenkung möglicherweise nicht schlecht, deshalb nahm sie das Gespräch entgegen.

„Hallo, Mr Feinberg", begrüßte sie ihn.

Der Anwalt tauschte Höflichkeiten mit ihr aus und wollte einen Termin vereinbaren, um Xenias Vermögen zu sichten. Zoe antwortete automatisch und hörte gar nicht richtig zu, weil der Gehsteig unten voller Menschen war. Und dann entdeckte sie Nick. Eigentlich hätte er von oben kleiner aussehen müssen, aber das war nicht der Fall. Sein Anblick dort unten auf der Straße machte ihr erneut klar, dass er alles war, was sie wollte. Sie sog scharf die Luft ein.

Der Anwalt unterbrach seinen Redefluss. „Miss Drake, ist alles in Ordnung?"

Zoe legte eine Hand auf das Fensterbrett und presste das Gesicht an die Glasscheibe. „Ja, bestens, Mr Feinberg. Sie haben mir gerade erklärt, dass Xenias Vermögensverhältnisse kompliziert sind."

Der Anwalt sprach weiter, und sie blendete die Worte erneut aus, denn sie schaute Nick hinterher, der fortging.

„Da wären zum Beispiel eine Eigentumswohnung in Napa Valley, ein Haus in Maine und einige Häuser in Cape …"

Ein Wort blieb trotz ihrer brennenden Sehnsucht hängen. „Maine?"

„Wie bitte?"

„Xenia besaß ein Haus in Maine?"

„Ja, in … lassen Sie mich kurz nachschauen …"

Sie konnte nicht warten. „Ich muss los", erklärte sie und lief zur Tür.

Jemand kam gerade aus dem Fahrstuhl, sodass sie sofort einsteigen und den Knopf für das Erdgeschoss drücken konnte. Auf der Fahrt nach unten hielt sie es vor Ungeduld kaum aus.

Draußen rannte sie durch das Gewühl von Fußgängern. Zuerst sah sie Nick nirgends, dann entdeckte sie ihn in der Nähe eines Hotdogstands.

„Nick!", rief sie. Er wirkte überrascht, aber – zu ihrer grenzenlosen Erleichterung – auch erfreut.

Sie war ein wenig außer Atem, als sie ihn eingeholt hatte, nicht vom Laufen, sondern weil sie ihn beinah verloren hätte. Er stand da und wartete.

„Ich habe einen Anruf von Xenias Anwalt bekommen", erklärte sie. „Xenia besitzt ein Haus in Maine."

„Du meinst, sie hat meinen Vater in Maine getroffen? Ich weiß nicht einmal, ob er in den vergangenen sechzehn Jahren überhaupt in Maine war."

Er hatte vollkommen recht. Aber sie hatte einen Grund gebraucht, um ihn aufzuhalten. Es war ihr egal, da sein Blick auf ihr ruhte, sie seinen Duft einatmete und seine Nähe spürte.

„Na ja, ich finde, das ist ein großer Zufall", sagte sie.

„Wo in Maine?"

„Oh, das weiß ich nicht. Ich habe aufgelegt, bevor er es mir sagen konnte.“ Ihr fiel ein, dass sie das Handy immer noch in der Hand hielt, daher drückte sie mit dem Daumen die entsprechenden Tasten, um den Anwalt zurückzurufen.

„Saul Feinberg.“

„Mr Feinberg? Hier spricht noch einmal Zoe Drake. Tut mir leid, dass ich vorhin einfach aufgelegt habe. Können Sie mir bitte sagen, wo Xenias Haus in Maine sich befindet?“

„Allerdings, denn ich habe es gerade nachgeschlagen.“ Der Anwalt klang amüsiert. „Der Ort heißt Southwest Harbour.“

„Southwest Harbour“, wiederholte sie für Nick. Er runzelte die Stirn, und sie lachte. „Danke“, wandte sie sich wieder an den Anwalt und beendete das Gespräch.

„Southwest Harbour liegt auf Desert Island“, erklärte Nick. „Wo ich arbeite.“

„Das muss etwas zu bedeuten haben! Das ist die Verbindung zwischen meiner Großtante und deinem Vater.“ Sie war ganz aufgeregt. Nach der Qual, ihn wegzuschicken, war sie nun überwältigt vom Glück, wieder mit ihm zu sprechen.

„Na schön. Dann werde ich nach Southwest Harbour fahren und mich dort umhören. Vielen Dank.“

Bevor sie es sich anders überlegen konnte, verkündete sie: „Wir werden beide fahren.“

7. KAPITEL

Du kommst mit?"

„Selbstverständlich komme ich mit. Wie willst du denn ohne mich in das Haus meiner Großtante hineinkommen?"

„Und du?"

Gute Frage. Zoe drückte die Wahlwiederholung auf ihrem Handy.

„Saul Feinberg."

„Mr Feinberg, hier ist noch einmal Zoe. Wo ist das Haus in Southwest Harbour, und wie komme ich hinein?"

Der Anwalt lachte. „Warum schauen Sie nicht in der Kanzlei vorbei, und wir gehen alles in Ruhe durch?"

„Großartig." Sie legte auf. „Wir müssen zur Kanzlei. Ich nehme an, er kann uns einen Schlüssel geben."

Nick schwieg.

„Was ist los?", wollte sie wissen.

„Vor fünf Minuten haben wir uns noch gestritten, und jetzt sagst du, du begleitest mich nach Maine. Ist das nicht ein bisschen abrupt?"

Natürlich, denn sie hatte keine Sekunde darüber nachgedacht, wieso sie schon wieder mit dem Feuer spielte. Aber diese Frage verdrängte sie einfach. Sie hatte gelitten, und jetzt war alles wieder gut. Das allein zählte vorläufig.

„Da ist doch nichts dabei, Nick. Ich möchte das Haus meiner Großtante sehen, und ich will, dass du deinen Vater findest. Wir können zwei Fliegen mit einer Klappe schlagen."

Er musterte sie. „Sonst noch was?"

„Ja", sagte sie leise. „Ich wollte mich dafür entschuldigen, dass ich gesagt habe, du bist wie dein Vater. Das ist nicht wahr. Du bist ein guter Mann. Ich kenne dich zwar noch nicht lange, aber das weiß ich."

Er nickte. „Danke."

„Gern geschehen. Und jetzt komm, lass uns zur Anwaltskanzlei fahren."

Nick bewegte sich nicht von der Stelle. „Meinst du nicht, es gibt noch etwas, worüber wir reden sollten?"

Er spielte auf das erotische Knistern zwischen ihnen an. Zoe beschloss, nicht darauf einzugehen.

Sie deutete auf den Karton unter seinem Arm. „Es tut mir auch leid, dass ich die Taube mit dir zusammen hinausgeworfen habe. Können wir jetzt gehen?"

Endlich lächelte er, und es war, als würde die Sonne an einem wolkenverhangenen Himmel aufgehen. „Na gut, das genügt wohl fürs Erste", erklärte er, und gemeinsam marschierten sie los.

„Du bist den ganzen langen Weg von Maine hierher in diesem Ding gefahren?"

„Klar." Nick öffnete die Heckklappe seines Pick-ups und schob seinen Rucksack auf die geschlossene Ladefläche. Dann streckte er die Hand aus, damit Zoe ihm ihr Gepäck gab, doch sie warf ihre Tasche selbst hinauf.

„Wow, du bist mutiger, als ich dachte." Sie begutachtete den Wagen, der voller Schlammspritzer, Beulen und Kratzer war. „Und ich hab immer geglaubt, der New Yorker Verkehr sei mörderisch."

Nick lachte. Er war immer noch nicht sicher, warum sie ihm plötzlich bei der Suche nach seinem Vater helfen wollte oder warum sie auf einmal so gut gelaunt war. Allerdings hatte er inzwischen begriffen, wieso sie sich überhaupt mit ihm gestritten hatte. Kaum hatte er ihre Wohnung verlassen, war ihm klar geworden, dass sie ihn auf die gleiche Weise wegstieß wie ihre Familie.

Nicht, dass es die Sache besser machte. Er mochte es überhaupt nicht, herumgeschubst zu werden. Aber es half, ihre Entschuldigung anzunehmen, und es freute ihn, sie jetzt glücklich zu sehen.

„Mit diesem Pick-up habe ich Schlammlawinen, Schneestürme und unterspülte Straßen bewältigt", sagte er. „Zweimal wurde der Wagen von Elchen angegriffen, und ich habe damit einen ganzen Schwarm ölverklebter Papageientaucher transportiert. Da kann ihm ein bisschen New Yorker Verkehr kaum etwas anhaben."

Er nahm eine Transportbox für Tiere von der Ladefläche. Die Taube versuchte zu entkommen, als er sie aus dem Karton hob. Das war ein gutes Zeichen. Vorsichtig setzte er sie in die Box.

„Wird es ihr da drin gut gehen?"

Zu seiner Überraschung schaute Zoe ihm über die Schulter. „Ja." Er befestigte die Trinkflasche mit dem Draht. „Die Box wurde extra für Tiertransporte entwickelt."

„Schon, aber was ist mit dem Lärm und dem Gerumpel?"

„Würde es sich um einen Seetaucher aus Oquossoc handeln, wäre ich besorgt. Aber das hier ist eine Taube aus New York, die inmitten all des Verkehrs lebt. Ich glaube nicht, dass eine gut gepolsterte Reise auf der Ladefläche eines Pick-ups ihr etwas anhaben kann." Er machte die Tür der Box zu und schloss die Ladefläche. „Aber seit wann interessierst du dich für Tiere, die eine Plage sind?"

Sie zuckte mit den Schultern. „Ach, ich wollte nur nicht, dass am Ende deine Rettungsaktion ganz umsonst war."

Nick verspürte das Bedürfnis, sie an sich zu drücken. Sie gab sich nur hart und hatte in Wahrheit einen weichen Kern. Jemanden wie sie hatte er noch nie getroffen.

„Fahren wir", sagte sie und hielt die Hand auf. „Gib mir den Schlüssel."

„Du willst meinen Pick-up fahren?"

„Ja."

„Hast du nicht gesagt, er sei ein Wrack?"

„Das war, bevor ich hörte, dass er Elchen widersteht."

„Hast du schon einmal einen Pick-up gefahren?"

Sie stemmte die Hände in die Hüften. „Du hast die Wahl, Nick. Willst du dich mit dem Verkehr in New York herumschlagen, oder soll die Frau das übernehmen, die damit ihren Lebensunterhalt verdient?"

„Gutes Argument." Er warf ihr den Schlüssel zu.

„Ich nehme auch die Strecke mit den Sehenswürdigkeiten", sagte sie. „Damit du ein paar Erinnerungen an New York behältst."

Nick schaute zu, wie sie einstieg, und da sie einen ziemlich großen Schritt machen musste, bekam er die Gelegenheit, ihren sexy Po und ihre Beine zu bewundern. Sie warf ihm einen Blick über die Schulter zu und zwinkerte.

„Fährst du wirklich überall mit dieser Karre hin?", fragte sie, als sie sich in den Verkehr einfädelte. „Wie findest du da jemals eine Freundin?"

„Ich besitze noch ein Motorrad, eine Harley, zum Vergnügen. Und jede Frau, die an mir interessiert ist, muss zugunsten meiner Qualitäten über den Wagen hinwegsehen."

„Hm", meinte sie.

„Wie lange fährst du eigentlich schon Taxi?"

„Ungefähr fünf Jahre. Ich überlege, weniger zu fahren und mehr Fitnesskurse zu geben, vielleicht als Personal Trainer. Da muss man sich weniger mit schrägen Leuten herumschlagen."

Sie nahm eine Packung Halspastillen aus der Tasche ihres Sweatshirts und schob sich eine in den Mund. „Aber genug von meinem

Job. Sehen wir uns lieber New York an. Rechts siehst du das Dakota Building, wo John Lennon wohnte und erschossen wurde."

„‚Rosemary's Baby' wurde dort gedreht", sagte Nick.

„Ja, woher weißt du das?"

„Der Mann meiner Schwester besitzt ein Kino in Portland. Filme sind seine Leidenschaft." Er betrachtete das Backsteingebäude mit dem Steildach, den Balkonen und Geländern. „Du bist eine großartige Fitnesstrainerin", meinte er. „Sogar ich habe etwas gelernt, obwohl ich eine Niete war."

„So schlecht warst du gar nicht." Sie zeigte aus dem Fenster. „Hier sind wir im Columbus Circle, der zum Broadway führt, wo es ein Delikatessengeschäft mit den besten Pastramisandwiches gibt."

„Du findest also, ich war nicht schlecht? Meinst du das Training oder beim Küssen?"

Sie errötete leicht, was sie in Nicks Augen noch attraktiver machte.

„Das Training. Siehst du den Eingang dort drüben?" Es war deutlich, dass sie rasch das Thema wechseln wollte. „In kalten Nächten ist es einer der wärmsten Plätze hier draußen in dieser Gegend, weil warme Luft aus den Lüftungsschächten kommt."

„Warum weißt du so etwas?"

„Oh." Sie lutschte einen Moment schweigend auf ihrer Pastille, bevor sie antwortete. Offenbar rang Zoe noch mit sich und überlegte, ob sie sich ihm anvertrauen sollte. Schließlich sagte sie: „Ich bin mit sechzehn von zu Hause weggerannt."

„Und hast auf den Straßen New Yorks geschlafen?"

„Das wollte ich nicht. Eigentlich hatte ich vorgehabt, bei Xenia zu wohnen, aber natürlich rief ich sie nicht vorher an, und sie war nicht zu Hause. Deshalb hing ich einige Wochen lang auf der Straße herum."

„Ganz allein? Mit sechzehn?"

„Es war eine gute Lehrzeit." Sie lächelte schief und zeigte ihm den silbernen Ring, den sie am Daumen trug. „Siehst du diesen Ring? In meiner zweiten Nacht fand ich ihn ungefähr einen Block östlich von hier. Seitdem trage ich ihn."

Der Ring war zerkratzt und ramponiert und deswegen nicht mehr ganz rund. Nick war er schon vorher aufgefallen. „Du wolltest eine Erinnerung daran, dass du eine Ausreißerin bist?"

„Ich wollte eine Erinnerung daran, dass ich auf mich selbst aufpassen kann."

„Warum bist du von zu Hause weggelaufen?"

„Ich habe meine Eltern belauscht, wie sie über mich sprachen. Mir gefiel nicht, was sie sagten, deshalb rannte ich weg."

Nick konnte nur ahnen, wie sehr sie das, was sie gehört hatte, verletzt haben musste. „Und warum bist du wieder zurückgekehrt?"

„Xenias wegen. Ich schaute jeden Tag bei ihr vorbei, um zu sehen, ob sie endlich wieder da war, bis ich eines Tages Glück hatte. Sie stellte keine Fragen. Sie sorgte dafür, dass ich sauber wurde, und ging mit mir essen. Ich übernachtete bei ihr, dann fuhr ich nach Hause. Gesagt hat sie nichts, aber ich fühlte mich eher bereit, wieder nach Hause zurückzukehren, nachdem ich sie gesehen hatte."

„Ich wette, sie hat es gewusst", meinte Nick.

„Ja, heute denke ich das auch." Erneut zeigte Zoe nach vorn. „Zwei Blocks weiter sind die Radio City Music Hall und das Rockefeller Centre, und gleich fahren wir auf den Times Square."

Nick waren die Sehenswürdigkeiten gleichgültig. Er sah ohnehin nur Zoe an. „Wie war das, auf der Straße zu leben?"

„Beängstigend. Es gibt viele Irre und Perverse und Drogensüchtige. Gleichzeitig war es auch aufregend, verstehst du? Es gab keine Regeln. Ich glaube, ich musste mir beweisen, dass ich tun konnte, was immer ich wollte."

„Ja, ich weiß, wie das ist, wenn man sich etwas beweisen will. Du hattest recht mit deiner Behauptung, ich wollte mir nur beweisen, dass ich nicht wie mein Dad bin. Ich mag Tiere wirklich und setze mich aus Überzeugung für den Naturschutz ein. Aber ich wollte mir auch beweisen, dass ich verantwortungsbewusst bin."

Zoe schwieg einen Moment, dann sagte sie: „Du hattest auch recht. Ich schubse Leute weg. Das ist einfacher. Hier kommt übrigens der Lincoln Tunnel, der unter dem Hudson hindurchführt. Na dann, Auf Wiedersehen, Manhattan!" Sie warf ihm ein Lächeln zu. Inzwischen kannte Nick sie gut genug, um zu wissen, dass sie für den Moment genug von ernsten Gesprächen hatte. Und tatsächlich fragte sie schon im nächsten Augenblick: „Hast du Musik in dieser Schrottkarre?" Sie zog eine Kassette aus dem Rekorder, warf einen Blick darauf und strahlte. „AC/DC? Ranger Giroux, anscheinend rocken Sie!"

„Es hält mich wach", sagte er und nahm ihr das Band aus der Hand. Dabei konnte er nicht widerstehen, ihre Finger zu berühren. Er schob die Kassette in das Abspielgerät und drehte die Lautstärke auf.

Zoe stieß einen Freudenschrei aus, als die Musik begann, und kurbelte das Fenster herunter. Sie vergaß ihren entzündeten Hals und sang mit. Sobald sie New York lauthals erklärte, sie und Nick seien auf einem „Highway to Hell“, waren die nachdenkliche Stimmung und die Probleme vergessen.

Nick lachte und stimmte in den Gesang ein.

„Kurbel dein Fenster runter“, forderte Nick, der am Steuer saß, Zoe auf.

Sie machte die Augen auf. Die Dunkelheit draußen und das gleichmäßige Motorengeräusch hatten sie eingeschläfert.

„Wo sind wir?“, wollte sie wissen.

„Dreh deine Scheibe runter, dann wirst du es wissen.“

Sehen konnte sie nichts. Die Scheinwerfer leuchteten zwar die Straße aus, aber die Umgebung lag in der Dunkelheit. Der Himmel war viel dunkler, als er es in New York jemals wurde.

Sie öffnete ihr Fenster, und Nick tat das Gleiche.

„Und jetzt atme tief ein“, sagte er.

Sie sog die kühle, nach Kiefern duftende Luft in ihre Lungen. „Wir sind in Maine.“

„Genau, und zwar nicht weit von Kittery.“ Er atmete tief ein. „Es ist gut, wieder daheim zu sein.“

Zoe wollte gerade bemerken, dass sie die Autoabgase vermisste, als es einen Knall gab und der Pick-up scharf nach links ausscherte. Sie klammerte sich an die Armlehne an der Tür, während Nick mit dem Lenkrad kämpfte. Der Wagen schleuderte hin und her.

„Reifenplatzer“, murmelte er und fluchte, doch bekam er den Pick-up schnell unter Kontrolle und stoppte auf dem Seitenstreifen. „Alles in Ordnung?“, erkundigte er sich.

„Ja“, antwortete Zoe. „Und bei dir?“

„Ja.“ Er stellte den Motor aus.

„Glaubst du, dass es dem Vogel gut geht?“

„Ich werde mal nachsehen.“

Nick nahm die Taschenlampe aus dem Handschuhfach, dann stiegen sie aus. Während er sich um die Taube kümmerte, begutachtete Zoe den Schaden. Die Nachtluft war kühl. Sie schaute nach oben und stellte fest, dass der Himmel gar nicht dunkler war als in New York; hier war er voller funkelnder Sterne.

„Der Taube geht es gut“, rief Nick.

„Deinem Reifen nicht. Der ist platt wie ein Pfannkuchen.“

Nick kam auf ihre Seite und leuchtete mit der Taschenlampe auf den Reifen. Er fluchte erneut. Zoe mochte es, wenn er fluchte. Er fluchte wie ein Mann, der das nicht allzu oft tat, aber wenn, es auch so meinte.

„Das ist kein Problem“, erklärte sie. „Den haben wir schnell gewechselt. Wo ist dein Wagenheber?“

„So einfach ist die Sache nicht“, erwiderte Nick düster.

„Was ist denn los? Weißt du etwa nicht, wie man einen Reifen wechselt? Keine Sorge, darin bin ich Profi. Hol den Ersatzreifen heraus, dann erledige ich das.“

„Das ist der Ersatzreifen“, sagte er.

„Wie? Du meinst, du hast keinen anderen mehr?“

„Nein. Ich habe mir einen Platten auf einer unbefestigten Straße geholt, bevor ich nach Cranberry Island fuhr. Ich zog den Ersatzreifen auf und gab den anderen zur Reparatur, wo ich ihn auf dem Rückweg abholen wollte. Aber als ich zurückkam, fand ich den Brief von meinem Vater und wollte nicht mehr warten, deshalb bin ich auf dem Ersatzreifen nach New York gefahren.“

„Das war dumm“, bemerkte sie trocken.

„Ich weiß.“

„Wahrscheinlich hätte ich genauso gehandelt.“

„Na, da fühle ich mich gleich besser.“ Er grinste schief.

„Hast du die Nummer eines Abschleppdienstes?“

„Nein, aber die werde ich gleich haben.“ Er zeigte auf eine Notfallsäule in etwa hundert Metern Entfernung, die von den Scheinwerfern des Wagens angeleuchtet wurde. „Bleib auf sicherem Abstand zum Pick-up, ich bin sofort wieder da.“

Zoe kletterte über die Leitplanke, setzte sich auf die grasbewachsene Böschung und lehnte sich zurück, um die Sterne zu betrachten. Kurz darauf hörte sie Nick zurückkommen.

„Wir haben Glück“, verkündete er und setzte sich neben sie ins Gras. „Ein Abschleppwagen hatte gerade in der Gegend zu tun. Er wird in zehn Minuten da sein und uns zu einer Werkstatt in Kittery bringen.“

„Das ist gut“, meinte sie verträumt. „Komm, leg dich her, und sieh dir die Sterne an.“

Er legte sich dicht neben sie, sodass sie seine Wärme spürte und sich seiner Nähe nur allzu bewusst war.

„Mir war nicht klar, wie viele es sind“, sagte sie.

„Man sieht sie hier besser, weil es weniger künstliche Lichtquellen gibt als in New York.“

Sie hörte ihn zufrieden atmen. Hierher gehörte Nick, in die freie Natur.

„Du solltest mal den Himmel in einer mondlosen Nacht im Baxter State Park oben im Piscataquis County sehen. Da leuchten die Sterne so hell, dass man glaubt, sie berühren zu können."

Zoe hatte aufgehört zu denken. Sie vergaß ihre Angst und tat einfach, wonach ihr war, indem sie sich auf Nick legte und ihn küsste.

Seine Lippen waren warm. Er schien nicht überrascht zu sein, sondern legte die Arme um sie, drückte Zoe fest an sich und erwiderte den Kuss. Es war, als wären ihre Lippen füreinander geschaffen, ebenso wie ihre Körper. Zoe genoss jede Sekunde.

Sie verspürte ein sinnliches Kribbeln, das allmählich stärker wurde. Sie spürte Nicks Erregung, und ihre Brustspitzen wurden hart. Während sie sich mit dem erotischen Spiel ihrer Zungen lockten und herausforderten, erschauerte Zoe. Sie begehrte ihn heftig, und er wollte sie. Alles war unter Kontrolle. Zoe würde damit fertigwerden.

Nachdem sie sich von seinen Lippen gelöst hatte, zog sie eine Spur kleiner Küsse über seine Oberlippe, die Unterlippe und über seine Mundwinkel. Kurz und zärtlich küsste sie ihn. Er lächelte.

„Das ist sehr romantisch", flüsterte er.

Sie erwiderte sein Lächeln. „Das hat mir noch niemand vorgeworfen …"

Sie schrak auf, als sie das Dröhnen eines vorbeifahrenden Lastwagens hörte. Sobald sie erkannt hatten, was sie gestört hatte, lachten beide. Dabei schmiegten sie sich noch enger aneinander. Zoe spürte seine Erektion zwischen ihren Oberschenkeln und stöhnte leise.

Er streichelte mit der einen Hand ihren Rücken, mit der anderen ihre Wange. „Ich will dich so sehr", flüsterte er. „Bitte schubs mich diesmal nicht weg."

„Wollt ihr zwei abgeschleppt werden, oder amüsiert ihr euch gerade zu sehr?"

Zoe warf einen Blick über ihre Schulter. Hinter dem Pick-up hatte ein Abschleppwagen auf dem Seitenstreifen gehalten. Ein Mann in einem karierten Hemd und mit einer Baseballkappe auf dem Kopf lehnte daran.

„Die Rettung ist da", murmelte sie und drehte sich zur Seite, wobei Zoe sich ein letztes Mal an ihn drückte. Nick stöhnte leise, und sie küsste ihn rasch. „Hab Geduld", flüsterte sie, bevor sie aufstand.

„Wir wollen abgeschleppt werden", rief sie. „Mr Tolle Idee hier fand, es wäre ganz lustig, mit dem Ersatzreifen eine Rundreise nach New York zu machen."

„Oh, das war wirklich eine tolle Idee." Der Mann schob seine Kappe gerade und zog seine Jeans hoch. „Tja, dann steigt mal in meinen Wagen. Ich werde euch und den Pick-up zu Maddie's Werkstatt in Kittery bringen. Das ist am nächsten dran. Natürlich ist um die Zeit geschlossen. Euer Reifen wird also erst morgen früh repariert."

Nick war ebenfalls aufgestanden und legte Zoe die Hand auf den Rücken, eine zärtliche, besitzergreifende Geste, die sie erschauern ließ.

„Wir werden wohl in Kittery übernachten müssen", sagte er. „Gibt es dort ein Hotel, wo Sie uns absetzen können?"

„Klar, da gibt's genug."

„Gut. Ein Hotel ist weitaus bequemer als der Seitenstreifen", fügte er nur für Zoes Ohren bestimmt hinzu.

„Dafür kann man die Sterne nicht sehen", meinte sie.

„Ich will mir auch nicht die Sterne ansehen." Er legte kurz einen Finger auf ihre Lippen und sah Zoe verheißungsvoll an, bevor er zum Wagen hinunterging.

Zoe kam mit dem Zimmerschlüssel hinaus auf den Parkplatz des Motels mit dem Namen „The Lobster Trap", wo Nick wartete. Er hatte sich den Rucksack umgeschnallt und Zoes Tasche über die Schulter gehängt. Als er Zoe auf sich zukommen sah, bückte er sich, um den Taubenkäfig zu nehmen, doch sie war schneller.

„Wo schlafen wir?", erkundigte er sich gut gelaunt.

„Zimmer sechzehn", antwortete sie und ging voran. „Gleich neben der Eismaschine."

„Das ist praktisch, wenn wir ein bisschen Abkühlung brauchen", neckte er sie.

Sie musste sein Gesicht nicht sehen, um zu wissen, worauf er anspielte. „Du bist ein ziemlicher Angeber, weißt du das?"

„Na ja, man muss sich schon einschmeicheln können, wenn man einen verwundeten Hirsch aus dem Dickicht locken will."

„Ich bin kein verwundeter Hirsch." Sie schob den Schlüssel ins Schloss.

„Nein, bist du nicht." Nick betrat nach ihr das Zimmer, und Zoe schaffte es gerade noch, die Transportbox mit der Taube abzustellen, bevor er ihr die Hände auf die Schultern legte, um sie sanft zu sich umzudrehen. „Du bist eine intelligente, aufregende Frau", sagte er und strich ihr zärtlich über die Lippen, so sanft, dass es sich beinah wie ein Kuss anfühlte. „Ich bin sehr froh, dass du ein Zimmer genommen hast, statt zwei."

Seine Worte verrieten ihr, dass er es bewusst so arrangiert hatte. Während er den Fahrer bezahlte, hatte sie das Zimmer gemietet. Nick hatte ihr die Entscheidung überlassen wollen, ob sie getrennte Zimmer haben würden oder nicht. Ob sie miteinander schlafen würden oder nicht.

„Die sind nicht billig", meinte sie ausweichend und merkte, wie sie errötete. Sie redete Unsinn. „Aber wahrscheinlich könnte ich das ganze Motel kaufen, wenn ich wollte."

„Und das nebenan dazu", bestätigte er. „Wir müssten nicht einmal im selben Gebäude sein, wenn du es nicht wolltest."

„Tja, aber hier sind wir." Sie machte sich von ihm los und zog sich die Turnschuhe aus. Dann hakte sie die Finger in den Bund ihrer Shorts und befreite sich daraus. Als Zoe sich wieder aufrichtete, trug sie nur noch ihren Sport-BH und den dazu passenden String. Nicks Reaktion auf diesen Anblick war unverkennbar.

„Ich muss duschen", erklärte sie. „Und du?" Ohne auf eine Antwort zu warten, drehte Zoe sich um und ging ins Badezimmer.

Sie stand vor der Duschkabine und testete die Temperatur des prasselnden Wassers. Deshalb hörte Zoe ihn nicht hereinkommen, bevor sie seine Hände auf ihrer Taille und seinen Atem an ihrem Nacken spürte. Lächelnd lehnte Zoe sich an ihn. Er war noch angezogen, sein T-Shirt fühlte sich weich auf ihrer nackten Haut an.

„Das wurde aber auch Zeit", flüsterte sie.

„Ich musste erst noch versuchen, mein Glück zu fassen." Er küsste sie auf den Nacken, und sie erschauerte. Dann hakte Nick ihren BH auf und streifte die Träger langsam von ihren Schultern. Ihre Brüste waren voll und fest, die Spitzen hart und schön in der inzwischen dampfenden Luft.

Nick ließ die Hände an ihrem nackten Rücken hinuntergleiten und streifte ihr den Slip ab. Bald spürte sie sein Haar am Bein, als er sich bückte, um ihr das winzige Kleidungsstück aus Lycra auszuziehen. Sobald er sich wieder aufgerichtet hatte, streichelte er verlangend ihre Hüfte.

Jetzt stand sie nackt vor ihm, seinen Blicken und Berührungen ausgesetzt. Zuvor hatte sie ein Gefühl der Macht verspürt, da sie ihn derart erregen konnte. Nun bekam Zoe beinah weiche Knie.

Sie drehte sich zu ihm um, und sein glutvoller Blick raubte ihr fast den Atem. Ja, dachte sie, ich wollte diesen Mann vom ersten Moment an, und jetzt werde ich mit ihm zusammen sein.

„Du hast noch viel zu viel an", erklärte sie und zerrte ungeduldig an seinem T-Shirt. Danach hatte sie sich jedes Mal gesehnt, wenn sie ihn heimlich beobachtet hatte, ohne ihn berühren zu können. Er hob die Arme, um ihr zu helfen, sodass sie seine wundervoll muskulöse Brust und die Spur feiner dunkler Härchen auf seinem flachen Bauch ausgiebig betrachten konnte.

„Der ständige Kampf mit der Wildnis hat dir gutgetan", meinte sie.

„Das Hinauf- und Hinunterhüpfen auf diesen Kisten hat dir auch gutgetan." Bewundernd musterte er sie. „Du siehst fantastisch aus."

Sie wollte seine Haut an ihrer spüren, aber sie tat es nicht. Ihn anzusehen war vorerst genug Vergnügen; ihn zu berühren könnte zu viel sein, zu gut. Stattdessen hakte sie die Daumen in den Bund seiner Boxershorts, wobei ihre Hände seinen festen Bauch streiften, und zog sie hinunter.

Er half ihr auch dabei. Und als sie ihn vollkommen nackt sah, schaffte sie es nicht mehr, sich von seinem Anblick loszureißen, um ihm die Shorts ganz abzustreifen. Einen so beeindruckenden Körper hatte Zoe noch nie gesehen.

Er war muskulös, groß und vollkommen. Zu wissen, dass er diese Muskeln nicht vor einem Spiegel im Fitnessraum trainiert hatte, sondern durch harte körperliche Arbeit bei dem Versuch, die Welt zu einem besseren Ort zu machen … Das zu wissen machte ihn in ihren Augen noch attraktiver.

Seine Beine und seine Brust waren gebräunt. Wo die Shorts seine Haut für gewöhnlich bedeckte, wenn er im Freien arbeitete, war er nicht ganz so braun gebrannt.

Er war wunderschön. Eigentlich war Zoe nicht der Typ, der beim Anblick eines nackten Mannes so fasziniert war, dass ihr der Atem stockte. Doch an Nick schien alles ein Ausdruck seiner Kraft und seiner Begierde zu sein, und er war so vollkommen proportioniert.

Langsam hob sie den Blick. Nick beobachtete genau, wie sie ihn betrachtete. Noch immer berührten sie einander nicht, doch ihm in die Augen zu sehen erlebte sie als lustvoll und intensiv.

Die Erregung und das erotische Knistern zwischen ihnen waren kaum noch zu ertragen.

„Ich habe noch keine Frau so sehr begehrt wie dich", gestand er.

„Nick, du bist …“

… zu gut für mich, dachte sie. *Und ich will, dass du nie mehr aufhörst, mich auf diese Weise anzusehen.*

„Nimm die Seife mit“, forderte sie ihn heiser auf und stieg in die Duschkabine.

Das prasselnde warme Wasser bot ihr keinen Ersatz für Nicks sexy Körper. Aber zu duschen tat ihr trotzdem gut, da sie nach der stundenlangen Fahrt verspannt war. Zoe schloss die Augen und wartete auf Nick.

„Hier, bitte.“ Er brach das kleine Stück Hotelseife in zwei Hälften und reichte Zoe eine. Die Kabine war zu klein, als dass sie hätten gemeinsam unter dem Wasserstrahl stehen können.

Zoe schäumte die Seife mit ihren Händen auf. „Wo soll ich zuerst waschen, Pfadfinder?“

„Überall.“

Sie legte die Seife zur Seite und berührte seinen Körper. Seine Brust fühlte sich warm und fest an. Mit den Fingerspitzen glitt sie über seine starken Schultern, hinunter zu seinen Bauchmuskeln. Sie spürte seine Brustwarzen unter ihren Handflächen und genoss es. Dann ließ sie ihre Hände über seinen Bauch und auf seinen knackigen Po gleiten. Sanft massierte sie ihn.

Nick stöhnte und begann, sie zu streicheln.

Am liebsten hätte sie wonnevoll geseufzt, als er mit seinen Händen zuerst ihren Bauch und dann ihre Brüste berührte. Nun gab sie jeden Rest an Zurückhaltung auf, drückte seinen Po und zog Nick fest an sich, um ihn stürmisch zu küssen.

Er war hart, und ihre Brüste streiften seine Brust. Der Kuss war wild und leidenschaftlich, Ausdruck all der Begierde, die sie sich so lange versagt hatten. Nick stöhnte lustvoll auf, und als sie sich für einen kurzen Moment voneinander lösten, lag ein Lächeln auf seinem Gesicht.

„Wenn du erst einmal loslegst, bist du nicht mehr zu bremsen, was?“, bemerkte er.

„Stimmt.“ Sie drückte ihn noch fester an sich und küsste ihn erneut.

Er drehte sie so, dass sie mit dem Rücken an der Wand lehnte. Zoe hob ein Bein und legte es um seine Hüfte. In dieser Position fühlte sie ihn hoch erregt zwischen ihren Beinen. Schon allein seine Lust zu spüren löste einen lustvollen Schauer bei ihr aus.

Seit sie mit sechzehn ihre Jungfräulichkeit verloren hatte, einfach um es hinter sich zu bringen, hatte Zoe zwar nicht wahllos mit Männern geschlafen, aber doch einige Liebhaber gehabt. Keiner hatte derartige Gefühle in ihr geweckt. In Nicks Nähe kam sie sich stark und hilflos zugleich vor. Und sie empfand ein so starkes Verlangen, dass sie nicht sicher war, ob es jemals gestillt werden konnte.

Instinktiv presste sie sich an ihn und bewegte sich so, dass sie sich an seiner Erektion rieb. Nick umfasste ihr Gesicht mit einer Hand und sah ihr in die Augen. „Sag mir, was du fühlst", forderte er sie auf.

Sinnlich bewegte sie sich, und er stöhnte kehlig auf. Seine Pupillen wirkten vergrößert, seine Augen dunkler. Ihr stockte der Atem, als sie in seinem Blick die gleiche Lust, die gleiche Begierde und Leidenschaft erkannte, die sie empfand, während das warme Wasser auf ihren Körper prasselte.

Sie rieb sich wieder an ihm, und er passte sich ihrem Rhythmus an. An seiner Miene erkannte sie, wie sehr er sich beherrschte, damit sie es voll auskostete. Typisch Ritter in schimmernder Rüstung, ging es ihr durch den Kopf.

„Was fühlst du?", wollte er erneut wissen.

„Ich glaube, ich komme gleich", antwortete sie heiser, woraufhin er wieder tief aufstöhnte. Dann hielt er sie noch fester und beschleunigte sein Tempo.

Noch zwei, drei weitere Bewegungen, dann erreichte sie den Höhepunkt. Die Augen geschlossen, klammerte sie sich an Nicks Schultern. Sie lehnte den Kopf zurück und überließ sich den überwältigenden sinnlichen Empfindungen, die sie durchrauschten.

Als sie die Augen wieder aufmachte, sah sie in Nicks Gesicht. Er hatte aufgehört, sich zu bewegen, dennoch spürte sie, wie erregt er immer noch war. Beinah noch stärker als zuvor.

„Wow", meinte er rau.

„Kann man wohl sagen", bestätigte sie atemlos, bevor sie ihn stürmisch küsste. Sie wollte noch mehr. Sie wollte ihn ganz und gar.

„Ich will dich in mir spüren", flüsterte sie, als sie sich voneinander lösten.

„Ich glaube, ich will es noch viel mehr. Aber wir brauchen etwas zur Verhütung."

Das brachte sie unvermittelt in die Wirklichkeit zurück. „Verdammt, daran habe ich nicht …"

„Ich habe Kondome in meinem Rucksack." Er warf ihr ein sexy Lächeln zu. „Allzeit bereit."

„Noch nie war ich so dankbar für dieses Pfadfindermotto." Sie umfasste seine Erektion, und er atmete hörbar ein. „Lass uns die Kondome holen“, verkündete sie und führte ihn aus dem Badezimmer.

Sie hielten sich nicht damit auf, sich abzutrocknen. Stattdessen liefen sie tropfnass, wie sie waren, zu seinem Rucksack ins Schlafzimmer. Zoe ließ Nick auch nicht los, als er den Reißverschluss des Seitenfachs öffnete und eine Schachtel Kondome herausnahm. Ihr fiel auf, dass seine Hände leicht zitterten.

Offenbar konnte er es kaum erwarten. Zufrieden schob sie ihn rückwärts zum Bett und warf sich auf ihn, nachdem er auf die Matratze gesunken war.

In fieberhafter Eile glitt sie mit den Händen über seine Haut, ehe Zoe ungeduldig nach der Schachtel griff, die Nick in der Hand hielt.

„Du hast das Kommando“, sagte er nur und sah sie verheißungsvoll an.

Sie wusste, dass er damit nicht nur die Kondome meinte. Lächelnd setzte sie sich rittlings auf ihn, nahm ein Kondom aus der Schachtel und riss das Päckchen auf. Mit beiden Händen streifte sie es ihm über.

Kurz dachte sie daran, sich dieses Gefühl, dieses Erlebnis unbedingt einzuprägen – für den Fall, dass dies das einzige Mal bleiben würde. Aber Zoe gelang es einfach nicht, ihr Verlangen zu zügeln und es langsam anzugehen.

Sie stützte sich auf eine Hand, während sie mit der anderen seine Erektion umfasste. Aufstöhnend vor Begierde, packte Nick ihre Hüfte, führte Zoe jedoch nicht, sondern hielt sie nur. Sie hatte das Kommando, sie allein entschied, was sie tun wollte.

„Jetzt wirst du etwas erleben, das du nicht mehr vergisst“, sagte sie leise und sank langsam auf ihn hinab.

Sie war so heiß, so feucht und bereit, dass er geschmeidig in sie glitt, bis er sie ganz ausfüllte. Zoe rang nach Atem und hörte Nick erregt aufseufzen.

„Du bist unglaublich“, stieß er gepresst hervor.

Nein, er war unglaublich. Und er fühlte sich wunderbar an. Fast schien es ihr, als wären ihre Körper füreinander geschaffen. Genießerisch begann Zoe, sich auf ihm zu bewegen. Sie fiel in einen sinnlichen Rhythmus, während Nick ihre Brüste streichelte. Immer wieder löste sie sich von ihm, jedoch nur, um ihn im nächsten Moment erneut tief in sich aufzunehmen. Immer schneller wurden ihre Bewegungen. Und Nick passte sich ihrem Tempo an, auf seinem Gesicht spiegelte sich pure Lust wider.

Ihr Liebesspiel wurde zunehmend wilder und ungestümer, bis sie beide auf dem Höhepunkt laut aufstöhnten und Zoe erschöpft auf Nick sank. Schwer atmend und mit heftig pochendem Herzen lagen sie da. Er hielt sie in den Armen. Dann strich er ihr das Haar aus dem Gesicht, küsste sie und flüsterte: „Zoe."

Sie seufzte zufrieden, und Nick zog die Decke über sie beide. Zoe schmiegte sich an ihn. Nie zuvor hatte sie sich so geborgen gefühlt.

8. KAPITEL

Er war fort.

Zoe setzte sich panisch im Bett auf. Das Kissen neben ihr wies noch den Abdruck seines Kopfes auf. Sie hob es an ihr Gesicht und atmete Nicks Duft ein. Wäre sie vor ihm wach gewesen, hätte sie niemals aufstehen können, ohne ihn zu berühren und zu streicheln.

Nein, sie hätte ihn nicht zurücklassen können.

Er hatte es gekonnt.

Sie schwang die Beine aus dem Bett. Gütiger Himmel, was war nur los mit ihr? Sie hatte in der vergangenen Nacht den besten Sex ihres Lebens gehabt und wurde schon neurotisch, weil er nicht gleich wieder über sie herfiel? Nur weil sie vor Verlangen nach ihm verging, hieß das nicht, dass er nicht seinen Wagen holen durfte.

Ein Geräusch aus der Ecke weckte ihre Aufmerksamkeit. Die Taube gurrte und scharrte in ihrer Box, die auf dem Schreibtisch neben der Tür stand. Zoe stand auf, zog ein T-Shirt und Jeans an und ging zu ihr. Neben der Transportbox stand eine offene Schachtel Vogelfutter; Nick hatte das Tier anscheinend gefüttert, bevor er sich auf den Weg gemacht hatte, Frühstück für sie beide zu besorgen.

Sie setzte sich in den Sessel neben dem Schreibtisch und öffnete die Plastiktür der Box. Die Taube wich nicht zurück, beobachtete sie aber wachsam. Im Napf befand sich zwar Futter, doch Zoe gab noch ein wenig dazu und schob den Napf näher zur Taube.

„Komm und hol es dir", sagte sie leise. „Den Zimmerservice gibt es nicht unbegrenzt."

Der Vogel beobachtete sie einen Moment, dann pickte er die Körner auf.

„Du bist ein tapferes Kerlchen", flüsterte sie. „Niemand hält dich für etwas Besonderes. Alle glauben, ihr wärt eine Plage. Aber dir ist das egal."

Die Taube gurrte.

„Die Sache ist bloß die, dass es mir überhaupt nicht egal ist, was Nick denkt. Das ist nicht gut." Sie seufzte. „Ich mag es sogar, in seinen Armen einzuschlafen. Normalerweise hasse ich es, wenn mir jemand zu nahe kommt."

Sie nahm eines der Körner und biss darauf. Es hatte kaum Geschmack. Kein Wunder, dass Tauben gern im Müll herumpickten.

Zoe schob sich gerade gedankenverloren ein weiteres Korn in den Mund, als Nick hereinkam.

„Junge, du musst aber hungrig sein“, bemerkte er.

Er sah noch besser aus. Vielleicht lag es daran, dass sie mit ihm geschlafen und jeden Zentimeter seines Körpers erforscht hatte. Vielleicht lag es an diesem sexy Funkeln in seinen Augen, wenn er sie ansah.

Sie schloss die Transportbox und stand auf. „Und nicht nur aufs Frühstück“, sagte sie.

Nick warf eine Papiertüte auf den Tisch und nahm Zoe in die Arme. Er duftete wie die Kühle des Morgens, und er fühlte sich wundervoll an.

„Ich bin so froh, dich zu sehen“, flüsterte Nick und streichelte ihr Haar, ihren Rücken und ihren Po.

„Wohin hätte ich denn gehen sollen?“ Sie gab ihm einen Kuss auf die Wange. Er hatte sich seit zwei Tagen nicht rasiert, nach ihrer Zählung waren es jedenfalls zwei Tage. Und die Stoppeln wurden langsam weicher. „Und wie? Du warst doch den Wagen holen.“

„Ich weiß nicht. Ich dachte, du bist vielleicht einfach verschwunden, irgendwohin. Es würde zu dir passen.“ Er küsste sie auf die Stirn und die Nasenspitze. „Ich bin schneller als erlaubt von der Werkstatt hierhergefahren, weil ich fürchtete, du könntest sonst weg sein.“

Dann hatte er sich die ganze Zeit Sorgen gemacht, sie könnte fort sein – während sie darüber nachgedacht hatte, warum er fort war? Zoe schüttelte den Kopf und fing an, ihm das Hemd aufzuknöpfen, um seine nackte Haut zu spüren.

„Ich werde nirgendwohin gehen“, erklärte sie fest. „Nach alldem muss ich deinen Vater mit eigenen Augen sehen. Außerdem würdest du doch ohne mich gar nicht in Xenias Haus hineinkommen.“

Sein Hemd stand offen. Seufzend berührte Zoe ihn und genoss es, seine muskulöse Brust zu spüren. Es war für sie ein besonderes Glück, Nick Haut an Haut zu fühlen.

„Ich hoffe, du bist auch meinetwegen geblieben“, sagte er.

„Na ja, du hast deine Vorzüge.“ Sie küsste ihn auf den Hals und schmiegte das Gesicht an seine Brust. Seine dunklen Brustwarzen sahen so verlockend aus, dass Zoe ihrem Impuls folgte und sie leckte. Nick stöhnte leise.

Er umfasste Zoes Gesicht, damit sie ihn ansah. „Ich bin froh, dass du hier bist. Ich musste ständig an letzte Nacht denken, an uns beide. Ich wusste, dass es gut werden würde, aber nicht so gut.“ Er küsste sie auf die Lippen. „Du hast mich einfach umgehauen.“

Das Kompliment konnte sie zurückgeben. „Das Leben auf der Insel hat dich verzweifelt gemacht, was?"

„Nein, es hat nur mit dir zu tun. Ich habe noch nie mit einer Frau wie dir geschlafen."

War das gut? Oder war es für ihn nur ein Ausflug in unbekanntes Territorium, etwas Ausgefallenes, bevor er in sein normales Leben zurückkehrte und zu den Frauen, mit denen er sich normalerweise umgab?

Aber warum machte sie sich darüber Gedanken? Sie hatte doch selbst vor, wieder in ihr normales Leben zurückzukehren.

„Was für eine Frau bin ich denn?"

Er streichelte ihr Gesicht, ihren Hals und umfasste eine ihrer Brüste. Zoe atmete keuchend ein und presste sich unwillkürlich an ihn, sodass sie deutlich seine Erektion an ihrem Bauch spürte.

„Eine, die weiß, was sie will, und die es sich nimmt", antwortete er.

„Ich weiß zumindest, was ich in diesem Moment will." Sie zog den Reißverschluss seiner Jeans hinunter und begann, ihn zu streicheln. Lustvoll drängte er sich ihr entgegen. Bei der Erinnerung daran, wie sie miteinander geschlafen hatten, erbebte Zoe vor sinnlicher Vorfreude.

Die Zukunft war egal, es zählten nur dieser Augenblick und ihr brennendes Verlangen nach Nick. Ihm gefiel, dass sie stark und selbstbewusst war. Und sie fühlte sich frei und wunderbar. Ihre Zweifel und Ängste waren fürs Erste vergessen.

Lächelnd kniete sie sich vor ihn. Er trug noch Jeans und Boxershorts, sie zog den störenden Stoff beiseite.

Ihr gefiel der Anblick seiner Erektion, er war hart und schön. Und auf den Wangen spürte sie seine Wärme.

Verführerisch befeuchtete sie sich die Lippen. Sie spürte, wie er den Atem anhielt und vor Erregung erzitterte. Dann konnte sie sich nicht länger zurückhalten und schloss die Lippen um die samtige Spitze, umspielte sie sacht mit der Zunge. Die Haut fühlte sich zart an.

Mit beiden Händen hielt sie ihn, während sie ihn genüsslich verwöhnte.

„Zoe." Er stöhnte, und seine Stimme fachte ihr Verlangen weiter an.

Sie nahm ihn tiefer in den Mund und liebkoste ihn schneller, bis er sie aufhielt und zu sich hochzog. „Ich muss in dir sein", erklärte er rau, hob sie hoch und trug sie zum Bett.

Wann hatte ein Mann sie jemals so getragen wie eine zerbrechliche Märchenprinzessin?

Er legte sie auf das Bett, und sie zog ihn mit sich. Als er auf ihr lag, lachte sie auf und genoss es, sein Gewicht zu spüren. Er erstickte ihr Lachen, indem er seinen Mund hart und besitzergreifend auf ihren presste. Ungeduldig zerrte er ihr das T-Shirt hoch und begann, an einer ihrer festen Brustspitzen zu saugen.

Keuchend vor Begierde, streckte sie die Hand zum Nachttisch aus, wo die Kondome lagen. Nick nahm ihr eins ab und hatte es sich im Nu übergestreift. Dann zog er ihr die Jeans aus und drängte sich behutsam zwischen ihre Beine. Der Stoff seiner Jeans fühlte sich rau an ihren Oberschenkeln an.

Sie konnte es kaum erwarten, ihn in sich zu spüren, doch er zögerte. Jeder Muskel seines Körpers schien angespannt zu sein. Sein Hemd stand offen, die Jeans war heruntergezogen, und ihre Brüste waren nackt. Sie sehnte sich nach seinen leidenschaftlichen Küssen, und sie wollte ihn, jetzt.

„Nick", flüsterte sie und wusste, dass es flehend klang. Doch diesmal war es ihr egal.

„Jemand wie du ist mir noch nie begegnet", erwiderte er bewundernd. „Jemand, der mir ebenbürtig ist und genauso stark. Du bist unglaublich, Zoe."

Sie spürte seine Erektion zwischen ihren Beinen. Es fehlte nur eine kleine Bewegung, und er würde endlich in sie eindringen. Voll fiebriger Erwartung hob sie sich ihm entgegen, wand sich unter ihm und versuchte, ihm näher zu kommen. Sie wollte sich dem aufregenden Liebesspiel hingeben und nicht mehr an seine Worte denken. Denn er hatte beinah recht. Sie waren einander ebenbürtig in ihrer Leidenschaft, ihren Fähigkeiten, ihrer Fitness und in ihrem Stolz.

Sie waren einander in fast jeder Hinsicht ebenbürtig, bis auf eine, denn sie liebte ihn.

Und noch während sie dieser Gedanke beschäftigte, drang Nick geschmeidig in sie ein, füllte sie aus und gab ihr nahezu alles, was sie sich wünschte. Zoe gab sich ihren überwältigenden Lustgefühlen hin und hörte auf nachzudenken.

Nick lächelte, als Zoe wieder seine Wange und sein Kinn streichelte. Selbst eine solch schlichte Berührung war aufregend. Er wandte den Blick von der Straße ab und sah die Frau neben sich an.

„Man könnte meinen, ich hätte mich noch nie vorher rasiert", sagte er.

„Bis jetzt warst du noch nicht glatt rasiert, wenn ich dich berührt habe“, erwiderte sie und strich prompt ein weiteres Mal über sein Kinn. „Du gefällst mir so glatt und frisch.“

„Ich dachte, dir ist der raue, männliche Typ aus den Bergen lieber.“

„Oh, der gefällt mir auch“, meinte sie mit sinnlicher Stimme. „Ich habe überall an meinem Körper Spuren deiner Bartstoppeln, die das beweisen.“ Sie zog den Ausschnitt ihres T-Shirts hinunter, um ihm die gerötete Haut an ihrem Schlüsselbein zu zeigen, wo er sie am Morgen geküsst hatte.

Er musste sich zwingen, wieder auf die Straße zu achten, um nicht auf den Holzlaster vor ihnen aufzufahren. Nick begehrte sie mehr denn je. Es war, als würde der Sex die Gefühle noch verstärken und Zoe für ihn noch begehrenswerter machen.

Dies war eindeutig etwas, was ihm noch nie vorher passiert war.

Er nahm die rechte Hand vom Lenkrad, legte sie auf ihren Oberschenkel und ließ sie langsam hinaufgleiten. Zoe reagierte mit einem leisen Seufzer, der ihn daran erinnerte, dass er sie nicht nur körperlich begehrte.

Es waren vor allem ihre Leidenschaft und ihr empfindsames Wesen, das sie manchmal unter einer schroffen, harten Schale verbarg, die ihn faszinierten. Nach außen trat sie selbstbewusst auf, doch sie war eine verletzliche Frau, sensibel und stark zugleich, voller Widersprüche. Sie war die vielschichtigste Person, die er je kennengelernt hatte.

„Wie weit ist es noch bis Southwest Harbour?“, fragte sie.

„Da noch kein Saisonverkehr herrscht, werden wir etwa fünfzehn Minuten von der Brücke bis auf die Insel brauchen. Und die Brücke ist schon da vorn.“ Er zeigte in die Richtung.

Zoe kurbelte ihr Fenster hinunter, zog aber sofort den Kopf wieder ein. „Puh. Hast du nicht gesagt, Maine riecht gut?“

„Das sind die Salzmarschen. Auf der Insel riecht es besser.“

„Wo genau lebst du eigentlich?“

„Ich habe eine Hütte an einem See auf dem Festland. Nicht weit von Ellsworth, durch das wir gerade gefahren sind. Grundstücke auf der Insel sind teuer.“

„Du wohnst hier in der Nähe? Warum haben wir nicht angehalten? Du musst es doch allmählich satthaben, aus dem Rucksack zu leben.“

„Ich bin daran gewöhnt.“ Er warf ihr erneut einen Blick zu. „Aber du hast recht. Wir hätten anhalten sollen. Wir hatten schon seit über vier Stunden keinen Sex mehr, und bei mir zu Hause steht ein Doppelbett.“

Zoe grinste. „Ich bin sicher, im Haus meiner Großtante gibt es genügend Betten. Und Sofas. Und Tische. Und …“

„Hör auf, sonst komme ich noch von der Straße ab“, warnte er sie, da er spürte, dass sein Körper reagierte.

„Na, dann schlag einfach ein anderes Thema vor. Wollen wir lieber über die Taube reden?“

„Gern.“

„Geht es ihr besser? Und was wirst du mit ihr tun? Willst du sie hier freilassen?“

„Das hatte ich vor. Hier wird sie sich einem Schwarm anschließen. Hoffentlich wird sie den Geruch und den Verkehr von New York nicht zu sehr vermissen.“

„Das könnte durchaus passieren. Nicht jeder hasst die Stadt so sehr wie du.“

Nick bog in Richtung Southwest Harbour ab. Ohne den Holzlaster vor ihnen konnte er schneller fahren. Je eher sie ihr Ziel erreichten, desto schneller konnte er Zoe wieder in den Armen halten.

„Ich könnte sie wieder mit nach New York nehmen, wenn ich fahre“, schlug sie vor.

Nichts änderte sich. Die Straße lag klar vor ihm, der Wagen fuhr, die Sonne schien. Doch alles, was in den letzten vierundzwanzig Stunden gewesen war, schien sich aufzulösen.

Zoe würde ihn wieder verlassen.

„Gute Idee“, sagte er leichthin, umklammerte jedoch gleichzeitig das Lenkrad. „Aber seit wann hast du etwas für Tauben übrig? Sagtest du nicht, sie seien eine Plage?“

„Ich habe mich an sie gewöhnt.“ Ihrer fröhlichen Stimme nach zu urteilen, ahnte sie nicht, wie er sich fühlte.

Natürlich nicht. Sie hatte nie vorgehabt, bei ihm zu bleiben. Zuerst hatte sie alles darangesetzt, um ihn loszuwerden, und jetzt stellte sie klar, dass sie nur eine zeitlich befristete Affäre hatten, also genau das, was sie eigentlich nicht gewollt hatte.

„Wann willst du wieder zurück nach New York?“, fragte er.

„Na ja, früher oder später werde ich mein Erbe antreten müssen und entscheiden, was ich damit tun will. Ich denke, es ist nicht Anreiz genug, meine Familie zu ärgern, indem ich das Geld zum Fenster rauswerfe. Also werde ich wohl etwas Nützliches damit anfangen. Aber vorher will ich mir deinen Dad ansehen. Ich komme schon um vor Neugier."

„Dann sollten wir ihn unbedingt finden."

Sie erreichten Southwest Harbour und fuhren die Hauptstraße mit ihren Geschäften in pastellfarbenen Holzhäuschen entlang. Nick bremste und lenkte den Wagen unvermittelt auf einen Parkplatz. Ohne auf Zoe zu warten, stieg er aus und stapfte auf den Gemischtwarenladen zu. Sie holte ihn ein und hielt ihn auf.

„Ist alles in Ordnung?"

Nein, dachte er, nichts ist in Ordnung. Natürlich begehrte er sie noch immer. Daran änderte auch seine Wut nichts.

„Ich wollte mich umhören, ob jemand meinen Vater gesehen hat, bevor wir in Xenias Haus stürmen." Er öffnete die Ladentür und trat ein, begleitet vom Bimmeln der Glöckchen über der Tür. Nick nahm eine Tageszeitung aus dem Ständer und legte sie auf den Tresen, hinter dem ein Mann mittleren Alters in einem Flanellhemd stand.

„Schöner Tag heute", sagte Nick.

„Ja, kann nicht klagen." Der Ladenbesitzer gab ihm das Wechselgeld heraus. „Seid ihr Leute für länger hier?"

„Kommt drauf an. Kennen Sie einen Mann namens Eric Giroux? Möglicherweise wohnt er in der Gegend oder macht hier Urlaub."

Der Mann machte ein nachdenkliches Gesicht. „Ich kenne keinen Eric, aber es gibt einen Duck, drüben an der Seal Cove Road. Ich glaube, sein Nachname ist Giroux. Jedenfalls irgendwas französisch Klingendes."

Duck. Nick erinnerte sich an eine orangefarbene Jagdjacke und eine Entenpfeife. „Das könnte Eric sein", meinte er.

„Er ist Hausmeister für einige der großen Häuser, die den Sommergästen gehören, und bleibt meistens für sich. Eine unbefestigte Straße auf der linken Seite mit einem Schild, die sie als Schneemobilpfad ausweist, führt dorthin."

„Wir suchen außerdem Xenia Drakes Haus", sagte Nick. „Ich habe nur die ungefähre Adresse."

Der Mann lächelte. „Oh, klar, Xenia. Die wohnt auch oben an der Seal Cove Road. Ich glaube, Duck kümmert sich auch um ihr Haus. Normalerweise kommt sie immer hier vorbei, wenn sie im Ort ist. Aber jetzt habe ich sie schon eine Weile nicht mehr gesehen."

„Sie ist gestorben", meldete Zoe sich leise zu Wort. „Ich bin ihre Großnichte Zoe Drake." Sie hielt ihm die Hand hin, und der Mann schüttelte sie.

„Oh, das tut mir leid. Xenia war eine Persönlichkeit. Sie wird uns hier fehlen."

„Ja, mir wird sie auch fehlen."

Nick wollte nichts von Leuten hören, die anderen Leuten fehlten, daher bedankte er sich bei dem Ladenbesitzer und ging zurück zu seinem Wagen. Zoe folgte ihm kurze Zeit später mit einer Papiertüte voller Lebensmittel.

„Das sind tolle Neuigkeiten, oder?", sagte sie. „Er ist hier. Anscheinend brauchst du nicht mehr zurück nach New York."

Höchstens um eine ganz besondere Frau zu sehen, dachte er. „Na ja, immerhin habe ich die Taube gerettet." Er stieg in den Pick-up. „Fahren wir." Er startete den Motor und fuhr los, noch bevor sie sich richtig angeschnallt hatte.

„Du lieber Himmel, ich dachte, Leute, die Tiere retten, wären ein bisschen geduldiger", bemerkte sie.

„Ich stehe kurz davor, meinen Vater wiederzusehen. Da ist ein wenig Ungeduld doch wohl verständlich. Ich frage mich nur, wie lange er schon in meiner Nähe wohnt und ob er die ganze Zeit wusste, dass ich hier arbeite."

„Anscheinend wirst du das schon bald erfahren." Zoe zeigte auf den links von der Hauptstraße abzweigenden unbefestigten Weg mit dem Schneemobilzeichen. Nick drosselte das Tempo und bog ab.

Der Weg war voller Schlaglöcher und schlängelte sich bergauf durch einen Wald. Seit sechzehn Jahren dachte Nick an diesen Moment. Seit jenem Anruf, in dem sein Vater seiner Mutter mitgeteilt hatte, dass er nicht wiederkommen würde.

Der Weg endete vor einem heruntergekommenen weißen Wohnwagen. Daneben stand eine Holzhütte, etwa halb so groß wie der Wohnwagen, aber in weitaus besserem Zustand.

Darin bewahrt er seine Werkzeuge auf, dachte Nick. Er stellte den Motor ab und sprang aus dem Wagen.

Er wusste, dass Eric Giroux hier lebte. Es passte einfach zu ihm, dieser Wohnwagen mitten im Wald und die große Hütte für Werkzeug und Jagdgeräte – es passte eher als ein Leben in New York.

Zoes Schritte knirschten auf dem Schotterweg, das einzige Geräusch abgesehen von den Lauten aus dem Wald: Ein Specht hämmerte, und

Vögel zwitscherten. Genau das, was Nick normalerweise auch den ganzen Tag hörte.

Der Wohnwagen stand auf Betonpfeilern. Nick stieg die Holzstufen hinauf und klopfte an die Tür. „Dad? Hier ist Nick." Seine Stimme klang lauter und dünner, als wäre er plötzlich jünger geworden.

„Ich glaube nicht, dass er da ist", meinte Zoe hinter ihm.

„Dad?" Nick klopfte noch einmal, obwohl von drinnen überhaupt nichts zu hören war. Sämtliche Fenster waren geschlossen. Erst jetzt fiel ihm auf, dass kein Fahrzeug in der Auffahrt stand.

Na schön, sein Vater war nicht da. Aber der Wohnwagen war nicht verlassen, wie die frischen Reifenspuren bewiesen. Sein Gefühl sagte ihm, dass sein Vater wiederkommen würde.

Er probierte, ob die Tür abgeschlossen war. Sie war es. In den Wäldern von Maine hieß das, dass der Besitzer vermutlich für länger fort war.

Nick setzte sich auf die Holzstufen und stützte das Kinn in die Hände.

Zoe trat zu ihm. „Alles in Ordnung?"

„Bestens. Anscheinend werde ich zur Abwechslung eine Weile vor dieser Tür campieren." Er schluckte seine Enttäuschung hinunter. Er hatte so lange gewartet, da konnte er auch noch ein wenig länger warten.

Das gedämpfte Klingeln eines Handys war in der Stille des Waldes zu hören, und Nick erkannte, dass es seines war. Er ging zum Wagen und nahm es aus dem Handschuhfach. Die Nummer im Display gehörte Kitty, seiner Schwester.

„Kit, du wirst nicht glauben, wo ich bin", meldete er sich.

„Und du wirst mir nicht glauben, wen ich eben gesehen habe."

Nick lehnte sich gegen den Wagen. Er ahnte, was seine Schwester sagen würde, doch klang sie viel zu normal und heiter dafür.

„Wen?"

„Dad. Er tauchte aus heiterem Himmel um die Mittagszeit auf."

„Dad ist bei dir zu Hause aufgetaucht?" Er richtete sich auf. Zoe beobachtete ihn vom Wohnwagen aus.

„Nein, in meinem Büro. Er behauptete, die Adresse aus dem Telefonbuch zu haben. Wir fuhren zum Mittagessen zu mir."

„Du hast mit unserem Vater zu Mittag gegessen?", fragte er ungläubig.

„Na ja, es war Mittagszeit, und ich fand, er sollte Jack kennenlernen."

Nick versuchte sich seine Schwester vorzustellen, seinen Schwager und seinen Vater, wie sie alle in Kittys schicker Küche saßen und Thunfischsandwiches aßen. Er schaffte es nicht.

„Weiß Mom davon?"

„Ja, sie rief an, als er hier war, und ich habe es ihr erzählt. Du weißt ja, wie sie ist. Sie reagierte nicht einmal überrascht."

Das konnte er sich wiederum sehr gut vorstellen. Ihre Mutter nahm alles gelassen. „Worüber habt ihr geredet?"

„Ach, wir haben uns gegenseitig erzählt, was jeder macht. Er meinte, er sei heute Morgen bei deinem Haus gewesen, aber du warst nicht da, weshalb er sich entschieden hat, zu uns nach Portland zu fahren. Wo bist du – noch immer in New York?"

„Nein, ich stehe vor Dads Haus in Southwest Harbour."

Kitty lachte. „Das ist ja witzig."

Nick fand das überhaupt nicht. „Er hat die ganze Zeit in Maine gelebt."

„Nicht die ganze Zeit, aber in den letzten Jahren, nehme ich an. Er hat hier und dort gearbeitet. Jetzt kümmert er sich um die Sommerhäuser einiger Leute."

„Ich weiß."

„Tatsächlich? Wie hast du das alles herausgefunden? Er sagte, er habe dich noch nicht gesehen. Ich habe ihm erzählt, dass du in New York nach ihm suchst, und er konnte sich nicht denken, warum du dort bist. Er behauptet, nie dort gewesen zu sein. Wie hast du ihn in Maine aufgespürt?"

„Das ist eine lange Geschichte." Nick schaute Zoe an, die inzwischen bei ihm stand. „Was hat er gesagt?"

„Das habe ich dir schon erzählt. Dass er an verschiedenen Orten gelebt hat und jetzt in Maine wohnt und dass er fand, es sei an der Zeit, uns zu treffen."

„Ich meine, was hat er gesagt, warum er damals verschwunden ist?"

„Darüber haben wir nicht gesprochen."

„Wie bitte?", rief Nick. „Soll das heißen, er hat sich nicht einmal dafür entschuldigt, dass er uns verlassen hat? Er hat es dir nicht einmal erklärt?"

„Nein, es ... es war nicht wichtig, Nick. Es war in Ordnung."

„In Ordnung?"

Er hörte Kitty am anderen Ende der Leitung seufzen. „Hör zu. Er hat gesagt, er würde in einem Hotel in Portland übernachten und morgen zurückfahren. Wahrscheinlich wird er gegen Mittag dort sein. Dann kannst du mit ihm reden, wenn du willst."

„Oh, und ob ich das will."

„Und dann sollten wir uns unterhalten. Ich komme dieses Wochenende. Ich mache mir Sorgen um dich."

Sie hatte gerade mit ihrem Vater zu Mittag gegessen und ihn nicht einmal gefragt, warum er sie und den Rest der Familie sitzen gelassen hatte, und sie machte sich um ihn Sorgen?

„Klar, bis bald." Er beendete das Gespräch und schlug so hart mit der Faust gegen den Wagen, dass eine Delle zurückblieb. „Verdammt!"

„He." Zoe legte ihm eine Hand auf den Arm. „Der Wagen sieht schon schlimm genug aus."

„Er hat meine Schwester besucht. Und er besaß nicht einmal so viel Anstand, sich dafür zu entschuldigen, dass er uns verlassen hat. Er tauchte einfach auf und aß mit ihr zu Mittag wie ein echter Vater." Er trat gegen einen Reifen.

„Na ja, er ist euer Vater."

Nick sah sie an. „Was?"

„Normalerweise gebe ich niemandem Ratschläge, also hör mir zu, Pfadfinder. In New York hast du mir erklärt, ich würde meine Familie auf Distanz halten. Nun, dein Vater hat dich verlassen, aber er hat dir einen Brief geschrieben und deine Schwester besucht. Wenn das nicht eine Art von Entschuldigung ist, weiß ich auch nicht."

„Es ist zu spät."

„Schon möglich, aber das kannst du erst entscheiden, wenn du ihn angehört hast. Wenn du mir vorhalten kannst, ich würde meine Familie wegstoßen, werde ich nicht tatenlos zusehen, wie du das Gleiche mit deiner Familie machst."

Er entspannte sich ein wenig, denn er musste zugeben, dass sie recht hatte. „Seit wann bist du so mitfühlend und verständnisvoll?", entgegnete er spöttisch.

„Keine Ahnung. Das muss an der sauberen Luft liegen."

Er musste lächeln, und sie erwiderte sein Lächeln.

„Kommt er bald zurück?", erkundigte sie sich.

„Morgen wahrscheinlich."

„Dann lass uns Xenias Haus suchen und uns umziehen, damit wir ein wenig joggen können oder so etwas. Wir waren lange genug im

Wagen eingepfercht." Sie trat näher, strich ihm das Haar aus der Stirn und gab ihm einen Kuss auf die Wange.

Zoe hatte ihn bisher leidenschaftlich geküsst, aber dies war zum ersten Mal ein zärtlicher, fürsorglicher Kuss.

Er nahm ihre Hand und drückte sie. „Du hast recht. Genießen wir den Rest des Tages." Er schaute zu, wie sie in den Wagen stieg, und fragte sich, ob der Rest des Tages alles war, was ihm mit ihr noch blieb.

9. KAPITEL

Kaum hatten sie den Wald hinter sich gelassen und sahen das Haus, wusste Zoe, dass sie zu Hause war.

Es stand zurückgesetzt auf einem kleinen Hügel, umgeben von grünem Rasen und Bäumen. Es war ein großes Haus mit steilem Dach, braunen Schindeln und hohen Fenstern mit grünen Fensterläden. Auf der Veranda stand ein Geranientopf neben zwei Schaukelstühlen. Unter einer hohen Kiefer standen eine Bank und ein Picknicktisch in der Sonne.

Zoe schloss die Tür mit dem Schlüssel auf, den der Anwalt ihnen mitgegeben hatte, und betrat das kühle untere Stockwerk, das aus einem einzigen großen Raum bestand. Er war von Sonnenlicht durchflutet, und es gab eine Essecke und einen Küchenbereich.

Sie blieb unvermittelt stehen. „Nick“, sagte sie.

„Hübsch.“ Er war erst hinter ihr, dann neben ihr.

„Hier hat sie geschrieben.“ Sie deutete auf den riesigen Schreibtisch vor einem Fenster mit Blick auf den Wald. Ein Computer und ein Stapel Papier standen bereit. Neben dem Schreibtisch stand ein hohes Regal voller Bücher von Xander Dark.

„Es ist ganz anders als ihre Wohnung“, stellte Nick fest und berührte eine Stuhllehne, um zu zeigen, was er meinte. Der Stuhl war schlicht, mit geflochtener Sitzfläche und einem Flickenkissen darauf. Wie die übrigen Möbel im Haus wirkte er zwar bequem, aber vor allem einfach und praktisch. Hier gab es keine seidenen Wandteppiche, keine extravaganten Antiquitäten, keine Sammlung kurioser Folterinstrumente und keine schweren Vorhänge.

„Ich hole die Lebensmittel aus dem Wagen“, sagte Nick und ließ Zoe allein im Haus zurück.

Nur dass sie nicht allein war. Dieses Haus hatte noch so viel von ihrer Großtante, von einer Xenia, die sie nie kennengelernt hatte, die sie jedoch, das wurde ihr nun klar, immer schon gekannt hatte.

An einer Wand führte eine Treppe hinauf in einen langen Flur, der ihr zugleich fremd und vertraut vorkam wie das ganze Haus. An den grün gestrichenen Wänden hingen gerahmte Fotografien von Bäumen und Küstenansichten. Bei einigen handelte es sich um alte Aufnahmen des Hauses, vermutlich aus der Zeit kurz nach der Erbauung, mit Frauen in langen weißen Kleidern und Männern in Anzügen und hohen Hüten.

Sie öffnete eine Tür, die in ein Schlafzimmer führte. Auf dem Doppelbett aus Holz lag eine Tagesdecke. Es gab einen Sessel und eine große Kommode. Hier können Nick und ich schlafen, dachte sie und malte sich aus, wie sie zusammen aufwachten und das Fenster öffneten, um den Duft der Kiefern und das Sonnenlicht hereinzulassen. Jeden Morgen würde sie sein sexy Lächeln sehen.

„Zoe?" Die Stimme des realen Nick weckte sie aus diesem wundervoll verlockenden Tagtraum. Sie schloss die Tür wieder und ging die Treppe hinunter. Nick hatte beide Taschen, die Lebensmittel und die Transportbox mit der Taube hereingebracht. So wie sie ihn kannte, war er vermutlich sehr zufrieden mit sich, weil er den Gentleman spielen konnte, indem er sämtliches Gepäck ins Haus trug.

Nein, sagte sie sich, das stimmt nicht. Inzwischen hatte sie begriffen, dass er diese Dinge nicht bewusst tat, sondern ohne zu überlegen, welchen Gewinn es ihm einbringen würde. Und höchstwahrscheinlich tat er es auch nicht, weil er sie für eine schwache Frau hielt.

Er stellte die Lebensmittel in den Küchenbereich, der eine Ecke des großen Raumes einnahm. „Wow", sagte er, als er in den Kühlschrank schaute.

„Was ist denn?"

„Im Kühlschrank sind Lebensmittel. Butter, Ketchup, Eier und Käse. Und Fleisch und Gemüse im Tiefkühlfach." Er hielt eine Packung hoch. „Hotdogs. Hast du nicht gesagt, dass Xenia sehr wählerisch mit ihrem Essen war?"

„Hier oben war sie anders", sagte Zoe. „Möglicherweise war sie vor sehr kurzer Zeit erst hier und hatte die Absicht, bald wiederzukommen."

„Das würde Sinn ergeben. Mein Vater könnte ihr den Brief an mich gegeben haben, während sie hier war, und sie schickte ihn ab, nachdem sie wieder in New York war. Allerdings frage ich mich, warum."

„Vielleicht wollte er nicht, dass du den Poststempel erkennst."

„Könnte sein, obwohl das schon seltsam wäre, wenn er vorhatte, mich ohnehin bald zu besuchen."

„Vielleicht hatte er das gar nicht geplant, sondern es erst gestern entschieden."

Nick warf die Kühlschranktür zu. „Ich sollte überhaupt nicht versuchen, aus ihm schlau zu werden. Wie sieht's aus, wolltest du nicht joggen?"

Sie dachte über Nick nach. Allein schon der Gedanke an seinen Vater machte ihn wütend, jetzt, wo er ihn beinah gefunden hatte. Seit sie auf die Insel gefahren waren, wirkte er angespannt. Ihr Zustand war allerdings nicht viel besser. Wie konnte sie von einem Leben mit Nick träumen, das sie niemals haben würde?

Falls sein Vater am folgenden Tag zurückkommen sollte, blieb ihnen höchstens noch diese eine Nacht, und in der wollte sie lachen und großartigen Sex haben. Denn einen solchen Ort und einen solchen Mann würde sie so schnell nicht wieder finden, falls überhaupt jemals.

„Ja", sagte sie. „Laufen wir und reagieren uns ein bisschen ab."

Nick beobachtete amüsiert, wie Zoe ihm den Rest Wein aus der Flasche einschenkte. Vor noch nicht allzu langer Zeit hätte sie sich diesen Rest selbst eingegossen.

„Danke", sagte er, stieß mit ihr an und trank. Der Wein war ausgezeichnet, wahrscheinlich viel zu gut als Begleiter zu Hotdogs und Kartoffelsalat. Allmählich verstand er die Mischung aus Bescheidenheit und echter Klasse in Zoes Leben.

Zufriedenheit stieg in ihm auf. Der warme Abend war nach und nach einer kühlen Nacht gewichen, aber die Temperaturen waren noch mild genug, um draußen am Picknicktisch zu sitzen. Natürlich bewirkte auch Zoes Nähe, dass ihm warm wurde. Selbst etwas so Schlichtes, wie mit ihr zusammenzusitzen und etwas zu essen, das sie selbst zubereitet hatten, wärmte ihn von innen.

„Ich dachte, du könntest nach dem Sport ein Extraglas vertragen", neckte sie ihn.

„Willst du damit andeuten, dass ich Schwierigkeiten hatte, mit dir mitzuhalten?" Die hatte er nicht gehabt, obwohl sie ihn ziemlich gefordert hatte, indem sie bergauf ein forsches Tempo vorgegeben hatte. Sie hatten sich im Einklang bewegt wie beim Liebesakt. „Meinst du, unterwegs oder unter der Dusche?"

„Beides", antwortete sie lächelnd.

Er erinnerte sich an ihr Liebesspiel unter der Dusche, daran, wie sich ihre schweißnassen, eingeseiften Körper aneinandergeschmiegt hatten, an ihr überwältigendes Verlangen füreinander. Der Sex war hart und schnell gewesen wie der Sport, und die Duschkabine war von Zoes lustvollen Schreien erfüllt gewesen.

Nick stand auf, ging um den Tisch herum und setzte sich rittlings auf die Bank, auf der sie saß. Dann zog er Zoe an sich, sodass sie sich mit dem Rücken an ihn lehnte und er ihr Nacken und Schultern massieren konnte. Zoe gab einen Laut der Zufriedenheit von sich und entspannte sich spürbar.

Jenseits des goldenen Lichtscheins der Kerzen auf dem Tisch war die Nacht samtschwarz. Die Straße war weit weg, weshalb sie keine Autos hörten. In der Stille ertönte ein Schrei aus dem Wald.

„Hast du das gehört?“, fragte Nick.

„Ich höre nichts. Nach der Bronx ist das fast unnatürlich.“

Der aus mehreren stakkatoartigen Tönen bestehende Schrei erklang erneut. „Horch.“

„Ich komme mir vor wie in einem Dokumentarfilm über die Wildnis. Was war das, eine Eule?“

„Eine große Ohreneule.“

Nachdem der Schrei ein weiteres Mal zu hören war, meinte Zoe: „Das ist ziemlich unheimlich.“

„Eine der beängstigendsten Erfahrungen hatte ich mit Eulen.“

„Was ist passiert? Hat eine dich angefallen?“

Er ließ seine Hände an ihrem Rücken hinuntergleiten, wobei er sie sanft massierte. Zoe seufzte wieder zufrieden auf.

„Beinah. Eulen haben ein ausgeprägtes Revierverhalten, und ich arbeitete an einem Projekt, bei dem ich innerhalb eines bestimmten Gebietes ihre Reviere kartografierte. Dazu musste ich auch nachts in den Wald, mit einer Karte, einem Kassettenrekorder und einem Sturzhelm ausgestattet.“

„Und du findest die New Yorker schräg.“

„Ich lief also durch den Wald und spielte Eulenschreie vom Band ab. Für gewöhnlich antworten die Eulen, und man trägt die Stelle auf der Karte ein. Was anderes ist es, wenn man sich einem brütenden Weibchen nähert. Die stürzen sich auf einen und versuchen, einem mit ihren Klauen den Kopf abzureißen.“

Zoe musste lachen. „Du nimmst mich auf den Arm, Pfadfinder.“

„Nein, im Ernst. Es war ein echter Nervenkitzel, durch einen finsteren Wald zu laufen und in die Dunkelheit hinaufzustarren, in Erwartung eines Vogels mit einem Meter fünfzig Spannweite, riesigen Klauen und einem gebogenen Schnabel, der aus dem Nichts herabstößt.“

„Es hat dir Spaß gemacht?“

„Mir ging es um den Artenschutz, aber es war auch spannend.“

Er umfasste ihre Taille. „Ich testete sie, um herauszufinden, wann sie anfangen, sich zu verteidigen. So ähnlich wie bei dir."

Sie lachte erneut, diesmal jedoch nicht mehr ganz so belustigt. „Ja, seit ich dich kenne, fühle ich eine gewisse Verwandtschaft zu Vögeln."

Leidenschaftlich küsste er sie auf den Hals. „Heute bist du anders."

„Manchmal ist es ermüdend zu kämpfen."

„Ich mag die starke Zoe und die schwache", sagte er leise.

Sie lauschten beide, doch die Eule schwieg.

„Ich glaube, ich weiß jetzt, was ich mit Xenias Geld anfangen werde", erklärte Zoe unvermittelt.

„Was denn?"

„Ich brauche es nicht. Ich arbeite gern. Ein bisschen werde ich behalten, damit ich das Taxifahren aufgeben und ein eigenes Fitnessstudio eröffnen kann. Den Rest werde ich verschenken."

„An wen?"

Sie zuckte die Schultern. „Es wird nicht schwierig sein, Menschen zu finden, die Geld brauchen. Ich werde es Einrichtungen für Kinder aus der Stadt geben, weil ich viele Kids erlebe, die nur eine Chance brauchen. Vielleicht mache ich dich glücklich und spende für den Naturschutz. Ich bin mir noch nicht ganz sicher. Ich weiß nur, dass ich Xenias Häuser verkaufen und das Geld an Organisationen für obdachlose jugendliche Ausreißer in New York geben werde."

„Wirst du alle Häuser verkaufen?"

Sie zögerte kurz, dann sagte sie: „Ja."

Nick drehte sie zu sich um, damit er ihr Gesicht sehen konnte. „Warum willst du wieder fort?"

„Wie ich bereits sagte, ich muss mich um alles kümmern. Fünfzig Millionen Dollar verteilen sich nicht von allein."

„Um Schecks auszuschreiben, musst du nicht in New York sein. Oder willst du die Dankbarkeit der Leute sehen?"

„Sei nicht albern. Ich spende das Geld nicht, um Dankbarkeit zu erhalten. Ich will es einfach nicht, und es gibt viele Menschen, die es gebrauchen können. Xenia hat es mir hinterlassen, damit ich tun kann, was ich will. Ich werde es in ihrem Namen spenden."

„Aber dafür musst du nicht in New York sein", wiederholte er.

Sie wich seinem Blick aus und trank einen Schluck Wein. „Nick, ich bin New Yorkerin. Die Stadt hat mich zu dem gemacht, was ich bin. Ich kann nicht einfach alles hinwerfen und verschwinden."

„Deine Wohnung in der Bronx sieht nicht gerade aus, als hättest du dort Wurzeln geschlagen."

Zoe gab einen verächtlichen Laut von sich. „Nur weil ich keine Innenarchitektin bin, soll ich mein bisheriges Leben aufgeben und hierher in die Wildnis ziehen?"

„Mir kannst du nichts vormachen. Maine gefällt dir."

„Ich mag auch Eisdielen, trotzdem würde ich nicht in einer leben wollen", konterte sie. „Was soll ich hier oben anfangen?"

„Eröffne hier ein Fitnessstudio. Die Leute in Maine treiben auch Sport. Du könntest es mit Sportarten verbinden, die hier ausgeübt werden – Langlaufski, Kajaktouren, Bergsteigen." Er hörte die Eule wieder rufen und fügte lächelnd hinzu: „Eulen ausweichen."

Sie erwiderte sein Lächeln nicht. „Nick, erst willst du, dass ich und meine Familie uns aussöhnen, und jetzt versuchst du mich dazu zu überreden, alles hinter mir zu lassen und in den Wald zu ziehen. Warum willst du, dass ich bleibe?"

„Ich glaube, du würdest hier glücklich werden. Du hast diese Art, mit Leuten zurechtzukommen, ohne ihnen zu nahe zu treten, die hier in New England sehr geschätzt wird. Du wirkst hier auch entspannter, bist mehr du selbst."

„Na ja, ich habe momentan auch tollen Sex, das ist entspannend. Es hat weniger mit der Magie Maines zu tun."

Er hob ihre Hand an seine Lippen, küsste jeden Fingerknöchel und die Innenseite ihres Handgelenks. „Willst du das hier wirklich aufgeben?"

„Heute Nacht? Nein." Sie strich ihm mit der anderen Hand durchs Haar. „Du bist das Aufregendste, was ich jemals bei Kerzenlicht gesehen habe. Ich wäre verrückt, wenn ich ginge."

„Was macht dich dann so sicher, dass du morgen gehen willst?"

„Ach, komm schon, du wusstest die ganze Zeit, dass ich zurückgehen würde. Es war von Anfang an klar, dass das zwischen uns nur etwas Vorübergehendes ist. Diese Art von …", sie suchte nach dem richtigen Wort und wedelte dabei mit der Hand, „… Begierde hält nicht ewig an. Es ist momentan großartig, aber diese Flamme wird erlöschen, und dann sitze ich hier mitten in der Wildnis fest, während du irgendwo auf Bäume kletterst oder sonst was machst."

„Du weißt nicht, ob die Flamme erlischt."

„Nick, der Sex zwischen uns ist wie eine wilde, ungezähmte Kraft. Das kann nicht andauern, und ich werde mein Leben in New York dafür nicht aufgeben. Ich dachte, das sei dir inzwischen auch klar. Ich werde mein Leben für niemanden ändern."

„Du würdest nichts ändern müssen", versicherte er ihr.

„Oh doch, das würde ich."

„Inwiefern?"

Zoe leerte ihr Glas und stand auf. „Wenn ich es dir erklären muss, hat es keinen Zweck." Sie fing an, die Teller zusammenzustellen.

Nick schaute ihr ratlos zu. Er hatte noch nie eine Frau davon überzeugen müssen, ihn nicht zu verlassen. Möglicherweise hatte er sich deshalb bisher immer unselbstständige, hilfsbedürftige Frauen ausgesucht, weil er wusste, dass sie ihn nie verlassen würden.

Bei seinem Vater hatte er nie die Gelegenheit bekommen, ihn davon zu überzeugen, nicht zu gehen.

Nick hielt Zoe am Handgelenk fest. „Stopp", sagte er. „Komm her."

Einen kurzen Moment schien sie ihm widerstehen zu wollen, dann gab sie nach. Sie kam näher, und er stand auf.

„Lass mich dir zeigen, warum du bleiben musst", bat er, blies die Kerzen aus und hob Zoe hoch, um sie in die Dunkelheit zu tragen.

Der Unterschied zum Kerzenschein war nicht allzu groß, weshalb seine Augen sich rasch an die Dunkelheit gewöhnten. Mit sicheren Schritten ging er auf die schwarzen Umrisse der Bäume zu.

„Wohin bringst du mich?", wollte Zoe wissen.

„Näher an den Wald." Als er den Saum des Waldes erreicht hatte, kniete Nick sich hin und legte sie auf das weiche Gras.

„Warum?"

„Weil ich dich lieben will, hier draußen."

„Dagegen habe ich nichts einzuwenden." Sie wollte ihn zu sich herunterziehen.

„Nicht so hastig."

Er legte sich neben sie. Ihr Gesicht war wie ein silbrig helles Leuchten in der Dunkelheit. Er umfasste ihr Kinn, streichelte ihre Wange.

„Du hast gesagt, der Sex zwischen uns sei wild und ungezähmt. Das stimmt, und es war wunderbar. Aber ich will dir zeigen, dass es nicht immer so sein muss. Wir können es ruhig und sanft tun."

„Nick …"

Er brachte sie mit einem zärtlichen Kuss zum Schweigen, den sie leidenschaftlich erwiderte. Ihre Zungen fanden sich, und Nicks Verlangen loderte auf. Er ignorierte es, um sich ganz auf ihre sinnlichen Lippen zu konzentrieren und auf ihren warmen Körper. Obwohl sie sich auf sein Tempo einließ, spürte Nick ihre Anspannung, deren Ursache möglicherweise Begierde war, vielleicht aber auch etwas anderes.

„Entspann dich", flüsterte er und strich über ihren anmutigen Hals, ihre Brüste und den flachen Bauch. Durch den Stoff ihres T-Shirts fühlte er ihr Herz schlagen. Sacht schob Nick die Hand darunter und zog mit dem Zeigefinger weite Kreise um ihren Bauchnabel. Ihre Haut war unglaublich zart.

Nick wollte sie mit jeder Faser seines Körpers lieben, er wollte mit ihr zusammen sein, wirklich vereint, hier draußen an dem besten Ort, den er sich vorstellen konnte. Er wollte, dass es vollkommen war, damit sie ihn nicht verlassen konnte. Aber das bedeutete, dass sie sich ihm ganz öffnen musste.

Er küsste sie noch einmal auf die Lippen und sagte: „Vertrau mir, Zoe. Ich will, dass du dich mir auslieferst. Ich will für dich da sein und dir Lust bereiten." Sie schien etwas erwidern zu wollen, doch er hatte noch ein Wort zu sagen: „Bitte."

Mit angehaltenem Atem wartete er.

Nick Giroux und seine Aufrichtigkeit, bei der sie jedes Mal schwach wurde.

Zoe sah ihm in der Dunkelheit in die Augen und spürte die Wärme seines Körpers. Nick bat sie um etwas, was nicht nur er wollte, sondern auch sie. Sie wollte seine Nähe spüren, das tiefe Vertrauen zwischen ihnen genießen. Sie wollte sich sicher und geborgen fühlen in seinen Armen und sich den Wonnen hingeben, die er ihr bereiten konnte.

Ihr Verlangen nach ihm würde niemals erlöschen. Diese Ausrede war einfacher gewesen, als sich ihre Angst einzugestehen. Insgeheim fürchtete Zoe, dass er eines Tages von ihr genug haben könnte.

Diese Nacht lang jedoch konnte sie wenigstens so tun, als wäre ihre Beziehung dauerhaft.

„Na schön", flüsterte sie.

Er lächelte, bevor er sie zärtlich und zugleich leidenschaftlich küsste. Dann drückte er weiche Küsse auf ihre Wange und auf den Hals. Zoe spürte, wie sein weiches Haar sie streifte. Seufzend schloss sie die Augen, als er durch ihr T-Shirt hindurch ihre Brüste küsste.

Ihre Brustspitzen wurden fest. Er küsste sie zwischen den Brüsten und auf ihren nackten Bauch.

„Deine Haut ist so zart", sagte er leise. „Du bist eine so starke Frau, aber deine Haut fühlt sich an wie ein junges Blatt." Er tauchte mit der Zungenspitze in ihren Bauchnabel.

„Du bist sehr poetisch", meinte sie mit gepresster Stimme. Sie hatten in unzähligen Positionen miteinander geschlafen, aber diese zärtlichen Liebkosungen waren das Erotischste, was sie je erlebt hatte.

„Für gewöhnlich bin ich das nicht." Er schob ihr T-Shirt hoch. Sie half ihm dabei, es ihr auszuziehen. Nach dem Duschen hatte sie auf einen BH verzichtet, sodass sie nun die kühle Nachtluft an ihren nackten Brüsten spürte.

Einen Augenblick lag er nur da und betrachtete sie in der Dunkelheit. „Du bist wunderschön hier draußen im Licht der Sterne."

„Was kommt als Nächstes, Pfadfinder? Willst du dir einen Orden für Romantik verdienen, indem du mir ein Sonett schreibst?"

„Warum willst du meine Komplimente nicht hören? Du musst doch wissen, dass ich die Wahrheit sage."

Sie schluckte, seine Worte und seine Zärtlichkeiten waren einfach zu viel.

Plötzlich hielt er inne. „Moment mal. Weißt du es wirklich nicht?"

„Ich weiß, dass du mich begehrst", gestand sie zögernd, „und du bist sehr poetisch ..."

„Nein, das meine ich nicht. Ich rede von deiner Schönheit. Siehst du es denn nicht? Hat es dir nie jemand gesagt?"

„Ich habe schöne Schwestern, eine schöne Mutter und eine schöne Großtante. Aber ich bin nicht schön. Schön fühle ich mich nur ..." Es kostete sie einige Überwindung, es ihm zu gestehen, doch letztlich hatte sie nichts zu verlieren. „Schön fühle ich mich nur, wenn du mich so ansiehst wie jetzt."

Er lachte rau. „Du bist wirklich die hinreißendste Frau, die mir je begegnet ist." Diesmal klang er weniger poetisch, dafür umso überzeugender. „Ich werde es dir zeigen."

Und dann küsste er sie beinah ehrfürchtig, als wäre sie etwas unendlich Kostbares. Mit der Zunge glitt er an ihrem Hals entlang bis zu ihren Brüsten. Als seine Lippen sich um eine ihrer Brustspitzen schlossen, rang Zoe nach Atem.

Sacht, so sacht, dass sie keine einzelnen Bewegungen unterscheiden konnte, umspielte er mit der Zunge die Brustspitze. Sinnliche

Schauer durchliefen ihren Körper, das warme Gefühl rieselte bis in ihre Zehenspitzen.

Nach einem letzten kurzen Kuss hob Nick den Kopf. „Du bist wunderschön“, flüsterte er, und sie spürte seinen warmen Atem auf ihrer feuchten, empfindsamen Haut, bevor die kühle Nachtluft darüberwehte. Ihre Brustspitze zog sich noch stärker zusammen.

Er widmete sich nun ihrer anderen Brust und verwöhnte sie auf noch aufregendere Weise.

Diese Hände, die heilen und trösten konnten, hielten sie behutsamer, als es irgendwer jemals zuvor getan hatte. Zoe verlor jedes Zeitgefühl. Irgendwo dort oben waren die Sterne, und die Erde drehte sich dem nächsten Tag entgegen.

Und dann würde sie gehen.

Erneut hob er den Kopf und sah sie an. „Glaubst du mir jetzt?“, fragte er.

Ich würde dir wahrscheinlich alles glauben, was du sagst, dachte sie. *Sogar, dass du mich liebst.*

Dieser Gedanke war so stark, dass Zoe nicht wagte, den Mund aufzumachen, aus Angst, den Satz tatsächlich auszusprechen.

„Tja, dann werde ich mir eben noch mehr Mühe geben müssen.“

Zoe beobachtete, wie Nick sich neben sie kniete und ihr die Jogginghose auszog. Sie hatte nach dem Duschen auch keinen Slip angezogen, sodass sie nun vollkommen nackt unter dem Sternenhimmel im Gras lag. Nick betrachtete sie eine ganze Weile, ohne etwas zu sagen oder zu tun.

Der Laut, den er dann von sich gab, überraschte Zoe.

Er seufzte.

„Nick?“

„Ich habe nur gerade daran gedacht, wie eigenartig es ist, dass ich so viel Zeit meines Lebens in der freien Natur verbracht habe, ohne jemals mit jemandem draußen zu schlafen.“

„Nie?“

„Nein. Schon komisch, was? Ich habe eben nie eine Frau gefunden, mit der ich das tun wollte.“ Obwohl sie nicht genau erkennen konnte, wohin er sah, spürte sie, dass er ihren Körper betrachtete. „Es ist wundervoll, dich hier draußen unter freiem Himmel nackt zu sehen.“

„Du könntest dich auch ausziehen.“

„Noch nicht.“ Er streichelte ihre Oberschenkel, und sie erschauerte von Neuem. „Es kommt mir vor, als gäbe es nur uns, dich und mich und die Tiere und Bäume, und niemanden sonst." Er ließ seine Hand höher gleiten. „Überhaupt niemanden außer uns."

Im nächsten Moment beugte er sich hinunter und küsste sie auf den Oberschenkel. Sie spreizte unwillkürlich die Beine, und Nick kniete sich dazwischen.

Mit Händen und Lippen erforschte er sanft ihre Beine, von den Hüften bis zu den Zehen. Er küsste die Innenseite ihrer Oberschenkel, und Zoe hob sich ihm entgegen. „Berühre mich, Nick. Bitte."

Er gab einen amüsierten Laut von sich, und sie spürte seinen Atem zwischen ihren Beinen. Aber das genügte ihr nicht.

Er legte seine Hände auf ihre Hüften und küsste sie sacht auf den Bauch, dann spürte sie seine Zunge an ihrer kleinen Perle. Zoe schloss die Augen und flüsterte seinen Namen in die Nacht.

Eine Hand schob sie in sein Haar, mit der anderen hielt sie sich im Gras fest. Die kühle Nachtluft strich weich über ihren nackten Köper, und in ihrer sinnlichen Benommenheit meinte Zoe, Nick überall zu spüren. Er verwöhnte sie mit den Lippen und der Zunge, streichelte sie und tauchte mit den Fingern behutsam in sie.

Das war es. Heftige Schauer durchrauschten ihren Körper, und sie erlebte einen Orgasmus, bei dem sie den Kopf von einer Seite auf die andere drehte und wieder und wieder Nicks Namen flüsterte.

Ein letztes Mal küsste er ihre empfindsamste Stelle, woraufhin sie abermals lustvoll erschauerte, dann schob er sich auf sie, bis sein Gesicht dicht vor ihrem war.

„Ich liebe es, wenn du das machst", sagte er.

„Ja, ich habe selbst eine Schwäche dafür", erwiderte sie außer Atem.

Er setzte sich auf und begann, sich auszuziehen. Zoe schaute ihm träge zu und bewunderte im schwachen Licht der Sterne wieder einmal die Vollkommenheit seines Körpers. Als Nick sich bewegte, um etwas aus der Tasche seiner Jeans zu nehmen, sah sie seine Erektion. Das Verlangen erwachte von Neuem in ihr. Egal, wie oft sie zum Höhepunkt gelangte, wie befriedigt sie war, trotzdem wollte sie immer noch mehr von Nick.

Sie hörte ein leises Knistern. Er hatte ein Kondom gefunden und streifte es sich über. Sie wusste genau, wie es sich anfühlte, wenn sie es tat. Und sie wusste genau, wie es sich anfühlte, wenn Nick in ihr war. Genauso sicher wusste sie, dass sie nie genug von ihm bekommen würde. Um vor Sehnsucht nicht laut aufzustöhnen, biss sie sich auf die Lippe.

Er half ihr, sich aufzusetzen, und zog sie auf seinen Schoß, sodass sie einander gegenübersaßen. Zoe schlang ihre Beine um seine Hüfte. Ihre Brüste ruhten sanft an seiner Brust. Und zwischen ihren Oberschenkeln spürte sie seine Erektion, warm und hart.

Nick küsste sie, während sie ihn fest umarmte. Er hielt ihre Hüfte und drang im nächsten Moment geschmeidig in sie ein, Zentimeter für Zentimeter spürte sie ihn in sich tauchen. Währenddessen sahen sie sich tief in die Augen.

Als sie ihn ganz in sich aufgenommen hatte, hielt er inne. Sie fühlte das Pochen in ihr, ihr Herz schlug im gleichen Takt wie seins. Machtvoll hüllten ihre Gefühle sie ein. Sie spannte die Oberschenkelmuskeln an, um ihn und jede seiner Bewegungen besser zu spüren. Doch er rührte sich nicht.

„Sieh dir den Sternenhimmel an“, flüsterte er, und sie riss sich vom Anblick seiner Augen los und schaute nach oben, wo Millionen und Abermillionen Sterne leuchteten, jeder einzelne Teil eines Sonnensystems.

Es war atemberaubend schön. Und sie würde es nie wieder so sehen, denn einen solchen Sternenhimmel gab es nicht in New York.

Endlich begann er, sich zu bewegen. Die Traurigkeit über den bevorstehenden Verlust verließ Zoe zwar nicht vollständig, aber das trat für sie in den Hintergrund. Angesichts der unglaublichen Lust, die sie mit Nick erlebte, verblasste der Kummer.

Sein Rhythmus war ruhig, gleichmäßig und unwahrscheinlich aufregend. Ihre kleine Perle streifte seine Haut, was ihre Begierde weiter steigerte. Immer wieder streiften ihre Brustspitzen seinen muskulösen Oberkörper. Sie hatte die Beine um seine Taille geschlungen, und ihre Muskeln zitterten, während ihre Anspannung stieg. Zoe küsste ihn stürmisch und überließ sich ganz ihren berauschenden Gefühlen, bis sie zum Höhepunkt gelangte.

Noch während die Schauer ihren Körper durchliefen, beschleunigte Nick sein Tempo. Sein Griff wurde fester, und er drang ein letztes Mal tief in sie ein, sodass sie im Taumel der Leidenschaft aufstöhnte.

„Zoe“, flüsterte er. Nachdem er sich etwas beruhigt hatte, strich er ihr das Haar aus dem Gesicht und drückte sie an sich. Der Schweiß auf ihrer Haut kühlte ihre Körper.

Nie zuvor hatte Zoe sich so geliebt gefühlt. In diesem Moment in seinen Armen, während sie seinen Herzschlag fühlte, hatte sie nur einen Gedanken: Ich liebe dich.

Fast fühlte sie sich sicher genug, um es laut auszusprechen. Außerdem würde sie wohl kaum eine weitere Chance dazu bekommen. Andererseits waren diese Worte so bedeutungsvoll.

Sie hatte schon den Mund geöffnet, um es zu sagen, als etwas sie ins Bein piekste. „Autsch", sagte sie und schlug sich auf den Oberschenkel.

Nick lachte leise. „Das war wohl eine frühe Kriebelmücke." Er berührte ihr Bein dort, wohin sie geschlagen hatte, und strich zärtlich darüber. „Es ist noch nicht die Jahreszeit dafür, sonst könnten wir uns hier draußen gar nicht aufhalten."

Sie hätte es noch immer sagen können, doch der richtige Augenblick war vorüber. „Insekten", sagte sie. „Ich wusste doch, dass die Wildnis einen Nachteil hat."

„Die Kriebelmücke ist das inoffizielle Wappentier Maines", sagte er und schob sie sanft von seinem Schoß. Sie empfand es nicht nur als das Ende der körperlichen Wonne.

Nick half ihr auf. Ihre Beine waren ein wenig steif. Er hob sie mühelos hoch und küsste sie. „Gehen wir ins Haus. Dort gibt es Fliegengitter."

Zwischen ihnen herrschte immer noch diese angenehme Vertrautheit. Wie ein Held aus einem Liebesroman stieß er die Tür mit dem Fuß auf. Zoe musste lachen, als sie gegen seinen Po stieß, während die Tür wieder zuschwang. Er trug Zoe die Treppe hinauf und ging auf eines der Schlafzimmer oben zu.

Erst auf halbem Weg zum Bett fiel ihr auf, dass es sich genau um den Raum handelte, von dem sie sich vorgestellt hatte, wie sie mit ihm darin aufwachte. Er hatte also dasselbe Zimmer gewählt wie sie in ihrem erotischen Tagtraum.

Als sie sich unter der Decke aneinanderkuschelten, bezweifelte Zoe, dass es nur Zufall war. Vielmehr kam es ihr wie ein Zeichen vor, als müsste die Zukunft mit Nick, an die sie immer wieder dachte, kein Traum bleiben.

Im Haus war es dunkler als draußen. Zoe legte ein Bein über Nicks Oberschenkel und schmiegte sich an ihn. Zärtlich ließ sie ihre Finger durch sein Haar gleiten und streichelte sein Gesicht. Als sie seine Lippen berührte, küsste er sie.

Sie stellte sich vor, dass es jede Nacht so wäre.

Draußen raschelte etwas, dann folgte ein Poltern. Zoe hielt inne. „Was war das?"

„Waschbären", antwortete er. „Die machen sich über die Reste unseres Essens her." Er gab einen zufriedenen Laut von sich. „Aber das ist mir egal. Ich könnte mit dir ewig hier liegen."

Es klang fast zu schön, um wahr zu sein, und sofort kamen ihr die Worte wieder in den Sinn, die sie vorhin nicht ausgesprochen hatte. In diesem Moment konnte sie sich fast vorstellen, dass er sie auch liebte.

„Verrate mir eines, Pfadfinder", sagte sie und ließ die Finger über seine Brust gleiten. „Warst du jemals verliebt?"

Er ließ sich Zeit mit der Antwort. „Ich glaube nicht", sagte er schließlich. „Ein- oder zweimal habe ich es wohl geglaubt. Aber es stimmte nicht."

Seine Worte versetzten ihr einen Stich. Nein, er liebte sie nicht. Was sie verband, waren Zuneigung und Leidenschaft. Nur war das nicht genug. Nicht genug, um zu bleiben.

„Ich …" Er zögerte wieder und atmete aus, bevor er fortfuhr: „Ich habe mich schon gefragt, ob ich meinem Vater zu sehr ähnele."

„Nein, das tust du nicht", versicherte sie ihm.

„In gewisser Hinsicht schon. Vielleicht in vielerlei Hinsicht. Ich fühle mich meiner Arbeit verpflichtet, und ich glaube, ich könnte für eine Frau und Kinder da sein. Aber möglicherweise irre ich mich, schließlich habe ich es nie versucht. Vielleicht würde ich auch weglaufen, wenn ich in der gleichen Situation wie mein Vater wäre."

„Wie fühlst du dich bei dem Gedanken, dass du ihn morgen sehen wirst?", fragte sie leise.

„Ehrlich gesagt, ich habe Angst." Er drückte sie fester an sich. „Wahrscheinlich gebe ich das nur zu, weil es dunkel ist und ich mit dir zusammen bin. Meine Schwester sagt, dass es in Ordnung war, ihn zu treffen. Ich denke ständig daran, dass es vielleicht an mir gelegen hat, wenn er tatsächlich kein schlechter Kerl ist. Vielleicht habe ich es verdient, verlassen zu werden."

Diese Worte schockierten und trafen sie, denn sie hatte schon halbwegs beschlossen, am nächsten Tag abzureisen. Bisher hatte sie nur daran gedacht, wie schmerzhaft es für sie werden würde. Jetzt begriff sie, wie sehr es Nick treffen würde.

Nicht weil er sie liebte, sondern weil es eine ähnliche Situation wäre, wie er sie schon einmal durchlebt hatte. Er hatte sie gebeten zu bleiben, doch sie wollte nicht. Sobald er seinen Vater wiedergefunden hatte, würde sie gehen.

Sie hielt ihn fest in ihren Armen, wenigstens für diesen Moment.

„Du verdienst es nicht, verlassen zu werden", flüsterte sie.

10. KAPITEL

Nick wachte auf und streckte den Arm nach Zoe aus, doch er war allein. Es gab noch eine Einbuchtung im Kopfkissen, aber das Bettzeug auf ihrer Seite war kalt.

Er setzte sich auf. Dem Sonnenlicht nach zu urteilen, das durch das Fenster hereinschien, musste es gegen zehn sein. Er fühlte sich erfrischt und erinnerte sich daran, mit Zoe in seinen Armen eingeschlafen zu sein. Noch nie hatte er so gut geschlafen. Außerdem hatte er eine Erektion, was nicht weiter verwunderlich war, da er die ganze Nacht von Zoe geträumt hatte.

Du verdienst es nicht, verlassen zu werden. Es war erstaunlich, wie viel ihm diese Worte bedeuteten. Und wenn sie der Ansicht war, er verdiene es nicht, verlassen zu werden, dann würde sie bleiben.

Nick streckte sich lächelnd. Die vergangene Nacht war unglaublich gewesen. Er hatte mit Zoe etwas erlebt, was er mit keiner anderen Frau jemals zuvor erlebt hatte. Gleichzeitig war ihm klar geworden, dass er sich genau danach schon immer gesehnt hatte. Und nun, wo sie blieb, würde es noch besser werden.

Er fand sie unten in der Küche. Sie saß am Küchentisch und drehte etwas in ihren Händen hin und her. Vor ihr stand eine Tasse Kaffee. Ihr Haar schimmerte hell im Licht der Morgensonne. Die Box mit der Taube stand neben ihr. Zoe schaute nicht auf. Sie schien tief in Gedanken versunken zu sein.

„Guten Morgen, Schöne", begrüßte er sie und riss sie damit aus ihren Tagträumen. Er ging zu ihr und küsste sie auf die Wange.

„Guten Morgen." Sie klang heiterer, als ihre Miene vermuten ließ. „Ich dachte, ihr Ranger müsstet mit der Sonne aufstehen."

„Ich habe noch nie so gut geschlafen." Er schenkte sich Kaffee ein und schob zwei Scheiben Toast in den Toaster. „Ich dachte, ihr Erbinnen lungert den ganzen Tag im Bett herum und esst Pralinen."

„Ich war auf Erkundungstour und habe aufgeräumt. Diese Waschbären richten ziemliche Verwüstungen an."

„Dann solltest du mal die Bären erleben." Er setzte sich neben sie und strich ihr das Haar aus dem Gesicht. „Man darf sie nicht an die Nahrung der Menschen gewöhnen. Ich hätte letzte Nacht aufstehen und sie verscheuchen müssen, aber ich bin lieber bei dir im Bett geblieben."

„Na ja, die eine Nacht wird nicht so schlimm gewesen sein."

Nick bemerkte, dass das, womit sie spielte, Autoschlüssel waren. „Was ist das?"

„In Xenias Garage steht ein Wagen mit Allradantrieb. Den hat sie offenbar bei ihren Aufenthalten hier benutzt. Die Schlüssel habe ich in einem der Küchenschränke gefunden."

„Das kommt dir ja sehr gelegen. Es sei denn, du wolltest dir ein New Yorker Taxi kommen lassen, damit du dich wie zu Hause fühlst." Der Toast sprang heraus. Nick nahm ihn und bestrich eine Scheibe mit Butter. Bis er sich wieder setzte, hatte er schon die ersten Bissen vertilgt.

Zoe spielte noch immer mit den Schlüsseln. „Ich habe einen Pfad entdeckt, der durch den Wald zum Wohnwagen deines Vaters führt. Wahrscheinlich benutzt er ihn, wenn er hier arbeitet."

Nick hatte die zweite Scheibe Toast fast aufgegessen. „Ist er schon zurück?"

„Als ich dort war, noch nicht. Aber das war vor zwei Stunden."

Er war so glücklich darüber gewesen, mit Zoe zusammen zu sein, dass er den eigentlichen Grund seines Aufenthaltes in diesem Haus ganz vergessen hatte.

„Ich werde demnächst mal hinübergehen", sagte er. „Übrigens war ich sehr enttäuscht, dass du nicht neben mir im Bett lagst, als ich aufgewacht bin. Eigentlich hatte ich den Tag damit beginnen wollen, mit dir zu schlafen. Zum Glück ist es dafür noch nicht zu spät." Er stand auf und hielt ihr lächelnd die Hand hin.

Sie stand ebenfalls auf, legte ihre Hand jedoch nicht in seine. „Jetzt enttäuschst du mich aber", meinte sie. „Nachdem du so viele Meilen im Kreis gefahren bist, gibst du deine Besessenheit einfach auf? Ich hätte gedacht, du würdest wie der Blitz diesem Pfad durch den Wald zum Wohnwagen deines Vaters folgen."

Sie hatte recht. Er musste seinen Vater sehen, es aufzuschieben war keine Lösung. „Na schön, dann gehen wir. Zurück ins Bett können wir auch später noch." Da sie nicht reagierte, sondern ihn nur ernst ansah, stutzte er. „Was ist los? Stimmt etwas nicht?"

„Es ist nur die Anspannung, weil dein Traum wahr wird. Komm, gehen wir und suchen deinen Vater, um es hinter uns zu bringen."

Er folgte ihr aus dem Haus und über den Rasen. Der Pfad war breit genug für einen Geländewagen oder ein Schneemobil. Wahrscheinlich hatte sein Vater eins von beidem oder beides im Schuppen. Auf jeden Fall war der Weg breit genug, dass sie nebeneinander gehen konnten. Trotzdem lief sie ein wenig voraus.

Er beschleunigte seine Schritte, um sie einzuholen. „Zoe, was ist denn los?"

„Ich habe dir doch schon gesagt, dass alles in Ordnung ist." Sie wirkte blass.

„Konntest du schlafen?"

„Nicht so gut." Sie wich seinem Blick aus.

„Wie lange bist du denn schon wach?"

„Eine Weile. Ich war schon joggen."

Nick war beunruhigt. „Da ist etwas, was du mir nicht erzählst."

Zoe blieb stehen und hob eine Hand. „Horch! Ich glaube, das ist dein Dad."

Er konnte zwischen den Bäumen das Geräusch eines sich nähernden Autos hören, und nachdem sie ein Stück weitergegangen waren, sah er es auch. Es handelte sich um einen klapprigen blauen Pick-up, der vor dem Wohnwagen, den man jetzt am Ende des Pfades erkennen konnte, hielt. Sie warteten im Schutz der Bäume.

Ein Mann in Jeans und Flanellhemd stieg aus, und Nick erkannte sofort seinen Vater.

„Das ist er", sagte Zoe.

„Ja", bestätigte er.

„Gut. Ich bin froh, dass du ihn gefunden hast. Das macht es einfacher." Zoe gab ihm einen Kuss auf die Wange und trat zurück. „Viel Glück, Nick. Es war schön, dich kennenzulernen."

Ohne seine Antwort abzuwarten, drehte sie sich um und ging davon.

Nick stand einen Moment völlig benommen da und schaute Zoe hinterher, bis er auf der Auffahrt seines Vaters eine Wagentür zuschlagen hörte. Das riss ihn aus seiner Erstarrung, und er lief Zoe hinterher, packte sie an der Schulter und drehte sie zu sich um.

„Was soll das?", wollte er wissen.

„Geh, und sprich mit deinem Vater", sagte sie. „Das wolltest du doch."

„Und was machst du?"

„Ich fahre zurück nach New York."

Er war fassungslos. „Du gehst zurück nach New York? Das ist alles, was du mir zu sagen hast? Warum?"

„Die Gründe habe ich dir letzte Nacht erläutert. Ich lebe in New York, und dieses Leben gefällt mir. Deshalb kehre ich dorthin zurück."

„Zoe, das ist Unsinn, und das weißt du."

„Tja, aber es ist meine Sache", erwiderte sie trotzig.

Alles, was er in der vergangenen Nacht zu ihr gesagt hatte, alles, was sie getan hatten – vergebens. Er hatte die Chance gehabt, sie zu halten, und es nicht geschafft.

Er hielt ihre Schultern gepackt, als könnte er damit wettmachen, was ihm bisher nicht gelungen war.

„Bedeutet dir denn das, was zwischen uns war, überhaupt nichts? Nicht einmal die letzte Nacht?"

Sie versuchte sich zu befreien. „Lass mich gehen."

„Antworte mir, Zoe."

„Wenn du mich nicht loslässt, kann ich dich dazu zwingen, und das wird für keinen von uns lustig", warnte sie ihn, und Nick nahm die Hände von ihr. „Danke." Sie wandte sich ab und marschierte wieder los.

Seine anfängliche Benommenheit wich Wut, deshalb rannte er ihr nicht nur hinterher, sondern stellte sich ihr in den Weg. „Du lügst", behauptete er.

„Du kannst glauben, was du willst, Nick. Ich werde trotzdem nach Hause fahren. Lass mich vorbei."

„Ich weiß, was los ist. Du machst genau das, was du immer machst. Du stößt mich weg, genau wie all die anderen Menschen, weil du Angst davor hast, jemanden zu nah an dich heranzulassen."

Immerhin sah sie ihm jetzt in die Augen, doch war ihr Blick ausdruckslos, und das machte ihn noch wütender.

„Du läufst davon", warf er ihr vor. „Du glaubst, du bist hart, Zoe, aber das ist nicht wahr. Starke Menschen laufen nicht davon. Das tun nur Feiglinge."

Ihre Miene verhärtete sich. „Herzlichen Glückwunsch, Nick. Endlich hast du es begriffen. Ich bin ein Feigling. Leb wohl." Sie verließ den Pfad und trat ins Unterholz, um ihm auszuweichen.

„Dich interessiert nur dein sicheres Leben", warf Nick ihr zornig vor. „Es ist dir egal, was deine Großtante für dich wollte oder was deine Eltern für dich empfinden. Du willst für nichts verantwortlich sein. Es ist dir sogar egal, dass ich dich liebe."

Zoe blieb unvermittelt stehen, und erst da wurde Nick klar, was er gesagt hatte.

Er liebte sie. Und er meinte es ernst.

„Du hast recht", sagte sie. Aus ihren Lippen war beinah alle Farbe gewichen. „Es ist mir egal."

Ihre Worte trafen ihn so hart, dass er nichts mehr sagen konnte. Er sah sie an, und sie erwiderte seinen Blick unnachgiebig trotzig.

Am Ende des Pfades wurde erneut eine Wagentür zugeschlagen, und der Wagen seines Vaters wurde gestartet.

„Geh zu deinem Vater", sagte sie. „Er ist derjenige, den du wirklich gesucht hast." Sie wandte sich ab und ging davon.

Diesmal endgültig.

Nick beeilte sich, zum Ende des Pfades zu gelangen, und als er auf die Lichtung kam, schwirrten ihm die Worte durch den Kopf, die er seinem Vater seit Jahren vorhalten wollte: Ein echter Mann lässt seine Familie nicht im Stich, sondern kümmert sich um sie.

Dann fiel ihm ein, dass er Zoe feige genannt hatte.

Er blieb unentschlossen stehen. Sämtliche Energie schien plötzlich aus ihm zu weichen.

Sein Vater setzte bereits zurück, trat jedoch auf die Bremse, als er seinen Sohn entdeckte, und stellte den Motor aus. Die Fahrertür ging auf, und er sprang hinaus. „Hallo, Nicky", begrüßte Eric Giroux ihn.

Nick hatte den Kosenamen seit seiner Kindheit nicht mehr gehört. Sein Vater kam auf ihn zu. Die Zeit hatte Spuren in seinem wettergegerbten Gesicht hinterlassen, und er humpelte leicht.

Keines der Worte, die Nick so oft geübt hatte, wollte in diesem Moment über seine Lippen kommen. Sein ganzer Zorn schien verraucht zu sein, und zurück blieb ein Gefühl der Leere.

„Nick", sagte er schließlich. „Ich werde jetzt Nick genannt, Dad."

„Oh. Ja." Eric blieb vor ihm stehen und wollte ihm die Hand geben, überlegte es sich jedoch anders und ließ sie wieder sinken. Nick machte keine Anstalten, ihn zu berühren. Eine Umarmung fand er zu vertraut, ein Händeschütteln zu distanziert für diesen Mann, der ihn als Baby auf dem Arm gehalten und ihm das Fischen beigebracht hatte, nur um irgendwann einfach zu verschwinden.

Eric war ein Stück kleiner als Nick und drahtiger. Er nickte kurz, und es war offensichtlich, wie verlegen er war. „Ich bin bei dir gewesen", erklärte er. „Deine Schwester hat erzählt, du seist auf der Suche nach mir."

„Ich war in New York", sagte Nick. Der Schmerz, der ihn bei diesen Worten durchfuhr, war unglaublich, denn er musste daran denken, dass er Zoe in New York getroffen hatte. Er schloss die Augen und sagte irgendetwas, um sich von diesem Schmerz abzulenken. „Warum hast du mir geschrieben, Dad?"

„Ich kam mit der Lady aus dem Haus dort drüben ins Gespräch. Ich kümmere mich darum, wenn sie weg ist."

„Xenia Drake?"

„Ja", bestätigte sein Vater. „Ich arbeite seit Jahren für sie, und wir unterhielten uns. Sie fragte mich, ob ich Kinder hätte. Sie hat eine Art an sich, mit der sie es schafft, dass man sich ihr öffnet. Ich erzählte ihr von dir und Kitty, und sie berichtete von ihrer Nichte, die etwas ganz Besonderes sei. Dann fing sie an, mir von ihrem Testament zu erzählen, und das machte mich nachdenklich." Er schob die Hände in die Taschen seiner Jeans, was ihn kleiner wirken ließ. „Ich habe dich so viele Jahre nicht gesehen, aber ich hörte, was du machst – dass du ein Ranger hier auf der Insel bist. Da war ich sehr stolz auf dich."

Eine Sekunde lang sahen sie sich in die Augen, dann wandte Nick den Blick verlegen wieder ab.

„Also habe ich einen Brief geschrieben und Miss Drake gebeten, ihn für mich irgendwo aufzugeben. Ich wollte ihn nicht von Southwest Harbour abschicken, weil ich nicht wollte, dass du dich verpflichtet fühlst, mich zu besuchen."

„Xenia hat dir von Zoe erzählt, und das hat dich veranlasst, mir zu schreiben", sagte Nick, und Eric nickte.

Diese Begegnung verlief ganz anders, als er es sich immer ausgemalt hatte. Sein Vater war wie ein vertrauter Fremder, jemand, auf den er nicht wütend sein konnte.

Zoe war alles, was er wollte, nur hatte er das nicht gewusst. Die letzten Worte hatte er ihr im Zorn gesagt. Und dann hatte er ihr sogar noch seine Liebe gestanden.

Er erinnerte sich noch genau daran, wie sie ihn in der Dunkelheit des Schlafzimmers gefragt hatte, ob er jemals eine Frau geliebt hatte. Er hatte es einfach als eine Frage nach seiner Vergangenheit betrachtet und sich keine Gedanken darüber gemacht, warum sie das fragte.

Ihm war noch nicht klar gewesen, was er für sie empfand, und er hatte fest geglaubt, sie würde bleiben.

„Warum bist du damals verschwunden?", platzte er heraus, und obwohl er so lange darauf gewartet hatte, diese Frage zu stellen, wollte er die Antwort von dem Mann vor ihm eigentlich gar nicht mehr hören.

Eric scharrte mit seinen Arbeitsstiefeln im Laub. „Ich weiß es nicht", sagte er. „Ich bin eben einfach gegangen. Es war leichter allein. Und dann war es zu spät, um wieder zurückzukehren."

Zum ersten Mal sah Nick seinen Vater genau an, und zwar nicht, um herauszufinden, wie sehr er sich im Lauf der Jahre verändert hatte oder um nach Ähnlichkeiten und Erinnerungen zu suchen. Nein, er wollte sehen, wer Eric war: ein Mann mittleren Alters, kräftig, nicht sehr redegewandt, der vor einer halben Ewigkeit eine Entscheidung getroffen und möglicherweise einen Fehler begangen hatte und seither allein lebte.

Plötzlich erwachte er aus seiner Starre, und ihm wurde klar, dass Zoe fortging. Vielleicht war sie bereits unterwegs.

„Ich liebe eine Frau", eröffnete er seinem Vater. „Tja, und jetzt muss ich los, um sie zu finden."

Er rannte bereits auf den Pfad zu, als er seinen Vater hinter sich hörte, dessen Stimme überraschend resigniert klang. „Ja."

Nick hielt inne und ging zurück. Er legte Eric mit einer freundschaftlichen Geste eine Hand auf die Schulter. „Ich werde zurückkommen", versprach er, dann lief er los.

Zoe bekam das Garagentor nicht auf. Es war nicht zu schwer, denn am Morgen hatte sie es auch geschafft. Doch jetzt wollten ihre Arme ihr einfach nicht gehorchen. Außerdem konnte sie nur noch verschwommen sehen, weil ihre Augen sich mit Tränen füllten.

Gütiger Himmel, dachte sie, er liebt mich.

Selbst in der vergangenen Nacht, als sie sich ihren Fantasien vom Glück mit Nick hingegeben hatte, hatte sie nicht mit so einer Äußerung von ihm gerechnet. Aber er hatte es fast vorwurfsvoll gesagt. Alles, was er bisher gesagt hatte, war die Wahrheit gewesen, und daher wusste sie, dass auch diese Worte wahr waren.

Er liebte sie, und sie liebte ihn, und trotzdem war sie gegangen. Sie hatte zu viel Angst, um zu bleiben.

Inzwischen war ihr klar, dass sie auch zu viel Angst hatte, um tatsächlich zu gehen.

„Verdammt", sagte sie, schmiss die Autoschlüssel für den Geländewagen auf den Boden und marschierte zurück.

Kaum war sie in Richtung Eric Giroux' Wohnwagen unterwegs, liefen die Tränen. Sie rannte und machte sich nicht die Mühe, sie wegzuwischen.

Plötzlich entdeckte sie Nick, der ihr entgegenkam. Sie dachte gar nicht daran, innezuhalten, sondern warf sich ihm in die Arme und schmiegte das Gesicht schluchzend an seine Brust.

Er drückte sie fest an sich. „Ich dachte, du wärst schon fort“, flüsterte er.

„Ich konnte nicht“, gestand sie und sah ihm in die Augen. Ihr Gesicht war tränenüberströmt, Nase und Augen waren vermutlich gerötet, aber das war ihr egal. „Ich liebe dich“, sagte sie. „Ich konnte nicht gehen, weil ich dich liebe, und zwar vom ersten Moment an.“

„Zoe.“ Er schloss sie erneut in die Arme, so fest, dass sie beinah keine Luft mehr bekam, und küsste sie auf die Stirn. „Es tut mir leid, dass ich diese Dinge zu dir gesagt habe. Ich habe es nicht so gemeint. Ich war wütend und verletzt. Du bist kein Feigling. Du bist die stärkste und wundervollste Frau, die ich kenne“, sagte er und sah ihr in die Augen.

„Doch, ich bin ein Feigling.“

Er hörte auf, sie zu küssen, und betrachtete ihr Gesicht.

„Wenn ich stark wäre, wäre ich gegangen“, erklärte sie. „Ich werde mich verlieren, wenn ich bei dir bleibe, Nick. Deswegen wollte ich fort. Ich werde anfangen, mich auf dich zu verlassen, ich werde in deiner Welt leben und nie mehr unabhängig sein. Dagegen kämpfe ich an, seit ich dich kennengelernt habe.“

Sie schluchzte und fuhr fort: „Aber ich kann nicht länger dagegen ankämpfen. Es schmerzt zu sehr.“ Erneut schmiegte sie das Gesicht an seine Brust und lauschte dem Pochen seines Herzens. Es fühlte sich an, als hätte sie schon ihr ganzes Leben darauf gewartet, in seinen Armen zu liegen.

„Zoe“, sagte er noch einmal und legte ihr den Zeigefinger unters Kinn, damit sie ihn ansah. „Dies ist nicht meine Welt. Es ist deine. Erinnerst du dich an letzte Nacht, als wir zu den Sternen hinaufsahen?“

„Nicht zu vergessen die Waschbären.“

„Wenn du fort gewesen wärst, wäre ich dir bis nach New York gefolgt und hätte mich vor deine Tür gesetzt, bis du mit mir geredet hättest. Ich werde mit dir in deine Welt kommen, wenn du willst. Es spielt für mich keine Rolle, wo wir sind. Nur du zählst.“

„Aber du hasst New York.“

„Und du liebst Maine. Aber wenn du stur sein kannst, kann ich das schon lange. Ich werde warten, denn ich will mich ebenso auf dich verlassen wie du dich auf mich. Und wenn du das nicht begreifst, bist du wirklich blöd.“

Er wischte ihr zärtlich die Tränen von den Wangen. Es war eine behutsame Geste, aber Zoe fühlte sich deswegen nicht schwach, sondern geliebt.

„Ich werde sogar Steppaerobic machen“, versprach er und brachte sie damit zum Lächeln.

„Wir werden uns gegenseitig in den Wahnsinn treiben“, sagte sie. „Aber es wird toll sein, wenn wir uns wieder versöhnen.“

Er küsste sie, und sie erwiderte den Kuss. In seinen Armen konnte sie sich vorstellen, wie sie sich leidenschaftlich liebten und einander trotzdem ebenbürtig waren. In jeder Hinsicht.

„Ich liebe dich, Zoe“, sagte er, nachdem sie sich voneinander gelöst hatten.

„Ich liebe dich, Nick.“

„Bitte bleib.“

Sie nickte. „Ich werde es versuchen.“

Sie lächelten einander an, und Zoe konnte sich nicht daran erinnern, jemals in ihrem Leben so glücklich gewesen zu sein.

„Lass uns in Xenias Haus wohnen“, schlug sie vor.

Sein nächster Kuss bewies ihr, wie gut ihm die Vorstellung gefiel. „Mein Vater wird unser Nachbar sein.“

Sie runzelte die Stirn. „Ach, es tut mir leid, Nick. Ich wollte eigentlich bei dir sein, wenn ihr euch wiederseht.“

„Ich wollte auch, dass du dabei bist. Und das wirst du.“

„Wie ist er?“

„In Ordnung.“ Nick nahm ihre Hand in seine. „Komm, gehen wir zu ihm, damit du ihn kennenlernen kannst.“

– ENDE –

Band-Nr. 20046
9,99 € (D)
ISBN: 978-3-86278-860-6
512 Seiten

Linda Howard u. a.
Wenn der Morgen anbricht

Linda Howard
Eiskalte Liebe

Sallie ist die Starreporterin in New York. Sie scheint alles erreicht zu haben. Da wird das Magazin, für das sie arbeitet, verkauft: an ihren Exmann Rhydon!

Julie Cohen
Heute Nacht riskier' ich alles

Ihren letzten Cent setzt Marianne ein, um Oz zu ersteigern. Dieser Rebell in Leder ist genau der Richtige für ihr neues Leben …

Kimberly Raye
Lektion in Sachen Liebe

In der Liebe, beschließt Paige, braucht sie dringend Nachhilfe. Und sie kennt auch den passenden Lehrer dafür: Jack.

Jennifer Greene
Verliebt, verführt, verheiratet

Abby kocht und backt mit Leidenschaft. So will die toughe Karrierefrau auf Garson weiblicher wirken. Doch was passiert, wenn er sie durchschaut?